O VAMPIRO LESTAT

O VAMPIRO LESTAT

ANNE RICE

Tradução de Reinaldo Guarany

Rocco

Título original
THE VAMPIRE LESTAT

EDITORA ROCCO LTDA.
Rua Evaristo da Veiga, 65 – 11º andar
Passeio Corporate – Torre 1
20031-040 – Rio de Janeiro – RJ
Tel.: (21) 3525-2000 – Fax: (21) 3525-2001
rocco@rocco.com.br
www.rocco.com.br

Printed in Brazil/Impresso no Brasil

preparação de originais
MAIRA PARULA

CIP-Brasil. Catalogação na publicação.
Sindicato Nacional dos Editores de Livros, RJ.

R381v Rice, Anne, 1941-
O vampiro Lestat / Anne Rice; tradução de Reinaldo Guarany. – 1ª ed. – Rio de Janeiro: Rocco, 2021.
(As crônicas vampirescas; 2)

Tradução de: The vampire Lestat
ISBN 978-65-5532-077-0

1. Ficção americana. 2. Vampiros. I. Guarany, Reinaldo. II Título. III. Série.

21-68652 CDD-813 CDU-82-3(73)

Camila Donis Hartmann – Bibliotecária – CRB-7/6472

O texto deste livro obedece às normas do
Acordo Ortográfico da Língua Portuguesa.

Este livro é dedicado com amor a
Stan Rice, Karen O'Brien e Allen Daviau

CENTRO DA CIDADE, SÁBADO À NOITE, NO SÉCULO XX

1984

Sou o vampiro Lestat. Sou imortal. Mais ou menos. A luz do sol, o calor constante de um fogo intenso – essas coisas poderiam destruir-me. Mas, por outro lado, talvez não.

Tenho um metro e oitenta de altura, o que causava forte impressão nos idos de 1780 quando eu era um jovem mortal. Agora, não é nada de mais. Tenho cabelos louros e cheios que quase chegam aos ombros, mais para ondulados, que parecem brancos sob luz fluorescente. Meus olhos são de cor cinza, mas absorvem facilmente as cores azul ou violeta das superfícies a seu redor. E tenho um nariz bem pequeno e estreito, uma boca bem desenhada, só que um pouco grande demais para meu rosto. Pode parecer muito cruel ou extremamente generosa a minha boca. Mas sempre parece sensual. Emoções e propósitos estão sempre refletidos em toda minha expressão. Tenho um rosto que está sempre animado.

Minha natureza de vampiro revela-se na pele muito branca e reflexiva ao extremo, que precisa de pó de arroz para câmeras de qualquer tipo.

E se estou com grande necessidade de sangue, pareço um perfeito horror – pele murcha, veias que parecem cordas sobre os contornos de meus ossos. Mas não deixo isso acontecer agora. E a única indicação consistente de que não sou humano são minhas unhas. E a mesma coisa com todos os vampiros. Nossas unhas parecem vidro. E algumas pessoas notam isso quando não notam alguma outra coisa.

Neste exato momento sou o que a América chama de superestrela do rock. Meu primeiro álbum vendeu quatro milhões de cópias. Estou indo para San Francisco para a primeira apresentação de uma turnê de concertos por todo o país, que levará minha banda de costa a costa. A MTV, o canal de televisão a cabo que transmite música de rock, vem exibindo meus videoclipes noite e dia há duas semanas. Também estão sendo exibidos na Inglaterra, no programa *Top of the Pops*, na Europa Continental e provavelmente em certas regiões da Ásia e do Japão. Fitas de vídeo de toda série de clipes estão sendo vendidas no mundo inteiro.

Também sou o autor de uma autobiografia que foi publicada na semana passada.

No que diz respeito ao meu inglês – a língua que uso em minha autobiografia –, comecei a aprendê-lo com os tripulantes da barca que descia o Mississípi até Nova Orleans, há cerca de duzentos anos. Depois disso, aprendi mais com os escritores de língua inglesa – li quase todos, de Shakespeare, Mark Twain a H. Rider Haggard, enquanto as décadas passavam. Recebi a infusão final das histórias de detetive da revista *Black Mask,* do começo do século XX. As aventuras de Sam Spade, de Dashiell Hammett, na *Black Mask,* foram as últimas histórias que li antes de, literal e figuradamente, levar uma vida subterrânea.

Isto foi em Nova Orleans, em 1929.

Quando escrevo, me perco num vocabulário que me era natural no século XVIII, frases elaboradas pelos autores que li. Mas, apesar do sotaque francês, na verdade meu discurso é do barqueiro com o detetive Sam Spade. Assim, espero que sejam tolerantes comigo quando meu estilo parecer inconsistente. Quando, às vezes, ele estilhaçar a atmosfera de uma cena do século XVIII.

Reapareci no século XX, no ano passado.

Foram duas coisas que me despertaram.

Primeira – as informações que vinha recebendo de vozes amplificadas, que começaram sua cacofonia no ar por volta da época em que me recolhi para dormir.

Refiro-me aqui, é claro, às vozes dos rádios, das vitrolas e, mais tarde, dos aparelhos de tevê. Eu ouvia os rádios dos carros que passavam pelas ruas do velho Garden District, próximo ao local onde jazia. Ouvia o som das vitrolas e tevês das casas em torno da minha.

Pois bem, quando um vampiro leva uma vida subterrânea, como chamamos – quando para de beber sangue e apenas fica deitado na terra –, em pouco tempo torna-se fraco demais para ressuscitar e segue-se um estado de sonho.

Nesse estado, eu absorvia as vozes de maneira lenta, cercando-as com minhas próprias imagens que criava, como um mortal faz ao dormir. Mas, em algum momento dos últimos cinquenta e cinco anos, comecei a me "lembrar" do que estava ouvindo, a acompanhar os programas de entretenimento, a ouvir os noticiários, as letras e os ritmos das canções populares.

E, de maneira muito gradual, comecei a compreender a dimensão das mudanças que o mundo havia sofrido. Comecei a prestar atenção em certas informações específicas sobre guerras ou intervenções, certas novas maneiras de falar.

Então, desenvolveu-se em mim uma consciência de mim mesmo. Percebi que não estava mais sonhando. Estava pensando naquilo que ouvia. Estava bem acordado. Jazia deitado na terra e ansiava por sangue vivificante. Comecei a acreditar que talvez todas as velhas feridas que havia sofrido estivessem curadas agora. Talvez minha força tivesse voltado. Talvez minha força tivesse, na verdade, aumentado como teria ocorrido com o tempo se eu não houvesse sido ferido. Eu desejava descobrir.

Comecei a pensar incessantemente em beber sangue humano.

A segunda coisa que me trouxe de volta – a decisiva, de fato – foi a súbita presença perto de mim de uma banda de jovens cantores de rock que se autodenominavam Noite de Satã.

Eles mudaram-se para uma casa na rua Seis – a menos de um quarteirão de onde eu estava dormindo calmamente sob minha própria casa na Prytania, próximo ao cemitério Lafayette – e começaram a ensaiar sua música de rock no sótão em algum momento de 1984.

Eu podia ouvir o lamento de suas guitarras elétricas, seu canto frenético. Era tão bom quanto as músicas que eu ouvia no rádio e nos aparelhos de som estereofônico e mais melodiosas do que a maioria. Apesar da batida da bateria, havia um romantismo na música. O piano elétrico soava como um cravo.

Eu captava imagens dos pensamentos dos músicos que me diziam como era a aparência deles, o que viam quando olhavam um para o outro e para os espelhos. Eram esguios, fortes e todos jovens mortais adoráveis – enganadoramente andróginos e até um pouco selvagens em suas roupas e movimentos –, dois machos e uma fêmea.

Quando estavam tocando, abafavam a maioria das outras vozes amplificadas ao meu redor. Mas isto era ótimo.

Eu queria levantar-me e me juntar à banda de rock chamada Noite de Satã. Queria cantar e dançar.

Mas não posso dizer se, a princípio, havia alguma grande reflexão por trás de meu desejo. Foi mais um impulso dominante, forte o bastante para me fazer erguer da terra.

Estava encantado com o mundo da música de rock – o modo como os cantores podiam gritar sobre o bem e o mal, se proclamar anjos ou demônios, enquanto os mortais se levantavam para aplaudir. Às vezes, pareciam a pura personificação da loucura. E, no entanto, era de tecnologia fascinante a complexidade de sua apresentação. Era selvagem e cerebral, de uma maneira que não creio que o mundo tivesse algum dia visto em épocas passadas.

Claro, era metafórico o delírio. Nenhum deles acreditava em anjos ou demônios, por melhor que assumissem seus papéis. E os atores da velha comédia italiana tinham sido igualmente chocantes, inventivos, obscuros.

No entanto, eram inteiramente novos os extremos a que chegavam, a brutalidade e a provocação – e a maneira como eram aceitos pelo mundo, dos mais ricos aos mais pobres.

Havia também algo de vampiresco na música de rock. Ela devia soar sobrenatural mesmo para aqueles que não acreditam no sobrenatural. Refiro-me ao modo como a eletricidade podia sustentar uma única nota para sempre; ao modo como harmonias podiam ser sobrepostas a outras até você sentir-se dissolvendo-se no som. De tão terrivelmente eloquente que era essa música. O mundo não tinha visto nada semelhante antes.

Contudo, eu desejava aproximar-me dela. Queria *tocá-la*. Talvez tornar famosa a pequena e desconhecida banda Noite de Satã. Eu estava pronto para aparecer.

Demorei uma semana para me levantar mais ou menos. Alimentei-me com o sangue fresco de pequenos animais que vivem debaixo da terra, quando podia pegá-los. Depois, comecei a cavar em direção à superfície, onde podia me valer dos ratos. A partir dali não foi muito difícil pegar felinos e, por fim, a inevitável vítima humana, embora tivesse que esperar um longo tempo pelo tipo particular que desejava – um homem que houvesse matado outros mortais e não demonstrasse remorsos.

Um deles chegou num dado momento, caminhando bem junto à cerca, um jovem macho com barba grisalha que havia matado um outro num lugar remoto do outro lado do mundo. Era um verdadeiro assassino. E, ah, aquele primeiro gosto de luta e sangue humanos!

Roubar roupas nas casas vizinhas, pegar um pouco do ouro e das joias que eu havia escondido no cemitério Lafayette, isso não foi problema.

Claro que ficava assustado de vez em quando. O cheiro dos produtos químicos e de gasolina me dava náuseas. O ruído dos aparelhos de ar-condicionado e o ronco dos aviões a jato no alto feriam meus ouvidos.

Mas, depois da terceira noite na superfície, eu estava rugindo por Nova Orleans numa enorme motocicleta Harley-Davidson preta, fazendo um bocado de barulho. Estava procurando mais assassinos para me alimentar. Usava magníficas roupas de couro preto que havia tirado de minhas vítimas, e tinha no bolso um pequeno walkman Sony estéreo, que abastecia minha cabeça com a Arte da Fuga, de Bach, através de minúsculos fones de ouvido, enquanto eu disparava pelas ruas.

Eu era o vampiro Lestat outra vez. Estava de novo em ação. Nova Orleans era mais uma vez o meu campo de caça.

Quanto à minha força, era três vezes maior do que antes. Eu podia pular da rua até o alto de um prédio de quatro andares. Podia arrancar grades de ferro de janelas. Podia partir ao meio uma moeda de cobre. Podia ouvir vozes e pensamentos humanos, quando queria, a quarteirões de distância.

No final da primeira semana, consegui uma bonita advogada num arranha-céu de vidro e aço, no centro da cidade, que me ajudou a obter uma certidão de nascimento legal, um cartão do seguro social e uma carteira de motorista. Uma boa parcela de minha velha riqueza estava a caminho de Nova Orleans, procedente de contas numeradas nos imortais Banco de Londres e Banco Rothschild.

Mas, mais importante, eu estava nadando em descobertas. Sabia que tudo que as vozes amplificadas tinham me dito sobre o século XX era verdade.

Enquanto perambulava pelas ruas de Nova Orleans em 1984, pude observar o seguinte:

O sombrio e melancólico mundo industrial no qual eu adormecera havia desaparecido enfim, e o velho puritanismo e conformismo burguês haviam perdido sua influência na mentalidade americana.

As pessoas eram, de novo, aventurosas e sensuais da maneira como haviam sido nos velhos tempos, antes das grandes revoluções da classe média no final do século XVIII. Elas até se *pareciam* como naqueles tempos.

Os homens não usavam mais o uniforme de Sam Spade, de camisa, gravata, terno cinza e chapéu cinza. Mais uma vez, se trajavam com veludo e seda, com cores brilhantes, se quisessem. Não precisavam mais cortar o cabelo como soldados romanos; usavam no comprimento que desejassem.

E as mulheres – ah, as mulheres eram maravilhosas, despidas no calor da primavera como se estivessem no Egito dos faraós, com saias muito curtas e vestidos que pareciam túnicas, ou usando calças de homem e camisas coladas na pele de seus corpos curvilíneos, se quisessem. Pintavam-se e se adornavam com ouro e prata, mesmo para ir até a mercearia. Ou saíam de cara limpa e sem enfeites – não tinha importância. Ondulavam os cabelos como Maria Antonieta, ou cortavam curto ou deixavam que fossem soprados pelo vento, livremente.

Pela primeira vez na história, talvez, elas eram tão fortes e interessantes quanto os homens.

E eram essas as pessoas comuns da América. Não apenas os ricos, que sempre possuíram uma certa androginia, uma certa *joie de vivre* que, no passado, os revolucionários da classe média chamavam de decadência.

A velha sensualidade aristocrática pertencia agora a todos. Estava ligada às promessas da revolução da classe média, e todas as pessoas tinham direito ao amor, ao luxo e às coisas agradáveis.

As lojas de departamentos tornaram-se locais de um encanto quase oriental – mercadorias expostas entre macios tapetes coloridos, músicas misteriosas, luz âmbar. Nas drogarias, abertas vinte e quatro horas, frascos de xampu violeta e verde brilhavam como pedras preciosas nas cintilantes prateleiras de vidro. Garçonetes iam para o trabalho dirigindo luzidios automóveis com estofamento de couro. Trabalhadores das docas iam para casa à noite para nadar nas piscinas térmicas de seus quintais. Faxineiras e bombeiros usavam, no fim do dia, roupas manufaturadas de corte requintado.

De fato, a pobreza e a sujeira, que eram comuns nas grandes cidades do mundo desde tempos imemoriais, haviam sido removidas quase por completo.

Não se viam imigrantes caindo mortos de fome pelos becos. Não havia barracos onde dormiam de oito a dez pessoas no mesmo quarto. Ninguém jogava lixo nas sarjetas. O número de mendigos, aleijados, órfãos, doentes sem cura havia diminuído tanto a ponto de não constituir, em absoluto, presença nas ruas imaculadas.

Até mesmo os bêbados e loucos que dormiam nos bancos das praças e nas estações de ônibus tinham o que comer com regularidade, e até mesmo rádios para ouvir e roupas limpas.

Mas isto era apenas a superfície. O que me deixou estarrecido foram as mudanças mais profundas que impulsionavam essa impressionante corrente.

Por exemplo, algo totalmente mágico acontecera com o tempo.

O velho não estava mais sendo substituído, de forma rotineira, pelo novo. Pelo contrário, o inglês falado à minha volta era o mesmo do século XIX.

Até mesmo a velha gíria ("barra limpa", "se deu mal" ou "é isso aí") ainda era "atual". No entanto, novas e fascinantes frases, como "fizeram sua cabeça", "Freud explica" e "não me ligo nessa", estavam nos lábios de todo mundo.

No mundo das artes e do entretenimento todos os séculos anteriores estavam sendo "reciclados". Músicos executavam Mozart tão bem quanto o jazz e o rock; as pessoas iam ver Shakespeare numa noite e, na outra, um novo filme francês.

Em megalojas iluminadas por luz fluorescente podiam-se comprar fitas com madrigais medievais e tocá-las no som do carro, enquanto se rodava a cento e quarenta quilômetros por hora nas autoestradas. Nas livrarias, a poesia renascentista era vendida lado a lado com os romances de Dickens ou Ernest Hemingway. Os manuais sobre sexo ficavam nas mesmas mesas com *O livro dos mortos* egípcio.

Às vezes, a riqueza e limpeza de tudo a meu redor tornavam-se uma espécie de alucinação. Eu pensava estar enlouquecendo.

Pelas vitrines das lojas, eu olhava estupefato para computadores e telefones, de forma e cor tão puras quanto as mais exóticas conchas feitas pela natureza. Gigantescas limusines prateadas navegavam pelas estreitas ruas do bairro francês, como indestrutíveis monstros marinhos. Cintilantes torres de escritórios trespassavam o céu noturno, como obeliscos egípcios acima dos alquebrados prédios de tijolos da velha rua do Canal. Incontáveis programas de tevê jorravam seu fluxo incessante de imagens em cada quarto refrigerado de hotel.

Mas não se tratava de uma sucessão de alucinações. Este século herdara a terra em todos os sentidos.

E uma parte importante deste milagre imprevisto era *a curiosa inocência* daquelas pessoas bem no meio de toda essa liberdade e riqueza. O deus cristão estava tão morto quanto estivera no século XVIII. *E nenhuma nova religião mitológica surgira para substituir a antiga.*

Pelo contrário, as pessoas mais simples desta época se orientavam por uma vigorosa moralidade secular tão forte quanto qualquer moralidade religiosa que eu já conhecera. Os intelectuais carregavam as bandeiras. Mas pessoas inteiramente comuns em toda a América se preocupavam apaixonadamente com a "paz", os "pobres" e "o planeta", como se estivessem possuídas por um zelo místico.

Tencionavam acabar com a fome neste século. Erradicariam as doenças a qualquer preço. Questionavam ferozmente a pena de morte e o aborto.

E combatiam as ameaças da "poluição ambiental" e da "guerra de holocausto", com tanta violência quanto em épocas passadas combateram a bruxaria e a heresia.

Quanto à sexualidade, já não era mais uma questão de superstição e medo. Ela estava sendo despojada dos últimos traços de religiosidade. Era por isso que as pessoas andavam meio nuas. Era por isso que se beijavam e se abraçavam nas ruas. Agora conversavam sobre ética, responsabilidade e beleza do corpo. A procriação e as doenças venéreas estavam sob controle.

⁂

Ah, o século XX. Ah, o giro da grande roda.

Superara os sonhos mais desvairados este futuro. Transformara em tolos os profetas sinistros de épocas passadas.

Eu pensava muito nessa inocente moralidade secular, nesse otimismo. Neste mundo brilhantemente iluminado onde o valor da vida humana era maior do que havia sido antes.

⁂

Na penumbra âmbar de um amplo quarto de hotel, eu acompanhava na tela diante de mim um filme de guerra muito bem realizado, intitulado *Apocalypse Now.* Era uma sinfonia de som e cores que cantava a antiquíssima batalha do mundo ocidental contra as forças do mal. "Você deve tornar-se amigo do horror e do terror moral", diz o comandante no jardim selvagem do Camboja, a quem o homem ocidental responde como sempre respondeu: "Não."

Não. O horror e o terror moral jamais podem ser absolvidos. Não têm nenhum valor real. O puro mal não tem lugar.

E isto significa, creio, que *eu* não tenho lugar.

A não ser, talvez, na arte que repudia o mal – nas histórias em quadrinhos de vampiros, nos romances de terror, nos velhos contos góticos – ou nas ensurdecedoras canções de estrelas do rock que representam no palco as batalhas contra o mal que cada mortal trava consigo mesmo.

⁂

Era o bastante para fazer um monstro do Velho Mundo voltar para debaixo da terra, essa irrelevância atordoante do poderoso desígnio das coisas, suficiente para fazê-lo deitar-se e chorar. Ou suficiente para fazê-lo tornar-se um cantor de rock, quando se pensa no assunto...

⁂

Mas onde estavam os outros monstros do Velho Mundo?, eu me perguntava. Como outros vampiros existiam num mundo em que cada morte era registrada em gigantescos computadores eletrônicos, e os corpos eram levados para criptas refrigeradas? Provavelmente escondendo-se nas sombras qual insetos repugnantes, como sempre fizeram, não importa quanta sabedoria havia no que diziam ou quantos seguidores conseguissem conquistar.

Bem, quando eu erguesse minha voz com a pequena banda chamada Noite de Satã, em pouco tempo traria todos para a luz.

⁂

Eu prosseguia com minha educação. Falava com mortais em pontos de ônibus, postos de gasolina e em bares elegantes. Lia livros. Enfeitava-me com as vistosas peles das lojas da moda. Usava camisas brancas de gola rulê e jaquetas tipo safári cáqui franzidas, ou extravagantes blazers de veludo cinza com lenços de cashmere no pescoço. Usava pó de arroz no rosto de modo que pudesse "passar" sob as luzes químicas dos supermercados abertos a noite inteira, das espeluncas que vendiam hambúrgueres, dos locais públicos de diversão chamados de boates.

Eu estava aprendendo. Estava apaixonado.

E o único problema que tinha era o fato de serem escassos os assassinos para me alimentar. Nesse mundo brilhante de inocência e abundância, de bondade e alegria e estômagos cheios, quase haviam desaparecido os ladrões degoladores do passado e seus perigosos antros na zona portuária.

E, assim, tive que trabalhar para viver. Mas eu sempre fora um caçador. Gostava dos salões de sinuca sombrios e enfumaçados com uma única lâmpada brilhando sobre o feltro verde, enquanto ex-prisioneiros tatuados se reuniam em volta, tanto quanto gostava das cintilantes boates revestidas de cetim, dos grandes hotéis de concreto. E o tempo todo estava aprendendo mais sobre meus assassinos – os traficantes de drogas, os cafetões, os criminosos que se juntavam às gangues de motoqueiros.

E, mais do que nunca, eu estava decidido a não beber sangue inocente.

*

Enfim era hora de visitar meus antigos vizinhos, a banda de rock chamada Noite de Satã.

*

Às seis e meia de uma noite quente e abafada de sábado, toquei a campainha da porta do estúdio de música do sótão. Todos os lindos e jovens mortais estavam por lá, com suas coloridas camisas de seda e jeans bem apertados, fumando cigarros de haxixe e se queixando da má sorte para conseguir apresentações no sul do país.

Pareciam anjos bíblicos, com seus cabelos longos e desgrenhados e movimentos felinos; suas joias eram no estilo egípcio. Até para ensaiar, pintavam o rosto e os olhos.

Fiquei cheio de excitação e amor só de olhar para eles, Alex e Larry e a suculenta pequena Biscoito Doce.

E, num extraordinário momento em que o mundo pareceu ficar parado sob meus pés, eu lhes disse o que eu era. Nada de novo para eles, a palavra "vampiro". Na galáxia em que brilhavam, milhares de outros cantores haviam usado os caninos artificiais e a capa preta.

E, no entanto, me senti tão estranho ao falar isto em voz alta para mortais, a verdade proibida. Jamais em duzentos anos eu dissera isto para alguém que não houvesse sido marcado para se tornar um de nós. Nem mesmo para minhas vítimas confidenciei isto antes que seus olhos se fechassem.

E agora eu o dizia, clara e distintamente, para aquelas belas e jovens criaturas. Eu lhes disse que queria cantar com eles, que, se confiassem em mim, todos seríamos ricos e famosos. Que, numa sobrenatural e implacável onda de ambição, eu os tiraria daqueles quartos e os levaria para o grande mundo.

Seus olhos estavam embaçados quando olharam para mim. E o pequeno aposento de estuque e adobe do século XX vibrou com suas gargalhadas de prazer.

Eu era paciente. Por que não haveria de ser? Sabia que era um demônio que podia imitar quase todo som ou movimento humanos. Mas como poderia esperar que eles compreendessem? Fui até o piano elétrico e comecei a tocar e a cantar.

Comecei imitando as canções de rock e depois velhas melodias e letras vieram à minha mente – canções francesas enterradas no fundo de minha alma, mas jamais esquecidas – e as envolvi em ritmos brutais, vendo diante de mim um pequeno teatro parisiense com diminuta plateia, de séculos atrás. Uma perigosa paixão brotou em mim. Ameaçou meu equilíbrio. Perigoso que isto acontecesse tão cedo. No entanto, continuei cantando, martelando as teclas lisas e brancas do piano elétrico, e alguma coisa se abriu em minha alma. Não importava que aquelas ternas criaturas mortais reunidas à minha volta jamais soubessem.

Era suficiente que estivessem jubilosos, que adorassem a música estranha e desconjuntada, que estivessem gritando, que vissem prosperidade em seu futuro, o ímpeto que lhes faltara antes. Ligaram os gravadores e começamos a cantar e tocar juntos, a improvisar, como eles diziam. O estúdio estava inundado com o cheiro de seu sangue e nossas canções ensurdecedoras.

Mas então sobreveio um choque que eu jamais havia previsto em meus sonhos mais estranhos – algo tão extraordinário quanto havia sido minha pequena revelação àquelas criaturas. De fato, foi tão avassalador que poderia ter-me impelido para fora de seu mundo e de volta para debaixo da terra.

Não estou dizendo que teria ido de novo para o sono profundo. Mas eu poderia ter-me afastado do Noite de Satã e ficado alguns anos vagando sem destino, atordoado e tentando recuperar a razão.

Os rapazes – Alex, o jovem baterista suave e delicado, e Larry, seu irmão mais alto, de cabelos louros – reconheceram meu nome quando lhes disse que era Lestat.

Não apenas o reconheceram, como o relacionaram a uma série de informações a meu respeito que haviam lido em um livro.

De fato, acharam maravilhoso o fato de eu não estar fingindo ser um vampiro qualquer. Ou o conde Drácula. Todo mundo estava cheio do conde Drácula. Acharam maravilhoso eu estar querendo ser o vampiro Lestat.

– *Querendo* ser o vampiro Lestat? – perguntei.

Eles riram do modo como carreguei no sotaque francês.

Olhei para eles durante um longo momento, tentando sondar seus pensamentos. Claro que eu não esperava que acreditassem que eu fosse um vampiro de verdade. Mas terem lido sobre um vampiro, personagem de ficção, com um nome tão incomum quanto o meu. Como explicar isto?

Mas eu estava perdendo minha autoconfiança. E quando perco a confiança, meus poderes se esgotam. O pequeno quarto parecia estar ficando menor. E havia algo de repelente e ameaçador nos instrumentos, nas antenas, nos fios.

– Mostrem-me o livro – eu disse.

Trouxeram do outro quarto um pequeno "romance" em papel inferior, caindo aos pedaços. A encadernação se soltara, a capa estava rasgada e as folhas estavam presas por um elástico.

Tive uma espécie de calafrio sobrenatural quando vi a capa. *Entrevista com o vampiro*. Algo relacionado a um jovem mortal que se comunicava com um morto-vivo.

Com a permissão deles, fui para o outro aposento, estiquei-me na cama deles e comecei a ler. Quando cheguei na metade, levei o livro comigo e saí da casa. Fiquei parado imóvel debaixo da luz de um poste na rua com o livro, até terminá-lo. Depois coloquei-o com cuidado no bolso interno do casaco.

Não voltei a me encontrar com a banda durante várias noites.

*

Durante grande parte desse tempo, fiquei perambulando de novo, fazendo estardalhaço pela noite em minha moto Harley-Davidson, com as Variações Goldberg, de Bach, tocando a todo volume. E me perguntava: Lestat, o que você quer fazer agora?

E, no resto do tempo, estudava com ânimo redobrado. Lia enciclopédias e livros da história do rock, as biografias de seus astros. Ouvia os álbuns e refletia em silêncio vendo videoteipes dos concertos.

E quando a noite estava tranquila e serena, ouvia as vozes de *Entrevista com o vampiro* cantando para mim, como se viessem do túmulo. Li o livro várias e várias vezes. E então, num momento de profunda indignação, rasguei-o em pedaços.

❋

Por fim tomei uma decisão.

Encontrei-me com minha jovem advogada, Christine, em seu escritório escuro num arranha-céu, iluminado apenas pelas luzes da cidade. Ela parecia encantadora contra as janelas de vidro, os prédios sombrios mais adiante formando um terreno deserto e primitivo no qual ardiam milhares de tochas.

– Já não basta mais que minha pequena banda de rock seja bem-sucedida – eu lhe disse. – Precisamos criar uma fama que leve meu nome e minha voz às partes mais remotas do mundo.

De forma tranquila e inteligente, como os advogados estão acostumados a fazer, ela me aconselhou a não arriscar minha fortuna. No entanto, à medida que reafirmava minha determinação maníaca, pude sentir que a estava seduzindo, que dissolvia pouco a pouco sua noção de bom senso.

– Os melhores diretores franceses de vídeos de rock – eu disse. – Você deve encontrá-los em Nova York e Los Angeles. Tem bastante dinheiro para isso. E aqui, com certeza, você pode arranjar um estúdio em que faremos nosso trabalho. Os jovens produtores de discos que mixarão o som depois... também deve contratar o melhor. Não importa o quanto vamos gastar nessa aventura. O importante é que seja orquestrada, que façamos nosso trabalho em segredo até o momento da revelação, quando nossos álbuns e nossos filmes serão divulgados com o livro que tenciono escrever.

No final, sua cabeça estava nadando com sonhos de riqueza e poder. Sua caneta disparava enquanto ela tomava notas.

E o que eu sonhava enquanto falava com ela? Sonhava com uma rebelião sem precedentes, com um grande e espantoso desafio a todos os da minha espécie no mundo inteiro.

– Esses vídeos de rock – eu disse. – Você deve encontrar diretores que compreendam minha visão. Os filmes devem formar uma sequência. Precisam contar a história que está no livro que quero criar. E as canções, muitas delas já escrevi. Você deve conseguir os melhores instrumentos... sintetizadores, os mais sofisticados sistemas de som, guitarras elétricas, violinos. Podemos tratar de outros detalhes mais tarde. A confecção das roupas de vampiro, o método de apresentação nas estações de televisão, a administração de nossa primeira aparição pública em San Francisco... tudo isso veremos em momento oportuno. O que é importante agora é você dar os telefonemas, conseguir as informações de que precisa para começar.

✵

Só voltei a rever o Noite de Satã depois que os primeiros contratos foram feitos e assinados. Datas foram marcadas, estúdios alugados, acordos firmados.

Depois, Christine veio comigo e compramos uma grande limusine para meus jovens e queridos roqueiros, Larry, Alex e Biscoito Doce. Tínhamos emocionantes somas em dinheiro, tínhamos papéis para assinar.

Sob os sonolentos carvalhos da tranquila rua de Garden District, eu servi o champanhe em cintilantes taças de cristal para eles:

– A O Vampiro Lestat – todos cantamos ao luar. Seria o novo nome da banda e do livro que eu escreveria. Biscoito Doce jogou seus braços pequenos e suculentos em volta de mim. Beijamo-nos ternamente em meio às risadas e ao cheiro forte de vinho. Ah, o cheiro de sangue inocente!

✵

E, quando eles foram embora naquele imenso carro forrado de veludo, caminhei sozinho pela noite refrescante em direção à St. Charles Avenue, e pensei no perigo que eles tinham pela frente, meus pobres amigos mortais.

Não partiria de mim, naturalmente. Mas, depois que terminasse o longo período de segredo, eles estariam inocentes e ignorantes sob as luzes da ribalta internacional, com seu sinistro e temerário astro. Bem, eu os cercaria de guarda-costas e fãs para cada propósito concebível. Eu os protegeria, da melhor maneira possível, dos outros imortais. E se os imortais fossem como costumavam ser nos velhos tempos, jamais se arriscariam a travar uma luta vulgar contra uma força humana como essa.

✵

Enquanto eu subia a movimentada avenida, cobri meus olhos com óculos escuros espelhados. Peguei o velho e frágil bonde St. Charles para o centro da cidade.

E, através da multidão que se movimentava no começo da noite, caminhei até a elegante livraria de dois andares chamada Ville Books, e lá fiquei olhando para uma pequena edição em brochura de *Entrevista com o vampiro* na estante.

Fiquei imaginando quantos de nossa espécie saberiam do livro. No momento, pouco importava se os mortais o consideravam uma obra de ficção. E quanto aos outros vampiros? Porque se havia uma lei que os vampiros têm como sagrada é a de *jamais contar aos mortais sobre nós.*

Jamais revele nossos "segredos" aos humanos, a menos que você tencione legar-lhes o tenebroso dom de nossos poderes. Jamais cite o nome de outros imortais. Jamais revele onde se escondem.

Meu amado Louis, o narrador de *Entrevista com o vampiro,* havia feito tudo isso. Fora muito além de minha pequena revelação aos cantores de rock. Contara para centenas de milhares de leitores. Só faltou desenhar um mapa para eles e colocar um X em cada local de Nova Orleans onde eu me deitava, embora não estivesse claro o que ele realmente sabia sobre isto e quais eram suas intenções.

De qualquer modo, pelo que havia feito, outros o perseguiriam até encontrá-lo, com certeza. E há maneiras bem simples de destruir vampiros, sobretudo hoje. Se ainda fosse vivo, seria um proscrito e viveria sob constante ameaça pelos de nossa espécie, coisa que nenhum mortal jamais poderia fazer.

Mais uma razão para fazer com que o livro e a banda chamados O Vampiro Lestat atingissem a fama o mais rápido possível. Eu tinha que encontrar Louis. Precisava conversar com ele. De fato, após ler seu relato das coisas, eu sentia suas dores, sofria por suas ilusões românticas, e até por sua desonestidade. Ansiava também por encontrar sua malícia cavalheiresca, sua presença física e o tom enganadoramente suave de sua voz.

Claro que o odiava pelas mentiras que contara sobre mim. Mas o amor era muito maior que o ódio. Ele havia compartilhado comigo os anos sombrios e românticos do século XIX, fora meu companheiro como nenhum outro mortal já havia sido.

E eu ansiava por escrever minha história para ele, não como uma resposta a sua maliciosa *Entrevista com o vampiro,* mas sim para contar todas as coisas que vi e aprendi antes de encontrá-lo, a história que não pude contar-lhe antes.

Velhas regras já não me importavam mais, tampouco.

Eu queria romper cada uma delas. E desejava que minha banda e meu livro atraíssem não apenas Louis, mas também todos os outros demônios que eu já conhecera e amara. Desejava encontrar aqueles que perdi, despertar aqueles que dormiam como eu dormira.

Os noviços e os antigos, os belos e os perversos, os loucos e os impiedosos, todos viriam atrás de mim quando vissem aqueles videoclipes e ouvissem os discos, quando vissem o livro nas vitrines das livrarias, e saberiam exatamente onde me encontrar. Eu seria Lestat, a superestrela do rock. Venham a San Francisco para minha primeira apresentação ao vivo. Eu estarei lá.

Mas havia uma outra razão para toda aquela aventura – uma razão ainda mais perigosa, deliciosa e louca.

E eu sabia que Louis entenderia. Ela deveria estar por trás de sua entrevista, de suas confissões. Eu queria que os mortais *soubessem* de nós. Queria proclamar ao mundo da mesma maneira como havia falado para Alex, Larry e Biscoito Doce, e para minha doce advogada, Christine.

Pouco importava se não acreditassem. Não importava que recusassem que fosse arte. O fato é que, após dois séculos de ocultação, eu me tornava visível para os mortais. Dizia meu nome em voz alta. Revelava minha natureza. Eu estava presente!

Mas, de novo, eu estava indo mais longe que Louis. Sua história, com todas as suas peculiaridades, passara por ficção. No mundo dos mortais, isto era tão seguro quanto os quadros do velho Teatro dos Vampiros em Paris, onde os demônios fingiam ser atores que fingiam ser demônios num palco remoto e iluminado a gás.

Eu ficaria sob as luzes brilhantes das câmeras, estenderia a mão e tocaria com meus dedos gelados milhares de mãos quentes e ávidas. Se fosse possível, lhes daria um susto brutal, as seduziria e as conduziria à verdade, se pudesse.

E suponhamos – apenas suponhamos – que quando os cadáveres começassem a ressurgir em números cada vez maiores, que quando aqueles mais próximos de mim começassem a dar atenção às suas inevitáveis suspeitas – apenas suponhamos – que a arte deixe de ser arte e se torne realidade!

Quero dizer é que se os mortais realmente acreditassem, compreendessem de fato que este mundo ainda abrigava o demônio do Velho Mundo, o vampiro – oh, que grande e gloriosa guerra poderíamos ter então!

Seríamos conhecidos, seríamos caçados e combatidos nestes cintilantes desertos urbanos como nenhum monstro mítico jamais foi combatido pelo homem antes.

Como eu poderia não adorar isto, essa mera fantasia? Não valeria correr por ela o maior dos perigos, sofrer a maior e mais horrível das derrotas? Mesmo no momento da destruição, eu estaria tão vivo como nunca estive.

Mas, para dizer a verdade, eu não pensava que se fosse chegar a esse ponto – quero dizer, que os mortais passassem a acreditar em nós. Os mortais nunca me causaram medo.

Seria uma outra guerra que iria acontecer, aquela em que todos nós combateríamos juntos, ou todos viriam combater-me.

Esta era a verdadeira razão para O Vampiro Lestat. Era o tipo de jogo que eu estava fazendo.

Mas essa outra encantadora possibilidade de revelação e desgraça reais... Bem, isto acrescentava uma boa dose de tempero a tudo!

❋

Saindo pelo deserto melancólico da rua do Canal, voltei subindo as escadas para meus aposentos no antigo hotel do bairro francês. Era calmo e bastante conveniente para mim, descortinando o Vieux Carré sob suas janelas, as pequenas e estreitas ruas de casas no estilo espanhol que eu havia conhecido tanto tempo atrás.

Vi na gigantesca tela do aparelho de tevê a fita do belo filme de Visconti, *Morte em Veneza*. Um ator disse em um determinado momento que o mal era uma necessidade. Era o alimento dos gênios.

Eu não acreditava nisso. Mas gostaria que fosse verdade. Então, eu poderia ser apenas Lestat, o monstro, não poderia? E sempre fui tão bom sendo monstro! Ah, bem...

Coloquei um disquete novo no computador portátil e comecei a escrever a história de minha vida.

A EDUCAÇÃO INICIAL E AVENTURAS DO VAMPIRO LESTAT

PRIMEIRA PARTE
A REAPARIÇÃO DE LELIO

1

No inverno em que completei meus vinte e um anos, saí sozinho a cavalo para matar uma alcateia.

Isto aconteceu nas terras de meu pai, em Auvergne, na França, nas últimas três décadas antes da Revolução Francesa.

Foi o pior inverno de que posso me lembrar, os lobos estavam roubando as ovelhas de nossos camponeses e até invadiam à noite as ruas da aldeia.

Foram anos amargos para mim. Meu pai era o marquês, e eu era o sétimo filho e o mais novo dos três que sobreviveram até a maioridade. Eu não tinha nenhum direito ao título, nem as terras, e nenhuma perspectiva. Mesmo numa família rica teria sido assim para o filho mais novo, mas nossa riqueza se esgotara muito tempo antes. Augustin, meu irmão mais velho, o herdeiro legítimo de tudo que possuíamos, gastara o pequeno dote de sua mulher assim que se casaram.

O castelo de meu pai, suas terras e a aldeia próxima eram todo o meu universo. E eu nascera com um temperamento irrequieto – o sonhador, o rebelde, o inconformado. Eu não ficava ao pé da fogueira para falar de velhas batalhas e dos tempos do Rei Sol. A história não tinha nenhum sentido para mim.

Mas, nesse mundo sombrio e antiquado, eu me tornara um caçador. Trazia o faisão, o cervo e a truta dos arroios da montanha – o que fosse necessário e pudesse ser pego – para alimentar a família. A caça se tornara minha vida nessa época – e uma vida que eu não compartilhava com mais ninguém –, e foi muito bom que eu a tivesse escolhido, porque aqueles foram anos em que, de fato, poderíamos ter morrido de fome.

Essa era uma ocupação nobre, claro, caçar nas terras dos ancestrais, e só nós tínhamos o direito de fazê-lo. O mais rico dos burgueses não poderia levantar suas armas em minhas florestas. Mas ele não precisava levantar suas armas. Tinha dinheiro.

Duas vezes em minha vida tentei escapar dessa vida, e só consegui voltar com minhas asas quebradas. Mas falarei sobre isso mais tarde.

Neste exato momento estou pensando na neve sobre todas aquelas montanhas e nos lobos que estavam assustando os aldeões e roubando minhas ovelhas. E me lembrando do velho ditado francês daquele tempo, que dizia não haver no mundo um lugar mais distante de Paris do que a província de Auvergne.

Entenda-se que como eu era o senhor e o único que podia montar num cavalo e disparar uma arma, era natural que os aldeões viessem a mim para se queixar dos lobos e esperar que eu os caçasse. Era meu dever.

Eu não tinha o menor medo dos lobos, tampouco. Nunca em minha vida tinha visto ou ouvido falar de um lobo atacando um homem. E, se pudesse, eu os envenenaria, mas a carne era um artigo raro demais para ser assim desperdiçado.

Assim, no alvorecer de uma manhã muito fria de janeiro, eu me armei para matar os lobos um por um. Tinha três pistolas e uma excelente espingarda de pederneira, que levei comigo, junto com meus mosquetões e a espada de meu pai. Mas, pouco antes de deixar o castelo, acrescentei a esse pequeno arsenal uma ou duas armas antigas com as quais nunca me preocupei antes.

Nosso castelo era cheio de velhas armaduras. Meus ancestrais haviam combatido em inúmeras guerras nobres desde os tempos das Cruzadas de São Luís. E, penduradas na parede acima de todo esse refugo barulhento, havia um bom número de lanças, achas, manguais e maças.

Foi uma maça bem grande – isto é, um porrete com pontas – que levei comigo naquela manhã, e também um mangual de bom tamanho: uma bola de ferro presa a uma corrente que poderia ser arremessada com imensa força contra um atacante.

Pois bem, lembrem-se de que estávamos no século XVIII, no tempo em que os parisienses de peruca branca andavam na pontinha dos pés com sapatos de cetim e salto alto, cheiravam rapé e esfregavam no nariz lenços de bolso bordados.

E lá estava eu saindo para caçar com botas de couro cru e casaco de pele de gamo, com aquelas armas antigas presas na sela e meus dois maiores mastins ao meu lado com suas coleiras providas de pontas de ferro.

Essa era minha vida. Que também poderia ter sido vivida na Idade Média. E eu conhecia bem os elegantes viajantes que passavam pela aldeia para sentir isto com intensidade. Os nobres da capital chamavam a nós, os senhores do campo, de "pega-lebres". Claro que se podia escarnecer deles, chamando-os de lacaios do rei e da rainha. Nosso castelo resistira por mil anos e nem mesmo o grande cardeal Richelieu em sua guerra contra nossa gente conseguiu derrubar nossas antigas torres. Mas, como eu disse antes, eu não dava muita atenção à história.

Eu estava infeliz e cheio de raiva enquanto subia a montanha.

Queria uma boa luta com os lobos. Segundo os aldeões, havia cinco deles na alcateia, e eu tinha minhas armas e dois cães com mandíbulas tão fortes que poderiam partir a espinha de um lobo num instante.

Bem, subi durante uma hora pelas encostas. Depois cheguei num pequeno vale que conhecia tão bem que nenhuma tempestade de neve poderia encobri-lo. E quando comecei a atravessar o amplo campo vazio na direção da árida floresta, ouvi o primeiro uivo.

Em poucos segundos, ouvi um outro uivo, depois outro e agora o coro tinha tanta harmonia que eu não poderia precisar o número de lobos na alcateia, só que eles tinham me visto e sinalizavam uns para os outros para se agruparem, o que era justamente o que eu esperava que fizessem.

Não creio ter sentido o menor medo então. Mas senti alguma coisa que fez com que se eriçassem os pelos de meus braços. O campo, em toda sua vastidão, parecia deserto. Preparei minhas armas. Ordenei que meus cães parassem de rosnar e me seguissem, e veio a mim a vaga ideia de que seria melhor sair do campo aberto e ir correndo para a floresta.

Meus cães deram seu forte latido de alarme. Olhei por sobre meu ombro e vi os lobos centenas de metros atrás de mim, correndo como um raio sobre a neve, direto em minha direção. Eram três gigantescos lobos cinzentos, que avançavam em linha.

Pus-me a correr para a floresta.

Parecia que eu faria isso com facilidade antes que os três me alcançassem, mas os lobos são animais de extrema esperteza e, enquanto eu cavalgava a galope para as árvores, vi o resto da alcateia, cerca de cinco animais adultos, aparecendo à minha frente, à esquerda. Era uma emboscada, e eu jamais poderia chegar à floresta a tempo. E a alcateia era de oito lobos, não de cinco como os aldeões me contaram.

Mesmo assim não tive juízo bastante para ter medo. Não ponderei sobre o fato óbvio de que aqueles animais estavam famintos, do contrário jamais se aproximariam da aldeia. Havia desaparecido por completo a reserva natural que dedicavam aos homens.

Preparei-me para a batalha. Prendi o mangual em meu cinturão e fiz pontaria com a espingarda. Derrubei um macho grande a alguns metros de mim e tive tempo para recarregar, enquanto meus cães e a alcateia se atracavam.

Eles não podiam pegar meus cães pelo pescoço por causa das coleiras com pontas. E, nessa primeira escaramuça, meus cães abateram, de imediato, um dos lobos com suas poderosas mandíbulas. Disparei e derrubei um segundo.

Mas a alcateia havia cercado os cães. Enquanto eu disparava mais uma vez e outra, recarregando o mais rápido que podia e tentando mirar sem atingir os cães, vi o cão menor tombar ao solo com as patas traseiras quebradas. O sangue jorrava na neve; o segundo cão ficou longe da alcateia enquanto esta tentava devorar o animal moribundo; mas, em dois minutos, a alcateia dilacerou a barriga do segundo cão e matou-o.

Pois bem, como eu disse, eles eram feras poderosas, os mastins. Eu mesmo os criara e treinara. E cada qual pesava mais de noventa quilos. Sempre cacei com eles e, apesar de falar deles agora como cães, na época eu só os conhecia pelos nomes e, quando os vi morrer, soube pela primeira vez o que havia empreendido e quais poderiam ser as consequências.

Mas tudo isso aconteceu em minutos.

Quatro lobos jaziam mortos. Um outro estava mortalmente ferido. Mas sobravam três, um dos quais interrompera seu banquete selvagem com os cães para fixar seus olhos oblíquos em mim.

Disparei a espingarda e errei; disparei o mosquetão e meu cavalo empinou quando o lobo disparou em minha direção.

Como que puxados por cordas, os outros lobos viraram-se, deixando a caça recém-abatida. E, puxando as rédeas com força, fiz meu cavalo correr o quanto quis, direto para a proteção da floresta.

Não olhei para trás nem mesmo quando ouvi o rosnar e as presas estalando. Mas depois senti dentes arranharem meu tornozelo. Saquei o outro mosquetão, virei-me para a esquerda e disparei. Pareceu que o lobo levantou-se nas patas traseiras, mas saiu de minha vista rápido demais e minha égua empinou de novo. Quase caí. Senti suas pernas traseiras cederem debaixo de mim.

Estávamos quase na floresta e saltei da montaria antes que o animal caísse. Estava com outra arma carregada. Girando e firmando-a com ambas as mãos, fiz pontaria certeira no lobo que me acossara e arranquei o alto de seu crânio.

Agora eram dois animais. A égua estava emitindo um relincho surdo e ruidoso que se transformou em um guincho estridente, o pior som que eu já havia escutado de uma coisa viva. Os dois lobos a tinham em seu poder.

Saí em disparada pela neve, sentindo a aspereza do solo rochoso debaixo de mim, e cheguei até as árvores. Se pudesse recarregar, conseguiria abatê-los dali. Mas não havia uma única árvore com galhos baixos o bastante para que eu pudesse segurar.

Saltei tentando segurar o tronco, mas meus pés deslizaram pela casca gelada e eu caí para trás enquanto os lobos se aproximavam. Não havia tempo para carregar a única arma que me restava. Teria de lutar com o mangual e a espada, porque a maça ficara perdida para trás.

Creio que, enquanto me punha de pé, senti que provavelmente iria morrer. Mas nunca me ocorreu desistir. Eu estava enlouquecido, fora de mim. Quase rosnando, encarei os animais e olhei dentro dos olhos do mais próximo de mim.

Abri as pernas para me firmar melhor. Com o mangual na mão esquerda, puxei a espada com a direita. Os lobos pararam. O primeiro, após olhar para trás, baixou a cabeça e deu várias passadas para o lado. O outro ficou esperando como que por algum sinal invisível. O primeiro tornou a olhar para mim, de um jeito sinistramente calmo, e depois mergulhou para a frente.

Comecei a girar o mangual de modo que a bola com pontas girasse em círculos. Podia ouvir minha própria respiração em rosnados, e sei que estava de joelhos dobrados como se fosse saltar para a frente, enquanto mirava o mangual na mandíbula do animal, procurando acertá-lo com toda a minha força e conseguindo apenas roçá-lo.

O lobo desviou-se com rapidez enquanto o segundo corria em volta de mim em círculos, dançando em minha direção para depois recuar de novo. Ambos davam investidas perto o suficiente para fazer com que eu girasse o mangual e desse golpes com a espada, depois tornavam a se afastar correndo.

Não sei quanto tempo isso durou, mas compreendi a estratégia. Eles tencionavam cansar-me e tinham força para fazê-lo. Tornara-se um jogo para eles.

Eu estava girando, investindo, lutando e quase caía de joelhos. É provável que isso não tenha durado mais que meia hora. Mas não há como se medir um tempo desse.

E, como minhas pernas não aguentavam mais, fiz uma última tentativa arriscada e desesperada. Fiquei imóvel como um tronco, com as armas ao meu lado. E, dessa vez, eles chegaram para o golpe final, da maneira como eu esperava que fizessem.

No último segundo, girei o mangual, senti a bola rebentar o osso, vi a cabeça contrair-se para o alto à direita e, com a espada de lâmina larga, cortei o pescoço do lobo.

O outro lobo estava ao meu lado. Eu senti seus dentes rasgarem meu culote. Num segundo, ele dilaceraria minha perna. Mas golpeei o lado de sua cabeça, causando um ferimento profundo em seu olho. A bola do mangual caiu sobre ele, fazendo com que me soltasse. E, dando um pulo para trás, mais uma vez tive espaço suficiente para a espada e enfiei-a direto no peito do animal até o punho antes de tirá-la de novo.

Era o fim.

A alcateia estava morta. Eu estava vivo.

E o único som no vale deserto coberto de neve era o da minha própria respiração e o guincho estrondoso de minha égua agonizante, que jazia a alguns metros de mim.

Não sei ao certo se estava conseguindo raciocinar. Não saberia dizer se as coisas que passaram por minha cabeça eram pensamentos. Queria cair na neve, mas mesmo assim estava me afastando dos lobos mortos em direção ao animal que agonizava.

Quando me aproximei, a égua ergueu o pescoço, esforçando-se para levantar-se nas patas dianteiras, e de novo deu um daqueles guinchos terríveis e agudos. O barulho ressoou pelas montanhas. Parecia alcançar o céu. E eu fiquei parado, olhando para ela, olhando fixo para seu corpo escuro e destruído contra a brancura da neve, para seus quadris inertes e as patas dianteiras que se debatiam, as narinas erguidas para o céu, as orelhas esticadas para trás, enquanto os enormes olhos inocentes rolavam nas órbitas quando o grito estrondoso saiu de sua boca. Parecia um inseto meio esmagado no assoalho, mas não era um inseto. Era minha égua que se debatia e sofria. Ela tentou levantar-se de novo.

Tirei a espingarda da sela. Carreguei-a. E enquanto ela sacudia a cabeça, tentando em vão erguer-se mais uma vez com aquele guincho estridente, eu alvejei-a no coração.

Agora ela parecia estar bem. Jazia imóvel e morta, o sangue jorrava dela e o vale estava em silêncio. Eu estava tremendo. Ouvi um som sufocado saindo de dentro de mim, e vi o vômito espalhar-se na neve antes de perceber que era meu. Meu corpo cheirava a lobo e sangue. E quase caí quando tentei andar.

Mas, sem me deter sequer por um momento, caminhei por entre os lobos mortos e fui até aquele que quase me matou, o último, joguei-o sobre os ombros e comecei o trajeto para casa.

É provável que tenha levado duas horas.

Mais uma vez, não sei. Mas o que quer que eu tenha aprendido ou sentido quando lutava contra aqueles lobos permaneceu em minha mente mesmo enquanto eu caminhava. Cada vez que eu tropeçava e caía, algo em mim se endurecia, tornava-se pior.

No momento em que alcancei os portões do castelo, cheguei a pensar que não era Lestat. Era alguma outra pessoa totalmente diferente que entrava cambaleando no grande salão, com aquele lobo nos ombros, o calor da carcaça já bem reduzido agora, sentindo que o súbito brilho do fogo na lareira irritava meus olhos. Eu estava mais do que esgotado.

E embora tenha começado a falar quando vi meus irmãos levantarem-se da mesa e minha mãe dar uma palmadinha em meu pai, que já era cego então e queria saber o que estava acontecendo, não sei o que disse. Sei que minha voz estava muito apática e que eu tinha consciência da simplicidade com que descrevi o que acontecera.

– E aí... e aí... – Mais ou menos assim.

Mas meu irmão Augustin me fez voltar a mim de repente. Veio em minha direção, com a luz da lareira por trás dele, e de maneira bem distinta rompeu a monotonia baixa de minhas palavras com suas próprias.

– Seu pequeno bastardo – ele disse com frieza. – Você não matou oito lobos!

Seu rosto estava com uma horrível expressão de asco.

Mas o notável foi isso: quase no mesmo momento em que pronunciou essas palavras, compreendeu por alguma razão que havia cometido um erro.

Talvez fosse a expressão de meu rosto. Talvez fosse o murmúrio de indignação de minha mãe ou o fato de meu outro irmão ficar em silêncio absoluto. É provável que tenha sido meu rosto. O que quer que tenha sido, foi quase instantâneo e a expressão mais curiosa de embaraço tomou conta dele.

Ele começou a balbuciar algo sobre como era incrível, que eu quase havia sido morto e que os criados deviam, de imediato, esquentar um pouco de sopa para mim e todo esse tipo de coisa, mas não adiantava mais. O que acontecera naquele único momento era irreparável e a próxima coisa de que me lembro é de estar deitado sozinho em meu quarto. Não tinha os cães na cama no inverno como sempre porque os cães estavam mortos, e embora a lareira não estivesse acesa, enfiei-me, sujo e ensanguentado, debaixo das cobertas da cama e caí em sono profundo.

Permaneci em meu quarto durante dias.

Eu sabia que os aldeões haviam subido a montanha, encontrado os lobos e os levado ao castelo, porque Augustin veio me contar essas coisas, sem que eu tivesse perguntado.

Talvez tenha se passado uma semana. Quando pude suportar a ideia de ter outros cães perto de mim, desci ao meu canil e peguei dois filhotes, animais já grandes, que me fizeram companhia. À noite, eu dormia entre eles.

Os criados entravam e saíam. Mas ninguém me incomodava.

E, então, minha mãe entrou em meu quarto, silenciosa e quase furtivamente.

2

Era noite. Eu estava sentado na cama, com um dos cães deitado ao meu lado e o outro esticado sob meus joelhos. O fogo crepitava na lareira.

E lá estava minha mãe que enfim chegava, como, suponho, eu já deveria ter imaginado.

Sabia que era ela por seu jeito peculiar de se mover nas sombras, e se fosse qualquer outra pessoa que se aproximasse de mim, eu teria gritado "vá embora", mas para ela não disse coisa alguma.

Sentia por ela um grande e inabalável amor, acho que por nenhuma outra pessoa sentia o mesmo. E uma das coisas que sempre fez com que granjeasse minha estima era o fato de ela jamais dizer nada de comum.

"Feche a porta", "tome sua sopa", "fique quieto", frases assim jamais saíram dos seus lábios. Ela lia o tempo todo; na verdade, era a única em nossa família que recebeu alguma educação e, quando falava, era realmente para dizer algo. Por isso sua presença não me incomodava agora.

Pelo contrário, ela despertava minha curiosidade. O que ela diria, e se isso faria alguma diferença para mim. Eu não desejara que ela viesse, nem sequer pensava nela e não desviei os olhos do fogo para olhar para ela.

Mas havia uma poderosa compreensão entre nós. Quando tentei fugir daquela casa e fui levado de volta, foi ela quem me mostrou a saída do sofrimento que se seguiu. Ela fizera milagres por mim, embora ninguém em volta de nós jamais houvesse notado.

Sua primeira intervenção ocorreu quando eu estava com doze anos e o velho pároco da aldeia, que me havia ensinado a decorar alguns poemas e a ler um ou dois hinos em latim, quis enviar-me à escola de um mosteiro nas vizinhanças.

Meu pai disse não, que eu poderia aprender tudo de que precisava em minha própria casa. Mas foi minha mãe quem, deixando seus livros de lado, teve uma violenta discussão com ele. Eu iria, ela disse, se eu quisesse. E vendeu uma de suas joias para comprar meus livros e roupas. Todas as suas joias ela havia herdado de uma avó italiana, cada uma tinha sua história e foi difícil para ela se desfazer delas. Mas fez isso sem pestanejar.

Meu pai ficou furioso e lembrou-a de que se aquilo houvesse acontecido antes de ele ficar cego, com certeza sua vontade prevaleceria. Meus irmãos asseguraram-lhe que o filho mais novo dele não ficaria fora por muito tempo. Eu iria para casa correndo assim que me obrigassem a fazer algo que não desejasse.

Bem, não voltei correndo para casa. Adorei a escola do mosteiro.

Eu adorei a capela e os hinos, a biblioteca com seus milhares de livros velhos, os sinos que marcavam a passagem do dia, os rituais sempre repetidos. Adorei a limpeza do lugar, o espantoso fato irresistível de todas as coisas serem conservadas em bom estado, de o trabalho jamais ter fim na grande casa e nos jardins.

Quando me corrigiam, o que não ocorria com frequência, sentia uma intensa felicidade, pois, pela primeira vez em minha vida, alguém estava tentando me transformar numa boa pessoa, em alguém que conseguisse aprender as coisas.

Um mês depois, declarei minha vocação. Eu desejava entrar na Ordem. Queria passar minha vida naqueles claustros imaculados; na biblioteca, escrevendo em pergaminhos e aprendendo a ler os livros antigos. Queria ser encerrado para sempre com pessoas que acreditavam que eu poderia ser bom, se eu assim o quisesse.

Gostavam de mim ali. O que era bastante inusitado. Eu não tornava ali ninguém infeliz ou zangado.

O padre superior escreveu imediatamente para pedir a permissão de meu pai. E, para ser franco, pensei que meu pai ficaria contente em se livrar de mim.

Mas, três dias depois, meus irmãos chegaram para me levar para casa com eles. Chorei e supliquei para ficar, mas não havia nada que o padre superior pudesse fazer.

E, assim que chegamos ao castelo, meus irmãos tiraram meus livros e me trancaram no quarto. Não compreendia por que estavam tão irritados. Havia a insinuação de que, por alguma razão, eu me comportara como um idiota. Não conseguia parar de chorar. Ficava andando em círculos, quebrando tudo e chutando a porta.

Então, meu irmão Augustin veio falar comigo. No início, fez rodeios, mas o que ficou claro no final foi que nenhum membro de uma grande família francesa seria um pobre padre professor. Como podia eu ter me equivocado a respeito de tudo? Fora enviado lá para aprender a ler e a escrever. Por que eu sempre tinha que cair nos extremos? Por que me comportava habitualmente como uma criatura selvagem?

Quanto a me tornar um padre com perspectivas reais dentro da Igreja, bem, eu era o filho mais novo daquela família, ora, não era? Devia pensar em minhas obrigações para com minhas sobrinhas e sobrinhos.

Traduzindo: não temos dinheiro para lançá-lo numa verdadeira carreira eclesiástica, para torná-lo um bispo ou cardeal como convém à nossa categoria, de modo que você tem de viver sua vida aqui como um iletrado e um simplório. Desça até o salão e jogue xadrez com seu pai.

⁂

Depois de ter entendido tudo, chorei bem na mesa de jantar e murmurei palavras que ninguém entendeu sobre aquela casa ser um "caos" e por isso fui mandado de volta a meu quarto.

Então, minha mãe veio falar comigo.

Ela disse:

– Você não sabe o que é caos. Por que usa palavras assim?

– Eu sei – eu disse e comecei a descrever para ela a sujeira e decadência que havia ali por toda parte, e a falar como era o mosteiro, limpo e arrumado, um lugar no qual, se você se empenhasse, poderia realizar alguma coisa.

Ela não discutiu. E jovem como eu era, sabia que ela estava se entusiasmando com a qualidade incomum daquilo que eu lhe estava dizendo.

Na manhã seguinte, ela me levou para um passeio.

Viajamos horas para chegar ao impressionante castelo feudal de um nobre vizinho, e lá chegando ela e o cavalheiro me levaram ao canil, onde ela me disse para escolher meus favoritos numa nova ninhada de filhotes de mastim.

Nunca antes eu havia visto nada tão meigo e cativante quanto aqueles pequenos filhotes de mastim. E os grandes cães pareciam leões sonolentos enquanto nos observavam. Simplesmente magnífico.

Eu estava nervoso demais para escolher. Levei comigo o macho e a fêmea que o nobre me aconselhou a pegar, carregando-os durante todo o trajeto para casa numa cesta em meu colo.

E, um mês depois, minha mãe também comprou para mim meu primeiro mosquetão de pederneira e meu primeiro bom cavalo de marcha.

Ela nunca disse porque havia feito tudo aquilo. Mas eu entendi à minha maneira por que ela me dera. Eu criei aqueles cães, treinei-os e com eles formei um grande canil.

Tornei-me um verdadeiro caçador com aqueles cães e, com a idade de dezesseis anos, eu vivia pelos campos.

Mas, em casa, eu era mais do que nunca um aborrecimento. Ninguém queria, de fato, me ouvir falar em restaurar as vinhas ou em replantar os campos abandonados, ou em fazer com que os arrendatários parassem de nos roubar.

Eu não podia influir em nada. O silencioso fluxo e refluxo da vida de rotina me parecia fatal.

Eu ia à igreja em todos os dias de festa só para quebrar a monotonia da vida. E quando havia feira na aldeia, eu estava sempre presente, ávido pelos pequenos espetáculos que só via naquelas ocasiões, qualquer coisa para quebrar a rotina.

Podiam ser os mesmos velhos malabaristas, palhaços e acrobatas de anos passados, mas não tinha importância. Era alguma coisa mais que a mudança das estações e a conversa fiada sobre glórias passadas.

Mas, naquele ano, em que eu estava com dezesseis anos, chegou uma trupe de atores italianos com uma carroça pintada em cuja traseira montaram o palco mais elaborado que eu já havia visto. Encenaram a velha comédia italiana com Pantaleão e Polichinelo, e os jovens amantes Lelio e Isabella, o velho médico e todas as velhas tramas.

Eu assistia a tudo enlevado. Nunca havia visto nada como aquilo, com aquele talento, vivacidade e vitalidade. Eu adorava mesmo quando as falas eram tão rápidas que não se podiam acompanhar.

Quando a trupe terminou e recolheu o que pôde da multidão, vagabundeei com eles pela estalagem e ofereci a todos o vinho que não tinha dinheiro para pagar, só para poder conversar com eles.

Sentia um amor indizível por aqueles homens e mulheres. Eles me explicaram que cada ator tinha seu papel por toda a vida, e que não decoravam as falas, pois improvisavam tudo no palco. Você sabia o seu nome, conhecia o personagem, interpretava-o e o fazia agir e falar como pensava que ele devia fazer. Aí estava a genialidade.

Era chamada de *commedia dell'arte.*

Eu estava encantado. Apaixonei-me pela jovem que interpretava Isabella. Entrei na carroça com os atores e examinei todos os trajes e o cenário pintado, e quando estávamos bebendo de novo na taberna, eles me deixaram interpretar Lelio, o jovem amante de Isabella, depois aplaudiram e disseram que eu tinha o dom. Eu podia improvisar assim como eles.

A princípio, pensei que não passasse de bajulação, mas de uma maneira muito real não me importava se fosse bajulação ou não.

Na manhã seguinte, quando a carroça partiu da aldeia, eu estava nela. Estava escondido na traseira com algumas moedas que conseguira economizar e toda minha roupa embrulhada num cobertor. Eu ia ser ator.

Pois bem, seguindo a velha comédia italiana, Lelio devia ser muito bonito; ele é o amante, como já expliquei, e não usa máscara. Se tem boas maneiras, dignidade, pose aristocrática, tanto melhor, pois isto faz parte do papel.

Bem, a trupe pensava que eu havia sido abençoado em todas essas coisas. Eles me orientaram logo para a próxima apresentação que fariam. E, no dia anterior à nossa encenação do espetáculo, circulei pela cidade – um lugar muito maior e mais interessante do que nossa aldeia, com certeza – anunciando a peça juntamente com os demais.

Estava no paraíso. Mas nem a viagem, nem os preparativos, nem a camaradagem com meus colegas atores chegaram perto do êxtase que senti quando enfim pisei naquele pequeno palco de madeira.

Eu ia em busca de Isabella cheio de paixão. Descobri o dom de dizer versos e ditos espirituosos que jamais suspeitara ter na vida. Podia ouvir minha voz ressoando nos muros de pedra à minha volta. Podia ouvir as risadas da multidão vindo a mim. Quase tiveram que me arrancar do palco para me fazer parar, mas todo mundo sabia que havia sido um grande sucesso.

Naquela noite, a atriz que representava minha enamorada concedeu-me seus favores mais especiais e íntimos. Dormi em seus braços e a última coisa que me lembro ouvir ela dizer foi que, quando fôssemos a Paris, encenaríamos na feira de St.-Germain e depois deixaríamos a trupe e ficaríamos em Paris, trabalhando no bulevar de Temple, até entrarmos na própria Comédie-Française e nos apresentarmos para Maria Antonieta e o rei Luís.

Quando acordei na manhã seguinte, ela havia ido embora junto com todos os atores, e meus irmãos estavam lá.

Eu nunca soube se meus amigos foram subornados para me abandonar, ou se apenas fugiram de susto. Mais provável que seja o último. Seja como for, fui levado de volta para casa mais uma vez.

Claro que minha família ficou totalmente horrorizada com o que eu fizera. Querer ser monge quando se tem doze anos é desculpável. Mas o teatro tinha o sinal do diabo. Até mesmo o grande Molière não havia recebido enterro cristão. E eu fugira com uma trupe de italianos vagabundos e esfarrapados, pintara o rosto de branco e me apresentara com eles numa praça de cidade por dinheiro.

Fui severamente surrado e, quando amaldiçoei todo mundo, fui surrado de novo.

A pior punição, entretanto, foi ver a expressão no rosto de minha mãe. Eu nem sequer lhe dissera que estava indo embora. E a magoara, coisa que nunca antes acontecera.

Mas ela jamais fez algum comentário sobre o assunto.

Aproximou-se de mim, me ouviu chorar. Vi lágrimas em seus olhos. E ela colocou a mão em meu ombro, o que para ela era um gesto bastante incomum.

Não lhe contei como foram aqueles breves dias. Mas acho que ela sabia. Alguma coisa mágica se perdera por completo.

Ela me fez sentar ao seu lado na mesa. Foi condescendente para comigo, na verdade conversou comigo de uma forma que lhe era perfeitamente estranha, até dominar e dissolver o rancor da família.

No final, como havia feito no passado, vendeu outra de suas joias e comprou a excelente espingarda de caça que levei comigo quando fui matar os lobos.

Era uma arma cara e de excelente qualidade e, apesar de minha desgraça, estava muito ansioso para experimentá-la. E ela acrescentou a este outro presente uma luzidia égua de pelo castanho com força e velocidade que eu nunca vira num animal antes. Mas essas coisas eram pequenas comparadas com o enorme consolo que minha mãe me proporcionara.

No entanto, a amargura que eu sentia não abrandou.

Jamais esqueci aqueles momentos em que fui Lelio. Tornei-me um pouco mais impiedoso devido ao acontecido e nunca, nunca mais fui à feira da aldeia de novo. Passei a achar que jamais fugiria dali, e, de maneira bastante estranha, à medida que meu desespero se aprofundava, aumentava minha utilidade.

Eu sozinho infundia o temor a Deus nos criados e arrendatários, na época em que estava com dezoito anos. Eu sozinho providenciava a comida para nós. E, por alguma estranha razão, isso me dava satisfação. Não sei por quê, mas eu gostava de sentar à mesa e pensar que todos ali estavam comendo o que eu providenciara.

Assim, esses momentos me aproximaram de minha mãe. Esses momentos fizeram brotar um amor recíproco que passava despercebido e que talvez não fosse igualado na vida daqueles que viviam ao nosso redor.

E agora ela vinha para perto de mim naquele estranho momento em que, por razões que eu mesmo não compreendia, não poderia suportar a companhia de qualquer outra pessoa.

Com meus olhos no fogo, mal a vi subir e afundar-se no colchão de palha ao meu lado.

Silêncio. Apenas o crepitar do fogo, e a respiração profunda dos cães que dormiam ao meu lado.

Olhei de soslaio para ela e fiquei um tanto quanto chocado.

Ela estivera doente todo o inverno com uma tosse insistente e agora parecia mal de verdade e, pela primeira vez, sua beleza que sempre foi importante para mim mostrava-se vulnerável.

Seu rosto era anguloso e as maçãs perfeitas, muito salientes e bem espaçadas, mas delicadas. A linha do queixo era forte, porém de apurada feminilidade. E tinha olhos muito claros, de cor azul-cobalto, orlados com densos cílios cinzentos.

Se havia alguma imperfeição nela seria talvez porque suas feições eram pequenas demais, travessas demais, fazendo-a parecer uma garotinha. Seus olhos tornavam-se ainda menores quando se zangava, e, embora sua boca fosse doce, com frequência parecia severa. Não virava para baixo, não se contorcia de maneira alguma, parecia uma pequena rosa cor-de-rosa em seu rosto. Mas suas faces eram muito lisas e o rosto estreito e, quando parecia muito séria, a boca, sem sofrer nenhuma mudança, parecia cruel por alguma razão.

Agora estava ligeiramente abatida. Mas ainda me parecia linda. Ainda era bonita. Eu gostava de ficar olhando para ela. Seus cabelos eram cheios e louros, e isso eu herdei dela.

Na verdade, eu me pareço com ela, pelo menos superficialmente. Mas minhas feições são maiores, mais rudes, e minha boca é mais móvel e pode ser muito cruel às vezes. E pode-se perceber o meu estado de espírito em minha expressão, a capacidade de rir de maneira maliciosa e quase histérica que sempre tive não importava o quão infeliz estivesse. Ela não ria com frequência. Podia parecer de uma frieza profunda. No entanto, sempre teve uma doçura de menininha.

Bem, olhei para ela sentada em minha cama – cheguei inclusive a encará-la, imagino –, e, de imediato, ela começou a falar comigo.

– Sei como é – ela me disse. – Você os odeia. Pelo que suportou e pelo que eles não sabem. Eles não têm imaginação para saber o que lhe aconteceu lá na montanha.

Eu senti um prazer indiferente com essas palavras. Transmiti-lhe, em silêncio, o reconhecimento de que ela me entendera perfeitamente.

– Foi a mesma coisa na primeira vez em que dei à luz – ela disse. – Padeci em agonia extrema durante doze horas, e me sentia tomada pela dor, sabendo que o único alívio para o meu sofrimento seria parir ou morrer. Quando acabou, eu estava com seu irmão Augustin em meus braços, mas não queria nenhuma outra pessoa perto de mim. E não foi porque os culpava. Foi apenas porque eu havia sofrido daquela maneira, hora após hora, indo e voltando até o círculo do inferno. Eles não conheciam o círculo do inferno. E me senti calma, por completo. Nesse acontecimento comum, nesse ato simples de dar à luz, compreendi o sentido da solidão absoluta.

– Sim, é isso – eu respondi. Estava um pouco perturbado.

Ela não disse nada. Eu teria ficado surpreso se dissesse. Na verdade, depois de dizer o que viera dizer, ela não iria conversar. Colocou a mão em minha testa – o que lhe era incomum, e quando reparou que eu estava usando as mesmas roupas de caça sujas de sangue após todo aquele tempo, também percebi como aquilo tudo era doentio.

Ela ficou calada durante algum tempo.

E enquanto eu estava sentado ali, olhando para a lareira, quis dizer-lhe milhões de coisas, sobretudo o quanto a amava.

Mas fui cauteloso. Minha mãe costumava me interromper quando eu falava com ela e, mesclado com o meu amor, nutria por ela um forte ressentimento.

Durante toda a minha vida, eu a vira ler seus livros italianos e escrevinhar cartas a pessoas em Nápoles, onde crescera; no entanto, ela não tinha nenhuma paciência para ensinar nem mesmo o alfabeto a mim ou aos meus irmãos. E nada mudara depois que voltei do mosteiro. Eu estava com vinte anos e não conseguia ler ou escrever mais do que algumas orações e meu nome. Eu odiava ver os seus livros; odiava a concentração que lhes dedicava.

E, de um modo vago, eu odiava o fato de que apenas o meu sofrimento extremo conseguia arrancar dela o mais leve zelo ou interesse.

No entanto, ela fora minha salvadora. E não havia ninguém mais além dela. E eu estava cansado de ficar sozinho, talvez, tão cansado como um jovem pode ficar.

Ela estava ali agora, fora dos limites de sua biblioteca, e era atenciosa para comigo.

Finalmente me convenci de que não se levantaria para ir embora e comecei a falar com ela.

– Mãe – eu disse em voz baixa –, tem outra coisa. Antes disso acontecer, houve vezes em que senti coisas terríveis. – Não houve nenhuma mudança em sua expressão. – Quero dizer que às vezes sonhava que podia matar todos eles – acrescentei. – Mato meus irmãos e meu pai em sonhos. Vou de quarto em quarto abatendo-os, como fiz com os lobos. Sinto em mim o desejo de matar...

– Eu também sinto, meu filho – ela disse. – Eu também. – E seu rosto iluminou-se com o mais estranho sorriso enquanto olhava para mim.

Inclinei-me para a frente e olhei-a com mais atenção. Baixei o tom de voz.

– Eu me vejo gritando quando isto acontece – prossegui. – Vejo meu rosto transfigurado e ouço uivos saindo de mim. Minha boca forma um O perfeito, e uivos e gritos saem de mim.

Ela inclinou a cabeça com o mesmo olhar compreensivo, como se uma luz cintilasse por trás de seus olhos.

– E na montanha, mãe, quando estava lutando com os lobos... foi um pouco assim.

– Só um pouco? – ela perguntou.

Assenti com um aceno de cabeça.

– Quando matei os lobos, me senti como se fosse uma pessoa diferente. E agora não sei quem está aqui com você... seu filho Lestat ou aquele outro homem, o matador.

Ela ficou em silêncio durante um longo tempo.

– Não – disse enfim. – Foi você quem matou os lobos. Você é o caçador, o guerreiro. Você é mais forte do que todos aqui, esta é a sua tragédia.

Sacudi a cabeça. Era verdade, mas não importava. Não valia de nada para uma infelicidade como aquela. Mas de que adiantava dizer isso?

Ela desviou o olhar por um momento, depois voltou a me olhar.

– Mas você é muitas coisas – disse. – Não apenas uma coisa. Você é o matador e o homem. E não ceda ao matador que há em você apenas porque os odeia. Não tem que carregar o fardo do crime ou da loucura para ficar livre deste lugar. Com certeza deve haver outras maneiras.

Estas duas últimas frases me impressionaram profundamente. Ela tocara no âmago. E suas implicações me deixaram confuso.

Sempre achei que não poderia ser um bom ser humano se lutasse contra eles. Ser bom significava ser derrotado por eles. A menos, é claro, que eu descobrisse uma definição mais interessante de bondade.

Ficamos em silêncio durante alguns momentos. E aquela pareceu uma intimidade incomum mesmo para nós. Ela estava olhando o fogo, coçando os cabelos densos que estavam enrolados num círculo atrás da cabeça.

– Você sabe o que imagino – ela disse, olhando de novo para mim. – Não tanto o assassinato deles quanto um abandono que os despreze por completo. Imagino-me bebendo vinho até ficar tão bêbada que tire minhas roupas e me banhe nua nos riachos da montanha.

Quase dei uma risada. Mas a ideia era de uma graça sublime. Olhei para ela, sem saber ao certo por um momento se a estava ouvindo corretamente. Mas ela havia dito essas palavras e não terminara.

– E depois me imagino indo para a aldeia – continuou ela –, entrando na estalagem e levando para a cama todos os homens que encontrasse... homens rudes, grandes, velhos, jovens. Apenas ficaria deitada, recebendo um após o outro e sentindo um certo triunfo magnífico, uma espécie de liberação absoluta, sem pensar no que aconteceria com seu pai ou seus irmãos, se estariam vivos ou mortos. Naquele momento, eu seria apenas eu mesma. Não pertenceria a ninguém.

Eu estava chocado e atônito demais para dizer alguma coisa. Mas também era terrivelmente, terrivelmente divertido. Quando pensei em meu pai, meus irmãos e nos arrogantes comerciantes da aldeia e na maneira como reagiriam a tal coisa, achei a ideia quase hilariante.

Se não ri alto, provavelmente foi porque a imagem de minha mãe nua me fez pensar que não devia. Mas não consegui ficar quieto de todo. Ri um pouco e ela sacudiu a cabeça, meio sorrindo. Levantou as sobrancelhas como se dissesse "nós nos entendemos".

No final, caí na risada. Socava o joelho com meu punho e batia com a cabeça na madeira da cama atrás de mim. E ela também quase riu. Talvez à sua maneira silenciosa estivesse rindo.

Momento curioso. A rude sensação de vê-la como um ser humano desapareceu quase por encanto. Nós nos entendíamos, e todo meu ressentimento em relação a ela já não importava mais.

Ela tirou o grampo dos cabelos e deixou-os cair sobre os ombros.

Depois disso, ficamos em silêncio por talvez uma hora. Sem risos ou conversas, apenas o fogo ardendo e ela perto de mim.

Ela se virara de modo a poder ver o fogo. Seu perfil, a delicadeza de seu nariz e lábios, era bonito de se ver. Depois, olhou de volta para mim e disse com a mesma voz firme e desprovida dos excessos da emoção:

– Jamais sairei daqui. Estou morrendo.

Fiquei aturdido. O pequeno choque de antes não foi nada comparado a este.

– Viverei até o final desta primavera – continuou – e é possível que o verão também. Mas não sobreviverei a outro inverno. Eu sei. A dor nos meus pulmões está cada vez pior.

Soltei um abafado grito de angústia. Acho que me inclinei para a frente e disse:

– Mãe!

– Não diga mais nada – ela respondeu.

Acho que ela odiava ser chamada de mãe, mas não consegui evitar.

– Eu só queria falar isto para uma outra alma – ela disse. – Ouvir em voz alta. Estou absolutamente horrorizada com isto. Tenho medo.

Eu quis pegar suas mãos, mas sabia que ela jamais o permitiria. Ela não gostava de ser tocada. Jamais abraçava alguém. E, assim, foi com nossos olhares que nos abraçamos. Meus olhos se encheram de lágrimas enquanto olhava para ela.

Ela afagou minha mão.

– Não pense muito nisso – ela disse. – Eu não penso. Só de vez em quando. Mas você precisa estar preparado para seguir vivendo sem mim, quando o momento chegar. Pode ser mais difícil para você do que imagina.

Tentei dizer alguma coisa, mas não consegui.

Ela me deixou da mesma maneira que havia chegado, em silêncio.

E, embora em nenhum momento houvesse dito coisa alguma sobre minhas roupas, minha barba ou minha aparência deplorável, mandou os criados trazerem roupas limpas, a navalha e água quente. E, em silêncio, deixei que cuidassem de mim.

3

Comecei a me sentir mais forte. Parei de pensar no que havia acontecido com os lobos e pensava nela.

Pensava nas palavras "absolutamente horrorizada" e não sabia o que devia entender por isso, só que elas soavam exatas e verdadeiras. Eu me sentiria dessa maneira se estivesse morrendo devagar. Teria sido melhor morrer nas montanhas com os lobos.

Mas havia algo além disso. Ela sempre havia sido infeliz em silêncio. Odiava a inércia e a desesperança de nossa vida ali, tanto quanto eu odiava. E agora, após oito filhos, três vivos e cinco mortos, estava morrendo. Era o fim para ela.

Tomei a decisão de me levantar se isto a fizesse sentir-se melhor, mas quando tentei não consegui. A ideia de que ela estava morrendo me era insuportável. Andava de um lado para o outro em meu quarto, comia a comida que me levavam, mas ainda não conseguia sair para encontrá-la.

Mas, por volta do fim do mês, chegaram visitas querendo me ver.

Minha mãe entrou e disse que eu precisava receber os mercadores da aldeia, que desejavam me agradecer por ter matado os lobos.

– Ah, que vão para o inferno – respondi.

– Não, você deve descer – ela disse. – Eles trouxeram presentes para você. Ora, cumpra seu dever.

Odiei tudo isso.

Quando cheguei ao salão, deparei-me com os ricos comerciantes, todos homens que eu conhecia bem e todos vestidos para a ocasião.

Mas entre eles havia um jovem que não reconheci de imediato.

Tinha talvez a minha idade, era bem alto e, quando nossos olhos se encontraram, lembrei-me de quem era. Nicolas de Lenfent, filho mais velho do mercador de tecidos, que fora enviado para estudar em Paris.

Agora era uma pessoa de grande beleza.

Vestido com esplêndido casaco de brocado rosa e dourado, usava sapatos com saltos dourados e colarinho com camadas de renda italiana. Só seus cabelos estavam como costumavam ser, escuros e muito ondulados, o que lhe dava uma aparência infantil por alguma razão, embora estivessem presos atrás com uma elegante fita de seda.

Tudo isso, moda parisiense – do tipo que passava o mais rápido que pudesse pela estalagem da aldeia durante alguma viagem.

E lá estava eu para encontrá-lo, com minhas velhas botas de couro e um casaco surrado, com rendas amareladas que haviam sido remendadas mais de dezessete vezes.

Nós nos cumprimentamos, já que ele era evidentemente o porta-voz da aldeia, e então ele retirou do modesto embrulho que carregava uma enorme capa de veludo vermelho, forrada de pele. Coisa magnífica. Quando ele olhou para mim, era inegável que seus olhos brilhavam. Dava para se pensar que ele estava olhando para um soberano.

– Monsieur, suplicamos que aceite isto – disse com muita sinceridade. – As peles mais finas dos lobos foram usadas para forrá-lo, e achamos que lhe ficaria bem no inverno esta capa forrada de pele, quando sair para caçar.

– E essas também, monsieur – disse seu pai mostrando um par de botas de camurça preta, finamente costuradas e forradas de pele. – Para a caça, monsieur – ele acrescentou.

Fiquei um pouco conquistado. Eles demonstravam profunda gentileza, aqueles homens que possuíam uma riqueza com a qual eu apenas podia sonhar me prestavam respeito como a um aristocrata.

Peguei a capa e as botas. Agradeci de maneira tão efusiva como jamais havia agradecido a alguém por alguma coisa.

E ouvi meu irmão Augustin dizer atrás de mim:

– Agora é que ele vai ficar realmente impossível!

Senti meu rosto corar. Era ultrajante ele dizer aquilo na presença daqueles homens, mas, quando olhei de soslaio para Nicolas, vi a expressão mais afetuosa em seu rosto.

– Também sou impossível, monsieur – ele sussurrou quando lhe dei o beijo de despedida. – Algum dia vai deixar-me vir para conversarmos e me contar como matou todos aqueles lobos? Só os impossíveis podem fazer o impossível.

Nenhum dos mercadores jamais me falara daquela maneira. Por um momento, voltamos a ser garotos. E dei uma risada alta. Seu pai ficou desconcertado. Meu irmão parou de cochichar, mas Nicolas de Lenfent continuou sorrindo com serenidade parisiense.

❋

Assim que eles partiram, levei a capa de veludo vermelho e as botas de camurça para o quarto de minha mãe.

Ela estava lendo como sempre, enquanto escovava os cabelos bem devagar. À fraca luz que entrava pela janela, vi o grisalho de seus cabelos pela primeira vez. Contei o que Nicolas de Lenfent havia dito.

– Por que ele é impossível? – perguntei. – Ele disse isso com emoção, como se significasse alguma coisa.

Ela deu uma risada.

– E realmente significa – ela disse. – Ele está em desgraça. – Ela parou de olhar o livro por um momento e olhou para mim. – Você sabe que a vida inteira ele foi educado para ser uma pequena imitação de aristocrata. Bem, durante seu primeiro período letivo estudando Direito em Paris, ele se apaixonou loucamente pelo violino, que coisa! Parece que ouviu um virtuose italiano, um daqueles gênios de Pádua, tão magnífico que diziam que tinha vendido a alma para o diabo. Bem, Nicolas largou tudo de imediato para tomar lições com Wolfgang Mozart. Vendeu seus livros. Não fazia mais nada a não ser tocar e tocar, até que fracassou nos exames. Ele quer ser músico. Pode imaginar?

– E seu pai ficou possesso.

– Exato. Até quebrou o instrumento, e você sabe o quanto significa uma peça valiosa para um bom mercador.

Eu sorri.

– Quer dizer que Nicolas não tem nenhum violino agora?

– Ele tem um. Ele logo escapou para Clermont e vendeu seu relógio para comprar outro. Está bem, ele é realmente impossível e o pior de tudo é que toca muito bem.

– Você já o ouviu?

Ela conhecia a boa música. Havia crescido com ela em Nápoles. Tudo que eu ouvira fora o coro da igreja e os músicos nas feiras.

– Eu o ouvi no domingo quando fui à missa – ela disse. – Estava tocando no quarto do andar superior em cima da loja. Todos puderam ouvi-lo e a seu pai que ameaçava quebrar-lhe as mãos.

Soltei um pequeno arquejo diante daquela crueldade. Estava poderosamente fascinado. Penso que já o amava por fazer o que queria daquele jeito.

– Claro que ele jamais será um grande músico – ela prosseguiu.

– Por que não?

– Passou da idade. Não se pode começar a estudar violino quando se tem vinte anos. Mas que sei eu? Ele toca de maneira mágica, a seu modo. E talvez possa vender a alma para o diabo.

Eu ri um tanto quanto constrangido. A coisa soava trágica.

– Mas por que você não vai até a cidade e faz amizade com ele? – ela perguntou.

– Por que diabo eu deveria fazer isso? – perguntei.

– Lestat, francamente. Seus irmãos vão odiar isso. E o velho mercador vai ficar fora de si de alegria. Seu filho e o filho do marquês.

– Não são razões boas o bastante.

– Ele esteve em Paris – ela disse. Observou-me por um longo momento. Depois voltou a seu livro, escovando os cabelos de vez em quando, de forma preguiçosa.

Observei-a ler, odiando isso. Queria perguntar-lhe como estava, se a tosse estava muito ruim naquele dia. Mas não consegui tocar no assunto.

– Vá até lá e converse com ele, Lestat – ela disse sem olhar de novo para mim.

4

Levei uma semana para decidir que iria procurar Nicolas de Lenfent. Vesti a capa de veludo vermelho forrada de pele, calcei as botas de camurça também forradas de pele e desci a sinuosa rua principal da aldeia em direção à estalagem.

A loja de propriedade do pai de Nicolas ficava do outro lado da estalagem, mas não vi nem ouvi Nicolas.

Eu não tinha mais que o dinheiro suficiente para um copo de vinho e não sabia ao certo como proceder, até que o proprietário apareceu, cumprimentou-me e pôs diante de mim uma garrafa de sua melhor safra.

Claro que aquelas pessoas sempre me trataram como o filho do senhor. Mas pude ver que as coisas haviam mudado por conta dos lobos e, de modo bastante estranho, isto me fez sentir ainda mais solitário do que de costume.

Mas, assim que servi o primeiro copo, Nicolas apareceu, um enorme esplendor de cor no vão da porta aberta.

Não estava tão bem-vestido quanto antes, graças a Deus, mas tudo nele exalava riqueza. Seda, veludo e couro novo em folha.

Estava corado como se houvesse corrido, os cabelos estavam desgrenhados e soprados pelo vento, os olhos estavam cheios de excitação. Fez uma reverência a mim, esperou que o convidasse a sentar-se e depois me perguntou:

– Monsieur, como foi matar aqueles lobos? – E, dobrando os braços sobre a mesa, encarou-me.

– Por que você não me conta como foi em Paris, monsieur? – eu disse e, no mesmo instante, percebi que soara rude e zombeteiro. – Desculpe-me – acrescentei de imediato. – Eu realmente gostaria de saber. Você frequentou a universidade? Estudou mesmo com Mozart? O que as pessoas fazem em Paris? Sobre o que conversam? O que pensam?

Ele deu uma risada suave diante da rápida sucessão de perguntas. Eu também tive que rir. Fiz sinal pedindo outro copo e empurrei a garrafa na direção dele.

– Diga-me – eu disse –, você foi aos teatros em Paris? Viu a Comédie-Française?

– Muitas vezes – ele respondeu de maneira um pouco sumária. – Mas, ouça, a diligência chegará a qualquer momento. Aqui vai ficar barulhento demais. Conceda-me a honra de lhe oferecer a ceia num quarto particular do andar de cima. Eu gostaria de fazê-lo...

E antes que eu pudesse fazer um protesto cavalheiresco, ele já estava providenciando tudo. Subimos para uma pequena câmara, simples porém confortável.

Eu quase nunca entrara em pequenos quartos de madeira e adorei aquele no mesmo instante. A mesa estava posta para a ceia que viria mais tarde, a lareira aquecia de fato o lugar, ao contrário das chamas crepitantes de nosso castelo, e o vidro grosso da janela estava limpo o bastante para se ver o azul do céu de inverno acima das montanhas cobertas de neve.

– Muito bem, vou contar-lhe tudo que queira saber sobre Paris – ele disse em um tom agradável, esperando que eu me sentasse primeiro. – Sim, eu frequentei a universidade. – Deu um sorriso de escárnio como se tudo aquilo tivesse sido desprezível. – E estudei de fato com Mozart, que teria me dito que eu era um caso perdido se não precisasse de alunos. Pois bem, por onde quer que eu comece? Pelo fedor da cidade ou por seu barulho infernal? As multidões famintas que nos cercam em todas as partes? Os ladrões em cada beco, prontos para cortar nossa garganta?

Rejeitei tudo aquilo com um aceno. O sorriso dele era muito diferente de seu tom de voz, seus modos eram francos e atraentes.

– Um teatro parisiense realmente grande... – eu disse. – Descreva-o para mim... como é ele?

*

Creio que ficamos nesse quarto durante quatro horas inteiras e tudo que fizemos foi beber e conversar.

Ele desenhou as plantas dos teatros sobre o tampo da mesa com o dedo molhado, descreveu as peças a que assistira, os atores famosos, as pequenas casas dos bulevares. Em pouco tempo, estava descrevendo tudo de Paris e não se mostrava mais cínico, com minha curiosidade inflamando-o enquanto ele falava da Île de la Cité, do Quartier Latin, da Sorbonne e do Louvre.

Passamos para coisas mais abstratas, a maneira como os jornais noticiavam os acontecimentos, como seus colegas estudantes se reuniam nos cafés para discutir. Ele me contou que as pessoas estavam insatisfeitas e desgostosas com a monarquia. Que queriam uma mudança no governo e que não ficariam caladas por muito tempo. Falou-me dos filósofos, Diderot, Voltaire, Rousseau.

Eu não pude compreender tudo que ele disse. Mas com um discurso rápido, às vezes sarcástico, ele me deu um quadro maravilhosamente completo do que estava acontecendo.

Claro que não me surpreendeu ouvir que as pessoas cultas não acreditavam em Deus, que estavam muitíssimo mais interessadas na ciência, que a aristocracia era malvista, assim como a Igreja. Aquela era a época da razão, não da superstição, e quanto mais ele falava mais eu entendia.

Ele me deu uma visão geral da Encyclopédie, a grande compilação do conhecimento supervisionada por Diderot. E depois foram os salões que ele havia frequentado, os bares, as noitadas com atrizes. Descreveu os bailes públicos no Palais Royal, onde Maria Antonieta aparecia ao lado de gente comum.

– Vou dizer-lhe uma coisa – ele disse no final –, tudo isso soa muitíssimo melhor aqui neste quarto do que é na realidade.

– Não acredito – eu disse com delicadeza. Não queria que ele parasse de falar. Queria que me contasse cada vez mais coisas.

– Estamos numa era secular, monsieur – ele disse enchendo nossos copos com uma nova garrafa de vinho. – Muito perigosa.

– Por que perigosa? – eu sussurrei. – O fim da superstição? O que poderia ser melhor do que isso?

– Falando como um verdadeiro homem do século XVIII, monsieur – ele disse com uma ligeira melancolia no sorriso. – Mas ninguém dá mais valor a coisa alguma. A moda é tudo. Até o ateísmo é uma moda.

Eu sempre tive uma mente secular, mas não por alguma razão filosófica. Ninguém em minha família acreditava muito em Deus ou havia acreditado um dia. Claro que diziam que acreditavam e nós íamos à missa. Mas isso era uma obrigação. A verdadeira crença havia desaparecido em nossa família muito tempo atrás, tal como talvez houvesse desaparecido nas famílias de milhares de aristocratas. Nem mesmo no mosteiro eu acreditava em Deus. Acreditava nos monges à minha volta.

Tentei explicar isso em linguagem simples que não ofendesse a Nicolas, posto que era diferente para sua família.

Até seu miserável pai que vivia para ganhar dinheiro (a quem eu admirava secretamente) era de uma religiosidade fervorosa.

– Mas podem os homens viver sem essas crenças? – Nicolas perguntou em tom quase tristonho. – Podem as crianças enfrentar o mundo sem elas?

Eu estava começando a compreender por que ele era tão sarcástico e cínico. Perdera a velha fé havia pouco tempo. Estava amargurado com isso.

Mas não importava a dureza de seu sarcasmo, uma grande energia brotava dele, uma paixão irreprimível. E isto me atraiu para ele. Acho que eu o amava. Mais outros dois copos de vinho e eu seria capaz de dizer algo absolutamente ridículo como isso.

– Eu sempre vivi sem crença alguma – eu disse.

– É. Eu sei – ele respondeu. – Você se lembra da história das bruxas? Quando você chorou por causa das bruxas?

– Chorei pelas bruxas?

Por um momento, olhei para ele desconcertado. Mas isso despertara algo doloroso, algo humilhante. Muitas de minhas lembranças tinham essa qualidade. E agora eu tinha que me lembrar de ter chorado pelas bruxas.

– Não me lembro – eu disse.

– Nós éramos garotos pequenos. E o padre estava ensinando nossas orações. E nos levou ao local onde nos velhos tempos queimavam as bruxas, as velhas estacas e o solo enegrecido.

– Ah, aquele lugar – eu me arrepiei. – Aquele lugar horrível, horrível.

– Você começou a gritar e a chorar. Mandaram alguém ir buscar a própria marquesa porque sua ama não conseguia acalmá-lo.

– Eu era uma criança pavorosa – eu disse, tentando mostrar indiferença.

Claro que me lembrava agora – os gritos, eu sendo carregado para casa, pesadelos com as fogueiras. Alguém molhando minha testa e dizendo: "Lestat, acorde."

Mas não pensei nesse pequeno incidente durante anos. Era no próprio lugar que pensava sempre que me aproximava dele – o bosque cerrado de estacas enegrecidas, as imagens de homens, mulheres e crianças sendo queimados vivos.

Nicolas estava examinando-me.

– Quando sua mãe chegou para pegá-lo, disse que tudo aquilo era ignorância e crueldade. Ficou muito furiosa com o padre por nos ter contado essas velhas histórias.

Concordei com um aceno de cabeça.

O horror final de ouvir que todos haviam morrido por nada, aquelas pessoas de nossa própria aldeia esquecidas muito tempo atrás, que eram inocentes. “Vítimas da superstição”, minha mãe disse. “Não existem bruxas de verdade.” Não é de admirar que eu tenha gritado e chorado.

– Mas minha mãe – Nicolas disse – contou uma história diferente, disse que as bruxas tinham um pacto com o diabo, que arruinavam as colheitas e que, disfarçadas de lobos, matavam ovelhas e crianças...

– E o mundo não seria melhor se ninguém mais fosse queimado em nome de Deus? – perguntei. – Se não houvesse mais fé em Deus que levasse os homens a fazer isso uns contra os outros? Qual é o perigo de um mundo secular onde horrores como esse não mais aconteçam?

Ele inclinou-se para a frente com as sobrancelhas um pouco franzidas e um ar cheio de malícia.

– Os lobos não feriram você na montanha, feriram? – ele perguntou de brincadeira. – Você não se tornou um lobisomem, monsieur, sem que nós saibamos? – Ele bateu na borda forrada da capa de veludo que eu ainda levava nos ombros. – Lembre-se de que o bom padre disse que queimaram um bom número de lobisomens naqueles tempos. Eles costumavam ser uma ameaça.

Dei uma risada.

– Se eu me tornar um lobo – respondi –, uma coisa posso lhe dizer. Não vou ficar andando por aí para matar as crianças. Irei embora deste inferno miserável de aldeia, onde ainda aterrorizam as crianças pequenas com histórias de bruxas sendo queimadas. Vou pegar a estrada para Paris e só vou parar quando vir suas muralhas.

– E descobrirá que Paris é um inferno miserável – ele disse. – Onde quebram os ossos de ladrões na roda diante da plebe na Place de Grève.

– Não – eu disse. – Verei uma esplêndida cidade onde grandes ideias nascem na mente do povo, ideias que se espalham para iluminar os recantos mais sombrios do mundo.

– Ah, você é um sonhador! – ele disse, mas estava encantado.

Quando sorria, ficava mais que bonito.

– E conhecerei pessoas como você – prossegui –, pessoas que têm ideias na cabeça e um discurso ferino. Sentaremos nos cafés, beberemos juntos, discutiremos ardorosamente e conversaremos pelo resto da vida em divina animação.

Ele estendeu a mão, pôs o braço em torno de minha nuca e me beijou. Quase derrubamos a mesa de tão alegremente bêbados que estávamos.

– Meu senhor, o matador de lobos – ele sussurrou.

Quando chegou a terceira garrafa de vinho, comecei a falar de minha vida como nunca antes havia feito – sobre como era cavalgar até as montanhas todos os dias, indo tão longe que não pudesse ver mais as torres da casa de meu pai, cavalgar além das terras cultivadas até o lugar onde a floresta parecia quase mal-assombrada.

As palavras começaram a jorrar de mim como haviam jorrado dele, e em pouco tempo estávamos falando dos milhares de coisas que sentíamos em nossos corações, coisas íntimas e secretas, e as palavras pareciam ser tão essenciais como eram naquelas raras ocasiões com minha mãe. E enquanto descrevíamos nossos anseios e insatisfações, dizíamos um para o outro, com grande exuberância, coisas como "sim, sim", "exato", "sei muito bem o que você quer dizer" e "sim, claro, você achou que não podia suportar isso" etc.

Uma outra garrafa e um novo fogo. E supliquei a Nicolas que tocasse seu violino para mim. No mesmo instante, ele correu em casa para pegá-lo.

Agora era o final da tarde. O sol declinava pela janela e a lareira estava muito quente. Nós estávamos muito bêbados. Nunca chegamos a pedir a ceia. E acho que eu estava mais feliz do que jamais estivera em minha vida. Deitei-me no encaroçado colchão de palha da pequena cama, com as mãos sob a cabeça, observando-o enquanto retirava o instrumento de sua caixa.

Ele colocou o violino no ombro e começou a dedilhá-lo e a girar as cravelhas.

Depois ergueu o arco e passou-o com força nas cordas para fazer sair a primeira nota.

Eu me sentei, recuei até a parede de painel e encarei-o porque não podia acreditar no som que estava ouvindo.

Ele atacou a música com vigor. Arrancava as notas do violino, e cada nota era translúcida e vibrante. Seus olhos estavam fechados, a boca um pouco contorcida, o lábio inferior caído para o lado, e o que tocou meu coração quase tanto quanto a própria música foi a maneira como ele parecia curvar-se para a música com todo seu corpo, como se sua alma auscultasse o instrumento.

Eu nunca conheci uma música como aquela, com sua crueza, intensidade, as rápidas torrentes de notas brilhantes que saíam das cordas enquanto ele se movia para a frente e para trás. Era Mozart que estava tocando, e tinha toda a alegria, a velocidade e a pura beleza de tudo que Mozart escrevia.

Quando terminou, eu estava olhando fixo para ele e percebi que estava segurando minha cabeça.

– Monsieur, qual é o problema? – ele disse meio desamparado e eu me levantei, joguei meus braços em volta dele, beijei-o em ambas as faces e beijei o violino.

– Pare de me chamar de monsieur. Me chame pelo meu nome.

Deitei-me na cama, enterrei o rosto em meu braço e comecei a chorar, e depois que comecei não pude mais parar.

Ele sentou-se ao meu lado, abraçando-me e perguntando por que eu estava chorando. Embora não pudesse contar para ele, pude ver que ele estava acabrunhado com o fato de sua música ter produzido aquele efeito. Agora não havia nele nenhum sarcasmo ou amargura.

Creio que me levou para casa naquela noite.

E, na manhã seguinte, eu estava parado na tortuosa rua calçada de pedras diante da loja de seu pai, atirando seixos em sua janela.

Quando ele colocou a cabeça do lado de fora, eu disse:

– Não quer descer para continuarmos nossa conversa?

5

A partir de então, quando eu não estava caçando, minha vida passou a ser Nicolas e "nossa conversa".

A primavera se aproximava, as montanhas estavam salpicadas de verde, o pomar de maçãs começava a voltar à vida. E Nicolas e eu estávamos sempre juntos.

Fazíamos grandes caminhadas subindo as encostas rochosas, consumíamos nosso pão e vinho na grama sob o sol, caminhávamos para o sul até as ruínas de um velho mosteiro. Ficávamos à toa em meus aposentos e às vezes subíamos até as ameias. E, quando estávamos bêbados e barulhentos demais para sermos tolerados pelos outros, voltávamos para nosso quarto na estalagem.

E, à medida que as semanas se passavam, nos revelávamos mais e mais um para o outro. Nicolas me contou sobre sua infância na escola, os pequenos desapontamentos da adolescência, aqueles a quem conhecera e amara.

E eu comecei a contar-lhe as coisas dolorosas – e finalmente a velha desgraça da fuga com os atores italianos.

Cheguei a esse ponto uma noite em que estávamos de novo na estalagem, bêbados como sempre. De fato, estávamos naquele momento da embriaguez que nós dois passamos a chamar de o Momento Dourado, quando tudo fazia sentido. Sempre tentávamos prolongar esse momento e depois, de maneira inevitável, um de nós confessaria: "Não consigo acompanhar mais, acho que o Momento Dourado passou."

Nessa noite, olhando pela janela para a lua sobre as montanhas, eu disse que nos Momentos Dourados até que não era tão terrível assim não estarmos em Paris, não estarmos na Ópera ou na Comédie, esperando a cortina subir.

– Você e os teatros de Paris – ele me disse. – Não importa sobre o que estamos conversando, você sempre volta aos teatros e atores...

Seus olhos castanhos estavam muito abertos e confiantes. E, mesmo bêbado como estava, parecia bem-vestido com sua sobrecasaca de veludo vermelho feita em Paris.

– Atores e atrizes são mágicos – eu disse. – Fazem as coisas acontecer no palco, inventam, criam.

– Espere até você ver o suor escorrendo em seus rostos pintados sob o brilho da ribalta – ele respondeu.

– Ah, lá vem você de novo – eu disse. – E logo você que desistiu de tudo para tocar violino.

De repente, ele ficou terrivelmente sério, olhando para o lado como se estivesse cansado de suas próprias lutas pessoais.

– Isso eu fiz mesmo – ele confessou.

Naquela altura, toda a aldeia sabia que ele e seu pai estavam em guerra. Nicki não voltaria para a escola em Paris.

– Você cria vida quando representa – eu disse. – Cria algo a partir do nada. Faz acontecer algo de bom. E, para mim, isso é abençoado.

– Eu faço música e isso me deixa feliz – ele disse. – O que há de abençoado ou de bom nisso?

Fiz um gesto de desprezo como sempre fazia agora diante do seu cinismo.

– Durante todos esses anos vivi entre aqueles que não criam coisa alguma e não mudam nada – eu disse. – Atores e músicos... para mim, eles são santos.

– Santos? – ele perguntou. – Santidade? Bondade? Lestat, sua linguagem me desconcerta.

Eu sorri e balancei a cabeça.

– Você não compreende. Estou falando do caráter dos seres humanos e não do que eles acreditam. Estou falando daqueles que não aceitam uma vida imbecil, só porque nasceram para ela. Refiro-me àqueles que tentam ser algo melhor. Aqueles que trabalham, se sacrificam, fazem coisas...

Ele ficou comovido com isso e eu um tanto quanto surpreso por tê-lo dito. No entanto, senti que o havia magoado de alguma forma.

– Há algo de abençoado nisso – eu disse. – De santidade. E com Deus ou sem Deus, há virtude nisso. Sei disso da maneira como sei que as montanhas estão lá fora, que as estrelas brilham.

Ele me olhou com tristeza. E ainda parecia magoado. Mas, por enquanto, eu não pensava nele.

Estava pensando na conversa que tivera com minha mãe e na minha ideia de que não poderia ser bom desafiar minha família. Mas se eu acreditasse no que estava dizendo...

Ele perguntou como se pudesse ler minha mente:

– Mas você acredita realmente nessas coisas?

– Talvez sim. Talvez não – eu disse.

Não podia suportar vê-lo tão triste assim.

E creio que, mais por conta disso do que por qualquer outra coisa, eu lhe contei toda a história de como havia fugido com os atores. Contei o que nunca dissera a ninguém, nem mesmo a minha mãe, sobre aqueles poucos dias e a felicidade que me proporcionaram.

– Pois bem, como não poderia ter sido bom dar e receber tal felicidade? – perguntei. – Nós demos vida àquela cidade quando encenamos nossa peça. Mágica, eu lhe digo. Poderia curar os doentes, poderia.

Ele sacudiu a cabeça. E eu sabia que havia coisas que ele desejava dizer, que, por respeito a mim, deixava em silêncio.

– Você não compreende, não? – perguntei.

– Lestat, o pecado sempre parece bom – ele disse com ar grave. – Não entende isso? Por que você acha que a Igreja sempre condenou os atores? Foi de Dionísio, o deus do vinho, que o teatro surgiu. Pode-se ler isso em Aristóteles. E Dionísio era um deus que levava os homens à devassidão. Foi bom para você estar naquele palco porque era lascivo e devasso... o antiquíssimo culto do deus das vinhas... e você estava achando divertido desafiar seu pai...

– Não, Nicki. Não, mil vezes não.

– Lestat, somos cúmplices no pecado – ele disse, sorrindo enfim. – Sempre fomos. Nós dois nos comportamos mal, ambos fomos extremamente indecorosos. É isto que nos une.

Agora foi a minha vez de parecer triste e magoado. E o Momento Dourado desaparecera sem prorrogação – a menos que acontecesse algo de novo.

– Vamos – eu disse de repente. – Pegue seu violino e vamos para algum lugar do bosque onde a música não acorde ninguém. Veremos se há alguma virtude nisso.

– Você é louco! – ele disse, mas agarrou a garrafa fechada pelo gargalo e no mesmo instante se dirigiu à porta.

Eu estava bem atrás dele.

Quando saiu de sua casa com o violino, disse:

– Vamos ao lugar das bruxas! Olhe, é lua crescente. A noite está clara. Faremos a dança do diabo e tocaremos para os espíritos das bruxas.

Dei uma risada. Eu tinha que estar bêbado para concordar com aquilo.

– Vamos reconsagrar o local – eu insisti – com a boa e pura música.

Havia muitos e muitos anos que eu não ia ao lugar das bruxas.

A lua estava clara o bastante, como ele havia dito, para se ver as estacas carbonizadas em seu círculo assustador e o solo onde nunca mais nada brotara, mesmo cem anos após as fogueiras. As árvores novas da floresta mantinham-se a distância. De modo que o vento varria a clareira, e acima dela, pendurada na encosta rochosa, a aldeia flutuava nas trevas.

Um ligeiro calafrio passou por mim, mas foi a mera lembrança da angústia que eu sentira em criança ao ouvir aquelas palavras horríveis "queimadas vivas", imaginando o sofrimento.

A renda branca de Nicki brilhava à pálida luz do luar, e ele começou a tocar uma música cigana e a dançar em círculos enquanto tocava.

Sentei-me num toco de árvore largo e carbonizado e bebia direto na garrafa. E veio aquele sentimento de dor, como sempre acontecia quando ouvia a música. Que pecado havia ali, pensei, a não ser o de sobreviver naquele lugar horrível? E em pouco tempo, eu chorava silenciosa e discretamente.

Embora parecesse que a música não houvesse parado, Nicki estava consolando-me. Estávamos sentados lado a lado e ele me disse que o mundo era cheio de iniquidades, que éramos prisioneiros, ele e eu, daquela região remota e medonha da França e que algum dia iríamos fugir dali. E eu pensei em minha mãe no castelo, lá em cima na montanha, e a tristeza me entorpeceu até ficar insuportável, e Nicki começou a tocar de novo, dizendo-me para dançar e esquecer tudo.

Sim, é isso que ela pode fazer com você, eu quis dizer. É isso pecado? Como pode ser o mal? Fui atrás dele enquanto ele dançava em círculos. As notas pareciam estar voando para fora do violino, como se fossem feitas de ouro. Eu quase podia vê-las brilhando. Agora, eu dançava e dançava em volta dele enquanto ele se movia para a frente e para trás executando uma música mais profunda e exaltada. Abri as abas da capa forrada de pele e joguei a cabeça para trás a fim de olhar a lua. A música elevava-se em volta de mim como fumaça e não havia mais o lugar das bruxas. Havia apenas o céu acima arqueando-se sobre as montanhas.

Nos dias que se seguiram, tudo isso serviu para nos aproximar ainda mais.

⁂

Mas algumas noites depois aconteceu algo totalmente extraordinário.

Era tarde. Estávamos na estalagem de novo e Nicolas, que andava de um lado para o outro no quarto e gesticulava dramaticamente, colocou em palavras o que estivera em nossas mentes o tempo todo.

Que devíamos fugir para Paris, mesmo se estivéssemos sem um centavo, que era melhor do que permanecer ali. Mesmo se vivêssemos como mendigos em Paris! Tinha que ser melhor.

Claro que ambos vínhamos desenvolvendo isso.

– Bem, mendigos nas ruas podia ser, Nicki – eu disse. – Porque serei condenado no inferno antes de bancar o primo pobre do campo pedindo esmola nas casas da nobreza.

– Você acha que quero que você faça isso? – ele perguntou. – Estou falando de fugir, Lestat – disse. – Apesar deles, de todos eles.

Será que eu queria continuar daquele jeito? Que nossos pais nos amaldiçoassem. Afinal de contas, nossa vida não tinha *sentido* ali.

Claro que ambos sabíamos que essa fuga conjunta seria mil vezes mais grave do que aquela que eu havia empreendido antes. Já não éramos mais garotos, éramos homens. Nossos pais nos *amaldiçoariam,* e isto era algo que nenhum de nós poderia tratar com desdém.

E também tínhamos idade suficiente para saber o que a pobreza significava.

– O que vou fazer em Paris quando estivermos com fome? – perguntei. – Caçar ratos para o jantar?

– Tocarei meu violino em troca de moedas no bulevar du Temple, se for preciso, e você pode ir aos teatros! – Agora, ele estava realmente me desafiando, estava dizendo: "É só conversa fiada sua, Lestat? Com sua aparência, você sabe, em pouco tempo estaria no palco no bulevar du Temple."

Adorei essa mudança na "nossa conversa"! Adorei vê-lo acreditar que poderíamos fazer isso. Todo seu cinismo desaparecera, muito embora ele empregasse a palavra "apesar" em cada dez palavras que falasse. De repente, parecia possível fazer tudo aquilo.

E aquela noção da falta de sentido de nossas vidas ali começou a nos inflamar.

Insisti na ideia de que a música e a representação eram boas porque afastavam o caos. Caos era a falta de sentido da vida cotidiana, e, se morrêssemos agora, nossas vidas não teriam sido outra coisa que sem sentido. De fato, ocorreu-me que a morte próxima de minha mãe era sem sentido e confidenciei a Nicolas o que ela dissera. "Estou absolutamente horrorizada. Estou com medo."

Bem, se tinha havido um Momento Dourado naquele quarto, já havia desaparecido agora. E uma coisa diferente começou a acontecer.

Devia ser chamado de Momento Sombrio, mas ainda era solene e cheio de uma luz lúgubre. Estávamos falando rapidamente, amaldiçoando aquela falta de sentido, e, quando enfim Nicolas sentou-se e enfiou a cabeça nas mãos, eu tomei alguns entusiásticos goles de vinho e comecei a andar de um lado para o outro a gesticular, como ele fizera antes.

Percebi enquanto falava em voz alta que, mesmo quando morrêssemos, era provável que não descobríssemos a resposta de por que estivemos vivos. Mesmo o ateu confesso provavelmente pensa que na morte obterá alguma resposta. Quero dizer, Deus estará lá ou não haverá coisa alguma.

– Mas é apenas isso – eu disse –, nós não fazemos nenhuma descoberta na hora da morte! Apenas paramos! Passamos para a não existência sem jamais saber de coisa alguma.

Eu via o universo, tinha uma visão do sol, dos planetas, das estrelas, da noite negra continuando para sempre. E comecei a rir.

– Você percebe isso? Jamais saberemos por que diabos tudo isso aconteceu, nem mesmo quando acaba! – berrei para Nicolas que estava recostado na cama, sacudindo a cabeça e bebendo o vinho de um garrafão. – Nós vamos morrer e nem vamos saber. Jamais saberemos, e toda essa falta de sentido vai continuar para sempre. E já não seremos mais testemunhas disso. Nem sequer temos o pequeno poder de dar sentido a isso em nossas mentes. Nós apenas vamos desaparecer, mortos, mortos, mortos, sem nem ao menos saber.

Mas eu havia parado de rir. Fiquei parado e compreendi perfeitamente o que estava dizendo!

Não havia nenhum Dia do Juízo Final, nenhuma explicação derradeira, nenhum momento luminoso no qual todos os erros terríveis fossem corrigidos, todos os horrores redimidos.

As bruxas queimadas nas estacas jamais seriam vingadas.

Ninguém jamais nos esclareceria coisa alguma.

Não, eu não compreendia isso naquele momento. Eu *via*! E comecei a emitir um único som: "oh!", e disse de novo "oh!", depois disse cada vez mais alto e mais alto e mais alto, e deixei a garrafa de vinho cair no chão. Levei as mãos à cabeça e fiquei dizendo isso, e podia ver minha boca aberta naquele círculo perfeito que descrevera para minha mãe e fiquei dizendo: "oh, oh, oh!"

Eu disse como um grande soluço que não podia parar. E Nicolas me segurou e começou a me sacudir, dizendo:

– Lestat, pare!

Eu não conseguia parar. Corri até a janela, levantei o trinco, empurrei para fora a pequena vidraça pesada e olhei para as estrelas. Não pude suportar vê-las. Não pude suportar ver o puro vazio, o silêncio, a ausência absoluta de alguma resposta, e comecei a uivar enquanto Nicolas me afastava do peitoril da janela e fechava o vidro.

– Você vai ficar bem – ele disse várias e várias vezes.

Alguém estava batendo à porta. Era o dono da estalagem, perguntando por que tínhamos que nos comportar daquela maneira.

– Você se sentirá melhor pela manhã – Nicolas ficou insistindo. – Apenas precisa dormir.

Tínhamos acordado todo mundo. Eu não conseguia acalmar-me. Continuei emitindo o mesmo som várias vezes. E saí correndo da estalagem, com Nicolas atrás de mim, desci a rua da aldeia e subi em direção ao castelo, com Nicolas tentando alcançar-me, atravessei os portões e subi para meu quarto.

– Durma, é disso que você precisa – ele ficou dizendo para mim, de maneira desesperada. Eu estava deitado apoiado na parede, com as mãos nos ouvidos, e aquele som continuava saindo: "oh, oh, oh."

– De manhã – ele disse – estará melhor.

*

Bem, não estava melhor de manhã.

E não estava melhor ao anoitecer; na verdade, ficou pior com a chegada da escuridão.

Eu andava e andava e gesticulava como um ser humano normal, mas estava torturado. Estava tremendo. Meus dentes batiam. Eu não conseguia parar. Eu olhava horrorizado para tudo ao meu redor. A escuridão me aterrorizava. A visão das velhas armaduras no salão me aterrorizava. Eu olhava para a maça e o mangual que havia levado para perseguir os lobos. Olhava para os rostos de meus irmãos. Olhava para tudo, vendo a mesma coisa por trás de cada configuração de cores, luz e sombras: a morte. Só que não era a morte como eu pensava nela antes; era a morte da maneira como a via agora. Morte real, morte total, inevitável, irreversível, que não esclarecia coisa alguma.

E, nesse insuportável estado de agitação, comecei a fazer algo que nunca antes havia feito. Voltei-me para aqueles em meu redor e questionei-os sem parar.

– Mas você acredita em Deus? – perguntei a meu irmão Augustin. – Como pode viver se não acredita?

– Mas acredita realmente em alguma coisa? – perguntei a meu pai cego. – Se você soubesse que iria morrer neste exato minuto, esperaria encontrar Deus ou as trevas? Diga-me.

– Você está louco, sempre foi louco! – ele gritou. – Saia desta casa! Você vai nos deixar loucos.

Ele levantou-se, o que era difícil para ele, por ser aleijado e cego, tentou jogar sua taça em mim e errou, claro.

Eu não conseguia olhar para minha mãe. Não conseguia ficar perto dela. Não queria fazê-la sofrer com minhas perguntas. Desci para a estalagem. Não suportava pensar no lugar das bruxas. Não teria caminhado até aquele canto da aldeia por coisa alguma! Colocava as mãos em meus ouvidos e fechava os olhos. "Vão embora", eu dizia quando pensava naqueles que haviam morrido daquele jeito, sem jamais, jamais compreenderem nada.

No segundo dia, não estava melhor.

E não estava nem um pouco melhor no final daquela semana.

Eu comia, bebia, dormia, mas todo momento acordado era puro pânico e pura dor. Fui ao padre da aldeia e perguntei se ele realmente acreditava que o Corpo de Cristo estava presente no altar quando da Consagração. E, após ouvir suas respostas gaguejadas e ver o medo em seus olhos, fui embora mais desesperado do que antes.

– Mas como você vive, como continua respirando, andando e fazendo coisas quando sabe que não existe nenhuma explicação? – Eu estava delirando no final. E então Nicolas disse que talvez a música me fizesse sentir melhor. Ele tocaria o violino.

Fiquei com medo da intensidade disso. Mas fomos ao pomar e, à luz do sol, Nicolas tocou cada canção que sabia. Fiquei sentado ali, com os braços cruzados e os joelhos encolhidos, os dentes batendo embora estivéssemos bem no sol quente, e o sol brilhava no pequeno violino lustrado. Eu observava Nicolas balançando-se com a música diante de mim, enquanto os rudes sons puros dilatavam-se magicamente para encher o pomar e o vale, embora não fosse mágica, e no final Nicolas pôs os braços em volta de mim e nós apenas ficamos ali em silêncio. Então ele disse de maneira muito suave:

– Lestat, creia-me, isso vai passar.

– Toque de novo – eu disse. – A música é inocente.

Nicolas sorriu e concordou com um aceno de cabeça. Mimar o louco.

E eu sabia que não iria passar e nada por enquanto poderia fazer-me esquecer, mas o que sentia era uma gratidão inexprimível pela música, que naquele horror pudesse haver algo tão belo quanto ela.

Você não podia compreender coisa alguma, nem mudar nada. Mas poderia fazer uma música como aquela. E senti a mesma gratidão quando vi as crianças da aldeia dançando, quando vi seus braços levantados e os joelhos dobrados, com os corpos girando ao ritmo das músicas que cantavam. Comecei a chorar ao observá-las.

Perambulei até a igreja e, de joelhos, encostei-me na parede e olhei para as estátuas antigas, sentindo a mesma gratidão ao olhar para os dedos finamente cinzelados, os narizes, as orelhas, a expressão em seus rostos e as dobras das roupas, e não pude impedir-me de chorar.

Pelo menos tínhamos aquelas coisas belas, eu disse. Aquela bênção.

Mas nada que fosse natural me parecia belo agora. A mera visão de uma enorme árvore solitária na campina me fazia tremer e chorar. Que o pomar se enchesse de música.

E deixem-me contar-lhes um pequeno segredo. *Nunca passou, realmente.*

6

O que teria provocado aquilo? Foi a conversa e a bebida no fim de noite, ou teria a ver com minha mãe e o fato de ela ter dito que iria morrer? Teriam os lobos alguma coisa a ver com isso? Seria um feitiço lançado na imaginação pelo lugar das bruxas?

Não sei. Chegou como uma coisa que veio de fora e se instalou em mim. Num minuto era uma ideia, no outro era *real*. Creio que se pode atrair esse tipo de coisa, mas não se pode fazê-la vir.

Claro que abrandou. Mas nunca mais o céu foi da mesma tonalidade de azul de novo. Quero dizer que depois o mundo pareceu diferente para sempre, e mesmo nos momentos de apurada felicidade, havia as trevas à espreita, a sensação de nossa fragilidade e desesperança.

Talvez fosse um pressentimento. Mas não creio. Era mais do que isso e, para ser franco, não acredito em pressentimentos.

❋

Mas, voltando aos fatos, durante todo esse infortúnio, me mantive afastado de minha mãe. Não iria dizer para ela aquelas coisas monstruosas sobre a morte e o caos. Mas ela ouvia todo mundo dizer que eu havia perdido a razão.

E finalmente, na noite do primeiro domingo da Quaresma, ela me procurou.

Eu estava sozinho no quarto e todos da casa haviam descido à aldeia ao crepúsculo para ver a grande fogueira, como era o costume se fazer naquela noite todos os anos.

Eu sempre odiei esta celebração. Tinha algo de horripilante – o crepitar das chamas, as danças e os cantos, os camponeses percorrendo depois as plantações com suas tochas ao som de suas estranhas canções.

Tivemos um padre durante pouco tempo que chamava a cerimônia de pagã. Mas livraram-se dele com bastante rapidez. Os lavradores de nossas montanhas seguiam os velhos rituais. Era para fazer as árvores produzirem e as colheitas crescerem, tudo isso. E, nessa ocasião, mais do que em qualquer outra, achei que estava vendo a espécie de homens e mulheres capazes de queimar bruxas.

Em minha disposição de ânimo atual, aquilo gerava pânico. Sentei-me junto a minha pequena fogueira, tentando resistir ao impulso de ir até a janela e olhar para o enorme fogo que me atraía com tanta força quanto me assustava.

Minha mãe entrou, fechou a porta atrás de si e disse que precisava conversar comigo. Seus modos eram pura ternura.

– O que aconteceu com você foi por causa de minha morte? – ela perguntou. – Diga-me se foi. E coloque suas mãos nas minhas.

Até me beijou. Estava frágil em seu penhoar desbotado, os cabelos desfeitos. Eu não podia suportar ver os traços grisalhos neles. Ela parecia estar definhando.

Mas contei-lhe a verdade. Disse que não sabia e depois expliquei um pouco do que acontecera na estalagem. Tentei não transmitir o horror da coisa, a estranha lógica de tudo. Tentei não tornar a coisa tão absoluta.

Ela ouviu e depois disse:

– Você é um lutador, meu filho. Nunca *aceita*. Você não aceitará nem mesmo quando for o destino de toda a humanidade.

– Não posso! – eu disse com tristeza.

– Eu o amo por isso – ela disse. – É bem típico seu ter percebido isso num minúsculo quarto de estalagem, tarde da noite, quando estava bebendo vinho. E é inteiramente típico de você enfurecer-se da maneira como se enfureceu contra tudo.

Comecei a chorar de novo embora soubesse que ela não estava condenando-me. Então ela pegou um lenço, abriu-o e mostrou várias moedas de ouro.

– Você vai superar isso – ela disse. – Por enquanto, para você a morte pode estragar a vida. Mas a vida é mais importante do que a morte. Você vai perceber isso logo. Agora ouça o que tenho a dizer. Mandei chamar o médico aqui e a velha da aldeia que sabe mais sobre cura do que ele. Ambos concordam comigo que não viverei muito tempo.

– Pare, mãe – eu disse consciente de que estava sendo muito egoísta, mas sem conseguir conter-me. – E dessa vez não haverá presentes. Guarde o dinheiro.

– Sente-se – ela disse.

Apontou para o banco próximo à lareira. Fiz o que ela mandou, relutante. Ela sentou-se ao meu lado.

– Eu sei – ela disse – que você e Nicolas estão pensando em fugir.

– Não irei, mãe...

– Vai esperar a minha morte?

Não respondi. Não posso descrever o que sentia. Eu ainda estava sofrendo, trêmulo, e tínhamos que conversar sobre o fato de que aquela mulher que ainda respirava com vida iria parar de viver e respirar e começaria a apodrecer e se decompor, que sua alma giraria para um abismo, que tudo que ela havia sofrido na vida, inclusive o fim desta, seria reduzido a nada, em absoluto. Seu rosto pequeno parecia uma pintura em um véu.

E da aldeia distante chegava o fraco som do povo que cantava.

– Lestat, quero que você vá a Paris – ela disse. – Quero que pegue este dinheiro que é tudo que me sobrou de minha família. Quero saber que você está em Paris, Lestat; quando chegar a minha hora, quero morrer sabendo que você está em Paris.

Fiquei assustado. Lembrei-me de sua expressão abatida anos atrás, quando me trouxeram de volta da trupe italiana. Fiquei olhando para ela durante um longo tempo. Ela falava quase zangada, tentando me persuadir.

– Estou aterrorizada com a morte – ela disse com voz quase ríspida. – E juro que ficarei louca se não souber que está em Paris e está livre, quando ela enfim chegar.

Indaguei-a com meus olhos. Eu estava perguntando-lhe com meus olhos: "Você está realmente falando sério?"

– Sem dúvida que o mantive aqui tanto quanto seu pai – ela disse. – Não por orgulho, mas sim por egoísmo. E agora vou reparar isto. Verei você partir. E não me importa o que fará quando chegar em Paris, se você canta enquanto Nicolas toca violino, ou se dá saltos-mortais no palco da feira de St.-Germain. Mas vá e faça o que tem de fazer da melhor maneira possível.

Tentei tomá-la em meus braços. A princípio, ela ficou dura, mas depois senti que relaxava, e ela se entregou de modo tão completo a mim naquele momento que creio que compreendi por que havia sido sempre tão contida. Ela chorou, coisa que eu jamais a vira fazer. E eu amei aquele momento com toda sua dor. Fiquei envergonhado por isso, mas não deixei que ela se afastasse. Abracei-a com força e talvez a tenha beijado por todas as vezes que não me deixou fazer isso. Naquele momento, parecíamos duas partes de uma só coisa.

E então ela ficou calma. Pareceu serenar e, lenta porém firmemente, foi soltando-se de mim e afastando-me.

Falou durante um longo tempo. Disse coisas que então não compreendi, que quando me via saindo a cavalo para caçar sentia um prazer maravilhoso, que sentia esse mesmo prazer quando eu irritava a todos e bombardeava meu pai e meus irmãos com perguntas de por que tínhamos de viver da maneira que vivíamos. Falou de uma maneira quase sobrenatural sobre eu ser uma parte secreta de sua anatomia, sobre eu ser para ela o órgão que as mulheres de fato não têm.

– Você é o homem que há em mim – ela disse. – Por isso o mantive aqui, com medo de viver sem você e talvez agora, ao mandá-lo embora, eu apenas esteja fazendo o que fiz antes.

Ela me chocou um pouco. Nunca pensei que uma mulher pudesse sentir ou articular uma coisa como aquela.

– O pai de Nicolas sabe dos seus planos – ela disse. – O dono da estalagem ouviu vocês em segredo. É importante que vocês partam agora mesmo. Pegue a diligência ao amanhecer e escreva-me assim que chegar a Paris. Há missivistas no cemitério de Les Innocents, próximo ao mercado de St.-Germain. Encontre um que saiba escrever em italiano para você. Depois ninguém a não ser eu poderá ler a carta.

Quando ela deixou o quarto, não acreditei direito no que havia acontecido. Por um longo momento, fiquei olhando fixo para a frente. Olhei fixo para minha cama com seu colchão de palha, para os dois casacos que eu possuía e a capa vermelha, e meu único par de sapatos de couro junto à lareira. Olhei pela estreita abertura de uma janela a massa volumosa e negra das montanhas que conhecera durante toda a vida. A escuridão, o desalento afastaram-se de mim por um precioso momento.

E depois desci correndo as escadarias e a montanha em direção à aldeia para ir encontrar Nicolas e dizer-lhe que iríamos para Paris! Nós íamos fazer isto. Dessa vez, nada poderia deter-nos.

Ele estava com sua família, observando a fogueira. E assim que me viu, jogou o braço em torno de meu pescoço, eu enganchei meu braço em volta de sua cintura e arrastei-o para longe das multidões e das chamas em direção ao fim da campina.

O ar cheirava a frescor e verde como só acontece na primavera. Até mesmo o canto dos aldeões não soava tão horrível assim. Eu comecei a dançar em círculos.

– Pegue seu violino! – eu disse. – Toque uma música sobre ir a Paris, pois estamos a caminho. Partiremos pela manhã.

– E como vamos comer em Paris? – ele cantou fingindo tocar um violino invisível com as mãos vazias. – Você vai caçar ratos para a nossa ceia?

– Não pergunte o que faremos quando chegarmos lá! – eu disse. – O importante é apenas chegar lá.

7

Não se passaram nem quinze dias e lá estava eu no meio da multidão do meio-dia no vasto cemitério público de Les Innocents, com suas velhas criptas funerárias e fedorentos túmulos abertos – o mercado mais fantástico que já vi –, e, em meio ao fedor e ao barulho, inclinado sobre um missivista italiano ditando a primeira carta para minha mãe.

Sim, havíamos chegado em segurança após viajar dia e noite, tínhamos alugado um quarto na Île de la Cité, estávamos com uma felicidade indizível, Paris era quente, linda e magnífica mais do que se podia imaginar.

Gostaria de poder pegar eu mesmo a pena e escrever para ela.

Gostaria de poder dizer-lhe como era ver aquelas mansões muito altas, as antigas ruas sinuosas apinhadas de mendigos, vendedores ambulantes e nobres, casas de quatro e cinco andares margeando os bulevares repletos de gente.

Gostaria de poder descrever-lhe as carruagens, com seus enfeites dourados e seus vidros abrindo caminho sobre a Pont Neuf e a Pont Notre-Dame, correndo diante do Louvre, do Palais Royal.

Gostaria de poder descrever as pessoas, os cavalheiros usando meias com babados e bengalas de prata, saltitando na lama com sapatos em tom pastel; as damas com suas perucas incrustadas de pérolas e oscilantes anquinhas de seda e musselina, a minha primeira visão da própria rainha Maria Antonieta caminhando corajosamente pelos jardins das Tulherias.

Claro que ela já havia visto isto anos e anos antes de eu nascer. Tinha vivido com o pai em Nápoles, Londres e Roma. Mas queria contar-lhe o que ela me dera, como era ouvir o coro em Notre-Dame, entrar com Nicolas nos cafés apinhados, conversar com os antigos colegas dele e beber café inglês, como era estar vestido com as finas roupas de Nicolas – ele me forçou a fazer isso – e ficar sob as luzes da ribalta na Comédie-Française, olhando com adoração os atores no palco.

Mas a melhor parte dessa carta talvez tenha sido quando comuniquei o endereço da água-furtada, que chamávamos de lar na Île de la Cité, e a notícia:

"Fui contratado por um teatro de verdade para aprender a profissão de ator com uma bela perspectiva de me apresentar muito em breve."

O que não lhe contei foi que tínhamos de subir seis lances de escada até nosso quarto, que homens e mulheres brigavam e gritavam nas travessas abaixo de nossas janelas, que já estávamos sem dinheiro graças ao fato de eu arrastar nós dois para cada ópera, balé e peça de teatro da cidade. Que o estabelecimento em que eu trabalhava era um pequeno e maltrapilho teatro de bulevar, a um passo de um palanque da feira; que minhas tarefas eram ajudar os atores a se vestir, vender ingressos, varrer e colocar na rua os encrenqueiros.

Mas eu estava no paraíso de novo. E Nicolas também, embora nenhuma orquestra decente da cidade o contratasse. Agora ele estava tocando solos com o pequeno bando de músicos no teatro onde eu trabalhava e, quando estávamos realmente no aperto, ele tocava no bulevar, comigo ao seu lado segurando o chapéu. Éramos descarados!

Subíamos a escada toda noite com nossa garrafa de vinho barato e um pedaço do excelente pão parisiense que era o manjar dos deuses depois do que havíamos comido em Auvergne. E, à luz de nossa única vela de sebo, aquele sótão era o lugar mais glorioso que já havia habitado.

Como mencionei antes, raras vezes havia estado num quartinho de madeira, exceto na estalagem. Bem, aquele quarto tinha paredes e teto de reboco! Era realmente Paris! Tinha assoalho de madeira polida e até uma minúscula lareira com uma chaminé nova, que na verdade formava uma corrente de ar.

Assim, pouco importava se tínhamos que dormir em catres encaroçados e os vizinhos nos acordavam brigando. Estávamos acordando em Paris e podíamos caminhar sem destino, de braços dados, por horas através de ruas e travessas, espiando lojas cheias de joias e pratarias, tapetes e estátuas, riquezas tais que eu nunca havia visto antes. Até mesmo os infectos mercados de carne me encantavam. O barulho e estardalhaço da cidade, a incansável atividade de seus milhares e milhares de trabalhadores, funcionários, artesãos, as idas e vindas de uma multidão sem fim.

De dia eu quase esquecia a visão que tivera na estalagem, e as trevas. A menos é claro que eu vislumbrasse um cadáver não recolhido em alguma travessa imunda, dos quais havia muitos, ou então se eu topasse por acaso com uma execução pública na Place de Grève.

E eu *sempre* me deparava com uma execução pública na Place de Grève.

Eu saía da praça tremendo, quase chorando. Era capaz de ficar obcecado com isso, se não enlouquecido. Mas Nicolas era inflexível.

– Lestat, nada de falar do eterno, do imutável, do impenetrável! – Ele ameaçava bater em mim ou me sacudir se eu começasse.

E quando chegava o crepúsculo – a hora que eu odiava mais que nunca –, tivesse eu visto ou não uma execução, tivesse o dia sido glorioso ou exasperante, eu começava a tremer. E só uma coisa me salvava disso: o calor e a excitação do teatro brilhantemente iluminado, e eu fazia tudo para estar lá dentro antes do cair da noite.

Pois bem, na Paris daqueles tempos, os teatros dos bulevares nem sequer eram casas legalizadas. Só a Comédie-Française e o Théâtre des Italiens eram estabelecimentos sancionados pelo governo e cabia a eles representar todas as peças sérias. Isto incluía tanto a tragédia como a comédia, as peças de Racine, de Corneille, do brilhante Voltaire.

Mas a velha comédia italiana que eu adorava – Pantaleão, Arlequim, Scaramouche e outros – continuava como sempre fora, com equilibristas na corda bamba, acrobatas, malabaristas e marionetes, no palanque de espetáculos das feiras de St.-Germain e de St.-Laurent.

E os teatros do bulevar eram originários dessas feiras. Em minha época, as últimas décadas do século XVIII, eram estabelecimentos permanentes ao longo do bulevar du Temple e, embora se apresentassem para os pobres que não tinham dinheiro para as grandes casas, também reuniam uma plateia muito abastada. Muita gente da aristocracia e da rica burguesia lotava os camarotes para assistir às apresentações do bulevar, porque eram alegres e cheias de bons artistas, não tão formais como as peças do grande Racine e do grande Voltaire.

Nós fazíamos a comédia italiana da maneira como havíamos aprendido, cheia de improvisos, de modo que a cada noite era nova e diferente, embora sempre fosse a mesma. E também cantávamos e fazíamos todos os tipos de absurdo, não apenas porque as pessoas adoravam, mas porque éramos obrigados: não podíamos ser acusados de quebrar o monopólio dos teatros do estado sobre as peças oficiais.

A casa em si era uma ratoeira de madeira que corria o risco de desmoronar, com assentos para não mais que trezentas pessoas, mas seu pequeno palco e cenários eram elegantes; tinha uma luxuosa cortina de veludo azul e os camarotes particulares tinham também cortinas. Seus atores e atrizes eram experientes e verdadeiramente talentosos, ou pelo menos era o que me parecia.

Mesmo se eu não houvesse adquirido aquele recente pavor da escuridão, aquela "doença da mortalidade", como Nicolas insistia em chamá-la, não poderia ter sido mais emocionante a entrada por aquela porta do palco.

Durante cinco ou seis horas todas as noites, eu vivia e respirava num pequeno universo de homens e mulheres que gritavam, riam e brigavam, lutando em favor desse aqui e contra aquele outro, sendo todos nós companheiros nos bastidores, mesmo que não fôssemos amigos. Talvez fosse como estar num pequeno bote no meio do oceano, com todos nós trabalhando em conjunto, incapazes de escaparmos uns dos outros. Era divino.

Nicolas era um pouco menos entusiasmado, mas isso era de esperar. E ficava ainda mais irônico quando seus ricos amigos estudantes apareciam para conversar com ele. Achavam-no um louco por viver como vivia. E para mim, um nobre que empurrava atrizes para dentro de seus trajes e esvaziava baldes de água suja, eles não tinham palavras, em absoluto.

Claro que tudo que aqueles jovens burgueses desejavam de fato era ser aristocratas. Compravam títulos, casavam-se com membros de famílias aristocráticas sempre que podiam. E é uma das pequenas ironias da História o fato de terem se envolvido com a Revolução, ajudando a abolir a classe a qual de fato desejavam juntar-se.

Não me importava se jamais víssemos de novo os amigos de Nicolas. Os atores não sabiam nada sobre minha família e descartei meu verdadeiro nome, de Lioncourt, em favor do muito simples Lestat de Valois, que na verdade não significava coisa alguma.

Eu estava aprendendo tudo que podia sobre teatro. Memorizava, imitava. Fazia infinitas perguntas. E a cada noite interrompia meus estudos o tempo suficiente para aquele momento em que Nicolas tocava seu solo no violino. Ele erguia-se de seu assento na diminuta orquestra, o projetor de luz o destacava dos outros e ele atacava uma pequena sonata, bem suave e apenas curta o suficiente para fazer o teatro vir abaixo.

E durante todo o tempo eu sonhava com meu próprio momento, quando os velhos atores a quem eu observava, importunava, imitava e servia como um lacaio diriam finalmente: "Está bem, Lestat, hoje à noite vamos precisar de você como Lelio. Pois bem, você deve saber o que fazer."

O momento chegou enfim no final de agosto.

Paris estava em sua época mais quente, as noites eram cálidas e a casa estava cheia com uma plateia irrequieta, que se abanava com lenços e folhetos. A grossa pintura branca derretia-se em meu rosto enquanto eu a passava.

Eu usava uma espada de papelão com o melhor casaco de veludo de Nicolas e estava tremendo antes de pisar no palco, imaginando que aquilo seria como ficar esperando para ser executado ou algo parecido.

Mas assim que entrei no palco, virei-me e olhei direto para a sala apinhada de gente e aconteceu a coisa mais estranha. O medo evaporou-se.

Eu sorri exultante para a plateia e me curvei bem devagar. Fitei a encantadora Flaminia como se a estivesse vendo pela primeira vez. Eu tinha que conquistá-la. E a brincadeira começou.

Eu dominava o palco como havia ocorrido anos e anos atrás naquela remota cidade do campo. E enquanto saracoteávamos como loucos no tablado – brigando, abraçando, fazendo palhaçadas –, as risadas sacudiam a casa.

Eu podia sentir a atenção como se fosse um abraço. Cada gesto, cada fala arrancava risos da plateia – era quase fácil demais –, e teríamos continuado ali por mais meia hora se os outros atores, ansiosos para passarem à próxima trama, como a chamavam, não nos tivessem forçado enfim em direção aos bastidores.

A multidão estava de pé para nos aplaudir. E não era aquela plateia do interior sob céu aberto. Eram *parisienses* que gritavam pelo retorno de Lelio e Flaminia.

Nas sombras dos bastidores, tive vertigens. Quase desfaleci. Por enquanto, não podia ver coisa alguma a não ser a visão da plateia me fitando por sobre as luzes do palco. Queria voltar logo para o palco. Agarrei Flaminia, beijei-a e percebi que ela correspondia ao meu beijo de maneira apaixonada.

Então Renaud, o velho administrador, afastou-a de mim.

– Muito bem, Lestat – ele disse como se estivesse zangado com alguma coisa. – Muito bem, você se saiu bem. A partir de agora, vou deixar que se apresente regularmente.

Mas, antes que eu pudesse pular de alegria, metade da trupe se materializou em volta de nós. E Luchina, uma das atrizes, foi logo falando.

– Ah, não, você não vai *deixar* que ele se apresente regularmente! – ela disse. – Ele é o ator mais bonito do bulevar du Temple e você vai contratá-lo direito e pagá-lo direito por isso. Ele não toca mais em vassoura ou pano de chão.

Eu estava aterrorizado. Minha carreira mal começara e estava prestes a acabar, mas para meu espanto Renaud concordou com todos os termos dela.

Claro que fiquei lisonjeado por ser chamado de bonito e compreendi, como compreendera anos atrás, que Lelio, o amante, deve ter considerável estilo. Um aristocrata com alguma educação era perfeito para o papel.

Mas se era para fazer com que as plateias de Paris me notassem de fato, se era para fazê-los falarem de mim na Comédie-Française, eu tinha que ser mais do que um anjo de cabelos louros, caído no palco oriundo da família de um marquês. Eu tinha que ser um grande ator, e isso era exatamente o que eu estava determinado a ser.

❋

Naquela noite, Nicolas e eu comemoramos com uma bebedeira colossal. Convidamos toda a trupe para o nosso quarto, eu subi no telhado escorregadio, abri meus braços para Paris e Nicolas tocou seu violino na janela até acordarmos toda a vizinhança.

A música era arrebatadora, mas as pessoas protestavam e gritavam nos becos, batendo em panelas e caçarolas. Não demos a menor atenção. Estávamos dançando e cantando como havíamos feito no lugar das bruxas. Eu quase caí da beirada da janela.

No dia seguinte, garrafa na mão, ditei toda a história para o missivista italiano, à fedorenta luz do amanhecer no Les Innocents, e tratei de fazer com que a carta fosse despachada de imediato para minha mãe. Eu queria abraçar todo mundo que via nas ruas. Eu era Lelio. Era um ator.

Em setembro, meu nome estava nos folhetos. E também os enviei para minha mãe.

E não estávamos fazendo a velha comédia. Estávamos representando uma farsa de um famoso escritor que, por causa de uma greve geral dos dramaturgos, não pôde ser apresentada na Comédie-Française.

Claro que não podíamos dizer seu nome, mas todo mundo sabia que a obra era sua e a metade da corte estava lotando a Casa de Téspis de Renaud todas as noites.

Eu não era o protagonista, mas era o jovem amante, na verdade uma espécie de Lelio de novo, que era quase melhor do que o ator principal, e roubava todas as cenas em que aparecia. Nicolas me ensinara o papel, repreendendo-me constantemente por não ter aprendido a ler. E, na quarta apresentação, o autor escreveu falas adicionais para mim.

Nicki estava tendo seu próprio momento no intervalo, quando sua mais recente interpretação de uma pequena e frívola sonata de Mozart mantinha a plateia em seus assentos. Até mesmo seus amigos estudantes estavam de volta. Estávamos recebendo convites para bailes particulares. Pelo menos uma vez por semana eu me despencava para Les Innocents para escrever à minha mãe, e enfim enviei para ela o recorte de um jornal inglês, *The Spectator,* que elogiava nossa pequena peça e em especial o malandro de cabelo louro que roubava os corações das damas no terceiro e quarto atos. Claro que não pude ler esse recorte. Mas o cavalheiro que o levou para mim disse que era lisonjeiro, e Nicolas jurou que também era.

Quando chegaram as primeiras noites geladas do outono, usei no palco a capa vermelha forrada de pele. Mesmo que se fosse quase cego, ela poderia ser vista da última fila da galeria. Agora, eu tinha mais jeito com a maquiagem branca, sombreando aqui e ali para acentuar os contornos de meu rosto, e embora meus olhos tivessem um círculo preto e meus lábios estivessem um pouco avermelhados, eu parecia assustador e humano ao mesmo tempo. Eu recebia bilhetes de amor das mulheres na plateia.

Nicolas estava estudando música pelas manhãs com um maestro italiano. Agora, tínhamos dinheiro suficiente para boa comida, lenha e carvão. As cartas de minha mãe chegavam duas vezes por semana e diziam que sua saúde tivera uma mudança para melhor. Ela não estava tossindo tanto como no último inverno. Não estava com dor. Mas nossos pais nos haviam rejeitado e não admitiam qualquer menção aos nossos nomes.

Nós estávamos felizes demais para nos preocupar com isso. Mas o pavor da escuridão, a "doença da mortalidade", ainda estava comigo quando o inverno chegou.

⁂

O frio parecia pior em Paris. Não era limpo como nas montanhas. Os pobres se abrigavam nas soleiras das portas, trêmulos e famintos, as tortuosas ruas sem pavimento ficavam cobertas de neve lodosa e suja. Eu via crianças descalças sofrendo diante de meus olhos, e pelos cantos jaziam mais cadáveres abandonados do que antes. Nunca fiquei tão satisfeito com a capa forrada de pele do que então. Quando saíamos juntos, eu cobria Nicolas com ela e o mantinha próximo a mim, e nós caminhávamos num abraço apertado através da neve e da chuva.

Com frio ou sem ele, não posso exagerar a felicidade que senti naqueles dias. A vida era exatamente o que eu pensava que podia ser. E eu sabia que não ficaria muito tempo no teatro de Renaud. Todo mundo dizia isso. Eu tinha visões dos grandes palcos, de turnê por Londres, pela Itália e até pela América com uma grande trupe de atores. No entanto, não havia razão para me apressar. Minha taça estava cheia.

8

Mas, no mês de outubro, quando Paris já estava congelando, comecei a ver, com bastante regularidade, um estranho rosto na plateia que invariavelmente me distraía. Às vezes, quase me fazia esquecer o que eu estava fazendo, aquele rosto. E depois desaparecia como se houvesse sido minha imaginação. Devo tê-lo visto, de quando em quando, durante uma quinzena antes de enfim mencioná-lo para Nicki.

Eu me sentia ridículo e achei difícil expressar em palavras.

– Tem alguém me observando lá na plateia – eu disse.

– Todo mundo está observando você – Nicki disse. – É isso que você deseja.

Ele se sentia um pouco tristonho naquela noite, e sua resposta foi um tanto quanto ríspida.

Antes, quando estava acendendo a lareira, disse que jamais seria grande coisa com o violino. Apesar de seu ouvido e sua habilidade, havia muita coisa que não sabia. E eu seria um grande ator, ele tinha certeza. Eu disse que aquilo era absurdo, mas dizê-lo foi como uma sombra que caiu em minha alma. Lembrei-me de minha mãe dizendo que era tarde demais para ele.

Ele disse que não estava com inveja. Só estava um pouco infeliz, só isso.

Decidi deixar de lado a questão do rosto misterioso. Tentei pensar em alguma maneira de encorajá-lo. Lembrei-lhe que quando ele tocava despertava profundas emoções nas pessoas e que até os atores nos bastidores paravam para ouvi-lo. Ele tinha um talento inegável.

– Mas quero ser um grande violinista – ele disse. – E receio que jamais serei. Enquanto estávamos em casa, eu podia fingir que seria.

– Você não pode desistir! – eu disse.

– Lestat, deixe-me ser franco com você – ele disse. – As coisas são fáceis para você. Você consegue tudo que deseja. Sei no que você está pensando, em todos aqueles anos em que se sentiu infeliz em casa. Mas, mesmo então, você conseguia tudo aquilo no que se empenhava. E nós partimos para Paris no mesmo dia em que você resolveu fazer isso.

– Você não está arrependido de ter vindo para Paris, está? – perguntei.

– Claro que não. Eu apenas estou querendo dizer que você pensa ser possíveis coisas que não são! Pelo menos, não para os outros. Como matar os lobos...

Um frio passou por mim quando ele disse isso. E, por alguma razão, pensei de novo naquele rosto misterioso da plateia, o tal que me observava. Alguma coisa a ver com os lobos. Alguma coisa a ver com os sentimentos que Nicki estava expressando. Não fazia sentido. Tentei dar de ombros.

– Se você planejasse tocar violino, é provável que neste momento estivesse tocando para a Corte – ele disse.

– Nicki, esse tipo de conversa é veneno – eu disse a meia-voz. – Você não pode fazer outra coisa a não ser tentar obter o que deseja. Sabia que as chances estavam contra você quando começou. Não existe mais nada... a não ser...

– Eu sei. – Ele sorriu. – A não ser a falta de sentido. A morte.

– É – eu disse. – Tudo que você pode fazer é dar sentido à sua vida, torná-la boa...

– Ah, bondade de novo não – ele disse. – Você e sua doença da mortalidade e sua doença da bondade.

Ele estava olhando para o fogo e virou-se para mim com deliberada expressão de desprezo.

– Somos um bando de atores e artistas do teatro de variedades que nem sequer pode ser enterrado em solo sagrado. Somos párias.

– Meu Deus, se ao menos você pudesse acreditar nisso – eu disse –, que fazemos o bem quando levamos outras pessoas a esquecer seu sofrimento, quando fazemos com que esqueçam por um breve momento de que...

– De quê? Que vão morrer? – Ele sorriu de um jeito especialmente perverso. – Lestat, pensei que tudo isso fosse mudar em você quando chegasse em Paris.

– Foi tolo de sua parte, Nicki – respondi. Ele agora me deixava com raiva. – Eu faço o bem no bulevar du Temple. Eu sinto isso...

Parei porque vi de novo o rosto misterioso e uma sensação sombria passou por mim, algo como um pressentimento. No entanto, mesmo aquele rosto assustador estava em geral sorrindo, o que era estranho. Sim, sorrindo... desfrutando...

– Lestat, eu te amo – Nicki disse circunspecto. – Eu te amo como amei poucas pessoas em minha vida, mas de uma maneira real você é um imbecil com todas as suas ideias sobre a bondade.

Dei uma risada.

– Nicolas – eu disse –, não posso viver sem Deus. Até posso chegar a viver com a ideia de que não existe vida depois da morte. Mas não creio que pudesse continuar se não acreditasse na possibilidade da bondade. Em vez de zombar de mim, por que não diz em que acredita?

– Para mim – ele disse –, existe a fraqueza e existe a força. E existe a boa arte e a arte ruim. E é nisso que acredito. No momento, estamos empenhados em fazer o que é arte bem ruim e não tem *nada* a ver com a bondade!

"Nossa conversa" poderia ter-se transformado numa briga total se eu tivesse dito tudo que tinha em mente sobre a pomposidade burguesa. Porque eu acreditava plenamente que nosso trabalho no Renaud era, de muitas maneiras, muito melhor do que aquele que eu via nos grandes teatros. Só a infraestrutura era menos impressionante. Por que um cavalheiro burguês não poderia esquecer as aparências? Como poderia fazer para que ele olhasse outra coisa que não fosse a superfície?

Eu respirei fundo.

– Se a bondade existe mesmo – ele disse –, então sou o oposto dela. Sou o mal e me deleito com ele. Estou me lixando para a bondade. E se você quer saber, não toco o violino para tornar felizes os idiotas que vão ao Renaud. Toco para mim, para Nicolas.

Eu não queria ouvir mais nada. Era hora de ir para a cama. Mas fiquei magoado com aquela pequena discussão e ele sabia disso. Quando comecei a descalçar as botas, ele levantou-se da cadeira e foi sentar-se perto de mim.

– Sinto muito – ele disse com a voz mais desanimada.

Foi uma mudança tão grande da atitude de um minuto atrás que eu olhei para ele, e ele era tão jovem e tão infeliz que não pude deixar de abraçá-lo e dizer-lhe que não devia preocupar-se mais com aquilo.

– Lestat, você tem uma aura – ele disse. – E ela atrai todo mundo para você. Ela está presente mesmo quando você está furioso, ou desanimado...

– Poesia – eu disse. – Ambos estamos cansados.

– Não, é verdade – ele disse. – Há uma luz em você que quase cega. Mas em mim só existem trevas. Às vezes acho que se parecem com as trevas que o contagiaram naquela noite na estalagem, quando você começou a chorar e tremer. Estava tão desamparado, tão despreparado para ela. Tentei afastar aquelas trevas de você porque eu preciso de sua luz. Preciso dela desesperadamente, mas você não precisa das trevas.

– Você é que é o louco – eu disse. – Se pudesse ver a si mesmo, ouvir sua própria voz, sua música... que, é claro, você toca para si mesmo... não veria tanta escuridão, Nicki. Veria a sua própria luz. Triste, sim, mas luz e beleza se juntam em você em mil padrões diferentes.

❋

Na noite seguinte, a apresentação foi especialmente boa. A plateia estava animada, inspirando todos nós a fazer brincadeiras novas. Executei alguns novos passos de dança que, por alguma razão, nunca se mostraram interessantes nos ensaios, mas que funcionaram de maneira milagrosa no palco. E Nicki esteve extraordinário com o violino, executando uma de suas próprias composições.

Mas, lá pelo fim da noite, vislumbrei de novo o rosto misterioso. Ele me abalou mais do que nunca e eu quase perdi o ritmo de minha canção. Na verdade, por um momento pareceu que minha cabeça estivesse girando.

Quando eu e Nicki estivéssemos a sós, eu teria que conversar sobre isso, sobre a sensação peculiar de que havia caído no sono no palco e estive sonhando.

Sentamo-nos junto à lareira com nosso vinho no tampo de um pequeno barril e, à luz do fogo, Nicki parecia tão cansado e desanimado quanto na noite anterior.

Eu não queria importuná-lo, mas não conseguia esquecer o rosto.

– Bem, como ele é? – Nicolas perguntou.

Estava aquecendo suas mãos. E por cima de seu ombro, eu via pela janela uma cidade de telhados cobertos de neve que me fazia sentir mais frio. Eu não estava gostando daquela conversa.

– Esta é a pior parte – eu disse. – Tudo que vejo é um rosto. Ele deve estar usando alguma coisa preta, um casaco e até mesmo um capuz. Mas me parece uma máscara, o rosto, muito branco e estranhamente claro. Quero dizer, as linhas de seu rosto são tão profundas que pareciam ter sido desenhadas com tinta de maquiagem preta. Eu o vejo por um momento. Ele chega a brilhar. Depois, quando olho de novo, não tem mais ninguém lá. Deve ser um exagero da minha parte. É mais sutil do que isso, o modo como ele olha, e no entanto...

A descrição pareceu perturbar Nicki tanto quanto me perturbou. Ele não disse coisa alguma. Mas seu rosto suavizou-se um pouco, como se ele estivesse esquecendo sua tristeza.

– Bem, não quero aumentar suas esperanças – ele disse. Agora, estava sendo muito gentil e sincero. – Mas talvez *seja* mesmo uma máscara que você vê. Talvez seja alguém da Comédie-Française que vai ver seu desempenho.

Eu balancei a cabeça.

– Gostaria que fosse, mas ninguém usaria uma máscara como aquela. E vou dizer-lhe uma outra coisa também.

Ele esperou, mas pude ver que eu estava transmitindo para ele um pouco de minha própria apreensão. Ele estendeu a mão, pegou a garrafa de vinho pelo gargalo e serviu um pouco em meu copo.

– Seja quem for – eu disse –, ele sabe sobre os lobos.

– Ele o quê?

– Ele sabe sobre os lobos.

Eu estava muito inseguro de mim mesmo. Era como contar um sonho que quase havia esquecido.

– Ele sabe que matei os lobos lá em minha terra. Sabe que a capa que uso é forrada com a pele deles.

– Do que você está falando? Quer dizer que já conversou com ele?

– Não, é apenas assim – eu disse.

Aquilo era tão confuso para mim, tão vago. Senti de novo aquela vertigem.

– É o que estou tentando dizer-lhe. Eu nunca falei com ele, nunca estive perto dele. Mas ele sabe.

– Ah, Lestat – ele disse. E reclinou-se no banco. Estava sorrindo para mim da maneira mais afetuosa. – Qualquer dia desses vai começar a ver fantasmas. Você tem a imaginação mais forte do que qualquer pessoa que conheço.

– Não existem fantasmas – eu respondi em tom suave.

Olhei mal-humorado para nosso pequeno fogo. Coloquei mais alguns pedaços de carvão nele.

Todo bom humor desapareceu de Nicolas.

– Que diabo, como ele poderia saber dos lobos? E como você poderia...

– Eu já lhe disse, não sei! – respondi.

Fiquei sentado, pensando e sem dizer coisa alguma, aborrecido, talvez, com o modo como tudo aquilo parecia ridículo.

E então, enquanto ambos continuávamos em silêncio e o fogo era o único som e movimento no aposento, as palavras *matador de lobos* vieram à minha mente de forma bem distinta, como se alguém as tivesse pronunciado.

Mas ninguém as pronunciara.

Olhei para Nicki, dolorosamente consciente de que seus lábios não haviam se movido em nenhum momento, e creio que todo o sangue fugiu de meu rosto. Eu não sentia o temor da morte como sentira em tantas outras noites, mas sentia uma emoção que de fato me era estranha: medo.

Eu ainda estava sentado ali, inseguro demais para dizer alguma coisa, quando Nicolas me beijou.

– Vamos para a cama – ele disse com voz suave.

SEGUNDA PARTE
O LEGADO DE MAGNUS

1

Deviam ser três horas da madrugada; eu tinha ouvido os sinos da igreja durante o sono.

Como todas as pessoas sensatas de Paris, trancávamos nossa janela e porta com barras. Não era bom para um quarto com fogo a carvão, mas o telhado era um caminho para nossa janela. E nós ficávamos trancados lá dentro.

Eu estava sonhando com lobos. Estava na montanha, cercado e girando o antigo mangual medieval. Depois, os lobos estavam mortos de novo e o sonho ficou melhor, só que eu tinha todos aqueles quilômetros para caminhar na neve. O cavalo dava gritos agudos na neve. Minha égua transformou-se num inseto repugnante meio esmagado no chão de pedra.

Uma voz dizia "Matador de Lobos", de modo prolongado e baixo, um sussurro que parecia um chamado e um tributo ao mesmo tempo.

Eu abri os olhos. Ou pensei ter aberto. E havia alguém parado no quarto. Uma figura alta e curvada, de costas para a pequena lareira. Brasas ainda brilhavam na lareira. A luz se movia para cima, delineando com clareza os contornos da figura, depois extinguia-se antes de chegar aos ombros, a cabeça. Mas percebi que estava olhando direto para o rosto branco que havia visto na plateia do teatro; e minha mente, abrindo-se, aguçando-se, percebeu que o quarto estava trancado, que Nicolas estava deitado ao meu lado, que aquela figura estava suspensa sobre nossa cama.

Eu ouvia a respiração de Nicolas. Olhava para o rosto branco.

"Matador de Lobos", a voz disse de novo. Mas os lábios não se mexeram, a figura chegou mais perto e eu vi que o rosto não era uma máscara. Olhos negros, rápidos e astutos olhos negros, e pele branca, exalando um cheiro horrível, como o de roupas mofando em um quarto úmido.

Creio que me levantei. Ou talvez tenha sido erguido. Porque num instante estava de pé. O sono estava sendo tirado de mim como se fosse roupa. Eu recuava para a parede.

A figura estava com minha capa vermelha na mão. Desesperado, pensei em minha espada, em meus mosquetões. Estavam no chão debaixo da cama. E a coisa atirou a capa vermelha em minha direção e então, através do veludo forrado de pele, senti sua mão agarrar a lapela de meu casaco.

Fui puxado para a frente. Fui puxado pelos pés através do quarto. Gritei chamando Nicolas. Eu berrava "Nicki, Nicki" o mais alto que podia. Vi a janela parcialmente aberta e, então, de repente, o vidro explodiu em milhares de fragmentos e a armação de madeira foi quebrada. Eu estava voando sobre a ruela, seis andares acima do solo.

Eu gritava. Chutava aquela coisa que me carregava. Preso pela capa vermelha, eu me debatia tentando libertar-me.

Mas estávamos voando sobre o telhado e agora íamos de encontro a uma parede de tijolos! Eu balançava nos braços daquela criatura e então, bem de repente, fui jogado para baixo na superfície de um lugar alto.

Fiquei deitado por um momento, vendo Paris diante de mim num enorme círculo – a neve branca, as chaminés, os campanários das igrejas e o céu ameaçador. Depois levantei-me, tropeçando em minha capa forrada de pele, e comecei a correr. Corri até a beira do telhado e olhei para baixo. Nada a não ser a pura queda de dezenas de metros; e depois até a outra beirada que era exatamente a mesma coisa. Quase caí!

Girei desesperado, ofegante. Estávamos no alto de alguma torre quadrada com não mais que quinze metros de extensão! E eu não podia ver nada mais alto em nenhuma direção. A figura estava me encarando e eu a ouvi emitir uma risada baixa e áspera, igual ao suspiro de antes.

– Matador de Lobos – disse de novo.

– Maldito! – eu berrei. – Quem, diabos, é você?

E, enfurecido, voei para ele com meus punhos erguidos.

Ele não se mexeu. Eu bati como se estivesse batendo na parede de tijolo. Na verdade, bati com toda força, escorregando na neve, levantando e atacando de novo.

Suas risadas ficavam cada vez mais altas e deliberadamente zombeteiras, mas com forte conotação de prazer que era mais exasperadora do que a zombaria. Eu corri até a beirada da torre e depois voltei-me para a criatura de novo.

– O que você quer comigo? – perguntei. – Quem é você?

Como ele não fizesse outra coisa a não ser dar sua risada irritante, ataquei-o outra vez. Mas dessa vez investi contra o rosto e o pescoço, usando minhas mãos como garras; arranquei o capuz e vi o cabelo preto da criatura e todo o formato de sua cabeça com aparência humana. Pele macia. No entanto, estava tão impassível quanto antes.

Ele recuou um pouco, levantando os braços para brincar comigo, para empurrar-me de um lado para o outro, como um homem empurraria uma criança pequena. Rápido demais para meus olhos, ele desviava o rosto de mim, virando para um lado e depois para o outro, e todos esses movimentos pareciam ser feitos sem nenhum esforço, enquanto eu tentava freneticamente machucá-lo sem poder sentir nada, a não ser aquela macia pele branca deslizando sob meus dedos e talvez, por uma ou duas vezes, seu lindo cabelo preto.

– Valente e forte pequeno Matador de Lobos – ele me disse agora com uma voz mais profunda e sonora.

Parei, ofegante e coberto de suor, encarando-o e vendo os detalhes de seu rosto. As linhas fundas que apenas vislumbrara no teatro, sua boca puxada para cima num sorriso de pilheriador.

– Oh, Deus, ajude-me, ajude-me... – eu disse enquanto recuava.

Parecia impossível que aquele rosto fosse mover-se, mostrar alguma expressão e me fitar com tanto afeto como me fitava.

– Deus!

– Que deus é esse, Matador de Lobos? – ele perguntou.

Virei-me de costas para ele e soltei um terrível urro. Senti suas mãos se fecharem em meus ombros como objetos forjados em metal, e, enquanto me debatia num último frenesi de luta, ele me girou de modo que seus olhos ficassem bem diante de mim, grandes e escuros, os lábios fechados mas ainda sorrindo, e então ele se reclinou e eu senti a ferroada de seus dentes em meu pescoço.

Vindo de todos os contos que li na infância, das velhas fábulas, o nome me ocorreu como algo submerso que se arremessava para a superfície da água escura, irrompendo livre na luz.

– Vampiro! – soltei um último grito desvairado, empurrando a criatura com toda minha força.

E então veio o silêncio. A quietude.

Eu sabia que ainda estávamos no telhado. Sabia que estava preso nos braços da criatura. No entanto, parecia que estávamos flutuando, que estávamos livres da ação da gravidade, que estávamos viajando através da escuridão com muito mais facilidade do que antes.

– Sim, sim – eu queria dizer –, exatamente.

E um grande ruído estava ecoando à minha volta, envolvendo-me, o som grave de um gongo talvez, sendo batido bem devagar, em ritmo perfeito, com sua vibração me invadindo, fazendo com que eu sentisse o prazer mais extraordinário por todo o corpo.

Meus lábios se mexiam, mas nada saía deles; mas isso não tinha importância, de fato. Todas as coisas que eu sempre quis dizer estavam claras para mim e era isso que importava, e não que fossem expressadas. E havia tanto tempo, um tempo longo e suave para se falar ou fazer alguma coisa. Não havia nenhuma urgência, em absoluto.

Êxtase. Eu disse a palavra e ela me pareceu clara, esta palavra única, embora não pudesse falar ou de fato mexer meus lábios. E percebi que não estava mais respirando. No entanto, alguma coisa me fazia respirar. Ela estava respirando por mim e a respiração saía no ritmo do gongo que não tinha nada a ver com meu corpo, e eu o adorei, o ritmo, a maneira como ele soava e soava, e eu não tinha mais que respirar ou falar ou saber coisa alguma.

Minha mãe sorria para mim. Eu disse "eu te amo..." para ela, ela disse "sim, sempre amou, sempre amou...". E eu estava sentado na biblioteca do mosteiro, tinha doze anos de idade e o monge me dizia "um ótimo aluno", e eu abria os livros e podia ler tudo, em latim, grego, francês. As letras desenhadas eram de uma beleza indescritível, e eu girei e fiquei de frente para a plateia no teatro de Renaud, vi que todos estavam de pé, e uma mulher tirou o leque pintado da frente do rosto, era Maria Antonieta. Ela disse "Matador de Lobos", e Nicolas estava correndo em minha direção, gritando para eu voltar. Seu rosto estava cheio de angústia. Seus cabelos estavam soltos e seus olhos com um círculo de sangue. Ele tentou agarrar-me. Eu disse "Nicki, afaste-se de mim!", e percebi com agonia, uma verdadeira agonia, que o som do gongo estava desaparecendo aos poucos.

Eu gritei, implorei. Não pare, por favor, por favor. Não quero que... não... por favor.

– Lelio, o Matador de Lobos – disse a criatura que me segurava pelos braços, e eu estava chorando porque o encantamento estava se quebrando.

– Não, não.

Eu estava pesado de novo, meu corpo retornara a mim com suas dores, sofrimentos físicos e meus próprios gritos abafados. Eu estava sendo erguido, jogado para cima, até que caí nos ombros da criatura e senti seus braços em torno de meus joelhos.

Eu queria dizer "Deus, proteja-me", queria dizer isso com cada partícula de mim, mas não consegui dizer, e lá estava o beco abaixo de mim de novo, aquela queda de dezenas de metros, e toda a Paris inclinada num ângulo aterrador, e havia a neve e o vento que queimava.

2

Eu estava acordado e com sede.

Desejava uma boa dose de vinho branco quase gelado, da maneira como fica quando é retirado da adega no outono. Queria alguma coisa fresca e doce para comer, como uma maçã madura.

Ocorreu-me que eu havia perdido a razão, embora não pudesse dizer por quê.

Abri os olhos e reconheci que era o começo da noite. A luz podia ser da manhã, mas se havia passado tempo demais para isso. Era o anoitecer.

E, por uma larga janela de pedra com barras pesadas, vi morros e bosques, cobertos de neve, e a vasta e diminuta coleção de telhados e torres que formava a cidade ao longe. Eu não a via dessa maneira desde o dia em que cheguei na carruagem postal. Fechei meus olhos e a visão de tudo permaneceu como se eu nunca houvesse aberto os olhos.

Mas não era uma visão. Estava ali. E o quarto estava quente apesar da janela. Tinha havido um fogo no quarto, eu podia sentir o cheiro, mas o fogo se apagara.

Tentei raciocinar. Mas não conseguia parar de pensar em vinho branco frio e nas maçãs na cesta. Podia ver as maçãs. Eu me senti caindo dos galhos da árvore, e senti o cheiro em meu redor da grama recém-cortada.

A luz do sol estava ofuscante nos campos verdes. Brilhava nos cabelos castanhos de Nicolas e no verniz carregado do violino. A música ascendia para as suaves nuvens onduladas. E, sobre o pano de fundo do céu, vi as ameias da casa de meu pai.

Ameias.

Tornei a abrir os olhos.

Eu sabia que estava deitado no quarto de uma torre alta a muitos quilômetros de Paris.

E bem diante de mim, sobre uma tosca mesinha de madeira, estava uma garrafa de vinho branco frio, exatamente como eu havia sonhado.

Olhei para ela durante um longo tempo, olhei as gotículas de gelo que a cobriam, sem poder acreditar que fosse possível alcançá-la e bebê-la.

Nunca havia conhecido a sede que estava sentindo agora. Todo meu corpo estava sedento. E eu estava tão fraco. E sentia um pouco de frio.

O quarto movia-se quando eu me movia. O céu cintilava na janela.

E quando enfim procurei alcançar a garrafa, tirei a rolha e senti aquele aroma acre e delicioso, bebi e bebi sem parar, sem me importar com o que aconteceria comigo, ou onde eu estava, ou por que a garrafa fora colocada ali.

Minha cabeça balançava para a frente. A garrafa estava quase vazia e a cidade distante desaparecia no céu negro, deixando um pequeno mar de luzes por detrás.

Levei as mãos à cabeça.

A cama onde eu havia dormido não era mais que uma pedra com palha jogada por cima e, aos poucos, me dava conta de que poderia estar numa espécie de prisão.

Mas o vinho. Era bom demais para uma prisão. Quem daria um vinho como aquele a um prisioneiro, a menos, é claro, que este fosse ser executado.

E um outro aroma veio a mim, forte, irresistível e tão delicioso que me fez gemer. Olhei em redor ou, eu deveria dizer, tentei olhar em redor porque estava fraco demais para me mexer. Mas a fonte daquele aroma estava próxima a mim, e era uma tigela grande de caldo de carne. O caldo era grosso com pedaços de carne, e eu podia ver o vapor saindo dele. Ainda estava quente.

Agarrei a tigela com ambas as mãos e bebi de maneira tão irrefletida e sôfrega quanto bebi o vinho.

O caldo saciou o meu desejo como se jamais eu houvesse conhecido uma comida como aquela, aquela forte essência de carne cozida. Quando a tigela se esvaziou, eu caí para trás, cheio, quase enjoado, sobre a palha.

Alguma coisa pareceu mexer-se na escuridão perto de mim. Mas eu não estava seguro. Ouvi o tilintar de vidro.

– Mais vinho – uma voz disse para mim, e eu conhecia a voz.

Gradualmente, comecei a me lembrar de tudo. A escalada pelas paredes, o pequeno telhado quadrado, aquele rosto branco sorridente.

Por um momento, pensei: “Não, é impossível, deve ter sido um pesadelo.” Mas não foi. Aconteceu, e, de repente, me lembrei do êxtase, do som do gongo, e me senti ficar tonto como se estivesse perdendo a consciência de novo.

Tentei me controlar. Não deixaria que acontecesse. E o medo se alastrou por mim, de modo que não ousei me mexer.

– Mais vinho – a voz tornou a dizer.

Girando um pouco a cabeça, eu vi uma garrafa nova, com rolha, mas pronta para mim, delineada contra o brilho luminoso da janela.

Senti a sede de novo e, dessa vez, estava acentuada pelo sal do caldo. Enxuguei os lábios, depois estendi a mão para pegar a garrafa e bebi de novo.

Caí para trás contra a parede de pedra e me esforcei para olhar com clareza através da escuridão, meio receoso do que sabia que veria.

Eu estava muito bêbado agora, claro.

Vi a janela, a cidade. Vi a mesinha. E enquanto meus olhos se moviam lentamente pelos cantos escurecidos do quarto, vi que *ele* estava lá.

Ele não estava mais usando a capa preta com capuz, e não estava sentado ou de pé como um homem ficaria.

Parecia estar mais encostado para descansar, sobre o grosso marco de pedra da janela, com um joelho um pouco dobrado na direção desta, e a outra perna comprida e esguia escarrapachada para o outro lado. Seus braços pareciam estar suspensos nos lados.

E toda a impressão era de alguma coisa flácida e sem vida; no entanto, seu rosto estava tão animado quanto na noite anterior. Imensos olhos negros que pareciam esticar a carne branca em vincos profundos, o nariz comprido e fino e a boca com o sorriso de bufão. Havia os dentes caninos que apenas tocavam os lábios sem cor, e os cabelos, uma massa brilhante de preto e prata que subia da testa branca e derramava-se sobre os ombros e braços.

Acho que ele riu.

Eu estava mais que aterrorizado. Nem ao menos conseguia gritar.

Deixei o vinho cair. A garrafa de vidro rolou pelo chão. E quando tentei mover-me para a frente, a fim de recuperar os sentidos e fazer de meu corpo algo mais que aquela coisa bêbada e indolente, ele começou a movimentar de súbito seus membros finos e desengonçados.

Ele avançou para mim.

Não gritei. Soltei um urro grave e irado de terror, me arrastei para fora da cama, passei tropeçando na mesinha e corri dele o mais rápido que pude.

Mas ele me agarrou com compridos dedos brancos, tão fortes e frios como na noite anterior.

– Solte-me, seu maldito, seu maldito, seu maldito! – eu gaguejava.

Minha razão me disse para suplicar e eu tentei.

– Por favor, só irei embora. Deixe-me sair daqui. Você tem que deixar. Solte-me.

Seu rosto macilento assomou acima de mim, os lábios fortemente puxados para as faces brancas, e ele dava uma risada baixa e desenfreada que parecia não ter fim. Eu lutei, empurrando-o em vão, suplicando de novo, gaguejando absurdos e desculpas, depois gritei:

– Deus, me ajude!

Ele colocou uma daquelas mãos monstruosas sobre minha boca.

– Não diga mais isso em minha presença, Matador de Lobos, ou lhe darei como comida para os lobos do inferno – ele disse com um sorrisinho de escárnio. – Hummm? Responda-me. Hummm?

Concordei com um aceno de cabeça e ele afrouxou a mão.

Sua voz tivera um efeito tranquilizador instantâneo. Ele parecia capaz de raciocinar quando falava. Chegava a ser quase refinado.

Levantou as mãos e afagou minha cabeça enquanto eu me encolhia de medo.

– A luz do sol nos cabelos – ele sussurrou – e o céu azul fixado para sempre em seus olhos.

Ele quase parecia meditativo enquanto olhava para mim. Sua respiração não tinha nenhum cheiro, nem seu corpo, pareceu. O cheiro de mofo vinha de suas roupas.

Eu não ousava mexer-me, embora ele não estivesse me segurando. Fitei suas roupas.

Uma velha camisa de seda com mangas amarfanhadas e colarinho franzido. E polainas de lã e surradas calças curtas.

Em suma, ele estava vestido como os homens se vestiam séculos atrás. Eu havia visto roupas como aquelas em tapeçarias de minha casa, nas pinturas de Caravaggio e La Tour penduradas nos aposentos de minha mãe.

– Você é perfeito, meu Lelio, meu Matador de Lobos – ele me disse; sua boca comprida abriu-se bastante, de modo que de novo vi os pequenos caninos brancos. Eram os únicos dentes que tinha.

Eu estremeci, me senti caindo no chão.

Mas ele me agarrou facilmente com um braço e me deitou na cama com um movimento delicado.

Eu rezava com fúria em minha mente, Deus, ajude-me, Virgem Maria, ajude-me, ajude-me, ajude-me, enquanto perscrutava seu rosto.

O que era aquilo que eu estava vendo? O que havia visto na noite anterior? A máscara da velhice, aquela coisa com um sorriso arreganhado profundamente cortado com as marcas do tempo e, no entanto, congelada, ao que parecia, e dura como suas mãos. Ele não era uma coisa viva. Era um monstro. Um vampiro era o que ele era, um cadáver sugador de sangue saído de um túmulo e dotado de intelecto!

E seus membros, por que me aterrorizavam? Ele parecia humano, mas não se movia como humano. Não parecia importar-lhe se andava ou rastejava, inclinava-se ou ajoelhava-se. Ele me causava asco. Contudo, me fascinava. Eu tinha de admitir. Ele me fascinava. Mas eu corria um perigo grande demais para permitir esse estado mental tão estranho.

Agora, ele deu uma risada profunda, com os joelhos bem separados, os dedos encostados em minha face, enquanto seu corpo se arqueava sobre mim.

– Siiiim, meu adorável, é desagradável olhar para mim! – ele disse; sua voz ainda era um sussurro e ele falava em longos arrancos. – Eu já era velho quando me transformei. E você é perfeito, meu Lelio, meu jovem de olhos azuis, mais bonito ainda sem as luzes do palco.

A mão branca e comprida brincava com meus cabelos de novo, levantando e deixando cair os fios enquanto suspirava.

– Não chore, Matador de Lobos – ele disse. – Você foi escolhido e seus pequenos e espalhafatosos triunfos no teatro não serão nada depois que esta noite chegar a seu termo.

Ouvi de novo aquela profusão baixa de risos.

Não havia nenhuma dúvida em minha mente, pelo menos naquele momento, de que ele era do diabo, de que Deus e o diabo existiam, de que além do isolamento que eu havia conhecido horas antes, jazia aquele vasto reino de seres sombrios e propósitos hediondos e que, de alguma maneira, eu fora tragado por ele.

Ocorreu-me de maneira bem clara que eu estava sendo punido por minha vida e, no entanto, isso pareceu absurdo. Milhões de pessoas acreditavam, como eu, no fim do mundo. Por que, diabos, aquilo estava acontecendo comigo? E uma sombria possibilidade começou a tomar forma, de modo irresistível, de que o mundo não tinha mais sentido do que antes, e isso não era nada mais que um outro horror...

– Em nome de Deus, vá embora! – gritei.

Agora, eu *tinha* de acreditar em Deus. Precisava. Era a única esperança. Fiz o sinal da cruz.

Ele me encarou por um momento, com os olhos arregalados de raiva. Depois permaneceu quieto.

Observou-me fazer o sinal da cruz. Ouviu-me invocar Deus várias e várias vezes.

Apenas sorria, tornando seu rosto uma perfeita máscara de comédia do arco do proscênio.

E entrei num espasmo de choro como uma criança.

– Então, o demônio reina no céu e o céu é o inferno – eu lhe disse. – Oh, Deus, não me abandone...

Invoquei todos os santos que adorara, mesmo que apenas por um instante.

Ele me bateu com força no rosto. Eu caí para o lado e quase escorreguei da cama no chão. O quarto dava voltas. O gosto amargo de vinho subiu em minha boca.

E senti de novo seus dedos em meu pescoço.

– Sim, lute, Matador de Lobos – ele disse. – Não vá para o inferno sem uma batalha. Zombe de Deus.

– Eu não zombo! – protestei.

Mais uma vez, ele me puxou para si.

E lutei contra ele com mais força do que já havia lutado contra alguém ou alguma coisa em minha existência, inclusive os lobos. Eu batia nele, chutava, puxava seus cabelos. Mas era o mesmo que estar lutando contras as gárgulas animadas de uma catedral, de tão poderoso que ele era.

Ele apenas sorria.

Então, dissipou-se a expressão de seu rosto, que pareceu ter-se tornado muito comprido. As faces estavam encovadas, os olhos arregalados e quase espantados, e ele abriu a boca. O lábio inferior contraiu-se. Eu vi os dentes caninos.

– Seu maldito, seu maldito, seu maldito! – eu estava urrando e berrando.

Ele se aproximou mais e os dentes entraram em minha carne.

Não dessa vez, eu estava furioso, não dessa vez. Não sentirei. Resistirei. Lutarei por minha alma *desta* vez.

Mas estava acontecendo de novo.

A doçura, a suavidade e o mundo distante, até mesmo ele com sua feiura, estavam estranhamente fora de mim, como um inseto pressionado num vidro que não causa nenhum asco em nós porque não pode tocar-nos, e o som do gongo, o excelente prazer, e então me perdi de todo. Eu era imaterial, o prazer era imaterial. Eu não era outra coisa a não ser o prazer. E entrei de mansinho numa teia de sonhos radiantes.

Vi uma catacumba, um lugar exuberante. E uma criatura branca, um vampiro, despertando numa sepultura rasa. Estava preso por grossas correntes o vampiro; e acima dele inclinava-se esse monstro que me sequestrara, e eu soube que seu nome era Magnus e que ainda era mortal nesse sonho, um grande e poderoso alquimista. E ele desenterrara e amarrara aquele vampiro que dormia pouco antes da hora crucial do anoitecer.

E agora que a luz desaparecia aos poucos do céu, Magnus bebia o sangue mágico e maldito de seu desamparado prisioneiro imortal, que o tornaria um morto-vivo. Era traição, o roubo da imortalidade. Um Prometeu sombrio roubando um fogo luminescente. Risadas na escuridão. Risadas ecoando na catacumba. Ecoando como que através de séculos. E o fedor da sepultura. E o êxtase, absolutamente insondável, e irresistível, e depois chegando ao fim.

Eu estava chorando. Estava deitado na palha e disse:

– Por favor, não pare...

Magnus não estava mais me segurando, minha respiração voltou ao normal e os sonhos se dissolveram. Eu ia caindo e caindo enquanto a noite cheia de estrelas deslizava no alto, joias presas num escuro véu púrpura.

– Inteligente isso. Pensei que o céu fosse... real.

O ar frio do inverno apenas se mexia um pouco naquele quarto. Eu sentia as lágrimas em meu rosto. A sede me consumia.

E longe, muito longe de mim, Magnus estava parado olhando para mim, com as mãos pendendo ao lado de suas pernas finas.

Tentei mexer-me. Estava ansioso. Todo meu corpo estava sedento.

– Você está morrendo, Matador de Lobos – ele disse. – A luz está apagando-se em seus olhos azuis, como os dias se acabam durante todo o verão...

– Não, por favor...

Aquela sede era insuportável. Minha boca estava aberta, ofegante, minhas costas arqueadas. E enfim estava ali, o horror final, a própria morte, daquele jeito.

– Peça, criança – ele disse; seu rosto não era mais uma máscara com um sorriso arreganhado, mas fora transfigurado totalmente pela compaixão. Ele parecia quase humano, quase naturalmente velho. – Peça e receberá – ele acrescentou.

Eu via a água descendo por todas as correntes de montanha de minha infância.

– Ajude-me, por favor.

– Eu lhe darei a água de todas as águas – ele disse em meu ouvido e pareceu não ser mais branco. *Era* apenas um velho, sentado ali ao meu lado. Seu rosto *era* humano e estava quase tristonho.

Mas enquanto eu observava seu sorriso e suas sobrancelhas grisalhas erguerem-se admiradas, eu sabia que não era verdade. Ele não era humano. Era aquele mesmo monstro velho, só que estava cheio com meu sangue!

– O vinho de todos os vinhos – ele murmurou. – Este é meu Corpo, este é meu Sangue.

Depois seus braços me envolveram. Puxaram-me para ele e eu senti um grande calor emanando dele, que parecia estar cheio não de sangue, mas sim de amor por mim.

– Peça, Matador de Lobos, e você viverá para sempre – ele disse, mas sua voz soou cansada e desalentada, e havia algo de distante e trágico em seu olhar intenso.

Senti minha cabeça virar para o lado, meu corpo era uma coisa pesada e desanimada que eu não podia controlar. Não pedirei, morrerei sem pedir, e então o grande desespero que eu tanto temia estava diante de mim, o vazio que era a morte, mas mesmo assim eu disse *Não*. Eu disse *Não,* de puro horror. Não me dobrarei a isso, o caos e o horror. Eu disse *Não.*

– A vida eterna – ele sussurrou.

Minha cabeça tombou em seu ombro.

– Matador de Lobos teimoso.

Seus lábios me tocaram, a respiração quente e sem cheiro em meu pescoço.

– Teimoso não – sussurrei.

Minha voz estava tão fraca que imaginei que ele pudesse não ter me ouvido.

– Corajoso. Não teimoso.

Pareceu sem sentido não dizê-lo. O que era a vaidade agora? O que era qualquer coisa? E teimoso era uma palavra tão trivial, tão cruel...

Ele levantou meu rosto e, segurando-me com a mão direita, ergueu a mão esquerda e cortou a própria garganta com as unhas.

Meu corpo dobrou-se numa convulsão de terror, mas ele pressionou meu rosto contra a ferida e disse:

– Beba.

Ouvi meu grito, ensurdecendo meus próprios ouvidos. E o sangue que jorrava do ferimento tocou meus lábios ressequidos e rachados.

A sede parecia sibilar alto. Minha língua lambeu o sangue. E uma sensação de chicotada tomou conta de mim. Minha boca abriu-se e grudou-se na ferida. Suguei com toda minha força na grande fonte que sabia iria satisfazer minha sede, como nunca antes.

Sangue, sangue e sangue. E não foi apenas a espiral seca e sibilante da sede que foi saciada e dissolvida, foi toda minha ânsia, tudo que eu desejava e a miséria e a fome que eu sempre conhecera.

Minha boca abriu-se, pressionou-se com mais força nele. Eu sentia o sangue escorrendo por toda extensão de minha garganta. Sentia a cabeça dele apoiada em mim. Sentia o aperto forte de seus braços.

Eu estava encostado nele e podia sentir seus músculos, seus ossos, o contorno de suas mãos. Eu *conhecia* seu corpo. No entanto, havia aquele entorpecimento arrastando-se dentro de mim e um formigamento extasiante, enquanto cada sensação infiltrava-se no entorpecimento e era amplificada pela penetração, de modo que se tornava mais plena, mais aguda, e eu quase podia ver o que estava sentindo.

Mas a parte suprema disso continuou sendo o sangue doce e saboroso que me invadia, enquanto eu bebia e bebia.

Mais sangue, mais, era tudo em que eu podia pensar, se é que estava pensando, e toda aquela densa substância era como uma luz passando dentro de mim, parecendo tão brilhante para minha mente, tão ofuscante, aquele fluxo vermelho, e todos os desejos desesperados de minha vida eram saciados mil vezes.

Mas seu corpo, aquele andaime em que eu me pendurava, estava enfraquecendo-se debaixo de mim. Eu podia ouvir sua respiração ofegar. No entanto, ele não me fez parar.

Eu te amo, eu queria dizer, Magnus, meu mestre sobrenatural, criatura medonha que você é, eu te amo, eu te amo, isso foi o que sempre desejei tanto, desejei e jamais pude ter, isso, e você me deu!

Senti que morreria se continuasse, mas continuei e não morri.

Mas, muito de repente, senti suas adoráveis mãos suaves acariciando meus ombros e, com sua força, incalculável, ele me empurrou para trás.

Soltei um longo grito melancólico. Seu tormento me alarmou. Mas ele estava puxando-me para ficar de pé. Ainda me segurava nos braços.

Levou-me até a janela e eu fiquei olhando para fora, com as mãos sobre o peitoril de pedra. Eu estava tremendo e o sangue em mim pulsava em todas as minhas veias. Encostei a testa nas barras de ferro.

Muito longe lá embaixo estava o cume escuro de uma colina, coberto de árvores que pareciam brilhar sob a tênue luz das estrelas.

E, mais além, a cidade com sua imensidão de pequenas luzes mergulhadas não em trevas, mas sim numa suave névoa violeta. A neve brilhava por toda parte, derretendo-se. Telhados, torres, muros formavam uma sequência interminável de molduras cor de lavanda, malva e rosa.

Era a metrópole que se esparramava.

E, quando estreitei os olhos, vi um milhão de janelas como se fossem muitas projeções de feixes de luz e, como se não bastasse, vi ao fundo o movimento inconfundível das pessoas. Minúsculos mortais em ruas minúsculas, cabeças e mãos tocando-se nas sombras, um homem solitário, não mais que uma pequena mancha subindo um campanário batido pelo vento. Um milhão de almas na matizada superfície da noite e, vindo suavemente pelo ar, uma indistinta onda de incontáveis vozes humanas. Gritos, canções, os mais tênues filetes de música, a batida surda dos sinos.

Eu gemi. A brisa parecia levantar meus cabelos e eu ouvi minha própria voz soar como nunca tinha ouvido antes.

A cidade turvava-se. Eu a deixei ir embora, com seu enxame de milhares de habitantes se perdendo de novo no vasto e maravilhoso jogo de sombra lilás e luz efêmera.

– Oh, o que foi que você fez, que foi isso que me deu?! – sussurrei.

E parecia que minhas palavras não saíam umas após as outras, mas sim que fluíam juntas até que todo meu gritar se tornou um imenso som coerente que ampliava perfeitamente meu horror e minha alegria.

Se existia um Deus, ele não tinha importância agora. Ele fazia parte de algum reino triste e monótono cujos segredos haviam sido saqueados muito tempo antes, cujas luzes se apagaram muito tempo atrás. Aquilo era o centro pulsante da própria vida, em torno do qual girava toda a verdadeira complexidade. Ah, o fascínio daquela complexidade, a sensação de estar *lá*...

Atrás de mim, ouvi o monstro arrastando os pés sobre as pedras.

E quando girei, eu o vi branco, vazio de sangue e como uma enorme casca seca de si mesmo. Seus olhos estavam manchados com lágrimas vermelhas de sangue, e ele me estendeu a mão como se estivesse sofrendo.

Puxei-o contra meu peito. Sentia por ele um amor tão forte como nunca antes havia conhecido.

– Ah, você não está vendo? – Sua voz medonha, com suas palavras compridas eram sussurros sem fim. – Meu herdeiro escolhido para receber de mim o Dom das Trevas, com mais fibra e coragem do que dez mortais, que Filho das Trevas você será!

Beijei suas pálpebras. Juntei seus macios cabelos negros em minhas mãos. Agora, ele não era para mim nenhuma coisa medonha, mas apenas uma criatura estranha e branca, talvez cheia de lições mais profundas do que as árvores na colina ou o grito da cidade que me chamava a quilômetros de distância.

Suas faces encovadas, sua longa garganta, suas pernas finas... nada mais eram que partes naturais dele.

– Não, frangote – ele suspirou. – Poupe seus beijos para o mundo. Chegou minha hora e você só me deve obediência. Agora, siga-me.

3

Ele me arrastou para baixo através de uma escada em espiral. E tudo que eu contemplava me absorvia. As pedras com cortes irregulares pareciam emitir sua própria luz e até mesmo os ratos que passavam em disparada na escuridão possuíam uma estranha beleza.

Ele destrancou uma pesada porta de madeira com estrutura de ferro e, entregando-me a pesada argola de chaves, introduziu-me em um enorme quarto árido.

– Você agora é meu herdeiro, como já falei – ele disse. – Você tomará posse desta casa e de todo meu tesouro. Mas, primeiro, terá que fazer o que eu disser.

As janelas com grades davam vista ilimitada para as nuvens iluminadas pela lua, e eu vi de novo a cidade em suave bruxuleio, como se estivesse abrindo os braços.

– Ah, mais tarde você poderá beber tudo que vê até se fartar – ele disse.

Ele virou-me em sua direção enquanto estava parado diante de uma enorme pilha de madeira que jazia no centro do chão.

– Ouça com atenção – ele disse. – Pois estou prestes a deixá-lo. – Fez um gesto brusco para a madeira. – E há coisas que você precisa saber. Agora, você é imortal. E, muito em breve, sua natureza o conduzirá para sua primeira vítima humana. Seja rápido e não demonstre nenhuma misericórdia.

Mas interrompa o seu banquete, não importa o quão delicioso seja, antes que o coração da vítima deixe de bater. Daqui a anos, você será forte o bastante para sentir esse grande momento, mas por enquanto passe a taça antes que ela fique vazia. Se não pagará caro por seu orgulho.

– Mas por que você está me deixando? – perguntei em desespero.

Agarrei-o. Vítimas, misericórdia, banquete... eu me sentia bombardeado por aquelas palavras, como se estivessem atingindo meu corpo.

Ele afastou-se com tanta facilidade que minhas mãos se machucaram com o movimento, e girei os braços olhando para as mãos, maravilhado com a estranha qualidade da dor. Não era como a dor dos mortais.

Ele parou, entretanto, e apontou para as pedras na parede oposta. Pude ver que uma pedra muito grande havia sido deslocada e jazia a trinta centímetros da superfície intacta a seu redor.

– Pegue aquela pedra – ele disse – e puxe-a para fora da parede.

– Mas não posso – eu disse. – Deve pesar...

– Retire-a!

Ele apontou com um de seus dedos compridos e ossudos e fez uma careta, de modo que tentei fazer o que ele mandara.

Para meu total espanto, consegui mover a pedra facilmente, e vi atrás dela uma abertura escura, de tamanho suficiente para um homem entrar rastejando com o rosto no chão.

Ele soltou uma gargalhada seca e balançou a cabeça.

– Isto, meu filho, é a passagem que leva ao meu tesouro – ele disse. – Faça o que quiser com meu tesouro e com todas as minhas propriedades terrenas. Mas, agora, preciso cumprir meu juramento.

E de novo para meu espanto, ele arrancou dois galhos finos da madeira e esfregou-os com tanta fúria que em pouco tempo pegaram fogo com pequenas chamas brilhantes.

Atirou-os sobre a pilha e a resina que havia nela fez com que o fogo saltasse de imediato, lançando uma imensa luz no teto abobadado e nas paredes de pedra.

Eu ofeguei e dei um passo para trás. A profusão de cor amarela e laranja me encantava e assustava, e o calor não me causava uma sensação, embora eu o sentisse. Eu compreendi. Não havia o aviso de perigo natural, de que eu poderia ser queimado por ele. Ao contrário, o calor era delicioso e eu percebi pela primeira vez o quanto estava frio. O frio era como uma cobertura de gelo que caíra sobre mim, mas o fogo a estava dissolvendo e eu quase gemia.

Ele deu outra risada, aquela risada cavernosa e entrecortada, e começou a dançar ao redor da luz, com suas pernas finas fazendo-o parecer um esqueleto dançante com o rosto branco de um homem. Curvou os braços sobre a cabeça, dobrou o tronco e os joelhos e começou a girar enquanto dava voltas em torno da fogueira.

– *Mon Dieu!* – eu sussurrei.

Eu sentia vertigens. Podia ter sido horripilante vê-lo dançar daquela maneira uma hora atrás, mas agora, com o resplendor bruxuleante, ele era um espetáculo que me atraía passo a passo. A luz explodia em seus farrapos de cetim, nas calças que usava, na camisa maltrapilha.

– Mas você não pode deixar-me! – supliquei, tentando manter o pensamento claro, tentando compreender o que ele estivera dizendo.

Minha voz soou monstruosa em meus ouvidos. Tentei torná-la mais baixa, mais suave, mais como deveria ser.

– Aonde você vai?

Então, ele soltou a risada mais alta, dando palmadas na coxa e dançando mais rápido e cada vez mais distante de mim, com as mãos estendidas como que para abraçar o fogo.

Somente agora começavam a queimar os troncos mais grossos. O quarto em todo seu tamanho era como um enorme forno de barro, com a fumaça saindo pelas janelas.

– Não no fogo – disse eu recuando até a parede. – Você não pode entrar no fogo.

O medo me dominava, assim como cada visão e som me dominavam. Era parecido com todas as sensações que eu conhecera até ali. Eu não conseguia resistir ou negar. Eu gritava e choramingava ao mesmo tempo.

– Oh, sim, posso sim. – Ele riu. – Sim, eu posso! – Jogou a cabeça para trás e deixou que sua risada se prolongasse, transformando-se em uivos. – Mas você, frangote – ele disse parando diante de mim com o dedo esticado de novo –, prometa agora. Vamos, uma pequena reverência mortal, meu bravo Matador de Lobos, ou então, embora isso vá me partir o coração, eu o jogarei na fogueira e procurarei outro descendente. Responda-me!

Tentei falar. Balancei a cabeça concordando.

Sob a intensa luz, pude ver que minhas mãos se tornaram brancas. E senti uma pontada de dor no lábio inferior que quase me fez gritar.

Meus dentes caninos superiores já se haviam transformado em presas! Eu os sentia e olhei para ele em pânico, mas ele me olhava de soslaio como se estivesse desfrutando de meu terror.

– Agora, depois que eu for queimado – ele disse agarrando meu pulso – e o fogo se apagar, você *deve* espalhar as cinzas. Ouça-me, meu pequeno. Espalhe as cinzas. Ou então poderei retornar, e não ouso pensar em que forma. Mas tome nota de minhas palavras, se você permitir que eu volte, mais hediondo do que sou agora, vou caçá-lo e queimá-lo até ficar tão cicatrizado como eu, você me ouviu?

Eu ainda não podia forçar-me a responder. Aquilo não era medo. Era o inferno. Eu podia sentir meus dentes crescendo e todo meu corpo formigando. Concordei freneticamente com um aceno de cabeça.

– Ah, sim. – Ele sorriu, balançando também a cabeça; o fogo lambia o teto atrás dele e a luz derramava-se pelos cantos de seu rosto. – É só misericórdia que estou pedindo, pois agora vou encontrar o inferno, se é que existe inferno, ou o doce esquecimento que sem dúvida não mereço. Se existe um Príncipe das Trevas, então enfim irei pôr os olhos nele. Cuspirei no rosto dele. Portanto, espalhe o que for queimado, tal como lhe ordeno, e quando isso terminar, vá até o meu esconderijo através daquela passagem baixa, tendo todo o cuidado de recolocar a pedra depois que entrar. Você encontrará lá dentro meu ataúde. E nesse ataúde ou em outro parecido, você deve trancar-se de dia, para repousar, se não a luz do solo queimará até transformá-lo em cinzas. Grave minhas palavras, nada na terra poderá dar fim à sua vida a não ser o sol, ou um fogo como este que você está vendo, e mesmo assim, somente, é o que digo, se suas cinzas forem espalhadas depois.

Desviei meu rosto dele e das chamas. Comecei a chorar e a única coisa que me impedia de soluçar era a mão com que eu cobria a boca.

Mas ele me puxou em torno da fogueira até chegarmos diante da pedra solta, com o dedo apontando para ela de novo.

– Por favor, fique comigo, por favor – eu implorei. – Só mais um pouco, só uma noite, eu lhe suplico.

Mais uma vez, o volume de minha voz me aterrorizou. Não era minha voz, em absoluto. Eu o envolvi com os braços, abracei-o com força. Seu rosto branco e macilento estava inexplicavelmente belo para mim, os olhos negros cheios da expressão mais estranha.

A luz bruxuleava em seus cabelos, seus olhos, e mais uma vez ele formou na boca um sorriso de bufão.

– Ah, filho ganancioso – ele disse. – Não basta ser imortal com o mundo inteiro para lhe servir de repasto? Adeus, meu pequeno. Faça o que eu disse. Lembre-se, as cinzas! E do outro lado dessa pedra, a câmara interna. Lá dentro está tudo de que você precisa para prosperar.

Lutei para agarrá-lo. E ele deu uma risada baixa em meu ouvido, assombrado com minha força.

– Excelente, excelente – ele sussurrou. – Agora, viva para sempre, belo Matador de Lobos, com os dons que a natureza lhe dá, e descubra por si mesmo todos aqueles dons inaturais que acrescentei.

Ele me afastou dele fazendo-me tropeçar. E pulou tão alto e tão distante, bem no meio das chamas, que pareceu estar voando.

Eu o vi descer. Vi suas roupas pegarem fogo.

Sua boca pareceu tornar-se uma tocha, e então, de repente, seus olhos se arregalaram, sua boca tornou-se uma enorme caverna preta no esplendor das chamas e sua risada subiu num volume tão agudo que eu tapei os ouvidos.

Ele parecia pular de quatro para cima e para baixo nas chamas, e, de súbito, percebi que meus gritos haviam abafado sua risada.

Os braços e pernas, finos e pretos, subiam e desciam, subiam e desciam, e então, de repente, pareceram murchar. O fogo mudou de posição, rugindo. E, agora, em seu centro eu não conseguia ver coisa alguma a não ser as próprias chamas.

No entanto, eu ainda gritava. Caí de joelhos com as mãos sobre os olhos. Mas ainda podia ver, mesmo com as pálpebras fechadas, uma vasta explosão de centelhas uma após a outra até que pressionei a testa contra as pedras.

4

Pareceu-me que passei anos deitado no chão, observando o fogo extinguir-se em madeira carbonizada.

O quarto esfriara. O vento gelado penetrava através da janela aberta. E eu fiquei chorando e chorando. Meus próprios soluços reverberavam em meus ouvidos até que senti que não podia suportar o som deles. E não era nenhum consolo saber que todas as coisas estavam ampliadas naquele estado, até mesmo o tormento que sentia.

De vez em quando, eu rezava de novo. Implorava perdão, embora não soubesse dizer perdão para quê. Rezava para a Virgem Maria, para os santos.

Murmurei as preces da ave-maria várias e várias vezes, até se tornarem um cântico sem sentido.

E minhas lágrimas eram gotas de sangue que manchavam minhas mãos quando eu enxugava o rosto.

Então, deitei-me prostrado sobre as pedras, não mais murmurando orações, mas sim aquelas súplicas desarticuladas que fazemos diante de tudo que é poderoso, tudo que é sagrado, tudo que possa ou não existir com que nome for. Não me deixem sozinho aqui. Não me abandonem. Estou no lugar das bruxas. Não me deixem cair ainda mais do que já caí nesta noite. Não deixem que isto aconteça... *Lestat, acorde.*

Mas as palavras de Magnus voltaram a mim, várias e várias vezes: *Encontrar o inferno, se é que existe inferno... Se existe um Príncipe das Trevas...*

No final, levantei-me apoiando-me sobre as mãos e joelhos. Estava tonto e exasperado, quase com vertigem. Olhei para o fogo e vi que ainda poderia reavivá-lo e me atirar dentro dele.

Mas mesmo enquanto me forçava a imaginar essa agonia, sabia que não tinha nenhuma intenção de fazê-lo.

Afinal de contas, por que deveria fazer? O que fizera para merecer o destino das bruxas? Não queria estar no inferno, nem por um momento. Com toda a certeza, não iria para lá apenas para cuspir no rosto do Príncipe das Trevas, fosse ele quem fosse.

Pelo contrário, se eu era uma coisa maldita, então que o maldito viesse atrás de mim! Ele que me contasse por que eu deveria sofrer. Eu gostaria verdadeiramente de saber.

Quanto ao esquecimento, bem, podemos esperar um pouquinho por ele. Podemos pensar no assunto, durante algum tempo... pelo menos.

Uma estranha serenidade invadiu-me aos poucos. Era sombria, cheia de amargura e crescente fascinação.

Eu não era mais humano.

E enquanto estava agachado lá pensando nisso e olhando para as brasas que se apagavam, uma imensa força se concentrava em mim. Pouco a pouco, desapareceram meus soluços infantis. E comecei a examinar a brancura de minha pele, a agudeza dos dois dentes pequenos e malignos e o modo como as unhas brilhavam no escuro, como se tivessem sido envernizadas.

Todas as pequenas dores conhecidas estavam saindo de meu corpo. E o calor persistente que saía da madeira fumegante me fazia bem, como um agasalho me envolvendo.

O tempo passou; no entanto, tudo continuava parado.

Cada mudança na corrente de ar era como uma carícia. E, quando chegou da cidade, suavemente iluminada ao longe, um coro de confusos sinos de igreja batendo as horas, eles não marcavam a passagem do tempo mortal. Eram apenas a música mais pura e eu fiquei atordoado, de boca aberta, enquanto fitava as nuvens que passavam.

Mas comecei a sentir uma dor renovada em meu peito, muito intensa e viva.

Percorria minhas veias, comprimia minha cabeça e depois parecia concentrar-se em meus intestinos e estômago. Estreitei os olhos. Empinei a cabeça para um lado. Percebi que não estava com medo dessa dor; ao contrário, a estava sentindo como se a escutasse.

E então compreendi a sua causa. Eu evacuava em uma pequena torrente que era incapaz de controlar. No entanto, enquanto observava a mancha de sujeira em minhas roupas, não sentia nojo.

Ratos entravam furtivamente no mesmo quarto, aproximavam-se daquela sujeira sobre seus minúsculos pés silenciosos, mas nem mesmo isso me provocou asco.

Essas coisas não me atingiam, nem mesmo quando rastejaram sobre mim para ir devorar minhas fezes.

Na verdade, não conseguia imaginar coisa alguma na escuridão, nem mesmo os insetos que deslizavam na sepultura, que pudesse provocar repulsa em mim. Que rastejassem sobre minhas mãos e rosto; agora, isso não tinha importância.

Eu não fazia mais parte do mundo que se encolhia de medo daquelas coisas. E, com um sorriso, percebi que eu era agora parte daquela família sombria que fazia os outros se encolherem de medo. Dei uma risada, lenta e cheia de prazer.

No entanto, minha aflição não havia desaparecido de todo de mim. Permanecia como uma ideia, e a ideia era algo de puro e verdadeiro.

Eu morri, sou um vampiro. E coisas morrerão para que eu possa viver; beberei o sangue deles para poder viver. E nunca, nunca mais verei Nicolas, nem minha mãe e nenhum dos humanos que conheci e amei, nem alguém de minha família humana. Eu beberei sangue. E viverei para sempre. É exatamente o que vai *ser*. E o que vai *ser* está apenas começando; acabou de nascer! E o trabalho de parto que o gerou foi um êxtase como nunca antes conheci.

Eu me pus de pé. Sentia-me leve e poderoso, com um estranho entorpecimento. Fui até o fogo apagado e caminhei através da madeira queimada.

Não havia ossos. Era como se aquele demônio tivesse se desintegrado. Levei até a janela as cinzas que pude recolher com as mãos. E enquanto o vento as levava, sussurrei um adeus para Magnus, imaginando se ainda poderia me ouvir.

No final, só restavam toras carbonizadas e a fuligem, que limpei com as mãos e pulverizei na escuridão.

Agora, era hora de examinar o quarto secreto.

5

A pedra foi movida para fora com facilidade, como eu já havia visto antes, e tinha um gancho na parte interna pelo qual poderia puxá-la para fechar a passagem atrás de mim.

Mas para entrar na estreita passagem escura, eu teria que me deitar de barriga. Quando abaixei sobre os joelhos e espiei nela, não pude ver nenhuma luz na outra extremidade. Não gostei da aparência da coisa.

Eu sabia que, se ainda fosse mortal, nada poderia induzir-me a rastejar numa passagem como aquela.

Mas o velho vampiro fora bastante claro ao me dizer que o sol poderia destruir-me de modo tão certo quanto o fogo. Eu tinha que chegar até o caixão. E senti que o medo voltava num dilúvio.

Deitei-me no chão e rastejei como um lagarto pela passagem. Como eu receava, não podia de fato levantar a cabeça. E não havia nenhum espaço para me virar e pegar o gancho da pedra. Tive que enfiar o pé no gancho e rastejar para a frente a fim de puxar a pedra atrás de mim.

Escuridão total. Com espaço apenas para me levantar uns poucos centímetros apoiado nos cotovelos.

Eu ofegava, o medo brotava e quase fiquei louco só de pensar que não podia levantar a cabeça. Acabei batendo com ela contra a pedra e fiquei parado, choramingando.

Mas o que eu podia fazer? Tinha de alcançar o caixão.

Assim, dizendo a mim mesmo para parar com aqueles lamentos, comecei a rastejar, cada vez mais rápido. Meus joelhos roçavam nas pedras. Minhas mãos procuravam fendas e fissuras para me puxar para a frente. Meu pescoço doía com o esforço enquanto eu lutava em pânico para não tentar levantar a cabeça.

E quando, de repente, minha mão sentiu uma pedra sólida à frente, empurrei-a com toda minha força. Senti que ela se mexeu quando uma luz pálida infiltrou-se.

Arrastei-me para fora da passagem e vi que me encontrava num pequeno quarto.

O teto era baixo, abobadado, e a janela alta era estreita com as familiares grades pesadas de barras de ferro. Mas a suave luz violeta da noite entrava em abundância, revelando uma enorme lareira embutida na parede oposta, com lenha pronta para queimar e, ao lado, abaixo da janela, um velho sarcófago de pedra.

Minha capa de veludo vermelho forrada de pele jazia sobre o sarcófago. E vislumbrei sobre um banco tosco um magnífico terno de veludo vermelho trabalhado em ouro e muita renda italiana, bem como culotes de seda vermelha, meias de seda branca e sapatos de salto vermelho.

Puxei meus cabelos para trás, tirando-os de meu rosto e enxuguei a fina camada de suor em meu lábio superior e em minha testa. Era sangue aquele suor, e quando o vi em minhas mãos senti uma estranha excitação.

Ah, o que sou eu, pensei, e o que tenho pela frente? Por um longo momento, fiquei olhando para aquele sangue, depois lambi meus dedos. Uma onda de prazer atravessou meu corpo. Isto foi um momento antes de eu poder recompor-me o suficiente para me aproximar da lareira.

Peguei dois gravetos, como o velho vampiro fizera, e, esfregando-os com muita força e rapidez, quase os vi desaparecer quando a chama se ergueu deles. Não havia nenhuma mágica nisso, apenas habilidade. E, enquanto o fogo me aquecia, tirei minhas roupas sujas, limpei com a camisa os últimos vestígios de fezes humanas e atirei tudo no fogo antes de vestir meus novos trajes.

Vermelho, deslumbrante vermelho. Nem mesmo Nicolas tivera roupas como aquelas. Eram trajes para a Corte de Versalhes, com pérolas e pequenos rubis incrustados em seus bordados. A renda da camisa era valenciana, como a que eu tinha visto no vestido de casamento de minha mãe.

Coloquei a capa de lobo sobre os ombros. E embora o forte calafrio tivesse desaparecido de meus membros, eu me sentia como uma criatura esculpida em gelo. Sentia meu sorriso duro, brilhante e estranhamente lento enquanto eu me permitia ver e sentir aqueles trajes.

Sob o resplendor do fogo, olhei para o caixão. A efígie de um velho homem estava esculpida em sua tampa pesada, e, no mesmo instante, percebi que era a imagem de Magnus.

Mas ali ele jazia em tranquilidade, sua boca zombeteira estava selada, seus olhos fitavam o teto com ar suave, seus cabelos eram uma caprichada cabeleira comprida esculpida com ondas e madeixas profundas.

Com certeza, aquela coisa tinha três séculos de idade. Ele estava deitado com as mãos cruzadas sobre o peito; usava um roupão comprido, e, da espada que fora cinzelada na pedra, alguém quebrara o punho e parte da bainha.

Fiquei olhando fixamente aquilo por um período de tempo interminável, vendo que havia sido escavado com muito cuidado e muito esforço.

Seria a forma da cruz que alguém procurara remover? Passei meus dedos por cima. Nada aconteceu, é claro, como tampouco quando murmurei todas aquelas orações. E agachando-me ao lado do caixão, desenhei uma cruz na poeira.

De novo, nada.

A seguir, acrescentei alguns traços à cruz para sugerir o corpo de Cristo, seus braços, a curva de seus joelhos, a cabeça inclinada. Escrevi "O Senhor Jesus Cristo", as únicas palavras que sabia escrever bem, além de meu próprio nome, e mais uma vez nada.

E ainda olhando intranquilo para as palavras e o pequeno crucifixo, tentei erguer a tampa do caixão.

Mesmo com aquela nova força, não foi fácil. E nenhum homem mortal poderia fazê-lo sozinho.

Mas o que me deixou perplexo foi a extensão da dificuldade. Minha força não era ilimitada. E, com certeza, eu não possuía a força do velho vampiro. Talvez possuísse a força de três homens, ou a força de quatro; era impossível calcular.

Isso me pareceu terrivelmente impressionante naquele momento.

Olhei para dentro do caixão. Nada a não ser um espaço estreito, cheio de sombras, onde não conseguia imaginar-me deitado. Havia palavras em latim inscritas em volta da borda, mas não consegui lê-las.

Isto me atormentou. Desejei que aquelas palavras não estivessem ali, e minha saudade de Magnus, meu desamparo ameaçavam encurralar-me. Eu o odiava por ter-me abandonado! E ocorreu-me, como o máximo da ironia, que eu sentira amor por ele antes de ele se lançar no fogo. Senti amor por ele quando vi os trajes vermelhos.

Será que os demônios se amam? Será que andam de braços dados no inferno, dizendo um para o outro "ah, você é meu amigo, como o amo", coisas assim? Eu estava apenas especulando, uma vez que não acreditava no inferno. Mas era uma questão de como se conceituava o mal, não? Supunha-se que todas as criaturas no inferno se odiassem umas às outras, assim como todos os eleitos odeiam os condenados, sem reservas.

Ensinaram-me isso durante toda a minha vida. Quando criança, eu ficava aterrorizado com a ideia de que podia ir para o céu e minha mãe para o inferno, e de que deveria odiá-la. Eu não poderia odiá-la. E se fôssemos juntos para o inferno?

Bem, agora eu sei, acreditando ou não no inferno, que os vampiros podem amar-se, que mesmo estando devotado ao mal não se para de amar. Ou pelo menos foi o que pareceu durante aquele breve momento. Mas não comece a chorar de novo. Não posso suportar todo esse choro.

Virei meus olhos para uma grande arca de madeira que estava parcialmente oculta na parte superior do caixão. Não estava trancada. A tampa de madeira apodrecida quase se soltou das dobradiças quando a abri.

E, embora o velho mestre tivesse dito que estava deixando-me seu tesouro, fiquei estupefato com o que vi ali. A arca estava abarrotada de pedras preciosas, ouro e prata. Havia incontáveis anéis, colares de diamantes, de pérolas, prataria, moedas e centenas e centenas de variados objetos de valor.

Corri meus dedos de leve sobre aquela pilha e em seguida ergui punhados dela, ficando boquiaberto enquanto a luz inflamava o vermelho dos rubis, o verde das esmeraldas. Vi refrações de cores com as quais jamais sonhara e uma riqueza que não dava para calcular. Era a lendária arca do tesouro dos piratas do Caribe, o proverbial resgate de um rei.

E agora era meu.

Examinei mais devagar. Havia artigos pessoais e perecíveis espalhados por todas as partes. Máscaras de cetim apodrecendo em seus enfeites de ouro, lenços de renda e pedaços de pano nos quais estavam presos alfinetes e broches. Ali estava uma fita de couro com sinos de ouro pendurados, um bolorento pedaço de renda preso por um anel, dúzias de caixinhas de rapé, medalhões em tiras de veludo.

Teria Magnus tirado tudo aquilo de suas vítimas?

Levantei uma espada incrustada de joias, pesada demais para aquela época, e um sapato surrado que havia sido guardado talvez por causa de sua fivela imitando diamante.

Claro que ele tomara tudo que quis. No entanto, ele mesmo usava farrapos surrados, os trajes maltrapilhos de uma outra era, e vivia ali como um eremita podia ter vivido em algum século anterior. Eu não consegui compreender isto.

Mas havia outros objetos espalhados naquele tesouro. Rosários feitos de pedras preciosas deslumbrantes, que ainda tinham seus crucifixos! Toquei as pequenas imagens sagradas. Sacudi a cabeça e mordi o lábio, como se dissesse: que horrível ele ter que roubar isso! Mas também achei muito engraçado. E outra prova de que Deus não exercia nenhum poder sobre mim.

E enquanto eu pensava nisso, tentando decidir se era tão casual quanto parecia no momento, tirei do tesouro um delicado espelho com o cabo incrustado de pérolas.

Olhei para ele de modo quase inconsciente, como muitas vezes se olha para um espelho. E vi nele o que se poderia esperar de um homem normal, só que minha pele estava muito branca, assim como era branca a do velho demônio, e meus olhos se haviam transformado de seu azul habitual para uma mescla de violeta e cobalto suavemente iridescente. Meus cabelos tinham um brilho muito luminoso e, quando passei meus dedos entre eles, senti que possuíam uma nova e estranha vitalidade.

De fato, não era, em absoluto, Lestat que estava no espelho, mas sim alguma réplica dele feita de outras substâncias! E as poucas rugas que o tempo me dera aos vinte anos de idade haviam desaparecido ou sido bastante atenuadas, apenas um pouco mais profundas do que antes.

Fitei meu reflexo. Fiquei emocionado por me descobrir nele. Esfreguei meu rosto, esfreguei também o espelho e apertei os lábios para me impedir de chorar.

Por fim, fechei os olhos e os abri de novo, sorrindo gentilmente para a criatura. Ela respondeu com outro sorriso. Era Lestat, tudo bem. E não parecia haver nada em seu rosto que fosse malévolo de alguma maneira. Bem, não muito malévolo. Apenas a velha malícia, a impulsividade. Ela poderia ser um anjo, de fato, aquela criatura, só que quando suas lágrimas saíam, eram vermelhas, e toda sua imagem se avermelhava porque sua visão era vermelha. E ela possuía aqueles dentes pequenos e malignos, que podia pressionar contra o lábio inferior ao sorrir e que a faziam parecer absolutamente aterrorizadora. Um rosto bastante bom com algo de terrível, terrivelmente errado nele!

Mas, de repente, ocorreu-me, estou olhando para meu próprio reflexo! E já não se dizia sempre que fantasmas, espíritos e aqueles que haviam perdido as almas no inferno não tinham sua imagem refletida em espelhos?

Apoderou-se de mim um desejo ardente de saber sobre todas as coisas que eu era. Um desejo ardente de saber como eu deveria me comportar entre os mortais. Eu queria estar nas ruas de Paris, vendo com meus novos olhos todos os milagres da vida que eu jamais vislumbrara. Queria ver os rostos das pessoas, ver as flores se abrindo, e as borboletas. Ver Nicki, ouvir Nicki tocar sua música... não.

Abjure isto. Mas existem mil formas de música, não existem? E quando fechei os olhos, quase pude ouvir a orquestra da Ópera, as árias ecoando em meus ouvidos. Tão forte era a lembrança, tão nítida.

Mas nada seria comum agora. Nem a alegria, a dor ou a mais simples recordação. Tudo possuiria aquele brilho magnífico, até mesmo o desgosto pelas coisas que se perderam para sempre.

Eu depositei o espelho na arca e, tirando dela um dos lenços de renda velhos e amarelados, enxuguei minhas lágrimas. Virei-me e sentei-me devagar diante do fogo. Delicioso, o calor em meu rosto e em minhas mãos.

Fui possuído por uma doce sonolência e, quando voltei a fechar os olhos, me senti imerso de repente num estranho sonho em que Magnus roubava sangue. Retornou a sensação de encantamento, de prazer estonteante – Magnus segurando-me, ligado a mim, meu sangue fluindo para ele. Mas eu ouvia as correntes roçando no chão da velha catacumba, via o vampiro indefeso nos braços de Magnus. E havia mais alguma coisa... algo importante. Um sentido. Sobre roubo, traição, sobre não se render a ninguém, nem a Deus, nem ao demônio e jamais a um homem.

Eu pensava e pensava sobre isso, meio desperto, meio sonhando de novo, e me veio o pensamento mais louco, de que eu contaria tudo aquilo para Nicki, de que tão logo chegasse em casa revelaria tudo, o sonho, o possível sentido, e nós conversaríamos...

Senti um choque horrível e abri os olhos. O ser humano que havia em mim olhava desamparado para aquela câmara. Ele começou a chorar de novo, e o demônio recém-nascido ainda era jovem demais para refreá-lo. O choro veio em soluços e coloquei a mão sobre a boca.

Magnus, por que você me deixou? Magnus, o que devo fazer, como vou prosseguir?

Puxei os joelhos e apoiei a cabeça neles, e, pouco a pouco, minha mente começou a clarear.

Bem, foi muito engraçado imaginar que você será essa criatura vampiro, pensei, usando essas roupas esplêndidas, correndo os dedos em toda essa fortuna gloriosa. Mas você não pode viver desse jeito! Não pode alimentar-se de seres vivos! Mesmo se for um monstro, você tem uma consciência, natural em você... O Bem e o Mal, bem e mal. Você não pode viver sem acreditar em... não pode tolerar os atos que... amanhã você vai... você vai... você vai o quê?

Você vai beber sangue, não vai?

O ouro e as pedras preciosas brilhavam como brasas na arca próxima, e, do outro lado das barras da janela, erguia-se contra o pano de fundo das nuvens cinzentas o bruxuleio violeta da cidade distante. Como *seria* o sangue deles? Sangue quente e vivo, não sangue de monstro. Minha língua pressionou o céu da boca, os meus caninos.

Pense nisso, Matador de Lobos.

Fui colocando-me de pé aos poucos. Era como se a vontade fizesse isto acontecer, e não o corpo, de tão fácil que era. E peguei a argola de ferro com as chaves que havia levado comigo da câmara externa e fui inspecionar o resto de minha torre.

6

Câmaras vazias. Janelas gradeadas. O grande e infinito desenho da noite acima das ameias. Foi tudo que encontrei acima do solo.

Mas no subsolo da torre, bem ao lado da porta que dava para as escadas da masmorra, havia uma tocha de resina no candelabro da parede e um estojo de isca e pederneira no nicho ao lado. Rastros na poeira. A fechadura, bem azeitada, girou facilmente quando enfim achei a chave certa.

Iluminei o caminho que dava numa escada estreita em caracol e comecei a descer, sentindo repugnância com o cheiro fétido que subia de algum lugar situado bem abaixo de onde eu estava.

Claro que eu conhecia aquele cheiro. Era bem comum em todos os cemitérios de Paris. No de Les Innocents era denso como gás nocivo, e tinha-se de conviver com ele para poder fazer compras nas barracas e negociar com os missivistas. Era o cheiro horrível de corpos em decomposição.

E embora me desse náuseas, fazendo-me recuar alguns passos, não era tão forte assim, e o cheiro da resina queimada ajudava a suavizá-lo.

Continuei descendo. Se houvesse algum mortal morto ali, bem, eu não poderia fugir dele.

Mas no primeiro nível abaixo do solo não encontrei nenhum cadáver. Apenas uma grande e fria câmara mortuária com suas portas de ferro enferrujado abertas diante da escada e três gigantescos sarcófagos de pedra ao centro. Era muito parecida com o cubículo de Magnus lá em cima, só que muito maior. Tinha o mesmo teto baixo e curvo e a mesma lareira tosca.

E o que aquilo podia significar, a não ser que outros vampiros haviam dormido ali um dia? Ninguém põe lareiras em câmaras mortuárias. Pelo menos não que eu soubesse. E havia ali até bancos de pedra. E os sarcófagos eram parecidos com o lá de cima, com grandes figuras entalhadas.

Mas a poeira dos anos recobria tudo. E havia muitas teias de aranha. Sem dúvida, nenhum vampiro habitava ali agora. Praticamente impossível. No entanto, era bem estranho. Onde estavam aqueles que se deitaram naqueles caixões? Teriam se atirado na fogueira como Magnus? Ou será que ainda existiam em algum lugar?

Entrei e abri os sarcófagos um por um. Nada dentro deles a não ser poeira. Nenhum indício de outros vampiros, em absoluto, nenhuma indicação de que outros vampiros existiam.

Saí e continuei descendo a escada, apesar de o cheiro de decomposição estar cada vez mais forte. De fato, em muito pouco tempo ele tornou-se insuportável.

Ele vinha de trás de uma porta que eu podia ver embaixo, e foi verdadeiramente difícil obrigar-me a me aproximar dela. Claro que como mortal eu detestaria aquele cheiro, mas isso não era nada comparado à aversão que eu sentia agora. Meu novo corpo queria fugir dele. Eu me detive, respirei fundo e me forcei a ir em direção à porta, decidido a ver o que aquele demônio fizera ali.

Bem, o mau cheiro não era nada diante do que vi.

Numa cela funda de prisão jazia uma pilha de cadáveres em todos os estágios de decomposição, com os ossos e carne putrefata fervilhando de vermes e insetos. Ratos fugiam da luz da tocha e passavam roçando em minhas pernas em seu caminho para a escada. E minha náusea transformou-se num nó em minha garganta. O fedor me sufocava.

Mas não consegui parar de encarar aqueles corpos. Havia algo de importante ali, algo de importância terrível a ser compreendido. E, de repente, me ocorreu que todas aquelas vítimas mortas eram homens – as botas e roupas esfarrapadas davam provas disso –, e todos eles tinham cabelos louros. Os poucos em que ainda sobravam traços pareciam ser jovens, altos, de compleição franzina. E o mais recente ocupante da masmorra – o cadáver úmido e malcheiroso que jazia com os braços estendidos para fora das barras – se parecia tanto comigo que poderia ser meu irmão.

Aturdido, avancei até a ponta de minha bota tocar sua cabeça. Abaixei a tocha, enquanto minha boca se abria como que para gritar. Seus olhos úmidos e viscosos, infestados de moscas, eram azuis!

Cambaleei para trás. Fui tomado pelo súbito medo de que a coisa se mexesse, agarrasse meu tornozelo. E eu sabia por que ela faria isso. Quando recuei até a parede, tropecei num prato com comida podre e num cântaro. O cântaro tombou e se quebrou, derramando o leite coalhado como um vômito.

A dor moveu-se em círculos por minhas costelas. O sangue subiu em minha boca como um fogo líquido e projetou-se para fora dela salpicando o chão diante de mim. Fui obrigado a procurar alcançar a porta aberta a fim de me amparar.

Mas, atordoado pela náusea, fiquei olhando fixo para o sangue. À luz da tocha, fitei sua suntuosa cor de carmim. Observei o sangue escurecer enquanto ia escorrendo pela argamassa entre as pedras. O sangue estava vivo e seu cheiro adocicado cortou como uma lâmina o mau cheiro dos mortos. Espasmos de sede afastaram a náusea. Minhas costas estavam doendo. Eu me curvava cada vez mais baixo para o sangue, com espantosa elasticidade.

E, durante todo o tempo, meus pensamentos voavam. Aquele jovem estivera vivo naquela cela; aquela comida podre e o leite estavam ali para nutri-lo ou atormentá-lo. Ele morrera na cela, preso entre aqueles cadáveres, sabendo muito bem que em breve seria um deles.

Deus, sofrer aquilo! Sofrer aquilo! E quantos outros conheceram exatamente o mesmo destino, jovens de cabelos louros, todos eles.

Eu estava abaixado de joelhos e curvado. Segurava a tocha abaixada com a mão esquerda e minha cabeça foi descendo em direção ao sangue, minha língua esticava-se para fora como a língua de um lagarto. Ela roçou pelo sangue no chão. Tremores de êxtase. Oh, adorável demais!

Estava eu fazendo aquilo? Estava lambendo aquele sangue a menos de cinco centímetros daquele corpo morto? Estava meu coração palpitando com cada lambida, a menos de cinco centímetros daquele jovem morto que Magnus levara para lá, assim como me levou? Aquele jovem que depois Magnus condenou à morte e não à imortalidade?

A cela imunda tremeluzia intermitentemente como uma chama enquanto eu lambia o sangue. Os cabelos do homem morto tocavam minha testa. Seus olhos me fitavam como cristal partido.

Por que eu não estava aprisionado naquela cela? Em que teste eu passara para não estar gritando agora enquanto sacudia as barras, com o horror que eu antevira na estalagem da aldeia e que me encurralara aos poucos?

As pulsações do sangue passavam por meus braços e pernas. E o som que eu ouvia – aquele som magnífico, tão cativante quanto o carmim do sangue, o azul dos olhos do jovem, as asas cintilantes das moscas, o rastejante corpo opalino dos vermes, o brilho da tocha – era o do meu próprio grito, rude e gutural.

Deixei a tocha cair e recuei de joelhos com muito esforço, esbarrando no prato de estanho e no cântaro quebrado. Fiquei de pé e subi correndo a escada. E enquanto batia com força a porta da masmorra, meus gritos subiam e chegavam até o alto da torre.

Fiquei concentrado no som enquanto ele ricocheteava nas pedras e voltava a mim. Eu não podia parar, não conseguia fechar ou tapar minha boca.

Mas, através das portas gradeadas e das janelas estreitas situadas acima, vi a inconfundível luz da manhã chegando. Meus gritos desapareceram. As pedras começaram a brilhar. A luz filtrava-se em volta de mim como vapor escaldante, queimando minhas pálpebras.

Não pensei em correr. Eu simplesmente já estava fazendo isso, correndo e correndo para cima, em direção à câmara secreta.

Quando saí da passagem, o quarto estava cheio de um pálido fogo púrpura. As joias que transbordavam da arca pareciam estar se movendo. Eu estava quase cego quando ergui a tampa do sarcófago.

Ela caiu rápido em seu lugar. A dor em meu rosto e mãos desapareceu, eu estava tranquilo e em segurança, o medo e o pesar fundiram-se com trevas frias e insondáveis.

7

Foi a sede que me acordou.

E eu soube de imediato onde estava e o que era, também.

Não tive o doce sonho dos mortais, sonhar com vinho branco gelado ou com a relva fresca e verde sob as macieiras do pomar de meu pai.

Na estreita escuridão do caixão de pedra, senti minhas presas com os dedos e achei-as perigosamente compridas e afiadas como pequenas lâminas de faca.

Havia um mortal na torre; embora não houvesse alcançado a porta da câmara externa, eu podia *ouvir* seus pensamentos.

Eu *ouvi* sua consternação quando ele descobriu que a porta para as escadas estava trancada. Isto nunca acontecera antes. Eu ouvi seu medo quando ele descobriu a madeira queimada no chão e gritou "Mestre". Um servo, é o que ele era, e ainda por cima um servo um tanto traiçoeiro.

Fascinava-me ouvir sua mente sem precisar de som, mas uma outra coisa estava perturbando-me. Era seu cheiro!

Ergui a tampa de pedra do sarcófago e saí dele. O cheiro era fraco, mas quase irresistível. Era como o cheiro almiscarado da primeira prostituta em cuja cama dissipei minha paixão. Era como a primeira carne assada de veado após dias e dias de fome no inverno. Como um vinho novo, ou maçãs frescas, ou a água vertendo sobre a beira de um rochedo num dia quente, bastava estender a mão para bebê-la com sofreguidão.

Só que era incomensuravelmente mais saboroso do que isso, aquele cheiro, e o apetite que provocava era muitíssimo mais agudo e mais simples.

Atravessei o túnel secreto como uma criatura nadando na escuridão e, empurrando para fora a pedra na câmara externa, fiquei de pé.

Lá estava o mortal, encarando-me, o rosto pálido com o choque.

Era um homem velho e descarnado, e, através de uma indefinida confusão de considerações em sua mente, eu soube que era mestre de cavalariça e cocheiro. Mas a maneira como ouvi isso foi de uma imprecisão irritante.

Então, o rancor imediato que ele sentiu por mim veio como o calor de um fogão. E não houve nenhum mal-entendido nisso. Seus olhos correram por meu rosto e meu corpo. O ódio fervia, encristava-se. Fora ele que conseguira as finas roupas que eu usava. Fora ele que cuidara dos infelizes na masmorra enquanto ainda viviam. E por que, ele perguntava com indignação silenciosa, eu não estava lá?

Isto me fez amá-lo muito, como podem imaginar. Eu seria capaz de matá-lo esmagando-o com as próprias mãos.

– O mestre! – ele disse desesperado. – Onde está ele? Mestre!

Mas o que ele pensava que o mestre era? Uma espécie de feiticeiro, era o que pensava. E agora eu tinha o poder. Em suma, ele não sabia de coisa alguma que me pudesse ser útil.

Mas enquanto eu captava tudo isso, enquanto absorvia tudo em sua mente, muito contra sua vontade, eu estava ficando extasiado com as veias em seu rosto e em suas mãos. E aquele cheiro me embriagava.

Eu podia sentir o fraco batimento de seu coração, depois o gosto de seu sangue, da maneira como seria, e me veio a sensação plena dele, saboroso e quente enquanto escorria dentro de mim.

– O mestre se foi, ardeu no fogo – eu murmurei, ouvindo um som estranho e monótono saindo de mim. Eu me movia bem devagar em sua direção.

Ele olhou de soslaio para o chão e o teto enegrecidos.

– Não, é mentira – disse.

Estava indignado e sua raiva pulsou como uma luz em meu olho. Eu senti a amargura de sua mente e o desespero em seu raciocínio.

Ah, pena que aquela carne viva tivesse aquela aparência! Eu estava possuído por um apetite desapiedado.

E ele sabia disso. De uma maneira desvairada e irracional, ele sentia isso; e, lançando-me um último olhar malévolo, saiu correndo em direção à escada.

Agarrei-o de imediato. Na verdade, gostei de agarrá-lo, de tão simples que foi. Num instante, estendi o braço e reduzi a distância entre nós. No seguinte, ele estava indefeso em minhas mãos, enquanto eu o erguia do chão de modo que seus pés balançavam livres, fazendo força para me chutar.

Eu o segurava com a mesma facilidade com que um homem forte seguraria uma criança, essa era a proporção. Sua mente era uma mistura de pensamentos frenéticos, e ele parecia incapaz de achar uma saída para se salvar.

Mas o tênue zumbido desses pensamentos estava sendo obliterado pelo que vi diante de mim.

Seus olhos não eram mais os portais de sua alma. Eram globos oculares gelatinosos cujas cores me atormentavam. E seu corpo nada mais era que um naco retorcido de carne e sangue quentes, que eu teria de pegar ou largar.

Horrorizava-me o fato de aquele alimento estar vivo, de aquele sangue delicioso estar fluindo através daqueles braços e dedos que lutavam. Depois pareceu perfeito que assim fosse. Ele era o que era, eu era o que era e iria banquetear-me com ele.

Puxei-o para meus lábios. Dilacerei a artéria saliente em seu pescoço. O sangue atingiu o céu de minha boca. Soltei um pequeno grito enquanto o apertava contra meu corpo. Não era como o fluido ardente do sangue do mestre, não aquele elixir adorável que eu bebera nas pedras da masmorra. Não, aqueles foram a própria luz liquefeita. Este, ao contrário, era mil vezes mais suculento, com sabor do espesso coração humano que o bombeava, a própria essência daquele cheiro quente, quase fumegante.

Eu podia sentir meus ombros erguendo-se, meus dedos penetrando cada vez mais fundo em sua carne e um som quase de zumbido saindo de mim. Nenhuma visão, a não ser a de sua minúscula alma ofegante, um desfalecimento tão poderoso que ele próprio, fosse o que fosse, não participava dele.

Tive que empregar toda a minha força de vontade para, antes do momento final, afastá-lo de mim. Como eu gostaria de sentir seu coração parar de bater. Como eu gostaria de sentir os batimentos diminuírem, depois cessarem e saber que eu o *possuía.*

Mas não ousei.

Ele escorregou pesadamente dos meus braços, com os membros escarrapachando-se nas pedras, o branco de seus olhos aparecendo por baixo das pálpebras meio cerradas.

E eu me vi incapaz de me afastar de sua morte, sentindo um fascínio mudo por ela. Nem o menor detalhe deveria escapar de mim. Ouvi sua respiração parar, vi o corpo relaxar-se na morte sem lutar.

O sangue aqueceu-me. Eu sentia o pulsar em minhas veias. Senti meu rosto quente com as palmas de minhas mãos, e minha visão tornou-se mais aguda. Eu me sentia mais forte do que se poderia imaginar.

❋

Peguei o cadáver, arrastei-o para baixo pelos degraus em espiral da torre e atirei-o na masmorra fedorenta, para que apodrecesse com os outros que lá estavam.

8

Era hora de sair, hora de testar meus poderes.

Enchi minha carteira e bolsos com tanto dinheiro quanto pudesse carregar de modo confortável, afivelei uma espada ornada de pedras preciosas não muito antiquada e depois desci, trancando o portão de ferro da torre ao sair.

A torre era evidentemente tudo que restava de uma casa arruinada. Mas captei o cheiro de cavalos no vento – um cheiro forte e agradável –, talvez da maneira como um animal faria, e dei a volta em silêncio nos fundos em direção a um estábulo improvisado.

Ele continha não apenas uma bela e antiga carruagem, mas também quatro magníficas éguas pretas. Uma perfeita maravilha que não tivessem medo de mim. Beijei seus flancos lisos e os focinhos compridos e suaves. Na verdade, eu estava tão apaixonado por elas que poderia ter passado horas, aprendendo com elas tudo que pudesse através de meus novos sentidos. Mas estava ávido por outras coisas.

Também havia um humano no estábulo e também captei seu cheiro assim que entrei. Mas ele dormia como uma pedra e, quando o acordei, vi que era um garoto meio retardado que não representava nenhuma ameaça para mim.

– Sou seu mestre agora – eu disse enquanto lhe dava uma moeda de ouro –, mas não precisarei de você hoje à noite, a não ser para selar um cavalo para mim.

Ele entendeu o suficiente para me dizer que não havia selas no estábulo, depois voltou a dormir.

Não é problema. Cortei um dos cabrestos das longas rédeas da carruagem, eu mesmo coloquei-o na égua mais bonita e saí montado sem sela.

Impossível descrever a sensação, a arrancada do cavalo embaixo de mim, o vento gelado e o grande arco do céu noturno. Meu corpo se fundia com o do animal. Eu estava voando sobre a neve, rindo alto e cantando de vez em quando. Soltava notas agudas como nunca antes alcançara, depois mergulhava em um barítono brilhante. Às vezes ficava simplesmente gritando, numa espécie de alegria. Tinha de ser alegria. Mas como um monstro poderia sentir alegria?

Eu queria cavalgar até Paris, claro. Mas sabia que não estava preparado. Desconhecia ainda todos os meus poderes. E, assim, cavalguei na direção oposta até chegar aos arredores de uma pequena aldeia.

Não havia mortais por perto e, quando me aproximei da pequena aldeia, senti que uma raiva e impulsividade humanas irrompiam através de minha estranha felicidade translúcida.

Desmontei rápido e experimentei a porta da sacristia. A fechadura cedeu e caminhei pela nave em direção à mesa de comunhão.

Não sei o que senti naquele momento. Talvez quisesse que alguma coisa acontecesse. Sentia-me um assassino. E o raio não caiu. Fiquei olhando fixo para o brilho vermelho das velas de vigília sobre o altar. Depois desviei o olhar para as imagens congeladas na escuridão não iluminada dos vitrais.

E, em desespero, pulei a mesa de comunhão e coloquei minhas mãos sobre o próprio sacrário. Arrombei suas portinhas e retirei de lá o cibório incrustado de pedras preciosas com suas hóstias consagradas. Não, não havia nenhum poder ali, nada que eu pudesse sentir ou ver ou conhecer com algum de meus monstruosos sentidos, nada que me respondesse. Havia hóstias, ouro, cera e velas.

Curvei minha cabeça sobre o altar. Eu devia estar parecendo o padre no meio da missa. Depois, coloquei tudo de volta no sacrário. Fechei-o muito bem, de modo que ninguém soubesse que um sacrilégio havia sido cometido.

Em seguida desci por uma das laterais da igreja e subi pela outra, com as pinturas e estátuas lúgubres me fascinando. Percebi que estava vendo o processo de criação do escultor e do pintor, não apenas o milagre da criação. Estava vendo o modo como o verniz captava a luz. Estava vendo pequenos erros de perspectiva, lampejos de inesperadas expressividades.

O que os grandes mestres seriam aos meus olhos, eu estava pensando. Flagrei-me olhando fixo para os mais simples detalhes pintados nas paredes de reboco. Depois me ajoelhei para olhar os desenhos no mármore, até me dar conta de que estava estirado, olhando com olhos arregalados para o chão debaixo de meu nariz.

Eu estava ficando descontrolado, sem dúvida. Levantei-me, tremendo e chorando um pouco, olhando para as velas como se estivessem vivas e ficando muito aborrecido com isso.

Hora de sair daquele lugar e ir para a aldeia.

❋

Fiquei na aldeia durante duas horas e, na maior parte do tempo, não fui visto nem ouvido por ninguém.

Achei absurdamente fácil pular os muros de jardim, saltar do chão para os telhados baixos. Eu podia pular de uma altura de três andares até o chão e escalar a lateral de um prédio, cravando minhas unhas e dedos dos pés na argamassa entre as pedras.

Espiei por janelas. Vi casais dormindo em camas desfeitas, crianças cochilando em berços, velhas costurando com luz tênue.

E, para mim, as casas pareciam casas de boneca em sua perfeição. Coleções perfeitas de brinquedos com suas delicadas cadeirinhas de madeira e polidos consolos de lareira, cortinas remendadas e assoalhos bem esfregados.

Eu via tudo isso como alguém que jamais houvesse feito parte da vida, com olhar atento e terno para os mais simples detalhes. Um avental branco engomado em seu cabide, botas surradas sobre a lareira, um cântaro ao lado da cama.

E as pessoas... oh, as pessoas eram maravilhosas.

Claro que captei seu cheiro, mas eu não estava com sede e isso não me deixou angustiado. Ao contrário, apaixonei-me por suas peles rosadas e membros delicados, pela precisão com que se mexiam, por todo o processo de suas vidas, como se jamais tivesse sido um deles. Parecia notável que tivessem cinco dedos em cada mão. Eles bocejavam, choravam, mudavam de posição durante o sono. Eu estava encantado com eles.

E, quando falavam, as paredes mais grossas não conseguiam impedir-me de ouvir suas palavras.

Mas o aspecto mais divertido de minhas explorações era que *eu ouvia os pensamentos daquelas pessoas,* assim como ouvira do servo maligno que eu matara. Infelicidade, tristeza, esperança. Vinham em ondas pelo ar, algumas fracas, outras assustadoramente fortes, outras nada mais que um bruxuleio que desaparecia antes que eu conhecesse a fonte.

Mas, para ser exato, eu não tinha o poder de ler as mentes.

Os pensamentos mais triviais ficavam ocultos a mim e, quando eu mergulhava em minhas próprias reflexões, até mesmo as paixões mais fortes não se introduziam. Em suma, era um sentimento intenso que era levado a mim e só quando eu o desejava receber, e havia algumas mentes que mesmo no calor da raiva não me transmitiam coisa alguma.

Essas descobertas me surpreenderam e quase me doeram, como aconteceu com a beleza que eu via em toda parte, o esplendor das coisas comuns. Mas eu sabia perfeitamente bem que havia um abismo por trás delas, no qual eu podia cair de repente, sem saída.

Afinal de contas, eu não era um daqueles cálidos e pulsantes milagres de complicação e inocência. Eles eram minhas vítimas.

Hora de deixar a aldeia. Já havia aprendido bastante ali. Mas pouco antes de eu partir realizei um ato final de ousadia. Não pude evitar. Tive que fazê-lo.

Erguendo a gola alta de minha capa vermelha, entrei na estalagem, procurei um canto afastado da lareira e pedi um copo de vinho. Todo mundo que estava no pequeno local olhou para mim, mas não porque soubessem que havia um ser sobrenatural entre eles. Estavam apenas olhando de soslaio para o cavalheiro com roupas caras! E fiquei ali durante vinte minutos, colocando-me à prova. Ninguém, nem mesmo o homem que me serviu, percebeu coisa alguma! Claro que não toquei no vinho. Sabia que meu corpo não toleraria nem o leve cheiro dele. Mas a questão era que *eu podia enganar os mortais*! Podia circular entre eles!

Eu estava em júbilo quando deixei a estalagem. Assim que cheguei no bosque, comecei a correr. E depois estava correndo tão rápido que o céu e as árvores haviam se tornado um borrão. Eu estava quase voando.

Então, parei, pulei e fiquei dançando em círculos. Peguei pedras e arremessei-as tão longe que nem pude vê-las cair no chão. E quando vi um galho de árvore caído, grosso e cheio de seiva, peguei-o e quebrei-o no joelho como se fosse um graveto.

Berrei, depois cantei a plenos pulmões de novo. Caí na grama dando risadas.

Depois levantei-me, tirei a capa e a espada e comecei a dar saltos-mortais de lado. Dei saltos-mortais da mesma maneira que os acrobatas no teatro de Renaud. E em seguida dei um salto-mortal perfeito. Dei outro, desta vez para trás, a seguir para a frente e depois dei saltos-mortais duplos e triplos, saltando cerca de quatro metros e meio no ar antes de cair em pé, um tanto ou quanto sem fôlego e querendo fazer mais um pouco daquelas proezas.

Mas o dia estava amanhecendo.

Apenas uma sutil mudança no ar, no céu, mas eu sabia que estava amanhecendo como se os Sinos do Inferno estivessem tocando. Os Sinos do Inferno chamando o vampiro a casa para o sono da morte. Ah, a beleza enternecedora do céu, a beleza da visão dos campanários sombrios. E um curioso pensamento me ocorreu, o de que a luz do fogo do inferno deveria ser tão brilhante quanto a luz do sol, e seria a única luz do sol que eu veria de novo.

Mas o que foi que fiz? Eu pensava. Eu não pedi isso, não me dei por vencido. Mesmo quando Magnus me disse que eu estava morrendo, eu lutei com ele e, no entanto, estou ouvindo agora os Sinos do Inferno.

Bem, quem se importa?

❋

Quando cheguei no pátio da igreja, pronto para cavalgar para casa, algo me distraiu.

Eu estava segurando as rédeas de meu cavalo, olhando para o pequeno campo de túmulos sem conseguir imaginar direito o que era. Então, veio de novo e eu soube. Senti uma *presença* distinta no pátio da igreja.

Eu estava tão imóvel que ouvia o sangue trovejando em minhas veias.

Não era humana aquela *presença*! Não tinha cheiro nenhum. E não havia pensamentos humanos vindo dela. Parecia ocultar-se, estava na defensiva pois sabia que eu estava ali. Estava observando-me.

Poderia eu estar imaginando aquilo?

Fiquei prestando atenção, olhando. Lápides cinzentas emergiam da neve. E, mais ao longe, havia uma fileira de antigas criptas, maiores, ornamentadas, mas tão arruinadas quanto as lápides.

Parecia que a *presença* arrastava-se em algum lugar próximo às criptas e então a senti, de modo distinto, quando ela se moveu em direção às árvores em volta.

– Quem é você? – eu inquiri, ouvindo minha voz como uma faca. – Responda-me! – gritei ainda mais alto.

Senti uma grande agitação nela, naquela *presença*, e estava certo de que ela se afastava com muita rapidez.

Atravessei correndo o pátio da igreja atrás dela, e pude sentir que se afastava. No entanto, não vi coisa alguma no árido bosque. E percebi que eu era mais forte do que ela e que tivera medo de mim!

Bem, imagine só! Com medo de mim.

E não tinha ideia se ela era ou não corpórea, se era um vampiro como eu, ou alguma coisa sem corpo.

– Bem, uma coisa é certa – eu disse. – Você é um covarde!

Um zumbido no ar. Por um instante, o bosque pareceu respirar.

Fui possuído pela sensação de meu próprio poder, que havia estado fermentando o tempo todo. Eu não tinha medo de nada. Nem da igreja, nem da escuridão, nem dos vermes que fervilhavam nos cadáveres de minha masmorra. Nem mesmo daquela estranha força sinistra que se retirara para o bosque e parecia estar ao alcance de novo.

Eu era um demônio extraordinário! Se estivesse sentado nos degraus do inferno com os cotovelos sobre os joelhos, e o diabo dissesse: "Lestat, venha escolher a forma de demônio que deseja ser para vagar pela terra", como poderia escolher um demônio melhor do que eu? E, de repente, pareceu que o sofrimento era uma experiência que eu conhecera em outra existência e que jamais voltaria a conhecer.

Agora, quando penso naquela primeira noite e em especial naquele momento particular, não posso deixar de rir.

9

Na noite seguinte parti rapidamente para Paris, levando tanto ouro quanto pude carregar. O sol acabara de mergulhar no horizonte quando abri meus olhos, e uma clara luz azul-celeste ainda emanava do céu no momento em que montei e parti cavalgando para a cidade.

Eu estava morto de fome.

E, por sorte ou por azar, fui atacado por um assaltante antes de chegar aos muros da cidade. Ele saltou do bosque, descarregando a pistola, e cheguei a ver a bala sair do cano da arma e passar por mim enquanto eu pulava do cavalo e partia para cima dele.

Era um homem forte e eu fiquei assombrado com o prazer que sentia com suas imprecações e sua resistência. O servo maligno que eu pegara na noite anterior era velho. Este era um corpo jovem e vigoroso. Até mesmo a aspereza de sua barba malfeita me excitava, e eu adorei a força de suas mãos enquanto ele batia em mim. Mas aquilo não era um esporte. Ele esmoreceu quando cravei meus dentes na artéria, e quando o sangue saiu era pura voluptuosidade. Na verdade, era tão delicioso que esqueci por completo de me afastar antes que o coração parasse de bater.

Estávamos juntos, de joelhos na neve, e foi como uma paulada, a vida entrando em mim com o sangue. Não consegui mexer-me durante um longo tempo. Hummm, já violei as regras, eu pensei. Será que vou morrer agora? Não parece que é isso que vai acontecer. Só havia aquele delírio vibrando.

E o pobre bastardo morto em meus braços, ele que teria explodido meu rosto se eu tivesse deixado.

Fiquei olhando fixo para o céu que escurecia, para a grande massa de sombras cintilantes à frente que era Paris. E só sentia aquele calor e a força que aumentava.

Até ali tudo bem. Eu me pus de pé e enxuguei os lábios. Em seguida, arremessei o corpo o mais longe que pude sobre a neve intacta. Eu estava mais forte do que nunca.

E fiquei ali durante um breve momento, sentindo-me voraz e assassino, apenas querendo matar de novo para que aquele êxtase continuasse para sempre. Mas não poderia beber mais sangue e, aos poucos, fui ficando calmo e um pouco diferente. Uma sensação de desconsolo tomou conta de mim. O sentimento de estar sozinho, como se o ladrão fosse um amigo ou um parente que tivesse me abandonado. Não conseguia compreender isso, só que o ato de beber havia sido tão íntimo. Agora, seu cheiro estava em mim e eu bem que gostei. Mas lá jazia ele, a metros de distância, sobre a crosta enrugada da neve, as mãos e o rosto parecendo cinzentos sob a lua que subia.

Que inferno, o filho da mãe ia matar-me, não ia?

*

Uma hora depois encontrei um advogado competente chamado Pierre Roget, em sua casa em Marais, um jovem ambicioso com uma mente completamente aberta para mim. Ganancioso, esperto, consciencioso. Era mesmo o que eu desejava. Eu não apenas conseguia ler seus pensamentos, quando ele não estava falando, como ele acreditava em tudo que eu lhe dizia.

Estava muitíssimo ansioso para servir ao marido de uma herdeira de São Domingo. E, com certeza, apagaria todas as velas, menos uma, se meus olhos ainda estivessem doendo por causa da febre tropical. Quanto à minha fortuna em pedras preciosas, ele tinha ligações com os joalheiros mais conceituados. Contas bancárias e letras de câmbio para minha família em Auvergne – sim, de imediato.

Era mais fácil do que interpretar Lelio.

Mas eu estava encontrando dificuldades para me concentrar. Tudo me distraía – a chama fumegante da vela no tinteiro de bronze, os desenhos dourados do papel de parede chinês, e o assombroso rostinho de monsieur Roget, com seus olhos cintilando por trás de minúsculos óculos octogonais. Seus dentes me faziam pensar nas teclas de um piano.

Objetos comuns pareciam dançar no aposento. Um baú me encarava com seus puxadores de bronze servindo de olhos. E uma mulher que cantava num quarto do andar de cima, abafando o ruído surdo e baixo de um fogão, parecia estar dizendo algo em voz baixa numa linguagem vibrante e secreta, como "vem a mim".

Mas parecia que seria assim para sempre, e eu teria que pegar a prática. O dinheiro devia ser enviado por mensageiro naquela mesma noite para meu pai e meus irmãos, e para Nicolas de Lenfent, um músico da Casa de Téspis de Renaud, a quem se devia dizer apenas que a riqueza viera de seu amigo Lestat de Lioncourt. Era desejo de Lestat de Lioncourt que Nicolas de Lenfent se mudasse de imediato para um apartamento decente na Île St.-Louis, ou para algum outro local adequado, e Roget deveria, é claro, ajudá-lo nisso, e dali em diante Nicolas de Lenfent deveria estudar violino. Roget deveria comprar para Nicolas de Lenfent o melhor violino disponível, um Stradivarius.

E, por fim, uma carta separada devia ser escrita em italiano para minha mãe, a marquesa Gabrielle de Lioncourt, de modo que ninguém mais pudesse lê-la, e uma bolsa especial seria enviada a ela. Se ela pudesse empreender uma viagem para o sul da Itália, para o lugar onde havia nascido, talvez isso conseguisse deter o avanço de sua doença.

A ideia de vê-la com liberdade para fugir me deixou tonto. Fiquei imaginando o que ela pensaria disso.

Durante um longo tempo, não ouvi nada do que Roget dizia. Eu a imaginava vestida, pelo menos uma vez na vida, como a marquesa que era, e saindo pelos portões de nosso castelo em sua carruagem puxada por seis cavalos. E então me lembrei de seu rosto devastado pela doença e ouvi sua tosse pulmonar, como se ela estivesse ali comigo.

– Envie a carta e o dinheiro para ela hoje à noite – eu disse. – Não me importa quanto custa. Faça-o.

Depositei na mesa uma quantidade de ouro suficiente para proporcionar-lhe conforto durante sua existência, se é que tinha uma existência.

– Muito bem – eu disse –, conhece algum mercador que negocie com objetos finos... pinturas, tapeçarias? Alguém que pudesse abrir suas lojas e depósitos para nós ainda hoje à noite?

– Claro, monsieur. Permita que eu vá pegar meu casaco. Iremos agora mesmo.

Em poucos minutos estávamos indo para o St.-Denis, nos arredores de Paris.

E durante horas perambulei com meus servidores mortais através de um paraíso de riqueza material, adquirindo tudo que desejava. Sofás e cadeiras, porcelanas e baixelas de prata, cortinas e estátuas – todas essas coisas eram minhas, era só pegar. E em minha mente eu ia transformando o castelo em que havia crescido, enquanto mais e mais mercadorias eram carregadas para fora a fim de serem encaixotadas e embarcadas imediatamente para o sul. Enviei para meus pequenos sobrinhos e sobrinhas brinquedos com os quais eles jamais sonharam – pequenos navios com velas de verdade, casas de boneca de incrível arte e perfeição.

Eu aprendia com cada coisa em que tocava. E havia momentos em que todas as cores e texturas tornavam-se lustrosas demais, irresistíveis demais. Eu chorava por dentro.

Mas, durante todo esse tempo, eu teria ido até o fim interpretando o papel de humano, se não fosse por um acidente infeliz.

Num determinado momento enquanto vagávamos pelo depósito da loja, apareceu um rato, como costumam fazer os ousados ratos de cidade, correndo ao longo da parede bem perto de nós. Eu encarei-o. Nada de estranho, claro. Mas ali, em meio ao reboco, madeira de lei e tecidos bordados, o rato parecia maravilhosamente especial. E os homens, não entendendo direito, claro, começaram a murmurar frenéticas desculpas por causa do rato e a bater com o pé no chão para afugentá-lo de nós.

Para mim, suas vozes tornaram-se uma mistura de sons que pareciam ensopado borbulhando numa panela. Tudo em que eu conseguia pensar era que o rato tinha pés muito minúsculos e que eu ainda não examinara um rato ou qualquer criatura pequena de sangue quente. Peguei o rato, fácil demais, creio, e olhei para seus pés. Queria ver que tipo de pequenas unhas ele possuía, e como era a carne entre seus dedinhos, e me esqueci dos homens por completo.

Foi o súbito silêncio deles que me trouxe de volta a mim mesmo. Ambos me encaravam estarrecidos.

Eu sorri para eles da maneira mais inocente que pude, soltei o rato e voltei às compras.

Bem, eles jamais disseram coisa alguma sobre isso. Mas aprendi uma lição, eu realmente assustei-os.

Mais tarde, naquela noite, dei a meu advogado uma última incumbência: ele devia enviar um presente de cem coroas para o proprietário de um teatro chamado Renaud, com um bilhete de agradecimento de minha parte por sua generosidade.

– Descubra qual é a situação dessa pequena casa de espetáculos – eu disse. – Descubra se tem algum débito.

Claro que eu jamais chegaria perto do teatro. Eles jamais deviam imaginar o que acontecera, jamais deviam ser contaminados. E até o momento eu havia feito tudo que podia por todos aqueles que amava, não?

E quando tudo aquilo terminou, quando os relógios de igreja bateram três horas em cima dos telhados brancos e eu estava com fome suficiente para sentir o cheiro de sangue em toda parte para onde me virava, me vi parado sozinho no deserto bulevar du Temple.

A neve suja se transformara em lama sob as rodas das carruagens, e eu estava olhando para a Casa de Téspis com suas paredes salpicadas, seus cartazes rasgados e o nome do jovem ator mortal, Lestat de Valois, ainda escrito ali em letras vermelhas.

10

As noites seguintes foram um tormento. Comecei a beber Paris como se a cidade fosse feita de sangue. Em cada começo de noite, eu atacava nos piores bairros, atracando-me com ladrões e assassinos, muitas vezes dando-lhes a ridícula chance de se defender, depois fechando-os num abraço fatal e banqueteando-me até o ponto da gulodice.

Saboreei diferentes tipos de matança: criaturas grandalhonas e desajeitadas, outras pequenas e rijas, as hirsutas e as de pele escura, mas meus favoritos eram os salafrários bem jovens que matariam qualquer um pelas moedas do bolso.

Eu adorava seus grunhidos e imprecações. Às vezes, eu os segurava com uma das mãos e ria deles até ficarem com verdadeira fúria, arremessava suas facas para cima dos telhados e espedaçava suas pistolas contra as paredes. Nem era preciso usar de toda força, eu agia como um gato que jamais tivesse permissão para saltar. E a única coisa que detestava neles era o medo. Se estivessem realmente com medo, em geral eu perdia o interesse.

À medida que o tempo passava, fui aprendendo a prolongar a morte. Eu bebia um pouco de um, um pouco mais de outro e depois atingia o êxtase com a morte do terceiro ou do quarto. Era a caça e a luta que estavam se multiplicando para meu próprio prazer. E quando eu me fartava com todo esse caçar e beber numa noite de satisfazer cerca de seis vampiros sadios, eu voltava meus olhos para o resto de Paris, para todas as gloriosas diversões para as quais não tinha dinheiro antes.

Mas não antes de ir à casa de Roget em busca de notícias de Nicolas ou de minha mãe.

As cartas dela eram transbordantes de felicidade com minha boa sorte, e ela prometia ir à Itália na primavera se tivesse forças para fazê-lo. Por enquanto, queria livros de Paris, claro, jornais e partituras para o cravo que eu enviara. E precisava saber: eu estava de fato feliz? Havia realizado meus sonhos? Estava desconfiada da riqueza. Eu havia sido tão feliz no teatro de Renaud. Eu tinha de confiar nela.

Foi uma agonia ouvir essas palavras lidas para mim. Era hora de me tornar um verdadeiro mentiroso, coisa que nunca havia sido. Mas por ela eu faria isso.

Quanto a Nicki, eu devia saber que não se contentaria com presentes e histórias vagas, que iria pedir para me ver e que continuaria pedindo. Ele estava deixando Roget um pouco assustado.

Mas de nada adiantava. Não havia coisa alguma que o advogado pudesse dizer-lhe, a não ser o que eu havia explicado. E eu estava com tanto medo de ver Nicki que nem perguntei pela localização da casa para a qual ele se mudara. Eu disse ao advogado para se assegurar de que ele estudasse com seu maestro italiano e de que tivesse tudo que pudesse desejar.

Mas, de algum modo, consegui saber, contra minha vontade, que Nicolas não abandonara o teatro. Estava tocando na Casa de Téspis de Renaud.

Ora, aquilo me irritou. Por que, diabos, pensei, ele estaria fazendo isso?

Porque, assim como eu, ele amava aquilo, esse era o motivo. Será que alguém precisava mesmo me dizer isso? Éramos todos irmãos naquela pequena ratoeira que era a casa de espetáculos. Só de pensar no momento em que as cortinas se levantavam, a plateia começava a aplaudir e gritar...

Não. Envie caixas de vinho e champanhe para o teatro. Envie flores para Jeannette e Luchina, as moças com quem contracenei com o maior amor, e mais presentes de ouro para Renaud. Salde as dívidas que ele tem.

Mas, à medida que as noites passavam e esses presentes eram despachados, Renaud foi ficando embaraçado com tudo aquilo. Quinze dias depois, Roget me disse que Renaud fizera uma proposta.

Queria que eu comprasse a Casa de Téspis e o mantivesse como diretor, com capital suficiente para encenar espetáculos maiores e mais maravilhosos do que já havia tentado antes. Com meu dinheiro e seu talento, faríamos da casa o assunto de Paris.

Não respondi de imediato. Levei alguns momentos para perceber que poderia ser o dono do teatro. Poderia ser seu dono como o era das pedras preciosas da arca, ou das roupas que usava, ou da casa de boneca que enviara para minhas sobrinhas. Eu disse não e saí batendo a porta.

Depois, voltei em seguida.

– Está bem, compre o teatro – eu disse – e dê a ele dez mil coroas para fazer o que quiser.

Era uma fortuna. E eu nem sequer sabia por que fizera isso.

Esse sofrimento vai passar, pensei, tem de passar. E devo ter controle de meus pensamentos, compreender que essas coisas não podem afetar-me.

Afinal de contas, onde eu passava meu tempo agora? Nos maiores teatros de Paris. Tinha os melhores lugares para assistir ao balé e à ópera, para os dramas de Molière e Racine. Estava diante das luzes do palco, encarando os grandes atores e atrizes. Tinha ternos feitos de todas as cores do arco-íris, joias nos dedos, perucas na última moda, sapatos com fivelas de diamante, assim como saltos dourados.

E tinha a eternidade para me embriagar com a poesia que estava ouvindo, me embriagar com o canto e a curva descrita pelos braços do bailarino, me embriagar com o órgão ressoando na grande gruta de Notre-Dame, me embriagar com os carrilhões que marcavam as horas para mim, embriagar com a neve caindo sem fazer barulho nos jardins desertos das Tulherias.

E a cada noite eu me tornava menos cuidadoso entre os mortais, mais à vontade com eles.

Nem mesmo um mês se passou até eu juntar a coragem para mergulhar direto num baile repleto de gente no Palais Royal. Eu estava com o corpo quente e o rosto corado por causa da matança e entrei logo na dança. Não levantei a mais leve suspeita. Ao contrário, as mulheres pareciam atraídas por mim, e adorei o toque de seus dedos quentes e o suave toque de seus braços e seios.

Depois disso, eu me perdia entre a multidão nos bulevares no começo da noite. Passava apressado pelo teatro de Renaud, me introduzia nos outros teatros para assistir aos espetáculos de marionetes, comediantes e acrobatas. Já não fugia mais dos lampiões de rua. Entrava nos bares e comprava café só para sentir seu calor em meus dedos, e falava com os homens quando queria.

Até discutia com eles sobre a situação da monarquia e passei a dominar como um louco bilhar e cartas. Parecia-me que poderia entrar direto na Casa de Téspis, se quisesse, comprar uma entrada e ir para a galeria para ver o que estava acontecendo. Para ver Nicolas!

Bem, não fiz isso. Por que estava sonhando em ir para perto de Nicki? Uma coisa era enganar estranhos, homens e mulheres que jamais me conheceram, mas o que Nicolas veria se olhasse direto em meus olhos? O que veria quando olhasse para minha pele? Além disso, tenho muito o que fazer, eu dizia para mim mesmo.

Eu estava aprendendo cada vez mais sobre minha natureza e meus poderes.

❋

Meus cabelos, por exemplo, estavam mais claros, porém mais espessos, e não cresciam em absoluto. Assim como não cresciam minhas unhas das mãos e dos pés, que tinham um brilho maior; se eu as aparasse com lima, se regenerariam durante o dia até o mesmo comprimento que tinham quando morri. E embora as pessoas não pudessem perceber esses segredos em rápido exame, elas sentiam outras coisas, um brilho não natural em meus olhos, que refletiam exageradamente as cores, e uma leve luminescência em minha pele.

Quando eu estava com fome, essa luminescência se acentuava. Mais razão ainda para me alimentar.

E eu estava aprendendo que podia escravizar as pessoas, se as encarasse com severidade e se minha voz pedisse com modulação controlada. Eu era capaz de falar tão baixo que a audição humana não captaria, e se gritasse ou risse alto demais, podia estourar os tímpanos dos outros. Podia ferir meus próprios ouvidos.

Havia outras dificuldades: meus movimentos. Eu podia caminhar, correr, dançar, sorrir e gesticular como um ser humano, mas se ficasse surpreso, horrorizado ou aflito, meu corpo podia curvar-se e contorcer-se como o de um acrobata.

Até mesmo minhas expressões faciais podiam ser fortemente exageradas. Uma vez, enquanto passeava distraído no bulevar du Temple, pensando em Nicolas, claro, me sentei debaixo de uma árvore, dobrei os joelhos e coloquei as mãos em ambos os lados da cabeça, como um duende melancólico em conto de fadas. Cavalheiros do século XVIII, vestidos com sobrecasacas de brocados e meias de seda branca, não faziam coisas como essa, pelo menos não em público.

E numa outra ocasião, enquanto estava mergulhado na contemplação da mudança de luz nas superfícies, pulei no alto de uma carruagem e me sentei com as pernas cruzadas, os cotovelos apoiados nos joelhos.

Bem, isso assustava as pessoas. Isso as amedrontava. Porém, na maioria das vezes, mesmo quando assustadas com a brancura de minha pele, elas apenas desviavam o olhar. Eu logo percebi que elas se enganavam, dizendo que tudo podia ser explicado. Era a maneira de pensar racional do século XVIII.

Afinal de contas, havia cem anos que não acontecia um caso de feitiçaria, sendo o último que eu conhecia o julgamento de La Voisin, uma cartomante que fora queimada viva na época de Luís XIV, o Rei Sol.

E estávamos em Paris. De modo que se eu quebrasse acidentalmente taças de cristal ao erguê-las, ou batesse as portas contra as paredes quando as abria, as pessoas imaginavam que eu estava bêbado.

Mas, de vez em quando, eu respondia a perguntas antes que os mortais as fizessem. Eu caía em estados de letargia só de olhar para velas ou galhos de árvore, e não me mexia durante tanto tempo que as pessoas me perguntavam se eu estava passando mal.

E meu pior problema era o riso. Eu tinha acessos de riso e não conseguia parar. Qualquer coisa podia causá-los. Até mesmo a pura loucura de minha situação podia provocar meu riso.

Isto ainda acontece comigo com muita facilidade. Nenhuma perda, nenhum sofrimento, nenhuma profunda compreensão de minha condição modificou isso. Se acho alguma coisa engraçada, começo a rir e não consigo parar.

A propósito, isso faz com que outros vampiros fiquem furiosos. Mas estou me adiantando à história.

Como é provável que já tenham notado, não fiz nenhuma menção de outros vampiros. O fato é que não encontrei nenhum.

Não pude encontrar nenhum outro ser sobrenatural em toda a Paris.

Mortais à minha esquerda, mortais à minha direita, e de vez em quando – no exato momento em que me convencia de que aquilo não estava acontecendo – eu sentia aquela vaga e enlouquecedoramente esquiva *presença*.

Não se tornara nem um pouco mais substancial do que havia sido naquela primeira noite, no pátio da igreja da aldeia. E invariavelmente surgia nas vizinhanças de um cemitério de Paris.

Eu sempre parava, girava e tentava atraí-la para mim. Mas nunca adiantou, a coisa desaparecia antes que eu pudesse ter certeza de sua presença. Nunca pude encontrá-la sozinho, e o cheiro fétido dos cemitérios da cidade era tão repugnante que eu não conseguiria entrar neles.

Isto estava parecendo ser mais do que rabujice ou lembranças ruins de minha masmorra embaixo da torre. A repulsão que sentia diante da visão ou cheiro da morte parecia fazer parte de minha natureza.

Eu não conseguia assistir às execuções, da mesma forma que na época em que era um menino trêmulo de Auvergne, e os cadáveres me faziam cobrir o rosto. Acho que ficava ofendido com a morte, a menos que eu fosse a causa dela! E eu tinha que fugir para longe de minhas vítimas mortas quase de imediato.

Mas voltemos à questão da *presença*. Cheguei a me perguntar se não seria uma outra espécie de assombração, alguma coisa que não pudesse comungar comigo. Por outro lado, eu tinha a nítida impressão de que a *presença* me observava, talvez até revelando-se deliberadamente para mim.

Seja lá o que fosse, eu não via outros vampiros em Paris. E estava começando a imaginar se poderia haver mais do que um de nós em uma determinada época. Talvez Magnus tivesse destruído o vampiro de quem roubou o sangue. Talvez tivesse que morrer depois de transmitir seus poderes. E eu também morreria caso desejasse criar um outro vampiro.

Mas não, isso não fazia sentido. Magnus ainda tinha uma grande força mesmo depois de ter-me dado seu sangue. E havia acorrentado sua vítima--vampiro quando roubou seus poderes.

Um grande mistério, um mistério enlouquecedor. Mas, por enquanto, a ignorância era uma verdadeira bênção. E eu estava me saindo muito bem, descobrindo coisas sem a ajuda de Magnus. E talvez essa tenha sido a intenção de Magnus. Talvez essa tenha sido sua maneira de aprender séculos atrás.

Lembrei-me de suas palavras, de que na câmara secreta da torre eu encontraria tudo de que precisaria para prosperar.

⁂

As horas voavam enquanto eu vagava pela cidade. E eu só deixava deliberadamente a companhia dos seres humanos para ir esconder-me na torre durante o dia.

No entanto, já estava começando a me perguntar: "Se você pode dançar com eles, se pode jogar bilhar e conversar com eles, então por que não pode habitar entre eles, do mesmo modo que fazia quando era vivo? Por que não poderia *passar* por um deles? E entrar de novo na própria trama da vida onde existe... o quê? Diga!"

E já era quase primavera. As noites estavam ficando mais quentes, a Casa de Téspis estava encenando um novo drama com novos acrobatas se apresentando entre os atos. As árvores floresciam de novo e eu pensava em Nicki em todas as horas que passava acordado.

⁂

Em uma noite de março, percebi, enquanto Roget lia a carta de minha mãe para mim, que eu era capaz de ler tão bem quanto ele. Havia aprendido a ler através de mil fontes, sem sequer tentar. Levei a carta comigo para casa.

Até mesmo a câmara interna já não estava mais fria, de fato. E, pela primeira vez, sentei-me ao lado da janela e li as palavras de minha mãe em particular. Quase pude ouvir sua voz falando para mim:

"Nicolas escreveu dizendo que você comprou o teatro de Renaud. De modo que é dono do pequeno teatro no bulevar onde foi tão feliz. Mas você ainda possui a felicidade? Quando me responderá?"

Dobrei a carta e enfiei-a no bolso. Lágrimas de sangue brotavam em meus olhos. Por que ela era capaz de compreender tanto e ainda assim tão pouco?

11

O vento amainara. Todos os odores da cidade estavam retornando. E os mercados enchiam-se de flores. Corri para a casa de Roget, sem sequer pensar no que estava fazendo, e pedi que me dissesse onde Nicolas vivia. Apenas daria uma olhada nele, me asseguraria de que ele estivesse com boa saúde, de que a casa era boa o bastante.

Era na Île St.-Louis, e possuía uma fachada muito impressionante, tal como eu desejava, mas todas as janelas ao longo do cais estavam fechadas.

Fiquei observando-a durante um longo tempo, enquanto carruagens passavam uma após a outra pela ponte próxima. E eu sabia que tinha de ver Nicki.

Comecei a escalar a parede da mesma maneira que escalara paredes na aldeia, e achei surpreendentemente fácil. Escalei um andar após o outro, indo mais alto do que ousara no passado, depois movi-me depressa sobre o telhado e desci pela parte interna do pátio para olhar o apartamento de Nicki.

Passei por um punhado de janelas abertas antes de chegar na certa. E então lá estava Nicolas no clarão da mesa de jantar; Jeannette e Luchina estavam com ele, e eles estavam fazendo a última refeição da noite, o que costumávamos fazer juntos quando o teatro fechava.

À primeira visão dele, afastei-me do batente da janela e fechei os olhos. Podia ter caído se minha mão direita não tivesse agarrado rapidamente a parede, como se tivesse vontade própria. Tinha visto o aposento apenas por um instante, mas cada detalhe se fixara em minha mente.

Ele estava vestido com o velho traje de veludo verde, uma roupa elegante que usara de maneira casual nas ruas sinuosas de nossa terra natal. Mas por toda parte em volta dele havia sinais da riqueza que eu lhe enviara, livros encadernados em couro nas estantes, uma escrivaninha marchetada com uma pintura oval sobre ela e o violino italiano reluzindo em cima do novo pianoforte.

Ele usava o anel de pedras preciosas que eu enviara, os cabelos castanhos estavam presos na nuca com uma fita de seda preta e ele estava meditando, com os cotovelos em cima da mesa, sem nada comer do que havia no caro prato de porcelana diante de si.

Abri os olhos com cuidado e voltei a olhar para ele. Todos os seus dons naturais estavam ali no brilho da luz: os membros delicados porém fortes; os olhos castanhos, grandes e sérios; e a boca que, por mais ironia e sarcasmo que demonstrasse, era infantil e pronta para ser beijada.

Havia nele uma fragilidade que eu nunca percebera ou compreendera. No entanto, ele parecia infinitamente inteligente, meu Nicki, cheio de pensamentos confusos e intransigentes, enquanto ouvia Jeannette que falava rápido.

– Lestat se casou – ela disse enquanto Luchina concordava com um aceno de cabeça. – A mulher é rica e ele não pode deixar que ela saiba que foi um ator comum, é bem simples a coisa.

– Digo que devemos deixá-lo em paz – Luchina disse. – Ele salvou o teatro impedindo que fosse fechado e nos cobre de presentes...

– Não acredito nisso – disse Nicolas com amargura. – Ele não sentiria vergonha de nós. – Havia uma raiva contida em sua voz, um terrível desgosto. – E por que ele partiu desse jeito? Eu o ouvi me chamando! A janela toda arrebentada! Digo-lhes que estava meio acordado e que ouvi a voz dele...

Um silêncio apreensivo pairou sobre eles. Elas não acreditavam nesse relato, na maneira como desapareci do sótão, e falar de novo sobre o assunto só o isolava e o amargurava ainda mais. Eu podia sentir isso em todos os seus pensamentos.

– Vocês não conheciam mesmo Lestat – ele disse agora de modo quase mal-humorado, retornando ao discurso controlado que outros mortais permitiriam. – Lestat cuspiria no rosto de qualquer um que se envergonhasse de nós! Ele me envia dinheiro. Que devo fazer com ele? Ele está brincando conosco!

Ninguém respondeu, os seres sensatos e práticos que não diriam nada contra seu misterioso benfeitor. As coisas estavam indo bem demais.

E, no prolongado silêncio, eu senti a profundidade da angústia de Nicki, eu a vi como se estivesse olhando dentro de seu cérebro. E não consegui suportá-la.

Não pude suportar sondar sua alma sem que ele soubesse disso. No entanto, não pude evitar de sentir um vasto lugar secreto dentro dele, talvez mais sombrio do que eu jamais sonhara, e recordei-me de suas palavras dizendo que as trevas que havia nele eram iguais às trevas que eu havia visto na estalagem, e que ele tentava ocultá-las de mim.

Eu quase podia ver este lugar. E de uma maneira bem real, ele estava além de sua mente, como se esta fosse apenas um portal para um caos que se estendia além das fronteiras de tudo que conhecíamos.

Isso era assustador demais. Eu não queria ver. Não queria sentir o que ele sentia!

Mas o que eu poderia fazer *por* ele? Isso era o importante. O que eu poderia fazer para acabar com aquele tormento de uma vez por todas?

No entanto, eu queria tanto tocá-lo – nas mãos, nos braços, no rosto. Queria sentir sua carne com esses novos dedos imortais. E me flagrei sussurrando a palavra "vivo". Sim, você está vivo e isto significa que pode morrer. E tudo que vejo quando olho para você é extremamente insubstancial. É uma mescla de minúsculos movimentos e cores indefiníveis, como se você não tivesse um corpo em absoluto, mas fosse um aglomerado de luz e calor. Você é a própria luz, e o que sou eu agora?

Eterno como sou, ardo como uma brasa nessa chama.

Mas a atmosfera do quarto havia mudado. Luchina e Jeannette se despediam com palavras educadas. Ele as ignorava. Ele se virara para a janela e estava levantando-se como se houvesse sido chamado por uma voz secreta. A expressão de seu rosto era indescritível.

Ele sabia que eu estava ali!

No mesmo instante, subi pela parede escorregadia para o telhado.

Mas ainda podia *ouvi-lo* lá embaixo. Olhei para baixo e vi suas mãos nuas no peitoril da janela. E através do silêncio, ouvi seu pânico. Ele sentia que eu estava ali! Minha presença, notem bem, foi o que ele sentiu, da mesma maneira como eu sentia a *presença* nos cemitérios, mas agora, ele perguntava a si mesmo, poderia Lestat ter estado aqui?

Eu estava chocado demais para fazer alguma coisa. Agarrei-me na calha do telhado e pude sentir que as mulheres não estavam mais lá, sentir que ele estava sozinho agora. E tudo que pude pensar foi: o que, em nome do diabo, é essa presença que ele sentiu?

Quero dizer, eu não era mais Lestat, eu era aquele demônio, aquele vampiro forte e voraz, e no entanto ele sentiu minha presença, a presença de Lestat, do jovem que ele conhecia!

Era uma coisa bem diferente de um mortal ver meu rosto e deixar escapar meu nome, confuso. Ele havia reconhecido em meu ser monstruoso algo que conhecia e amava.

Parei de prestar atenção nele. Apenas fiquei deitado no telhado.

Mas sabia que ele estava mexendo-se lá embaixo. Eu soube quando ele ergueu o violino de seu lugar em cima do piano forte, e soube que ele estava de novo ao lado da janela.

E pus as mãos sobre meus ouvidos.

Mesmo assim, o som chegou. Ele brotava do instrumento e varava a noite como se fosse algo brilhante, diferente do ar, da luz e da matéria, que pudesse subir até as estrelas.

Ele curvava-se sobre as cordas e eu quase podia vê-lo em minhas pálpebras, balançando-se para a frente e para trás, a cabeça arqueada sobre o violino como se quisesse transformar-se em música, e então desapareceu toda a sensação dele e ficou apenas o som.

As longas notas vibrantes, os glissandos cortantes e o violino se expressando em sua própria linguagem, fazendo com que todas as outras formas de discurso parecessem falsas. No entanto, à medida que a música se aprofundava, tornava-se a própria essência do desespero, como se sua beleza fosse uma terrível coincidência, algo grotesco sem nenhuma partícula de verdade.

Era nisso que ele acreditava, em que sempre acreditou quando eu falava e falava sobre a bondade? Estaria ele fazendo o violino dizer isso? Estaria criando deliberadamente aquelas notas longas, puras e transparentes para dizer que a beleza não significava nada porque vinha do desespero dentro dele e que afinal não tinha nada a ver com o desespero, porque o desespero não era belo e então a beleza não passava de uma horrível ironia?

Eu não sabia a resposta. Mas o som o transcendera, como sempre o fizera. Ficou maior que o desespero. Entoou sem nenhum esforço uma melodia lenta, como a água procurando seu caminho montanha abaixo. Ficou mais suave e mais sombrio ainda, parecia haver nele algo de indisciplinado e de disciplinador, de pungente e vasto. Eu me deitei de costas no telhado com os olhos fixos nas estrelas.

Pequenos pontos de luz que olhos mortais não poderiam ter visto. Nuvens fantasmas. E o som agudo e rude do violino chegando lentamente ao fim, com intensa tensão.

Não me mexi.

Eu tinha uma certa compreensão silenciosa do que o violino dizia para mim. Nicki, se pudéssemos conversar de novo... se ao menos "nossa conversa" pudesse continuar.

A beleza não era a traição que ele imaginava ser, era mais uma terra desconhecida na qual se poderiam cometer mil erros fatais, um paraíso selvagem e indiferente sem indicações claras do bem e do mal.

Apesar de todos os refinamentos da civilização que conspiraram para produzir a arte – a estonteante perfeição do quarteto de cordas ou o exuberante esplendor das telas de Fragonard –, a beleza era selvagem. Era tão perigosa e sem lei quanto a terra fora milênios antes que o homem tivesse elaborado um único pensamento coerente ou escrevesse códigos de conduta em tábuas de argila. A beleza era um Jardim Selvagem.

Assim, por que iria feri-lo o fato de mesmo a música mais desesperadora estar cheia de beleza? Por que isso iria magoá-lo, torná-lo cínico, triste e desconfiado?

O bem e o mal são conceitos criados pelo homem. E o homem é melhor, de fato, do que o Jardim Selvagem.

Mas talvez bem no íntimo, Nicki sempre tenha sonhado com uma harmonia entre todas as coisas, que eu sempre soube ser impossível. Nicki não sonhara com a bondade, mas sim com a justiça.

Mas, agora, jamais poderíamos discutir essas coisas. Jamais poderíamos estar de novo na estalagem. Perdoe-me, Nicki. O bem e o mal ainda existem, como sempre existirão. Mas "nossa conversa" acabou para sempre. No entanto, mesmo enquanto eu saía do telhado, enquanto eu escapulia às escondidas e em silêncio da Île St.-Louis, eu já sabia o que tencionava fazer.

Não admitia para mim mesmo, mas sabia.

❋

Na noite seguinte, já era tarde quando cheguei ao bulevar du Temple. Eu me alimentara bem na Île de la Cité, e o primeiro ato na Casa de Téspis de Renaud já havia começado.

12

Eu me vestira como se estivesse indo para a Corte, em brocado prateado com um rocló de veludo cor de alfazema sobre os ombros. Levava uma espada nova com o cabo entalhado em prata e as costumeiras fivelas pomposas e pesadas nos sapatos, além da renda, das luvas e do tricórnio habituais. E cheguei no teatro numa carruagem alugada.

Mas assim que paguei o cocheiro, voltei descendo pelo beco e abri a porta dos fundos do teatro da mesma maneira que costumava fazer.

Fui cercado de imediato pela velha atmosfera, pelo cheiro da maquiagem densa e dos trajes baratos cheios de suor e perfume, e pela poeira. Podia ver um fragmento do palco iluminado, brilhando além da grande desordem de adereços volumosos, e ouvir as explosões de risos que vinham da plateia. Um grupo de acrobatas aguardava para continuar no intervalo, uma multidão de bufões usando malha vermelha, gorro e colarinho pontudo guarnecido com pequenos guizos dourados.

Eu me senti tonto e, por um momento, tive medo. O lugar me pareceu sufocante e perigoso, e, no entanto, era maravilhoso estar ali dentro de novo. E uma tristeza crescia dentro de mim, não, na verdade, um pânico.

Luchina me viu e soltou um grito estridente. Portas se abriram em todas as partes nos pequenos camarins em azáfama. Renaud mergulhou em minha direção e sacudiu minha mão vigorosamente. Onde antes não havia nada a não ser madeira e panos, havia agora um pequeno universo de seres humanos excitados, com os rostos cheios de cor viva e suor, e eu me vi recuando de um fumacento candelabro com as rápidas palavras:

– Meus olhos... apaguem isso.

– Apaguem as velas, elas prejudicam os olhos dele, não estão vendo? – Jeannette insistiu em tom ríspido.

Eu senti seus lábios úmidos se abrirem em meu rosto. Todo mundo estava em volta de mim, inclusive os acrobatas que não me conheciam e os velhos cenógrafos e carpinteiros que me ensinaram tantas coisas. Luchina disse:

– Chamem Nicki!

E eu quase gritei *não*.

Aplausos sacudiam o pequeno teatro. A cortina estava sendo fechada em ambos os lados. Sem demora, os velhos atores estavam em volta de mim e Renaud gritava pedindo champanhe.

Eu mantinha as mãos sobre meus olhos, como se fosse matá-los com um simples olhar, como o basilisco, e pude sentir as lágrimas, sabendo que teria de enxugá-las antes que vissem o sangue nas lágrimas. Mas eles estavam tão próximos que não consegui pegar o lenço e, com uma súbita e enorme fraqueza, coloquei meus braços em torno de Jeannette e Luchina e pressionei meu rosto contra o rosto de Luchina. Elas pareciam pássaros, com ossos cheios de ar, corações que pareciam asas batendo, e, por um segundo, ouvi com ouvidos de vampiro o sangue dentro delas, mas isto me pareceu uma obscenidade. E apenas me entreguei aos beijos e abraços, ignorando o batimento de seus corações, abraçando-as e cheirando suas peles empoadas, sentindo de novo a pressão de seus lábios.

– Você não sabe o quanto nos preocupou! – Renaud retumbava. – E depois as histórias sobre sua boa sorte! Todo mundo, todo mundo! – Estava batendo palmas. – Este é monsieur de Valois, o proprietário deste grande estabelecimento teatral...

E disse um monte de outras coisas pomposas e jocosas, arrastando os novos atores e atrizes para beijar minha mão, imagino, ou meus pés. Eu abraçava as garotas com força como se fosse explodir em fragmentos se as soltasse, e então ouvi Nicki e soube que estava a poucos centímetros de mim, encarando-me, e que estava contente demais por me ver para continuar magoado.

Não abri meus olhos, mas senti sua mão em meu rosto e depois apertando minha nuca. Devem ter aberto caminho para ele, e quando chegou em meus braços, senti uma pequena convulsão de terror, mas a luz estava pálida ali e eu me alimentara furiosamente para ficar quente e com aparência humana. E pensei em desespero que não sabia para quem rezar para pedir que eu fosse capaz de enganá-lo. E então só havia Nicolas, e eu não me importava.

Olhei enfim para o seu rosto.

Como descrever o que os humanos se parecem para nós! Tentei descrever um pouco quando falei da beleza de Nicki na noite anterior, como uma mistura de movimento e cor. Mas ninguém pode imaginar o que é, para nós, a visão da carne viva. Há esses bilhões de cores e minúsculas configurações de movimento, sim, que formam uma criatura viva na qual nos concentramos. Mas a radiação mescla-se totalmente com o cheiro de carne. Belo, é isso que qualquer ser humano é para nós, se paramos para pensar, até mesmo os velhos e doentes, os oprimidos que de fato não são "vistos" pelas ruas. Eles são assim, como flores no processo de desabrochar, borboletas que estão sempre saindo de seus casulos.

Bem, vi tudo isso quando olhei para Nicki, e senti o cheiro do sangue sendo bombeado nele e, por um estonteante momento, senti amor e apenas amor apagando toda lembrança dos horrores que me deformaram. Cada êxtase maligno, cada novo poder com sua gratificação, parecia irreal. Talvez eu também tenha sentido uma profunda alegria porque ainda era capaz de amar, se é que eu duvidara disso em algum momento, e porque uma trágica vitória havia sido confirmada.

Todo o velho consolo mortal me embriagava e eu podia ter fechado os olhos, fugindo da consciência e carregando-o comigo, pelo menos foi o que me pareceu.

Mas uma outra coisa se acendeu dentro de mim, ganhando força com tanta rapidez que minha mente disparou para acompanhar seu passo e repudiá-la, mesmo enquanto ela ameaçava sair de meu controle. E eu sabia o que era, algo monstruoso, enorme e natural para mim assim como o sol me era inatural. Eu desejava Nicki. Eu o desejava com tanta certeza quanto qualquer vítima com quem eu havia lutado na Île de la Cité. Desejava que seu sangue fluísse para dentro de mim, desejava seu gosto, desejava seu cheiro e seu calor.

O pequeno local se sacudia com os gritos e risadas, com Renaud dizendo aos acrobatas para continuarem com o intervalo e com Luchina abrindo o champanhe. Mas nós estávamos unidos naquele abraço.

O forte calor de seu corpo me fez enrijecer e recuar, embora parecesse que eu não tivesse me movido. E, de repente, enfureceu-me o fato de que aquela pessoa a quem eu amava tanto quanto à minha mãe e meus irmãos – aquele que arrancara de mim a única ternura que eu já sentira – era uma cidadela inconquistável, que resistia ignorantemente contra minha sede de sangue, quando muitas centenas de vítimas haviam se entregado com tanta facilidade.

Foi para isso que fui feito. Essa era a trilha em que eu devia caminhar. O que eram aqueles outros para mim agora – os ladrões e assassinos que eu abatera nos ermos de Paris? Era isso que eu desejava. E a enorme e apavorante possibilidade da morte de Nicki explodiu em meu cérebro. A escuridão em minhas pálpebras se tornara vermelho-sangue. A mente de Nicki esvaziando-se naquele último momento, desistindo de sua complexidade assim como de sua vida.

Eu não conseguia mexer-me. Podia sentir o sangue como se estivesse passando para mim e deixei meus lábios encostados em seu pescoço. Cada partícula do meu ser dizia: "Agarre-o, desapareça com ele deste lugar e vá para longe daqui, e alimente-se dele, alimente-se dele... até..." Até o quê? Até ele morrer!

Soltei-me e afastei-o. A multidão ruidosa em volta de nós falava sem parar. Renaud gritava para os acrobatas que estavam parados, olhando com olhos arregalados para tudo aquilo. A plateia lá fora exigia o espetáculo do intervalo, batendo palmas num ritmo constante. A orquestra tocava a cançoneta animada que acompanharia os acrobatas. Ossos e carnes me empurravam e se acotovelavam em mim. Aquilo se tornou um campo de batalha com o cheiro delicioso daqueles que estavam prontos para a carnificina. Senti um acesso de náusea, demasiadamente humana.

Nicki parecia ter perdido o equilíbrio e, quando nossos olhos se encontraram, senti as acusações que emanavam dele. Senti o tormento e, pior, o quase desespero.

Avancei através deles, passei pelos acrobatas com os guizos tilintantes e, não sei por quê, fui para os bastidores em vez de sair pela porta lateral. Queria ver o palco. Queria ver a plateia. Queria penetrar mais fundo em algo para o qual não tinha nome ou palavra.

Mas estava enlouquecido naqueles momentos. Dizer o que queria ou pensava não faria o menor sentido.

Meu peito palpitava e a sede era como um gato que arranhava para se soltar. E quando me recostei na viga de madeira ao lado da cortina, Nicki, magoado e sem entender coisa alguma, foi até mim de novo.

Deixei que a sede campeasse. Deixei que dilacerasse minhas entranhas. Apenas agarrei-me na viga e, numa grande recordação, vi todas as minhas vítimas, a escória de Paris, arrancadas das sarjetas, e percebi a loucura do caminho que havia escolhido, a falsidade dele e o que eu realmente era. Que idiotice sublime arrastar comigo essa moralidade vil, abatendo apenas os condenados – procurando ser salvo apesar de tudo? O que eu pensava que era, um parceiro justo dos juízes e verdugos de Paris que abatiam os pobres por crimes que os ricos cometiam todos os dias?

Um vinho forte fora o que bebera, em recipientes lascados e quebrados, e agora o sacerdote estava parado diante de mim ao pé do altar, com o cálice dourado nas mãos, e o vinho dentro dele era o Sangue do Cordeiro.

Nicki falava rapidamente:

– Lestat, o que foi? Diga-me! – Como se os outros não pudessem ouvir-nos. – Onde você esteve? O que aconteceu com você? Lestat!

– Vão para o palco! – Renaud bradou para os acrobatas boquiabertos. Eles passaram por nós caminhando com passos rápidos em direção ao esplendor enfumaçado das luzes de palco e se dedicaram a uma série de saltos-mortais.

A orquestra transformou seus instrumentos em aves gorjeantes. Um lampejo de vermelho, mangas de arlequim, guizos desafinados, insultos da multidão incontrolável, "mostrem-nos alguma coisa, mostrem-nos alguma coisa boa mesmo!".

Luchina beijou-me e eu fitei sua garganta branca, suas mãos leitosas. Eu podia ver as veias no rosto de Jeannette e a suave almofada de seu lábio inferior aproximando-se ainda mais. O champanhe, salpicado em dúzias de copos pequenos, estava sendo bebido. Renaud estava fazendo algum discurso sobre nossa "sociedade" e como a pequena farsa daquela noite era apenas o começo e que em pouco tempo seríamos o maior teatro dos bulevares. Eu me via paramentado para o papel de Lelio e ouvia a cançoneta que cantara para Flaminia de joelhos.

Diante de mim, pequenos mortais davam várias cambalhotas para trás e a plateia uivou quando o líder dos acrobatas fez movimentos vulgares com o traseiro.

Sem me dar conta do que fazia, caminhei pelo palco.

Parei bem no centro, sentindo o calor das luzes, a fumaça ardendo em meus olhos. Olhei para a galeria abarrotada, para os camarotes com cortina, as fileiras e fileiras de espectadores até a parede dos fundos. E me ouvi rosnar uma ordem para os acrobatas irem embora.

Pareceu que as risadas se abafavam e que os insultos e gritos que me saudaram eram espasmos e erupções, e simplesmente havia uma caveira sorridente por trás de cada rosto no teatro. Eu estava cantarolando a pequena cançoneta que cantava no papel de Lelio, não mais que um fragmento, aquele que eu cantava pelas ruas, "adorável, adorável, Flaminia", e assim por diante, com as palavras formando sons sem sentido.

Insultos chegavam junto com a algazarra.

"Continuem com a apresentação" e "você é muito bonitinho, mas queremos ver um pouco de ação!". Alguém atirou da galeria uma maçã comida pela metade que bateu em meus pés.

Desafivelei o rocló violeta e deixei-o cair no chão. Fiz o mesmo com a espada de prata.

A canção se transformara num zumbido incoerente por trás de meus lábios, mas uma poesia maluca martelava minha cabeça. Vi a vastidão da beleza e sua selvageria, da maneira como tinha visto na noite anterior quando Nicki estava tocando, e o mundo mortal parecia um sonho desesperado de racionalidade que não tinha a menor chance naquela selva exuberante e fétida. Era uma visão e, em vez de entender, eu *via,* só que eu era parte dela, tão natural quanto um gato com sua forma delicada e impassível de enterrar as garras nas costas de um rato que berra.

– "Bonitinha" é a Implacável Ceifadora – pronunciei em voz baixa – que pode apagar todas essas "breves velas", cada alma adejante que suga o ar desta sala.

Mas as palavras estavam realmente além de meu alcance. Elas flutuavam em alguma camada onde talvez existisse um deus que compreendesse as cores desenhadas numa pele de cobra e as oito notas gloriosas que compunham a música que saía do instrumento de Nicki, mas jamais o princípio que estava além da beleza ou da feiura "Não matarás".

Centenas de rostos gordurentos me esquadrinhavam da escuridão. Perucas maltrapilhas, joias de imitação e adornos sujos, pele que parecia água escorrendo sobre ossos deformados. Uma turba de mendigos esfarrapados assobiava e apupava na galeria, corcundas e caolhos, muletas fedorentas debaixo do braço e dentes da cor dos dentes de uma caveira que se tira da imundície de uma sepultura.

Abri meus braços. Dobrei o joelho e comecei a girar como os acrobatas e os bailarinos podem girar, girando e girando na ponta de um pé, sem nenhum esforço, indo cada vez mais rápido e mais rápido, até parar pulando para trás num círculo de saltos-mortais de lado e depois saltos-mortais para a frente, imitando tudo aquilo que tinha visto os artistas de feira fazerem.

Os aplausos vieram no mesmo instante. Eu estava tão ágil quanto fui na aldeia, e o palco era minúsculo e acanhado, o teto parecia pressionar minha cabeça e a fumaça das luzes de palco me cercava. A pequena canção para Flaminia voltou à minha mente, eu comecei a cantá-la em voz alta enquanto girava, pulava e rodopiava de novo. Depois, olhando para o teto, inclinei meu corpo para cima enquanto dobrava os joelhos para saltar.

Em um instante, tocava as vigas e caía graciosa e silenciosamente no palco.

Gritos sufocados se ergueram na plateia. A pequena multidão nos bastidores estava atordoada. Os músicos do fosso da orquestra que ficaram calados durante todo o tempo viraram-se uns para os outros. Eles podiam ver que não havia nenhum fio.

Mas, para o encanto da plateia, eu estava flutuando de novo, dessa vez dando saltos-mortais em todo trajeto para cima, subindo além do arco pintado e descendo em giros mais lentos ainda, mais elegantes.

Gritos e hurras se misturaram aos aplausos, mas aqueles que estavam nos bastidores ficaram mudos. Nicki estava bem na extremidade do palco, seus lábios formavam meu nome em silêncio.

"Deve ser um truque, uma ilusão." A mesma afirmação vinha de todas as direções. As pessoas exigiam a concordância daqueles que estavam em sua volta. O rosto de Renaud brilhou diante de mim por um instante, a boca aberta e os olhos semicerrados.

Mas eu voltara a dançar de novo. E dessa vez a graciosidade da dança já não importava mais para a plateia. Pude sentir isso, porque a dança tornou-se uma paródia, cada gesto era mais largo, mais longo, mais lento do que um bailarino humano seria capaz de sustentar.

Alguém gritou nos bastidores e disseram-lhe para ficar quieto. Gritinhos explodiam entre os músicos e aqueles que se encontravam nas fileiras da frente. As pessoas estavam ficando irrequietas e cochichavam entre si, mas a turba na galeria continuava a aplaudir.

De repente, disparei em direção à plateia como se tencionasse admoestá-la por sua grosseria. Muitas pessoas ficaram tão espantadas que se levantaram e tentaram fugir pelas coxias. Um dos músicos largou sua trompa e pulou para fora do fosso da orquestra.

Eu podia ver a agitação, até mesmo a raiva em seus rostos. O que eram aquelas ilusões? De repente, eu não estava mais divertindo as pessoas; elas não conseguiam compreender a arte daquilo; e alguma coisa em meus modos sérios os deixava com medo. Durante um terrível momento, eu senti o seu desamparo.

E senti sua sina.

Uma grande horda de esqueletos estalando numa armadilha de carne e farrapos, era isso o que eles eram; no entanto, tinham coragem, gritavam para mim em seu orgulho irreprimível.

Ergui as mãos bem devagar para pedir sua atenção e, com voz bem alta e firme, cantei a cançoneta para Flaminia, minha adorável Flaminia, com um dístico derramando-se sobre outro dístico, e fiz minha voz ficar mais alta e mais alta até que, de repente, as pessoas estavam levantando-se e gritando diante de mim, mas cantei mais alto ainda até eliminar qualquer outro ruído e, naquele rugido intolerável, vi todos eles, centenas deles, derrubarem os bancos ao se levantarem com as mãos cobrindo os ouvidos.

Suas bocas eram caretas, eram gritos sem som.

Pandemônio. Gritos estrepitosos, imprecações, todos tropeçando e lutando em direção às portas. As cortinas foram puxadas de suas presilhas. Homens caíam da galeria e corriam para a rua.

Interrompi a horrenda canção.

Fiquei observando-os em retumbante silêncio, os corpos fracos e suados se esforçavam desajeitadamente em todas as direções. O vento entrava em lufadas pelas portas abertas, e eu senti uma estranha friagem tomar conta do meu corpo e meus olhos pareciam feitos de vidro.

Sem olhar, peguei a espada e coloquei-a na cintura de novo, e enganchei o dedo na gola de veludo de meu rocló amarrotado e empoeirado. Todos esses gestos pareceram tão grotescos quanto tudo mais que eu fizera, e não parecia ter importância alguma o fato de Nicolas estar tentando libertar-se dos dois atores que o seguravam, temendo por sua vida, enquanto ele gritava meu nome.

Mas alguma coisa fora daquele caos captou minha atenção. Parecia ter importância – na verdade, ser terrível, terrivelmente importante – que houvesse uma figura estática lá em cima, num dos camarotes abertos, que não tentava fugir ou mesmo se mexer.

Virei-me bem devagar e olhei para ele, desafiando-o, pareceu-me, a permanecer ali. Era um homem velho e seus olhos cinzentos e sem brilho me penetravam com obstinada afronta e, enquanto eu lhe lançava um olhar feroz, ouvi minha boca soltar um clamoroso rugido. Parecia ter saído de minha alma aquele som. Foi ficando cada vez mais alto até que aquelas poucas pessoas que ainda restavam ali agacharam-se de novo com os ouvidos tampados. Até mesmo Nicolas, que corria para a frente, curvou-se sob aquele som, com ambas as mãos apertando a cabeça.

E, no entanto, o homem estava de pé ali no camarote, com o olhar iracundo, indignado e velho, e teimoso, com sobrancelhas franzidas debaixo da peruca cinzenta.

Dei um passo para trás e saltei através do teatro vazio, indo aterrissar no camarote bem diante dele, e, contra sua própria vontade, seu queixo caiu e seus olhos se arregalaram horrivelmente.

Ele parecia deformado pela idade, os ombros arredondados, as mãos retorcidas, mas o vigor de seus olhos estava além da vaidade e além da transigência. Sua boca enrijeceu e seu queixo projetou-se. E ele sacou a pistola por baixo da sobrecasaca e apontou para mim com ambas as mãos.

– Lestat! – Nicki gritou.

Mas o tiro explodiu e a bala me atingiu com toda sua força. Eu não me mexi. Fiquei tão firme quanto o velho estivera antes, e a dor atravessou meu corpo e parou, deixando em seu rastro um terrível repuxão em todas as minhas veias.

O sangue jorrou. Jorrou como eu nunca tinha visto jorrar. Encharcou minha camisa e eu pude senti-lo escorrendo por minhas costas. Mas o repuxão foi ficando cada vez mais forte, e uma cálida sensação de formigamento começara a se espalhar pela superfície de meu peito e de minhas costas.

O homem me encarou, estarrecido. A pistola caiu de sua mão. Sua cabeça inclinou-se para trás, os olhos se fecharam e seu corpo encolheu como se o ar tivesse saído dele, e ele se deitou no chão.

Nicki subira as escadas correndo e nesse momento entrava em disparada no camarote. Estava emitindo um murmúrio baixo e histérico. Pensava estar testemunhando minha morte.

E eu continuava parado, ouvindo meu corpo naquela solidão terrível que era só minha desde que Magnus me transformara em vampiro. E sabia que os ferimentos não estavam mais presentes.

O sangue estava secando no colete de seda, secando nas costas de meu casaco dilacerado. Meu corpo latejava nos lugares onde a bala havia passado e minhas veias fervilhavam com o mesmo repuxão, mas o ferimento não existia mais.

E Nicolas, recobrando o juízo enquanto me olhava, percebeu que eu estava são e salvo, embora sua razão lhe dissesse que não podia ser verdade.

Passei por ele apressado e me dirigi para a escada. Ele lançou-se em cima de mim, mas me livrei dele. Eu não conseguia suportar a visão dele, o cheiro dele.

– Fuja de mim! – eu disse.

Mas ele voltou de novo e engatou o braço em meu pescoço. Seu rosto estava inchado, e um som medonho saía de sua boca.

– Afaste-se de mim, Nicki! – ameacei-o.

Se eu o empurrasse muito rudemente, arrancaria seus braços do tronco, quebraria sua espinha.

Quebrar sua espinha...

Ele gemia, gaguejava. E por uma angustiante fração de segundo, os sons que ele emitia eram tão terríveis quanto o som que saiu de meu animal agonizante na montanha, meu cavalo, esmagado na neve como um inseto.

Eu mal sabia o que estava fazendo quando soltei suas mãos com dificuldade.

A multidão se dispersou quando eu saí no bulevar.

Renaud avançou correndo, apesar daqueles que tentavam contê-lo.

– Monsieur! – Ele pegou minha mão para beijar e se deteve quando viu o sangue.

– Não é nada, meu caro Renaud – eu disse, bastante surpreso com a firmeza de minha voz, e sua suavidade.

Mas alguma coisa me perturbou quando comecei a falar de novo, algo a que deveria prestar atenção, pensei vagamente, mas prossegui.

– Não se preocupe, meu caro Renaud – eu disse. – É sangue falso, nada além de uma ilusão. Foi tudo uma ilusão. Uma nova forma de teatro. O teatro do grotesco, sim, do grotesco.

Mas senti de novo aquela perturbação, algo que eu estava captando na confusão em volta de mim, pessoas se empurrando para chegar mais perto, mas não perto demais, Nicolas aturdido e me encarando.

– Continue com suas peças – eu estava dizendo, quase sem conseguir concentrar-me em minhas próprias palavras –, com seus acrobatas, suas tragédias, seu teatro mais civilizado, se quiser.

Tirei notas de dinheiro do bolso e coloquei-as em sua mão insegura. Joguei moedas na calçada. Os atores avançaram correndo, cheios de medo, para recolhê-las. Esquadrinhei a multidão em volta à procura da origem daquela estranha perturbação, *o que era aquilo,* não era Nicolas na porta do teatro deserto, observando-me com a alma partida.

Não, era uma outra coisa, familiar e desconhecida ao mesmo tempo, que tinha a ver com as trevas.

– Contrate os melhores atores... – eu estava balbuciando – os melhores músicos, os grandes cenógrafos.

Mais notas de dinheiro. Minha voz estava se elevando de novo, a voz do vampiro, eu podia ver as caretas de novo e as mãos que se erguiam, mas eles estavam com medo de deixar que eu os visse tapando os ouvidos.

– Não há nenhum limite, NENHUM LIMITE, para o que você pode fazer aqui!

Eu fugi, arrastando meu rocló comigo, com a espada retinindo incomodamente porque não estava afivelada direito. Alguma coisa das trevas.

E quando entrei apressado no primeiro beco e comecei a correr, eu sabia o que era aquilo que tinha ouvido, o que me perturbara. Tinha sido a *presença*, não havia como negar, ela estava em meio à multidão.

Eu sabia disso por uma simples razão: eu começara a correr pelas ruelas mais rápido do que um mortal poderia correr. E a *presença* acompanhava meu passo e a *presença* era mais de uma!

Quando tive certeza disso, parei.

Estava apenas a um quilômetro e meio do bulevar, e o beco tortuoso em volta de mim era estreito e escuro quanto qualquer outro em que já estivera. E eu *as* ouvi antes de, ao que parece, silenciarem de maneira abrupta e proposital.

Eu estava ansioso e atormentado demais para brincar com elas! Estava aturdido demais. Gritei a velha pergunta:

– Quem é você, fale comigo.

Os vidros estremeceram nas janelas vizinhas. Os mortais se agitaram em seus pequenos quartos. Não havia nenhum cemitério ali.

– Respondam-me, seu bando de covardes. Falem se tiverem uma voz ou se afastem de mim de uma vez por todas.

E então eu soube, embora não possa dizer como soube, que elas podiam ouvir-me e poderiam responder, se quisessem. E fiquei sabendo que aquilo que sempre ouvi era o indício irreprimível de sua proximidade e de sua intensidade, que elas não conseguiam ocultar. Mas podiam esconder seus pensamentos e fizeram isso. Quero dizer que elas eram capazes de raciocinar e de falar.

Soltei um longo e abafado suspiro.

Estava preocupado com o silêncio delas, mas estava mil vezes mais preocupado pelo que acabara de acontecer e, como havia feito tantas vezes no passado, virei-me de costas para elas.

Elas me seguiram. Desta vez me seguiram e, não importando a que velocidade eu me movia, elas avançavam.

E só me libertei daquele estranho e inaudível vislumbre quando cheguei na Place de Grève e entrei na Catedral de Notre-Dame.

❋

Passei o resto da noite na catedral, encolhido num lugar sombrio junto à parede da direita. Estava com fome por causa do sangue que havia perdido e, cada vez que um mortal se aproximava, sentia um forte repuxão e um formigamento nos pontos em que tive os ferimentos.

Mas esperei.

E quando se aproximou uma jovem mendiga com uma criança pequena, eu soube que tinha chegado o momento. Ela viu o sangue seco e ficou nervosa querendo levar-me ao hospital próximo, o Hôtel-Dieu. Seu rosto era magro de fome, mas ela tentou levantar-me com seus frágeis braços.

Olhei nos olhos dela até vê-los embaciarem-se. Senti o calor de seus seios aumentar debaixo de seus farrapos. Seu corpo macio e suculento encostou-se em mim, dando-se para mim, enquanto eu a aninhava na renda e no brocado manchados de sangue. Beijei-a, alimentando-me com seu calor enquanto afastava o pano sujo de sua garganta, e me inclinei para beber com tanto jeito que a criança adormecida nem chegou a ver. Em seguida, com dedos trêmulos e cuidadosos, abri a camisa esfarrapada da criança. Também era meu aquele pescocinho.

Não há palavras para descrever o êxtase. Antes eu experimentara todo o arrebatamento que a violação podia proporcionar. Mas aquelas vítimas foram possuídas na perfeita semelhança com o amor. O próprio sangue parecia mais quente com sua inocência, mais saboroso com sua bondade.

Em seguida, olhei para eles que dormiam juntos na morte. Eles não haviam encontrado seu santuário na catedral naquela noite.

E eu sabia que minha visão do jardim da beleza selvagem havia sido verdadeira. Havia um sentido no mundo, sim, e leis e inevitabilidade, mas isso só tinha a ver com a estética. E, nesse Jardim Selvagem, aquelas pessoas inocentes pertenciam aos braços do vampiro. Milhares de outras coisas podem-se dizer sobre o mundo, mas apenas os princípios estéticos podem ser verificados, e só essas coisas permanecem as mesmas.

Agora, eu estava pronto para ir para casa. E, quando saí de madrugada, sabia que a última barreira entre meu apetite e o mundo havia sido dissolvida.

Ninguém estava a salvo de mim agora, por mais inocente que fosse a pessoa. E isto incluía meus caros amigos no teatro de Renaud e também meu amado Nicki.

13

Eu queria que eles se fossem de Paris. Queria que os cartazes fossem retirados, as portas fechadas. Queria silêncio e escuridão no pequeno teatro-ratoeira onde havia conhecido a maior e mais ininterrupta felicidade de minha vida mortal.

Nem mesmo uma dúzia de vítimas inocentes por noite poderia fazer-me parar de pensar neles, poderia dissipar a dor que sentia. Cada rua de Paris me levava até a porta deles.

E uma horrível vergonha se apoderava de mim quando pensava que os assustara. Como pude ter feito aquilo com eles? Por que tinha de provar a mim mesmo com tanta violência que jamais poderia ser um deles novamente?

Não. Eu havia comprado o teatro de Renaud. Eu o transformara na vitrine do bulevar. Agora, iria fechá-lo.

Entretanto, não por que eles suspeitassem de alguma coisa. Eles acreditavam nas desculpas simples e estúpidas que Roget dava, que eu acabava de retornar do calor das colônias tropicais, que o bom vinho de Paris me subira à cabeça. Uma boa soma de dinheiro outra vez para reparar os danos.

Só Deus sabe o que eles realmente pensavam. O fato é que voltaram às apresentações regulares na noite seguinte, e os frequentadores do bulevar du Temple acrescentaram, sem dúvida, dezenas de explicações sensatas à cena do tiro. Havia uma fila debaixo das castanheiras.

Nicki era o único que não estava tomando conhecimento disso. Estava bebendo muito e se recusava a retornar ao teatro ou a estudar sua música. Insultava Roget quando este o visitava. Frequentava os piores bares e tabernas, e caminhava sozinho pelas perigosas ruas durante a noite.

Bem, temos isso em comum, eu pensei.

Roget me contou tudo isso enquanto eu andava de um lado para o outro, a uma boa distância da vela em cima de sua mesa, e meu rosto dissimulava meus verdadeiros pensamentos.

– O dinheiro não significa muita coisa para esse jovem, monsieur – ele disse. – Ele me lembrou de que já teve muito dinheiro em sua vida. Ele diz coisas que me perturbam, monsieur. Não gosto do que diz.

Roget parecia uma ama-seca de creche, com sua touca e sua camisola de flanela, pernas e pés desnudos porque eu o acordara de novo no meio da noite, sem lhe dar tempo para calçar os chinelos ou pentear os cabelos.

– O que ele está dizendo? – indaguei.

– Anda falando sobre feitiçaria, monsieur. Diz que o senhor possui estranhos poderes. Fala de La Voisin e da Chambre Ardente, um velho caso de feitiçaria do tempo do Rei Sol, a bruxa que fazia feitiços e venenos para membros da Corte.

– Quem acreditaria em tamanho disparate hoje? – simulei total perplexidade.

A verdade é que os cabelos de minha nuca estavam em pé.

– Monsieur, ele diz coisas amargas – ele prosseguiu. – Que os da sua espécie, como ele chama, sempre tiveram acesso a grandes segredos. E está sempre falando de um certo lugar em sua cidade, chamado de "lugar das bruxas".

– Minha espécie!

– Diz que o senhor é um aristocrata, monsieur – Roget disse, um tanto quanto embaraçado. – Quando um homem está zangado como monsieur De Lenfent está, essas coisas passam a ser importantes. Mas ele não confia suas suspeitas para os outros. Só conta para mim. Disse que o senhor compreenderá o motivo pelo qual ele o despreza. O senhor recusou-se a compartilhar suas descobertas com ele! Sim, monsieur, suas descobertas. Ele continua falando de La Voisin, de coisas entre o céu e a terra para as quais não existem explicações racionais. Ele diz que sabe agora por que o senhor chorou no lugar das bruxas.

Por um momento, não consegui olhar para Roget. Era uma deturpação tão adorável de tudo! E, no entanto, atingia a verdade em cheio. Era magnífico e perfeitamente irrelevante. À sua maneira, Nicki estava certo.

– Monsieur, o senhor é o homem mais bondoso... – Roget disse.

– Por favor, me poupe...

– Mas monsieur De Lenfent está dizendo coisas fantásticas, coisas que não deveria dizer mesmo nos dias de hoje e em nossa época, que viu uma bala passar através de seu corpo e que deveria tê-lo matado.

– A bala não me atingiu – eu disse. – Roget, não continue com isso. Tire-os de Paris, todos eles.

– Tirá-los? – ele disse. – Mas o senhor investiu tanto dinheiro naquele pequeno empreendimento...

– E daí? Quem se importa? – eu disse. – Mande-os para Londres, para a Drury Lane e seus teatros. Ofereça a Renaud dinheiro suficiente para ele ter seu próprio teatro em Londres. Dali eles podem ir para a América... São Domingos, Nova Orleans, Nova York. Faça isso, monsieur. Não me importa o quanto custe. Feche meu teatro e faça eles irem embora.

E então a dor desaparece, não? Vou parar de vê-los reunidos em volta de mim nos bastidores, vou parar de pensar em Lelio, no garoto da província que esvaziava os baldes de água suja e adorava tudo aquilo.

Roget parecia tão profundamente tímido. Como seria trabalhar para um lunático bem-vestido que paga o triplo que qualquer outro pagaria para não seguir seus melhores conselhos?

Jamais saberei. Jamais saberei de novo o que é ser humano, de qualquer maneira, aparência ou forma.

– Quanto a Nicolas – eu disse. – Você vai persuadi-lo a ir para a Itália e eu vou dizer-lhe como.

– Monsieur, já seria uma façanha persuadi-lo a mudar de roupa.

– Isso será mais fácil. Você sabe o quanto minha mãe está doente. Bem, convença-o a levá-la para a Itália. É perfeito. Ele pode muito bem estudar música nos conservatórios de Nápoles, que é exatamente para onde minha mãe deveria ir.

– Ele escreve mesmo para ela... é muito afeiçoado a ela.

– Exato. Convença-o de que ela jamais fará a viagem sem ele. Providencie tudo para ele. Monsieur, o senhor tem de fazer isso. Ele precisa ir embora de Paris. Dou-lhe um prazo até o final da semana, depois voltarei para saber a notícia de que ele foi embora.

*

Eu estava pedindo um bocado a Roget, é claro. Mas não conseguia pensar em outra maneira. Ninguém acreditaria nas ideias de Nicki sobre feitiçaria, não havia motivo para preocupação. Mas agora eu sabia que, se Nicki não fosse embora de Paris, aos poucos iria perder o juízo.

À medida que as noites passavam, eu lutava comigo mesmo durante cada hora de vigília para não ir procurá-lo, para não arriscar uma última conversa.

Eu apenas esperava, sabendo muito bem que o estava perdendo para sempre e que ele jamais conheceria as razões de tudo que aconteceu. Eu, que um dia reclamei da falta de sentido de nossa existência, estava rechaçando-o sem nenhuma explicação, uma injustiça que poderia atormentá-lo até o fim de seus dias.

Melhor isso do que a verdade, Nicki. Talvez agora eu compreenda um pouco melhor todas as ilusões. E se ao menos você puder levar minha mãe para a Itália, se ao menos ainda houver tempo para minha mãe...

⁂

Enquanto isso, pude verificar com meus próprios olhos que a Casa de Téspis de Renaud estava fechada. No bar próximo, ouvi conversas sobre a partida da trupe para a Inglaterra. Essa parte do plano havia sido executada.

⁂

Já estava perto do amanhecer da oitava noite quando enfim caminhei até a porta de Roget e puxei o sino.

Ele atendeu mais rápido do que eu esperava, parecendo tonto e ansioso em sua costumeira camisola de dormir de flanela branca.

– Estou começando a gostar dessa sua vestimenta, monsieur – eu disse, cansado. – Acho que não confiaria a metade do que confio se o senhor usasse camisa, culotes e casaco...

– Monsieur – ele me interrompeu. – Uma coisa muito inesperada...

– Responda-me primeiro. Renaud e os outros foram felizes para a Inglaterra?

– Foram, monsieur. Estão em Londres neste momento, mas...

– E Nicki? Foi procurar minha mãe em Auvergne? Diga-me se estou certo. Foi feito!

– Mas monsieur – ele disse.

Em seguida, interrompeu-se. E, de maneira bem inesperada, vi a imagem de minha mãe em sua mente.

Se eu estivesse em meu perfeito juízo, saberia o que aquilo significava. Que eu soubesse, aquele homem jamais pusera os olhos em minha mãe, portanto, como poderia imaginá-la em seus pensamentos? Mas eu não estava de posse da razão. Na verdade, minha razão escafedera-se.

– Ela não... você não está me dizendo que é tarde demais – eu disse.

– Monsieur, deixe-me pegar meu casaco... – ele disse inexplicavelmente.

E estendeu a mão para tocar a sineta.

E lá estava, a imagem dela de novo, seu rosto, branco e vívido demais para eu suportar.

Segurei Roget pelos ombros.

– Você a viu! Ela está aqui!

– Sim, monsieur. Está em Paris. Eu o levarei até ela agora. O jovem De Lenfent me contou que ela estava vindo. Mas não consegui encontrá-lo, monsieur! Eu nunca soube onde encontrá-lo. E ela chegou ontem.

Eu estava estupefato demais para responder. Desabei numa cadeira, e as próprias imagens que eu tinha dela brilhavam o bastante para eclipsar tudo que emanava dele. Ela estava viva e em Paris. E Nicki ainda estava aqui e com ela.

Roget se aproximou de mim e estendeu a mão como se quisesse tocar-me.

– Monsieur, vá na frente enquanto me visto. Ela está na Île St.-Louis, três portas à direita da casa de monsieur Nicolas. O senhor deve ir agora mesmo.

Levantei os olhos para ele, com ar estúpido. Na verdade, nem conseguia enxergá-lo. Eu estava vendo minha mãe. Faltava menos de uma hora para o sol nascer. E eu levaria quarenta e cinco minutos para chegar na torre.

– Amanhã... amanhã à noite – creio que balbuciei.

Essa frase me ocorreu de *Macbeth*, de Shakespeare.

– Amanhã e amanhã e amanhã...

– Monsieur, o senhor não entende?! Não haverá nenhuma viagem à Itália para sua mãe. Ela fez sua última viagem vindo aqui para vê-lo.

Como não respondesse, ele me agarrou e tentou sacudir-me. Eu nunca o vira daquela maneira antes. Eu era apenas um corpo para ele, que era o homem que teria de me chamar à razão.

– Consegui alojamento para ela – ele disse. – Enfermeiras, médicos, tudo que o senhor poderia querer. Mas não são eles que a estão mantendo viva. É o senhor que a está mantendo viva, monsieur. Ela precisa vê-lo antes de cerrar os olhos. Pois bem, esqueça as horas e vá até ela. Mesmo uma vontade forte como a dela não pode operar milagres.

Não consegui responder. Não pude formar um pensamento coerente. Levantei-me, fui até a porta, arrastando-o comigo.

– Vá até ela agora – eu disse – e diga-lhe que estarei lá amanhã à noite.

Ele sacudiu a cabeça. Estava furioso e desgostoso. E tentou virar as costas para mim.

Não deixei.

– Roget, você vai para lá agora mesmo – eu disse. – Fique com ela o dia inteiro, está entendendo? E faça com que ela espere... que ela espere eu chegar! Vigie-a se ela dormir. Acorde-a e converse com ela se ela começar a dormir. Mas não a deixe morrer antes que eu chegue!

TERCEIRA PARTE
VIÁTICO PARA A MARQUESA

1

No jargão dos vampiros, sou um madrugador. Eu me levanto quando o sol acaba de mergulhar no horizonte e ainda há luz vermelha no céu. Muitos vampiros só se levantam depois que está totalmente escuro. De modo que levo uma tremenda vantagem nisso, e no fato de eles terem que retornar ao túmulo uma hora ou mais antes de mim. Não o mencionei antes porque não sabia disso, e isso só passou a ter importância muito mais tarde.

Mas, na noite seguinte, eu estava indo para Paris quando o céu ainda estava vermelho.

Eu me vestira com os trajes mais respeitáveis que possuía antes de entrar no sarcófago, e estava perseguindo o sol na direção oeste, indo para Paris.

Parecia que a cidade estava ardendo no fogo, de tão brilhante que a luz era para mim, e tão aterrorizadora, até que finalmente atravessei rapidamente a ponte atrás da Notre-Dame, indo para a Île St.-Louis.

Não pensava no que faria ou diria, ou como poderia dissimular para ela. Só sabia que tinha de vê-la, abraçá-la e estar com ela enquanto houvesse tempo. Na verdade, não conseguia pensar em sua morte. Isso tinha a plenitude de uma catástrofe, fazia parte do céu abrasador. E talvez eu estivesse agindo como um mortal comum, acreditando que se pudesse conceder seu último desejo e de alguma maneira controlar todo aquele horror.

A penumbra estava expulsando a luz do dia quando encontrei a casa dela no cais.

Era uma mansão bastante elegante. Roget tinha feito bem a coisa, e um empregado estava na porta, esperando para me conduzir escada acima. Duas criadas e uma enfermeira estavam na sala de visitas do apartamento quando entrei.

– Monsieur De Lenfent está com ela, monsieur – a enfermeira disse. – Ela insistiu em se vestir para vê-lo. Queria sentar-se junto à janela para olhar as torres da catedral, monsieur. Ela viu o senhor atravessar a ponte.

– Apague as velas do quarto, menos uma – eu disse. – E diga a monsieur De Lenfent e ao meu advogado para saírem.

Roget saiu de imediato, em seguida apareceu Nicolas.

Ele também se vestira para ela, todo em esplêndido veludo vermelho, com sua velha e elegante camisa de linho e as luvas brancas. O vício recente da bebida o deixara mais magro, quase abatido. No entanto, sua beleza ficara mais vívida ainda. Quando nossos olhos se encontraram, o rancor saltou de dentro dele, chamuscando meu coração.

– A marquesa está um pouco mais forte hoje, monsieur – Roget disse –, mas está com uma forte hemorragia. O médico disse que ela não...

Ele interrompeu-se e olhou de soslaio para o quarto. Ficou claro para mim através de seu pensamento. Ela não passaria daquela noite.

– Leve-a de volta para a cama, monsieur, o mais rápido que puder.

– Com que propósito devo levá-la para a cama? – eu disse; minha voz estava apática, era um murmúrio. – Talvez ela queira morrer junto à maldita janela. Por que, diabos, não?

– Monsieur! – Roget implorou-me em tom suave.

Eu queria dizer-lhe para sair dali levando Nicki.

Mas alguma coisa estava acontecendo comigo. Atravessei a sala e olhei na direção do quarto. Ela estava lá dentro. Senti uma dramática mudança física em mim. Não conseguia mexer-me ou falar. Ela estava lá dentro e, de fato, estava morrendo.

Todos os pequenos sons do apartamento se tornaram um zumbido. Eu vi um adorável quarto de dormir através de portas duplas, uma cama pintada de branco com cortina dourada e janelas com cortinas da mesma cor dourada, e o céu nos vidros altos das janelas ostentava os mais tênues filetes de nuvem dourada. Mas tudo aquilo era indistinto e vagamente horrível, o luxo que eu gostaria de lhe dar e ela prestes a sentir o corpo sucumbir debaixo de si. Eu me perguntei se isso a enfurecia, se a fazia rir.

O médico apareceu. A enfermeira chegou para me dizer que só restava uma vela acesa, tal como eu ordenara. O cheiro dos remédios era forte e se mesclava com um perfume de rosas, e *eu percebi que estava ouvindo os pensamentos dela.*

Era a vaga pulsação de sua mente enquanto ela esperava, seus ossos doendo sob a carne macilenta. Sentar-se junto à janela, mesmo que fosse em uma macia cadeira de veludo, provocava nela uma dor quase insuportável.

Mas em que estava pensando por trás de sua desesperada expectativa? Lestat, Lestat e Lestat, eu conseguia ouvir. Mas além disso:

– Que a dor fique pior, pois só quando a dor fica lancinante é que desejo morrer. Se a dor piorar o bastante para me deixar feliz de morrer, então não ficarei tão amedrontada. Quero que ela seja tão terrível que eu não tenha medo.

– Monsieur. – O médico tocou meu braço. – Ela não vai mandar o padre vir?

– Não... não vai.

Ela virou a cabeça em direção à porta. Se eu não entrasse agora, ela se levantaria, por mais que isto lhe doesse, e iria me procurar.

Parecia que eu não conseguia mexer-me. No entanto, passei pelo médico e a enfermeira, entrei no quarto e fechei as portas.

Cheiro de sangue.

Ela estava sentada sob a pálida luz da janela, maravilhosamente vestida em tafetá azul-escuro, tinha uma das mãos no colo e a outra no braço da cadeira, seus densos cabelos louros presos atrás das orelhas, de modo que os cachos derramavam-se das fitas cor-de-rosa sobre os ombros. Havia uma fina camada de ruge sobre suas faces.

Durante um momento extraordinário, ela olhou para mim da maneira como olhava quando eu era criança. Tão linda. A simetria de seu rosto não havia mudado com o tempo nem com a doença, assim como seus cabelos. Vi-me possuído por uma felicidade pungente, uma cálida ilusão de que era mortal de novo, inocente de novo, com ela, e que tudo estava bem, tudo estava real e verdadeiramente bem.

Não havia morte nem terror, apenas ela e eu em seu quarto, e ela me tomaria nos braços. Eu me detive.

Eu havia chegado bem perto dela e ela estava chorando quando ergueu os olhos. O cinto do vestido parisiense estava apertado demais nela, sua pele da garganta e das mãos estava tão fina e sem cor que não suportei olhar para ela. Seus olhos me fitavam e tinham manchas em torno deles, mais parecendo equimoses. Eu podia sentir nela o cheiro da morte. Podia sentir o cheiro da decomposição.

Mas ela estava radiante, e era minha; ela estava como sempre estivera e eu lhe disse, de maneira muito silenciosa e com todo meu poder, que ela estava tão adorável quanto minhas lembranças mais antigas dela, quando ainda usava suas roupas antigas e elegantes, quando se vestia com muito esmero e me levava no colo, na carruagem que ia para a igreja.

E nesse estranho momento em que lhe dei a conhecer isso, do carinho que sentia por ela, eu percebi que ela me *ouvia,* e ela me respondeu que me amava, que sempre me amou.

Era a resposta a uma pergunta que eu nem sequer fizera. E ela sabia da importância disso; seus olhos estavam claros, não extasiados.

Se ela percebeu a singularidade disso, de que podíamos conversar um com o outro sem palavras, não deu nenhum sinal. Com certeza, não compreendera em sua totalidade... Deve ter sentido apenas um transbordamento de amor.

– Venha aqui para que eu possa vê-lo – ela disse – do jeito que você está agora.

A vela estava perto de seu braço no peitoril da janela. E, de modo intencional, apaguei-a com os dedos. Vi que ela franziu a testa, estreitou suas sobrancelhas louras, e seus olhos azuis ficaram um pouco maiores quando ela olhou para mim, para o brocado de seda brilhante e a renda que eu escolhera para usar para ela, e a espada em minha cintura com seu imponente cabo de pedras preciosas.

– Por que você não quer que o veja? – ela perguntou. – Vim a Paris para vê-lo. Acenda a vela de novo.

Mas não havia em suas palavras uma punição de verdade. Eu estava ali com ela e isso bastava.

Ajoelhei-me diante dela. Eu tinha em mente uma conversa bem mortal, de que ela devia ir para a Itália com Nicki, mas, antes que eu pudesse falar, ela disse de maneira bem clara:

– Tarde demais, meu querido, eu jamais poderia terminar a viagem. Já cheguei bem longe.

Foi interrompida por uma pontada de dor, que deu a volta em sua cintura na altura do cinto. Para esconder isso de mim, deixou o rosto bem inexpressivo. Parecia uma menina quando fez isso, e, mais uma vez, senti o cheiro da doença nela, da decomposição de seus pulmões e dos coágulos de sangue.

Sua mente ficou dominada pelo medo. Ela queria gritar para mim que estava com medo. Queria implorar-me que a abraçasse e ficasse com ela até tudo acabar, mas não conseguia fazê-lo e, para meu espanto, percebi que ela pensava que eu a rejeitaria. Que eu era jovem demais e estouvado demais para nem sequer compreender.

Foi um tormento.

Eu nem sequer tive consciência de que me afastava dela para andar pelo quarto. Pequenos e estúpidos detalhes fixavam-se em minha mente: ninfas brincando no teto pintado, as maçanetas douradas da porta e a cera derretida em estalactites quebradiças nas velas brancas que eu desejava arrancar e esmagar em minha mão. O lugar parecia hediondo, com excesso de decoração. Será que ela odiava aquilo? Será que queria de novo aqueles aposentos áridos de pedra?

Eu estava pensando nela como se houvesse "amanhã e amanhã e amanhã...". Tornei a olhar para ela, para sua imponente figura que se agarrava no peitoril da janela. O céu escurecera atrás dela e uma nova luz, a luz dos lampiões das casas, das carruagens que passavam e das janelas vizinhas, tocava suavemente o pequeno triângulo invertido de seu rosto delgado.

– Você não consegue conversar – ela disse em tom suave. – Não pode me dizer como isso aconteceu? Você trouxe tanta felicidade para todos nós.

Até falar lhe doía.

– Mas como você está? Como você está!

Creio que estava prestes a enganá-la, criando uma forte emanação de contentamento com todos os poderes que tinha. Eu contaria mentiras mortais com uma habilidade imortal. Começaria a falar e falar, ensaiando cada palavra que dissesse para torná-la perfeita. Mas alguma coisa aconteceu no silêncio.

Não creio que tenha ficado quieto mais que um momento, mas alguma coisa mudou dentro de mim. Uma espantosa modificação teve lugar. Num instante vi uma aterrorizadora possibilidade e, nesse mesmo instante, sem questionar, tomei minha decisão.

Eu não tinha palavras para aquilo, nem esquema ou plano. E se alguém me perguntasse naquele momento, teria negado. Eu teria dito: "Não, jamais, longe de mim pensar isso. O que você acha que sou, que espécie de monstro..." E, no entanto, a escolha havia sido feita.

Eu compreendia uma coisa absoluta.

As palavras de minha mãe se evaporaram por completo, ela estava com medo de novo, com dor de novo e, apesar da dor, levantou-se da cadeira.

Eu vi que ela estava vindo em minha direção e que eu deveria detê-la, mas não o fiz. Vi suas mãos se aproximarem de mim, tentando alcançar-me, e a próxima coisa de que me lembro é que ela saltou para trás, como se houvesse sido empurrada por uma forte ventania.

Ela escorregou no tapete e caiu batendo na parede ao lado da cadeira. Mas se recompôs rapidamente, como se se obrigasse a isso, e não havia medo em seu rosto, embora seu coração estivesse batendo em disparada. Ao contrário, havia espanto e depois uma calma desconcertada.

Se eu pensei em alguma coisa naquele momento, não saberia dizer. Segui na direção dela com tanta determinação quanto ela fizera antes. Calculando cada reação dela, aproximei-me até ficarmos tão próximos um do outro que ela recuou. Ela estava com o olhar fixo em minha pele e meus olhos e, de repente, tornou a estender a mão e tocou meu rosto.

"Não está vivo!" Foi essa a terrível percepção que captei dela em silêncio. "Transformado em alguma coisa. Mas NÃO VIVO."

Em silêncio, eu disse não. Que não estava certa. E enviei para ela uma calma torrente de imagens, uma série de vislumbres sobre o que se tornara minha existência. Pequenos momentos, fragmentos da minha vida pelas noites de Paris, a sensação de uma lâmina cortando o mundo sem fazer ruído.

Ela soltou a respiração com um pequeno assobio. A dor fechou os punhos dentro dela, abriu suas garras. Ela engoliu em seco, cerrando os lábios contra a dor, enquanto seus olhos me queimavam de verdade. Ela sabia agora que aquilo não eram sensações, aquelas comunicações, mas sim pensamentos.

– Como foi isso? – indagou.

E sem questionar o que eu tencionava fazer, contei a história em todos os seus detalhes, a janela quebrada através da qual fui puxado pela figura fantasmagórica que me espreitou no teatro, a torre e a troca de sangue. Falei da cripta onde eu dormia, de seus tesouros, de minhas perambulações e, acima de tudo, da natureza da sede. O gosto do sangue e a sensação do sangue, o que significava ser estimulado, com toda a paixão, com toda a volúpia, por aquele único desejo, e este desejo único era o de ser saciado várias e várias vezes com o sangue e a morte.

A dor a consumia, mas ela já não sentia mais. Enquanto me encarava, seus olhos eram tudo que restava dela. E embora eu não tivesse a intenção de revelar todas essas coisas, vi que a estava segurando e girando o meu corpo de modo que a luz das carruagens que passavam com estardalhaço pelo cais caía em cheio em meu rosto.

Sem tirar meus olhos dela, estendi a mão para o candelabro de prata sobre o peitoril da janela e, ao levantá-lo, inclinei o metal devagar, trabalhando-o com meus dedos para transformá-lo em curvas e voltas.

As velas caíram no chão.

Seus olhos reviraram-se para trás. Ela escorregou para trás, afastando-se de mim, e quando agarrou as cortinas da cama com a mão esquerda, o sangue jorrou de sua boca.

Estava vindo de seus pulmões num grande e silencioso acesso de tosse. Ela estava caindo de joelhos, e o sangue estava todo espalhado pela lateral da cama acortinada.

Olhei para o objeto de prata retorcido em minhas mãos, para as curvas idiotas **que** não significavam nada, e deixei-o cair no chão. E encarei-a enquanto ela lutava contra a dor e para não perder os sentidos. De repente, ela limpou a boca na roupa de cama com gestos sem energia, como um bêbado que vomita enquanto sucumbe no chão incapaz de sustentar-se.

Eu estava de pé ao lado dela. Observava-a, e sua dor momentânea não significava nada em vista da promessa que eu lhe faria nesse momento. Não com palavras de novo, apenas com a intenção silenciosa das palavras e a pergunta mais intensa que jamais poderia ser expressa em palavras. *Quer vir comigo agora? QUER VIR COMIGO AGORA?*

Não ocultei nada de você, minha ignorância, meu medo nem o simples pavor de que, se tentar, posso falhar. Nem sei se posso dar, ou qual é o preço a pagar, mas arriscarei isso por você e nós descobriremos juntos, qualquer que seja o mistério e o terror, assim como eu descobri sozinho tudo mais.

Com todo seu ser, ela disse "sim".

– Sim! – gritou em voz alta de repente, embriagadamente, com uma voz que talvez sempre tenha sido sua, mas que eu jamais ouvira.

Seus olhos se fecharam e se estreitaram, sua cabeça virava da esquerda para a direita.

– Sim!

Inclinei-me à frente e beijei o sangue em seus lábios abertos. Um frêmito percorreu todos os meus membros, a sede despertou e tentou transformá-la em mera carne. Meus braços deslizaram em torno de sua forma leve e pequena e levantaram-na cada vez mais alto até eu ficar parado com ela, encostado na janela, seus cabelos caindo por suas costas e o sangue jorrando de novo de seus pulmões, mas isso não tinha importância agora.

Todas as lembranças de minha vida com ela nos cercavam; teciam sua mortalha em volta de nós e nos isolavam do mundo, os suaves poemas e as canções da infância, a sensação de sua presença antes que eu soubesse falar, quando havia apenas o bruxuleio da luz no teto acima de seus travesseiros e o cheiro dela em toda minha volta, sua voz silenciando meu choro, e depois o ódio dela e a necessidade dela, a sua perda por trás de mil portas fechadas, e as respostas cruéis, o pavor dela, sua complexidade, sua indiferença e sua força inexplicável.

E, saindo aos borbotões na corrente, vinha a sede, não apagando, mas sim intensificando cada imagem dela, até que ela fosse carne e sangue, mãe e amante e todas as coisas sob a pressão cruel de meus dedos e meus lábios, tudo o que sempre desejei. Cravei meus dentes nela, sentindo-a enrijecer-se e ofegar, e senti minha boca abrir-se para sugar o sangue quente quando ele saiu.

Seu coração e sua alma abriram-se. Ela não tinha mais idade, nem um único momento só seu. Minha consciência turvou-se e estremeceu e não havia mais nenhuma mãe, nenhuma necessidade insignificante e nenhum terror insignificante; ela era simplesmente quem era. Era Gabrielle.

E toda sua vida veio em sua defesa, os anos e anos de sofrimento e solidão, o desperdício naquelas câmaras úmidas e vazias às quais ela havia sido condenada, os livros que eram seu consolo, os filhos que a consumiam e abandonaram, a dor e a doença, seus inimigos derradeiros que, ao prometerem a libertação, fingiam ser seus amigos. Além das palavras e das imagens, veio o baque secreto de sua paixão, sua aparente loucura, sua recusa ao desespero.

Eu a abraçava, a abraçava e a erguia do chão, com meus braços cruzados por trás de suas costas estreitas, minha mão embalando sua cabeça frouxa. Eu gemia tão alto encostado nela, com o bombeamento do sangue que parecia uma canção no ritmo de seu coração. Mas seu coração diminuía seus batimentos rápido demais. Sua morte estava chegando, ela lutava contra a morte com toda sua vontade e, numa explosão final de recusa, eu a empurrei para longe de mim e a mantive imóvel.

Eu estava quase desmaiando. A sede queria seu coração. Não era nenhum alquimista, a sede. E eu estava parado ali, com os lábios abertos, meus olhos vidrados, segurando-a afastada, bem afastada de mim, como se eu fosse dois seres, um que queria esmagá-la e o outro querendo trazê-la para perto de mim.

Seus olhos estavam abertos e pareciam cegos. Por um momento, ela esteve num lugar além de todo o sofrimento, onde não havia nada a não ser suavidade e até, quem sabe, harmonia, mas depois eu a ouvi me chamar pelo nome.

Ergui meu pulso direito até minha boca, cortei a veia e pressionei-a contra seus lábios. Ela não se mexeu quando o sangue se derramou sobre sua língua.

– Mãe, beba – eu disse freneticamente, pressionando com mais força, mas alguma mudança já havia começado.

Seus lábios tremeram, sua boca prendeu-se em mim, a dor correu por meu corpo e, de repente, envolveu meu coração.

Seu corpo alongou-se, retesou-se, sua mão esquerda ergueu-se para agarrar meu pulso enquanto ela engolia o primeiro jorro. E a dor foi ficando cada vez mais forte, tanto que quase gritei. Eu podia vê-la como se fosse metal derretido escorrendo através de meus vasos sanguíneos, ramificando-se em cada músculo e membro. No entanto, era apenas ela puxando, sugando, tirando de mim o sangue que eu tirara dela. Agora, ela estava de pé, sua cabeça reclinada em meu peito. E um entorpecimento foi subindo por dentro de mim, o sangue quente fluindo com ele, enquanto meu coração batia mais forte, alimentando a dor assim como alimentava a sucção de minha mãe com cada batimento.

Ela sugava cada vez mais forte e mais rápido e eu senti sua mão apertar e seu corpo se enrijecer. Queria forçá-la a se afastar, mas não o fiz, e quando minhas pernas cederam sob meu corpo, foi ela quem me sustentou. Eu estava tonto e o quarto parecia girar, mas ela continuou sugando, e um vasto silêncio espalhou-se em todas as direções a partir de mim, e então, sem vontade ou convicção, empurrei-a para longe.

Ela tropeçou e parou diante da janela, com os dedos compridos pressionados contra a boca aberta. E, antes de me virar e sucumbir em cima da cadeira próxima, olhei para seu rosto branco por um instante, e sua figura parecia estar inchando por baixo da fina casca do tafetá azul-escuro, seus olhos pareciam dois globos de cristal acumulando luz.

Acho que naquele instante eu disse "mãe", como um estúpido mortal, e fechei os olhos.

2

Eu estava sentado na cadeira. Parecia que dormia havia séculos, mas não dormira em absoluto. Eu estava em casa, na casa de meu pai.

Olhei em volta à procura do atiçador de fogo e de meus cães, e também para ver se restava algum vinho. Então vi as cortinas douradas em volta das janelas e a parte de trás de Notre-Dame, tendo ao fundo as estrelas da noite, e a vi ali.

Estávamos em Paris. E viveríamos para sempre.

Ela estava com alguma coisa nas mãos. Um outro candelabro. Uma caixa de isca e pederneira. Estava muito ereta e seus movimentos eram rápidos. Produziu uma centelha e aproximou-a das velas, uma por uma. As pequenas chamas se ergueram, as flores pintadas nas paredes rolaram para o teto, as dançarinas do teto moveram-se por um momento e depois voltaram a ficar imóveis em seu círculo.

Ela estava parada diante de mim, com o candelabro à sua direita. Seu rosto estava branco e perfeitamente liso. Os hematomas escuros debaixo de seus olhos haviam desaparecido; na verdade, toda marca ou imperfeição que ela tivera havia desaparecido, embora eu não pudesse dizer que imperfeições seriam essas. Ela estava perfeita agora.

As rugas da idade diminuíram e se aprofundaram estranhamente, de modo que havia minúsculas linhas de riso no canto de cada olho e um vinco bem pequeno em cada lado da boca. Pequenas dobras permaneciam em cada pálpebra, acentuando a simetria e a forma triangular de seu rosto, e os lábios eram do mais suave tom de rosa. Ela parecia tão delicada quanto um diamante pode parecer quando visto sob a luz.

Fechei meus olhos, tornei a abri-los e vi que não era uma ilusão, assim como seu silêncio tampouco era uma ilusão. E vi que seu corpo havia sofrido uma mudança mais profunda ainda. Ela estava de novo na plenitude da feminilidade de jovem, com os seios, que a doença murchara, se avolumando acima do tafetá escuro de seu espartilho, a pálida tonalidade rosada de sua carne tão sutil que podia ser refletida pela luz. Mas seus cabelos estavam ainda mais assombrosos, porque pareciam estar vivos. Havia neles tantas cores que pareciam estar se contorcendo, com bilhões de fios pequenos agitando-se em torno de seu imaculado rosto.

Os ferimentos de sua garganta estavam desaparecendo.

Agora, nada restava a não ser o ato final de sua coragem. Olhar em seus olhos.

Olhar com esses olhos de vampiro para um outro ser igual a você pela primeira vez desde que Magnus atirara-se na fogueira.

Devo ter produzido algum som porque ela respondeu bem baixo, como se eu tivesse falado. Gabrielle, este era o único nome pelo qual eu poderia chamá-la agora.

– Gabrielle – eu disse; nunca a chamara desse jeito, a não ser em alguns pensamentos muito íntimos, e vi que ela quase sorriu.

Baixei os olhos para meu pulso. O ferimento desaparecera, mas a sede gritava dentro de mim. Minhas veias me falavam como se eu tivesse falado com elas. Encarei-a e vi seus lábios mexerem-se num minúsculo gesto de fome. E ela fez para mim uma expressão estranha e significativa, como se dissesse: "Você não compreende?"

Mas eu não ouvia nada vindo dela. Silêncio, apenas a beleza de seus olhos olhando para mim e talvez o amor com que nos olhávamos, mas o silêncio estendendo-se em todas as direções, sem confirmar nada. Eu não conseguia penetrá-lo. Estaria ela fechando sua mente? Perguntei-lhe em silêncio e ela pareceu não compreender.

– Agora – ela disse, e sua voz me assustou.

Era mais suave, mais ressoante do que antes. Por um momento, estávamos em Auvergne, a neve caía, ela estava cantando para mim, e sua voz ecoava como dentro de uma enorme caverna. Mas isso cessou. Ela disse:

– Vá... acabe com tudo, rápido... agora!

Ela balançou a cabeça para me persuadir, aproximou-se e puxou minha mão.

– Olhe-se no espelho – ela sussurrou.

Mas eu sabia. Eu lhe dera mais sangue do que retirara. Estava faminto. Nem sequer me alimentara antes de ir vê-la.

Mas eu estava tão fascinado com o som das sílabas, com aquele vislumbre da neve caindo e a lembrança do canto que, por um momento, não respondi. Olhei para seus dedos tocando os meus. Vi que nossa carne era a mesma. Levantei-me da cadeira, segurei suas mãos, depois senti seus braços e seu rosto. A coisa estava feita e ela ainda vivia! Estava *comigo* agora. Conseguira superar aquela terrível solidão e estava comigo; de repente, eu não conseguia pensar em nada, a não ser em abraçá-la, apertá-la contra mim e jamais deixá-la partir.

Levantei-a do chão. Girei-a no alto e rodopiamos e rodopiamos.

Ela jogou a cabeça para trás e começou a rir cada vez mais alto, até que coloquei a mão sobre sua boca.

– Você pode quebrar todos os vidros do quarto com sua voz – eu sussurrei, olhando de soslaio para a porta.

Nicki e Roget estavam lá fora.

– Então deixe-me quebrá-los! – ela disse, e não havia nada de jocoso em sua expressão.

Coloquei-a no chão. Creio que nos abraçamos várias e várias vezes, de uma maneira quase louca. Não pude evitar.

Mas outros mortais se movimentavam no apartamento, o médico e as enfermeiras pensavam se deviam entrar.

Eu vi que ela olhou para a porta. Também os ouvia. Mas por que eu não a estava ouvindo?

Ela afastou-se de mim, com os olhos correndo de um objeto para outro. Pegou as velas de novo e levou-as até o espelho, onde olhou para seu rosto.

Eu compreendi o que estava acontecendo. Ela precisava de tempo para ver e avaliar com sua nova visão. Mas nós tínhamos de sair daquele apartamento.

Eu podia ouvir a voz de Nicki através da parede, exortando o médico a bater à porta.

Como eu iria tirá-la dali, como me livrar deles?

– Não, não por esse caminho – ela disse quando me viu olhar para a porta.

Ela olhava para a cama, para os objetos em cima da mesa. Foi até a cama e pegou suas joias debaixo do travesseiro. Examinou-as e colocou-as de volta na surrada bolsa de veludo. Em seguida, prendeu a bolsa na saia, de modo que se perdesse nas dobras do tecido.

Havia um ar de importância em todos esses pequenos gestos. Embora sua mente não estivesse transmitindo nada para mim, eu sabia que aquilo era tudo que ela desejava daquele quarto. Ela estava despedindo-se das coisas, das roupas que trouxera consigo, da antiga escova de prata e do pente, dos livros esfarrapados que jaziam sobre a mesa ao lado da cama.

Alguém bateu à porta.

– Por que não por aqui? – ela perguntou e, virando-se para a janela, abriu as vidraças.

A brisa soprou nas cortinas douradas, levantou seus cabelos da nuca, e, quando ela se virou, estremeci diante de sua visão, os cabelos emaranhados em volta do rosto, os olhos selvagens e cheios de miríades de fragmentos de cor e de uma luz quase trágica. Ela não tinha medo de nada.

Eu segurei-a e, por um momento, não a soltei. Aconcheguei meu rosto em seus cabelos e tudo que pude pensar de novo foi que estávamos juntos e nada jamais iria separar-nos agora. Eu não compreendia seu silêncio, por que não podia *ouvi-la,* mas sabia que não era culpa sua e talvez eu acreditasse que iria passar. Ela estava comigo. Esse era o meu mundo. A morte era meu comandante e eu lhe dera mil vítimas, mas eu a havia arrancado de suas mãos. Eu disse isso em voz alta. Disse outras coisas desesperadas e absurdas. Éramos o mesmo ser terrível e mortífero, nós dois, vagando juntos no Jardim Selvagem, e eu tentava tornar isso real para ela com imagens, com o significado do Jardim Selvagem, mas não tinha importância se ela não entendesse.

– O Jardim Selvagem – ela repetiu as palavras com reverência, com os lábios formando um suave sorriso.

Aquilo martelava em minha cabeça. Senti que ela me beijava e fazia pequenos murmúrios, como se fosse uma consequência de seus pensamentos.

Ela disse:

– Mas ajude-me agora. Quero ver você *fazê-lo,* agora, depois teremos a eternidade para nos abraçar. Venha.

Sede. Eu devia estar queimando. Não havia dúvida de que eu precisava de sangue, e ela desejava provar, eu sabia. Porque me lembrava de que também desejei isso naquela primeira noite. Ocorreu-me então que a dor de sua morte física... os fluidos saindo dela... podia ser mitigada se ela pudesse beber primeiro.

Bateram de novo à porta. Ela não estava trancada.

Subi no peitoril da janela, estendi a mão para ela e no mesmo instante ela estava em meus braços. Ela não pesava nada, mas eu podia sentir sua força, a tenacidade de seu punho. No entanto, quando ela viu o beco lá embaixo, o topo do muro e o cais abaixo, por um momento pareceu duvidar.

– Coloque seus braços em torno de meu pescoço – eu disse – e segure bem firme.

Subi nas pedras da parede carregando-a, seus pés balançavam, o rosto estava virado para cima em minha direção; até que alcançamos a ardósia escorregadia do telhado.

Em seguida, peguei sua mão e puxei-a atrás de mim, correndo cada vez mais rápido, por cima das calhas e das chaminés, pulando por sobre os becos estreitos, até chegarmos ao outro lado da ilha. Eu achava que ela fosse gritar a qualquer momento ou se agarrar em mim, mas ela não teve medo.

Ficou em silêncio, olhando para os telhados da Margem Esquerda e para o rio abaixo apinhado de milhares de pequenos e escuros botes cheios de seres esfarrapados; e, por um momento, ela pareceu simplesmente sentir o vento desembaraçar seus cabelos. Eu podia ficar ali para sempre olhando para ela, examinando-a, vendo todos os aspectos de sua transformação, mas havia em mim uma imensa excitação para levá-la através de toda a cidade, para revelar todas as coisas para ela, ensinar-lhe tudo que eu havia aprendido. Agora, ela desconhecia a exaustão física tanto quanto eu. E não estava perturbada por nenhum horror, como eu fiquei quando Magnus pulou no fogo.

Uma carruagem passou em disparada pelo cais abaixo, adernando bastante na direção do rio, com o cocheiro curvado, tentando manter o equilíbrio em seu banco alto. Apontei para ela quando se aproximou e apertei sua mão.

Nós saltamos quando a carruagem passou debaixo de nós, caindo em silêncio no teto de couro. O atarefado cocheiro não olhou para trás em nenhum momento. Eu a segurei com firmeza, equilibrando-a, até ambos estarmos viajando com facilidade, prontos para saltar do veículo quando quiséssemos.

Foi indescritivelmente emocionante fazer isso com ela.

Atravessamos a ponte, passamos pela catedral e avançamos através das multidões na Pont Neuf. Eu a ouvi rir de novo. Imaginei o que aquelas pessoas nas janelas altas veriam quando olhavam para nós lá embaixo, duas figuras vestidas com garbo grudadas no teto instável da carruagem, como crianças travessas em cima de uma balsa.

A carruagem mudou de rumo. Estávamos correndo na direção de St.-Germain-des-Prés, abrindo caminho em meio à multidão à nossa frente e passando estrepitosamente pelo odor intolerável do cemitério de Les Innocents, enquanto se avizinhavam os altos prédios de moradia.

Por um segundo, senti o vislumbre da *presença,* mas desapareceu tão rápido que duvidei de mim mesmo. Olhei para trás e não pude ver nenhum lampejo dela. E me dei conta com extraordinária vividez de que Gabrielle e eu falaríamos sobre a *presença,* que nós conversaríamos juntos sobre tudo e resolveríamos tudo juntos. Esta noite era, à sua própria maneira, tão cataclísmica quanto a noite em que Magnus me transformou, e esta noite estava apenas começando.

Agora, o local era perfeito. Peguei sua mão de novo e puxei-a atrás de mim, pulando da carruagem para a rua.

Ela olhou deslumbrada para as rodas girando, mas estas desapareceram no mesmo instante. Mais do que desgrenhada, ela parecia impossível, uma mulher deslocada no tempo e no espaço, usando apenas chinelos e vestido, sem correntes, livre para voar a grandes alturas.

Entramos numa travessa estreita e corremos juntos, os braços em volta um do outro; de vez em quando eu baixava a vista para ver seus olhos esquadrinhando as paredes acima de nós, o grande número de janelas fechadas com suas pequenas listras de luz escapando.

Eu sabia o que ela estava vendo. Conhecia os sons que se introduziam nela. Mas ainda não conseguia ouvir nada vindo dela, e isso me assustou um pouco a ponto de pensar que ela estava me excluindo de maneira deliberada.

Mas ela se deteve. Estava sentindo o primeiro espasmo de sua morte. Eu podia vê-lo em seu rosto.

Tranquilizei-a, lembrando-lhe em rápidas palavras as imagens que eu lhe transmitira antes.

– É uma dor breve, nada comparado com o que já conheceu. Vai desaparecer em questão de horas, talvez menos tempo se bebermos agora.

Ela concordou com um aceno de cabeça, mais impaciente com isso do que temerosa.

Chegamos numa pequena praça. Havia um jovem parado na entrada de uma casa velha, como se estivesse esperando alguém, com a gola do casaco cinza puxada para cima a fim de proteger o rosto.

Teria ela força suficiente para pegá-lo? Seria tão forte quanto eu? Era a hora de descobrir.

– Se a sede não levá-la a isso, então é cedo demais – eu disse para ela.

Olhei de soslaio para ela e um calafrio percorreu meu corpo. Seu ar de concentração parecia humano, de tão intenso; e a sombra em seus olhos passava a mesma sensação de tragédia que eu vislumbrara antes. Nada havia se perdido nela. Mas, quando se movimentou em direção ao homem, não era humana em absoluto. Estava transformada em mero predador, como somente um animal pode ser, e no entanto era uma mulher andando devagar em direção a um homem – uma dama, de fato, abandonada ali sem capa, chapéu ou acompanhantes, aproximando-se de um cavalheiro como se fosse solicitar sua ajuda. Ela era tudo isso.

Foi horripilante assistir àquilo, a maneira como ela se movia sobre as pedras, como se nem sequer as tocasse, e o modo como tudo, até mesmo as mechas de seu cabelo sopradas de um lado para o outro pela brisa, parecia estar de alguma forma sob seu comando. Ela poderia atravessar a própria parede com aquele passo inexorável.

Eu recuei para as sombras.

O homem agitou-se, virou-se para ela com um leve rangido do salto de sua bota nas pedras, e ela ergueu-se nas pontas dos pés, como que para sussurrar em seu ouvido. Creio que, por um momento, ela hesitou. Talvez estivesse um tanto quanto horrorizada. Se estivesse, então a sede não havia tido tempo suficiente para ficar intensa. Mas se ela teve alguma dúvida, não foi mais que por um segundo. Ela o atacara, ele estava impotente, e eu fascinado demais para fazer qualquer coisa a não ser assistir.

Mas, de repente, ocorreu-me que não a prevenira sobre o coração. Como pude esquecer tal coisa? Corri em sua direção, mas ela já o soltara. Ele sucumbira de encontro à parede, com a cabeça pendida para o lado, o chapéu caído a seus pés. Estava morto.

Ela ficou olhando para ele, e eu vi o sangue agindo dentro dela, aquecendo-a, acentuando sua cor e o vermelho de seus lábios. Seus olhos eram um clarão de violeta quando olhou de soslaio para mim, quase exatamente da cor do céu no momento em que entrei em seu quarto. Eu a observava em silêncio enquanto ela olhava para a vítima com um estranho espanto, como se não aceitasse de todo o que estava vendo. Seus cabelos estavam emaranhados de novo e eu os levantei para ela.

Ela introduziu-se de mansinho em meus braços. Eu a conduzi para longe da vítima. Ela olhou para trás uma ou duas vezes, depois ficou olhando para a frente.

– Basta por esta noite. Devíamos voltar para casa, para a torre – eu disse.

Queria mostrar-lhe o tesouro, apenas estar com ela naquele lugar seguro, abraçá-la e confortá-la se começasse a se enlouquecer com tudo. Ela estava sentindo o espasmo da morte de novo. Lá ela poderia descansar junto ao fogo.

– Não, ainda não quero ir – ela disse. – A dor não vai durar muito, você prometeu que não duraria. Quero que ela passe e depois quero ficar aqui.

Olhou para mim e sorriu.

– Eu vim a Paris para morrer, não foi? – sussurrou.

Tudo a distraía, o homem morto lá atrás, atolado em sua capa cinza, o céu tremeluzindo na superfície de uma poça d'água, um gato correndo por cima do muro. O sangue estava quente dentro dela, corria em suas veias.

Agarrei sua mão e insisti para que me seguisse.

– Tenho de beber – eu disse.

– Sim, eu sei – ela sussurrou. – Você deveria tê-lo pegado. Eu devia ter pensado... E você é um cavalheiro, mesmo assim.

– Um cavalheiro faminto. – Eu sorri. – Não vamos ficar discutindo aqui um código de boas maneiras para vampiros. – Dei uma risada.

Eu a teria beijado, mas, de repente, minha atenção foi distraída. Apertei a mão dela com muita força.

Bem distante, da direção de Les Innocents, eu ouvi a *presença* com tanta intensidade como nunca ouvira antes.

Ela ficou tão imóvel quanto eu e, inclinando a cabeça um pouco para um lado, afastou o cabelo para trás da orelha.

– Você ouviu isso? – perguntei.

Ela olhou para mim e disse:

– É *um outro*!

Estreitou os olhos e olhou outra vez na direção de onde tinha vindo a emanação.

– Proscritos! – disse em voz alta.

– O quê?

Proscritos, proscritos, proscritos. Eu senti uma onda de vertigem, alguma coisa como a lembrança de um sonho. Fragmento de um sonho. Mas não conseguia pensar. Havia sido prejudicado por fazer aquilo para ela. Eu *tinha* de beber.

– Essa coisa nos chamou de proscritos – ela disse. – Você não ouviu?

E ficou prestando atenção de novo, mas a coisa havia desaparecido e nenhum de nós a ouvia. Não pude ter certeza se havia recebido aquela pulsação clara, *proscritos,* mas parecia que sim!

– Não importa, seja o que for – eu disse. – Nunca chega mais perto do que isso.

Mas, mesmo enquanto eu falava, sabia que havia sido mais virulento dessa vez. Eu queria fugir de Les Innocents.

– Ela vive nos cemitérios – murmurei. – Pode ser que não seja capaz de viver em outro lugar... por muito tempo.

Mas, antes que eu terminasse de falar, senti a coisa de novo, que parecia expandir-se e exsudar a mais forte malevolência que eu já havia recebido dela até então.

– Está rindo! – ela sussurrou.

Observei-a atentamente. Sem dúvida, ela estava ouvindo com mais clareza do que eu.

– Desafie-a! – eu disse. – Chame-a de covarde! Diga-lhe para aparecer!

Ela me lançou um olhar de espanto.

– É isso mesmo que você quer fazer? – ela me perguntou num sussurro.

Estava tremendo um pouco e eu amparei-a. Colocou o braço em torno da cintura como se estivesse de novo com um daqueles espasmos.

– Não agora, então – eu disse. – Não é o momento. E nós vamos ouvir de novo, quando tivermos esquecido disso tudo.

– Foi embora – ela disse. – Mas ela nos odeia, essa coisa...

– Vamos fugir dela – eu disse em tom de desdém e, colocando meu braço em torno dela, apressei-a a se afastar.

Não lhe contei o que estava pensando, o que estava me oprimindo muito mais do que a *presença* e seus truques habituais. Se ela podia ouvir a *presença* tão bem quanto eu, na verdade até melhor, então possuía todos os meus poderes, inclusive a capacidade de enviar e ouvir imagens e pensamentos. No entanto, já não podíamos mais *ouvir* um ao outro.

3

Encontrei uma vítima assim que atravessamos o rio, e tão logo localizei o homem tive a profunda consciência de que tudo que havia feito sozinho faria agora com ela. Ela iria assistir àquele ato, aprenderia com ele. Creio que a intimidade disso fez o sangue correr em meu rosto.

Enquanto eu atraía a vítima para fora da taberna, enquanto o provocava, o enfurecia para depois atacá-lo, sabia que estava me exibindo para ela, fazendo a coisa de uma maneira um pouco mais cruel, mais jocosa. E quando chegou o golpe final, teve uma intensidade que me deixou esgotado depois.

Ela adorou. Assistiu a tudo como se pudesse sugar cada visão tal como sugava sangue. Nós nos juntamos de novo e eu a tomei em meus braços, senti seu calor e ela sentiu meu calor. O sangue estava irrigando meu cérebro. E nós apenas ficamos abraçados. Até mesmo a fina cobertura de nossas roupas parecia estranha; duas estátuas queimando na escuridão.

Depois disso, a noite perdeu todas as dimensões habituais. Na verdade, foi uma das noites mais longas que suportei em minha vida imortal.

Foi interminável, insondável e vertiginosa. Houve momentos em que desejei algumas defesas contra seus prazeres e suas surpresas, e não tive nenhuma.

E embora eu dissesse seu nome várias e várias vezes, para torná-lo natural, ela ainda não era realmente Gabrielle para mim. Era apenas *ela,* a única de quem eu precisara a vida inteira, com todo o meu ser. A única mulher a quem amei.

Sua morte real não demorou muito tempo.

Procuramos um quarto de porão vazio onde permanecemos até tudo terminar. Ali eu a abracei e falei com ela enquanto as dores passavam. Contei-lhe tudo que me acontecera de novo, mas dessa vez em palavras.

Contei-lhe sobre a torre. Contei tudo que Magnus havia dito. Expliquei todas as ocorrências da *presença,* e como eu me tornara quase acostumado com ela, sentindo desprezo por ela e sem vontade de ir em sua perseguição. Tentei repetidas vezes transmitir-lhe imagens, mas foi em vão. Eu não disse nada sobre isso. Nem ela. Mas ela escutou com muita atenção.

Falei das suspeitas de Nicki, que, claro, ele não lhe mencionara em absoluto. E expliquei que agora temia ainda mais por ele. Outra janela aberta, outro quarto vazio, e dessa vez com testemunhas para comprovar a estranheza de tudo aquilo.

Mas, não tinha importância, eu deveria contar para Roget alguma história que tornasse aquilo plausível. Deveria encontrar algum meio de ajeitar a coisa com Nicki, de romper a corrente de suspeitas que o prendia a mim.

Ela pareceu vagamente fascinada com tudo isso, mas na verdade não tinha importância para ela. O que lhe interessava era o que tinha pela frente agora.

Quando sua morte terminou, nada conseguiu detê-la. Não havia muro que não pudesse escalar, porta em que não entrasse, nenhum telhado de casa íngreme demais.

Era como se ela não acreditasse que iria viver para sempre; ao contrário, pensava que só haveria aquela noite de vitalidade sobrenatural e que tudo deveria ser visto e realizado antes que a morte lhe chegasse com o amanhecer.

Muitas vezes tentei persuadi-la a ir para a casa na torre. À medida que as horas passavam, uma exaustão espiritual foi tomando conta de mim. Eu precisava ficar quieto ali, pensar no que havia acontecido. Abria meus olhos e, por um instante, só via escuridão. Mas ela só desejava experimentar, ter aventuras.

Propôs que entrássemos nas casas dos mortais agora para procurarmos as roupas de que precisava. Deu uma risada quando eu lhe disse que sempre adquiri minhas roupas da maneira apropriada.

– Podemos ouvir se uma casa está vazia – ela disse, movendo-se com rapidez pelas ruas, os olhos dirigidos para as janelas das mansões escuras. – Podemos ouvir se os criados estão dormindo.

Fazia sentido, embora eu nunca houvesse tentado tal coisa. E, pouco tempo depois, eu a estava seguindo na subida por estreitas escadas dos fundos, descendo corredores atapetados, espantado com toda aquela facilidade, fascinado com os detalhes dos cômodos informais nos quais os mortais viviam. Descobri que gostava de tocar em coisas pessoais: leques, caixas de rapé, o jornal que o dono da casa esteve lendo, suas botas junto à lareira. Era tão divertido quanto espiar janelas.

Mas ela estava com um propósito. No quarto de vestir de uma dama, numa enorme casa em St.-Germain, ela encontrou roupas caras que se ajustavam em seu novo corpo mais cheio. Ajudei-a a tirar o velho tafetá e a vestir o veludo cor-de-rosa, juntando seus cabelos em arrumados cachos sob um chapéu de pluma de avestruz. Fiquei chocado de novo ao vê-la assim, e a estranha e sinistra sensação de vagar com ela através daquela casa supermobiliada e cheia de odores humanos. Ela recolheu objetos na penteadeira. Um frasco de perfume, uma pequena tesoura de ouro. Olhou-se no espelho.

Fui beijá-la de novo e ela não me impediu. Éramos dois amantes se beijando. E essa era a imagem que formávamos juntos, amantes de rosto pálido, enquanto descíamos correndo a escada dos criados e saíamos nas ruas tarde da noite.

Vagamos por dentro e por fora da Ópera e da Comédie antes que fechassem, depois fomos até o baile no Palais Royal. Ela se deleitou com a maneira como os mortais nos viam, mas não nos viam, o modo como eram atraídos por nós e como eram completamente enganados.

Ouvimos a *presença* com muita nitidez depois disso, na hora em que explorávamos as igrejas, depois desapareceu de novo. Escalamos campanários para inspecionar nosso reino e depois nos acotovelamos em cafeterias abarrotadas de gente durante um tempo, apenas para sentir e cheirar os mortais em nossa volta, para trocar olhares secretos e rir num suave *tête-à-tête.*

Ela mergulhava em estados de sonho, olhando o vapor que subia da caneca de café, as camadas de fumaça de cigarro que flutuavam em volta da luz.

Ela adorava as ruas escuras e desertas e o ar fresco mais do que qualquer outra coisa. Queria subir nos galhos das árvores e nos telhados de novo.

Ficou admirada porque eu nem sempre andava pela cidade através dos telhados, ou pulava no teto de carruagens como havíamos feito.

Pouco depois da meia-noite, estávamos no mercado deserto, apenas andando de mãos dadas.

Tínhamos acabado de ouvir a *presença* outra vez, mas nenhum de nós conseguiu discernir qualquer disposição dela, como antes. Aquilo me intrigava.

Mas tudo em nossa volta ainda a assombrava – o lixo, os gatos que caçavam insetos, a calma bizarra, a maneira como os cantos mais escuros da metrópole não ofereciam perigo algum para nós. Ela comentou isso. Talvez fosse isso o que mais a encantava, o fato de podermos passar pelos antros de ladrões sem sermos ouvidos, de podermos derrotar com facilidade qualquer um que fosse tolo o bastante para nos incomodar, de sermos ao mesmo tempo visíveis e invisíveis, palpáveis e enigmáticos ao extremo.

Não a apressei nem questionei. Apenas era arrastado por ela, satisfeito e às vezes perdido em meus próprios pensamentos a respeito desse desconhecido contentamento.

E quando um jovem belo e esbelto chegou cavalgando pelas cocheiras escuras, eu o observei como se fosse uma aparição, uma coisa vindo da terra dos vivos para a terra dos mortos. Ele me lembrou Nicolas por causa de seu cabelo escuro e de seus olhos escuros, e por algo de inocente porém taciturno no rosto. Não deveria estar sozinho no mercado. Era mais jovem que Nicki e muito tolo, de fato.

Mas só percebi o quão tolo era quando ela avançou como um grande felino cor-de-rosa e derrubou-o do cavalo sem fazer barulho.

Fiquei abalado. A inocência de suas vítimas não a perturbava. Ela não tinha conflitos morais como eu. Mas eu também já não os tinha mais, por que deveria julgá-la? No entanto, a facilidade com que matou o jovem – quebrando seu pescoço com um movimento gracioso quando o pequeno gole que tomou dele não foi suficiente para matá-lo – me irritou, embora tenha sentido extrema excitação ao assistir.

Ela era mais fria do que eu. Era melhor em tudo aquilo, pensei. Magnus dissera: "Não demonstre misericórdia." Mas quis dizer para matarmos quando não precisássemos matar?

Num instante ficou claro por que ela havia feito aquilo. Ela tirou o vestido cor-de-rosa ali mesmo e vestiu as roupas do garoto. Ela o escolheu pela conveniência das roupas.

E para descrever com mais veracidade, assim que vestiu as roupas, ela transformou-se no rapaz.

Colocou as meias creme de seda e o culote escarlate, a camisa de renda, o colete amarelo e depois a sobrecasaca escarlate, chegando até a tirar a fita escarlate dos cabelos do garoto.

Alguma coisa dentro de mim rebelou-se contra o charme de tudo aquilo, contra sua postura atrevida naquelas roupas novas, os cabelos caídos sobre os ombros, parecendo agora mais uma juba de leão do que a massa adorável das tranças de uma mulher, como fora momentos antes. Então, desejei destruí-la. E fechei meus olhos.

Quando olhei para ela de novo, minha cabeça estava tonta com tudo que havíamos visto e feito juntos. Eu não conseguia suportar estar tão perto do jovem morto.

Ela prendeu todo seu cabelo louro com a fita escarlate e deixou que os longos cachos pendessem em suas costas. Depositou o vestido cor-de-rosa sobre o corpo do garoto para cobri-lo, afivelou sua espada, desembainhou-a uma vez e tornou a embainhá-la, e pegou o rocló creme do garoto.

– Vamos embora então, querido – ela disse e me beijou.

Não consegui mexer-me. Queria voltar para a torre e só ficar perto dela. Ela olhou para mim e apertou minha cabeça para me estimular. E, quase no mesmo instante, estava correndo à frente.

Ela precisava sentir a liberdade de seus membros, e eu me vi andando com passos pesados atrás dela, tendo que me empenhar para acompanhá-la.

Isso jamais acontecera comigo nem com mortal algum, é claro. Ela parecia estar voando. E a imagem dela passando rápido através das barracas fechadas com tábuas e dos montões de lixo quase me fez perder o equilíbrio. Eu parei de novo.

Ela retornou a mim e me beijou.

– Mas não existe mais nenhuma razão verdadeira para eu me vestir daquela maneira, não é? – perguntou.

Ela podia estar falando com uma criança.

– Não, é claro que não – eu disse.

Talvez fosse uma bênção ela não poder ler meus pensamentos. Eu não conseguia parar de olhar para suas pernas, tão perfeitas naquelas meias de cor creme. E o modo como a sobrecasaca se ajustava à sua pequena cintura. Seu rosto parecia uma chama.

Lembrem-se de que naquela época nunca se via as pernas de uma mulher daquela maneira. Nem barrigas, ou coxas, por baixo dos culotes apertados.

Mas ela não era realmente uma mulher agora, não? Assim como eu não era mais um homem. Durante um silencioso segundo, o horror daquilo tudo espalhou-se por toda parte.

– Venha, quero ir para os telhados de novo – ela disse. – Quero ir para o bulevar du Temple. Gostaria de ver o teatro, aquele que você comprou e depois fechou. Você vai mostrá-lo para mim?

Ela estava examinando-me quando perguntou isso.

– É claro – eu disse. – Por que não?

❋

Restavam-nos duas horas daquela noite interminável quando enfim retornamos à Île St.-Louis e ficamos parados no cais iluminado pelo luar. Eu vi minha égua amarrada no lugar onde a deixei, bem ao longe na rua pavimentada. Talvez não tivesse sido notada na confusão que se seguiu à nossa partida.

Prestamos atenção com cuidado procurando algum sinal de Nicki ou Roget, mas a casa parecia deserta e escura.

– Mas eles estão por perto – ela sussurrou. – Acho que em algum lugar lá embaixo...

– O apartamento de Nicki – eu disse. – E do apartamento de Nicki alguém poderia estar vigiando a égua, um criado posicionado para observar, para o caso de retornarmos.

– É melhor deixar o cavalo e roubar outro – ela disse.

– Não, ele é meu – eu disse.

Mas senti que sua mão apertou a minha com força.

Nossa velha amiga de novo, a *presença,* e desta vez estava se movendo ao longo do Sena, no outro lado da ilha e em direção à Margem Esquerda.

– Desapareceu – ela disse. – Vamos embora. Podemos roubar outra montaria.

– Espere. Vou tentar fazer com que ela venha a mim. Romper a corda.

– Você pode fazer isso?

– Veremos.

Concentrei toda minha vontade na égua, dizendo-lhe silenciosamente para mover-se para trás, para soltar-se da corda que a prendia e vir.

Num segundo, o cavalo estava empinando-se e puxando a tira de couro. Em seguida, levantou-se e a corda se rompeu.

Ela seguiu em nossa direção, fazendo barulho nas pedras, e nós montamos no mesmo instante. Gabrielle pulou primeiro e eu logo atrás dela, recolhendo o que sobrara das rédeas enquanto incitava o animal a partir em rápido galope.

Quando atravessamos a ponte, senti alguma coisa atrás de nós, uma comoção, uma agitação de mentes mortais.

Mas nos perdemos na escura câmara de eco da Île de la Cité.

Quando chegamos à torre, acendi a tocha e levei-a comigo para baixo, para dentro da masmorra. Agora não havia tempo para mostrar-lhe a câmara superior.

Seus olhos estavam vidrados e ela olhava apaticamente em volta enquanto descíamos a escada em espiral. Suas roupas escarlates brilhavam tendo as pedras escuras ao fundo. Sempre que podia, ela evitava a umidade.

O fedor que vinha das masmorras perturbou-a, mas eu lhe disse com gentileza que aquilo nada tinha a ver conosco. E assim que entramos na enorme cripta funerária, o cheiro foi isolado pela pesada porta com tachões de ferro.

A luz da tocha espalhou-se para revelar os arcos baixos do teto, os três grandes sarcófagos com suas imagens profundamente entalhadas.

Ela não parecia estar com medo. Eu lhe disse que ela precisava ver se conseguia levantar a tampa de pedra daquele que escolhesse para si. Talvez eu tivesse que fazer isso por ela.

Ela examinou as três figuras entalhadas. E, após um momento de reflexão, ela escolheu não o sarcófago da mulher, mas sim aquele com o cavaleiro em armadura esculpido na parte de cima. E empurrou devagar a tampa de pedra tirando-a do lugar, de modo a poder olhar o espaço lá dentro.

Não possuía tanta força quanto eu, mas era bastante forte.

– Não tenha medo – eu disse.

– Não, você não precisa se preocupar nunca em relação a isso – ela respondeu em tom suave.

Sua voz estava com um adorável tom de rixa, um leve timbre de tristeza. Ela parecia estar sonhando enquanto passava as mãos por cima da pedra.

– A esta hora – ela disse – ela já podia estar na mortalha, sua mãe. E o quarto estaria cheio de odores ruins e da fumaça de centenas de velas. Pense no quanto é humilhante a morte. Estranhos teriam tirado suas roupas, a teriam banhado e vestido, estranhos a veriam definhada, indefesa e no sono derradeiro. E as pessoas sussurrando pelos corredores falariam de sua boa saúde e que jamais tiveram a menor doença em suas famílias, não, nenhuma doença devastadora em suas famílias. "A pobre marquesa", eles diriam. Estariam imaginando, será que ela ainda tinha algum dinheiro próprio? Será que deixou para os filhos? E a velha quando viesse recolher os lençóis manchados roubaria um dos anéis da morta.

Concordei com um aceno de cabeça. E agora estamos nesta cripta da masmorra, eu queria dizer, preparando-nos para deitar em camas de pedra, tendo apenas os ratos como companhia. Mas é infinitamente melhor do que isso, não é? Há seu sombrio esplendor, caminhar para sempre nos domínios do pesadelo.

Ela parecia abatida, com frio. Sonolenta, tirou algo de seu bolso.

Era a tesoura dourada que ela pegara na penteadeira da dama em St.-Germain. Brilhando à luz da tocha como se fosse quinquilharia.

– Não, mãe – eu disse.

Minha própria voz me sobressaltou. Ela ficou ecoando de modo agudo demais sob o teto em arco. As figuras dos outros sarcófagos pareciam testemunhas impiedosas. A dor em meu coração me deixou estupefato.

Som do mal, a tesoura cortando, tosquiando. Seus cabelos caíam em grandes e longos cachos no chão.

– Ooooh, mãe.

Ela baixou os olhos para seus cabelos, espalhando-os silenciosamente com a ponta da bota. Em seguida, olhou para mim e agora, sem dúvida, era um homem jovem, com o cabelo curto enroscando-se em sua face. Mas seus olhos estavam fechando-se. Ela estendeu o braço para mim e a tesoura caiu de sua mão.

– Descanse agora – ela sussurrou.

– É apenas o sol nascente – eu disse para tranquilizá-la.

Ela estava enfraquecendo bem mais cedo do que eu. Afastou-se de mim e moveu-se na direção do caixão. Eu levantei-a e seus olhos se fecharam. Empurrando ainda mais a tampa do sarcófago para a direita, coloquei-a deitada lá dentro, deixando que seus membros flexíveis se acomodassem com graça e naturalidade.

Seu rosto já se suavizara no sono, os cabelos emolduravam sua face com os cachos de um jovem.

Morta, ela parecia, e perdida, a mágica desfeita.

Fiquei olhando para ela.

Fiz meus dentes cortarem a ponta de minha língua até sentir a dor e o gosto de sangue quente. Em seguida, curvando-me para baixo, deixei que o sangue caísse em pequenas gotículas cintilantes sobre seus lábios. Seus olhos se abriram. Fitaram-me, brilhantes e de cor azul-violeta. O sangue jorrou para sua boca aberta e, devagar, ela ergueu a cabeça para encontrar-se com meu beijo. Minha língua transformou-se na dela. Seus lábios estavam frios. Meus lábios estavam frios. Mas o sangue estava quente e jorrava entre nós.

– Boa noite, querida – eu disse. – Meu anjo negro Gabrielle.

Ela afundou de volta no silêncio quando a soltei. Fechei a tampa de pedra sobre ela.

4

Eu não gostava de me levantar na escura cripta subterrânea. Não gostava da friagem do ar e do leve fedor que vinha das masmorras, da sensação de que era ali que jaziam todas as coisas mortas.

Fui dominado por um medo. E se ela não acordasse? E se seus olhos jamais se abrissem de novo? O que eu sabia do que havia feito?

No entanto, parecia ser uma coisa arrogante, uma coisa obscena, mover de novo a tampa do caixão e fitá-la no sono como eu havia feito na noite anterior. Uma vergonha mortal tomou conta de mim. Em casa, eu jamais ousara abrir sua porta sem bater, jamais ousara puxar as cortinas de sua cama.

Ela se levantaria. Tinha de acordar. E era melhor que ela mesma levantasse a pedra, que soubesse como levantar e que a sede a levasse a isso no momento adequado, assim como me levara.

Acendi para ela a tocha na parede e saí para respirar ar fresco por um momento. Em seguida, deixando portões e portas destrancados atrás de mim, subi até a cela de Magnus para observar o céu crepuscular.

Eu a ouviria, pensei, quando ela acordasse.

E deve ter passado uma hora. A luz azul-celeste se dissipou, as estrelas nasceram e a distante Paris acendeu sua miríade de minúsculos faróis. Saí do peitoril da janela onde me sentara apoiado nas barras de ferro, fui até a arca e comecei a escolher joias para ela.

Ela ainda adorava joias. Quando saímos de seu quarto, ela pegou suas velhas lembranças. Acendi as velas para me ajudar a ver, embora realmente não precisasse delas. A iluminação me parecia linda. Principalmente quando refletida nas joias. E achei coisas muito delicadas e encantadoras para ela – alfinetes de pérolas, que ela podia usar nas lapelas de seu pequeno casaco masculino, e anéis que pareceriam masculinos em suas pequenas mãos, se fosse isso o que ela desejasse.

De vez em quando, eu procurava ouvi-la. E um desalento apertava meu coração. E se ela não levantasse? E se tivesse havido apenas aquela noite para ela? O horror batia com som surdo dentro de mim. E o mar de joias na arca, a luz da vela dançando nas pedras lapidadas, nas armações de ouro – não significavam nada.

Mas eu não a ouvia. Ouvia o vento lá fora, o suave farfalhar das árvores, o leve assobio distante do garoto do estábulo movimentando-se em volta da cocheira, o relincho de meus cavalos.

Ao longe, um sino de igreja da aldeia tocou.

Então, bem de repente, fui dominado pela sensação de que alguém me observava. Isso era tão estranho para mim que entrei em pânico. Virei-me, quase tropeçando na arca, e olhei para a boca do túnel secreto. Ninguém ali.

Ninguém naquele pequeno santuário vazio, com a luz da vela brincando nas pedras e no semblante sombrio de Magnus no sarcófago.

Então olhei direto para a frente, para a janela gradeada.

E a vi olhando para mim.

Parecia estar flutuando no ar, segurando nas grades com ambas as mãos, e estava sorrindo.

Eu quase gritei. Recuei e o suor brotou em todo meu corpo. Fiquei embaraçado de repente por ter sido pego desprevenido, por estar tão obviamente sobressaltado.

Mas ela continuou imóvel, ainda sorrindo, enquanto sua expressão mudava pouco a pouco da serenidade para a maldade. A luz da vela deixava seus olhos brilhantes demais.

– É desagradável ficar assustando outros imortais desse jeito – eu disse.

Ela deu a risada mais descontraída e mais natural do que já dera quando estava viva.

O alívio percorreu meu corpo quando ela se mexeu, produziu sons. Eu sabia que estava ruborizado.

– Como você chegou aí? – eu disse.

Fui até a janela, estendi meus braços através das grades e agarrei seus pulsos.

Sua boca pequena era toda doçura e risos. Seus cabelos formavam uma enorme juba luzidia em torno do rosto.

– Eu escalei a parede, é claro – ela disse. – Como você acha que cheguei aqui?

– Bem, desça. Você não pode passar pelas grades. Irei a seu encontro.

– Você tem toda razão quanto a isso – ela disse. – Estive em todas as janelas. Encontre-me nas ameias lá em cima. É mais rápido.

Ela começou a subir, enganchando facilmente as botas nas grades, depois desapareceu.

Era toda exuberância como havia sido na noite anterior quando descemos a escada juntos.

– Por que estamos demorando aqui? – ela disse. – Por que não vamos agora para Paris?

Havia algo de errado nela, adorável como estava, alguma coisa não estava bem... o que seria?

Não queria beijos agora, nem mesmo conversar. Parecia aflita.

– Quero mostrar o quarto secreto para você – eu disse. – E as joias.

– As joias? – ela perguntou.

Ela não as vira da janela. A tampa da arca bloqueara sua visão. Entrou na minha frente no quarto em que Magnus se queimara, andando, depois deitou-se para rastejar através do túnel.

Assim que viu a arca, ficou chocada.

Jogou os cabelos com um pouco de impaciência sobre os ombros e inclinou-se para examinar os broches, os anéis, os pequenos ornamentos tão parecidos com as joias da família, que ela teve de vender uma por uma muito tempo atrás.

– Ora, ele deve tê-las colecionado durante séculos – ela disse. – E coisas tão delicadas. Ele escolhia o que iria pegar, não? Deve ter sido uma criatura e tanto.

Mais uma vez, quase com raiva, afastou os cabelos de sua frente. Eles pareciam mais pálidos, mais luminosos, mais cheios. Uma coisa gloriosa.

– As pérolas, olhe para elas – eu disse. – E estes anéis.

Mostrei aqueles que já havia escolhido para ela. Peguei sua mão e deslizei os anéis em seus dedos, que se mexiam como se tivessem vida própria, como se pudessem sentir prazer, e ela riu de novo.

– Ah, mas que esplêndidos demônios nós somos, não somos?

– Caçadores do Jardim Selvagem – eu disse.

– Então vamos para Paris – ela disse.

Um leve toque de dor em seu rosto, a sede. Ela passou a língua pelos lábios. Será que eu exercia nela a metade do fascínio que ela exercia em mim?

Ela tirou os cabelos da testa e seus olhos se escureceram com a intensidade de suas palavras.

– Quero alimentar-me rápido hoje à noite – ela disse. – Depois sair da cidade, ir para o campo. Ir para onde não haja nenhum homem nem mulher por perto. Ir para onde haja apenas o vento, as árvores escuras e as estrelas no céu. Abençoado silêncio.

Caminhou até a janela. Suas costas eram estreitas e retas e as mãos, ao lado do corpo, estavam vivas com os anéis incrustados de pedras preciosas. As mãos, saindo dos punhos grossos do casaco de homem, pareciam ainda mais belas e delicadas. Ela devia estar olhando para as nuvens altas e sombrias, para as estrelas que brilhavam através da camada púrpura da neblina noturna.

– Eu tenho de procurar Roget – eu disse num sussurro. – Preciso cuidar de Nicki, contar-lhes alguma mentira sobre o que aconteceu com você.

Ela virou-se e, de repente, seu rosto parecia pequeno e frio, da maneira como costumava fazer quando desaprovava alguma coisa. Mas, na verdade, nunca mais ela pareceria a mesma.

– Por que contar-lhes alguma coisa sobre mim? – ela perguntou. – Por que se preocupar de novo com eles?

Fiquei chocado com isso. Mas não foi uma completa surpresa para mim. Talvez eu estivesse esperando por isso. Talvez tivesse sentido isso nela o tempo todo, as perguntas não formuladas.

Eu quis dizer: Nicki estava sentado ao lado de sua cama quando você estava morrendo, isto não significa nada? Mas como isto soava sentimental, como soava mortal, francamente tolo.

No entanto, não era uma tolice.

– Não quero julgá-lo – ela disse. Cruzou os braços e encostou-se na janela. – Eu simplesmente não entendo. Por que você nos escreveu? Por que enviou todos aqueles presentes? Por que não pegou esse fogo branco da lua e foi com ele para onde queria?

– Mas para onde eu deveria querer ir? – eu disse. – Para longe de todos aqueles que eu conhecia e amava? Eu não queria parar de pensar em você, em Nicki, nem mesmo em meu pai e meus irmãos. Eu fiz o que quis – acrescentei.

– Então a consciência não desempenhou nenhum papel nisso?

– Se você segue essa consciência, você faz o que quer – eu disse. – Mas foi mais simples do que isso. Eu queria que você tivesse a riqueza que lhe dei. Queria que você... fosse feliz.

Ela refletiu durante um longo tempo.

– Você gostaria que eu esquecesse de você? – indaguei.

A pergunta soou rancorosa, raivosa.

Ela não respondeu de imediato.

– Não, claro que não – ela disse. – E se fosse o contrário, eu tampouco jamais teria esquecido de você. Tenho certeza disso. Mas e os outros? Eu não ligo a mínima para eles. Nunca mais vou trocar uma palavra com eles. Nunca mais colocarei meus olhos neles.

Concordei com um aceno de cabeça. Odiava o que ela estava dizendo. Ela me assustava.

– Não consigo superar a ideia de que morri – ela disse. – De que estou totalmente isolada de todas as criaturas vivas. Posso sentir gosto, posso ver, posso sentir. Posso beber sangue. Mas sou como uma coisa que não pode ser vista, não pode gostar das coisas.

– Não é bem assim – eu disse. – E quanto tempo você acha que vai suportar, sentindo, tocando e provando, se não houver amor? Se não houver alguém com você?

A mesma expressão de quem não está entendendo.

– Oh, por que me dou ao trabalho de lhe contar isso? – eu disse. – Eu estou com você. Nós estamos juntos. Você não sabe como era quando eu estava sozinho. Não pode imaginar.

– Eu estou perturbando você e não quero isso – ela disse. – Conte a eles o que quiser. Talvez você consiga de alguma forma inventar uma história convincente. Não sei. Se quiser que eu vá com você, irei. Farei o que você me pedir. Mas tenho mais uma pergunta para você.

Ela abaixou a voz.

– Com certeza, você não tenciona compartilhar esse poder com eles!

– Não, jamais.

Balancei a cabeça como que para dizer que essa ideia era inacreditável. Eu estava olhando para as joias, pensando em todos aqueles presentes que enviara, pensando na casa de boneca. Eu enviara uma casa de boneca para eles. Pensei nos artistas de Renaud em segurança do outro lado do Canal.

– Nem mesmo com Nicolas?

– Não, por Deus, não! – Olhei para ela.

Ela concordou com um leve aceno de cabeça como se estivesse aprovando essa resposta. E tornou a passar a mão nos cabelos de uma maneira distraída.

– Por que não com Nicolas? – ela perguntou.

Eu queria que aquilo parasse.

– Porque ele é jovem – eu disse. – E tem uma vida pela frente. Não está à beira da morte.

Agora, eu estava mais do que inquieto. Estava arrasado.

– Com o tempo, ele vai se esquecer de nós... – Eu queria dizer "de nossas conversas".

– Ele poderia morrer amanhã – ela disse. – Uma carruagem pode esmagá-lo nas ruas...

– Você quer que eu faça isso! – Lancei-lhe um olhar penetrante.

– Não. Não quero que você o faça. Mas quem sou eu para lhe dizer o que deve fazer? Estou tentando entendê-lo.

Seus cabelos longos e pesados haviam caído sobre seus ombros de novo e, exasperada, ela segurou-os com ambas as mãos.

Então, de repente, ela soltou um som baixo e sibilante e seu corpo ficou rígido. Ela estava segurando suas longas madeixas, olhando para elas.

– Meu Deus – ela sussurrou.

A seguir, num espasmo, soltou os cabelos e gritou.

O som me paralisou. Um lampejo de dor atravessou minha cabeça. Eu nunca a ouvira gritar. E ela gritou de novo como se estivesse em chamas. Havia caído para trás de encontro à janela e estava gritando mais alto enquanto olhava para seu cabelo. Ela queria tocá-lo e depois retirava os dedos como se o cabelo estivesse em chamas. Ela se contorcia na janela, gritando e girando de um lado para o outro, como se estivesse tentando fugir dos próprios cabelos.

– Pare com isso! – gritei.

Agarrei seus ombros e sacudi-a. Ela estava ofegante. Percebi no mesmo instante o que era. Seus cabelos haviam crescido de novo! Haviam crescido enquanto ela dormia até ficarem do mesmo tamanho que tinham antes. E estavam mais grossos, ainda, mais lustrosos. Era isso que havia de errado em sua aparência, o que eu notara e não conseguira entender! E o que ela acabava de ver com os próprios olhos.

– Pare, pare com isso agora! – gritei mais alto, e seu corpo tremia com tanta violência que eu mal conseguia mantê-la em meus braços. – Cresceu de novo, só isso! – insisti. – É natural em você, não percebe? Não é nada!

Ela estava engasgada, tentando acalmar-se, tocando os cabelos e depois gritando como se as pontas de seus dedos estivessem empoladas. Tentou escapar de mim e em seguida passou a puxar os cabelos de puro terror.

Dessa vez, eu a sacudi com força.

– Gabrielle! – eu disse. – Você me entende? Ele cresceu de novo e vai crescer toda vez que você cortá-lo! Não há nenhum horror nisso, pelo amor do inferno, pare!

Pensei que, se ela não parasse, eu mesmo começaria a me enfurecer. Eu estava tremendo tanto quanto ela.

Ela parou de gritar e estava soltando pequenos soluços. Eu nunca a tinha visto daquela maneira, não em todos aqueles anos em Auvergne. Ela deixou que eu a conduzisse em direção ao banco perto da lareira, onde a fiz sentar-se. Ela levou as mãos às têmporas e tentou recuperar o fôlego, balançando o corpo bem devagar para a frente e para trás.

Olhei em redor à procura de uma tesoura. Eu não tinha nenhuma. A pequena tesoura dourada havia caído no chão da cripta subterrânea. Peguei minha faca.

Ela estava soluçando suavemente com as mãos na boca.

– Quer que eu os corte de novo? – perguntei.

Ela não respondeu.

– Gabrielle, ouça-me. – Tirei suas mãos de seu rosto. – Se você quiser, eu os cortarei de novo. Toda noite, corte-os e queime-os. Só isso.

De repente, ela me encarou com uma tranquilidade tão perfeita que fiquei sem saber o que fazer. Seu rosto estava manchado com o sangue de suas lágrimas, e havia sangue em toda sua roupa.

– Devo cortá-los? – tornei a perguntar.

Era como se alguém a tivesse ferido, fazendo-a sangrar. Seus olhos estavam arregalados e assombrados, as lágrimas de sangue caíam deles sobre as faces lisas. E, enquanto eu observava, o fluxo parou, as lágrimas escureceram e secaram, formando uma crosta sobre sua pele branca.

Limpei seu rosto com cuidado, usando meu lenço de renda. Fui até o lugar onde guardava as roupas na torre, os trajes feitos para mim em Paris e que eu levara para guardar ali.

Tirei seu casaco. Ela não fez nenhum movimento para me ajudar ou deter e desabotoei a camisa de linho que ela usava.

Vi seus seios que eram de uma brancura perfeita, exceto pelo matiz mais pálido de rosa em seus pequenos mamilos. Tentando não olhar para eles, vesti-a com camisa limpa e abotoei rápido. A seguir, escovei seus cabelos, escovei e escovei e, não querendo cortá-los com minha faca, fiz uma longa trança com eles e coloquei o casaco de volta nela.

Pude sentir seu autocontrole e força retornando. Ela não parecia envergonhada do que acontecera. E eu não queria que estivesse. Ela estava apenas refletindo sobre as coisas. Mas não falou. Não se mexeu.

Eu comecei a conversar com ela.

– Quando eu era pequeno, você costumava falar para mim sobre todos os lugares onde esteve. Você me mostrava pinturas de Nápoles e Veneza, está lembrada? Aqueles velhos livros? E você tinha coisas, pequenas lembranças de Londres e São Petersburgo, de todos os lugares que havia visto.

Ela não respondeu.

– Gostaria que fôssemos a todos esses lugares. Quero vê-los agora. Quero vê-los e viver neles. Quero ir mais longe ainda, a lugares que jamais sonhei ver quando estava vivo.

Alguma coisa mudou em seu rosto.

– Você sabia que iam crescer de novo? – ela perguntou num sussurro.

– Não. Quer dizer, sim. Quer dizer, não pensei. Eu devia saber que isso ia acontecer.

Ela me encarou durante um longo tempo de novo daquela maneira tranquila, apática.

– Será que nada disso tudo... jamais... o assusta? – ela perguntou com a voz gutural e estranha. – Será que nada... nunca... o detém?

Sua boca estava aberta e perfeita, parecendo uma boca humana.

– Não sei – sussurrei desamparado. – Não vejo qual a importância disso – eu disse.

Mas eu me sentia confuso agora. Outra vez, eu disse para ela cortar toda noite e queimar. Simples.

– Sim, queimar – ela suspirou. – Caso contrário, com o tempo eles deverão encher todos os quartos da torre, não? Seria como os cabelos de Rapunzel no conto de fadas. Seria como o ouro que a filha do moleiro tinha de fiar da palha no conto de fadas do anão malvado, Rumpelstiltskin.

– Nós escrevemos nossos próprios contos de fadas, meu amor – eu disse. – A lição é que nada pode destruir o que você é agora. Todas as feridas irão cicatrizar. Você é uma deusa.

– E a deusa está com sede – ela disse.

Horas depois, enquanto andávamos de braços dados como dois estudantes no meio da multidão dos bulevares, a coisa já havia sido esquecida. Nossos rostos estavam corados, nossas peles quentes.

Mas não a deixei para procurar meu advogado. E ela não procurou o campo tranquilo e aberto como desejava. Ficamos juntos um do outro, e, de vez em quando, o mais leve vislumbre da *presença* nos fazia virar a cabeça.

5

Por volta das três horas, quando chegamos na cocheira, sabíamos que estávamos sendo seguidos pela *presença.*

Durante meia hora, às vezes quarenta e cinco minutos, nós não a ouvíamos. Depois o vago zumbido surgia de novo. Estava me enlouquecendo.

E embora nos esforçássemos para tentar ouvir algum pensamento inteligível dela, tudo que conseguíamos discernir era maldade e uma agitação ocasional como o espetáculo de folhas secas estalando nas chamas.

Ela estava contente por estarmos voltando para casa. Não que a coisa a incomodasse. Era apenas o que ela havia dito antes – ela desejava o vazio do campo, o sossego.

Quando o campo aberto apareceu de súbito à nossa frente, estávamos indo tão rápido que o vento era o único som que ouvíamos, e creio que ouvi sua risada, mas não tive certeza. Ela adorava sentir o vento, assim como eu, adorava o novo brilho das estrelas sobre as colinas escuras.

Mas eu me perguntava se teria havido momentos nessa noite em que ela chorara em seu íntimo, sem que eu soubesse. Houve ocasiões em que ela ficava sombria e taciturna, seus olhos tremiam como se estivessem chorando, mas não havia absolutamente nenhuma lágrima.

Eu estava absorto nesses pensamentos, creio, quando nos aproximamos de um denso bosque que crescia ao longo das margens de um arroio raso, e, de repente, a égua levantou-se e deu uma guinada para o lado.

Quase caí de susto. Gabrielle segurou firme em meu braço direito.

Toda noite eu cavalgava por aquela pequena clareira, atravessando com estardalhaço a estreita ponte de madeira por cima das águas. Eu adorava o som dos cascos do cavalo na madeira e a subida na margem em aclive. E minha égua conhecia o caminho. Mas, agora, ela não queria seguir em frente.

Assustada, ameaçando empinar-se de novo, ela girou por conta própria e galopou de volta em direção a Paris até que, com toda a força de minha vontade, me impus sobre ela, detendo-a pelas rédeas.

Gabrielle estava olhando fixamente para o denso bosque, a grande massa de galhos escuros e balouçantes que escondia o arroio. E então surgiu por cima do fino uivo do vento e do suave volume do farfalhar de folhas a pulsação clara da *presença* nas árvores.

Nós a ouvimos ao mesmo tempo, com certeza, porque estreitei meu braço em torno de Gabrielle enquanto ela concordava com a cabeça, apertando minha mão.

– Está mais forte! – ela disse rapidamente. – E não é uma só.

– Sim – eu disse enfurecido –, e está entre mim e meu refúgio!

Desembainhei a espada, abraçando Gabrielle com o braço esquerdo.

– Você não vai cavalgar até lá! – ela gritou.

– Uma droga que não vou! – eu disse, tentando segurar o cavalo. – Em menos de duas horas o sol vai nascer. Pegue sua espada!

Ela tentou virar-se para falar comigo, mas eu já estava conduzindo o cavalo para a frente. E ela desembainhou a espada tal como eu lhe disse, com sua pequena mão prendendo-a com tanta firmeza quanto a mão de um homem.

Claro que a coisa fugiria assim que chegássemos no bosque, eu tinha certeza disso. Quero dizer que aquela maldita coisa jamais havia feito coisa alguma a não ser fugir e correr. E eu estava furioso porque havia assustado minha montaria e por estar assustando Gabrielle.

Com um chute forte e toda a força de minha persuasão mental, fiz o cavalo disparar para a frente direto para a ponte.

Agarrei a arma com firmeza. Curvei-me na sela com Gabrielle por baixo de mim. Eu estava bufando de raiva como se fosse um dragão, e quando os cascos da égua bateram na madeira oca sobre as águas, eu os vi, os demônios, pela primeira vez!

Rostos e braços brancos acima de nós, vislumbrados por não mais que um segundo, e saindo de suas bocas o grito agudo mais horrendo enquanto sacudiam os galhos, fazendo uma saraivada de folhas cair sobre nós.

– Malditos sejam, bando de harpias! – eu gritei quando chegamos na margem inclinada do outro lado, mas Gabrielle soltou um grito.

Alguma coisa havia caído na garupa do cavalo e o animal escorregava na terra molhada enquanto a coisa me segurava pelo ombro e pelo braço com o qual eu tentava girar a espada.

Brandindo a espada por sobre a cabeça de Gabrielle e passando por baixo de meu braço esquerdo, golpeei a criatura com toda a fúria e vi quando ela voou fora, um borrão branco nas trevas, enquanto um outro saltou em nossa direção com mãos que pareciam garras. O aço de Gabrielle cortou o braço estendido. Eu vi o braço subir nos ares, com o sangue jorrando como se saísse de uma fonte. Os gritos transformaram-se num lamento murcho. Eu queria cortar cada um deles em pedaços. Recuei o cavalo num movimento brusco demais, de modo que ele empinou e quase caiu.

Mas Gabrielle segurou-o pela crina e conduziu-o de novo em direção à estrada à nossa frente.

Enquanto corríamos para a torre, podíamos ouvir seus gritos que nos acompanhavam. E quando a égua esgotou-se, nós a abandonamos e corremos, de mãos dadas, em direção aos portões.

Eu sabia que nós tínhamos de atravessar a passagem secreta para a câmara interna antes que eles subissem pela parede externa. Eles não deviam nos ver tirar a pedra do lugar.

E, trancando os portões e portas atrás de mim o mais rápido que pude, carreguei Gabrielle escada acima.

No momento em que chegamos no quarto secreto e empurramos a pedra de volta ao seu lugar, ouvi seus uivos e gritos agudos lá embaixo e os primeiros sinais de que escalavam a parede.

Agarrei uma braçada de lenha e atirei janela abaixo.

– Depressa, as aparas para acender o fogo – eu disse.

Mas já havia meia dúzia de rostos brancos nas grades da janela. Seus uivos ecoavam monstruosamente na pequena cela. Por um momento, só pude encará-los enquanto recuava.

Eles agarravam-se nas grades de ferro como um bando de morcegos, mas não eram morcegos. Eram vampiros, e vampiros como nós éramos vampiros, em forma humana.

Olhos escuros nos espreitavam por baixo de esfregões de cabelo sujo, enquanto os berros ficavam mais altos e mais ferozes; os dedos que se agarravam nas grades estavam empastados de sujeira. Aquelas roupas, até onde pude ver, eram nada mais que farrapos sem cor. E a fedentina que vinha deles era o fedor dos cemitérios.

Gabrielle arremessou as aparas na parede e pulou para longe quando eles tentaram agarrá-la. Eles mostraram os dentes caninos. Ganiram. Mãos se esforçaram para pegar a lenha e jogá-la de volta para nós. Puxavam juntos às grades como se pudessem libertá-las da pedra.

– Pegue o estojo de pederneira – eu berrei.

Peguei uma das peças de lenha mais sólida e arremessei no rosto mais próximo, tirando facilmente a criatura da parede. Coisas fracas. Ouvi seu grito enquanto caía, mas os outros seguravam a lenha e lutavam comigo agora, enquanto eu deslocava outro pequeno demônio imundo. Mas a essa altura Gabrielle já havia acendido a acendalha.

As chamas lançaram-se para o alto. Os uivos cessaram num frenesi de fala comum:

– É fogo, recuem, desçam, saiam do caminho, seus idiotas. Para baixo, para baixo. As barras estão quentes! Afastem-se depressa!

Francês perfeitamente vulgar! Na verdade, uma torrente cada vez maior de imprecações.

Eu explodi numa gargalhada e comecei a dançar, apontando para eles, enquanto olhava para Gabrielle.

– Maldito seja, seu blasfemador! – gritou um deles.

Então o fogo lambeu suas mãos e ele uivou, caindo para trás.

– Malditos os profanadores, os proscritos! – os gritos vinham de baixo.

Os gritos espalharam-se rapidamente, tornando-se um coro regular.

– Malditos sejam os proscritos que ousaram entrar na Casa de Deus!

Mas eles estavam descendo para o chão. As toras pesadas estavam queimando e o fogo rugia para o teto.

– Voltem para o cemitério de onde vieram, bando de moleques! – eu disse.

Eu teria jogado o fogo sobre eles lá embaixo, se pudesse ter chegado perto da janela.

Gabrielle estava parada com os olhos apertados e era óbvio que estava prestando atenção.

Gritos e uivos continuavam vindo lá de baixo. Um outro salmo de maldições sobre aqueles que violaram as leis sagradas, que blasfemaram, que provocaram a ira de Deus e de Satanás. Eles estavam forçando os portões e as janelas mais baixas. Estavam fazendo coisas estúpidas, como atirar pedras na parede.

– Eles não podem entrar – Gabrielle disse em voz baixa e monótona, com a cabeça ainda levantada, atenta. – Não podem pôr abaixo o portão.

Eu não estava tão certo assim. O portão estava enferrujado, muito velho. Nada a fazer a não ser esperar.

Desabei no chão, apoiando-me na lateral do sarcófago, com os braços em volta de meu peito e as costas inclinadas. Eu nem sequer estava rindo mais.

Ela também sentou-se apoiada na parede, com as pernas esparramadas à sua frente. Seu peito palpitava um pouco, e os cabelos estavam se soltando da fita. Eram como o capelo de uma cobra naja, com fios soltos pendurados em suas faces brancas. Havia fuligem nas suas roupas.

O calor do fogo era sufocante. O quarto abafado bruxuleava com a fumaça e as chamas se elevavam, impedindo a entrada da noite. Mas nós podíamos respirar o pouco ar que restava. Nada sofremos, exceto o calor e a exaustão.

E, pouco a pouco, compreendi que ela estava certa em relação ao portão. Eles não conseguiram derrubá-lo. E pude ouvi-los afastando-se.

– Que a ira de Deus puna o profano!

Houve uma leve comoção próximo aos estábulos. Vi em minha mente meu pobre cavalariço mortal e imbecil ser arrastado, aterrorizado, de seu esconderijo, e minha raiva duplicou. Eles estavam transmitindo para mim imagens de seus pensamentos, do assassinato daquele pobre corpo. Malditos sejam.

– Fique quieto – Gabrielle disse. – É tarde demais.

Seus olhos se arregalaram e depois tornaram a se estreitar de novo enquanto ela prestava atenção. Ele estava morto, a pobre e miserável criatura.

Senti a morte como se houvesse visto um pequeno pássaro negro erguer-se subitamente sobre o estábulo. E ela inclinou-se para a frente como se também estivesse vendo, depois reclinou-se como se tivesse perdido a consciência, mas não perdeu. Ela murmurou algo que soou como "veludo vermelho", mas foi à meia-voz e eu não entendi as palavras.

– Vou puni-los por isso, bando de desordeiros! – eu disse em voz alta. – Vocês perturbaram minha casa. Juro que irão pagar por isso.

Mas meus membros estavam ficando cada vez mais pesados. O calor do fogo quase me entorpecia. Todos os estranhos acontecimentos daquela noite estavam cobrando seu tributo.

Em minha exaustão e com o clarão do fogo, eu não conseguia adivinhar as horas. Acho que caí no sono por um instante e acordei com um tremor, sem saber quanto tempo se passara.

Olhei para cima e vi a figura sobrenatural de um jovem rapaz, um belo rapaz, andando de um lado para outro na câmara.

É claro que era apenas Gabrielle.

6

Ela dava a impressão de uma força quase exuberante enquanto andava sem parar. No entanto, tudo estava cercado de uma graça intacta. Ela chutava as toras e observava as fagulhas da chama por um momento, e voltava a pensar. Eu podia ver o céu. Talvez ainda faltasse uma hora.

– Mas quem são eles? – ela perguntou.

Estava parada de pé, com as pernas abertas, as mãos em dois gestos claros de apelo.

– Por que nos chamam de proscritos e blasfemadores?

– Eu lhe contei tudo que sei – confessei. – Até hoje à noite, eu não achava que eles tivessem um corpo ou vozes de verdade.

Eu me pus de pé e limpei minhas roupas.

– Eles nos amaldiçoaram porque entramos em igrejas! – ela disse. – Você captou aquilo, as imagens que vinham deles? E eles não sabem como conseguimos fazer isso. Eles próprios não ousariam.

Pela primeira vez, observei que ela estava tremendo. Havia outros pequenos sinais de alarme, o modo como a carne estremecia em redor dos seus olhos, o modo como puxava os fios de cabelo para longe dos olhos.

– Gabrielle – eu disse, tentando tornar meu tom de voz autoritário, tranquilizador. – O importante é sair daqui agora. Não sabemos a que hora essas criaturas levantam, ou em que momento retornarão depois do pôr do sol. Temos que descobrir outro esconderijo.

– A cripta da masmorra – ela gritou.

– Uma armadilha pior do que esta – eu disse –, se eles conseguirem atravessar o portão.

Tornei a olhar para o céu e retirei a pedra da passagem secreta.

– Vamos – eu disse.

– Mas para onde estamos indo? – ela perguntou.

Pela primeira vez naquela noite parecia quase frágil.

– Para uma aldeia a leste daqui – eu disse. – É perfeitamente óbvio que o lugar mais seguro é dentro da própria igreja da aldeia.

– Você faria isso? – ela perguntou. – Na igreja?

– Claro que faria. Como você acabou de dizer, as pequenas bestas jamais ousariam entrar! E as criptas debaixo do altar serão tão fundas e escuras quanto qualquer túmulo.

– Mas, Lestat, descansar debaixo do próprio altar!

– Mãe, você me surpreende – eu disse. – Eu ataquei minhas vítimas sob o próprio teto de Notre-Dame.

Mas ocorreu-me uma outra pequena ideia. Fui até a arca de Magnus e comecei a procurar na pilha do tesouro. Peguei dois rosários, um de pérolas, outro de esmeraldas, ambos tendo o pequeno crucifixo de praxe.

Ela me observava, o rosto pálido, atormentado.

– Aqui, pegue este – eu disse, dando-lhe o rosário de esmeraldas. – Mantenha ele em seu corpo. Se voltarmos a encontrar com eles, mostre-lhes o crucifixo. Se eu estiver certo, eles correrão dele.

– Mas o que acontecerá se não encontrarmos um lugar seguro na igreja?

– Como, diabos, vou saber? Voltaremos para cá!

Pude sentir o medo crescendo dentro dela, espalhando-se enquanto ela hesitava e olhava pela janela para as estrelas que perdiam a cor. Ela tivera a promessa de eternidade e agora corria perigo outra vez.

Rapidamente, tomei o rosário dela, beijei-a e deslizei o rosário para dentro do bolso de sua sobrecasaca.

– Esmeraldas significam vida eterna, mãe – eu disse.

Ela parecia de novo o garoto parado ali, com o último brilho do fogo apenas marcando a linha de sua face e sua boca.

– É como eu disse antes – ela sussurrou. – Você não tem medo de nada, não é mesmo?

– Que importa se tenho ou não? – Encolhi os ombros.

Peguei seu braço e puxei-a para a passagem.

– Nós somos as coisas que os outros temem – eu disse. – Lembre-se disto.

Quando chegamos no estábulo, vi que o garoto havia sido assassinado de maneira hedionda. Seu corpo despedaçado jazia contorcido no chão cheio de feno, como se tivesse sido arremessado ali por um titã. O pescoço estava quebrado. E para zombar dele, ou zombar de mim, eles o vestiram com um elegante casaco de veludo de um cavalheiro. Estas foram as palavras que ela murmurou no momento em que eles cometiam o crime. Eu tinha visto apenas a morte. Agora, desviei o olhar, aborrecido. Todos os cavalos haviam desaparecido.

– Eles pagarão por isto – eu disse.

Segurei a mão dela. Mas ela olhava fixo para o corpo do infeliz garoto, como se este a atraísse contra sua vontade. Ela me olhou de soslaio.

– Estou com frio – sussurrou. – Estou perdendo a força dos membros. Eu preciso, preciso mesmo ir para um lugar escuro. Posso sentir isso.

Eu a conduzi rápido por sobre a elevação de uma colina próxima em direção à estrada.

Não havia pequenos monstros uivantes escondidos no pátio da igreja da aldeia, claro. Não pensei que haveria. Havia muito tempo que a terra não era revirada nos velhos túmulos.

Gabrielle estava perto, conferindo isso comigo.

Carreguei-a até a porta lateral da igreja e, silenciosamente, quebrei o trinco.

– Sinto frio no corpo inteiro. Meus olhos estão ardendo – ela tornou a dizer num sussurro. – Algum lugar escuro.

Mas quando comecei a levá-la para dentro ela se deteve.

– E se eles estiverem certos – ela disse – e nós não pertencermos à Casa de Deus?

– Conversa fiada, tolices. Deus não está na Casa de Deus.

– Não diga isso!... – ela gemeu.

Empurrei-a pela sacristia até sairmos diante do altar. Ela cobriu o rosto e, quando ergueu os olhos, foi para o crucifixo sobre o tabernáculo. Soltou um suspiro longo e baixo. Mas foi dos vitrais das janelas que ela protegeu os olhos, virando a cabeça para mim. O sol nascente, que eu nem sequer sentia, já estava queimando-a!

Ergui-a nos braços como havia feito na noite anterior. Tinha de encontrar uma velha cripta funerária, uma que não houvesse sido usada durante anos. Apressei-me em direção ao altar da Virgem Maria, onde as inscrições estavam quase apagadas. E, ajoelhando-me, forcei as unhas em torno de uma laje e levantei-a rápido, havia ali um sepulcro fundo com um único caixão apodrecido.

Entrei com ela no sepulcro e recoloquei a laje no lugar.

Escuridão total e o caixão se desfazendo debaixo de mim, de modo que minha mão direita tocou num crânio esmigalhado. Eu sentia a ponta de outros ossos debaixo de meu peito. Gabrielle falou como se estivesse em transe:

– Sim. Longe da luz.

– Estamos a salvo – eu sussurrei.

Empurrei os ossos para o lado, fazendo um ninho com a madeira apodrecida e o pó, que era velho demais para conter qualquer cheiro de decomposição humana.

Mas ainda demorei uma hora ou mais para cair no sono.

Fiquei pensando muito no cavalariço, mutilado e jogado lá, com aquele elegante casaco de veludo vermelho. Eu já havia visto aquele casaco antes, mas não conseguia recordar onde. Seria um de meus próprios casacos? Teriam eles entrado na torre? Não, não era possível, eles não podiam ter entrado. Teriam eles mandado fazer um idêntico ao meu? Teriam ido a tais extremos para me ridicularizar? Não. Como tais criaturas poderiam fazer uma coisa como essa? Mas mesmo assim... aquele casaco em especial. Alguma coisa nele...

7

Quando abri os olhos, ouvi o cântico mais suave e adorável. E, como só a música consegue fazer, ele me levou de volta à infância, para alguma noite de inverno quando toda a minha família havia ido à igreja de nossa aldeia e ficara durante horas entre as velas ardentes, respirando o cheiro forte e sensual do incenso enquanto o padre andava em procissão com o ostensório erguido no alto.

Lembrei-me da imagem da Hóstia consagrada, branca e redonda, por detrás do vidro espesso, a explosão estelar de ouro e pedras preciosas em seu redor, e, no alto, o dossel bordado balançando perigosamente enquanto os acólitos, com suas sobrepelizes de renda, tentavam equilibrá-lo durante o caminho.

Milhares de ações de graças depois, as palavras do velho hino estavam gravadas em minha lembrança:

O Salutaris Hostia
Quae caeli pandis ostium
Bella premunt hostilia,
Da robur, fer auxilium...

E enquanto eu jazia nos restos daquele caixão podre, debaixo da laje de mármore do altar lateral daquela imensa igreja do vilarejo, com Gabrielle agarrada em mim, ainda desmaiada de sono, fui percebendo aos poucos que lá em cima de nós centenas e centenas de mortais estavam cantando agora esse mesmo hino.

A igreja estava cheia de gente! E nós não poderíamos sair daquele maldito ninho de ossos até que todos fossem embora.

Eu podia sentir as pessoas movendo-se ao meu redor, na escuridão. Podia sentir o cheiro do esqueleto quebrado e esmigalhado no qual eu estava deitado. Podia sentir o cheiro da terra, também, e sentir a umidade e o rigor do frio.

As mãos de Gabrielle eram mãos mortas que me seguravam. Seu rosto estava tão inflexível quanto um osso.

Tentei não ficar ruminando isso, mas permanecer deitado perfeitamente quieto.

Centenas de humanos respiravam e suspiravam lá em cima. Talvez mil deles. E agora passavam para o segundo hino.

O que virá agora, pensei com tristeza. A ladainha, as bênçãos? Nessa noite mais do que em qualquer outra, eu não tinha tempo para ficar ali meditando. Eu precisava sair. A imagem daquele casaco de veludo vermelho ocorreu-me de novo com uma sensação irracional de urgência, e um lampejo de dor também inexplicável.

E, de repente, me pareceu que Gabrielle abriu os olhos. Claro que não vi isso. Estava muitíssimo escuro ali. Eu senti. Senti seus membros voltarem à vida.

E, depois que se mexeu, seu corpo ficou tenso. Coloquei minha mão sobre sua boca.

– Fique quieta – sussurrei, mas podia sentir seu pânico.

Devia estar se recordando de todos os horrores da noite anterior, de que estava agora num sepulcro com um esqueleto quebrado, de que estava deitada debaixo de uma pedra que mal conseguiria levantar.

– Estamos na igreja! – sussurrei. – E estamos seguros.

O canto aumentou de volume. *Tantum ergo Sacramentum, Veneremur cernui.*

– Não, é uma ação de graças – Gabrielle disse com voz entrecortada.

Estava tentando ficar quieta, mas de repente perdeu o controle e tive que agarrá-la firmemente por ambos os braços.

– Nós *precisamos* sair – ela sussurrou. – Lestat, o Sagrado Sacramento está no altar, pelo amor de Deus.

Os restos do caixão de madeira chocaram-se e rangeram numa pedra por baixo deles, fazendo com que eu rolasse para cima dela para forçá-la a ficar deitada com meu peso.

– Agora fique quieta, você me ouviu? – eu disse. – Não temos opção a não ser esperar.

Mas seu pânico estava me contagiando. Eu sentia os fragmentos dos ossos rangendo debaixo de meus joelhos e o cheiro de roupa apodrecida. Parecia que o fedor da morte estava penetrando as paredes do sepulcro, e eu sabia que não poderia suportar ficar confinado com aquele cheiro.

– Não podemos – ela disse ofegante. – Não podemos permanecer aqui, eu tenho de sair.

Ela estava quase choramingando.

– Lestat, eu não posso.

Estava apalpando as paredes com ambas as mãos e depois a pedra em cima de nós. Eu ouvi um som puro de terror sair de seus lábios.

O hino terminara lá em cima. O padre iria subir os degraus do altar, levantaria o ostensório com ambas as mãos. Iria virar-se para a congregação e ergueria a Hóstia Sagrada na bênção. Gabrielle sabia disso, é claro, e de repente enlouqueceu, contorcendo-se debaixo de mim, quase empurrando-me para o lado.

– Está bem, ouça-me! – eu disse sibilando; não poderia controlar aquilo por mais tempo. – Nós vamos sair. Mas faremos isso como verdadeiros vampiros, está ouvindo? Há mil pessoas na igreja e nós vamos matá-las de medo. Erguerei a pedra e vamos levantar juntos e, quando fizermos isso, levante os braços e faça a cara mais horrível que puder e grite, se conseguir. Isso fará com que eles recuem, em vez de se precipitarem sobre nós e nos arrastarem para a prisão, aí então correremos para a porta.

Ela nem conseguiu parar para responder, já estava lutando, batendo nas tábuas apodrecidas com os calcanhares.

Eu me levantei, dando um grande empurrão com ambas as mãos na laje de mármore, e pulei para fora da câmara mortuária tal como havia dito que faria, erguendo a capa para formar um gigantesco arco.

Aterrissei no chão do coro, sob a luz das velas, soltando o grito mais vigoroso que pude.

Centenas de pessoas puseram-se de pé diante de mim, centenas de bocas se abriram para gritar.

Dando um outro berro, agarrei a mão de Gabrielle e investi contra eles, saltando por cima da mesa de comunhão. Ela soltou um adorável queixume agudo, a mão esquerda erguida como uma garra enquanto eu a puxava pela nave lateral. Havia pânico em toda parte, homens e mulheres agarrando crianças, gritando e desmaiando.

As portas pesadas davam para o céu escuro, sentimos uma lufada de vento. Empurrei Gabrielle na minha frente e, virando-me, soltei o grito mais alto que pude. Mostrei meus dentes caninos para a congregação que se contorcia e gritava, e incapaz de dizer se alguns deles me perseguiam ou apenas caíam na minha direção em pânico, enfiei a mão no bolso e reguei o chão de mármore com moedas de ouro.

– O demônio está jogando dinheiro! – alguém gritou.

Atravessamos o cemitério e os campos correndo.

Em segundos estávamos no bosque e eu pude sentir o cheiro dos estábulos de uma enorme casa que havia à nossa frente, logo depois das árvores.

Fiquei parado, quase curvado para me concentrar, e convoquei os cavalos. Corremos na direção deles, ouvindo o estrondo surdo de seus cascos nas baias.

Saltando por sobre a sebe baixa com Gabrielle ao meu lado, arranquei a porta de suas dobradiças no exato momento em que um belo cavalo castrado saía correndo de sua baia quebrada. Saltamos em sua garupa, com Gabrielle montando antes de mim, depois passei meus braços em torno dela.

Enterrei meus calcanhares no animal e cavalgamos para o sul através dos bosques, em direção a Paris.

8

Tentei bolar um plano enquanto nos aproximávamos da cidade, mas na verdade não sabia ao certo como proceder.

Não havia como evitar aqueles monstrinhos imundos. Nós estávamos cavalgando para uma batalha. E havia pouca diferença da manhã em que saí para matar os lobos e contava apenas com minha raiva e minha vontade para me amparar.

Nós mal tínhamos entrado em Montmartre, com suas casas de fazenda distantes umas das outras, quando ouvimos, durante uma fração de segundo, seu murmúrio indistinto. Nocivo como um gás.

Gabrielle e eu sabíamos que tínhamos de beber sem demora, a fim de estarmos preparados para eles.

Paramos numa das pequenas fazendas, rastejamos através do pomar até a porta dos fundos, e lá dentro encontramos um homem e sua mulher cochilando junto a uma lareira vazia.

Quando terminou, nós saímos da casa juntos e fomos até o pequeno pomar onde ficamos parados por um momento, olhando para o céu cinza-pérola. Nenhum som dos outros. Apenas o silêncio, a lucidez do sangue fresco e a ameaça de chuva enquanto as nuvens se juntavam no céu.

Virei-me e em silêncio ordenei ao cavalo que fosse a mim. E juntando as rédeas, virei-me para Gabrielle.

– Não vejo outra saída a não ser irmos para Paris – eu lhe disse – para enfrentarmos aquelas pequenas bestas de frente. E até que eles se mostrem e comecem a guerra de novo, há coisas que devo fazer. Tenho que pensar em Nicki. Tenho que conversar com Roget.

– Não é hora para essa tolice mortal – ela disse.

A sujeira do sepulcro da igreja ainda estava grudada no pano de seu casaco e em seus cabelos louros, e ela parecia um anjo arrastado na poeira.

– Não quero que eles fiquem entre mim e aquilo que tenciono fazer – eu disse.

Ela respirou fundo.

– Você quer levar essas criaturas para seu querido monsieur Roget? – ela perguntou.

Aquilo era terrível demais para ser levado a sério.

Estavam caindo as primeiras gotas de chuva e, apesar do sangue, eu sentia frio. Dentro de momentos estaria caindo uma chuva pesada.

– Está bem – eu disse. – Nada pode ser feito até isso terminar!

Montei no cavalo e estendi a mão para ela.

– O sofrimento só serve para estimulá-lo, não? – ela perguntou, enquanto me examinava. – Deveria apenas fortalecê-lo, não importa o que eles façam ou tentem fazer.

– Ora, isto é o que *eu* chamo de tolice mortal! – eu disse. – Vamos embora!

– Lestat – ela disse séria. – Eles puseram o casaco de um cavalheiro em seu cavalariço depois de matá-lo. Você viu o casaco? Já não o tinha visto antes?

– Aquele maldito casaco de veludo vermelho...

– Eu já vi – ela disse. – Olhei para ele durante horas ao lado de minha cama em Paris. Era o casaco de Nicolas de Lenfent.

Olhei para ela durante um longo momento. Mas não creio que a estivesse vendo, em absoluto. A raiva que crescia dentro de mim era absolutamente silenciosa. Ia continuar sendo raiva até eu provar que deveria ser dor, pensei. Então não estaria pensando mais.

Eu tinha a vaga ideia de que ela ainda não tinha noção do quanto nossas paixões podiam ser fortes, de como podiam paralisar-nos. Acho que movi meus lábios, mas nada saiu deles.

– Não creio que eles o tenham matado, Lestat – ela disse.

Mais uma vez, tentei falar. Eu queria perguntar-lhe por que ela estava dizendo aquilo; mas não conseguia. Eu estava olhando para o pomar à frente.

– Creio que ele está vivo – ela disse. – E que é prisioneiro deles. Caso contrário, teriam deixado seu corpo lá e jamais se incomodariam com o cavalariço.

– Talvez sim, talvez não. – Tive que forçar minha boca a formar as palavras.

– O casaco foi uma mensagem.

Eu não podia suportar aquilo por mais tempo.

– Vou atrás deles – eu disse. – Você quer voltar para a torre? Se eu falhar nisso...

– Não tenho nenhuma intenção de deixá-lo – ela disse.

⁂

A chuva caía forte no momento em que chegamos no bulevar du Temple, e as pedras molhadas do pavimento ampliavam milhares de lampiões.

Meus pensamentos se consolidaram em estratégias que eram mais instinto do que razão. E eu estava tão preparado para a luta como jamais estive. Mas tínhamos de descobrir onde estávamos. Quantos deles estavam lá? E o que realmente queriam? Capturar-nos ou destruir-nos? Assustar-nos e tirar-nos do caminho? Eu precisava dominar minha raiva, tinha de lembrar que eles eram infantis, supersticiosos, fáceis de afugentar ou de assustar.

Tão logo chegamos nos altos e antigos prédios de moradia perto de Notre-Dame, eu os *ouvi* em nossas proximidades, com a vibração chegando como num raio prateado e desaparecendo rápido de novo.

Gabrielle retesou-se e eu senti sua mão esquerda em meu punho. Vi sua mão direita sobre o cabo de sua espada.

Havíamos entrado numa ruela sinuosa que virava às cegas na escuridão à nossa frente, enquanto o barulho das ferraduras do cavalo quebravam o silêncio e eu me esforçava para não me irritar com o próprio som.

Parece que os vimos ao mesmo tempo.

Gabrielle encostou-se em mim e eu sufoquei o grito que lhes teria dado a impressão de que eu estava com medo.

Bem acima de nós, em ambos os lados da via pública, estavam seus rostos brancos logo acima dos beirais dos prédios de moradia, um tênue brilho tendo como pano de fundo o céu ameaçador e o turbilhão silencioso da chuva prateada.

Conduzi o cavalo à frente numa investida de rangidos e estrépitos. Lá em cima, eles corriam como ratos no telhado. Suas vozes elevaram-se num leve uivo que os mortais jamais poderiam ouvir.

Gabrielle soltou um gritinho abafado quando vimos suas pernas e braços brancos descendo as paredes à nossa frente, e eu ouvi mais atrás o baque suave de seus pés nas pedras.

– Em frente – eu gritei e, desembainhando a espada, cavalguei direto para as duas figuras esfarrapadas que haviam caído em nosso caminho. – Criaturas abomináveis, saiam de meu caminho – gritei, ouvindo seus berros horripilantes.

Vislumbrei rostos angustiados por um momento. Aqueles que estavam nos telhados desapareceram e os que estavam atrás de nós pareceram fraquejar. Avançamos, aumentando a distância entre nós e nossos perseguidores, até que chegamos na deserta Place de Grève.

Mas eles estavam se agrupando de novo nas margens da praça e, dessa vez, eu ouvia seus pensamentos com clareza, um deles perguntava que poder tínhamos nós e por que deviam ter medo, enquanto um outro insistia para se aproximarem.

Alguma força saiu de Gabrielle nesse momento, sem dúvida, porque pude vê-los recuar visivelmente quando ela lançou um olhar em sua direção e apertou mais a mão na espada.

– Pare, fique longe deles! – ela disse a meia-voz. – Eles estão aterrorizados.

Em seguida, eu a ouvi praguejar, porque, voando das sombras do Hôtel-Dieu em nossa direção, vieram pelos menos mais seis dos pequenos demônios, com seus membros finos e brancos envoltos em farrapos, os cabelos esvoaçantes e os gemidos terríveis saindo de suas bocas. Estavam reorganizando os outros. O rancor que nos cercava ganhava forças.

O cavalo empinou e quase nos derrubou. Eles estavam dando ordens para o animal parar, com a mesma certeza com que eu ordenava que ele prosseguisse.

Agarrei Gabrielle pela cintura, pulamos do cavalo e corremos em alta velocidade para as portas de Notre-Dame.

Um horrendo balbucio de escárnio elevou-se silenciosamente em meus ouvidos, gemidos, gritos e ameaças:

– Vocês não ousarão, não ousarão!

Um rancor que parecia o calor de vapor de uma fornalha abriu-se para nós, enquanto seus pés chegavam batendo e chapinhando no chão em redor de nós, e eu senti suas mãos lutando para agarrar minha espada e meu casaco.

Mas eu estava certo do que aconteceria quando chegássemos na igreja. Fiz um derradeiro esforço supremo, erguendo Gabrielle diante de mim, de modo que deslizamos juntos através das portas, passamos pela soleira da catedral e caímos estatelados lá dentro, sobre as pedras.

Gritos. Gritos ríspidos e medonhos subiram pelos ares e depois uma convulsão, como se toda a turba tivesse sido dispersada por uma explosão de canhão.

Eu me pus de pé com dificuldade, rindo bem alto deles. Mas já não me encontrava tão próximo assim da porta para ouvir mais. Gabrielle estava de pé e me puxava atrás dela. Juntos entramos apressados na nave escura, passando por imensas arcadas até chegarmos perto das pálidas velas do santuário. Então procuramos um canto escuro e vazio ao lado do altar lateral e desabamos juntos sobre nossos joelhos.

– Parecem aqueles malditos lobos! – eu disse. – Uma maldita emboscada.

– Shhh, fique quieto um instante – Gabrielle disse agarrando-se em mim. – Senão meu coração imortal vai explodir.

9

Após um longo momento, senti que ela se enrijeceu. Ela estava olhando na direção da praça.

– Não pense em Nicolas – ela disse. – Eles estão esperando e prestando atenção. Estão ouvindo tudo que se passa em nossas mentes.

– Mas em que *eles* estão pensando? – eu sussurrei. – O que se passa na cabeça *deles*?

Eu podia sentir a concentração dela.

Puxei-a para perto de mim e olhei direto para a luz prateada que entrava pelas portas abertas ao longe. Agora, eu também podia ouvi-los, mas apenas aquele som baixo que vinha de todos eles ali reunidos.

Mas, quando olhei para a chuva, fui possuído pela mais forte sensação de paz. Era quase sensual. Pareceu-me que devíamos render-nos a eles, que era uma tolice continuar resistindo. Tudo se resolveria se apenas fôssemos lá fora e nos entregássemos. Eles não torturariam Nicolas, a quem tinham em seu poder, não o dilacerariam membro por membro.

Vi Nicolas em suas mãos. Estava usando apenas a camisa de renda e os culotes posto que lhe haviam tirado o casaco. E ouvi seus gritos quando eles puxaram seus braços. Gritei *não,* colocando a mão sobre minha boca de modo a não assustar os mortais na igreja.

Gabrielle estendeu a mão e tocou meus lábios com seus dedos.

– Não estão fazendo nada com ele – ela disse num sussurro. – É apenas uma ameaça. Não pense nele.

– Então, ele ainda está vivo – eu sussurrei.

– É o que querem que acreditemos. Ouça!

Veio de novo aquela sensação de paz, as convocações, era isso que era, para nos juntarmos a eles, a voz dizendo *saiam da igreja. Rendam-se a nós, nós os acolheremos com prazer e não lhes faremos nenhum mal se vierem.*

Eu me virei na direção da porta e me pus de pé. Gabrielle levantou-se atrás de mim, apreensiva, prevenindo-me de novo com a mão. Parecia ter medo até de falar comigo enquanto ambos olhávamos para a grande arcada de luz prateada.

Vocês estão mentindo para nós, eu disse. *Vocês não têm nenhum poder sobre nós!* Era uma corrente de desafios que se movia através da porta distante. *Render-nos a vocês. Se fizermos isso então o que os impedirá de nos prender os três? Por que deveríamos sair? Estamos a salvo dentro desta igreja; podemos esconder-nos nas mais profundas câmaras mortuárias. Podemos caçar entre os fiéis, beber seu sangue nas capelas e nichos com tanta habilidade que jamais seremos descobertos, mandando nossas vítimas desconcertadas para morrer depois nas ruas. E o que vocês fariam, vocês que nem ao menos podem atravessar a porta! Além disso, não acreditamos que vocês estejam com Nicolas. Mostrem-no para nós. Deixem que ele chegue na porta e fale.*

Gabrielle estava agitada e confusa. Ela me perscrutava, desesperada para saber o que eu disse. E era claro que ela os escutava, coisa que eu não podia fazer quando enviava aqueles impulsos.

Parecia que a pulsação deles enfraquecera, mas não cessara.

Continuava como antes, como se eu não houvesse respondido, como se alguém estivesse cantarolando. Prometia uma trégua de novo e agora parecia falar do êxtase, que todo o conflito seria resolvido no grande prazer que seria juntar-se a eles. Era sensual de novo, era lindo.

– Covardes miseráveis, todos vocês – eu suspirei.

Dessa vez, eu disse as palavras em voz alta, de modo que Gabrielle também pudesse ouvir.

– Mandem Nicolas para a igreja.

O zumbido das vozes tornou-se fraco. Ele continuou, mas além dele havia um silêncio oco, como se outras vozes tivessem sido retiradas e continuassem apenas uma ou duas. Então ouvi a melodia fraca e caótica de discussão e rebelião.

Os olhos de Gabrielle se estreitaram.

Silêncio. Agora só havia mortais lá fora, seguindo seu caminho contra o vento para o outro lado da *Place de Grève*. Não acreditei que eles fossem embora. Pois bem, o que faríamos para salvar Nicolas?

Pisquei os olhos. De repente, me sentia cansado; era quase uma sensação de desespero. E pensei desnorteado: isto é ridículo, eu jamais me desespero!

Outros se desesperam, não eu. Eu continuo lutando, não importa o que aconteça. Sempre. E, em minha exaustão e raiva, vi Magnus pulando e saltando no fogo, vi o esgar em seu rosto antes que as chamas o consumissem e ele desaparecesse. Seria aquilo desespero?

O pensamento me paralisou. Horrorizou-me tanto quanto a real idade da cena na ocasião. E tive a mais estranha sensação de que uma outra pessoa me falava de Magnus. Foi por isso que eu estava pensando em Magnus!

– Muito astucioso... – Gabrielle sussurrou.

– Não dê ouvidos. Estão fazendo truques com nossos próprios pensamentos – eu disse.

Mas, quando olhei para a porta aberta atrás dela, vi surgir uma figura pequena. Era compacta, a figura de um jovem rapaz, não de um homem.

Desejei ansiosamente que fosse Nicolas, mas no mesmo instante soube que não era. Era mais baixo do que Nicolas, embora de compleição mais pesada. E a criatura não era humana.

Gabrielle emitiu um suave som de admiração. Mais pareceu uma oração em sua reverência.

A criatura não se vestia como os homens da época. Ao contrário, usava uma túnica cintada, muito graciosa, e meias nas pernas bem torneadas. As mangas eram compridas, caindo dos lados. Estava vestido como Magnus, na verdade, e por um momento pensei loucamente que Magnus houvesse retornado por alguma mágica.

Pensamento estúpido. Aquele era um rapaz, como eu já disse, e tinha longos cabelos cacheados, caminhava determinadamente através da luz prateada dentro da igreja. Hesitou por um momento. E, pela inclinação da cabeça, parecia estar olhando para cima. Em seguida avançou através da nave em nossa direção, sem que seus pés produzissem o mais leve som nas pedras.

Aproximou-se do brilho das velas no altar lateral. Suas roupas eram de veludo preto, que um dia foram bonitas e agora estavam desgastadas pelo tempo, com uma crosta de sujeira. Mas seu rosto tinha um brilho pálido, perfeito, parecia o semblante de um deus, um Cupido saído do pincel de Caravaggio, sedutor embora diáfano, com cabelos castanho-avermelhados e olhos castanho-escuros.

Puxei Gabrielle para mais perto enquanto olhava para ele, e nada nele, naquela criatura inumana, me sobressaltou tanto como a maneira com que nos encarava. Ele estava inspecionando cada detalhe de nossas pessoas; em seguida, estendeu a mão com muita suavidade e tocou a pedra do altar a seu lado. Olhou para o altar, para seu crucifixo e seus santos, em seguida tornou a olhar para nós.

Estava a poucos metros de distância, e a suave inspeção que nos fez produziu uma expressão que era quase sublime. E a voz que eu ouvira antes saiu daquela criatura, convocando-nos de novo, exortando-nos a nos render, dizendo com uma delicadeza indescritível que devíamos amar um ao outro, ele e Gabrielle, a quem não chamava pelo nome, e eu.

Havia algo de ingênuo na transmissão de suas mensagens enquanto ficava parado ali.

Opus resistência a ele. Por instinto. Senti meus olhos ficarem opacos, como se uma parede tivesse sido erguida para bloquear as janelas de meus pensamentos. E mesmo assim senti tamanha ânsia por ele, um desejo imenso de concordar com ele, de segui-lo e ser conduzido por ele, que todos os meus desejos do passado pareciam não ser nada. Ele era tão misterioso para mim quanto Magnus fora. Só que era belo, de uma beleza indescritível, e parecia haver nele uma complexidade infinita e profundeza que Magnus não possuía.

A angústia de minha vida imortal pesou em mim. Ele disse: *Venha a mim. Venha a mim porque só eu e meus semelhantes podemos acabar com sua solidão.* Essas palavras provocaram uma inexprimível tristeza. Tocaram fundo na minha dor, e minha garganta ficou seca com um pequeno e poderoso nó onde devia estar minha voz, mesmo assim resisti.

Nós dois estamos juntos, eu insisti apertando Gabrielle mais ainda. Em seguida perguntei a ele: *Onde está Nicolas?* Fiz esta pergunta e me aferrei a ela, não me entregando a nada que tinha visto ou ouvido.

Ele umedeceu os lábios; um gesto demasiado humano. E, em silêncio, aproximou-se de nós até ficar a menos de meio metro de distância, enquanto olhava alternadamente para nós. E com uma voz bem diferente da humana falou.

– Magnus – ele disse em tom discreto, acariciante. – Ele se jogou na fogueira como você disse?

– Eu nunca disse isso – respondi.

O som humano de minha própria voz me sobressaltou. Mas agora eu sabia que ele estava se referindo a meus pensamentos de poucos momentos antes.

– É verdade – respondi. – Ele se jogou na fogueira.

Por que deveria enganar alguém com isso?

Tentei penetrar em sua mente. Ele percebeu que eu estava fazendo isso e lançou contra mim imagens tão estranhas que eu fiquei boquiaberto.

O que foi que vi por um instante? Eu nem mesmo sabia. Inferno e céu, ou ambas as coisas numa só, vampiros num paraíso bebendo sangue nas próprias flores, das árvores.

Senti uma onda de náusea. Era como se ele tivesse entrado em meus sonhos secretos como um súcubo.

Mas ele havia parado. Franziu os lábios de leve e olhou para o chão em sinal de respeito. Minha repulsa o intimidara. Ele não havia previsto minha resposta. Não esperara... o quê? Tamanha força?

Sim, e deixava que eu soubesse disso de uma maneira quase cortês.

Devolvi a cortesia. Deixei que me visse no quarto da torre com Magnus; recordei as palavras de Magnus antes de entrar no fogo. Deixei que ele soubesse de tudo sobre isso.

Ele inclinou a cabeça, e quando eu disse as palavras que Magnus dissera, houve uma leve mudança em seu rosto como se sua testa tivesse ficado lisa, ou toda sua pele se retesasse. Ele não me deu nenhuma informação parecida sobre si mesmo como resposta.

Pelo contrário, para minha grande surpresa, desviou o olhar de nós e fitou o altar principal da igreja. Passou furtivamente por nós, dando-nos as costas como se nada tivesse a temer de nossa parte, e se esqueceu de nós por um tempo.

Moveu-se em direção à grande nave e subiu-a devagar, mas não parecia andar como os mortais. Movia-se com tanta rapidez de uma sombra para outra que parecia sumir e reaparecer. Nunca era visível à luz. E as muitas almas que se moviam em círculos na igreja só precisavam olhar de soslaio para ele que ele desaparecia no mesmo instante.

Fiquei maravilhado com sua habilidade, porque não era outra coisa a não ser isso. E curioso para saber se eu poderia mover-me daquele jeito, eu o segui até o coro. Gabrielle veio atrás sem emitir nenhum som.

Creio que ambos achamos isso mais fácil do que imaginávamos. Mas ele ficou claramente sobressaltado quando nos viu ao seu lado.

E, no próprio ato de se sobressaltar, me deu um vislumbre de sua grande fraqueza, o orgulho. Estava humilhado porque nos acercamos dele sem sermos vistos, movendo-nos com tanta leveza e ao mesmo tempo conseguindo ocultar nossos pensamentos.

Mas o pior estava por vir. Quando notou que eu havia percebido isso... foi revelado numa fração de segundo... ficou duplamente enfurecido. Um calor debilitante emanava dele, mas não era um calor que aquecia.

Gabrielle soltou um pequeno som de escárnio. Seus olhos chisparam sobre ele por um segundo, produzindo uma breve comunicação entre eles que me excluía. Ele pareceu intrigado.

Mas ele estava no corpo a corpo de alguma batalha maior que eu me esforçava para compreender. Olhava para os fiéis a seu redor, para o altar e todos os emblemas do Todo-poderoso e da Virgem Maria, que havia em todas as partes que se virasse. Era um perfeito deus saído do pincel de Caravaggio, com a luz tocando de leve a brancura forte de seu rosto de aparência inocente.

Então, ele colocou o braço em torno da minha cintura, deslizando-o por baixo de minha capa. Seu toque era tão estranho, tão suave e sedutor, e a beleza de seu rosto tão fascinante que eu não me afastei. Ele colocou o outro braço em volta da cintura de Gabrielle, e a visão dos dois juntos, anjo com anjo, me distraiu.

Ele disse: *Vocês devem vir.*

– Por quê, para onde? – Gabrielle perguntou.

Eu senti uma enorme pressão. Ele estava tentando mover-me contra minha vontade, mas não conseguia. Finquei-me no chão de pedra. Vi o rosto de Gabrielle se endurecer quando olhou para ele. E, de novo, ele ficou pasmo. Estava enfurecido e não conseguia esconder isso de nós.

Ele havia subestimado nossa força física, bem como a mental. Interessante.

– Vocês devem vir agora – ele disse, transmitindo-me sua grande força de vontade que eu podia ver com bastante clareza para me enganar. – Saiam e meus seguidores não lhes farão mal.

– Você está mentindo – eu disse. – Você mandou seus seguidores embora e quer que saiamos antes que eles retornem, porque não quer que eles o vejam sair da igreja. Você não quer que eles saibam que você entrou nela.

Mais uma vez, Gabrielle deu uma risadinha de escárnio.

Coloquei minha mão em seu peito e tentei afastá-lo. Ele podia ser tão forte quanto Magnus. Mas me recusei a ter medo.

– Por que você não quer que eles vejam? – sussurrei, perscrutando seu rosto.

A mudança nele foi tão surpreendente e medonha que me descobri prendendo a respiração. Seu semblante angelical pareceu murchar, enquanto os olhos se arregalavam e a boca se contorcia para baixo em consternação. Todo seu corpo ficou deformado, como se ele estivesse tentando não cerrar os dentes e os punhos.

Gabrielle se afastou. Eu dei uma risada. Na verdade, eu não quis rir, mas não pude evitar. Era aterrorizador. Mas também muito engraçado.

Com surpreendente brusquidão, aquela terrível ilusão, se é que era isso, desapareceu e ele voltou a si. Até mesmo a expressão sublime retornou. Ele me contou num fluxo contínuo de pensamento que eu era infinitamente mais forte do que ele supunha. Mas que os outros se assustariam se o vissem saindo da igreja, de modo que devíamos ir de imediato.

– Mentiras de novo – Gabrielle sussurrou.

E eu sabia que aquele imenso orgulho não perdoaria coisa alguma. Que Deus ajudasse Nicolas se não conseguíssemos enganá-lo!

Virando-me, peguei a mão de Gabrielle e começamos a descer a nave em direção às portas da frente, com Gabrielle olhando de soslaio para ele e para mim, com uma expressão inquisidora, o rosto lívido e tenso.

– Paciência – eu sussurrei.

Virei-me para vê-lo bem distante de nós, de costas para o altar principal, com os olhos tão arregalados que me pareceu horrível, repulsivo, como um fantasma.

Quando alcançamos o vestíbulo, enviei um chamado para os outros com todo meu poder. E sussurrei para Gabrielle enquanto o fazia. Eu disse para eles retornarem e entrarem na igreja, se quisessem, que nada poderia fazer-lhes mal, que seu líder estava no interior da igreja, parado diante do próprio altar, ileso.

Pronunciei as palavras bem alto, enfatizando meus apelos, e Gabrielle juntou-se a mim, repetindo as frases em uníssono comigo.

Eu senti que ele estava vindo em nossa direção, saindo do altar principal, e então, de repente, o perdi. Eu não sabia em que lugar atrás de nós ele estava.

Ele me agarrou subitamente, materializando-se ao meu lado, e Gabrielle foi atirada no chão. Ele estava tentando erguer-me e me arremessar através da porta.

Mas lutei contra ele. E juntando desesperado tudo de que me recordava de Magnus – sua maneira estranha de andar e o estranho modo daquela criatura se mover –, eu atirei-o para o alto, não para que perdesse o equilíbrio, como se poderia fazer com um mortal, mas direto no ar.

Tal como eu suspeitava, ele girou num salto-mortal e colidiu com a parede.

Os mortais se agitaram. Viram movimentos, ouviram ruídos. Mas ele havia desaparecido de novo. E Gabrielle e eu não parecíamos diferentes de outros jovens cavalheiros nas sombras.

Fiz um sinal para Gabrielle sair do caminho. Então, ele apareceu correndo em minha direção, mas eu percebi o que estava por acontecer e dei um passo para o lado.

Eu o vi estatelar-se nas pedras acerca de seis metros de mim, encarando-me com verdadeira estupefação, como se eu fosse um deus. Seus longos cabelos castanho-avermelhados estavam desgrenhados, e seus olhos castanhos, arregalados enquanto me fitavam. E com toda a dócil inocência de seu rosto, sua vontade estava me derrubando, uma quente torrente de ordens, dizendo-me que eu era fraco, imperfeito e tolo, que seus seguidores me dilacerariam membro por membro assim que aparecessem. Eles iriam queimar meu amante mortal bem devagar até a morte.

Ri em silêncio. Aquilo era tão ridículo quanto as cenas de luta nas velhas comédias.

Gabrielle nos olhava fixamente, ora para mim, ora para ele.

Tornei a convocar os outros e dessa vez, enquanto eu ordenava, ouvi que respondiam, perguntavam.

"Entrem na igreja." Repeti várias e várias vezes, até mesmo quando ele levantou-se e correu para mim de novo, com raiva cega e desajeitada. Gabrielle pegou-o no mesmo momento em que o peguei, e nós dois o ficamos segurando, sem que ele pudesse mover-se.

Num momento de horror absoluto para mim, ele tentou afundar seus dentes caninos em meu pescoço. Vi seus olhos redondos e vazios enquanto seus colmilhos desciam por sobre o lábio puxado. Atirei-o para trás e ele desapareceu de novo.

Eles estavam chegando mais perto, os outros.

– Ele está na igreja, seu líder, olhem para ele! – eu repetia. – E qualquer um de vocês pode entrar na igreja. Não serão machucados.

Ouvi Gabrielle dar um grito de alerta. Tarde demais. Ele tomou forma bem em minha frente, como se tivesse saído do próprio chão, e bateu em meu queixo, jogando minha cabeça para trás de modo que vi o teto da igreja. E, antes que eu pudesse recuperar-me, ele me aplicou um tremendo soco no meio das costas que me fez sair voando pela porta e cair nas pedras da praça.

QUARTA PARTE
OS FILHOS DAS TREVAS

1

Eu não conseguia ver nada a não ser a chuva. Mas podia ouvi-los todos ao meu redor. E ele estava comandando.

– Eles não têm nenhum grande poder, esses dois – ele dizia em pensamentos que tinham uma estranha simplicidade, como se estivesse dando ordens para crianças de rua. – Peguem-nos como prisioneiros.

Gabrielle disse:

– Lestat, não lute. É inútil prolongar isso.

E eu sabia que ela estava certa. Mas eu jamais me rendera a alguém em minha vida. E puxando-a comigo perto do Hôtel-Dieu, investi em direção à ponte.

Corremos através da multidão de capas molhadas e carruagens salpicadas de lama, mas eles estavam aproximando-se de nós, correndo com tanta rapidez que eram quase invisíveis para os mortais e, agora, com muito menos medo de nós.

Nas ruas escuras da Margem Esquerda o jogo terminou.

Rostos brancos surgiram acima e abaixo de mim, como se fossem querubins demoníacos, e quando tentei desembainhar minha arma, senti suas mãos em meus braços. Ouvi Gabrielle dizer:

– Deixe isso acabar.

Segurei minha espada com força, mas não consegui impedir que me levantassem do chão. Eles também estavam erguendo Gabrielle.

E, num esplendor de imagens hediondas, compreendi para onde nos levavam. Era para Les Innocents, que se situava a poucos metros de distância. Eu já podia ver a luz bruxuleante das fogueiras que ardiam todas as noites entre as fedorentas covas abertas, as chamas que deviam afastar os eflúvios.

Passei meu braço em torno do pescoço de Gabrielle e gritei que não podia suportar aquele cheiro, mas eles nos carregavam rápido através das trevas, atravessando os portões e passando pelas criptas de mármore branco.

– Com certeza, vocês não podem suportar – eu disse debatendo-me. – Então, por que vocês vivem entre os mortos quando foram feitos para se alimentar da vida?

Mas eu sentia agora tamanha repulsa que não pude continuar com aquilo, a luta verbal ou física. Por toda parte à nossa volta jaziam corpos em vários estados de decomposição, e até mesmo dos sepulcros ricos vinha aquele cheiro desagradável.

E enquanto avançávamos para a parte mais sombria do cemitério, enquanto entrávamos num enorme sepulcro, percebi que eles também odiavam o fedor, tanto quanto eu. Podia sentir sua repugnância, e, no entanto, eles abriam suas bocas e seus pulmões como se estivessem absorvendo-o. Gabrielle tremia encostada em mim, com os dedos enterrados em meu pescoço.

Passamos por outro vão de porta e, em seguida, com a pálida luz de tocha, descemos uma escada de terra.

O cheiro ficou mais forte. Parecia filtrar-se pelas paredes de barro. Virei meu rosto para baixo e vomitei um jorro fino de sangue cintilante sobre os degraus embaixo de mim, que desapareceu quando continuamos andando com rapidez.

– Viver entre sepulturas – eu disse em tom furioso. – Digam-me, por que vocês já padecem no inferno por sua própria opção?

– Silêncio – sussurrou **um** deles perto de mim, uma fêmea de olhos escuros com os cabelos de esfregão como uma bruxa. – Seu blasfemador – ela disse. – Seu maldito profanador.

– Não banque a idiota com o demônio, querida! – eu zombei sem deixar de encará-la. – A menos que ele a trate muitíssimo melhor do que o Todo-poderoso!

Ela deu uma risada. Ou melhor, começou a rir e parou de repente, como se não tivesse permissão para rir. Que tertúlia alegre e interessante iria ser essa!

Estávamos descendo cada vez mais para o fundo da terra.

Luz bruxuleante, o arrastar de seus pés descalços no barro, farrapos imundos roçando meu rosto. Por um instante, vi uma caveira sorridente. Depois outra, a seguir uma pilha delas enchendo um nicho na parede.

Tentei libertar-me com um puxão e meu pé atingiu outra pilha, jogando os ossos nos degraus com estardalhaço. Os vampiros apertaram suas mãos em nós, tentando erguer-nos mais alto. Agora passávamos pelo espetáculo horripilante de cadáveres apodrecidos presos nas paredes como estátuas, ossos envoltos em farrapos podres.

– Isso é nojento demais! – eu disse com os dentes trincados.

Havíamos chegado aos pés da escada e estávamos sendo carregados através de uma grande catacumba. Eu podia ouvir a batida surda e rápida de um tímpano.

Tochas ardiam à frente e, abafando um coro fúnebre de lamentos, vinham outros gritos, distantes mas cheios de dor. No entanto, alguma coisa além daqueles gritos intrigantes captara minha atenção.

Em meio a toda aquela sujeira, senti que um mortal estava por perto. Era Nicolas que estava vivo, e eu podia ouvi-lo, o cálido e vulnerável fluxo de seus pensamentos, mesclado com seu cheiro. E havia alguma coisa de terrivelmente errada com seus pensamentos. Estavam um caos.

Eu não podia saber se Gabrielle também captara.

De repente, fomos atirados no chão juntos, na poeira. E os outros se afastaram de nós.

Eu me pus de pé, erguendo Gabrielle comigo. E vi que estávamos numa enorme câmara abobadada, mal iluminada por três tochas que os vampiros seguravam para formar um triângulo, em cujo centro nos encontrávamos.

Alguma coisa enorme e escura jazia no fundo da câmara; cheiro de madeira e breu, cheiro de umidade, de roupa desfazendo-se em pó, cheiro de mortal vivo. Nicolas estava lá.

Os cabelos de Gabrielle se soltaram inteiramente da fita e caíam em volta de seus ombros enquanto ela se agarrava em mim, olhando em volta com olhos que pareciam calmos, cautelosos.

Gemidos se elevavam em volta de nós, mas as súplicas mais penetrantes vinham daqueles outros seres que havíamos escutado antes, criaturas que estavam em algum lugar no fundo da terra.

E percebi que aqueles eram vampiros sepultados que gritavam, gritavam pedindo sangue, gritavam pedindo perdão e libertação, gritavam até mesmo pedindo os fogos do inferno. O som era tão insuportável quanto o odor fétido.

Nenhum pensamento real de Nicki, apenas o vislumbre sem forma de sua mente. Estaria ele sonhando? Teria enlouquecido?

O rufar dos tambores estava muito alto e muito próximo, e, no entanto, aqueles gritos penetravam cada vez mais o rufar, sem nenhum ritmo nem aviso. Os gemidos daqueles que estavam próximos de nós desapareceram aos poucos, mas os tambores continuaram; de repente, sua batida estava saindo de dentro de minha cabeça.

Tentando desesperadamente não apertar meus ouvidos com as mãos, olhei em volta.

Um grande círculo havia sido formado, e havia pelo menos dez delas, daquelas criaturas. Eu vi algumas jovens, velhas, homens e mulheres, um jovem rapaz – e todos vestidos com os restos de trajes humanos, sujos de terra, pés descalços, cabelos emaranhados de sujeira. Lá estava a mulher com quem eu falara na escada, o corpo bem torneado usando um roupão imundo, os olhos negros e vivos brilhando como pedras preciosas no barro enquanto ela nos examinava. E além dessas, dessa guarda avançada, havia uma dupla batendo os tambores nas sombras.

Implorei em silêncio, pedindo força. Tentei ouvir Nicolas, sem de fato pensar nele. Juramento solene: *Vou tirar todos nós daqui, embora no momento não saiba exatamente como.*

O rufar do tambor estava diminuindo, tornando-se uma cadência horrível que fez do estranho sentimento de medo um punho sufocando minha garganta. Um dos vampiros que seguravam as tochas aproximou-se.

Pude sentir a expectativa dos outros, uma excitação palpável como as chamas que eram atiradas em mim.

Arrebatei a tocha da criatura, torcendo sua mão direita até ela cair de joelhos. Com um chute forte, fiz ela se estatelar e, enquanto os outros entravam correndo, girei a tocha num amplo círculo, fazendo-os recuar.

Então, num desafio, joguei a tocha no chão.

Isso pegou-os de guarda aberta, e eu senti um súbito silêncio. A excitação se esgotava, ou melhor, convertia-se em algo mais paciente e menos volátil.

Os tambores batiam com insistência, mas parecia que eles os ignoravam. Olhavam com tanta aflição para as fivelas de nossos sapatos, para nossos cabelos e rostos que pareciam ameaçadores e famintos. E o jovem rapaz, com uma aparência de angústia, estendeu a mão para tocar Gabrielle.

– Para trás! – eu disse sibilando.

E ele obedeceu, recolhendo a tocha no chão enquanto recuava.

Mas agora eu sabia com certeza – estávamos cercados de inveja e curiosidade, e esta era a maior vantagem que possuíamos.

Encarei a todos. E, bem devagar, comecei a remover a sujeira de meu casaco e de meus culotes. Alisei minha capa enquanto endireitava os ombros.

A seguir, passei a mão pelos cabelos e fiquei de braços cruzados, a própria imagem da dignidade, olhando em volta.

Gabrielle deu um sorriso débil. Estava controlada, com a mão no punho da espada.

O efeito disso sobre os outros foi de generalizado espanto. A fêmea de olhos escuros estava fascinada. Pisquei os olhos para ela. Ela seria deslumbrante se alguém a jogasse numa cachoeira e a deixasse lá por meia hora, e eu lhe disse isso em silêncio. Ela deu dois passos para trás e puxou o roupão cobrindo os seios. Interessante. Muito interessante, de fato.

– Qual é a explicação para tudo isso? – perguntei, encarando-os um a um como se fossem pessoas muito peculiares.

De novo, Gabrielle deu sua leve risada.

– O que vocês acham que são? – indaguei. – A imagem de fantasmas arrastando correntes que assombram cemitérios e antigos castelos?

Eles se olhavam de soslaio, estavam intranquilos. Os tambores cessaram.

– Minha ama-seca da infância, quando queria me impressionar, contava histórias de demônios – eu disse. – Ela me dizia que a qualquer momento eles poderiam sair das armaduras que tínhamos em casa para me levar embora aos gritos. – Avancei na direção deles. – É ISTO O QUE VOCÊS SÃO?

Eles soltaram gritos agudos e recuaram encolhidos.

Entretanto, a mulher de olhos negros não se mexeu.

Dei uma risada branda.

– E seus corpos são iguais aos nossos, não? – perguntei devagar. – Lisos, sem imperfeições, e em seus olhos posso ver indícios de meus próprios poderes. Muito estranho...

Senti que ficaram confusos. E os uivos vindos das paredes pareciam mais fracos como se os sepultados estivessem escutando apesar de sua dor.

– É divertido viver numa sujeira e fedor como esse? – perguntei. – É por isso que vivem aqui?

Medo. Inveja de novo. Como havíamos conseguido escapar do destino deles?

– Nosso líder é Satã – disse a mulher de olhos negros em tom brusco.

Voz educada. Quando era mortal havia sido alguém de respeito.

– E servimos a Satã como fomos destinados a servir.

– Por quê? – perguntei educadamente.

Consternação em toda volta.

Um leve vislumbre de Nicolas. Agitação sem direção. Teria ele ouvido minha voz?

– Você atrairá a ira de Deus sobre todos nós com seu desafio – disse o garoto, o menor deles, que não podia ter mais do que dezesseis anos quando foi convertido. – Por vaidade e iniquidade, vocês menosprezam os costumes das Trevas. Vocês vivem entre mortais! Vocês andam em lugares cheios de luz.

– E por que vocês não fazem isso? – perguntei. – Vocês vão para o céu com asas brancas quando terminar essa estada temporária cheia de penitências por aqui? Foi isso que Satã prometeu? A salvação? Eu não contaria com isso se fosse vocês.

– Vocês serão atirados no fundo do inferno por seus pecados! – disse uma das outras, uma mulher pequena que parecia uma megera. – Não terão mais o poder de fazer o mal sobre a terra.

– Quando é que isso deve acontecer? – perguntei. – Há meio ano que sou o que sou. Deus e Satã não me incomodaram! São vocês que me incomodam!

Eles ficaram paralisados por um momento. Por que não caímos mortos quando entramos nas igrejas? Como podíamos ser o que éramos?

Era muito provável que eles pudessem ser derrotados agora. Mas e quanto a Nicki? Se pelo menos seus pensamentos fizessem sentido, eu poderia ter alguma imagem exata do que havia por trás daquela enorme pilha de pano preto se desfazendo em pó.

Fiquei de olho nos vampiros.

Madeira, breu, uma pira ali, sem dúvida. E aquelas malditas tochas.

A mulher de olhos escuros aproximou-se devagar. Nenhuma maldade, apenas fascinação. Mas o garoto empurrou-a para o lado, enfurecendo-a. Ele aproximou-se tanto que eu podia sentir sua respiração em meu rosto.

– Bastardo! – ele disse. – Você foi feito pelo proscrito, Magnus, em desafio à nossa congregação, em desafio aos costumes das Trevas. E depois você concedeu o dom das trevas a esta mulher por imprudência e vaidade, assim como lhe foi concedido.

– Se Satã não punir – disse a pequena mulher –, nós o faremos, como é nosso dever e nosso direito!

O garoto apontou para a pira coberta de panos pretos. Ele acenou para que os outros recuassem.

Os tambores surgiram de novo, numa batida rápida e alta. O círculo ampliou-se, os que carregavam as tochas se aproximaram da pira.

Dois outros arrancaram os panos esfarrapados, grandes pedaços de sarja preta, e os atiraram para o alto, provocando uma nuvem de pó sufocante.

A pira era tão grande quanto aquela que consumira Magnus.

E, no alto da pira, dentro de uma tosca jaula de madeira, Nicolas estava curvado de joelhos encostado nas barras. Olhava cegamente para nós e não pude encontrar nenhum indício de reconhecimento em seu rosto ou em seus pensamentos.

Os vampiros seguravam as tochas no alto para vermos. E pude sentir sua excitação aumentar de novo, tal como aumentara quando nos levaram para aquele aposento.

Gabrielle me advertia com a pressão de sua mão para ficar calmo. Nada mudou em sua expressão.

Havia marcas azuladas na garganta de Nicki. A renda de sua camisa estava suja, assim como sujos eram os farrapos deles, e seus culotes estavam rasgados e esfarrapados. Na verdade, ele estava coberto de equimoses e fora sugado até quase a ponto de morrer.

O medo explodiu silenciosamente em meu coração, mas eu sabia que era isso que eles queriam ver. E sufoquei-o dentro de mim.

A jaula não era nada, poderia arrebentá-la. E só havia três tochas. A questão é quando me mover, e como. Nós não morreríamos assim, não daquele jeito.

Eu me vi olhando friamente para Nicolas, para os feixes de gravetos, para a madeira tosca. A raiva saiu em ondas de dentro de mim. O rosto de Gabrielle era uma máscara perfeita de ódio.

O grupo pareceu sentir isso e afastou-se um pouco, depois aproximou-se, confuso e inseguro de novo.

Mas alguma outra coisa estava acontecendo. O círculo estava se fechando.

Gabrielle tocou meu braço.

– O líder está vindo – ela disse.

Uma porta se abrira em algum lugar. O som dos tambores cresceu e parecia que os aprisionados entraram em agonia, suplicando para serem perdoados e libertados. Os vampiros em volta de nós gritaram freneticamente. Tudo que eu pude fazer foi não tapar meus ouvidos.

Um forte instinto me dizia para não olhar para o líder. Mas não pude resistir e, bem devagar, virei-me para vê-lo e avaliar seus poderes de novo.

2

Ele estava indo em direção ao centro daquele enorme círculo, de costas para a pira, com uma estranha mulher vampira a seu lado.

E quando o encarei à luz da tocha, senti o mesmo choque que tive quando ele entrou em Notre-Dame.

Não era apenas sua beleza; era a extraordinária inocência de seu rosto de menino. Ele movia-se com tanta leveza e rapidez que eu não conseguia ver seus pés se mexendo. Seus imensos olhos nos contemplavam sem raiva; seus cabelos, apesar de toda a poeira, emitiam um leve brilho avermelhado.

Tentei sentir sua mente, o que era ela, por que um ser tão sublime devia comandar aqueles tristes fantasmas quando tinha o mundo para vagar. Tentei descobrir de novo o que quase descobrira quando estávamos diante do altar da catedral, aquela criatura e eu. Se eu soubesse, talvez pudesse derrotá-lo, e iria derrotá-lo.

Pensei tê-lo visto me responder, uma resposta silenciosa, um lampejo do céu no próprio inferno em sua expressão inocente, como se o diabo ainda conservasse o rosto e a forma do anjo depois da queda.

Mas alguma coisa estava muito errada. O líder não estava falando. Os tambores continuavam batendo de maneira angustiosa; no entanto, não havia uma convicção comum. A mulher vampira de olhos escuros não se juntara às lamentações dos outros. E alguns outros também haviam se calado.

E a mulher que entrara com o líder, uma estranha criatura vestida como uma antiga rainha, com uma bata esfarrapada e um cinto trançado, começou a rir.

A congregação, ou como quer que se chamasse, ficou atônita, como se pode compreender. Um dos tambores silenciou.

A criatura-rainha ria cada vez mais alto. Seus dentes brancos brilhavam através do véu imundo que seus cabelos emaranhados formavam.

A criatura já fora bela um dia. E não foi a idade mortal que a devastara. Ela parecia mais uma louca, a boca era uma careta horrenda, os olhos tinham uma expressão selvagem, e de repente seu corpo curvou-se em arco com sua risada, tal como Magnus se curvou quando dançou em torno de sua própria pira funerária.

– Eu não avisei? – ela gritou. – Não foi?

Atrás dela, ao longe, Nicolas mexeu-se na pequena jaula. Eu senti que a risada o perturbava. Mas ele me olhava com firmeza, e a velha sensibilidade estava estampada em suas feições, mesmo distorcidas. O medo lutava com a maldade dentro dele, e a isto mesclava-se o assombro e o quase desespero.

O líder de cabelos castanho-avermelhados olhava fixamente para a rainha vampira, com uma expressão indecifrável, e o garoto com a tocha deu um passo à frente e gritou para a mulher se calar de imediato. Apesar de seus farrapos, ele fez uma pose régia nesse momento.

A mulher virou-se de costas para ele e ficou de frente para nós. Pronunciou suas palavras com uma voz rouca, assexuada, que deu lugar a uma risada galopante.

– Eu disse mil vezes, mesmo assim você não me ouviu – ela declarou, com a bata se desmanchando em torno dela enquanto tremia. – E você me chamou de louca, de mártir do tempo, de Cassandra errante corrompida por uma vigília longa demais nesta terra. Bem, como você vê, cada uma de minhas predições se tornou realidade.

O líder não lhe deu o menor reconhecimento.

– E foi preciso que esta criatura – ela aproximou-se de mim, seu rosto uma horrível máscara cômica tal como o de Magnus fora –, este cavalheiro inconsequente, provasse a você de uma vez por todas.

Ela silvou, respirou fundo e ficou ereta. E, por um momento, em perfeita imobilidade, ela tornou-se bela. Eu desejava ardentemente pentear seus cabelos, lavá-los com minhas próprias mãos e vesti-la com roupas modernas, para vê-la no espelho de meu tempo. De fato, de repente minha mente se entusiasmou com essa ideia, a regeneração dela e a remoção de seu disfarce de má.

Creio que, por um segundo, o conceito de eternidade ardeu dentro de mim. Eu soube então o que era a imortalidade. Todas as coisas eram possíveis com ela, pelo menos foi o que pareceu naquele momento.

Ela me lançou um olhar intenso e captou as visões, e a beleza de seu rosto se acentuou, mas o humor enfurecido estava retornando.

– Que sejam punidos – o garoto vociferou. – Invoquem o julgamento de Satã. Acendam o fogo.

Mas ninguém se mexeu no vasto aposento.

A velha mulher cantarolava, com os lábios fechados, uma lúgubre melodia com a cadência de fala. O líder continuava encarando-nos como antes.

Mas o garoto, em pânico, avançou contra nós. Ele mostrou os dentes caninos, ergueu a mão em garra.

Arrebatei a tocha de sua mão e apliquei-lhe um leve murro no peito que o lançou do outro lado do círculo empoeirado, fazendo com que caísse perto dos gravetos amontoados junto à pira. Joguei a tocha na poeira.

A rainha vampira soltou uma risada estridente que pareceu aterrorizar os outros, mas nada mudou no rosto do líder.

– Não ficarei aqui para nenhum julgamento de Satã! – eu disse, olhando em volta do círculo. – A menos que vocês tragam Satã aqui.

– Sim, diga-lhes, criança! Faça com que respondam a você! – a velha mulher disse em tom triunfante.

O garoto estava de pé outra vez.

– Você sabe os crimes – ele rugiu enquanto reentrava no círculo.

Estava furioso agora, transpirando poder, e eu percebi que era impossível julgar qualquer um deles pela forma mortal que conservavam. Ele bem podia ser um ancião, a pequena e velha mulher uma novata, o líder de ar infantil o mais velho de todos.

– Vejam – ele disse, chegando mais perto, com os olhos cinzentos brilhando quando sentiu a atenção dos outros. – Esse demônio não foi um iniciado, nem aqui nem em lugar algum; ele não pediu para ser acolhido. Não fez os votos a Satã. Não entregou sua alma no leito da morte e, na verdade, não morreu!

Sua voz ficou mais alta, mais aguda.

– Ele não foi enterrado! Não se levantou da sepultura como um Filho das Trevas! Ao contrário, ele ousa vagar pelo mundo com a falsa aparência de ser humano! E em Paris faz negócios como um homem mortal!

Gritos estridentes surgiram das paredes. Mas os vampiros do círculo ficaram em silêncio enquanto ele os encarava. Seu queixo tremia.

Ele jogou os braços para o alto e soltou um gemido. Um ou dois dos demais responderam. Seu rosto estava desfigurado de raiva.

A velha rainha vampira deu uma gargalhada e olhou para mim com o sorriso mais louco.

Mas o rapaz não desistia.

– Ele procura o conforto das lareiras, o que é estritamente proibido – ele gritou, batendo os pés e sacudindo as roupas. – Ele entra nos próprios palácios do prazer carnal, e mistura-se ali com mortais enquanto tocam música! Enquanto dançam!

– Pare com seu delírio! – eu disse.

Mas, na verdade, eu queria ouvi-lo até o fim.

Ele mergulhou para a frente, enfiando o dedo em meu rosto.

– Nenhum ritual pode purificá-lo! – ele gritou. – Tarde demais para o Juramento das Trevas, para as Bênçãos das Trevas...

– Juramento das Trevas? Bênçãos das Trevas? – Eu me virei para a velha rainha. – O que você diz de tudo isso? Você tem a mesma idade de Magnus quando ele se jogou na fogueira... Por que permite que isso continue?

De repente, seus olhos se moveram em sua cabeça como se só eles possuíssem vida, e saiu de novo de sua boca a risada acelerada.

– Eu jamais vou machucá-lo, meu jovem – ela disse. – A nenhum de vocês. – Olhou com ternura para Gabrielle. – Vocês estão na Trilha do Diabo rumo a uma grande aventura. Que direito tenho de intervir no que os séculos reservaram para vocês?

A Trilha do Diabo. Foi a primeira frase dita por um deles que fez soar uma trombeta em minha alma. Uma alegria tomou conta de mim só de olhar para ela. À sua própria maneira, ela era gêmea de Magnus.

– Oh, sim, sou tão velha quanto seu criador!

Ela sorriu, com os colmilhos brancos tocando de leve o lábio inferior para depois desaparecerem. Ela olhou de soslaio para o líder, que a observava sem o menor interesse ou ânimo.

– Eu estava aqui – ela disse –, nesta congregação, quando Magnus roubou nossos segredos, aquele astuto, o alquimista, Magnus... quando bebeu o sangue que lhe daria a vida eterna, de um modo que o Mundo das Trevas jamais havia testemunhado antes. E agora três séculos se passaram e ele concedeu seu dom das trevas puro e não diluído a você, minha linda criança!

Seu rosto transformou-se, mais uma vez, naquela sorridente máscara de comédia, tão parecida com o rosto de Magnus.

– Mostre-me, criança – ela disse –, a força que ele lhe deu. Você sabe o que significa ser transformado em vampiro por alguém tão poderoso, que nunca antes havia concedido o dom? Isto é proibido aqui, criança, ninguém com essa idade pode transmitir esse poder! Pois, se pudesse, o novato nascido dele facilmente conquistaria este gracioso líder e sua congregação.

– Pare com essa maluquice sem pé nem cabeça! – o rapaz interrompeu.

Mas todos estavam prestando atenção. A bela mulher de olhos escuros chegara mais perto de nós, para ver melhor a velha rainha, e agora esquecera-se por completo de nos temer ou odiar.

– Você já disse o bastante há cem anos – o rapaz bramiu para a velha rainha, com as mãos levantadas para exigir seu silêncio. – Você é tão louca quanto os velhos. Esta é a morte que você sofre. Eu digo a todos vocês que este proscrito deve ser punido. A ordem será restaurada quando ele e a mulher que ele fez forem destruídos diante de todos nós.

Com fúria renovada, ele virou-se para os outros.

– Eu lhes digo, vocês vagueiam por esta terra assim como todas as coisas más, pela vontade de Deus, para fazer os mortais sofrerem por sua Divina Glória. E pela vontade de Deus podem ser destruídos se blasfemarem, e podem ser atirados nos caldeirões do inferno agora, pois são almas condenadas e sua imortalidade só lhes é concedida à custa de sofrimento e tormento.

Começou uma vaga explosão de gemidos.

– Então aí está finalmente – eu disse. – Toda a filosofia... e toda ela é baseada numa mentira. E vocês se encolhem de medo como camponeses, já no inferno por escolha própria, com certeza mais acorrentados do que o mais humilde mortal, e querem punir-nos porque não fazemos isso? Sigam nosso exemplo, porque não faremos isso.

Alguns dos vampiros ficaram nos encarando; outros começaram a falar todos ao mesmo tempo. De vez em quando, olhavam de soslaio para o líder e para a velha rainha.

Mas o líder não dizia nada.

O rapaz gritou pedindo ordem.

– Para ele não bastou profanar lugares sagrados – ele disse –, não bastou andar por aí como um homem mortal. Nesta mesma noite, no subúrbio de uma aldeia, ele aterrorizou a congregação de toda uma igreja. Paris inteira está falando desse horror, dos espíritos necrófilos que saíram dos túmulos de baixo do próprio altar, ele e esta vampira fêmea a quem ele concedeu o Dom das Trevas sem consentimento ou ritual, da mesma maneira como ele foi feito.

Houve gritos sufocados, mais murmúrios. Mas a velha rainha gritou encantada.

– São crimes graves – ele disse. – Eu lhes digo, eles não podem ficar sem punição. E qual de vocês não conhece suas chacotas no palco do teatro de bulevar, que ele próprio mantém como sua propriedade na condição de homem mortal! Ali, diante de mil parisienses, ele se pavoneou de seus poderes como Filho das Trevas! E o segredo que protegemos durante séculos foi rompido para sua diversão e a diversão de uma multidão de mortais comuns.

A velha rainha esfregou as mãos, virando a cabeça para o lado enquanto olhava para mim.

– É tudo verdade, criança? – ela perguntou. – Você sentou-se num camarote na Ópera? Ficou diante das luzes do palco do Théâtre-Française? Dançou com o rei e a rainha no palácio das Tulherias, você e essa beldade que criou com tanta perfeição? É verdade que passearam pelos bulevares numa carruagem dourada?

Ela ria e ria, de vez em quando seus olhos perscrutavam os outros, subjugando-os como se emitisse um feixe de luz quente.

– Ah, que refinamento e que dignidade – ela prosseguiu. – O que aconteceu na grande catedral quando vocês entraram? Diga-me agora!

– Nada, em absoluto, senhora! – declarei.

– Crimes graves! – uivou o ultrajado garoto vampiro. – São medonhos o bastante para levantar uma cidade, senão um reino, contra nós. E após séculos em que pilhamos esta metrópole em ação furtiva, dando origem apenas aos mais leves murmúrios sobre nosso grande poder. Somos assombrações, criaturas da noite, destinadas a alimentar os medos do homem, e não demônios frenéticos!

– Ah, mas é sublime demais – cantou a velha rainha com os olhos no teto abobadado. – Em meu travesseiro de pedra tive sonhos sobre o mundo mortal lá de cima. Ouvi suas vozes, sua nova música como se fossem canções de ninar enquanto estava deitada em minha sepultura. Tive visões de suas descobertas fantásticas, conheci sua coragem no santuário intemporal de meus pensamentos. E embora ele me excluísse com suas formas deslumbrantes, eu ansiava por alguém com a força para vagar por ele sem medo, para percorrer a Trilha do Diabo até seu final!

O garoto de olhos cinzentos estava fora de si.

– Dispensem o julgamento – ele disse, lançando um olhar penetrante no líder. – Acendam a pira agora.

A rainha recuou, saindo de meu caminho com um gesto exagerado, enquanto o rapaz estendia a mão para a tocha mais próxima a ele. Corri até ele, arrebatei a tocha de sua mão e atirei-o para o teto, de pernas para o ar, de modo que ele caiu estatelado no chão. Eu apaguei a tocha com os pés.

Agora só restava uma. E, na congregação, reinava o caos, vários corriam para ajudar o garoto, outros murmuravam entre si, o líder permanecia imóvel como um tronco, como se estivesse num sonho.

Aproveitando-me deste intervalo, avancei, subi na pira e abri a porta da pequena jaula de madeira.

Nicolas parecia um cadáver vivo. Seus olhos estavam deprimidos e a boca contorcida como se estivesse sorrindo para mim, odiando-me, do outro lado do túmulo. Arrastei-o libertando-o da jaula e levei-o para baixo, para o chão sujo. Ele estava febril, e eu procurava não levar em conta as maldições que ele lançava contra mim baixinho.

A velha rainha observava, fascinada. Olhei rápido para Gabrielle, que também observava sem exibir o menor receio. Tirei o rosário de pérolas de meu colete e, deixando o crucifixo balançar, coloquei o rosário no pescoço de Nicolas. Ele olhou, apático, para a pequena cruz e depois começou a rir. O desprezo e a maldade saíam dele naquele som baixo e metálico. Era o oposto dos sons produzidos pelos vampiros. Podia-se ouvir nele o sangue humano, a densidade humana, ecoando nas paredes. De repente, ele pareceu corado e quente e estranhamente inacabado, o único mortal entre nós, como uma criança jogada entre bonecas de porcelana.

Os vampiros ficaram ainda mais confusos. As duas tochas apagadas ainda jaziam no chão, intactas.

– Agora, por suas próprias regras, vocês não podem fazer mal a ele – eu disse. – No entanto, foi um vampiro que lhe deu proteção sobrenatural. Digam-me, como contornar isto?

Carreguei Nicki para a frente. No mesmo instante, Gabrielle estendeu a mão para tomá-lo em seus braços.

Ele aceitou isto, embora a fitasse como se não a conhecesse, e até levantou os dedos para tocar seu rosto. Ela afastou sua mão como se fosse de um bebê e manteve os olhos fixos no líder e em mim.

– Se seu líder não tem palavras para vocês agora, eu tenho – eu disse. – Vão e lavem-se nas águas do Sena, vistam-se como os humanos, se é que ainda se lembram, e passem a vagar entre eles, é o que devem fazer.

O garoto vampiro derrotado voltou cambaleando para o círculo, afastando com grosseria aqueles que o ajudaram a levantar-se.

– Armand – ele implorou ao silencioso líder de cabelos castanho-avermelhados. – Imponha ordem na congregação! Armand! Salve-nos agora!

– Por que, em nome do inferno – gritei mais alto do que ele –, o diabo lhes concedeu beleza, agilidade, olhos para ter visões, mentes para enfeitiçar?

Seus olhos estavam fixados em mim. O garoto de cabelo cinza gritou de novo o nome “Armand”, mas em vão.

– Vocês desperdiçam seus dons! – eu disse. – E pior, desperdiçam sua imortalidade! Nada em todo o mundo é tão absurdo e contraditório, a não ser os mortais, do que viver sob o domínio das superstições do passado.

Reinou um silêncio completo. Eu podia ouvir a lenta respiração de Nicki. Podia sentir seu calor. Podia sentir sua entorpecida fascinação lutando contra a própria morte.

– Será que vocês não têm astúcia? – perguntei para os outros, minha voz crescendo no silêncio. – Não têm nenhuma habilidade? Como é que eu, um órfão, encontrei tantas possibilidades, enquanto vocês, criados como foram por esses pais malignos... – interrompi para encarar o líder e o garoto furioso – ficam andando às cegas debaixo da terra?

– O poder de Satã vai fulminá-lo no inferno – o garoto urrou, juntando todas as forças que ainda lhe restavam.

– Você fica dizendo isso! – eu disse. – E continua sem acontecer nada, como todos podem ver!

Murmúrios altos de assentimento.

– E se realmente pensassem que aconteceria – eu disse –, jamais se dariam ao trabalho de me trazer aqui.

Vozes mais altas de concordância.

Olhei para a pequena e desesperada figura do líder. E todos os olhos se desviaram de mim para ele. Até mesmo a rainha vampira louca olhou para ele.

E, no silêncio, eu o ouvi sussurrar:

– Está acabado.

Nem mesmo aqueles atormentados presos na parede emitiram um som.

E o líder falou de novo:

– Vão embora agora, todos vocês, chegou ao fim.

– Armand, não! – o garoto suplicou.

Mas os outros estavam recuando, os rostos ocultos por trás de mãos enquanto sussurravam. Os tambores foram abandonados, a única tocha jazia pendurada na parede.

Eu observei o líder. Sabia que suas palavras não significavam que ia nos libertar.

E depois que ele expulsou silenciosamente todos os outros e o garoto que protestava, de modo que apenas a rainha permaneceu com ele, tornou a dirigir seu olhar intenso para mim.

3

A grande câmara vazia com seu teto abobadado, e apenas dois vampiros nos observando, parecia ainda mais horripilante, com a única tocha emitindo uma luz fraca e lúgubre.

Em silêncio, considerei: irão os outros deixar o cemitério ou hesitarão no topo das escadas? Será que algum deles me permitirá tirar Nicki com vida deste lugar? O garoto ficará por perto, mas ele é fraco; a velha rainha não fará coisa alguma. Resta apenas o líder, de fato. Mas não devo ser impulsivo agora.

Ele continuava olhando para mim, sem dizer nada.

– Armand? – eu disse em tom respeitoso. – Posso dirigir-me a você dessa maneira?

Aproximei-me, perscrutando-o em busca da menor mudança de expressão.

– É óbvio que você é o líder. E é você que pode explicar tudo isso para nós.

Mas estas palavras eram um mero disfarce para meus pensamentos. Eu estava fazendo um apelo a ele. Perguntava-lhe como ele conduzira todos para aquilo, ele que parecia tão antigo quanto a velha rainha, que tinha uma profundidade que os outros não compreenderiam. Imaginei-o parado de novo diante do altar de Notre-Dame, com aquela expressão etérea no rosto. E me senti próximo dele, acreditando naquele velho vampiro que havia ficado em silêncio todo esse tempo.

Creio que naquele momento sondei-o em busca de apenas um momento de sentimento humano! Era isso que eu pensava que a sabedoria iria revelar. E o mortal em mim, aquele ser vulnerável que gritou na estalagem com a visão do caos, disse:

– Armand, qual é o significado disso tudo?

Seus olhos castanhos pareceram tremer. Mas depois o rosto sofreu uma transformação tão súbita para a raiva que eu recuei.

Não acreditei em meus sentidos. As repentinas mudanças que ele sofrera em Notre-Dame não eram nada comparadas com aquela. E eu jamais havia visto uma encarnação tão perfeita da maldade. Até mesmo Gabrielle afastou-se. Ela levantou a mão direita para proteger Nicki, e eu retrocedi até chegar a seu lado e nossos braços se tocarem.

Mas o ódio dissipou-se da mesma maneira milagrosa. Seu rosto era outra vez o de um jovem mortal e afável.

A velha rainha vampira sorriu quase languidamente e passou as garras brancas pelos cabelos.

– Você recorre a mim pedindo explicações? – o líder perguntou.

Seus olhos moveram-se sobre Gabrielle e a figura atordoada de Nicolas encostada em seu ombro. Depois voltaram-se para mim.

– Eu poderia ficar falando até o mundo acabar – ele disse – e jamais seria capaz de contar-lhe o que você destruiu aqui.

Pensei ouvir a velha rainha emitindo algum som de escárnio, mas eu estava concentrado demais nele, na suavidade de sua fala e na grande raiva que o assolava.

– Desde o começo dos tempos – ele disse – esses mistérios existiram.

Ele parecia pequeno, parado ali naquela vasta câmara, com a voz saindo dele sem nenhum esforço, as mãos pendendo ao lado do corpo.

– Desde os dias mais remotos que nossa espécie existe, assombrando as cidades do homem, caindo sobre ele como ave de rapina à noite, tal como Deus e o diabo nos ordenaram fazer. Somos os eleitos de Satã, e aqueles que são admitidos em nossas fileiras têm primeiro que se submeter a provas, cometendo uma centena de crimes, para que o dom tenebroso da imortalidade lhes seja concedido.

Ele chegou-se apenas um pouco mais perto de mim, com a luz da tocha brilhando em seus olhos.

– Antes que seus entes amados parecessem morrer – ele disse –, e com apenas uma pequena infusão de nosso sangue, eles suportavam o terror do caixão enquanto esperavam nossa chegada. Depois, e só então, o Dom das Trevas lhes era concedido, permanecendo trancados de novo no túmulo, até sua sede lhes dar a força para quebrar o estreito caixão e se levantar.

Sua voz ficou um pouco mais alta, ressonante.

– Era a morte que eles conheciam nessas câmaras escuras – ele disse. – Era a morte e o poder do mal que eles compreendiam quando se levantavam, quebrando o caixão e as portas de ferro que os retinham. E coitados dos fracos, aqueles que não conseguiam fugir. Aqueles cujos gemidos traziam os mortais no dia seguinte... pois ninguém responderia durante a noite. Nós não tínhamos misericórdia com esses.

"Mas aqueles que se levantavam, ah, aqueles eram vampiros que andavam pela terra, testados, purificados, Filhos das Trevas, nascidos do sangue de um iniciado, jamais da plena força de um antigo mestre, de modo que o tempo lhes concedesse a sabedoria para usar os dons tenebrosos antes que eles ficassem verdadeiramente fortes. E a esses eram impostas as Leis das Trevas. Viver entre os mortos, posto que somos coisas mortas que sempre retornam para uma sepultura ou algo parecido com ela. Evitar os lugares de luz, atraindo as vítimas para longe da companhia de outros mortais para que conhecessem a morte em locais profanos e assombrados. E honrar para sempre o poder de Deus, o crucifixo em volta do pescoço, os Sacramentos. E nunca, jamais entrar na Casa de Deus, para que Ele não o fulmine, atirando-o no inferno, pondo fim a seu reino na terra com ardentes tormentos."

Ele fez uma pausa. Olhou para a velha rainha pela primeira vez e pareceu, embora eu não pudesse dizer de fato, que o rosto dela o enfureceu.

– Você despreza essas coisas – ele disse para ela. – Magnus desprezava essas coisas! – Ele começou a tremer. – Era a natureza da loucura dele, assim como é a natureza da sua, mas digo-lhe que você não compreende esses mistérios! Você os estilhaça como se fossem vidro, mas não tem nenhuma força, nenhum poder, a não ser a ignorância. Você apenas destrói; e isso é tudo.

Ele virou-se, hesitando como se não fosse prosseguir, e olhou em torno da enorme cripta.

Eu ouvi a velha rainha vampira cantar muito suavemente.

Estava cantando alguma coisa num sussurro, e começou a se balançar para a frente e para trás, a cabeça para o lado, os olhos sonhadores. Mais uma vez, parecia linda.

– Acabou para os meus filhos – o líder sussurrou. – Está acabado e feito, pois agora eles sabem que podem desprezar tudo isso. As coisas que nos mantinham unidos, que nos davam força para perseverar como seres malditos! Os mistérios que nos protegiam aqui.

Ele olhou para mim de novo.

– E você me pede explicações como se isso fosse inexplicável! – ele disse. – Você, para quem a utilização do Dom das Trevas é um ato de desavergonhada cobiça. Você o concedeu ao próprio útero que o pariu! Por que não a este, o violinista do diabo, a quem você venerava de longe todas as noites?

– Não lhe disse? – cantarolou a rainha vampira. – Não soubemos sempre disso? Não há nada a temer no Sinal da Cruz, nem na Água benta, nem no próprio Sacramento...

Ela repetia as palavras, variando a melodia a meia-voz, acrescentando outras enquanto prosseguia:

– E nos velhos ritos, no incenso, no fogo, nos juramentos feitos, quando pensamos ter visto o Maligno na escuridão, sussurrando...

– Silêncio! – disse o líder, diminuindo o tom de voz. Suas mãos quase foram levadas aos ouvidos num gesto estranhamente humano. Ele parecia um garoto, quase perdido. Deus, por que nossos corpos imortais podiam ser essas prisões variadas para nós, por que nossos rostos imortais deviam ser máscaras para nossas verdadeiras almas?

Mais uma vez, ele fixou os olhos em mim. Pensei por um momento que haveria outra dessas transformações horripilantes ou que alguma violência incontrolável partiria dele, e me firmei no chão, tenso.

Mas ele me implorava em silêncio.

Por que isto aconteceu?! Sua voz quase secou em sua garganta enquanto ele repetia em voz alta, enquanto tentava reprimir a raiva.

– Explique-me você! Por que você, você com sua força de dez vampiros e a coragem de um inferno cheio de diabos, movendo-se com escândalo pelo mundo com seus brocados e suas botas de couro! Lelio, o ator da Casa de Téspis, transformando-nos em uma grande comédia de teatro do bulevar! Diga-me! Diga-me por quê!

– Foi a força de Magnus, o gênio de Magnus – cantarolou a mulher vampira com o sorriso mais tristonho.

– Não! – Ele sacudiu a cabeça. – Eu lhe digo, ele está além de qualquer explicação. Não conhece nenhum limite e por isso não tem limite. Mas por quê?

Ele aproximou-se apenas um pouco mais, não parecendo caminhar, mas sim tornar-se visível, como uma aparição.

– Por que você – ele perguntou – tem a ousadia de andar pelas ruas dos mortais, de arrombar seus cadeados, de chamá-los pelo nome? Eles ajeitam seu cabelo, ajustam suas roupas! Você joga nas mesas deles! Enganando-os, abraçando-os, bebendo seu sangue apenas a alguns passos de distância de onde outros mortais riem e dançam. Você, que evita os cemitérios e sai de criptas de igrejas. Por que você? Imprevidente, arrogante, ignorante e desdenhoso! É você que tem de me dar a explicação. Responda-me!

Meu coração estava disparado. Meu rosto estava quente e pulsava com sangue. Eu não sentia nenhum medo dele agora, mas estava furioso, muito além de toda raiva mortal, e não compreendia direito por quê.

Sua mente – eu desejara penetrar em sua mente –, e era isso que eu ouvia, essas superstições, esses absurdos. Ele não era nenhum espírito sublime que compreendia aquilo que seus seguidores não compreendiam. Ele não apenas acreditava. Ele tinha *fé* naquelas coisas, o que era mil vezes pior.

E eu percebi com muita clareza o que ele era – nem demônio nem anjo, em absoluto, mas sim uma sensibilidade forjada em uma época obscura, quando a pequena órbita do sol viajava pela abóbada celeste, e as estrelas não eram mais que minúsculas lanternas que representavam deuses e deusas numa noite fechada. Uma época em que o homem era o centro desse enorme mundo em que vagamos, uma época em que havia uma resposta para cada pergunta. Era isso que ele era, um filho dos velhos tempos em que as bruxas dançavam sob a lua e os cavaleiros enfrentavam dragões.

Ah, triste criança perdida, vagando pelas catacumbas sob uma grande cidade e num século incompreensível. Talvez sua forma mortal fosse mais adequada do que eu supunha.

Mas não havia tempo para pranteá-lo agora, por mais belo que fosse. Aqueles que estavam sepultados nas paredes sofriam por ordem dele. Aqueles que ele mandara para fora da câmara podiam ser chamados de volta.

Eu precisava pensar numa resposta para sua pergunta, que ele fosse capaz de aceitar. A verdade não bastava. Precisava ser poeticamente elaborada da maneira como os velhos pensadores teriam elaborado no mundo antes da chegada da idade da razão.

– Minha resposta? – eu disse com suavidade.

Eu estava tentando coordenar meus pensamentos e quase podia sentir a advertência de Gabrielle, o medo de Nicki.

– Não me dedico aos mistérios – eu disse –, não sou amante da filosofia. Mas o que aconteceu aqui é bastante evidente.

Ele me examinou com estranha seriedade.

– Se você teme tanto assim o poder de Deus – eu disse –, então os ensinamentos da Igreja não lhe são desconhecidos. Você deve saber que as formas da bondade mudam com o tempo, que existem santos em todas as épocas sob o céu.

Era visível que ele estava prestando atenção, animado com as palavras que eu dizia.

– Nos tempos antigos – eu disse –, havia mártires que apagavam as chamas que procuravam queimá-los, místicos que levitavam no ar enquanto ouviam a voz de Deus. Mas, assim como o mundo mudou, também mudaram os santos. O que são hoje senão freiras e padres obedientes? Constroem hospitais e orfanatos, mas não invocam os anjos para dispersar exércitos ou domar as bestas selvagens.

Não pude ver nenhuma mudança nele, mas prossegui:

– E assim também é com o mal, é óbvio. Ele muda de forma. Quantos homens nesta era acreditam nas cruzes que atemorizam seus seguidores? Você acha que os mortais lá em cima estão falando do céu e do inferno? É sobre filosofia que falam, e ciência! O que importa para eles se assombrações de rosto branco rondam o pátio de uma igreja depois que escurece? Alguns assassinatos mais numa imensidão de assassinatos? Como isto pode ser do interesse de Deus, do diabo ou do homem?

Ouvi de novo a velha rainha vampira rir.

Mas Armand não falou nem se mexeu.

– Até mesmo este lugar aqui está prestes a ser tomado de você – eu continuei. – Este cemitério em que você se esconde está prestes a ser removido de Paris. Nem mesmo os ossos de seus antepassados são mais sagrados nesta era secular.

Seu rosto suavizou-se de repente. Ele não conseguiu ocultar seu choque.

– Les Innocents destruído! – ele sussurrou. – Você está mentindo para mim...

– Eu nunca minto – eu disse sem pensar. – Pelo menos não para aqueles a quem não amo. O povo de Paris não quer mais o cheiro fétido dos cemitérios ao seu redor. Os emblemas dos mortos não importam para eles, tanto quanto importam para você. Dentro de poucos anos, mercados, ruas e casas cobrirão este local. Comércio. Natureza prática. Este é o mundo do século XVIII.

– Pare! – ele sussurrou. – Les Innocents existe há tanto tempo quanto eu! – Seu rosto infantil estava torcido. A velha rainha estava imperturbável.

– Você não vê? – eu disse em tom suave. – É uma nova era. Ela precisa de um novo mal. E eu *sou* esse novo mal. – Fiz uma pausa, observando-o. – Eu sou o vampiro deste tempo.

Ele não havia previsto minha intenção. E eu vi nele pela primeira vez o vislumbre de uma terrível compreensão, o primeiro vislumbre de um medo verdadeiro.

Fiz um pequeno gesto de aprovação.

– Esse incidente na igreja da aldeia de hoje à noite – eu disse com cuidado – foi vulgar, estou inclinado a concordar. Minhas ações no palco do teatro, piores ainda. Mas foram tolices. E você sabe que não são a fonte de seu rancor. Esqueça-as por enquanto e tente imaginar minha beleza e meu poder. Tente ver o mal que represento. Eu me pavoneio pelo mundo usando roupas de mortal... o pior dos demônios, o monstro cuja aparência é igual à de qualquer outra pessoa.

A mulher vampira fez uma longa canção de sua risada. Nele, eu só podia sentir o sofrimento, e nela, a cálida emanação de seu amor.

– Pense nisso, Armand – eu insisti com cuidado. – Por que a Morte deveria mover-se furtivamente nas sombras? Por que a Morte deveria esperar no portão? Não existe nenhum quarto de dormir, nenhum salão de baile em que eu não possa entrar. A Morte no brilho da lareira, a Morte na ponta dos pés pelos corredores, é isto o que sou. Fale-me sobre os Dons das Trevas... eu os emprego. Eu sou a Morte Cavalheiresca de seda e rendas, que veio para apagar as velas. O cancro no coração da rosa.

Nicolas soltou um fraco gemido.

Creio que ouvi Armand suspirar.

– Não existe nenhum lugar onde eles possam esconder-se de mim – eu disse –, esses ateus e poderosos que destruirão Les Innocents. Não existe nenhuma fechadura que me deixe de fora.

Ele me fitava em silêncio. Parecia triste e calmo. Seus olhos estavam um tanto quanto turvos, mas sem exibir maldade ou raiva. Não falou durante um longo tempo e depois disse:

– Uma esplêndida missão, esta, atormentá-los sem misericórdia enquanto vive entre eles. Mas é você que não compreende.

– Como assim? – perguntei.

– Você não pode perseverar no mundo, vivendo entre os mortais, não poderá sobreviver.

– Mas eu posso – eu disse simplesmente. – Os velhos mistérios deram lugar a um novo *estilo*. E quem sabe o que virá em seguida? Não há nenhum encanto nisso que você é. Há um grande encanto no que sou!

– Você não pode ser tão forte assim – ele disse. – Não sabe o que está dizendo, você mal começou a existir, é jovem.

– No entanto, ele é muito forte, essa criança – a rainha disse pensativa –, assim como também sua bela companheira recém-nascida. Eles são demônios com ideias que demonstram orgulho e grande razão, esses dois.

– Você não pode viver entre os homens! – Armand insistiu outra vez.

Seu rosto ruborizou-se por um segundo. Mas ele não era meu inimigo agora; ao contrário, era um ancião assombrado lutando para me contar uma verdade crucial. E, ao mesmo tempo, parecia uma criança implorando-me, e nesta luta estava sua essência, pai e filho, suplicando-me para ouvir o que tinha a dizer.

– E por que não? Digo-lhe que faço parte dos homens. É o sangue deles que me torna imortal.

– Ah, sim, imortal, mas você não começou a compreender isto – ele disse. – Não é mais que uma palavra. Observe o destino de seu criador. Por que Magnus se jogou nas chamas? É uma antiga verdade entre nós, e você nem a imaginou. Viva entre os mortais e o passar dos anos vai levá-lo à loucura. Ver os outros envelhecendo e morrendo, ver a ascensão e queda de reinos, perder tudo que você compreende e trata com carinho... quem pode suportar isso? Vai transformá-lo em um ser desvairado e desesperado. Sua própria espécie imortal é sua proteção, sua *salvação*. Os costumes antigos, você não percebe, que *nunca mudaram*.

Ele se deteve, chocado por ter usado esta palavra, salvação, que reverberava pelo aposento, com seus lábios formando-a de novo.

– Armand – a velha rainha cantarolou suavemente. – A loucura pode chegar para os mais velhos, nós sabemos, quer se atenham aos velhos costumes ou os abandonem.

Ela fez um gesto como se fosse atacá-lo com as garras brancas, soltando risadas agudas, enquanto ele a encarava com frieza.

– Eu me ative aos velhos costumes tanto tempo quanto você e estou louca, não estou? Talvez seja este o motivo pelo qual me ative tão bem a eles!

Ele balançou a cabeça, irado, protestando. Não era ele a prova viva de que era preciso ser assim?

Mas ela se aproximou de mim e segurou meu braço, girando meu rosto em sua direção.

– Magnus não lhe contou nada, criança? – ela perguntou.

Senti o imenso poder que emanava dela.

– Enquanto outros rondavam este lugar sagrado – ela disse –, eu atravessei sozinha os campos cobertos de neve para encontrar Magnus. Minha força é tão grande agora que é como se eu tivesse asas. Eu subi até sua janela para encontrá-lo em sua câmara, e juntos caminhamos pelas ameias sem sermos vistos por ninguém, exceto pelas estrelas distantes.

Ela aproximou-se ainda mais, apertando meu braço.

– Muitas coisas Magnus sabia – ela disse. – E não é a loucura que é seu inimigo, não se você estiver realmente forte. O vampiro que abandona os seus pares para habitar entre os seres humanos enfrenta um inferno medonho muito antes de a loucura chegar. Ele passa a amar os mortais de uma maneira irresistível! Ele passa a *compreender* todas as coisas através do amor.

– Solte-me – eu sussurrei em tom suave.

Seu olhar me segurava com tanta determinação como suas mãos.

– Com o passar do tempo, ele chega a conhecer os mortais como eles jamais podem conhecer a si mesmos – ela continuou, destemida, levantando as sobrancelhas –, e por fim chega o momento em que ele não pode suportar o ato de tirar a vida, ou de causar sofrimento, e nada a não ser a loucura ou sua própria morte aliviará sua dor. Foi este o destino dos antigos, tal como Magnus me descreveu; Magnus, que sofreu todas as aflições no final.

Enfim ela me soltou. Ela se afastou de mim como se eu fosse uma imagem na luneta de um marinheiro.

– Não acredito no que você está dizendo – eu sussurrei, mas o sussurro saiu como um assobio. – Magnus? Amando mortais?

– Claro que você não acredita – ela disse com seu sorriso irônico.

Armand também estava olhando para ela como se não compreendesse.

– Minhas palavras não têm nenhum significado agora – ela acrescentou. – Mas você terá *todo o tempo do mundo* para compreendê-las.

Risadas, risadas retumbantes, raspando o teto da cripta. Gritos novamente vindo das paredes. Ela jogou a cabeça para trás, gargalhando.

Armand estava cheio de horror enquanto a observava. Era como se ele visse as gargalhadas emanando dela como uma grande quantidade de luz resplandecente.

– Não, mas é uma mentira, uma simplificação hedionda! – eu disse.

De repente, minha cabeça estava latejando, meus olhos estavam latejando.

– Quero dizer que é um conceito nascido de uma moral imbecil essa noção de amor.

Coloquei as mãos nas têmporas. Uma dor mortal crescia dentro de mim. A dor ofuscava minha visão, aguçando minha lembrança da masmorra de Magnus, dos prisioneiros mortais que morreram entre os corpos putrefatos daqueles condenados antes deles na fétida cripta.

Nesse momento, Armand me olhava como se eu o estivesse torturando, assim como a velha rainha o torturava com as gargalhadas, que continuavam, subindo e desaparecendo. As mãos de Armand vieram em minha direção como se ele fosse tocar-me, mas ele não ousou.

Todo o êxtase e sofrimento que eu conhecera nesses últimos meses juntaram-se dentro de mim. Senti, de repente, que iria começar a rugir, como havia rugido naquela noite no palco de Renaud. Estava aterrorizado com essas sensações. Estava, outra vez, murmurando sílabas desconexas em voz alta.

– Lestat! – Gabrielle sussurrou.

– Amar mortais? – eu disse.

Fitei o rosto inumano da velha rainha, subitamente horrorizado por ver os cílios negros como ferrões em torno de seus olhos brilhantes, sua carne como mármore animado.

– Amar mortais? Vocês levaram trezentos anos! – Lancei um olhar penetrante para Gabrielle. – Desde as primeiras noites em que os segurei perto de mim, eu os amei. Bebendo sua vida de uma só vez, sua morte, eu os amo. Poderoso Deus, não é esta a própria essência do Dom das Trevas?

O volume de minha voz estava subindo como subiu naquela noite no teatro.

– Oh, o que são vocês que não amam? Que seres vis que não sabem acrescentar à sua sabedoria a simples capacidade de sentir!

Recuei deles, olhando para aquele túmulo gigantesco em volta de mim, com a terra úmida formando um arco sobre nossas cabeças. O lugar estava saindo do plano material para a alucinação.

– Deus, vocês perderam a razão com os Poderes das Trevas – perguntei –, com seus rituais, com o confinamento dos iniciados na sepultura? Ou vocês eram monstros quando estavam vivos? Como podemos nós não amarmos os mortais a cada momento?

Nenhuma resposta. A não ser os gritos sem sentido daqueles que estavam com fome. Nenhuma resposta. Apenas o vago batimento do coração de Nicki.

– Bem, ouçam-me, seja como for – eu disse.

Apontei meu dedo para Armand, para a velha rainha.

– Eu jamais prometi minha alma ao diabo em troca disso! E quando criei esta que está aqui foi para salvá-la dos vermes que comiam os cadáveres por aqui. Se amar os mortais for o inferno de que vocês falam, eu já estou nele. Encontrei meu destino. Deixem-me com ele e todas as contas estão acertadas.

Minha voz sumira. Eu estava ofegante. Passei as mãos nos cabelos. Armand parecia tremeluzir enquanto se aproximava de mim. Seu rosto era um milagre de aparente pureza e espanto.

– Coisas mortas, coisas mortas... – eu disse. – Não se aproximem mais. Falar de loucura e amor neste lugar fétido! E aquele velho monstro, Magnus, trancando-os em sua masmorra. Como ele poderia amá-los, a seus cativos? Da maneira como os meninos amam as borboletas quando arrancam suas asas?

– Não, criança, você pensa que compreende, mas não compreende – cantarolou a mulher vampira, imperturbável. – Você apenas começou a amar.

Ela deu uma suave risada cadenciada.

– Você sente pena deles, só isso. E de si mesmo, pois não pode ser humano e inumano. Não é isso?

– Mentiras! – eu disse.

Aproximei-me de Gabrielle, coloquei meu braço em torno dela.

– Você irá compreender todas as coisas com o amor – a velha rainha prosseguiu –, quando não passa de um ser maligno e odioso. Esta é sua imortalidade, criança. Um entendimento cada vez mais profundo do amor.

E, jogando os braços para cima, ela uivou de novo.

– Malditos – eu disse; peguei Gabrielle e Nicki e arrastei-os para trás em direção à porta. – Vocês já estão no inferno e tenciono deixá-los no inferno agora.

Tirei Nicolas dos braços de Gabrielle e nós corremos através da catacumba para as escadas.

Atrás de nós, a velha rainha estava num frenesi de gargalhadas agudas.

E tão humano quanto Orfeu, talvez, eu parei e olhei para trás.

– Lestat, depressa! – Nicolas sussurrou em meu ouvido.

E Gabrielle fez um gesto desesperado para que eu fosse.

Armand não se mexera e a velha mulher permanecia ao seu lado, ainda rindo.

– Adeus, minhas valentes crianças – ela gritou. – Percorram a Trilha do Diabo com bravura. Percorram a Trilha do Diabo enquanto puderem.

✵

Os vampiros se dispersavam como fantasmas amedrontados na chuva fria enquanto nos precipitávamos para fora do sepulcro. E nos observaram, desconcertados, enquanto saíamos correndo de Les Innocents para as ruas movimentadas de Paris.

Em poucos momentos, roubamos uma carruagem e estávamos em nosso caminho para fora da cidade, rumo ao campo.

✵

Eu conduzia a junta de cavalos de maneira implacável. No entanto, sentia um cansaço tão mortal que o conceito de força sobrenatural parecia apenas uma abstração. Em cada bosque e curva da estrada esperava ver os demônios imundos nos cercando de novo.

Mas, de alguma forma, consegui numa estalagem rural a comida e a bebida de que Nicolas precisaria, assim como cobertores para mantê-lo aquecido.

Ele caiu inconsciente muito antes de chegarmos à torre, e eu carreguei-o escada acima para a mesma cela no alto onde Magnus me manteve no início.

Seu pescoço ainda estava inchado e ferido por causa do banquete que fizeram com ele. E embora dormisse profundamente quando coloquei-o na cama de palha, pude sentir a sede que havia nele, aquele medonho desejo que eu senti depois que Magnus bebeu em mim.

Bem, havia uma fartura de vinho para ele quando acordasse, e uma fartura de comida. E eu sabia – embora não pudesse dizer como – que ele não iria morrer.

Eu mal podia imaginar como seriam suas primeiras horas ao amanhecer. Mas ele estaria seguro assim que eu girasse a chave na fechadura. E não importava o que ele havia sido para mim, ou o que seria no futuro, nenhum mortal poderia perambular livremente em meu refúgio enquanto eu dormisse.

Além disso, eu não conseguia raciocinar. Sentia-me como um mortal sonâmbulo.

Eu ainda estava olhando para ele, ouvindo seus sonhos vagos e confusos – sonhos com os horrores de Les lnnocents –, quando Gabrielle entrou. Ela havia acabado de enterrar o pobre e infeliz cavalariço e parecia de novo um anjo empoeirado, com os cabelos viscosos, emaranhados e cheios de uma delicada luz fragmentada.

Olhou para Nicki durante um longo momento e depois me levou para fora do quarto. Depois que tranquei a porta, ela me conduziu para baixo, para a cripta inferior. Lá chegando, colocou os braços em volta de mim com força e me segurou, como se também estivesse exausta a ponto de sucumbir.

– Ouça-me – ela disse enfim, recuando e levantando as mãos para segurar meu rosto. – Vamos tirá-lo da França assim que levantarmos. Ninguém jamais acreditará em suas histórias malucas.

Eu não respondi. Mal conseguia compreendê-la, seu raciocínio ou suas intenções. Minha cabeça girava.

– Você pode brincar de marionete com ele – ela disse –, assim como fez com os atores de Renaud. Você pode despachá-lo para o Novo Mundo.

– Vá dormir – sussurrei.

Beijei sua boca aberta. Abracei-a com meus olhos fechados. Vi a cripta outra vez, ouvi suas vozes estranhas, inumanas. Tudo aquilo não iria parar.

– Depois que ele for, então podemos conversar sobre esses outros – ela disse com calma. – Se devemos deixar Paris juntos durante algum tempo...

Eu soltei-a e me afastei, fui até o sarcófago e descansei por um momento encostado na tampa de pedra. Pela primeira vez em minha vida imortal, eu desejava o silêncio da tumba, a sensação de que todas as coisas estavam fora de meu controle.

Pareceu-me que ela disse algo mais então. *Não faça isso.*

4

Quando acordei ouvi os gritos de Nicki. Ele estava batendo à porta de carvalho, amaldiçoando-me por tê-lo mantido prisioneiro. O barulho enchia a torre e seu cheiro chegava através das paredes de pedra: suculento, oh tão suculento, cheiro de carne e sangue vivos, de sua carne e de seu sangue.

Ela ainda dormia.

Não faça isso.

Sinfonia de maldade, sinfonia de loucura chegando através das paredes, a serenidade lutando para conter as imagens horripilantes, a tortura, lutando para envolvê-las com palavras...

Quando entrei no poço da escada foi como ser arrastado no redemoinho de seus gritos, de seu cheiro humano.

E todos os cheiros guardados na memória se misturaram a este – o sol da tarde numa mesa de madeira, o vinho tinto, a fumaça da pequena lareira.

– Lestat! Está me ouvindo? Lestat!

O estrondo de punhos batendo à porta.

A lembrança de contos de fadas da infância: o gigante diz que sente o cheiro de sangue de um humano em seu covil. Horror. Eu sabia que o gigante iria descobrir o humano. Podia ouvi-lo indo atrás do humano, passo a passo. Eu era o humano.

Só que não era mais.

Fumaça, sabor de carne e sangue bombeando.

– Este é o lugar das bruxas! Lestat, você está me ouvindo? Este é o lugar das bruxas!

Um impreciso tremor dos velhos segredos entre nós, o amor, as coisas que só nós sabíamos, sentíamos. Dançando no lugar das bruxas. Você pode negar isso? Pode negar tudo que se passou entre nós?

Tirá-lo da França. Mandá-lo para o Novo Mundo. E depois o quê? E em toda sua vida ele seria um desses mortais um pouco interessantes, mas em geral maçantes, que viram espíritos, conversam sobre eles sem parar, e ninguém acredita. A loucura se agravando. Será ele enfim um lunático engraçado, do tipo que até mesmo os bufões e valentões procuram, tocando seu violino, usando um casaco sujo, para as multidões nas ruas de Port-au-Prince?

"Brinque de marionete com ele", ela havia dito. Era isto que eu faria? *Ninguém jamais acreditará em suas histórias malucas.*

Mas ele conhece o lugar onde estamos, mãe. Conhece nossos nomes, o nome de nossa espécie – coisas demais sobre nós. E jamais ficará calado em outro país. E *eles* podem ir atrás dele; agora, *eles* jamais o deixarão viver.

Onde estão *eles*?

Subi as escadas no turbilhão de seus gritos que ecoavam, olhando para o campo aberto através das pequenas janelas gradeadas. Eles estarão vindo de novo. Eles têm de vir. Primeiro eu estava sozinho, depois a tive comigo e agora os tenho!

Mas qual era o problema? Que ele desejasse? Que ele gritasse repetidas vezes que eu lhe havia negado o poder?

Ou será que agora eu tinha as desculpas de que precisava para tê-lo comigo, tal como desejei fazer desde o primeiro momento? Meu Nicolas, meu amor. A eternidade espera. Todos os grandes e esplêndidos prazeres de estar morto.

Continuei escada acima em direção a ele, com a sede cantando dentro de mim. Ao inferno com seus gritos. A sede cantava e eu era um instrumento de seu canto.

E seus gritos se tornaram inarticulados – a pura essência de suas imprecações, uma imprecisa pontuação da angústia que eu podia ouvir sem necessidade de som algum. Algo de divinamente carnal nas sílabas fragmentadas que vinham de seus lábios, como o fraco jorro de sangue através de seu coração.

Ergui a chave, enfiei-a na fechadura e ele ficou quieto, com seus pensamentos refluindo, como se o oceano pudesse ser sugado de volta para as minúsculas espirais misteriosas de uma única concha.

Tentei vê-lo nas sombras do quarto e não *aquilo* – o amor por ele, a ânsia, os meses que sofri por sua ausência, a medonha e inabalável necessidade dele, o desejo. Tentei ver o mortal que não sabia o que estava dizendo enquanto me fitava.

– Você e sua conversa sobre bondade – voz agitada e baixa, olhos brilhando –, sua conversa sobre o bem e o mal, sua conversa sobre o que era certo e o que era errado, e a morte, oh sim, a morte, o horror, a tragédia...

Palavras. Nascidas da corrente sempre crescente do ódio, como flores se abrindo na corrente, as pétalas se abrindo e depois caindo.

– ... e você compartilhou isso com ela, o filho do senhor dá à mulher do senhor seu grande dom, o Dom das Trevas. Aqueles que vivem no castelo compartilham o Dom das Trevas... jamais foram arrastados para o lugar das bruxas onde a gordura humana forma poças no chão aos pés das estacas queimadas, não, matem as velhas encarquilhadas que já não enxergam mais para costurar, e o garoto idiota que não consegue lavrar o campo. E o que ele nos dá, o filho do senhor, o matador de lobos, aquele que gritou no lugar das bruxas? Moedas do reino! É bom demais para nós!

Estremecimento. A camisa empapada de suor. O brilho de carne retesada através da renda rasgada. Atormentadora, a simples visão disso, o tronco musculoso e estreito que os escultores gostam tanto de retratar, os mamilos cor-de-rosa sobre a pele escura.

– Este poder – cuspindo como se tivesse dito as palavras durante o dia inteiro com a mesma intensidade, e não importava de fato que agora eu estivesse presente –, este poder que torna todas as mentiras sem sentido, este poder obscuro que paira sobre tudo, esta verdade que apagou...

Não. Palavras. Não a verdade.

As garrafas de vinho estavam vazias, a comida devorada. Seus braços magros estavam enrijecidos e tensos para a luta – mas que luta? Seus cabelos castanhos soltaram-se da fita, os olhos enormes me fitando.

Mas, de repente, ele empurrou a parede como se fosse atravessá-la para fugir de mim – a indistinta lembrança dos ataques dos vampiros que o sugaram, a paralisia, o êxtase –, no entanto, ele foi puxado para a frente de imediato, cambaleando, estendendo as mãos para equilibrar-se segurando em coisas que não existiam ali.

Mas sua voz se deteve.

Alguma coisa irrompeu em seu rosto.

– Como você pôde me deixar de lado? – ele sussurrou.

Lembranças da velha mágica, da luminosa lenda, de alguma grande camada lúgubre na qual todas as coisas sombrias florescem, uma intoxicação de conhecimentos proibidos na qual as coisas naturais perdem sua importância. Nenhum milagre mais nas folhas que caem das árvores no outono, o sol no pomar.

Não.

O cheiro estava ascendendo dele como incenso, como o calor e a fumaça de velas de igreja. O coração batendo sob a pele de seu peito desnudo. A barriga pequena e rija brilhando de suor, o suor manchando o grosso cinto de couro. Sangue cheio de sal. Eu mal conseguia respirar.

Mas nós respirávamos. Respirávamos, provávamos, cheirávamos, sentíamos e tínhamos sede.

– Você não entendeu nada.

Era Lestat quem falava? Soou como se fosse algum outro demônio, alguma coisa repugnante de quem a voz era a imitação de uma voz humana.

– Você não entendeu nada do que viu e ouviu.

– Eu teria compartilhado com você tudo que possuía!

A raiva crescendo de novo. Ele estendeu o braço.

– Foi você quem nunca entendeu – ele sussurrou.

– Salve sua vida e saia daqui. Corra.

– Você não vê que isto é a confirmação de tudo? É a confirmação de que existe... o mal puro, o mal sublime!

Triunfo em seus olhos. De repente, ele estendeu o braço e fechou a mão em meu rosto.

– Não escarneça de mim! – eu disse.

Bati nele com tanta força que ele caiu de costas, assustado, em silêncio.

– Quando foi oferecido a mim, eu disse não. Digo-lhe que disse não. Com meu último fôlego, eu disse não.

– Você sempre foi um tolo – ele disse. – Eu lhe disse isso.

Mas ele estava perdendo o ânimo. Estava tremendo, e a raiva sofria uma transformação alquímica para o desespero. Tornou a erguer os braços e depois parou.

– Você acreditava em coisas que não tinham importância – disse num tom quase meigo. – Havia uma coisa que você deixou de perceber. Será possível que você não saiba agora o que possui?

O brilho de seus olhos transformou-se de repente em lágrimas.

Seu rosto franziu-se. Palavras de amor vinham dele em silêncio.

E um terrível embaraço tomou conta de mim. De um modo silencioso e mortal, eu me senti inundado pelo poder que tinha sobre ele e pelo fato de ele saber disso, e meu amor por ele aqueceu a sensação de poder, levando-a em direção a um embaraço abrasador que de súbito transformou-se em algo diferente.

Estávamos de novo nos bastidores do teatro; estávamos na aldeia de Auvergne naquela pequena estalagem. Eu não apenas sentia o cheiro de sangue nele, mas também o súbito terror. Ele havia dado um passo para trás. E esse movimento atiçou a chama dentro de mim, tanto quanto a visão de seu rosto ferido.

Ele ficou menor, mais frágil. No entanto, nunca pareceu mais forte e mais encantador do que agora.

Toda a expressão fugiu de seu rosto quando cheguei mais perto. Seus olhos estavam maravilhosamente claros. Sua mente abria-se como a mente de Gabrielle se abrira, e por um minúsculo segundo brilhou um momento em que estivemos juntos na água-furtada, conversando e conversando enquanto a lua brilhava nos tetos cobertos de neve, ou caminhando pelas ruas de Paris, passando o vinho de um para o outro, as cabeças se protegendo das primeiras pancadas de chuva de inverno, e tínhamos pela frente a eternidade para crescermos e envelhecermos, e tanta alegria mesmo na desgraça – a eternidade real, o real para sempre –, o mistério mortal disso. Mas o momento dissipou-se na expressão bruxuleante de seu rosto.

– Venha a mim, Nicki – sussurrei. Ergui ambas as mãos para recebê-lo. – Se você deseja isso, deve vir...

*

Vi um pássaro sair voando de uma caverna acima do mar aberto. E havia algo de aterrorizador no pássaro e nas ondas infinitas sobre as quais ele voava. Ele ia cada vez mais alto, o céu ficou prateado e o prateado foi desaparecendo aos poucos, enquanto o céu escurecia. A escuridão da noite, nada a temer, de fato, nada. Abençoada escuridão. Mas ela caía gradual e inexoravelmente sobre nada, exceto essa minúscula criatura que grasnava ao vento sobre um grande deserto que era a terra. Cavernas vazias, areias vazias, mar vazio.

Tudo que eu sempre adorara olhar, ouvir ou sentir com as mãos havia desaparecido, ou nunca existiu, e o pássaro continuava voando e voando, em círculos e planando, passando por cima de mim, ou, mais exatamente, passando por ninguém, dominando toda a paisagem, sem história ou significado, na tediosa negrura de um minúsculo olho.

Eu gritei, mas sem emitir som. Sentia a boca cheia de sangue e cada gole descia por minha garganta matando uma sede insondável. E eu queria dizer, sim, agora compreendo, agora entendo o quanto esta escuridão é terrível, é insuportável. Eu não sabia. Não podia saber. O pássaro flutuando através da escuridão sobre o litoral estéril, sobre o mar sem vincos. Amado Deus, pare com isso. Pior do que o horror na estalagem. Pior do que os relinchos agonizantes da égua caída na neve. Mas o sangue era sangue, afinal de contas, e o coração – o saboroso coração como eram todos os corações – estava bem ali, pronto para alcançar meus lábios.

Agora, meu amor, agora é o momento. Eu posso sorver a vida que bate em seu coração e enviá-lo para o esquecimento no qual nada pode ser jamais compreendido ou perdoado, ou então posso trazê-lo para mim.

Empurrei-o para trás. Segurei-o como uma coisa esmagada. Mas a visão não parava.

Seus braços deslizaram em torno de meu pescoço, seu rosto estava úmido, os olhos reviravam para cima. Então, sua língua projetou-se para fora. Lambeu com força o corte que eu fizera para ele em minha própria garganta. Sim, com avidez.

Mas, por favor, pare com essa visão. Pare com o voo ascendente e a grande inclinação da paisagem sem cor, com o grasnar que nada significa frente ao uivo do vento. A dor não é nada comparada com essa escuridão. Eu não quero... não quero...

Mas estava dissolvendo-se. Dissolvendo-se devagar.

E no final desapareceu. O véu do silêncio desceu, como descera com ela. Silêncio. Eu o mantinha seguro, afastado de mim, ele estava quase caindo, com as mãos na boca, o sangue escorria por seu queixo em riachos. A boca estava aberta e produzia um som seco, apesar do sangue, um grito seco.

E além dele, além da visão evocada do mar metálico e do pássaro solitário que era sua única testemunha – eu a vi no vão da porta, e seus cabelos eram o véu de ouro da Virgem Maria em volta de seus ombros, e ela disse com a expressão mais melancólica no rosto:

– Desgraça, meu filho.

*

Por volta da meia-noite ficou claro que ele não iria falar nem responder à voz de ninguém, nem se mexeria por vontade própria. Ele permanecia quieto e inexpressivo nos lugares para onde era levado. Se a morte lhe doía, ele não dava nenhum sinal. Se a nova visão o encantava, ele guardava para si mesmo. Nem mesmo a sede fazia com que reagisse.

E foi Gabrielle que, após examiná-lo em silêncio durante horas e horas, o pegou pela mão, limpou-o e vestiu-lhe roupas novas. Ela escolheu um casaco de lã preto, dos poucos casacos sóbrios que eu possuía. E uma recatada camisa de linho que fez parecer estranho como um jovem clérigo, um pouco sério demais, um pouco ingênuo.

E no silêncio da cripta, enquanto eu os observava, sabia sem sombra de dúvida que eles podiam ouvir os pensamentos um do outro. Sem dizer uma palavra, ela orientou-o durante a arrumação. Sem dizer uma palavra, ela mandou-o de volta ao banco perto da lareira.

Finalmente, ela disse:

– Ele deveria ir caçar agora. – E quando olhou para ele, ele levantou-se sem olhar para ela, como que puxado por uma cordinha.

Entorpecido, observei a partida deles. Ouvi seus pés nas escadas. E depois fui atrás deles, furtivamente, na calada, e, segurando nas barras do portão, observei-os andando, dois espíritos felinos atravessando o campo.

O vazio da noite era um frio indissolúvel que se abatia sobre mim, envolvendo-me. Nem mesmo o fogo na lareira me aqueceu quando retornei.

Vazio aqui. E o silêncio que eu dissera a mim mesmo que desejava – apenas ficar sozinho depois da pavorosa luta em Paris. Tranquilidade e a percepção que não pude obrigar-me a confessar para ela, a percepção que corroía minhas entranhas como um animal faminto – *de que agora eu não poderia suportar vê-lo.*

5

Quando abri os olhos na noite seguinte, eu sabia o que tencionava fazer. Suportar ou não olhar para ele não tinha importância. Eu o transformara naquilo e tinha de tirá-lo daquele entorpecimento de alguma maneira.

A caçada não o modificara, embora aparentemente ele houvesse bebido e matado bastante bem. E agora cabia a mim protegê-lo da repulsão que eu sentia; ir a Paris e conseguir a única coisa que podia restabelecer sua saúde.

O violino era tudo que ele amara um dia quando estava vivo. Talvez agora ele pudesse acordá-lo. Eu o colocaria em suas mãos e ele iria querer tocar de novo, iria querer tocá-lo com sua destreza, então tudo mudaria e de alguma forma se dissolveria o frio que havia em meu coração.

⁂

Tão logo Gabrielle acordou, eu lhe contei o que pretendia fazer.

– Mas e quanto aos outros? – ela disse. – Você não pode cavalgar até Paris sozinho.

– Posso sim – eu disse. – Você precisa ficar aqui com ele. Se as pestinhas aparecerem, poderão atraí-lo para fora, da maneira como ele está agora. E além disso, quero saber o que está acontecendo sob o Les Innocents. Quero saber se estamos numa verdadeira trégua.

– Não gosto de vê-lo partir – ela disse sacudindo a cabeça. – Sabe que se não acreditasse que devemos falar com o líder de novo, que temos coisas a aprender com ele e a velha mulher, eu seria a favor de deixar Paris hoje à noite.

– E o que eles poderiam nos ensinar? – eu disse com frieza. – Que o sol de fato gira em torno da Terra? Que a Terra é plana?

Mas a amargura de minhas palavras me deixou envergonhado.

Uma coisa que poderiam me dizer era por que os vampiros que eu havia criado conseguiam ouvir os pensamentos uns dos outros, quando eu não podia. Mas eu estava abatido demais com a aversão que sentia por Nicki para pensar em todas essas coisas.

Apenas olhei para ela e pensei no quanto havia sido glorioso ver a mágica dos Poderes das Trevas agindo sobre ela, restaurando a beleza de sua juventude, transformando-a de novo na deusa que ela foi para mim quando eu era menino. Ver Nicki se transformar tinha sido vê-lo morrer.

Talvez ela compreendesse isso bem demais, mesmo sem ler as palavras em minha alma.

Nós nos abraçamos devagar.

– Tenha cuidado – ela disse.

⁂

Eu deveria ter ido direto ao apartamento para procurar seu violino. Ainda tinha que tratar de alguns assuntos com meu pobre Roget. Contar mentiras. E a questão de sair de Paris... – parecia cada vez mais a coisa certa a se fazer.

Mas, durante horas, fiz apenas o que queria. Cacei nas Tulherias e nos bulevares, fingindo que não havia vampiro nenhum debaixo do Les Innocents, que Nicki estava vivo e seguro em algum lugar, que Paris era toda minha de novo.

Mas eu os estava ouvindo a todo momento. E pensava na velha rainha. E os ouvi quando menos esperava, no bulevar du Temple, quando me aproximava do teatro de Renaud.

Estranho que eles se encontrassem em lugares de luz, como eles mesmos chamavam. Mas em poucos segundos percebi que vários deles estavam escondidos atrás do teatro. E que não havia nenhuma maldade dessa vez, apenas uma desesperada agitação quando sentiram que eu estava por perto.

Então vi o rosto branco da mulher vampira, aquela bonita de olhos escuros com cabelo de bruxa. Ela estava no beco ao lado da entrada do palco e ficou acenando para mim.

Eu recuei e continuei a cavalgar. O bulevar apresentava o panorama de sempre das noites de primavera: centenas de transeuntes em meio ao fluxo do tráfego de carruagens, muitos músicos de rua, malabaristas e acrobatas, os teatros iluminados com suas portas abertas para atrair a multidão. Por que eu deveria deixar isto para ir conversar com aquelas criaturas? Fiquei prestando atenção. Na verdade, havia quatro delas que esperavam desesperadamente que eu chegasse. Estavam com um medo terrível.

Está bem. Virei o cavalo, entrei no beco e percorri todo o trajeto até os fundos onde eles pairavam juntos, encostados na parede de pedra.

O garoto de olhos cinza estava lá, o que me surpreendeu, e estava com uma expressão atordoada no rosto. Um vampiro louro e alto estava atrás dele, com uma bela mulher, ambos envoltos em farrapos, como leprosos. Foi a bela vampira, a de olhos negros que havia rido do meu pequeno gracejo nas escadas sob o Les Innocents, quem falou:

– Você tem de me ajudar! – ela sussurrou.

– É mesmo?

Tentei segurar a égua. Ela não gostava da companhia deles.

– Por que tenho de ajudar você? – indaguei.

– Ele está destruindo a congregação – ela disse.

– Está nos destruindo... – disse o garoto.

Mas ele não olhou para mim. Estava olhando fixo para as pedras diante de si, e captei em sua mente lampejos do que estava acontecendo, da pira acesa, de Armand forçando seus seguidores a se atirar no fogo.

Tentei tirar isto de minha cabeça. Mas agora as imagens estavam vindo de todos eles. A bela vampira de olhos escuros olhava dentro de meus olhos enquanto se esforçava para aguçar as imagens – Armand girando um enorme tronco de árvore carbonizado enquanto conduzia os outros para o fogo, depois batendo neles com o tronco para caírem nas chamas enquanto eles lutavam para fugir.

– Meu Deus, vocês eram doze contra um! – eu disse. – Não puderam lutar?

– Nós lutamos e por isso estamos aqui – disse a mulher. – Ele queimou seis juntos, e o resto de nós fugiu. Aterrorizados, procuramos estranhos lugares de descanso para passar o dia. Nunca antes fizemos isso, dormir longe de nossas sagradas sepulturas. Não sabíamos o que poderia acontecer conosco. E quando levantamos, ele estava ali. Conseguiu destruir mais dois. De modo que somos tudo que restou. Ele chegou a arrombar as câmaras mais profundas para queimar aqueles que passavam fome. Colocou terra para bloquear os túneis de acesso ao nosso local de reunião.

O garoto ergueu os olhos devagar.

– Foi você que fez isso conosco – ele sussurrou. – Você nos prejudicou a todos.

A mulher deu um passo na sua frente.

– Você precisa ajudar-nos – ela disse. – Faça uma nova congregação conosco. Ajude-nos a existir como você existe.

Ela lançou um olhar impaciente para o garoto.

– Mas e a velha mulher, aquela grande? – perguntei.

– Foi ela quem começou isso – o garoto disse com amargura. – Ela se atirou no fogo. Disse que iria juntar-se a Magnus. Estava rindo. Foi então que ele forçou os outros a entrar nas chamas enquanto nós fugíamos.

Abaixei a cabeça. Então, ela se fora. E tudo que ela conhecera e testemunhara tinha desaparecido com ela, e o que deixara para trás eram os simplórios, os vingativos, as crianças malvadas que acreditavam naquilo que ela sabia ser falso.

– Você precisa ajudar-nos – disse a mulher de olhos escuros. – Entenda, ele tem o direito, como mestre da congregação, de destruir aqueles que são fracos, aqueles que não conseguem sobreviver.

– Ele não podia deixar que a congregação caísse no caos – disse a outra mulher vampira que estava atrás do garoto. – Sem a fé nos Costumes das Trevas, os outros poderiam se perder, alarmando a ralé mortal. Mas se você nos ajudar a formar uma nova congregação, a nos aperfeiçoar em novos caminhos...

– Nós somos os mais fortes da congregação – o homem disse. – E se pudermos rechaçá-lo por tempo suficiente, conseguindo seguir em frente sem ele, então com o tempo ele pode nos deixar em paz.

– Ele vai nos destruir – o garoto resmungou. – Jamais nos deixará em paz. Ficará esperando o momento em que nos separarmos...

– Ele não é invencível – disse o macho alto. – E perdeu toda a convicção. Lembre-se disso.

– E você tem a torre de Magnus, um lugar seguro... – disse o garoto, desesperado, enquanto levantava os olhos para mim.

– Não, isso eu não posso compartilhar com vocês – eu disse. – Vocês terão de vencer essa batalha por si mesmos.

– Mas com certeza pode orientar-nos... – disse o homem.

– Vocês não precisam de mim – eu disse. – O que vocês já aprenderam com meu exemplo? O que vocês aprenderam com as coisas que eu disse na noite passada?

– Aprendemos mais com o que você disse a ele depois – disse a mulher de olhos escuros. – Nós ouvimos você falar para ele de um novo mal, um mal para esta época, destinado a andar pelo mundo disfarçado como um belo mortal.

– Então adotem o disfarce – eu disse. – Peguem as roupas de suas vítimas, tirem o dinheiro de seus bolsos. Depois poderão circular entre os mortais como eu. Com o tempo, podem acumular uma riqueza para comprar sua própria pequena fortaleza, seu santuário secreto. Então não serão mais mendigos ou fantasmas.

Eu podia ver o desespero em seus rostos. No entanto, eles escutavam com atenção.

– Mas nossa pele, o timbre de nossa voz... – disse a mulher de olhos escuros.

– Vocês podem enganar os mortais. É muito simples. Só é preciso um pouco de habilidade.

– Mas como vamos começar? – o garoto disse, desanimado, como se estivesse sendo levado a isso com relutância. – Que tipo de mortais nós fingiríamos ser?

– Escolham vocês mesmos! – eu disse. – Olhem em volta de vocês. Disfarcem-se de ciganos, se quiserem... não deve ser muito difícil... ou, melhor ainda, de artistas. – Olhei de soslaio para as luzes do bulevar.

– Artistas! – disse a mulher de olhos escuros com uma pequena centelha de excitação.

– Sim, atores. Artistas de rua. Acrobatas. Transformem-se em acrobatas. Com certeza vocês já os viram por lá. Vocês podem cobrir seus rostos brancos com maquiagem, e seus gestos extravagantes e as expressões faciais nem serão notados. Não poderiam escolher um disfarce mais perfeito que esse. Vocês verão nos bulevares todos os costumes dos mortais que habitam nesta cidade. Aprenderão tudo que precisam saber.

Ela riu e olhou de soslaio para os outros. O homem estava absorto em pensamentos, a outra mulher matutava, o rapaz estava inseguro.

– Com seus poderes, vocês podem tornar-se malabaristas e acrobatas com facilidade – eu disse. – Isso não seria nada para vocês. Poderiam ser vistos por milhares de pessoas que jamais adivinhariam o que vocês são.

– Não foi o que aconteceu com você no palco deste pequeno teatro – disse o rapaz friamente. – Você levou terror para seus corações.

– Porque eu escolhi fazer isso – eu disse.

Um frêmito de dor.

– Esta é a minha tragédia. Mas consigo enganar qualquer um quando quero, e vocês também podem.

Enfiei a mão no bolso e retirei um punhado de coroas de ouro. Entreguei-as à mulher de olhos escuros. Ela pegou-as com ambas as mãos e fitou-as como se a estivessem queimando. Depois ergueu seus olhos e vi nela a imagem de mim mesmo no teatro de Renaud, realizando aquelas façanhas horripilantes que levaram a multidão para as ruas.

Mas ela estava com outro pensamento em sua mente. Sabia que o teatro estava abandonado, que eu mandara a trupe embora.

E, por um segundo, considerei a questão, deixando que a dor dobrasse de intensidade e passasse através de mim, perguntando-me se os outros podiam senti-la. Afinal de contas, que importância tinha isso de fato?

– Sim, por favor – disse a linda mulher.

Ela estendeu o braço e tocou minha mão com seus dedos brancos e frios.

– Deixe-nos dentro do teatro! Por favor.

Ela virou-se e olhou para as portas dos fundos do teatro de Renaud.

Deixá-los lá dentro. Deixá-los dançar sobre minha sepultura.

Mas ainda devia haver por lá velhos trajes, os adornos abandonados por uma trupe que tinha todo o dinheiro do mundo para comprar novos ornamentos. Velhos potes de tinta branca. Água ainda nos barris. Mil tesouros deixados para trás na pressa da partida.

Eu estava entorpecido, incapaz de considerar tudo isso, sem querer me lembrar de tudo que havia acontecido ali.

– Muito bem – eu disse, desviando o olhar como se alguma pequena coisa houvesse distraído minha atenção. – Vocês podem entrar no teatro, se quiserem. Podem usar tudo que estiver lá dentro.

Ela chegou mais perto e, de repente, pressionou os lábios nas costas de minha mão.

– Não vamos esquecer isso – ela disse. – Meu nome é Eleni, este garoto é Laurent, o homem ali é Félix e a mulher a seu lado é Eugénie. Se Armand fizer alguma coisa contra você, estará fazendo contra nós.

– Espero que vocês prosperem – eu disse e, de maneira bem estranha, estava falando sério.

Fiquei imaginando se algum deles, com todos os seus Costumes e Rituais das Trevas, teria realmente desejado esse pesadelo que compartilhávamos agora. Na verdade, foram atraídos para ele assim como eu fui. E todos nós éramos agora Filhos das Trevas, para melhor ou pior.

– Mas sejam sensatos no que vão fazer aqui – eu adverti. – Jamais tragam vítimas para cá, nem matem por perto. Sejam espertos e mantenham seu esconderijo em segurança.

⁂

Eram três horas quando eu atravessei a ponte para a Île St.-Louis. Já havia perdido bastante tempo. E agora tinha de encontrar o violino.

Mas assim que me aproximei da casa de Nicki no cais, vi que alguma coisa estava errada. As janelas estavam vazias. Todas as cortinas haviam sido retiradas e, no entanto, o lugar estava cheio de luz, como se centenas de velas estivessem queimando lá dentro. Muitíssimo estranho. Roget ainda não podia ter tomado posse do apartamento. Não se passara tempo suficiente para ele supor que Nicki tivesse caído em alguma armadilha.

Com movimentos rápidos, subi no telhado, desci a parede que levava à janela do pátio interno e vi que as cortinas também haviam sido tiradas dali.

E velas estavam ardendo em todos os candelabros, inclusive nos candelabros de parede. Algumas até estavam enterradas na própria cera sobre o piano forte e a escrivaninha. O quarto estava em total desordem.

Todos os livros tinham sido retirados das prateleiras. E alguns dos livros estavam em pedaços, com páginas arrancadas. Até mesmo as partituras haviam sido espalhadas, folha por folha, sobre o tapete, e todos os quadros jaziam sobre as mesas com outros pequenos objetos – moedas, dinheiro, chaves.

Talvez os demônios tenham destruído o lugar de onde levaram Nicki. Mas quem acendera todas aquelas velas? Não fazia sentido.

Prestei atenção. Ninguém no apartamento. Ou assim parecia. Mas então eu ouvi, não pensamentos, mas pequenos sons. Apertei os olhos por um momento, para me concentrar, e ocorreu-me que eu estava ouvindo páginas virando, e depois alguma coisa sendo lançada no chão. Mais páginas virando, continuamente, velhas páginas de pergaminho. Depois o livro caiu no chão, outra vez.

Abri a janela o mais silenciosamente que pude. Os pequenos sons continuavam, mas sem cheiro de humano, nenhuma pulsação de pensamentos.

No entanto, havia um cheiro ali. Algo mais forte do que o tabaco bolorento e a cera de vela. O cheiro de solo de cemitério que os vampiros levavam consigo.

Mais velas no corredor. Velas no quarto de dormir e a mesma desordem, livros abertos em pilhas descuidadas, a roupa de cama embolada, os quadros empilhados. Armários esvaziados, gavetas puxadas para fora.

E nenhum violino em parte alguma, isso eu pude perceber.

E aqueles pequenos sons vindos de um outro quarto, páginas sendo viradas com muita rapidez.

Quem quer que fosse – e claro que eu sabia quem devia ser – não estava ligando a mínima para o fato de eu estar ali! Ele nem sequer parou para respirar.

Continuei seguindo pelo corredor, parei na porta da biblioteca e me encontrei olhando direto para ele, que continuou com sua tarefa.

Era Armand, claro. No entanto, eu não estava preparado para a visão que ele apresentava ali.

A cera de vela escorria pelo busto de mármore de César, inundando os países do globo terrestre pintados com cores vivas. E os livros, estes jaziam formando montanhas no tapete, exceto aqueles da última prateleira do canto onde ele se encontrava, ainda com seus velhos farrapos, os cabelos cheios de poeira, ignorando-me enquanto corria as mãos página por página, os olhos concentrados nas palavras à sua frente, os lábios entreabertos, a expressão semelhante à de um inseto concentrado enquanto mastiga uma folha.

Na verdade, sua aparência era um perfeito horror. Ele estava sugando tudo dos livros!

No final, deixou esse livro cair no chão, pegou outro, abriu-o e começou a devorá-lo da mesma maneira, com os dedos descendo pelas frases com velocidade sobrenatural.

E eu percebi que ele havia examinado tudo no apartamento daquele mesmo modo, até mesmo os lençóis de cama e cortinas, os quadros que foram retirados de seus ganchos, o conteúdo dos armários e das gavetas. Mas dos livros ele estava tirando conhecimento concentrado. Havia de tudo pelo chão, desde *Guerras Gaulesas* de César até romances ingleses modernos.

Mas não eram seus modos que davam repulsa. Era a devastação que estava deixando para trás, a extrema desconsideração por tudo que usava.

E sua extrema desconsideração por mim.

Ele terminou o último livro, ou desistiu dele, e apanhou os velhos jornais que estavam empilhados numa prateleira mais baixa.

Eu me vi recuando do quarto e me afastando dele, olhando entorpecido para sua pequena e grotesca figura. Seus cabelos castanho-avermelhados brilhavam apesar da sujeira acumulada; seus olhos ardiam como duas luzes.

Ele parecia grotesco mesmo, no meio de todas aquelas velas e cores flutuantes do apartamento, aquele pária imundo do reino dos mortos, e no entanto sua beleza dominava. Ele não precisava das sombras de Notre-Dame ou da luz da tocha da cripta para favorecê-lo. E havia uma ferocidade nele, sob aquela luz brilhante, que eu não tinha visto antes.

Senti uma confusão esmagadora. Ele tanto era perigoso como constrangedor. Eu poderia ficar ali olhando-o para sempre; mas um instinto irresistível dizia: fuja. Deixe o lugar para ele, se ele quiser. Que importância tem agora?

O violino. Tentei desesperadamente pensar no violino. Parar de observar o movimento de suas mãos sobre as palavras à sua frente, a inexorável força de seus olhos.

Mas essas coisas estavam me deixando em transe.

Virei-me de costas para ele e fui até a sala de visitas. Minhas mãos tremiam. Eu mal conseguia suportar saber que ele estava ali. Procurei em todas as partes e não encontrei o maldito violino. O que Nicki poderia ter feito com ele? Eu não conseguia raciocinar.

Páginas virando, o papel sendo amassado. O suave barulho de jornal caindo no chão.

Voltar para a torre de imediato.

Eu ia passar rápido pela biblioteca quando, sem nenhum aviso, sua voz sem som projetou-se e me deteve. Foi como uma mão tocando minha garganta. Virei-me e o vi me encarando.

Você os ama, os seus filhos silenciosos? Eles o amam? Foi o que ele perguntou, o sentido desvencilhando-se do eco infinito.

Senti o sangue subir em meu rosto. O calor espalhou-se em mim como uma máscara enquanto eu olhava para ele.

Agora, todos os livros do quarto estavam no chão. Ele era uma assombração imóvel naquelas ruínas, um visitante do diabo no qual ele acreditava. No entanto, seu rosto estava tão terno, tão jovem.

O Poder das Trevas nunca traz o amor, como vê, traz apenas o silêncio. Sua voz parecia mais suave em seu silêncio, mais clara, com o eco dissipado. *Nós costumávamos dizer que era a vontade de Satã, que o mestre e o iniciado não procuram conforto um no outro. Afinal de contas, era Satã que tinha de ser servido.*

Cada palavra me invadiu. Cada palavra foi recebida por uma curiosidade e vulnerabilidade secretas e humilhantes. Mas não deixei que ele o percebesse. Furioso, eu disse:

– O que você quer de mim?

Falar foi como quebrar alguma coisa. Nesse momento, eu estava sentindo mais medo dele do que durante as batalhas e discussões anteriores. E eu odeio aqueles que me fazem sentir medo, aqueles que sabem de coisas que eu preciso saber, que têm poder sobre mim.

– É como não saber ler, não é? – ele disse em voz alta. – E seu criador, o proscrito Magnus, que interesse teve por sua ignorância? Ele não lhe contou as coisas mais simples, contou?

Nada em sua expressão se moveu enquanto ele falava.

– Não foi sempre desse modo? Algum dia alguém se preocupou em lhe ensinar algo?

– Você está tirando essas coisas de minha mente... – eu disse.

Eu estava consternado. Vi o mosteiro em que estive quando criança, as filas e filas de livros que eu não sabia ler. Gabrielle inclinada sobre seus livros, de costas para todos nós.

– Pare com isso! – sussurrei.

Pareceu ter-se passado um longo tempo. Eu estava ficando desorientado. Ele recomeçou a falar, mas em silêncio.

Eles nunca o satisfazem, aqueles a quem você cria. No *silêncio, apenas o estranhamento e o ressentimento aumentam.*

Eu tentei me mexer, mas não estava conseguindo. Apenas olhava para ele, que prosseguiu.

Você me deseja ardentemente e eu a você, e só nós, em todo esse reino, somos dignos um do outro. Você sabe disso?

As palavras silenciosas pareciam se esticar, amplificadas, como uma nota de violino alongada para sempre.

– Isso é loucura – eu sussurrei.

Pensei em todas as coisas que ele havia dito para mim, nas coisas de que me acusava, nos horrores que os outros descreveram – que ele havia atirado seus seguidores no fogo.

– É loucura? – ele perguntou. – Vá então para os seus filhos silenciosos. Neste momento estão dizendo um para o outro aquilo que não podem dizer a você.

– Você está mentindo... – eu disse.

– E o tempo só irá fortalecer a independência deles. Mas descubra por si mesmo. Quando quiser vir a mim, me encontrará facilmente. Afinal de contas, aonde posso ir? O que posso fazer? Você me transformou em órfão de novo.

– Eu não... – eu disse.

– Transformou, sim – ele disse. – Você me tornou órfão. Você liquidou com tudo.

No entanto, não havia raiva.

– Mas posso esperar que você venha, esperar que você faça as perguntas que só eu posso responder.

Encarei-o por um longo momento. Não sei quanto tempo. Era como se eu não pudesse mover-me, não pudesse ver outra coisa a não ser ele, como se a grande sensação de paz que eu conhecera em Notre-Dame, o feitiço que ele lançara, estivesse agindo de novo. As luzes do quarto estavam brilhantes demais. Não havia outra coisa a não ser a luz que o envolvia, e era como se ele estivesse se aproximando de mim e eu dele, mas nenhum de nós se movia. Ele estava me consumindo, me atraindo em sua direção.

Eu me afastei, tropeçando, perdendo o equilíbrio. Mas estava fora do quarto. Saí correndo pelo corredor, pulei pela janela dos fundos e subi para o telhado.

Cavalguei para a Île de la Cité como se ele estivesse me perseguindo. E meu coração só interrompeu seu ritmo frenético depois que deixei a cidade para trás.

Os Sinos do Inferno tocando.

A torre estava mergulhada na escuridão, mas já era possível ver os primeiros clarões da luz da manhã. Minha pequena congregação descansava na cripta da masmorra.

Não abri os túmulos para vê-los, embora estivesse com um desejo desesperado de fazê-lo, apenas para ver Gabrielle e tocar sua mão.

Subi sozinho até as ameias para assistir ao milagre abrasador da manhã que se aproximava, um espetáculo que eu jamais deveria ver até seu final de novo. Os Sinos do Inferno tocando, minha música secreta...

Mas um outro som estava chegando a mim. Percebera enquanto subia as escadas. E fiquei maravilhado com seu poder de chegar até mim. Era como uma canção que atravessasse enormes distâncias, chegando em tom baixo e suave.

Uma vez, anos atrás, eu ouvi um jovem camponês cantar enquanto caminhava pela estrada principal da aldeia que dava para o norte. Ele não sabia que alguém o escutava. Imaginava-se sozinho em campo aberto, e sua voz possuía uma pureza e poder secretos que lhe conferiam uma beleza sobrenatural. Não tinha importância a letra de sua velha canção.

Era essa voz que me chamava agora. A voz solitária, erguendo-se sobre os quilômetros que nos separavam para reunir todos os sons em si.

Fiquei amedrontado de novo. No entanto, abri a porta no alto da escada e saí para o telhado de pedra. A brisa da manhã parecia como seda; como num sonho, as últimas estrelas cintilavam. A névoa envolvia a tudo acima de mim, e as estrelas pareciam estar à deriva no alto do céu, tornando-se cada vez menores.

A voz distante se aguçou, como uma nota entoada no alto das montanhas, tocando em meu peito, onde eu colocara a mão.

Ela me invadia como um raio de luz invade a escuridão, cantando: *Venha a mim; tudo será perdoado se você vier a mim. Estou mais solitário do que nunca.*

E no mesmo compasso da voz chegava uma sensação de possibilidade ilimitada, de encanto e expectativa que trazia com ela a visão de Armand parado, sozinho, nas portas abertas de Notre-Dame. O tempo e o espaço eram ilusões. Ele estava no pálido rastro de luz diante do altar principal, uma figura ágil trajando régios farrapos, tremeluzindo enquanto desaparecia, e nada nos olhos a não ser paciência. Agora, não havia nenhuma cripta sob Les Innocents. Não havia nada de grotesco no fantasma esfarrapado sob a luz ofuscante da biblioteca de Nicki, jogando os livros no chão quando terminava de examiná-los, como se fossem conchas vazias.

Creio que me ajoelhei e encostei a cabeça nas pedras. Vi a lua dissolvendo-se como um fantasma, e o sol deve ter se refletido nela porque senti dor e tive de fechar os olhos.

Mas eu estava em êxtase. Era como se meu espírito pudesse conhecer a glória do Poder das Trevas sem o derramar de sangue, na intimidade da voz que me invadia, procurando as regiões mais secretas e mais ternas de minha alma.

O que você quer de mim, eu queria dizer de novo. Como pode haver esse perdão quando havia tamanho rancor pouco tempo atrás? Sua congregação destruída. Horrores. Não quero imaginar... Eu queria dizer tudo isso de novo.

Mas não consegui articular as palavras agora, como não conseguira antes. E dessa vez, eu sabia que, se ousasse tentar, o êxtase se dissolveria e me abandonaria, a angústia seria pior do que a sede de sangue.

No entanto, mesmo enquanto eu permanecia imóvel, dominado pelo mistério daquele sentimento, percebi imagens e pensamentos estranhos que não eram meus.

Eu me vi retornando de novo para a masmorra e erguendo os corpos inanimados daqueles monstros semelhantes que eu amava. Eu me vi carregando-os para o telhado da torre e deixando-os por lá, em seu desamparo, à mercê do sol nascente. Os Sinos do Inferno tocando o alarme para eles, em vão. E o sol os envolvendo e transformando em cinzas com cabelo humano.

Minha mente recuou, dominada por um doloroso desapontamento.

– Criança, fique quieta – eu sussurrei.

Ah, o sofrimento desse desapontamento, a possibilidade diminuindo...

– Como pode ser tão tolo a ponto de pensar que eu faria isso!

A voz desapareceu; retirou-se de dentro de mim. E eu senti a solidão em cada poro de minha pele. Era como se todas as minhas proteções tivessem sido retiradas de mim para sempre, e eu fosse ficar para sempre nu e miserável como estava me sentindo nesse momento.

E senti, ao longe, uma convulsão poderosa, como se o espírito que criara a voz estivesse enrolando-se em si mesmo como uma enorme língua.

– Traição! – eu disse mais alto. – Mas, oh, que tristeza, o erro de cálculo. Como você pode dizer que *me* deseja!

Desapareceu. Desapareceu por completo. E, desesperado, eu queria que voltasse, mesmo que fosse para lutar comigo. Desejava aquela sensação de possibilidade, aquela chama adorável de novo.

E vi seu rosto em Notre-Dame, infantil e quase doce, como o rosto de um antigo santo de Da Vinci. Uma horrível sensação de fatalidade passou por mim.

6

Assim que Gabrielle acordou, eu afastei-a de Nicki, levei-a para a quietude da floresta, e contei o que acontecera na noite anterior. Contei tudo que Armand sugerira e dissera. Meio constrangido, falei do silêncio que havia entre nós e que sabia agora que aquilo não mudaria.

– Devemos deixar Paris o mais cedo possível – eu disse no fim. – Essa criatura é perigosa demais. E aquelas para quem entreguei o teatro... não sabem de coisa alguma além do que ele ensinou. Elas que fiquem com Paris. E vamos pegar a Trilha do Diabo, para usar as palavras da velha rainha.

Eu esperava raiva da parte dela, que ficasse furiosa em relação a Armand. Mas ela permaneceu calma durante todo o relato.

– Lestat, há muitas perguntas que não foram respondidas – ela disse. – Quero saber como começou aquela velha congregação, quero saber tudo que Armand sabe sobre *nós*.

– Mãe, estou inclinado a deixar isso de lado. Não me interessa como começou. Eu imagino que nem ele mesmo sabe.

– Eu compreendo, Lestat – ela disse com calma. – Acredite-me, eu compreendo. Depois de tudo que foi dito e feito, estou mais interessada nas árvores deste bosque ou nas estrelas do céu do que nessas criaturas. Prefiro estudar as correntes de vento ou o padrão das folhas que caem...

– Exato.

– Mas não devemos ter pressa. O importante agora é nós três ficarmos juntos. Devemos ir juntos para a cidade a fim de preparar devagar nossa partida. E juntos, devemos experimentar seu plano para incentivar Nicolas com o violino.

Eu queria falar sobre Nicki. Queria perguntar a ela o que havia por trás do silêncio dele, o que ela pensava sobre isso. Mas as palavras secaram em minha garganta. Eu pensei, como fizera durante todo o tempo, no seu julgamento naqueles primeiros momentos: "Desgraça, meu filho."

Ela me envolveu com o braço e me conduziu de volta para a torre.

– Não preciso ler sua mente – ela disse – para saber o que está em seu coração. Vamos levá-lo a Paris. Vamos tentar encontrar o Stradivarius.

Ela ficou nas pontas dos pés para me beijar.

– Nós estávamos juntos na Trilha do Diabo antes de tudo isso acontecer – ela disse. – Logo estaremos nela de novo.

❋

Foi tão fácil levar Nicolas para Paris como induzi-lo a fazer o que quer que fosse. Como um fantasma, ele montou em seu cavalo e cavalgou ao nosso lado; apenas seus cabelos escuros e sua capa pareciam ter vida, fustigados pelo vento.

Quando nos alimentamos na Île de la Cité, descobri que não podia vê-lo caçar ou matar.

Não me deu nenhuma esperança vê-lo fazer essas coisas simples com a indolência de um sonâmbulo. Isso não provava coisa alguma, a não ser que ele poderia continuar assim para sempre, nosso cúmplice silencioso, pouco mais que um cadáver ressuscitado.

No entanto, um sentimento inesperado tomou conta de mim enquanto atravessávamos os becos juntos. Nós não éramos dois, mas sim três, agora. Uma congregação. E se pelo menos eu conseguisse fazer com que ele se restabelecesse...

Mas a visita a Roget tinha de vir primeiro. Eu tinha que enfrentar o advogado sozinho. De modo que os deixei esperando a poucos metros de sua casa e, enquanto batia na aldrava, preparei-me para a interpretação do papel mais desanimador de minha carreira teatral.

Bem, não demorou para que eu aprendesse uma importante lição sobre os mortais e sua predisposição para serem convencidos de que o mundo é um lugar seguro. Roget ficou cheio de alegria por me ver. Ficou tão aliviado porque eu estava "vivo e com boa saúde", e que ainda desejava seus serviços, que concordou com tudo antes mesmo de eu ter começado com minhas explicações despropositadas.

(E jamais esqueci dessa lição sobre a paz de espírito. Mesmo se um fantasma estiver destruindo uma casa, atirando panelas para todos os lados, derramando água nos travesseiros, fazendo os relógios baterem a toda hora, os mortais aceitarão qualquer "explicação natural" que seja oferecida para o que está acontecendo, por mais absurda que seja, e não a sobrenatural que é óbvia.)

Também ficou claro quase de imediato que ele acreditava que Gabrielle e eu havíamos escapulido do apartamento pela porta dos fundos do quarto de dormir, uma bela possibilidade que eu não considerara antes. Assim, tudo que falei em relação aos candelabros retorcidos foi resmungar alguma coisa sobre ter ficado enlouquecido de dor quando vi minha mãe, coisa que ele compreendeu de estalo.

Quanto à razão de nossa partida, bem, Gabrielle insistiu em ser levada para longe de todos, para um convento, e era lá que se encontrava naquele exato momento.

– Ah, monsieur, é um milagre a recuperação dela – eu disse. – Se ao menos pudesse vê-la... mas não importa. Vamos para a Itália imediatamente, com Nicolas de Lenfent, e precisamos de dinheiro, cartas de crédito, tudo que for preciso, e uma carruagem, uma grande carruagem para viagem com uma boa junta de seus cavalos. Encarregue-se disso. Tenha isso pronto na sexta-feira no começo da noite. Escreva para meu pai, dizendo que estou levando mamãe para a Itália. Imagino que meu pai esteja bem, não?

– Está, sim, é claro, não contei nada para ele a não ser a mais tranquilizadora...

– Muito inteligente de sua parte. Eu sabia que podia confiar em você. O que faria sem você? E quanto a estes rubis, pode convertê-los imediatamente em dinheiro para mim? E tenho aqui algumas moedas espanholas para vender, bem antigas, imagino.

Ele escrevia como um louco, enquanto suas dúvidas e suspeitas se dissipavam com o calor de meus sorrisos. Estava tão contente por ter algo que fazer!

– Mantenha minha propriedade no bulevar du Temple desocupada – eu disse. – E, é claro, você administrará tudo para mim.

E assim por diante.

Minha propriedade no bulevar du Temple, o esconderijo de um bando de vampiros maltrapilhos e desesperados, a não ser que Armand já os tivesse encontrado e queimado como se fossem roupa velha. Em muito pouco tempo eu encontraria a resposta para esta pergunta.

Desci os degraus assobiando para mim mesmo, de uma maneira estritamente humana, cheio de alegria por ter completado com bom êxito aquela odiosa tarefa. E então percebi que Nicki e Gabrielle haviam sumido.

Parei e olhei pela rua.

Vi Gabrielle no exato momento em que ouvi sua voz, uma figura de menino emergindo desabrochada de um beco, como se tivesse acabado de se materializar.

– Lestat, ele se foi... desapareceu – ela disse.

Não consegui responder. Disse algo tolo como "o que você quer dizer com desapareceu?". Mas meus pensamentos estavam abafando as palavras em minha própria cabeça. Se até aquele momento eu duvidasse de que o amava, estava mentindo para mim mesmo.

– Eu virei de costas e foi bem rápido, é o que lhe digo – ela disse.

Estava meio aflita, meio zangada.

– Você ouviu algum outro...

– Não. Nada. Ele foi simplesmente rápido demais.

– É, se se mexeu por conta própria, se não foi levado...

– Eu teria ouvido o seu medo se Armand o tivesse levado – ela insistiu.

– Mas será que ele sente medo? Será que sente alguma coisa?

Eu estava completamente aterrorizado e exasperado. Ele desaparecera numa escuridão que se espalhava por toda parte em volta de nós, como uma roda gigantesca girando em seu eixo. Acho que cerrei o punho. Devo ter feito algum pequeno e vago gesto de pânico.

– Ouça-me – ela disse. – Só havia duas coisas que ficavam perturbando a cabeça dele...

– Diga-me!

– Uma é a pira debaixo do Les Innocents na qual ele quase foi queimado. E a outra é um pequeno teatro... luzes de palco, um palco.

– O teatro de Renaud – eu disse.

❋

Ela e eu éramos como dois arcanjos juntos. Não demoramos mais que quinze minutos para chegar ao barulhento bulevar e avançar através de sua multidão estridente, passando pela abandonada fachada do teatro de Renaud e entrando no beco que dava na porta dos fundos.

Todas as tábuas haviam sido arrancadas e as fechaduras quebradas. Mas não ouvi nenhum som de Eleni ou dos outros enquanto entrávamos de mansinho no corredor nos fundos do palco. Não havia ninguém ali.

Talvez Armand tivesse levado seus filhos para casa e a culpa disso seria minha por não tê-los protegido.

Nada, a não ser a selva de adereços, os grandes cenários retratando o dia e a noite, morros e vales, e os camarins abertos, com seus pequenos armários entulhados, onde aqui e ali um espelho brilhava à luz que penetrava pela porta aberta atrás de nós.

Então a mão de Gabrielle retesou-se em minha manga. Ela acenou em direção aos bastidores. E por sua expressão fiquei sabendo que não eram os outros. Nicki estava lá.

Fui até a lateral do palco. A cortina de veludo havia sido puxada para ambos os lados e eu podia ver claramente sua figura sombria no poço da orquestra. Ele estava sentado em seu antigo lugar, as mãos cruzadas no colo. Estava de frente para mim, mas não me vira. Estava olhando para um ponto no infinito, como fazia durante todo o tempo.

E voltou a mim a lembrança das estranhas palavras de Gabrielle na primeira noite após sua transformação, quando disse que não havia superado a sensação de que morrera e que não poderia interferir no mundo dos mortais.

A aparência dele era sem vida e translúcida. Era como um espectro quieto e inexpressivo no qual quase tropeçamos no escuro de uma casa mal-assombrada, pois se confunde com a mobília empoeirada – um susto que talvez seja pior do que qualquer outro.

Olhei para ver se o violino estava lá – no chão ou encostado em sua cadeira – e, quando vi que não, pensei: bem, ainda resta uma chance.

– Fique aqui de olho – eu disse para Gabrielle.

Mas meu coração saltava do peito quando olhei o teatro às escuras, quando deixei que os antigos aromas me invadissem novamente. Por que você teve que nos trazer aqui, Nicki? Para este lugar assombrado? Mas quem sou eu para perguntar isso? Voltei, não voltei?

Acendi a primeira vela que encontrei no antigo camarim da primeira estrela. Havia potes de pintura abertos espalhados por toda parte e trajes abandonados nos cabides. Todos os aposentos por que passei estavam cheios de roupas largadas, pentes e escovas esquecidos, flores murchas ainda nos vasos, pó de arroz derramado no chão.

Pensei outra vez em Eleni e nos outros, e percebi que havia ali um leve cheiro do Les Innocents. E vi marcas distintas de pés descalços no pó de arroz derramado. Sim, eles tinham entrado. E também tinham acendido as velas, não tinham? Porque o cheiro de cera ainda estava no ar.

Seja como for, não entraram em meu antigo camarim, o quarto que eu e Nicki compartilhávamos antes de cada apresentação. Ele ainda estava trancado. E quando arrombei a porta, tive um tremendo choque. O camarim estava exatamente da maneira como eu o deixara.

Estava limpo e arrumado, até o espelho estava polido, e todos os meus pertences permaneciam como na última noite que passei ali. Lá estava meu velho casaco no cabide, o que trouxera de casa e não usara, e um par de botas velhas, meus potes de pintura em perfeita ordem, minha peruca que eu usava apenas no teatro, encaixada em sua cabeça de madeira. Cartas de Gabrielle numa pequena pilha, os velhos exemplares de jornais ingleses e franceses que mencionavam a peça, e uma garrafa de vinho ainda pela metade com uma rolha ressecada.

E ali, na escuridão embaixo da penteadeira de mármore, parcialmente coberto por um casaco preto enrolado, estava o lustroso estojo do violino. Não era o mesmo que havíamos carregado conosco durante todo o trajeto desde casa. Não. Devia conter o precioso presente que eu comprara para ele depois, com "as moedas do reino", o violino Stradivarius.

Curvei-me para baixo e abri a tampa. De fato, era o mais lindo instrumento, delicado e com brilho escuro, que jazia ali entre todas aquelas coisas sem importância.

Perguntei-me se Eleni e os outros o teriam levado se tivessem entrado naquele quarto. Será que saberiam o que ele podia fazer?

Coloquei a vela sobre a penteadeira, retirei-o do estojo com todo o cuidado e puxei o pelo de cavalo do arco, como havia visto Nicki fazer milhares de vezes. Depois retornei com o instrumento e a vela para o palco, curvei-me e comecei a acender a longa fileira de velas da ribalta.

Gabrielle me observava, impaciente. Depois foi ajudar-me. Acendeu uma vela após a outra e depois os candelabros nas paredes dos bastidores.

Nicki pareceu agitar-se. Mas talvez tenha sido apenas o reflexo da iluminação em seu rosto, a luz suave que emanava do palco para o salão escuro. Os cortinados de veludo ganharam vida; os pequenos espelhos que ornamentavam a frente da galeria e os camarotes refletiram luz.

Lindo aquele lugar, nosso lugar. Era o portal do mundo para nós, seres mortais. E agora era o portal do inferno.

Quando terminei de acender as velas, fiquei parado no palco olhando para os trilhos dourados, o novo candelabro pendurado no teto e a arcada acima com suas máscaras de comédia e tragédia, dois rostos saindo do mesmo pescoço.

Parecia muito menor quando estava vazia aquela casa. Nenhum teatro de Paris parecia maior quando ela estava cheia.

Lá fora o ruído baixo do tráfego do bulevar, com minúsculas vozes humanas elevando-se de vez em quando como centelhas sobre o burburinho geral. Uma carruagem pesada deve ter passado naquele momento, porque tudo dentro do teatro estremeceu: as chamas das velas em seus refletores, a gigantesca cortina do palco recolhida à direita e à esquerda, o cenário atrás com um jardim muito bem pintado e nuvens no céu.

Passei por Nicki, que em nenhum momento levantou os olhos para mim, desci as pequenas escadas atrás dele e fui em sua direção com o violino.

Gabrielle recuou de novo para os bastidores, com seu pequeno rosto frio porém paciente. Encostou-se na viga a seu lado, com a maneira desembaraçada de um estranho homem de cabelos compridos.

Passei o violino por sobre os ombros de Nicki e coloquei-o em seu colo. Senti que ele se mexeu, como se tivesse tomado um longo fôlego. A parte de trás de sua cabeça encostou-se em mim. E, com um movimento lento, ergueu a mão esquerda para pegar o braço do violino enquanto pegava o arco com a direita.

Ajoelhei-me e coloquei as mãos em seus ombros. Beijei sua face. Nenhuma cena humana. Nenhum calor humano. Escultura de meu Nicolas.

– Toque-o – sussurrei. – Toque-o aqui apenas para nós.

Ele virou-se devagar para ficar frente a frente comigo e, pela primeira vez desde que recebeu o Dom das Trevas, olhou dentro de meus olhos. Emitiu um pequeno som. Esforçou-se tanto para fazê-lo que achei que ele não pudesse mais falar. Os órgãos da fala se haviam fechado. Mas então ele passou a língua ao longo do lábio e, num tom tão baixo que mal pude ouvi-lo, disse:

– O instrumento do diabo.

– É – eu disse. – Se você precisa acreditar nisto, então acredite. Mas toque.

Seus dedos pairavam sobre as cordas. Ele deu pancadinhas na madeira oca com as pontas dos dedos. E agora, trêmulo, ele dedilhava as cordas para afiná-las, dando voltas nas cravelhas bem devagar, como se estivesse descobrindo o processo em perfeita concentração pela primeira vez.

Em algum lugar lá fora no bulevar, crianças riram. Rodas de madeira faziam seu intenso estardalhaço sobre as pedras arredondadas do pavimento. As notas em *staccato* eram irritantes, dissonantes e aguçavam a tensão.

Ele pressionou o instrumento em seu ouvido por um momento. E me pareceu que não se moveu de novo durante uma eternidade. Depois, ele levantou-se devagar. Eu saí do poço da orquestra, fui para os bancos e fiquei parado, olhando para sua silhueta negra tendo como pano de fundo o brilho do palco iluminado.

Ele virou-se para encarar o teatro vazio tal como fizera tantas vezes nos momentos de intervalo e ergueu o violino até o queixo. E, num movimento tão rápido como o do brilho da luz em meus olhos, baixou o arco sobre as cordas.

Os primeiros acordes agudos vibraram no silêncio e se alongaram à medida que se tornavam mais baixos, arranhando o fundo do próprio som. Depois as notas se elevaram, cheias, sombrias e agudas, como se estivessem sendo arrancadas do frágil violino por alquimia, até que, de repente, uma impetuosa torrente de melodia inundou o salão.

Pareceu percorrer todo meu corpo, atravessando meus próprios ossos.

Eu não podia ver o movimento de seus dedos, nem as vergastadas do arco; tudo que podia ver era seu corpo balançando, sua postura torturada, enquanto deixava a música contorcê-lo, incliná-lo para a frente, atirá-lo para trás.

A música ficou mais alta, mais aguda, mais rápida; no entanto, o tom de cada nota era perfeito. Era a execução sem esforço, o virtuosismo além dos sonhos mortais. E o violino estava falando, não apenas cantando, o violino estava insistindo. O violino estava contando uma história.

A música era um lamento, uma fuga ou terror dando voltas em si mesma em ritmos de dança hipnótica, sacudindo Nicki selvagemente de um lado para o outro. Seus cabelos desgrenhados brilhavam contra as luzes do palco. O suor de sangue brotava de sua pele. Eu podia sentir o cheiro de sangue.

Mas eu também me contorcia, encolhido no banco eu tremia de medo, tal como um dia os aterrorizados mortais se encolheram de medo de mim naquela casa.

E eu sabia, sabia de uma maneira plena e simultânea, que o violino estava contando tudo que havia acontecido com Nicki. Era a escuridão que explodia, a escuridão que se dissolvia, e a beleza disso era como o brilho de carvão ardendo em chamas; luz suficiente apenas para mostrar quanta escuridão havia de fato.

Gabrielle também estava se esforçando para manter o corpo imóvel diante daquela investida furiosa, o rosto contraído, as mãos na cabeça. Sua cabeleira farta caía cobrindo seu rosto, seus olhos estavam fechados.

Mas um outro som estava chegando através da pura inundação da música. *Eles* estavam lá. Haviam entrado no teatro e moviam-se através dos bastidores em nossa direção.

A música atingia ápices impossíveis, o som se abafava por um momento para depois se libertar de novo. A combinação de sentimento e lógica pura levava-a além dos limites do suportável. E, no entanto, ela continuava e continuava.

E os outros apareceram devagar, saindo de trás da cortina do palco – primeiro a figura imponente de Eleni, depois o garoto Laurent e por fim Félix e Eugénie. Acrobatas, artistas de rua, era o que se haviam tornado e usavam as roupas desses artistas, os homens de malhas brancas por baixo de gibões pontudos de arlequim, as mulheres em calções e saias pregueadas e sapatilhas de dança nos pés. O ruge brilhava em seus imaculados rostos brancos; o rímel delineava seus deslumbrantes olhos de vampiro.

Deslizaram em direção a Nicki como se estivessem sendo atraídos por um imã, com sua beleza florescendo ainda mais à medida que entravam no brilho das velas de palco, os cabelos brilhando, os movimentos ágeis e felinos, as expressões extasiadas.

Nicki virou-se devagar para eles enquanto se contorcia, e a música se transformou numa alucinada súplica que trepidava, subia e rugia ao longo de seu caminho melódico.

Eleni olhava para ele com os olhos arregalados, como se estivesse horrorizada ou encantada. Então, ela levantou os braços sobre sua cabeça num gesto lento e dramático, retesando o corpo, o pescoço tornando-se ainda mais longo e gracioso. A outra mulher rodopiou e ergueu o joelho, na ponta do pé, no primeiro passo de uma dança. Mas foi o homem alto que, de repente, entrou no ritmo da música de Nicki enquanto jogava a cabeça para o lado e mexia pernas e braços como se fosse uma grande marionete controlada por quatro cordas presas na viga do teto.

Os outros perceberam. Já haviam visto as marionetes no bulevar. E, de repente, todos assumiram uma pose mecânica, com seus movimentos súbitos como espasmos, seus rostos como se fossem de madeira, totalmente inexpressivos.

Um intenso frêmito de prazer atravessou meu corpo, como se de repente eu pudesse respirar o terrível calor da música, e soltei um gemido de prazer enquanto os observava dar saltos, se sacudir e jogar as pernas para o alto, com as pontas dos pés para o teto, rodopiando em suas cordas invisíveis.

Eles haviam descoberto a grotesca essência da música, o real equilíbrio entre sua hedionda súplica e seu cantar insistente, e era Nicki quem comandava suas cordas.

Mas algo havia mudado. Agora, ele tocava para eles e eles dançavam para Nicki. Ele avançou em direção ao palco, saltou sobre a fumacenta fileira de velas e aterrissou bem no meio delas. A luz deslizou pelo instrumento, por seu rosto cintilante.

Um novo elemento de zombaria contagiou a melodia interminável, um sincopado desconcertante que a tornava ainda mais amarga e doce ao mesmo tempo.

Os fantoches desajeitados com suas articulações rígidas fizeram um círculo em torno dele, dançando com pés arrastados e bamboleando em volta do palco. Com os dedos tortos, as cabeças sacudindo, eles gingaram e se contorceram até todos quebrarem sua rigidez enquanto a melodia de Nicki se dissolvia numa tristeza angustiante, transformando a dança em movimentos fluidos, lentos e dolorosos.

Era como se uma única mente os controlasse, como se dançassem tanto para os pensamentos de Nicki como para sua música, e ele começou a acompanhá-los na dança, com a marcação do compasso ficando mais rápida, enquanto ele se transformava no rabequista de uma festa de São João e os outros em camponeses e namorados, as saias das mulheres estufando-se, os homens arqueando as pernas para erguer as mulheres, todos criando os mais ternos gestos de amor.

Eu olhava aquela imagem: os dançarinos sobrenaturais, o monstro violinista, os corpos movendo-se com lentidão inumana, uma graciosidade atormentadora. A música era um fogo que nos consumia a todos.

Agora, ela gritava de dor, de horror, de pura revolta da alma contra todas as coisas. E, outra vez, eles a representaram com gestos, os rostos contorcidos em tormento, como máscaras de tragédia entalhadas, e eu sabia que se não desviasse os olhos iria chorar.

Eu não queria ver nem ouvir mais nada. Nicki balançava de um lado para o outro como se o violino fosse uma fera que não pudesse controlar mais. E golpeava as cordas com golpes curtos e rudes do arco.

Os dançarinos passaram a sua frente, por trás dele, abraçaram-no e, de repente, agarraram-no enquanto ele jogava as mãos para o alto, com o violino bem acima de sua cabeça.

Uma risada alta e aguda escapou de sua boca. Seu peito estremeceu com ela, seus braços e pernas sacudiam. E então, ele abaixou a cabeça e fixou os olhos em mim. E gritou a plenos pulmões:

– EU LHES APRESENTO O TEATRO DOS VAMPIROS! O TEATRO DOS VAMPIROS! O MAIOR ESPETÁCULO DO BULEVAR!

Os outros encararam-no, atônitos. Mas, outra vez, como se possuídos por uma única mente, eles bateram palmas e urraram. Saltaram no ar, gritando de alegria. Jogaram os braços em torno do pescoço dele e beijaram-no. Formaram um círculo em volta dele e fizeram-no girar com os braços. As risadas aumentaram, borbulhando na boca de todos, enquanto ele os apertava em seus braços e correspondia aos seus beijos; e com suas compridas línguas cor-de-rosa, eles lamberam o suor de sangue de seu rosto.

– O Teatro dos Vampiros!

Eles se afastaram e se voltavam para a plateia inexistente, para o mundo. Fizeram reverências para as luzes do palco e, brincando e gritando, saltaram até a viga do teto e depois deixaram-se cair com uma tormenta de reverberação sobre as tábuas do chão.

Os últimos vislumbres da música haviam desaparecido, foram substituídos por aquela cacofonia de gritos estridentes, de pés batendo no chão e risadas, como o retinir de sinos.

Não me lembro de ter dado as costas para eles. Não me lembro de ter subido as escadas do palco e passado por eles. Mas devo ter feito isso.

Porque, de repente, me vi sentado na mesa comprida e estreita de meu pequeno camarim, com o joelho dobrado, a cabeça apoiada no frio vidro do espelho, e Gabrielle estava lá.

O som de minha respiração ofegante me incomodava. Eu olhava para os objetos – a peruca que usara no palco, o escudo de papelão –, eles evocavam emoções intensas. Mas eu estava sufocando. Não conseguia pensar.

Então, Nicki apareceu na porta e empurrou Gabrielle para o lado com uma força que a assombrou e me surpreendeu, e apontou o dedo para mim.

– Bem, não gostou, meu patrão? – ele perguntou avançando em minha direção.

Suas palavras jorraram numa torrente ininterrupta, de modo que soaram como uma única e grande palavra.

– Você não admira o esplendor, a perfeição? Não vai contemplar o Teatro dos Vampiros com as moedas do reino que possui com tanta abundância? Não vai ver sua casa de espetáculos chegar a seu grandioso fim? Que tal agora o "novo mal, o cancro no coração da rosa, a morte no próprio centro das coisas"...

Do mutismo ele passou à histeria verborrágica, e, mesmo quando parava de falar, os sons baixos, desvairados e disparatados que seus lábios emitiam pareciam água de uma fonte. Seu rosto estava contraído e severo, brilhava com as pequenas gotas de sangue que escorriam da pele manchando o linho branco de seu colarinho.

E por trás dele surgiu a risada quase inocente dos outros, menos de Eleni, que observava por cima de seu ombro, se esforçando para compreender o que de fato estava acontecendo entre nós.

Ele se aproximou, escancarando um sorriso, e me cutucou o peito.

– Bem, fale. Você não vê a esplêndida ironia, o gênio?

Bateu no próprio peito com o punho.

– Eles virão para nossas apresentações, encherão nossos cofres de ouro e jamais adivinharão o que estão abrigando, o que floresce por baixo dos olhos parisienses. Nós nos alimentaremos deles nos becos dos fundos e eles nos aplaudirão diante do palco iluminado...

O garoto atrás dele gargalhou. O tamborilar de um pandeiro, o pequeno som da outra mulher cantando. A sonora gargalhada de um homem – como uma fita se desenrolando, medindo seus movimentos enquanto ele circulava por entre cenários de palco.

Nicki retraiu-se de modo que a luz por trás dele desapareceu. Eu não conseguia ver Eleni.

– Um mal magnífico! – ele disse.

Estava ameaçador e suas mãos brancas pareciam as garras de uma criatura marinha que, a qualquer momento, poderia avançar para me despedaçar.

– Servir ao deus das Trevas como ele jamais foi servido aqui, no próprio centro da civilização. E para isto você salvou o teatro. Esta sublime oferenda nasceu de seu galante patrocínio.

– É insignificante! – eu disse. – É apenas belo e inteligente, nada mais.

Minha voz não saiu muito alta, mas fez com que ele se calasse, e também fez com que os outros silenciassem. E o choque que havia em mim dissolveu-se aos poucos em uma outra emoção, não menos dolorosa, apenas mais fácil de conter.

Nada, a não ser os sons que chegavam de novo do bulevar. Uma intensa raiva emanava dele, suas pupilas dançavam enquanto ele olhava para mim.

– Você é um mentiroso, um desprezível mentiroso – ele disse.

– Não há nenhum esplendor nisso – eu respondi. – Não há nada de sublime. Enganar mortais indefesos, zombar deles e depois sair daqui à noite para tirar vidas do velho modo banal, uma morte após a outra com toda sua inevitável crueldade e mesquinhez, de modo que possamos viver. Qualquer homem pode matar outro homem! Toque seu violino para sempre. Dancem como quiserem. Deem o que o dinheiro deles vale, se isto mantiver vocês ocupados e alimentados pela eternidade! É simplesmente inteligente e belo. Um bosque no Jardim Selvagem. Nada mais.

– Vil mentiroso! – ele disse entre os dentes. – Você é o palhaço de Deus, é isto o que você é. Você que possuía o segredo das trevas, que pairava acima de todas as coisas, que tornava tudo sem sentido, o que você fez com ele esses meses em que governou sozinho da torre de Magnus, a não ser tentar viver como um homem bom! Um homem bom!

Ele estava perto o bastante para me beijar, o sangue de sua saliva atingia meu rosto.

– Patrono das artes! – ele disse com um sorriso zombeteiro. – Enchendo de presentes sua família, enchendo de presentes a nós!

Ele deu um passo para trás, olhando-me com desprezo.

– Bem, nós pegaremos o pequeno teatro que você pintou de dourado e cobriu de veludo – ele disse –, e ele servirá às forças do diabo da maneira mais esplêndida que ele já foi servido pela velha congregação.

Ele virou-se e olhou de soslaio para Eleni, depois tornou a olhar para os outros.

– Nós vamos zombar de todas as coisas sagradas. Vamos levá-las a uma vulgaridade e profanidade cada vez maiores. Causaremos espanto. Vamos divertir. Mas, acima de tudo, vamos prosperar com o ouro deles, assim como com seu sangue, e ficaremos fortes através deles.

– É – disse o garoto atrás dele. – Seremos invencíveis.

Seu rosto estava com uma aparência transtornada, a aparência de um fanático enquanto olhava para Nicolas.

– Teremos nomes e lugares no próprio mundo deles.

– E poder sobre eles – disse a outra mulher. – E um posto de observação de onde vamos examiná-los, conhecê-los e aperfeiçoar nossos métodos para destruí-los quando quisermos.

– Eu quero o teatro – Nicolas disse para mim. – Quero de você. A escritura, o dinheiro para reabri-lo. Meus assistentes aqui estão prontos para me ouvir.

– Você pode tê-lo, se quiser – respondi. – Ele é seu, se isto tirar você, sua maldade e sua mente doentia de perto de mim.

Levantei-me da mesa, fui na direção dele e creio que ele pretendeu bloquear meu caminho, mas aconteceu algo inexplicável. Quando vi que ele não se mexeria, minha raiva cresceu e saiu de mim como um punho invisível. E eu o vi mover-se para trás como se tivesse sido atingido pelo punho. Ele bateu na parede com força.

Eu poderia ter saído daquele lugar num instante. Sabia que Gabrielle só estava esperando para me seguir. Mas não fui embora. Parei e olhei para ele, que ainda estava encostado na parede como se não pudesse mover-se. Ele estava olhando para mim, e seu ódio era tão puro quanto havia sido o tempo todo, como se não tivesse sido diluído pela recordação do amor que houve entre nós.

Mas eu queria compreender. Queria de fato saber o que havia acontecido. Fui na direção dele outra vez, em silêncio, e dessa vez era eu que estava ameaçando, minhas mãos pareciam garras e eu podia sentir seu medo. Todos eles, exceto Eleni, estavam cheios de medo.

Parei quando estava bem perto dele. Ele olhou dentro de meus olhos e foi como se soubesse exatamente o que eu estava perguntando.

– Foi tudo um mal-entendido, meu amor – ele disse.

Língua ferina. O suor de sangue estava brotando de novo e seus olhos brilhavam como se estivessem úmidos.

– Foi para ferir minha família, você não percebe, decidi tocar violino para deixá-los com raiva, para assegurar-me um espaço onde eles não pudessem governar. Eles assistiriam a minha ruína, incapazes de fazer qualquer coisa em relação a ela.

Não respondi. Queria que ele prosseguisse.

– E quando decidimos ir para Paris, pensei que fôssemos morrer de fome em Paris, que iríamos afundar, afundar e afundar. Era isto que eu queria, e não o que *eles* queriam, que eu, o filho predileto, fosse para eles. Pensei que iríamos ser derrotados! Nós devíamos ser derrotados!

– Oh, Nicki... – eu sussurrei.

– Mas você não foi derrotado, Lestat – ele disse, levantando as sobrancelhas. – A fome, o frio... nada disso o deteve. Você foi um triunfo!

A raiva engrossou sua voz de novo.

– Você não bebeu até morrer na sarjeta. Você virou tudo de cabeça para baixo. E em cada aspecto de nossa esperada perdição, você encontrou a exuberância, e não havia fim para seu entusiasmo e para a paixão que saía de você... e a luz, sempre a luz. E, na mesma proporção em que a luz saía de você, havia trevas dentro de mim! Cada exuberância me penetrava e criava sua exata proporção de trevas e desespero! E então a magia, quando você recebeu a magia, ironia das ironias, você me protegeu dela! E o que você fez com ela, a não ser usar seus poderes satânicos para simular as ações de um homem bom!

Virei-me de frente. Eu os vi espalhados nas sombras e, bem mais distante, a figura de Gabrielle. Vi a luz em sua mão quando ela levantou-a, acenando-me para eu ir embora.

Nicki levantou os braços e tocou meus ombros. Pude sentir o ódio passar através de seu toque. Asqueroso ser tocado com ódio.

– Como um incontrolável raio de sol, você conduziu os morcegos da velha congregação! – ele sussurrou. – E com que propósito? O que significa o monstro assassino cheio de luz!

Virei-me e dei-lhe uma bofetada, arremessando-o através do camarim. Sua mão direita espatifou o espelho, a cabeça bateu na parede distante.

Por um momento, ele ficou como um objeto quebrado sobre a massa de roupas velhas, em seguida seus olhos recobraram sua determinação e seu rosto suavizou-se num sorriso lento. Ele se recompôs e lentamente, como faria um mortal indignado, alisou o casaco e os cabelos desgrenhados.

Foi como ver de novo meus gestos debaixo do Les Innocents, quando meus raptores me atiraram na poeira.

E ele caminhou com a mesma dignidade, e o sorriso estava horrível como eu nunca havia visto.

– Eu o desprezo – ele disse. – Mas estamos quites. Recebi o poder de você e sei como usá-lo, coisa que você não sabe. Estou enfim num reino onde *eu* optei por triunfar! Na escuridão somos iguais agora. E você me dará o teatro, porque me deve isso e porque é um benfeitor, não é?... Distribui moedas de ouro a crianças famintas... e depois jamais pensarei na sua luz de novo.

Ele passou por mim e estendeu os braços para os outros.

– Venham, minhas belezas, venham, temos peças para escrever, negócios a tratar. Vocês têm coisas para aprender comigo. Eu sei o que os mortais são de fato. Temos que começar a pensar a sério na criação de nossa sombria e esplêndida arte. Faremos uma congregação que vai rivalizar com todas as outras. Faremos o que jamais foi feito antes.

Os outros olharam para mim, amedrontados, hesitantes. E, nesse momento silencioso e tenso, eu me ouvi respirar fundo. Minha visão alargou-se. Vi os bastidores de novo em volta de nós, os altos caibros do telhado, as paredes do cenário cortando transversalmente a escuridão e, mais além, o pequeno brilho no chão do palco empoeirado. Vi o teatro coberto por um véu de sombras e, numa recordação infindável, fiquei sabendo de tudo que havia acontecido ali. E vi um pesadelo engendrar outro pesadelo, vi uma história chegar ao seu final.

– O Teatro dos Vampiros – eu sussurrei. – Nós encenamos o Poder das Trevas neste pequeno lugar.

Nenhum dos outros se atreveu a responder. Nicolas apenas sorriu.

E, quando me virava para deixar o teatro, ergui a mão num gesto que fez com que todos se acercassem dele. Disse meu adeus.

*

Não estávamos muito longe das luzes do bulevar quando me detive de repente. Sem palavras, mil horrores vieram à minha mente – que Armand viria destruir-me, que seus irmãos e irmãs recém-descobertos se cansariam de sua loucura e o abandonariam, que a manhã o encontraria tropeçando pelas ruas, incapaz de descobrir um lugar para se esconder do sol. Ergui os olhos para o céu. Não conseguia falar nem respirar.

Gabrielle colocou os braços em torno de mim e eu abracei-a, enterrando meu rosto em seus cabelos. Sua pele parecia de veludo, também seu rosto, seus lábios. E seu amor me envolveu com uma assombrosa pureza desconhecida do coração e da carne humanos.

Eu a levantei do chão abraçando-a. E, na escuridão, parecíamos amantes esculpidos na mesma pedra, sem nenhuma lembrança de uma vida separada.

– Ele fez a escolha dele, meu filho – ela disse. – O que foi feito está feito, e agora você está livre dele.

– Mãe, como pode dizer isso? – eu sussurrei. – Ele não sabia. Ele ainda não sabe...

– Deixe-o ir, Lestat – ela disse. – Eles tomarão conta dele.

– Mas agora tenho de encontrar aquele demônio, Armand, não tenho? – eu disse, cansado. – Tenho de fazer com que ele os deixe em paz.

❋

Na noite seguinte, quando fui para Paris, fiquei sabendo que Nicki já havia estado na casa de Roget.

Havia chegado uma hora antes e batera à porta como um louco. E gritando das sombras, exigira a escritura do teatro e o dinheiro que disse que eu lhe prometera. Ameaçou Roget e sua família. Também disse a Roget para escrever a Renaud e sua trupe em Londres, dizendo-lhes para voltar para casa, que tinham um novo teatro esperando por eles e que esperavam que voltassem de imediato. Como Roget se recusou, ele exigiu o endereço dos artistas em Londres e começou a revistar a escrivaninha de Roget.

Quando ouvi isso, senti uma fúria silenciosa. Afinal de contas, ele iria transformar todos em vampiros, não iria, aquele demônio moleque, aquele monstro imprudente e enlouquecido?

Isso não aconteceria.

Disse a Roget que enviasse um mensageiro a Londres para comunicar que Nicolas de Lenfent havia perdido o juízo. Que os artistas não deviam voltar para casa.

Em seguida fui ao bulevar du Temple e encontrei-o no ensaio, tão excitado e louco quanto antes. Estava usando de novo suas roupas elegantes, bem como as antigas joias da época em que era o filho predileto do pai, mas sua gravata estava torta, as meias desalinhadas e seus cabelos tão desgrenhados e descuidados quanto os de um prisioneiro da Bastilha que não se via num espelho havia vinte anos.

Diante de Eleni e dos outros, eu lhe disse que ele não conseguiria nada de mim, a não ser que me prometesse que nenhum ator ou atriz de Paris jamais seria morto ou seduzido por sua nova congregação, que Renaud e sua trupe jamais seriam trazidos para o Teatro dos Vampiros, agora ou nos anos vindouros, que Roget, que controlaria as despesas do teatro, jamais deveria sofrer o menor mal.

Ele riu de mim, me ridicularizou como havia feito antes. Mas Eleni silenciou-o. Ficara horrorizada ao tomar conhecimento de gestos tão impensados. Foi ela quem fez as promessas e arrancou-as dos outros. Foi ela quem intimidou Nicki e confundiu-o com a linguagem enigmática dos velhos costumes, fazendo com que ele desistisse.

❋

E foi para Eleni que enfim dei o controle do Teatro dos Vampiros e a renda, a ser passada através de Roget, que lhe permitira fazer com o teatro o que bem entendesse.

❋

Antes de deixá-la naquela noite, perguntei-lhe o que sabia de Armand. Gabrielle estava conosco. Estávamos no beco de novo, perto da porta dos fundos.

– Ele observa – Eleni respondeu. – Às vezes ele se deixa ser visto.

Seu rosto tinha uma expressão confusa. Pesarosa.

– Mas só Deus sabe o que ele fará – ela acrescentou temerosa – quando descobrir o que realmente está acontecendo aqui.

QUINTA PARTE
O VAMPIRO ARMAND

1

Chuva de primavera. Chuva de luz que impregnava cada folha nova das árvores da rua, cada pedra do calçamento, rajadas de chuva ziguezagueando luz pela própria escuridão vazia.

E o baile no Palais Royal.

O rei e a rainha estavam presentes, dançando com o povo. Intrigas se armando nas sombras. Quem se importa? Reinos ascendem e caem. Só não queimem as obras de arte do Louvre, só isso.

Perdido de novo num mar de mortais; aparências saudáveis e faces coradas, montes de perucas empoadas sobre cabeças femininas com todos os tipos de chapelaria absurda, até mesmo minúsculos navios de três mastros, árvores e passarinhos pequenos. Paisagens de pérolas e fitas. Homens de peito empertigado parecendo galos em casacos de cetim. Os diamantes feriam meus olhos.

As vozes chegavam a tocar a superfície de minha pele, as risadas faziam o eco, profanas, espirais de velas ofuscavam a tudo, a frivolidade da música formava ondas nas paredes.

Rajadas de chuva pelas portas abertas.

O cheiro de humanos atiçava suavemente minha fome. Ombros brancos, pescoços brancos, poderosos corações correndo naquele ritmo eterno, tantas nuanças naquelas crianças nuas ocultas em riquezas, selvagens sofrendo sob mantos de chenile, incrustados de bordados, os pés doendo sobre saltos altos, máscaras parecendo crostas ao redor dos olhos.

O ar saía de um corpo e era respirado por outro. A música, será que entra por um ouvido e sai pelo outro, como diz o velho ditado? Nós respiramos luz, respiramos a música, respiramos o momento que passa por nós.

De vez em quando, olhos pousavam em mim com um vago ar de expectativa. Minha pele branca fazia com que hesitassem, mas não era costume deles fazer sangrias para manter sua delicada palidez? (Deixem que eu segure a bacia para vocês e depois beba.) E meus olhos, o que eram eles naquele mar de joias de imitação?

No entanto, os sussurros deles deslizavam em volta de mim. E aqueles cheiros, ah, nenhum era igual ao outro. E de maneira tão clara, como se pronunciado em voz alta, vinha o chamado de mortais aqui e ali, pressentindo o que eu era, o desejo.

Em alguma língua antiga, eles saudavam a morte; desejavam ardentemente a morte enquanto esta passava pelo salão. Mas será que sabiam de fato? Claro que não sabiam. E eu não sabia! Este era o perfeito horror! E quem sou eu para carregar esse segredo, tendo tanta vontade de comunicá-lo, querendo pegar aquela esbelta mulher ali e sugar seu sangue através da carne roliça de seu pequeno seio redondo.

A música aumentou, música humana. As cores do salão brilharam por um instante como se tudo fosse dissolver-se. A fome aguçou-se. Já não era mais uma ideia. Minhas veias estavam latejando. Alguém iria morrer. Sugado até ficar seco em menos de um momento. Não consigo suportar, pensar nisso, saber que está prestes a acontecer, os dedos na garganta sentindo o sangue na veia, sentindo a carne dar, dar a mim! Onde? *Este* é *meu corpo, este* é *meu sangue.*

Irradie seu poder, Lestat, como a língua de um réptil, para, como uma chicotada, colher o coração eleito.

Pequenos braços roliços prontos para serem agarrados, rostos de homens nos quais apenas resplandecem barbas louras bem aparadas, músculos lutando em meus dedos, vocês não têm nenhuma chance!

E, de repente, por baixo dessa química divina, desse panorama de negação e decadência, eu vi os ossos!

Crânios sob aquelas perucas grotescas, dois buracos abertos espiando por trás do leque erguido. Um salão com titubeantes esqueletos esperando apenas pelo dobrar do sino. Da mesma forma como eu vi a plateia naquela noite no poço da orquestra do teatro de Renaud, quando fiz os truques que aterrorizaram a todos. O terror deveria assolar cada um dos seres naquele salão.

Eu tinha de sair. Havia cometido um terrível erro de cálculo. *Aquilo* era a morte e eu poderia fugir dela, se pelo menos conseguisse sair! Mas eu estava preso com seres mortais como se aquele monstruoso lugar fosse uma armadilha para um vampiro. Se eu saísse correndo, causaria pânico em todo o salão de baile. Da maneira mais tranquila que pude, abri caminho para as portas abertas.

E encostado na parede distante, como se em um cenário de cetim e filigrana, eu vi, pelo canto do olho, um produto da imaginação, Armand.

Armand.

Se houve um chamado, eu não ouvi. Se houve uma saudação, eu não a percebi. Ele apenas olhava para mim, uma criatura radiante com joias e renda festonada. Foi Cinderela revelada no baile, aquela visão, a Bela Adormecida abrindo seus olhos sob um emaranhado de teias de aranha e afastando todas elas com um gesto de sua mão quente. A pura intensidade da beleza encarnada me deixou boquiaberto.

Sim, com trajes de um perfeito mortal, e, no entanto, ele parecia muito mais sobrenatural, o rosto fascinante demais, os olhos escuros insondáveis e, apenas por uma fração de segundo, brilhando como se fossem janelas que dessem para o fogo do inferno. E quando sua voz chegou, pareceu baixa e quase provocante, forçando-me a me concentrar para ouvi-la: *Está bem, você esteve me procurando,* ele disse, *e aqui estou, esperando por você. Estive esperando por você o tempo todo.*

Creio que percebi naquele momento, quando estava parado sem conseguir desviar o olhar, que jamais em meus anos de perambulação por esta terra eu teria uma revelação tão rica do verdadeiro horror que éramos.

Ele parecia dolorosamente inocente no meio da multidão.

No entanto, quando eu olhava para ele, via criptas e ouvia a batida de tambores. Via campos iluminados por tochas onde nunca havia estado, ouvia vagos encantamentos, sentia o calor de fogos assoladores em meu rosto. E não saíam dele essas visões. Ao contrário, eu as arrancava de dentro de mim mesmo.

Nunca, Nicolas, mortal ou imortal, fora tão encantador. Nem Gabrielle exercera tanto fascínio sobre mim.

Meu Deus, isto é amor. Isto é desejo. Todas as minhas aventuras amorosas do passado nada mais eram do que uma sombra daquilo.

E, numa pulsação murmurante de pensamento, pareceu que ele me dava a entender que eu havia sido tolo demais por pensar que não seria assim.

Quem pode nos amar, a você e a mim, com a mesma intensidade que podemos amar um ao outro, ele sussurrou e me pareceu que, de fato, seus lábios se mexeram.

Outros olharam para ele. Eu os vi passando com lentidão absurda; vi seus olhos se desviando dele, vi a luz incidindo sobre ele num ângulo novo e intenso quando ele abaixou a cabeça.

Eu estava movendo-me em sua direção. Pareceu-me que ele ergueu a mão direita e acenou, mas depois não pareceu, ele virou-se e eu vi a figura de um jovem diante de mim, com cintura estreita e ombros eretos e panturrilhas altas e firmes sob meias de seda, um garoto que se virou enquanto abria uma porta e acenava de novo.

Ocorreu-me um pensamento louco.

Eu me movia atrás dele, com a sensação de que nada havia acontecido. De que não havia nenhuma cripta sob o Les Innocents e ele não era aquele velho e terrível demônio. De alguma forma, nós estávamos seguros.

Éramos a soma de nossos desejos e isto estava salvando-nos, e o vasto horror não provado de minha própria imortalidade não estava à minha frente, nós estávamos navegando em mares tranquilos com faróis bem conhecidos e era hora de estarmos um nos braços do outro.

Um quarto escuro nos envolvia, íntimo, frio. O barulho da festa estava bem distante. Ele estava quente com o sangue que havia bebido e eu podia ouvir a intensa força de seu coração. Ele puxou-me para perto de si, e do outro lado das janelas altas reluziam as luzes das carruagens que passavam, com os sons indistintos e incessantes que falavam de segurança e conforto, e de todas as coisas que Paris significava.

Eu jamais havia morrido. O mundo estava começando outra vez. Estendi meus braços e senti seu coração em meu corpo, e, evocando meu Nicolas, tentei adverti-lo, tentei dizer-lhe que todos nós estávamos condenados. Nossa vida escapava de nós pouco a pouco e, vendo as macieiras no pomar, banhadas pela luz do sol, senti que iria enlouquecer.

– Não, não, meu querido – ele estava sussurrando –, nada além da paz, da doçura e de seus braços nos meus.

– Você sabe que foi o maldito destino! – eu sussurrei de repente. – Sou um demônio contra minha vontade. Choro como uma criança abandonada. Quero ir para casa.

Sim, sim, seus lábios tinham gosto de sangue, mas não era sangue humano. Era aquele elixir que Magnus me dera, e me senti recuar. Eu podia fugir dessa vez. Tinha uma outra chance. A roda dera uma volta completa.

Eu estava gritando que não iria beber; não beberia, e então senti as duas agulhas quentes cravando-se com força em meu pescoço, indo até minha alma.

Eu não conseguia mexer-me. Estava vindo como viera naquela noite, o êxtase, mil vezes mais intenso do que fora quando eu tinha mortais em meus braços. E eu sabia o que ele estava fazendo! Estava alimentando-se de mim! Estava me consumindo.

E, caindo de joelhos, senti que ele me segurava, enquanto o sangue jorrava de mim com uma monstruosa força que eu não poderia deter.

– Demônio! – tentei gritar.

Forcei a palavra a sair até que ela se desprendeu de meus lábios, rompendo a paralisia de meus membros.

– Demônio! – tornei a urrar, agarrando-o em seu desfalecimento e atirando-o de costas no chão.

Num instante, agarrei-o e, quebrando as portas duplas, arrastei-o para fora comigo, para a noite.

Os saltos de seus sapatos arranhavam as pedras, seu rosto transformara-se em pura fúria. Apertei seu braço direito e girei seu corpo com violência, de modo que sua cabeça foi jogada para trás e ele não podia ver ou calcular onde se encontrava, nem segurar coisa alguma, e com minha mão direita bati nele até que o sangue começou a escorrer de seus ouvidos, de seus olhos e de seu nariz.

Arrastei-o através das árvores para longe das luzes do Palais. E enquanto ele lutava, enquanto procurava exumar-se com uma explosão de força, ele atirou em mim a declaração de que me mataria porque agora possuía minha força. Ele a bebera de mim e, somada à sua própria força, seria impossível derrotá-lo.

Enlouquecido, agarrei seu pescoço, empurrando sua cabeça para baixo, para o chão sob meus pés. Firmei-o lá, estrangulando-o até que o sangue jorrou em grandes golfadas por sua boca aberta.

Ele teria gritado se pudesse. Meus joelhos estavam mergulhados em seu peito. Seu pescoço arqueava-se sob meus dedos, o sangue esguichava e borbulhava saindo dele, e ele virava a cabeça de um lado para o outro, seus olhos ficavam cada vez mais arregalados, mas nada viam, e então, quando o senti fraco e sem resistência, eu o soltei.

Bati nele de novo, virando-o de um lado para o outro. E depois desembainhei minha espada para cortar sua cabeça.

Que ele viva desse jeito, se puder. Que seja imortal desse jeito, se puder. Levantei a espada e, quando olhei para ele, a chuva estava caindo com força em seu rosto e ele me encarava como alguém já meio sem vida, incapaz de pedir misericórdia, incapaz de se mexer.

Eu esperei. Queria que ele implorasse. Queria que ele me mostrasse aquela voz poderosa cheia de mentiras e astúcia, a voz que me fizera acreditar por um simples e deslumbrante momento que eu estava vivo e livre, em estado de graça de novo. Maldita e imperdoável mentira. Mentira que eu jamais esqueceria enquanto eu vagasse pela Terra. Eu queria a raiva que me carregasse sobre o limiar de seu túmulo.

Mas nada saiu de sua boca.

E nesse momento de silêncio e desgraça para ele, sua beleza retornou aos poucos.

Ele estava caído como uma criança prostrada no caminho de cascalho, a poucos metros de distância do tráfego que passava, com o barulho dos cascos dos cavalos, o estrondo das rodas de madeira.

E naquela criança prostrada havia séculos de mal e séculos de conhecimento, e dela não saía nenhuma súplica desonrosa, mas apenas a suave e oprimida sensação do que ele era. Um mal antigo, bem antigo, olhos que haviam visto eras sombrias com as quais eu só podia sonhar.

Soltei-o, levantei-me e embainhei a espada.

Andei alguns passos para longe dele e desabei num banco de pedra molhado.

Bem longe dali, figuras atarefadas trabalhavam na janela quebrada do palácio.

Mas a noite se interpunha entre nós e aqueles confusos mortais, e eu olhava com apatia para ele, que continuava imóvel.

Seu rosto estava virado para mim, mas não de maneira intencional, seus cabelos formavam um emaranhado de cachos e sangue. E com os olhos fechados, a mão aberta a seu lado, ele parecia o fruto abandonado do tempo, o resultado de um acidente sobrenatural, alguém tão desditado quanto eu mesmo.

O que ele havia feito para se tornar o que era? Será que alguém tão jovem assim podia ter adivinhado tanto tempo atrás o significado de qualquer decisão, quanto mais a de ter-se consagrado para se tornar aquilo?

Levantei-me, caminhei devagar até ele, parei de pé perto e encarei-o, vendo o sangue que encharcava sua camisa de renda e manchava seu rosto.

Pareceu-me que ele suspirou, que eu ouvi a passagem de sua respiração.

Ele não abriu os olhos, e para os mortais talvez não houvesse nenhuma expressão. Mas eu sentia seu sofrimento. Senti a imensidão de sua dor e desejei não ter sentido. Por um momento, compreendi o abismo que nos separava, o abismo que separava sua tentativa de me subjugar de minha bem simples autodefesa.

Desesperado, ele tentara conquistar aquilo que não compreendia.

E, de maneira impulsiva e quase sem nenhum esforço, eu o rechacei.

Todo meu sofrimento com Nicolas voltou a minha lembrança, assim como as palavras de Gabrielle e as acusações de Nicolas. Minha raiva não era nada comparada ao seu infortúnio, seu desespero.

E esta talvez tenha sido a razão para eu estender a mão a ajudá-lo a se levantar. E talvez eu tenha feito isto porque ele parecia tão lindo e tão perdido, e afinal de contas éramos da mesma espécie.

Bastante natural, não é, que um de seus semelhantes o levasse para longe daquele lugar onde, mais cedo ou mais tarde, os mortais o teriam descoberto e o enxotado dali.

Ele não me opôs nenhuma resistência. No mesmo instante, ele estava de pé. E em seguida caminhava entorpecido ao meu lado, meu braço em torno de seu ombro, escorando-o e equilibrando-o até nos afastarmos do Palais Royal, em direção à Rue St.-Honoré.

Eu mal olhava para as figuras que passavam por nós, até que avistei uma forma conhecida sob as árvores, sem nenhum cheiro de mortalidade vindo dela, e percebi que Gabrielle já estava ali havia algum tempo.

Ela avançou, hesitante e em silêncio, com o rosto aflito quando viu a renda encharcada de sangue e as lacerações na pele branca. Estendeu os braços como que para me ajudar a carregá-lo, embora parecesse não saber como.

Em algum lugar distante nos jardins escuros, os outros estavam por perto. Eu os *ouvi* antes de vê-los. Nicki também estava lá.

Eles chegaram como Gabrielle chegara, atraídos a distância, ao que parecia, pelo tumulto ou por vagas mensagens que eu não conseguia imaginar, e apenas observaram enquanto nos afastávamos.

2

Nós o levamos para as cocheiras, onde fiz com que ele montasse minha égua. Mas ele parecia que iria cair a qualquer momento, de modo que montei atrás dele e os três saímos da cidade.

Durante todo o trajeto através do campo, fiquei imaginando o que iria fazer. Imaginei o que significava levá-lo para meu refúgio. Gabrielle não externou nenhum protesto. De vez em quando, ela olhava de soslaio para ele. Ele não emitia nenhum som, estava retraído, sentado diante de mim, leve como uma criança, sem ser uma criança.

Sem dúvida, ele sempre soube onde a torre se situava, mas suas grades o mantiveram afastado? Agora, eu pretendia levá-lo para dentro. E por que Gabrielle não me dizia nada? Aquele era o encontro que nós desejáramos, era a coisa pela qual esperávamos, mas com certeza ela sabia o que ele acabara de fazer.

Quando enfim desmontamos, ele caminhou em minha frente e esperou que eu chegasse ao portão. Eu havia tirado a chave de ferro da fechadura e o examinava, imaginando que promessas se exigiam de um monstro como aquele antes de abrir a porta. Será que as antigas leis da hospitalidade significavam alguma coisa para as criaturas da noite?

Seus enormes olhos castanhos estavam derrotados. Pareciam quase sonolentos. Ele me contemplou durante um longo momento silencioso, depois estendeu a mão esquerda e seus dedos se enroscaram na barra de ferro do portão.

Fiquei olhando passivamente enquanto, com um rangido alto, o portão começou a se soltar da pedra. Mas ele parou e se contentou em entortar um pouco a barra de ferro. Ficou óbvio que ele podia ter entrado naquela torre a qualquer hora que desejasse.

Examinei a barra de ferro que ele entortara. Eu o derrotara. Será que podia fazer aquilo que ele acabara de fazer? Eu não sabia. E incapaz de calcular meus próprios poderes, como pude calcular os dele?

– Vamos – Gabrielle disse um pouco impaciente.

E tomou a frente na descida para a cripta da masmorra.

Estava frio ali como sempre, o ar fresco da primavera jamais chegava naquele lugar. Ela acendeu a velha lareira enquanto eu acendia as velas. E, enquanto ele se sentava no banco de pedra nos observando, eu vi o efeito do calor sobre ele, a maneira como seu corpo pareceu ficar um tanto quanto maior, o modo como ele o aspirava.

Quando ele olhava em volta, era como se estivesse absorvendo a luz. Seu olhar estava transparente.

Impossível superestimar o efeito do calor e da luz sobre os vampiros. No entanto, a antiga congregação havia abjurado ambos.

Eu me instalei num outro banco e deixei meus olhos perambularem pela ampla câmara, enquanto ele fazia o mesmo.

Gabrielle permaneceu de pé durante todo esse tempo. E agora se aproximava dele. Tirou um lenço do bolso e passou no rosto dele.

Ele a fitava da mesma maneira como fitara o fogo e as velas e as sombras que saltavam no teto curvo. Isto parecia interessá-lo tanto quanto qualquer outra coisa.

E senti um calafrio quando percebi que agora as equimoses de seu rosto haviam quase desaparecido! Os ossos estavam inteiros de novo, a forma do rosto fora restaurada completamente, e ele só estava um pouco macilento devido ao sangue que perdera.

Meu coração se acelerou um pouco, contra minha vontade, tal como aconteceu nas ameias quando ouvi sua voz.

Pensei no sofrimento de apenas meia hora atrás no Palais, quando a mentira se revelou com a picada de seus dentes caninos em meu pescoço.

Eu o odiava.

Mas não conseguia parar de olhar para ele. Gabrielle penteava seus cabelos. Pegou suas mãos e limpou o sangue que havia nelas. E enquanto tudo isso era feito, ele parecia indefeso. E a expressão dela não era tanto de anjo protetor como de curiosidade, um desejo de estar perto dele, de tocá-lo e examiná-lo. Eles trocavam um olhar sob a luz trêmula.

Ele curvou-se um pouco para a frente, com os olhos escurecendo e cheios de expressão agora que estavam voltados de novo para a lareira. Se não fosse pelo sangue em sua camisa de renda, ele bem podia parecer humano. Podia...

– O que você fará agora? – perguntei para deixar claro para Gabrielle. – Vai permanecer em Paris e deixar que Eleni e os outros continuem?

Nenhuma resposta. Ele estava examinando-me, examinando os bancos de pedra, os sarcófagos. Três sarcófagos.

– Com certeza você sabe o que eles estão fazendo – eu disse. – Você vai deixar Paris ou pretende ficar?

Pareceu que ele queria contar-me outra vez sobre a magnitude do que eu havia feito com ele e os outros, mas essa impressão desapareceu. Por um momento, seu rosto ficou triste. Estava derrotado, cálido e cheio de infortúnio humano. Que idade teria ele, eu me perguntei. Há quanto tempo ele havia sido um humano com aquela aparência?

Ele me ouviu. Mas não deu nenhuma resposta. Olhou para Gabrielle, que estava perto do fogo, e depois para mim. E, em silêncio, disse: *Ame-me. Você destruiu tudo! Mas se você me amar, tudo pode ser restaurado com uma nova forma. Me ame.*

Este pedido silencioso foi dito com tamanha eloquência que não consigo expressar em palavras.

– O que posso fazer para que me ame? – ele sussurrou. – O que posso dar? O conhecimento de tudo que testemunhei, os segredos de nossos poderes, o mistério do que sou?

Parecia uma blasfêmia responder. E, tal como nas ameias, eu me vi a ponto de chorar. Com toda a pureza de suas comunicações silenciosas, sua voz, quando ele falava de fato, dava uma adorável ressonância a seus sentimentos.

Ocorreu-me, como me ocorrera em Notre-Dame, que ele falava da maneira como os anjos deviam falar, se é que existem.

Mas fui despertado deste pensamento irrelevante, dessa ideia desviante, pelo fato de que agora ele estava a meu lado. Estava fechando os braços em volta de mim e pressionando a testa contra meu rosto. Fez de novo aqueles apelos, não a intensa e impetuosa sedução daquele momento no Palais Royal, mas a voz que cantou para mim a distância, e me disse que havia coisas que nós dois saberíamos e compreenderíamos, de um modo que os mortais jamais poderiam. Ele me disse que se eu me abrisse para ele, lhe desse minha força e meus segredos, ele me daria os seus. Ele fora instigado a tentar me destruir, mas me amava mais ainda por não ter conseguido.

Foi um pensamento torturante. No entanto, senti o perigo. A palavra que me veio de maneira espontânea foi: cuidado!

Não sei o que Gabrielle viu ou ouviu. Não sei o que ela sentia.

Instintivamente, eu evitava os olhos dele. Parecia não haver no mundo nada que eu mais desejasse naquele momento do que olhar bem para ele e compreendê-lo, no entanto eu *sabia* que não devia. Eu vi de novo os ossos sob a Les Innocents, o bruxuleante fogo do inferno que eu imaginara no Palais Royal. E nem toda a renda e veludo do século XVIII poderiam dar-lhe um rosto humano.

Não pude manter isso escondido dele, e me atormentava o fato de ser impossível explicar isto para Gabrielle. E, naquele momento, o terrível silêncio entre mim e Gabrielle era quase impossível de suportar.

Com ele, sim, eu poderia falar, com ele poderia sonhar sonhos. Alguma reverência e terror dentro de mim me fez estender os braços e abraçá-lo, segurando-o, combatendo minha confusão e desejo.

– Deixe Paris, sim – ele sussurrou. – Mas leve-me com você. Não sei como existir aqui agora. Eu tropeço num carnaval de horrores. Por favor...

Eu me ouvi dizer:

– Não.

– Não significo nada para você? – ele perguntou.

Ele virou-se para Gabrielle, que estava com o rosto angustiado e imóvel enquanto o fitava. Eu não podia saber o que estava acontecendo em seu coração e, para minha tristeza, percebi que ele estava falando com ela e me deixando de fora. Qual foi a resposta dela?

Mas agora estava implorando a nós dois.

– Não há nada que vocês respeitem, a não ser vocês mesmos?

– Eu poderia tê-lo destruído nesta noite – eu disse. – Foi o respeito que me impediu.

– Não. – Ele sacudiu a cabeça de uma maneira surpreendentemente humana. – Isto você jamais poderia ter feito.

Eu sorri. É provável que fosse verdade. Mas nós o estávamos destruindo por completo, de uma outra forma.

– Sim – ele disse –, é verdade. Vocês estão me destruindo. Ajudem-me – ele sussurrou. – Deem-me apenas uns poucos anos de todos aqueles que vocês têm pela frente, vocês dois. Eu imploro. É tudo que peço.

– Não – eu disse de novo.

Ele estava apenas a trinta centímetros de mim no banco. Estava olhando para mim. E lá veio de novo aquele horrível espetáculo, com seu rosto estreitando-se, escurecendo-se e deformando-se de raiva. Era como se não tivesse nenhuma substância real. Só a vontade o mantinha robusto e lindo. E quando o fluxo de sua vontade foi interrompido, ele se desmanchou como uma boneca de cera.

Mas, tal como antes, ele se recuperou quase no mesmo instante. A "alucinação" havia passado.

Ele levantou-se e se afastou de mim até ficar de frente para o fogo.

A vontade que vinha dele era palpável. Seus olhos pareciam algo que não lhe pertencia, nem a nada deste mundo. E o fogo brilhando por trás dele formava um nimbo sobrenatural em torno de sua cabeça.

– Eu o amaldiçoo! – ele sussurrou.

Estremeci de medo.

– Eu o amaldiçoo – ele disse outra vez, aproximando-se. – Ame os mortais então, e viva como tem vivido, com imprudência, com apetite para tudo e amor por tudo, mas chegará um tempo em que só o amor de sua própria espécie poderá salvá-lo.

Ele olhou de soslaio para Gabrielle.

– E não me refiro a crianças como esta!

Isto foi tão forte que não pude disfarçar o efeito sobre mim, e me dei conta de que estava me levantando do banco, me afastando dele e indo em direção a Gabrielle.

– Não venho de mãos vazias a você – ele insistiu, suavizando deliberadamente o tom de voz. – Não estou pedindo sem nada para dar em troca. Olhe para mim. Diga-me que não precisa daquilo que vê em mim, de alguém que tem a força para fazê-lo superar as privações que tem pela frente.

Seus olhos cintilaram em Gabrielle e, por um momento, ele permaneceu preso nela. Eu a vi enrijecer-se e começar a tremer.

– Não se meta com ela! – eu disse.

– Você não sabe o que eu disse para ela – ele disse com frieza. – Não estou tentando feri-la. Mas o que você já fez com seu amor pelos mortais?

Ele iria dizer algo de terrível se eu não o impedisse, algo para ferir a mim ou a Gabrielle. Ele sabia tudo que havia acontecido com Nicki. Eu sabia que ele sabia. Se em algum lugar no fundo de minha alma eu desejei o fim de Nicki, ele também saberia disso! Por que eu deixei que ele entrasse? Por que eu não sabia o que ele poderia fazer?

– Oh, mas é sempre uma caricatura, você não percebe? – ele disse com a mesma brandura. – A cada vez a morte e o despertar irão devastar o espírito mortal, de modo que um vai odiá-lo por ter tomado sua vida, outro vai cair nos excessos que você despreza. Um terceiro sairá louco furioso, e outro um monstro que você não pode controlar. Um terá ciúmes de sua superioridade, outro vai excluí-lo.

E, neste ponto, tornou a lançar seu olhar de soslaio para Gabrielle, com um meio sorriso.

– E o véu sempre haverá de descer entre vocês. Mesmo que arregimente uma legião, você estará para sempre e sempre sozinho!

– Não quero ouvir isto. Não significa coisa alguma – eu disse.

O rosto de Gabrielle havia sofrido uma mudança horrível. Ela estava encarando-o, agora com ódio, eu tinha certeza disso.

Ele emitiu aquele pequeno som amargurado que parecia uma risada, mas não era em absoluto.

– Amantes com um rosto humano – ele zombou de mim. – Não está vendo seu erro? O outro o odeia além de toda a razão e ela... ora, o dom das trevas tornou-a ainda mais fria, não foi? E mesmo para ela, forte como é, haverá momentos em que terá medo de ser imortal, e a quem irá culpar pelo que foi feito com ela?

– Você é um idiota – Gabrielle sussurrou.

– Você tentou proteger o violinista. Mas jamais procurou protegê-la.

– Não diga mais nada – eu respondi. – Você me faz odiá-lo. É isto que deseja.

– Mas estou falando a verdade e vocês sabem disso. E o que vocês jamais saberão, nenhum de vocês, é da profunda extensão de seus próprios ódios e ressentimentos. Ou do sofrimento. Ou do amor.

Ele fez uma pausa e eu não consegui dizer nada. Ele estava fazendo exatamente aquilo que eu temia, e eu não sabia como me defender.

– Se você me deixar agora com esta aí – ele continuou –, estará fazendo de novo. Você nunca possuiu Nicolas. E ela já está imaginando como poderá livrar-se de você. E, ao contrário dela, você não consegue suportar ficar sozinho.

Não pude responder. Os olhos de Gabrielle ficaram menores, sua boca um pouco mais cruel.

– De modo que chegará um tempo em que você irá procurar outros mortais – ele prosseguiu –, esperando mais uma vez que os Poderes das Trevas lhe tragam o amor que você implora. E, com esses filhos recém-mutilados e imprevisíveis, você tentará formar suas cidadelas contra o tempo. Bem, elas serão prisões se durarem meio século. Eu o aviso. Somente com aqueles tão poderosos e sábios quanto você mesmo é que pode ser construída a verdadeira cidadela contra o tempo.

A cidadela contra o tempo. Mesmo em minha ignorância, as palavras tinham seu poder. E o medo que havia em mim se expandiu, estendeu-se para alcançar milhares de outras razões.

Ele pareceu distante por um momento, com uma beleza indescritível à luz do fogo, os fios escuros de seu cabelo castanho-avermelhado quase não tocavam sua testa lisa, seus lábios separados num sorriso beatífico.

– Se não podemos ter os velhos costumes, por que não ter um ao outro? – ele perguntou.

E neste momento sua voz era de novo a voz dos apelos.

– Quem mais pode compreender seu sofrimento? Quem mais sabe o que se passou em sua mente naquela noite em que você estava no palco de seu pequeno teatro, assustando a todos aqueles a quem amava?

– Não fale sobre isto! – eu sussurrei.

Mas eu já estava todo comovido, sendo levado por seus olhos e sua voz. Muito perto de mim estava o êxtase que eu havia sentido naquela noite nas ameias. Com toda minha vontade, estendi os braços para Gabrielle.

– Quem compreende o que se passou em sua mente quando meus seguidores renegados, divertindo-se com a música de seu precioso rabequista, arquitetaram seu horripilante empreendimento no bulevar? – ele perguntou.

Não falei.

– O Teatro dos Vampiros! – Seus lábios alongaram-se no sorriso mais melancólico. – Será que ela compreende a ironia disso, a crueldade? Será que ela sabe como era quando você ficava naquele palco como um jovem, ouvindo a plateia gritar seu nome? Quando o tempo era seu amigo, não seu inimigo como é agora? Quando, nos bastidores, você abriu os braços e seus queridos mortais foram até você, sua pequena família, entrelaçando-se com você...

– Pare, por favor. Eu lhe peço para parar.

– Será que alguma outra pessoa conhece o tamanho de sua alma?

Bruxaria. Será que algum dia foi usada com mais habilidade? E o que ele estava realmente nos dizendo por baixo daquele fluxo belo e cristalino de palavras: *Venham a mim e eu serei o sol em torno do qual vocês ficarão presos, orbitando, e meus raios irão descobrir os segredos que escondem uns dos outros, e eu, que possuo encantos e poderes dos quais vocês não têm a menor ideia, irei controlá-los, possuí-los e destruí-los!*

– Eu lhe perguntei antes – eu disse. – O que você quer? O que quer de fato?

– Você! – ele disse. – Você e ela! Que nós formemos um trio nesta encruzilhada!

Não que nos rendamos a você?

Balancei a cabeça. E vi a mesma cautela e desconfiança em Gabrielle.

Ele não estava com raiva; não havia nada de maligno agora. No entanto, tornou a dizer, com a mesma voz enganadora:

– Eu o amaldiçoo.

E senti como se ele houvesse declamado.

– Eu me ofereci a você no momento em que me subjugou – ele disse. – Lembre-se disso quando seus filhos das trevas o atacarem, quando se levantarem contra você. Lembre-se de mim.

Eu estava abalado, mais abalado do que fiquei naquele desfecho com Nicolas no teatro de Renaud. Eu nunca havia conhecido o medo na cripta sob o Les Innocents. Mas conheci naquele aposento desde que entramos nele.

E a raiva fervia nele de novo, algo pavoroso demais para ele controlar.

Eu o observei inclinar a cabeça e se afastar. Ele ficou pequeno, leve, mantendo os braços em torno do corpo enquanto ficava parado diante das chamas, pensando agora em ameaças que pudessem ferir-me, e eu as ouvi embora morressem antes mesmo de chegar a seus lábios.

Mas alguma coisa perturbou minha visão por uma fração de segundo. Talvez tenha sido o derreter de uma vela. Talvez tenha sido o piscar de meu olho. O que quer que tenha sido, ele desapareceu. Ou tentou desaparecer, e eu o vi saltar para longe do fogo como um enorme raio negro.

– Não! – gritei.

E investindo contra uma coisa que nem podia ver, segurei-o, materializado de novo em minhas mãos.

Ele apenas se movera com muita rapidez, e eu me movi mais rápido. Agora estávamos frente a frente no vão da porta da cripta, e, mais uma vez, eu disse aquela simples negação e não o soltei.

– Não desse jeito, não podemos nos separar. Não podemos partir com ódio, não podemos.

E, de repente, minha vontade se dissolveu quando o abracei e o apertei, de modo que ele não podia libertar-se e nem mesmo se mexer.

Não me importava o que ele era, ou o que havia feito naquele maldito momento em que mentiu para mim, ou mesmo tentou subjugar-me, não me importava que eu não fosse mais mortal e que jamais o seria de novo.

Só queria que ele ficasse. Queria ficar com ele, com o que ele era, e que todas as coisas que havia dito fossem verdade. Entretanto, nunca poderia ser como ele desejava que fosse. Ele não poderia ter aquele poder sobre nós. Não poderia afastar Gabrielle de mim.

No entanto, eu me perguntava: será que ele realmente compreendia o que estava pedindo? Seria possível que ele acreditasse nas palavras mais inocentes que dissera?

Sem falar, sem pedir seu consentimento, eu o conduzi de volta para o banco ao lado da lareira. Senti o perigo de novo, um perigo terrível. Mas isto não importava. Ele tinha de permanecer ali conosco.

❋

Gabrielle falava consigo mesma em voz baixa. Andava de um lado para o outro, com a capa pendurada num ombro e parecia quase ter esquecido de que estávamos ali.

Armand a observava, e, de repente, de maneira inesperada, ela virou-se para ele e disse em voz alta:

– Você chega a ele e diz "leve-me com você". Você diz "me ame" e insinua segredos, conhecimentos superiores, mas não nos dá coisa alguma, a nenhum de nós, a não ser mentiras.

– Eu mostrei meu poder de compreensão – ele respondeu com um suave murmúrio.

– Não, você fez truques com sua compreensão – ela replicou. – Você criou imagens. E imagens bem infantis. Fez isso o tempo todo. Você atraiu Lestat ao *Palais* com as ilusões mais deslumbrantes, apenas para atacá-lo. E aqui, quando há uma trégua na luta, o que você faz a não ser tentar semear a desavença entre nós...

– Sim, ilusões antes, admito – ele respondeu. – Mas as coisas de que falei aqui são verdadeiras. Você já despreza seu filho pelo amor que ele sente pelos mortais, pela necessidade dele de estar sempre perto deles, por sua submissão ao violinista. *Você* sabia que o Dom das Trevas iria enlouquecer Nicolas e que no final vai destruí-lo. Você almeja de fato sua liberdade, ficar livre de todos os Filhos das Trevas. E não pode ocultar isso de mim.

– Ah, mas você é tão simplista – ela disse. – Você vê, mas não vê. Quantos anos mortais você viveu? Lembra-se de alguma coisa desse tempo? O que você percebeu não é a verdadeira essência da paixão que sinto por meu filho. Eu o amo como jamais amei algum outro ser da criação. Em minha solidão, meu filho é tudo para mim. Como é que você não consegue interpretar aquilo que vê?

– É você que não sabe interpretar – ele respondeu da mesma maneira suave. – Se algum dia você sentiu um verdadeiro desejo por uma outra pessoa, saberia que o que sente por seu filho não é nada.

– É inútil – eu disse – falar desse modo.

– Não – ela disse para ele sem a menor hesitação. – Eu e meu filho somos da mesma família de muitas maneiras. Em cinquenta anos de vida, jamais conheci alguém tão forte quanto eu, exceto meu filho. E o que nos separa, sempre pode ser reparado. Mas como podemos aceitá-lo como um de nós quando você usa essas coisas como lenha para o fogo! Entenda o meu objetivo maior: o que você pode dar de si mesmo para que possamos querê-lo?

– Minha orientação é o que vocês precisam. Vocês apenas começaram sua aventura e não têm crenças para sustentá-los. Não podem viver sem alguma orientação...

– Milhões vivem sem crença ou orientação. É você que não consegue viver sem elas – ela disse.

Dor vindo dele. Sofrimento.

Mas ela prosseguiu, com a voz tão firme e sem expressão que era quase um monólogo.

– Tenho minhas dúvidas – ela disse. – Há coisas que devo saber. Não posso viver sem uma filosofia, mas isso nada tem a ver com velhas crenças em deuses ou demônios.

Ela começou a andar de novo de um lado para o outro, olhando de soslaio para ele enquanto falava.

– Quero saber, por exemplo, por que a beleza existe – ela disse –, por que a natureza continua a inventá-la, e qual é a associação entre a vida de uma árvore e sua beleza, e o que relaciona a mera existência de um mar ou de uma tempestade de relâmpagos com os sentimentos que essas coisas inspiram em nós? Se Deus não existe, se essas coisas não estão unidas em um sistema metafórico, então por que conservam para nós tamanho poder simbólico? Lestat chama isto de Jardim Selvagem, mas para mim não basta. E devo confessar que isto, esta curiosidade obsessiva, ou como quer que você chame, me afasta de minhas vítimas humanas. Ela me leva de encontro à natureza, para longe da criação humana. E talvez me leve para longe de meu filho, que está enfeitiçado por todas as coisas humanas.

Ela aproximou-se dele, nada em seus modos sugeria agora que fosse uma mulher, e estreitou os olhos enquanto olhava bem em seu rosto.

– Mas esta é a luz através da qual eu vejo a Trilha do Diabo – ela disse. – E qual a luz que você usou para percorrê-la? O que você realmente aprendeu além do culto ao diabo e da superstição? O que você sabe sobre nós, e como passamos a existir? Dê isto a nós e pode ser que tenha algum valor. Mas também pode ser que não.

Ele estava mudo. Não tinha maneira de esconder seu assombro.

Ele a encarava em inocente confusão. Depois levantou-se e se afastou, era óbvio que tentava evitá-la, um espírito abatido olhando inexpressivamente para a frente.

O silêncio o cercava. E, naquele momento, me senti estranhamente protetor em relação a ele. Ela havia falado a verdade, sem retórica, sobre as coisas que a interessavam, como era seu costume fazer até onde eu podia lembrar, e como sempre havia algo de violentamente desdenhoso nisso. Ela falou do que tinha importância para ela, sem consideração com o que acontecera com ele.

Venha para um plano diferente, ela disse, para meu plano. E ele estava bloqueado e humilhado. O grau de seu desamparo tornava-se alarmante. Ele não se recuperava do ataque infligido por ela.

Ele virou-se e moveu-se em direção aos bancos de novo, como se fosse sentar-se, depois em direção aos sarcófagos, depois em direção à parede. Parecia que aquelas superfícies sólidas o repeliam, como se sua vontade se deparasse com um campo invisível que o obrigava a recuar.

Ele saiu da câmara e foi até as escadas de pedra, depois girou e retornou.

Seus pensamentos estavam presos dentro dele ou, pior ainda, não havia pensamentos!

Havia apenas imagens confusas do que ele via à sua frente, objetos simples que brilhavam para ele, a porta com montantes de ferro, as velas, a lareira. A lembrança vivida das ruas de Paris, os vendedores ambulantes, os mascates de papéis, os cabriolés, a combinação de sons de uma orquestra, o horrível alarido de palavras e frases dos livros que ele havia lido tão recentemente.

Eu não podia suportar aquilo, mas Gabrielle fez um aceno severo para eu permanecer onde estava.

Alguma coisa estava se formando na cripta. Alguma coisa estava acontecendo no próprio ar.

Algo mudara enquanto as velas derretiam, o fogo crepitava e lambia as pedras enegrecidas e os ratos se moviam nas masmorras com seus mortos.

Armand estava parado sob a arcada da porta, parecia que muito tempo havia se passado, embora não houvesse, e Gabrielle estava distante, no canto da câmara, com o rosto sereno e concentrado, os olhos radiantes e pequenos.

Armand iria falar conosco, mas não era uma explicação que pretendia dar. Não havia nenhuma direção nas coisas que iria dizer e era como se nós o tivéssemos aberto com um corte e as imagens estivessem brotando como sangue.

Armand parecia uma criança no vão da porta, segurando os próprios braços. E eu sabia o que sentia. Era uma profunda intimidade com um outro ser, uma intimidade que fazia com que até mesmo os extasiantes momentos da matança parecessem obscurecidos e sob controle. Ele estava aberto e não mais podia conter a deslumbrante torrente de imagens que fazia sua velha e silenciosa voz parecer delicada, lírica e forjada.

Teria sido esse o perigo o tempo todo, o gatilho de meu medo? Mesmo enquanto admitia isto, eu estava me rendendo e pareceu que todas as grandes lições de minha vida foram todas aprendidas através da renúncia ao medo. Mais uma vez, o medo estava rompendo sua concha em torno de mim para que alguma outra coisa pudesse saltar para a vida.

Nunca, jamais em toda a minha existência, mortal ou imortal, eu havia sido ameaçado por uma intimidade como aquela.

A HISTÓRIA DE ARMAND

3

A câmara desaparecera pouco a pouco. As paredes sumiram.

Surgiram homens a cavalo. Uma nuvem no horizonte. Depois gritos de terror. E uma criança de cabelos castanho-avermelhados em trajes grosseiros de camponês corria e corria, enquanto os cavaleiros separaram-se numa horda e a criança, lutando e esperneando, foi agarrada e atirada sobre a sela de um cavaleiro que partiu para além do fim do mundo. Esta criança era Armand.

E aquelas eram as estepes ao sul da Rússia, mas Armand não sabia que ali era a Rússia. Ele conhecia Mãe e Pai, Igreja, Deus e Satã, mas nem sequer compreendia o significado da palavra lar, ou o nome de seu idioma, ou que os cavaleiros que o levavam embora eram tártaros e que jamais iria ver de novo alguma coisa que conhecia ou amava.

Escuridão, o movimento tumultuoso do navio, o enjoo que nunca acabava e, emergindo do medo e do desespero entorpecedor, a vasta imensidão cintilante de construções impossíveis que era Constantinopla nos últimos dias do Império Bizantino, com suas fantásticas multidões e seus locais para leilão de escravos. O balbucio ameaçador de línguas estrangeiras, ameaças feitas na linguagem universal dos gestos e, em toda a volta dele, inimigos que não conseguia distinguir e dos quais não podia fugir.

Muitos e muitos anos se passariam, além do tempo de vida de um mortal, antes que Armand pudesse se lembrar daquele momento aterrador e identificar nomes e histórias, os funcionários da corte bizantina que o haviam castrado, os zeladores dos haréns muçulmanos que teriam feito o mesmo, os orgulhosos guerreiros mamelucos do Egito que o teriam levado ao Cairo com eles se ele fosse mais belo e mais forte, e os radiantes venezianos de fala mansa, com suas perneiras e gibões de veludo, as criaturas mais fascinantes de todas, cristãos como ele, mas que riam gentilmente um para o outro enquanto o examinavam, enquanto ele permanecia mudo, incapaz de responder, de suplicar, até mesmo de ter esperança.

Eu vi os mares à sua frente, o grande azul ondulado do Egeu e do Adriático, seu enjoo de novo no porão e seu juramento solene de não viver.

E vi os grandes palácios mouriscas de Veneza elevando-se na cintilante superfície da laguna, a casa para onde foi levado com suas dúzias e dúzias de câmaras secretas, a luz do céu vislumbrada apenas através de janelas com grades, os outros garotos falando com ele naquela estranha e suave língua que era o veneziano, as ameaças e agrados enquanto era convencido, contra todos os seus medos e superstições, dos pecados que teria de cometer com a interminável procissão de estranhos naquela paisagem de mármore e luz de tocha, cada câmara abrindo-se para um novo quadro vivo de ternura, que se entregava ao mesmo e inexplicável ritual, e, por fim, ao mesmo cruel desejo.

E por fim uma noite em que, depois de ter-se recusado a se submeter durante dias e dias, estava faminto, machucado, sem falar mais com ninguém, foi empurrado de novo através de uma daquelas portas, do jeito que estava, sujo e cego por causa do quarto escuro no qual estivera trancafiado, e a criatura que estava ali para recebê-lo, aquela pessoa alta usando veludo vermelho, com o rosto delgado e quase luminoso, tocou-o de uma maneira tão gentil com dedos frios que, meio sonhando, ele não chorou enquanto via as moedas trocarem de mãos. Mas era uma grande quantia em dinheiro. Dinheiro demais. Ele estava sendo vendido. E o rosto parecia liso demais, podia ser uma máscara.

No momento final, ele gritou. Jurou que iria obedecer, que não resistiria mais. Se alguém lhe dissesse para onde estava sendo levado, ele não desobedeceria mais, por favor, por favor. E mesmo quando estava sendo puxado escada abaixo em direção ao cheiro úmido e desagradável das águas, sentiu de novo os dedos firmes e delicados de seu novo Mestre e, em seu pescoço, lábios frios e ternos que nunca, jamais poderiam machucá-lo, e aquele primeiro beijo, mortal e irresistível.

Amor, amor e amor no beijo do vampiro. Ele banhou Armand, limpou-o, *isto é tudo*, enquanto era carregado para a gôndola, que se moveu como um enorme e sinistro escaravelho através do canal estreito até os esgotos por baixo de uma outra casa.

Embriagado de prazer. Embriagado pelas sedosas mãos pálidas que alisavam seus cabelos e pela voz que o chamava de forma tão bonita; pelo rosto que nos momentos de emoção ficava tão expressivo para depois tornar-se sereno e deslumbrante como se feito de pedras preciosas e alabastro em repouso. Era como uma poça d'água ao luar. Bastava tocá-la mesmo com as pontas dos dedos para que toda sua vida subisse até a superfície e, depois, desaparecesse gradualmente em silêncio de novo.

Inebriado na luz da manhã pela lembrança daqueles beijos, enquanto, sozinho, ele abria uma porta após a outra deparando-se com livros, mapas e estátuas de granito e mármore, os outros aprendizes o conduziam pacientemente a seu trabalho – deixando-o observar enquanto preparavam as tintas brilhantes, ensinando-o a misturar as cores puras com o amarelo, a espalhar o verniz de laca sobre os painéis, levando-o pelos andaimes enquanto trabalhavam, dando cuidadosas pinceladas nos cantos do imenso desenho do sol e das nuvens, mostrando-lhe aqueles rostos grandes, as mãos e as asas de anjo que só seriam tocados pelo pincel do Mestre.

Inebriado enquanto se sentava diante da mesa comprida com eles, devorando com voracidade as deliciosas comidas que jamais havia provado antes, e o vinho que nunca se esgotava.

E adormecia enfim para ser despertado na hora do crepúsculo quando o Mestre parava ao lado da enorme cama, deslumbrante como se fosse produto da imaginação em seu veludo vermelho, com seus densos cabelos grisalhos brilhando à luz do lampião, e a mais sincera felicidade em seus brilhantes olhos azul-cobalto. O beijo mortal.

– Ah, sim, jamais ser separado de você, sim... não tenha medo.

– Em breve, meu querido, dentro de pouco tempo estaremos unidos de verdade.

Tochas ardendo por toda a casa. O Mestre em cima dos andaimes com o pincel na mão.

– Fique ali, na luz, não se mexa.

E horas e horas parado na mesma posição e então, antes do amanhecer, via sua própria imagem na pintura, o rosto de um anjo, o Mestre sorrindo enquanto descia pelo corredor interminável...

– Não, Mestre, não me deixe, deixe-me ficar com você, não vá embora...

Dia outra vez, e dinheiro em seu bolso, ouro de verdade, e o esplendor de Veneza com seus canais de cor verde-escura, cercados por palácios, os outros aprendizes andando de braços dados com ele, o ar fresco e o céu azul sobre a Piazza San Marco, como algo que ele apenas sonhara na infância, o *palazzo* de novo ao crepúsculo, o Mestre vindo, o Mestre inclinado sobre o painel menor com o pincel, trabalhando cada vez mais rápido enquanto os aprendizes olhavam atentamente, meio horrorizados, meio fascinados, o Mestre erguendo os olhos e vendo-o, deixando o pincel de lado, levando-o para fora do enorme estúdio enquanto os outros trabalhavam até a meia-noite, seu rosto nas mãos do Mestre enquanto, sozinhos de novo no quarto de dormir, aquele secreto, nunca conte para ninguém, beijo.

Dois anos, três anos? Não há palavras para recriar ou compreender aquilo, a glória que foram aqueles tempos – as frotas que zarpavam daquele porto para a guerra, os hinos que se elevavam diante daqueles altares bizantinos, os dramas da Paixão e os dramas dos milagres encenados em tablados nas igrejas e na *piazza* com sua boca do inferno e seus demônios dando piruetas, os cintilantes mosaicos que se espalhavam pelos muros de São Marcos, São Zanipolo e o Palazzo Ducale, os pintores que andavam por aquelas ruas, Giambono, Uccello, os Vivarini e os Bellini; os intermináveis dias de festas e as procissões, e sempre nas primeiras horas da madrugada, nos amplos quartos iluminados por tochas do *palazzo,* sozinho com o Mestre quando os outros dormiam em segurança, trancafiados. O pincel do Mestre corria sobre o painel em frente, como se estivesse descobrindo a pintura e não criando-a – o sol, o céu e o mar espalhando-se sob o dossel das asas do anjo.

E aqueles momentos terríveis e inevitáveis em que o Mestre se levantava gritando, arremessando os potes de tintas em todas as direções, segurando os olhos como se fosse arrancá-los do rosto.

– Por que não posso ver? Por que não posso ver melhor do que os mortais?

Abraçando o Mestre. Esperando pelo êxtase do beijo. Sombrio segredo, tácito segredo. O Mestre escapulindo pela porta antes do amanhecer.

– Deixe-me ir com você, Mestre.

– Em breve, meu querido, meu amor, meu pequeno, quando você for bem forte e bem alto e não houver mais nenhuma imperfeição em você. Agora vá e tenha todos os prazeres que esperam por você, tenha o amor de uma mulher e tenha o amor de um homem nas noites que virão. Esqueça a amargura que conheceu naquele bordel e experimente essas coisas enquanto ainda houver tempo.

E rara era a noite em que ele não voltava, pouco antes do nascer do sol, com a pele corada e quente enquanto se curvava sobre ele para dar-lhe o abraço que o sustentaria através das horas do dia até o beijo fatal de novo ao anoitecer.

Ele aprendeu a ler e escrever. Entregava as pinturas a seu destino final, nas igrejas e capelas dos grandes palácios, recebia os pagamentos e comprava as tintas e vernizes. Repreendia os criados quando as camas não eram feitas e as refeições não estavam prontas. Adorado pelos aprendizes, ele chorava quando os encaminhava para um novo serviço assim que concluíam o aprendizado. Lia poesia para o Mestre enquanto este pintava, e aprendeu a tocar alaúde e cantar.

E durante aquelas tristes ocasiões em que o Mestre deixava Veneza durante muitas noites, era ele quem mandava na ausência do Mestre, ocultando sua angústia dos outros, sabendo que ela só terminaria quando o Mestre retornasse.

E finalmente, numa noite, nas primeiras horas da madrugada, quando até mesmo Veneza dormia:

– Este é o momento, meu querido. O momento de você vir a mim e se tornar igual a mim. É isto que deseja?

– Sim.

– Florescer para sempre, em segredo, com o sangue dos malfeitores, como eu floresço, e submeter-se a esses segredos até o fim do mundo.

– Eu juro, eu me submeto, juro... estar com você, meu Mestre, sempre, você é o criador de todas as coisas que sou. Nunca existiu um desejo maior.

O pincel do Mestre apontava para a pintura que chegava ao teto por cima dos andaimes.

– Este é o único sol que você poderá ver daqui em diante. Mas terá milhares de noites para ver a luz como nenhum mortal viu antes, para arrebatar das estrelas distantes, como se fosse um Prometeu, uma luz infinita com a qual poderá compreender todas as coisas.

Quantos meses se passaram? Na vertigem do poder do Dom das Trevas.

As noites perambulando juntos por becos e canais – não receava mais a escuridão –, e o eterno êxtase da matança, e jamais, jamais de almas inocentes. Não, sempre o malfeitor, a mente perscrutada até que nela se revelasse Tifon, o assassino de seu irmão, e depois beber o mal da vítima humana e sua transmutação em êxtase, enquanto o Mestre indicava o caminho, compartilhando o banquete.

E depois a pintura, as horas solitárias com o milagre da nova habilidade, com o pincel às vezes movendo-se como que sozinho sobre a superfície laqueada, e os dois pintando furiosamente sobre o tríptico, os aprendizes mortais dormindo entre potes de tinta e garrafas de vinho, e apenas um mistério perturbando a serenidade, o mistério das viagens intermináveis do Mestre, tal como no passado, que deixava Veneza de vez em quando.

Sua ausência agora era muito mais terrível. Caçar sozinho sem o Mestre, deitar-se sozinho na adega após a caçada, esperando. Não ouvir o som metálico da risada do Mestre nem as batidas de seu coração.

– Mas aonde você vai? Por que não posso ir com você? – Armand suplicava.

Não compartilhavam o segredo? Por que esse mistério não era explicado?

– Não, meu adorável, você não está preparado para este fardo. Por enquanto, deve ser como tem sido por mais de mil anos, só meu. Algum dia você me ajudará com o que tenho de fazer, mas só quando você estiver preparado para o conhecimento, quando você tiver demonstrado que de fato deseja saber, e quando for poderoso o bastante para que ninguém jamais possa tirar o conhecimento de você contra a sua vontade. Até lá, entenda, não tenho outra escolha a não ser deixá-lo. Eu vou cuidar Daqueles Que Devem Ser Conservados, como sempre fiz.

Aqueles Que Devem Ser Conservados.

Armand ficou pensando nestas palavras; aquilo o assustava. Mas o pior de tudo é que isso afastava o Mestre dele, e só aprendeu a não ter medo porque o Mestre sempre retornava para ele.

– Aqueles Que Devem Ser Conservados estão em paz, ou em silêncio – ele costumava dizer quando tirava a capa de veludo vermelho dos ombros. – Mais do que isto talvez nunca saibamos.

E de volta ao banquete, a caça à espreita dos malfeitores através dos becos de Veneza, ele e o Mestre iriam.

Por quanto tempo podia ter durado isso – durante toda uma vida mortal? Durante cem vidas?

Aquela bem-aventurança sombria não durou nem seis meses, quando, antes do crepúsculo do anoitecer, o Mestre parou perto do seu caixão no fundo da adega pouco acima do canal e disse:

– Levante-se, Armand, precisamos sair daqui. Eles chegaram!

– Mas quem são eles, Mestre? São Aqueles Que Devem Ser Conservados?

– Não, meu querido. São os outros. Venha, temos de nos apressar!

– Mas como podem nos causar dano? Por que temos de ir embora?

Os rostos brancos nas janelas, as batidas nas portas. Vidro estilhaçando. O Mestre virando-se de um lado para o outro enquanto olhava para as pinturas. O cheiro de fumaça. O cheiro de breu queimando. Eles vinham de cima. Estavam descendo.

– Corra, não há tempo para salvar nada.

Escada acima para o telhado.

Figuras de capuzes negros erguendo as tochas através dos vãos de porta, o fogo crepitando nos quartos abaixo, explodindo as janelas, borbulhando na escada. Todas as pinturas estavam queimando.

– Para o telhado, Armand. Venha!

Criaturas iguais a nós naqueles trajes escuros! Outros iguais a nós! O Mestre empurrava-os em todas as direções enquanto subia a escada correndo, ossos estalando quando batiam no teto e nas paredes.

– Blasfemador, herético! – vociferavam as vozes estranhas.

Braços prenderam Armand e o seguraram no alto da escada, o Mestre virou-se para trás em sua direção.

– Armand! Confie em sua força. Venha!

Mas eles estavam se aglomerando atrás do Mestre. Estavam cercando-o. Para cada um arremessado na parede, apareciam outros três, até que cinquenta tochas foram enterradas nas roupas de veludo do Mestre, em suas compridas mangas vermelhas, em seus cabelos grisalhos. O fogo rugia até o teto enquanto o consumia, transformando-o em tocha viva, mesmo enquanto ele se defendia com os braços em chamas, queimando seus atacantes que jogavam as tochas ardentes a seus pés, como se fossem lenha.

Mas Armand fora retirado à força da casa em chamas, junto com os aprendizes mortais que gritavam. E atravessando as águas, foi para longe de

Veneza, em meio a gritos e lamentações, no interior de uma embarcação tão aterrorizadora quanto o navio de escravos, para uma clareira aberta sob o céu noturno.

– Blasfemador, blasfemador!

A fogueira crescia, a corrente de figuras encapuzadas em torno dela e o canto cada vez mais alto.

– Para o fogo!

– Não, não façam isto comigo, não!

E enquanto ele observava, petrificado, viu os aprendizes mortais sendo levados em direção à pira, seus irmãos, seus únicos irmãos, berrando em pânico enquanto eram arremessados para cima e para dentro das chamas.

– Não... parem com isto, eles são inocentes! Pelo amor de Deus, parem, inocentes...

Ele gritava, mas então era chegada sua vez. Tentou resistir, mas foi carregado para ser jogado dentro da fogueira.

– Mestre, ajude-me!

E então todas as palavras abriram caminho para um grito de lamento.

Debatendo-se, gritando, enlouquecido.

Mas ele foi poupado. Trazido de volta à vida. E ficou deitado no chão, olhando para o céu. As chamas lambiam as estrelas, ao que parecia mas ele estava bem distante delas e nem sequer podia mais sentir o calor. Podia sentir o cheiro de suas roupas queimadas e seus cabelos queimados. A dor no rosto e nas mãos era o pior, o sangue estava vazando dele que mal podia mexer os lábios...

– ... Todos os inúteis trabalhos de teu Mestre destruídos, todas as vãs criações que ele fez entre os mortais com seus Poderes das Trevas, imagens de anjos, de santos e de seres mortais! Desejas também ser destruído? Ou servir a Satã? Faça tua escolha. Provastes o fogo, e o fogo te espera, faminto. O inferno te espera. Desejas fazer tua escolha?

– ... Sim...

– ... servir a Satã como ele deve ser servido.

– Sim...

– ... Que todas as coisas do mundo são vaidade, e que jamais usarás teus Poderes das Trevas para qualquer vaidade mortal, nem pintar, nem criar música, nem dançar, nem recitar para a diversão de mortais, mas apenas e para sempre a serviço de Satã, teus Poderes das Trevas para seduzir, aterrorizar e destruir, apenas destruir...

– Sim...

– ... serão consagrados a teu único mestre, Satã, Satã para sempre, sempre e sempre para servir a teu verdadeiro mestre nas trevas, na dor e no sofrimento, entregar tua mente e teu coração...

– Sim.

– E não esconder de teus irmãos em Satã nenhum segredo, dividir todo o conhecimento do blasfemador e de sua obrigação...

Silêncio.

– Revelar todo conhecimento da obrigação, criança! Vamos, as chamas esperam.

– Eu não estou entendendo.

– Aqueles Que Devem Ser Conservados. Diga.

– Dizer o quê? Eu não sei de nada, exceto que não desejo sofrer. Estou com tanto medo.

– A Verdade, Filho das Trevas. Onde eles estão? Onde estão Aqueles Que Devem Ser Conservados?

– Eu não sei mesmo. Leia em minha mente se você tem o mesmo poder. Não há nada que eu possa contar.

– Mas o *quê*, criança, o *que* eles são? Ele nunca lhe contou? O *que* são Aqueles Que Devem Ser Conservados?

E, então, eles também não compreendiam. Para eles não era mais que uma frase, assim como era para ele. *Quando você for poderoso o bastante para que ninguém jamais possa tirar esse conhecimento de você, contra sua vontade.* O mestre fora sábio.

– Qual é o significado disso? Onde é que eles estão? Nós precisamos ter a resposta.

– Eu juro que não tenho a resposta. Juro por meu medo que é tudo que possuo agora, eu não sei!

Rostos brancos aparecendo por cima dele, um de cada vez. Os lábios insípidos dando beijos duros e suaves, mãos que o afagavam com gotículas cintilantes de sangue pingando de seus pulsos. Eles queriam que a verdade saísse com o sangue. Mas que importância isso tinha? Sangue era sangue.

– És agora o filho do demônio.

– Sim.

– Não chores por teu mestre, Marius. Marius está no inferno, que é teu lugar. Agora, bebe o sangue purificador, levanta e dança com os de tua própria espécie pela glória de Satã! E a imortalidade será verdadeiramente tua!

– Sim...

O sangue queimando sua língua enquanto ele levantava a cabeça, o sangue enchendo-o com lentidão tortuosa.

– Oh, por favor.

Em volta dele, frases em latim e a lenta batida dos tambores. Eles estavam satisfeitos. Sabiam que ele havia falado a verdade. Não iriam matá-lo e o êxtase obscurecia quaisquer considerações. A dor nas mãos e no rosto dissolvera-se nesse êxtase...

– Levanta, criança, e junte-se aos Filhos das Trevas.

– Sim, eu vou.

Mãos brancas estendendo-se para suas mãos. Trompas e alaúdes estridulando por cima do surdo bater dos tambores, harpas sendo dedilhadas num ritmo hipnótico enquanto o círculo começava a se mover. Figuras encapuzadas vestindo andrajos negros pareciam flutuar quando levantavam os joelhos e inclinavam as cabeças.

E, soltando as mãos, eles giravam, saltavam e desciam de novo e, rodando e rodando, com seus lábios cerrados, começaram a cantarolar cada vez mais alto.

O círculo deslizava mais rápido. O cantarolar tornou-se uma grande vibração melancólica sem forma nem continuidade e, no entanto, parecia uma maneira de falar, parecia ser o próprio eco do pensamento. Cada vez mais alto ele chegava como um gemido que não conseguia transformar-se num grito.

Ele estava fazendo o mesmo som, girando, e tonto de tanto girar saltou alto no ar. Mãos seguraram-no, lábios beijaram-no, ele estava sendo puxado pelos outros, alguém gritava em latim, um outro respondia, um terceiro gritava mais alto e uma outra resposta vinha de novo.

Ele estava voando, não mais preso a terra nem à medonha dor provocada pela morte de seu Mestre, pela morte das pinturas e pela morte dos mortais que ele amava. O vento passava voando por ele e o calor explodia em seu rosto e seus olhos. Mas o canto era tão bonito que não importava que não conhecesse as palavras, ou que não pudesse orar para Satã, não soubesse como acreditar ou fazer tal oração. Ninguém sabia que ele não sabia, e todos estavam juntos num coro, gritando, lamentando, girando e saltando de novo e outra vez, balançando para a frente e para trás, jogando a cabeça para trás enquanto o fogo os cegava, os lambia e alguém gritava:

– Sim, SIM!

E a música avolumou-se. Um ritmo bárbaro irrompeu em torno dele, produzido por tambores e pandeiros, e as vozes entoavam por fim uma melodia lúgubre e impetuosa. Os vampiros jogavam os braços para cima, uivavam, figuras passavam por ele tremendo em contorções turbulentas, as costas arqueadas, os calcanhares batendo no chão. O júbilo de diabinhos no inferno. Aquilo o horrorizou e o atraiu e, quando as mãos o agarraram e giraram, ele bateu com os pés no chão, contorceu-se e dançou como os outros, deixando que a dor fluísse por todo o seu corpo, que se curvava enquanto ele gritava.

Antes do amanhecer, ele estava em delírio, e uma dúzia de irmãos em volta dele o acariciavam, acalmavam e conduziam para baixo por uma escada que se abria para as entranhas da terra.

❋

Durante algum tempo nos meses que se seguiram, Armand chegou a sonhar que seu Mestre não havia sido queimado até morrer.

Ele sonhava que seu Mestre caía do telhado, como um cometa em chamas, nas águas salvadoras do canal embaixo. E, no fundo das montanhas ao norte da Itália, seu Mestre ainda sobrevivia. Seu Mestre o convocava. Seu Mestre estava no santuário Daqueles Que Devem Ser Conservados.

Às vezes, em seu sonho, seu Mestre parecia tão poderoso e radiante como nunca; a beleza parecia ser sua indumentária. Em outras ocasiões, ele estava queimado, enegrecido e encolhido, uma brasa viva, os olhos enormes e amarelos, e apenas os cabelos grisalhos estavam tão lustrosos e cheios como sempre. Em sua fraqueza, ele rastejava pelo chão, suplicando que Armand o ajudasse. E, por trás dele, uma luz quente emanava do santuário Daqueles Que Devem Ser Conservados; o cheiro de incenso sugeria que naquele lugar parecia haver uma promessa de antigas magias, uma promessa de beleza fria e exótica, além de todo o bem e de todo o mal.

Mas era vã fantasia. Seu Mestre dissera-lhe que o fogo e a luz do sol poderiam destruí-los, e ele próprio vira o corpo do Mestre em chamas. Era como desejar a volta de sua vida mortal para ter aqueles sonhos.

E quando fitava a lua, as estrelas e o suave espelho do mar à sua frente, ele não conhecia nenhuma esperança, nenhum desgosto e nenhuma alegria. Todas aquelas coisas vinham do Mestre, e o Mestre não existia mais.

– Eu sou o filho do demônio.

Mas isto era poesia. Toda a vontade estava extinguindo-se nele e nada havia além da confraria negra, e agora a matança incluía tanto inocentes como culpados. A matança era acima de tudo cruel.

Em Roma, na grande congregação das catacumbas, ele curvou-se diante de Santino, o líder, que desceu os degraus de pedra para recebê-lo de braços abertos. Este grande Filho das Trevas convertido na época da Peste Negra contou para Armand a visão que teve no ano de 1349, quando o flagelo assolava, que nós, vampiros, iríamos ser como a própria Peste Negra, um tormento sem explicação, para fazer com que o homem duvidasse da misericórdia e onipotência de Deus.

Santino levou Armand para o lugar sagrado forrado de crânios humanos e contou-lhe a história dos vampiros.

Em todos os tempos, tal como os lobos, nós temos sido como um flagelo para os mortais. E a congregação de Roma, o lado sombrio da Igreja Romana, alcançara a perfeição final.

Armand já conhecia os rituais e proibições comuns; agora devia aprender as grandes leis que o regiam:

Primeira – que cada congregação deve ter seu líder e só ele pode autorizar a concessão dos Dons das Trevas a um mortal, cuidando para que os métodos e os rituais sejam observados de maneira adequada.

Segunda – que os Dons das Trevas jamais devem ser concedidos aos aleijados, aos mutilados ou às crianças, ou para aqueles que, mesmo dotados com os Poderes das Trevas, não possam sobreviver por conta própria. Que fique entendido também que todos os mortais que receberem os Dons das Trevas devem possuir grande beleza física, tornando assim maior o insulto a Deus.

Terceira – um vampiro antigo jamais deve transmitir o seu dom, a fim de que o sangue do iniciado não fique forte demais. Pois todos os nossos dons aumentam naturalmente com a idade, e os vampiros mais antigos têm força demais para ser repassada. Ferimentos, queimaduras – tais catástrofes, caso não destruam o Filho de Satã, apenas irão aumentar seus poderes depois que ele estiver curado. No entanto, Satã protege o rebanho contra o poder dos mais velhos, pois quase todos, sem exceção, enlouquecem.

Neste particular, Armand ficou sabendo que não havia nenhum vampiro vivo que tivesse mais de trezentos anos. Nenhum dos que estavam vivos ali podia recordar da primeira congregação romana. O diabo chamava, com frequência, seus vampiros de volta ao lar.

Mas que Armand compreendesse também que os efeitos dos Poderes das Trevas são imprevisíveis, mesmo quando transmitidos por um vampiro muito jovem e com todos os devidos cuidados. Por razões que ninguém sabe, alguns mortais quando transformados em Filhos das Trevas tornam-se tão poderosos quanto Titãs, outros só conseguem ser cadáveres ambulantes. É por isto que os mortais devem ser escolhidos com habilidade. Os mortais que se deixavam dominar por paixões e uma vontade indômita deveriam ser evitados, assim como também os desprovidos dessas qualidades.

Quarta – que nenhum vampiro jamais pode destruir outro vampiro, só o mestre da congregação tem poder de vida e morte sobre todo seu rebanho. E, além disso, é sua obrigação conduzir os velhos e loucos para o fogo quando não mais puderem servir a Satã como deveriam. É sua obrigação destruir todos os vampiros que não tenham sido criados de maneira adequada. É sua obrigação destruir aqueles que tiverem sido feridos com tanta gravidade a ponto de não conseguirem sobreviver por conta própria. E, por fim, é sua obrigação procurar destruir todos os proscritos e todos aqueles que tenham violado estas leis.

Quinta – que nenhum vampiro jamais revelará sua verdadeira natureza para um mortal e permitir que este continue vivo. Nenhum vampiro jamais deve revelar a história dos vampiros para um mortal e deixar o mortal vivo. Nenhum vampiro poderá escrever a história dos vampiros ou deixar por escrito alguma informação verdadeira a respeito dos vampiros, de modo a evitar que esses escritos sejam encontrados e tomados como legítimos por mortais. E o nome de um vampiro jamais deve ser conhecido pelos mortais, a não ser através de sua lápide, e jamais um vampiro deve revelar aos mortais a localização de seu refúgio ou o de algum outro vampiro.

Estes eram então os grandes mandamentos aos quais todos os vampiros deviam obedecer. Eram as condições para fazer parte do mundo dos mortos-vivos.

No entanto, Armand devia saber que sempre houve histórias sobre os antigos vampiros heréticos com poder aterrorizador que não se submetiam a nenhuma autoridade, nem mesmo à do diabo – vampiros que haviam sobrevivido por milhares de anos. Às vezes eram chamados de Filhos dos Milênios. No norte da Europa havia histórias sobre Mael, que vivia nas florestas da Inglaterra e da Escócia; e na Ásia Menor a lenda de Pandora. No Egito, a antiga lenda do vampiro Ramsés, que teria sido visto recentemente.

Em todas as partes do mundo se encontravam histórias como essas. E elas poderiam ser facilmente descartadas como fantasiosas, se não fosse por um detalhe. O antigo herético Marius havia sido descoberto em Veneza, onde fora punido pelos Filhos das Trevas. A lenda de Marius era verdadeira. Mas Marius não existia mais.

Armand não disse coisa alguma sobre essa última afirmação. Não contou para Santino os sonhos que tivera. Na verdade, os sonhos se turvaram dentro de Armand, como também se turvaram as cores das pinturas de Marius. Já não estavam mais na mente ou no coração de Armand, para serem descobertos por outros que tentassem ver.

Quando Santino falou Daqueles Que Devem Ser Conservados, Armand confessou de novo que não sabia o significado disso. Nem Santino nem qualquer vampiro que Santino havia conhecido.

O segredo estava morto. E Marius também. E assim entregue ao silêncio o velho e inútil mistério. Satã é nosso senhor e Mestre. Em Satã tudo é compreendido e tudo é conhecido.

Armand agradava a Santino. Ele memorizava as leis, aperfeiçoava seu desempenho nos cerimoniais de feitiçaria, nos rituais e nas orações. Participou dos maiores Sabás que haveria de testemunhar em vida. E aprendia com os vampiros mais poderosos, mais habilidosos e mais belos que conheceu. Aprendia tão bem que se tornou um missionário enviado para reunir os Filhos das Trevas errantes em congregações e para orientar outros no desempenho do Sabá e no funcionamento dos Dons das Trevas, quando o mundo, a carne e o diabo pedissem que isto fosse feito.

Na Espanha, Alemanha e França, ele ensinou as Bênçãos e os Rituais das Trevas, conheceu Filhos das Trevas selvagens e persistentes, e pálidas chamas voltaram a brilhar nele naqueles momentos em que a congregação o cercava, reconfortada por ele, com sua unidade mantida graças à força que dele emanava.

Ele havia aperfeiçoado o ato de matar além da capacidade de todos os Filhos das Trevas que conhecia. Aprendera a convocar aqueles que de fato desejavam morrer. Só precisava ficar por perto das moradias dos mortais e chamar em silêncio para ver sua vítima aparecer.

Velho, jovem, desventurado, doente, feio ou bonito, não tinha importância porque ele não escolhia. Ele transmitia visões deslumbrantes, se eles quisessem receber, mas não se movia em sua direção nem mesmo fechava seus braços em torno deles. Atraídos de maneira inexorável para ele, eram eles que o abraçavam. E quando sua cálida carne viva o tocava, quando ele abria a boca e sentia o sangue transbordar, conhecia então o único alento em sua desgraça.

No melhor daqueles momentos, parecia-lhe que seu caminho era profundamente espiritual, não contaminado pelos apetites e confusões que caracterizavam o mundo, apesar do êxtase carnal da matança.

Naquele ato, o espiritual e o carnal se uniam e era o espiritual, ele estava convencido, que sobrevivia. Parecia-lhe a Sagrada Comunhão, o Sangue dos Filhos de Cristo sendo servido apenas para trazer a própria essência da vida ao seu conhecimento durante a fração de segundo na qual a morte ocorria. Apenas os grandes santos de Deus se comparavam a ele nessa espiritualidade, nesse confronto com o mistério, nessa existência de meditação e recusa.

No entanto, ele já havia visto seus maiores companheiros desaparecerem, causarem a própria destruição, enlouquecerem. Testemunhara a inevitável dissolução de congregações, vira a imortalidade derrotar os Filhos das Trevas criados com absoluta perfeição, e, às vezes, parecia uma medonha punição o fato de ela jamais tê-lo derrotado.

Estaria ele destinado a ser um dos antigos? Os Filhos dos Milênios? Poderia alguém acreditar naquelas histórias que ainda persistiam?

De vez em quando, um vampiro errante falava da lendária Pandora que teria sido vista na remota cidade russa de Moscou, ou de Mael, que vivia na desértica costa da Inglaterra. Os viajantes falavam até mesmo de Marius – que ele fora visto de novo no Egito, ou na Grécia. Mas esses contadores de histórias não haviam visto com seus próprios olhos essas figuras lendárias. Não sabiam de nada, na verdade. Eram histórias que passavam de boca em boca.

Elas não distraíam nem divertiam o servo obediente de Satã. Em silenciosa obediência aos Costumes das Trevas, Armand continuava a servir.

Contudo, nos séculos de sua longa obediência, Armand guardou dois segredos para si mesmo. Eram propriedade sua esses segredos, tanto quanto o caixão no qual se fechava durante o dia, ou os poucos amuletos que usava.

O primeiro era que, por maior que fosse sua solidão ou o tempo que levasse procurando por irmãos e irmãs nos quais pudesse encontrar algum consolo, ele jamais transmitiu os Dons das Trevas para ninguém. Não daria isso a Satã, nenhum Filho das Trevas criado por ele.

E o outro segredo, que ele ocultava de seus seguidores para seu próprio bem, era simplesmente a extensão de seu desespero que se aprofundava a cada dia.

Ele não ansiava por nada, não tratava nada com carinho, não acreditava em mais nada enfim, e não sentia nenhum prazer com seus poderes cada vez maiores e mais terríveis, vivia em um constante vazio que só era interrompido pela matança uma vez em cada noite de sua vida eterna – este segredo ele ocultou dos outros porque estes precisavam dele e só assim foi possível guiá-los, pois seu medo os teria deixado temerosos.

Mas isso acabara.

Um grande ciclo havia terminado, e mesmo anos antes ele sentira seu término, sem compreender que se tratava de um ciclo.

De Roma chegavam os relatos deturpados de viajantes, já velhos quando lhe eram contados, dizendo que o líder, Santino, abandonara seu rebanho. Alguns diziam que ele enlouquecera no campo, outros, que ele se jogara em uma fogueira, outros, que "o mundo" o tragara, que partira numa carruagem negra com mortais para nunca mais ser visto de novo.

– Nós ou vamos para a fogueira ou nos transformamos em lenda – disse um dos contadores de histórias.

Depois chegaram relatos sobre o caos em Roma, de dezenas de líderes que colocavam os mantos e capuzes negros para presidir a congregação. E que pouco tempo depois já não havia mais nenhum.

Desde 1700 que não chegava mais nenhuma notícia da Itália. Durante meio século, Armand não foi capaz de confiar em sua paixão ou na dos outros à sua volta para criar o arrebatamento do verdadeiro Sabá. E ele sonhava com seu velho Mestre, Marius, naqueles ricos mantos de veludo vermelho, e via o *palazzo* cheio de pinturas vibrantes, e sentira medo.

Até que um dia apareceu um outro.

Suas crianças desceram correndo para o subsolo do Les Innocents para descrever-lhe esse novo vampiro, que usava uma capa de veludo vermelho forrada de pele, que podia profanar as igrejas, abater aqueles que usavam cruzes e andar nos lugares de luz. Veludo vermelho. Era mera coincidência, e, no entanto, enfurecia-o e lhe parecia um insulto, um sofrimento gratuito que sua alma não podia suportar.

E depois veio a mulher, a mulher com os cabelos de um leão e nome de anjo, linda e poderosa como seu filho.

E ele subira as escadas que levavam para fora das catacumbas, liderando o bando contra nós, assim como os encapuzados vieram para destruí-lo e a seu Mestre, séculos antes em Veneza.

E fracassou.

Ele estava vestido com aqueles estranhos trajes de renda e brocado. Levava moedas nos bolsos. Sua mente estava tonta com os milhares de livros que havia lido. E ele se sentiu trespassado por tudo que testemunhara nos lugares de luz da grande cidade chamada Paris; era como se pudesse ouvir seu velho Mestre sussurrando em seu ouvido:

Mas terá milhares de noites para ver a luz como nenhum mortal viu antes, para arrebatar das estrelas distantes, como se fosse um Prometeu, uma luz infinita com a qual poderá compreender todas as coisas.

– Todas as coisas escaparam à minha compreensão – ele disse. – Sou como alguém que a terra devolveu e vocês, Lestat e Gabrielle, são como as imagens pintadas por meu velho Mestre em azul-celeste, carmim e dourado.

Estava parado no vão da porta, as mãos segurando os braços, e estava olhando para nós e perguntando em silêncio:

O que há para saber? O que há para dar? Nós somos os abandonados por Deus. E não existe nenhuma Trilha do Diabo estendendo-se diante de mim e não existe nenhum sino do inferno tocando em meus ouvidos.

4

Uma hora se passou. Talvez mais. Armand estava sentado junto ao fogo. Nenhuma marca em seu rosto da batalha já esquecida. Ele parecia, em sua tranquilidade, tão frágil quanto uma concha vazia.

Gabrielle sentou-se diante dele e também fitou as chamas em silêncio, com o rosto cansado e aparentemente compassivo. Era doloroso para mim não conhecer seus pensamentos.

Eu estava pensando em Marius. E Marius e Marius... o vampiro que pintara quadros do mundo real em um mundo real. Trípticos, retratos e afrescos nas paredes de seu *palazzo*.

E o mundo real jamais suspeitara dele, nem o perseguira nem o expulsara. Foi aquele bando de demônios encapuzados que foi queimar as pinturas, aqueles que compartilhavam o Dom das Trevas com ele – teria ele algum dia chamado aquilo de Dom das Trevas? –, foram eles que disseram que ele não poderia viver e criar entre os mortais. Não os mortais.

Eu via o pequeno palco do teatro de Renaud, me ouvia cantar, e o canto tornou-se um rugido. Nicolas disse "é esplêndido". Eu disse "é banal". E foi como bater em Nicolas. Em minha imaginação, ele disse o que não dissera naquela noite: "Deixe-me ter algo em que possa acreditar. Você jamais faria isso."

Os trípticos de Marius estavam em igrejas e capelas de conventos, talvez nas paredes das grandes casas de Veneza e de Pádua. Os vampiros não teriam entrado em lugares sagrados para derrubá-los. De modo que estariam por lá em algum lugar, talvez com uma assinatura trabalhada num detalhe, aquelas criações do vampiro que se cercara de aprendizes mortais, que mantivera um amante mortal de quem tomava um pequeno gole para depois sair sozinho para matar.

Pensei na noite na estalagem quando percebi a falta de sentido da vida, e o suave desespero insondável da história de Armand pareceu um oceano no qual eu poderia me afogar. Era muito pior do que enfrentar o tormento Nicki. Eram três séculos de escuridão, de vazio.

A radiante criança de cabelos castanho-avermelhados junto ao fogo poderia abrir a boca de novo e dela escorreria, como tinta, um negrume capaz de cobrir o mundo.

Isto é, se não existisse aquele protagonista, o mestre veneziano, que havia cometido o ato herético de dar sentido aos painéis que pintava – tinham de ter um sentido –, e nossa própria espécie, os eleitos de Satã, que o transformara em tocha viva.

Teria Gabrielle visto aquelas pinturas na história tal como eu vi? Teriam elas queimado na sua mente assim como na minha?

Marius estava percorrendo alguma rota em minha alma que o deixaria vagando ali para sempre, junto com os demônios encapuzados que transformaram as pinturas em caos de novo.

Numa espécie de infortúnio apático, pensei nas histórias dos viajantes – que Marius estava vivo, tinha sido visto no Egito ou na Grécia.

Eu queria perguntar a Armand, não seria possível? Marius devia ter sido muito forte... Mas pareceu um desrespeito a ele perguntar.

– Velhas lendas – ele sussurrou.

Sua voz era tão precisa quanto a voz interior. Sem pressa, ele prosseguiu sem desviar os olhos das chamas:

– Lendas dos tempos antigos, de antes de destruírem a nós dois.

– Talvez não – eu disse.

Eco das visões, das pinturas nas paredes.

– Talvez Marius esteja vivo.

– Nós somos milagres ou horrores – ele disse tranquilamente –, dependendo de como você deseja nos ver. Quando se sabe pela primeira vez a nosso respeito, seja através dos Dons das Trevas, de promessas ou de visitas, pensa-se que tudo é possível. Mas não é bem assim. O mundo se fecha em torno desse milagre e você passa a não esperar outros milagres. Ou seja, você se torna acostumado com os novos limites, e esses limites definem tudo de novo. Assim, dizem que Marius continua. Todos eles continuam em algum lugar, isto é o que você *deseja* acreditar.

– Não resta na congregação de Roma nenhum daqueles que estavam comigo nas noites em que aprendi o ritual; e talvez a própria congregação não esteja mais por lá. Anos e anos se passaram desde que recebemos notícias da congregação. Mas todos eles existem em algum lugar, não existem? Afinal de contas, nós não podemos morrer.

Ele suspirou e disse:

– Não importa.

Uma coisa maior e mais terrível importava, que aquele desespero pudesse esmagar Armand com seu peso. Que apesar da sede que sentia agora, do sangue que perdeu quando lutamos e do silencioso crepitar de seu corpo curando as feridas e a carne machucada, ele não poderia forçar-se a ir ao mundo lá fora para caçar. Melhor sofrer a sede e o calor da silenciosa fornalha. Melhor ficar ali e estar conosco.

Mas ele já sabia a resposta. Sabia que não poderia ficar conosco.

Gabrielle e eu não precisávamos falar para que ele soubesse. Nem mesmo precisávamos resolver esta questão em nossas mentes. Ele sabia, do mesmo modo como Deus podia saber o futuro, pois tem a posse de todos os fatos.

Angústia insuportável. E a expressão de Gabrielle ainda mais cansada, melancólica.

– Você sabe que desejo, com toda minha alma, levá-lo conosco – eu disse; fiquei surpreso com minha própria emoção. – Mas seria um desastre para todos nós.

Nenhuma reação nele. Ele sabia. Nenhuma contestação de Gabrielle.

– Eu não consigo *parar* de pensar em Marius – confessei.

Eu sei. E você não pensa Naqueles Que Devem Ser Conservados, o que é o mais estranho.

– Isto é apenas um outro mistério – eu disse. – E existem mil mistérios. Eu penso em Marius! E sou por demais escravo de minhas próprias obsessões e fascínios. É uma coisa pavorosa perder tanto tempo assim com Marius, tomar essa figura radiante da história.

Não tem importância. Se lhe agrada, fique com ela. Eu não perco aquilo que dou.

– Quando um ser revela sua dor com tal intensidade, não se pode deixar de respeitar toda a tragédia. Você tem de tentar compreender. E esse desamparo, esse desespero é quase incompreensível para mim. É por isso que penso em Marius, a quem compreendo. Você, eu não compreendo.

Por quê?

Silêncio.

Não merecia ele a verdade?

– Eu sempre fui um rebelde – eu disse. – Você tem sido um escravo de tudo que o solicita.

– Eu fui o líder de minha congregação!

– Não. Você foi o escravo de Marius e depois dos Filhos das Trevas. Você se rendeu ao encanto deles. Você sofre agora porque sente falta de um novo encanto. Estremeço só de pensar no que você fez para que eu pudesse compreender isto como se eu fosse um ser diferente do que sou.

– Não importa – ele disse, os olhos ainda no fogo. – Você pensa demais em termos de decisão e ação. Essa história não é nenhuma explicação. E eu não sou um ser que busca um reconhecimento respeitoso em seus pensamentos ou palavras. E todos nós sabemos que a resposta que você deu é imensa demais para ser expressa em palavras, e nós três sabemos que ela é definitiva. O que não sei é o motivo. Quer dizer que sou uma criatura muito diferente de você, de modo que você não pode me compreender. Mas por que não posso ir com você? Farei o que você desejar se me levar com você. Eu me submeterei ao seu encanto.

Pensei em Marius com seu pincel e suas tintas e têmpera.

– Como você pôde acreditar em qualquer coisa do que eles lhe contaram, depois que queimaram aquelas pinturas? – eu perguntei. – Como você pôde entregar-se a eles?

Agitação, raiva surgindo.

Cautela no rosto de Gabrielle, mas não medo.

– E você, quando estava naquele palco e viu a multidão gritando para sair do teatro... conforme meus seguidores o descreveram para mim, o vampiro aterrorizando a multidão que corria para o bulevar du Temple... em que você acreditava? Que você não fazia parte dos mortais, era nisto que você acreditava. Você sabia que não fazia parte. E não existia nenhum bando de demônios encapuzados para lhe dizer. Você sabia. Assim, Marius não fazia parte dos mortais. De modo que eu não faço.

– Ah, mas é diferente.

– Não, não é. É por isso que você despreza o Teatro dos Vampiros que neste exato momento está ensaiando seus pequenos dramas para recolher o ouro das multidões do bulevar. Você não quer enganar como Marius enganou. Isto o separa mais ainda da humanidade. Você quer fingir ser mortal, mas enganar o deixa zangado e faz com que você mate.

– Naquele momento no palco – eu disse –, eu revelei a mim mesmo. Fiz o oposto de enganar. Eu queria manifestar, de algum modo, minha monstruosidade na humanidade para juntar-me de novo a meus companheiros humanos. Seria melhor eles fugirem de mim do que não me verem. Seria melhor que soubessem que sou uma coisa monstruosa do que eu me mover furtivamente pelo mundo sem ser reconhecido por aqueles sobre os quais caio como ave de rapina.

– Mas não foi melhor.

– Não. O que Marius fez foi melhor. Ele não enganou.

– Claro que sim. Ele iludiu todo mundo!

– Não. Ele descobriu uma maneira de imitar a vida mortal. De ser idêntico aos mortais. Ele matava apenas os malfeitores e pintava como os mortais pintam. Anjos e céus azuis, nuvens, foram essas coisas que você me fez ver quando estava contando. Ele criava coisas boas. E eu vejo sabedoria e ausência de vaidade nele. Ele não precisava revelar-se. Ele viveu mil anos e acreditava mais nos panoramas do céu que pintava do que em si mesmo.

Confusão.

Agora, não importa, demônios que pintam anjos.

– São apenas metáforas – eu disse. – Mas elas têm importância! Se você tiver que reconstruir, se tiver que encontrar de novo a Trilha do Diabo, elas têm importância! Existem formas de viver para nós. Se ao menos eu pudesse imitar a vida, descobrir um modo...

– Você diz coisas que não significam nada para mim. Nós somos os abandonados por Deus.

Gabrielle olhou subitamente para ele.

– Você *acredita* em Deus? – ela perguntou.

– Acredito sempre em Deus – ele respondeu. – É Satã, nosso mestre, que é ficção, e foi esta ficção que me enganou.

– Oh, então você está realmente condenado – eu disse. – E sabe muito bem que ao se refugiar na irmandade dos Filhos das Trevas estava fugindo de um pecado que não era pecado.

Raiva.

– Seu coração sofre por algo que você jamais terá – disse ele erguendo de repente o tom de voz. – Você trouxe Gabrielle e Nicolas para junto de você, mas não pode voltar atrás.

– Por que é que você não dá atenção à sua própria história? – perguntei. – É porque jamais perdoou a Marius por não tê-lo avisado sobre eles, deixando-o cair em suas mãos? Nunca mais vai aceitar coisa alguma de Marius, nem exemplo nem inspiração? Eu não sou Marius, mas digo-lhe que, desde que pus meus pés na Trilha do Diabo, só ouvi falar de um único mais velho que poderia ensinar-me alguma coisa, e esse mais velho é Marius, seu mestre veneziano. Ele está falando comigo agora. Está dizendo algo sobre uma maneira de ser imortal.

– Ridículo.

– Não. Não é ridículo! É o seu coração que sofre por aquilo que nunca terá: um outro conjunto de crenças, um outro encantamento.

Nenhuma resposta.

– Nós não podemos ser Marius para você – eu disse –, ou aquele líder sinistro, Santino. Não somos artistas com uma grande visão que possa orientá-lo. E não somos mestres malignos com convicção suficiente para condenar uma legião à perdição. E esse domínio, esse glorioso mandato, é o que você deve ter.

Eu me colocara de pé sem querer. Havia chegado perto da lareira e estava olhando para ele.

E vi, pelo canto do olho, a aprovação de Gabrielle com um tênue movimento de cabeça, e o modo como ela fechou os olhos por um instante, como se permitisse a si mesma um suspiro de alívio.

Ele estava perfeitamente imóvel.

– Você terá de padecer esse vazio – eu disse – para descobrir o que o impele a continuar. Se você vier conosco, fracassaremos com você e você nos destruirá.

– Padecer como? – Ele me olhou, e suas sobrancelhas se juntaram formando uma expressão comovente. – Como começo? Vocês agem como se fossem a mão direita de Deus! Mas para mim o mundo, o mundo real em que Marius vivia, está fora de alcance. Eu nunca vivi nele. Eu me atiro contra as vidraças. Mas como fazer para entrar?

– Não posso dizer – eu disse.

– Você precisa estudar esta era – Gabrielle interrompeu; sua voz estava calma porém imperiosa.

Ele olhava em sua direção enquanto ela falava.

– Você precisa compreender esta era – ela prosseguiu – através de sua literatura, de sua música e de sua arte. Você nunca esteve nesta terra, como você mesmo disse. Agora, viva no mundo.

Nenhuma resposta da parte dele. Visões do devastado apartamento de Nicki com todos os seus livros no chão. A civilização ocidental em pilhas.

– E existe lugar melhor do que o centro das coisas, o bulevar e o teatro? – Gabrielle perguntou.

Ele franziu as sobrancelhas, girando a cabeça num gesto de rejeição, mas ela continuou:

– Seu dom é para liderar a congregação, e sua congregação ainda está lá.

Ele soltou um leve som de desespero.

– Nicolas é inexperiente – ela disse. – Pode ensinar a eles muitas coisas sobre o mundo lá fora, mas não pode realmente liderá-los. A mulher, Eleni, é surpreendentemente esperta, mas dará lugar a você.

– O que são para mim as brincadeiras deles? – ele sussurrou.

– É um modo de existir – ela disse. – E isso é tudo o que importa para você agora.

– O Teatro dos Vampiros! Eu devia preferir a fogueira.

– Pense nisso – ela disse. – Há uma perfeição nisso que você não pode negar. Nós somos ilusões do que é mortal, e o palco é uma ilusão do que é real.

– É uma abominação – ele disse. – Como Lestat classificou isso? De banal?

– Isto foi por causa de Nicolas, porque ele iria construir filosofias fantásticas com base nisso – ela disse. – Você deve viver agora sem filosofias fantásticas, da maneira como fez quando era aprendiz de Marius. Viva para conhecer a era. E Lestat não acredita no valor do mal. Mas você sim acredita. Sei que acredita.

– Eu sou o mal – ele disse meio sorrindo, quase rindo. – Não é uma questão de crença, é? Mas você acha que eu posso sair do caminho espiritual que segui durante três séculos para cair numa voluptuosidade e devassidão como essa? Nós somos os santos do mal – ele protestou. – Não seria o mal comum. Não serei.

– Torne-o incomum – ela disse.

Ela estava ficando impaciente.

– Se você é o mal, como a voluptuosidade e a devassidão podem ser seus inimigos? Por acaso o mundo, a carne e o diabo não conspiram igualmente contra o homem?

Ele balançou a cabeça, como que dizendo que não se importava.

– Você está mais interessado no que é espiritual do que no mal – eu aparteei, observando-o com atenção. – Não é isso?

– É – ele disse de imediato.

– Mas você não percebe que a cor do vinho numa taça de cristal pode ser espiritual – eu prossegui. – A expressão de um rosto, a música de um violino. Um teatro de Paris pode ser dominado pelo espiritual, apesar de toda sua solidez. Não há nada nele que não tenha sido moldado pelo poder daqueles que possuíam visões espirituais do que ele poderia ser.

Alguma coisa se animou nele, mas ele rechaçou.

– Seduza o público com voluptuosidade – Gabrielle disse. – Pelo amor de Deus, e do diabo, utilize o poder do teatro como bem entender.

– As pinturas de seu mestre não eram espirituais? – perguntei; agora, só de pensar nisso, eu podia sentir um calor dentro de mim. – Pode alguém olhar as grandes obras daquela época sem chamá-las de espirituais?

– Já fiz esta pergunta para mim – Armand respondeu – muitas vezes. Eram espirituais ou voluptuosas? O anjo pintado no tríptico era material, ou matéria transformada?

– Não importa o que fizeram com você depois, você jamais duvidou da beleza e do valor de sua obra – eu disse. – Sei que não. E era matéria transformada. Deixava de ser pintura e se tornava mágica, da mesma maneira como na matança o sangue deixa de ser sangue e se torna vida.

Seus olhos embaçaram-se, mas nenhuma imagem saiu dele. Qualquer que fosse a estrada que ele percorria em pensamentos, ele a percorria sozinho.

– O carnal e o espiritual – Gabrielle disse – se juntam no teatro assim como na pintura. Somos demônios sensuais por nossa própria natureza. Aceite isso como resposta.

Ele fechou os olhos por um momento como que para se afastar de nós.

– Vá até eles e ouça a música que Nicki faz – ela disse. – Faça arte com eles no Teatro dos Vampiros. Você tem de superar sua decepção e passar a se apoiar em alguma coisa. Caso contrário... não há nenhuma esperança.

Desejei que ela não tivesse dito isto de modo tão abrupto, indo tão direto ao assunto.

Mas ele concordou com um aceno de cabeça e seus lábios se apertaram num sorriso amargo.

– A única coisa realmente importante para você – ela disse devagar – é que você cai nos extremos.

Ele fitou-a, desnorteado. Não podia entender o que ela quis dizer com isso. E eu achei que era uma verdade brutal demais para ser dita. Mas ele não reagiu. Seu rosto ficou pensativo, liso e infantil de novo.

Durante um longo tempo, ele olhou para o fogo. Depois falou.

– Mas por que vocês precisam ir embora? – perguntou. – Ninguém está em guerra contra vocês agora. Ninguém está tentando expulsá-los. Por que não podem construir comigo esse pequeno empreendimento?

Significava que ele iria fazer, que iria até os outros e se tornaria parte do teatro no bulevar?

Ele não me contestou. Estava perguntando de novo por que eu não podia criar a imitação da vida, se era assim que eu desejava chamar, no bulevar?

Mas ele também estava desistindo. Sabia que eu não poderia suportar ver o teatro ou ver Nicolas. Na verdade, eu nem poderia incentivá-lo a ir para lá. Gabrielle havia feito isso. E ele sabia que era tarde demais para nos pressionar mais.

Por fim, Gabrielle disse:

– Não podemos viver entre nossa própria espécie, Armand.

E eu pensei, sim, esta é a resposta mais verdadeira de todas, e não sei por que não pude dizê-la em voz alta.

– A Trilha do Diabo é o que queremos – ela disse. – E nos bastamos um ao outro agora. Talvez daqui a muitos e muitos anos, depois de termos estado em mil lugares e visto mil coisas, nós retornemos. Então conversaremos juntos como fizemos nesta noite.

Isto não foi um verdadeiro choque para ele. Mas agora era impossível saber o que ele pensava.

Não falamos durante um longo tempo. Não sei por quanto tempo ficamos juntos em silêncio naquele aposento.

Tentei não pensar mais em Marius e tampouco em Nicolas. Agora, toda a sensação de perigo havia desaparecido, mas eu estava com medo da partida, da tristeza que ela causaria, do sentimento de que havia extraído daquela criatura sua história espantosa, dando-lhe em troca pouca coisa que valesse a pena.

Foi Gabrielle quem finalmente rompeu o silêncio. Ela levantou-se e moveu-se com graça até o banco ao seu lado.

– Armand – ela disse. – Nós vamos embora. Se for como desejo, estaremos a quilômetros de Paris amanhã antes da meia-noite.

Ele olhou-a com calma e aceitação. Impossível saber agora o que escolhera esconder.

– Mesmo se você não for para o teatro – ela disse –, aceite as coisas que podemos lhe dar. Meu filho possui riqueza suficiente para facilitar seu ingresso no mundo.

– Pode ficar com esta torre para seu refúgio – eu disse. – Use-a o tempo que desejar. Magnus a achava bastante segura.

Após um momento, ele assentiu com solene cortesia, mas não disse coisa alguma.

– Deixe que Lestat lhe dê o ouro necessário para torná-lo um cavalheiro – Gabrielle disse. – E tudo que pedimos em troca é que você deixe a congregação em paz se optar por não liderá-la.

Ele estava olhando para o fogo de novo, o rosto tranquilo, de uma beleza irresistível. Então, mais uma vez concordou em silêncio. E o próprio aceno de cabeça significava apenas que ele tinha ouvido, não que estivesse prometendo alguma coisa.

– Se você não se reunir a eles – eu disse devagar –, então não os prejudique. Não prejudique Nicolas.

E, quando falei essas palavras, seu rosto sofreu uma mudança muito sutil. Foi quase um sorriso que se insinuou em suas feições. E seus olhos deslocaram-se lentamente para mim. E eu vi o escárnio que havia neles.

Desviei os olhos, mas aquele olhar me afetara tanto quanto um soco.

– Não quero que ele seja ferido – eu disse num sussurro tenso.

– Não. Você quer que ele seja destruído – ele sussurrou em resposta. – Para que nunca mais tenha medo dele ou se atormente por sua causa. – E o olhar de escárnio se aguçou de uma forma horrenda.

Gabrielle interveio.

– Armand – ela disse –, ele não é perigoso para eles. A mulher sozinha pode controlá-lo. E ele tem coisas a ensinar a todos vocês sobre essa época, se o escutarem.

Eles se olharam durante algum tempo em silêncio. E, mais uma vez, seu rosto ficou suave, gentil e belo.

E, de uma maneira estranhamente decorosa, ele pegou a mão de Gabrielle e segurou-a com firmeza. Em seguida, levantaram-se juntos, ele soltou a mão dela, afastou-se um pouco e endireitou os ombros. E olhou para nós dois.

– Irei ter com eles – ele disse com o tom de voz mais suave. – Aceitarei o ouro que vocês me oferecerem e procurarei refúgio nesta torre. Aprenderei com seu apaixonado noviço tudo que ele tiver para me ensinar. Mas só estendo a mão para essas coisas porque estão flutuando na superfície da escuridão na qual me afogo. E não afundarei sem um melhor entendimento. Não deixarei a eternidade para vocês sem... sem uma batalha final.

Eu examinei-o. Mas dele não chegava nenhum pensamento para esclarecer estas palavras.

– Talvez com o passar dos anos – ele disse – o desejo venha a mim outra vez. Conhecerei de novo o apetite, até mesmo a paixão. Talvez quando nos encontrarmos numa outra era, essas coisas não sejam abstratas e fugazes. Então, falarei com um vigor que se equipare ao seu, em vez de apenas refleti-lo. E nós discutiremos sobre questões da imortalidade e da sabedoria. Conversaremos sobre vingança e aceitação. Por hora, basta-me dizer que quero vê-lo de novo. Quero que nossos caminhos se cruzem no futuro. E só por esta razão é que farei o que me pede e não o que você quer: pouparei seu malfadado Nicolas.

Soltei um audível suspiro de alívio. No entanto, o tom de sua voz estava tão mudado, tão forte, que soou um profundo alarme silencioso dentro de mim. Aquele era o mestre da congregação, sem dúvida, tranquilo e enérgico, aquele que sobreviveria, não importava o quanto chorasse o órfão que havia nele.

Mas então ele ostentou um sorriso lento e gracioso, e havia algo de triste e cativante em seu rosto. Ele tornou-se de novo o santo de Da Vinci, ou mais exatamente o pequeno deus de Caravaggio. E, por um momento, pareceu que ele não poderia ser algo de mau ou perigoso. Ele estava radiante demais, repleto de tudo que era sábio e bom.

– Lembrem-se de meus avisos – ele disse. – Não de minhas maldições.

Gabrielle e eu concordamos com um aceno de cabeça.

– E quando precisarem de mim – ele disse –, estarei aqui.

Então, para minha surpresa, Gabrielle foi abraçá-lo e beijá-lo. E eu fiz o mesmo.

Ele foi dócil, gentil e amoroso em nossos braços. E, sem dizer uma palavra, nos fez saber que estava indo para a congregação e que poderíamos encontrá-lo lá no dia seguinte à noite.

No momento seguinte, ele desapareceu, e Gabrielle e eu ficamos ali sozinhos, como se ele jamais houvesse estado naquele aposento. Eu não podia ouvir nenhum som em parte alguma da torre. Nada a não ser o vento na floresta lá fora.

E quando subi os degraus, encontrei o portão aberto e os campos que se estendiam até os bosques num silêncio ininterrupto.

Eu o amava. Sabia disso, por mais incompreensível que fosse para mim. Mas estava tão contente porque tudo terminara. Tão contente porque podíamos prosseguir. No entanto, fiquei apoiado nas grades durante um longo tempo, apenas olhando os bosques distantes e o pálido brilho que a cidade lançava nas nuvens ameaçadoras.

E o pesar que sentia não era apenas pela perda dele, era por Nicki, por Paris e por mim mesmo.

5

Quando desci de volta à cripta, vi que Gabrielle estava reavivando o fogo da lareira. De um modo lento e cansado, ela atiçava as chamas que lançavam uma luz vermelha em seu perfil e em seus olhos.

Sentei-me calado no banco e fiquei observando-a, observando a explosão de centelhas contra os tijolos enegrecidos.

– Ele lhe deu aquilo que você desejava? – perguntei.

– À maneira dele, sim – ela disse.

Colocou o atiçador de lado e sentou-se do lado oposto, com os cabelos caindo sobre os ombros enquanto apoiava as mãos ao seu lado no banco.

– Uma coisa eu lhe digo, não me importo se jamais voltar a olhar outro de nossa espécie – ela disse friamente. – Estou farta de suas lendas, suas maldições, seus sofrimentos. E farta de sua insuportável humanidade que pode ser a coisa mais surpreendente que eles revelaram. Estou pronta para o mundo de novo, Lestat, assim como estava na noite em que morri.

– Mas Marius... – eu disse, excitado. – Mãe, existem os antigos... que utilizaram a imortalidade de uma maneira totalmente diferente.

– Existem? – ela perguntou. – Lestat, você é generoso demais com sua imaginação. A história de Marius parece um conto de fadas.

– Não, isso não é verdade.

– Com que então, o demônio órfão afirma descender não dos imundos diabos camponeses com os quais se parece – ela disse –, mas sim de um lorde perdido, quase um deus. Eu lhe digo que qualquer criança de aldeia que sonhe com o rosto sujo junto ao fogão da cozinha pode lhe contar histórias como esta.

– Mãe, ele não poderia ter inventado Marius – eu disse. – Eu posso ter uma grande imaginação, mas ele não tem quase nenhuma. Não poderia ter inventado aquelas imagens. Garanto que ele viu aquelas coisas...

– Eu não havia pensado nisto desta exata maneira – ela admitiu com um sorrisinho. – Mas ele pode muito bem ter tomado Marius emprestado das lendas que ouviu...

– Não – eu disse. – Houve um Marius e ainda existe um Marius. E existem outros como ele. Existem os Filhos dos Milênios que souberam se aproveitar melhor do que esses Filhos das Trevas dos dons que lhes foram concedidos.

– Lestat, o importante é que nós saibamos nos aproveitar – ela disse. – Tudo que aprendi de Armand, enfim, foi que os imortais acham a morte sedutora, em última análise, irresistível, que eles não conseguem subjugar a morte ou a humanidade em suas mentes. Pois bem, quero pegar este conhecimento e usá-lo como uma armadura enquanto ando pelo mundo. E, felizmente, não me refiro ao mundo de mudanças que essas criaturas acharam tão perigoso. Refiro-me ao mundo que há milênios tem sido o mesmo.

Ela jogou os cabelos para trás enquanto olhava de novo para o fogo.

– É com montanhas cobertas de neve que eu sonho – ela disse com voz suave –, com a vastidão dos desertos... com as selvas impenetráveis, ou as grandes florestas ao norte da América onde dizem que o homem branco jamais esteve.

Seu rosto animou-se um pouco enquanto ela olhava para mim.

– Pense nisso – ela disse. – Não existe lugar algum aonde não possamos ir. E se os Filhos dos Milênios existem mesmo, talvez seja lá que eles estão... longe do mundo dos homens.

– E, se estiverem, como é que eles vivem? – perguntei.

Eu estava imaginando meu próprio mundo, que estava cheio de seres mortais e das coisas que os seres mortais fazem.

– É do homem que nos alimentamos – eu disse.

– Existem corações batendo naquelas florestas – ela disse com ar sonhador. – Existe sangue jorrando para aquele que quer tomá-lo. Posso fazer agora as coisas que você costumava fazer. Poderia lutar sozinha com aqueles lobos...

Sua voz foi diminuindo de intensidade à medida que ela se perdia em pensamentos.

– O importante – ela disse após um longo momento – é que agora podemos ir aonde quisermos, Lestat. Estamos livres.

– Eu estava livre antes – eu disse. – Nunca me importei com o que Armand tinha a dizer. Mas Marius... eu sei que Marius está vivo. Eu sinto isso. Senti isso quando Armand me contou a história. E Marius sabe de coisas... e não me refiro apenas de coisas sobre nós, ou sobre Aqueles Que Devem Ser Conservados ou qualquer outro antigo mistério... ele sabe de coisas sobre a própria vida, sabe como deslocar-se através do tempo.

– Portanto que ele seja seu santo padroeiro, se você precisa de um – ela disse.

Isto me irritou e eu não disse mais nada. O fato é que sua conversa sobre selvas e florestas me apavorou. E todas as coisas que Armand disse para nos separar voltaram à minha mente, assim como eu sabia que voltariam quando ele falou aquelas palavras bem escolhidas. Quer dizer que vivemos com nossas diferenças, pensei, assim como os mortais vivem, e talvez elas sejam tão exageradas quanto nossas paixões, quanto nosso amor...

– Há uma insinuação... – ela disse enquanto observava o fogo – uma pequena indicação de que a história de Marius seja verdade.

– Existem mil indicações – eu disse.

– Ele disse que Marius matava malfeitores – ela continuou – e chamava os malfeitores de Tífon, o assassino de seu irmão. Você está lembrado?

– Pensei que ele se referisse a Caim que matou Abel. Era Caim que eu via nas imagens, embora ouvisse o outro nome.

– Isso mesmo. O próprio Armand não entendia o nome Tífon. No entanto, ele repetiu-o. Mas eu sei o que ele significa.

– Diga-me.

– Ele vem dos mitos gregos e romanos... a velha história do deus egípcio, Osíris, que foi assassinado por seu irmão Tífon, de modo que se tornou senhor do Outro Mundo. Claro que Armand podia ter lido isto em Plutarco, mas não leu, isso é o estranho.

– Ah, então como você vê, Marius existiu mesmo. Quando ele disse que vivera por um milênio, estava falando a verdade.

– Talvez, Lestat, talvez – ela disse.

– Mãe, conte-me de novo, essa história egípcia...

– Lestat, você tem anos para ler por si mesmo todas as velhas histórias.

Ela levantou-se e se inclinou para me beijar. Senti nela a frieza e a indolência que sempre chegavam antes do amanhecer.

– Quanto a mim, estou farta de livros. Eles são o que eu lia quando não podia fazer outra coisa.

Ela tomou minhas mãos nas suas.

– Diga-me que amanhã estaremos na estrada. Que não voltaremos a ver os muros de Paris até termos visto o outro lado do mundo.

– Exatamente como você deseja – eu disse.

Ela começou a subir as escadas.

– Mas aonde você está indo? – eu disse enquanto a seguia.

Ela abriu o portão e saiu em direção às árvores.

– Quero ver se consigo dormir dentro da própria terra bruta – ela disse por sobre o ombro. – Se eu não me levantar amanhã, você saberá que fracassei.

– Mas isso é uma loucura – eu disse, indo atrás dela.

Odiava a própria ideia daquilo. Ela seguiu em frente, entrou num arvoredo de velhos carvalhos e, ajoelhando-se, passou a cavar as folhas mortas e o solo úmido com as mãos. Estava com a aparência horripilante, como se fosse uma linda bruxa de cabelos louros que estivesse escavando com a velocidade de uma fera.

Em seguida, levantou-se e acenou-me um beijo de despedida. E controlando toda sua força, desceu como se a terra fizesse parte dela. E eu fui deixado ali, fitando incrédulo o vazio onde ela havia estado e as folhas que se ajeitaram como se nada houvesse perturbado aquele sítio.

❋

Afastei-me do bosque. Caminhei em direção ao sul, para longe da torre. E enquanto meu passo se apressava, comecei a cantar suavemente para mim mesmo uma pequena canção, talvez um trecho de uma melodia que os violinos tocaram antes, naquela noite no Palais Royal.

E a sensação de pesar voltou à minha mente, a compreensão de que de fato iríamos embora, de que estava terminado com Nicolas, estava terminado com os Filhos das Trevas e seu líder e que, durante anos e anos, eu não voltaria a ver Paris, nem qualquer coisa que me fosse familiar. E apesar de todo meu desejo de ser livre, tive vontade de chorar.

Mas parece que eu tinha algum propósito naquele perambular que não havia admitido para mim mesmo. Mais ou menos meia hora antes do amanhecer, eu me encontrava na estrada próxima às ruínas de uma velha estalagem. Estava desabando, aquele último posto avançado de uma aldeia abandonada, que tinha intactas apenas as paredes formadas com muita argamassa.

E, desembainhando meu punhal, comecei a esculpir bem fundo na pedra macia:

MARIUS, O VENERÁVEL: LESTAT ESTÁ PROCURANDO
POR VOCÊ. ESTAMOS NO MÊS DE MAIO, NO ANO DE 1780
E ESTOU INDO PARA O SUL, DE PARIS PARA LYON.
POR FAVOR, APAREÇA PARA MIM.

⁂

Quanta arrogância me pareceu aquilo quando recuei para ler a inscrição. E já havia violado os mandamentos das trevas, dizendo o nome de um imortal e deixando-o em palavras escritas. Bem, fazê-lo me proporcionou uma maravilhosa satisfação. E, afinal de contas, eu nunca fui muito bom mesmo nessa história de obedecer a regras.

SEXTA PARTE

NA TRILHA DO DIABO DE PARIS AO CAIRO

1

A última vez em que vi Armand no século XVIII, ele estava parado com Eleni, Nicolas e os outros vampiros atores diante da porta do teatro de Renaud, observando enquanto nossa carruagem abria caminho no fluxo do tráfego do bulevar.

Antes disso, eu o encontrei trancado com Nicolas em meu velho camarim, no meio de uma estranha conversa dominada pelo sarcasmo e ardor peculiares a Nicki. Ele usava uma peruca, uma sóbria sobrecasaca vermelha, e pareceu-me que já havia adquirido uma nova opacidade, como se cada momento de vigília desde a dissolução da velha congregação estivesse lhe dando maior substância e força.

Naqueles últimos momentos constrangedores, Nicki e eu não tínhamos palavras um para o outro, mas Armand aceitou educadamente as chaves da torre de minhas mãos, uma grande quantia em dinheiro e a promessa de que Roget daria mais quando ele precisasse.

Sua mente estava fechada para mim, mas ele me reassegurou que Nicolas não sofreria nenhum mal de sua parte. E quando nos dissemos adeus, acreditei que Nicolas e a pequena congregação tinham todas as chances de sobrevivência e que eu e Armand éramos amigos.

⁂

No fim daquela primeira noite, Gabrielle e eu estávamos longe de Paris, como havíamos jurado que estaríamos, e nos meses que se seguiram fomos a Lyon, Turim e Viena, depois disso Praga, Leipzig e São Petersburgo, em seguida de novo no sul da Itália onde havíamos de nos estabelecer por muitos anos.

Em dado momento, fomos para a Sicília, depois para o norte, para a Grécia e a Turquia, depois outra vez para o sul, através de antigas cidades da Ásia Menor e finalmente para o Cairo, onde permanecemos durante algum tempo.

Em todos esses lugares, escrevi minhas mensagens para Marius nas paredes.

Às vezes nada mais eram do que algumas palavras que eu escrevia às pressas com a ponta de minha faca. Em outros lugares, eu passava horas cinzelando minhas ruminações na pedra. Mas onde quer que eu estivesse escrevia meu nome, a data e meu futuro lugar de destino, além do convite: "Marius, apareça para mim."

Quanto às antigas congregações, nós as encontramos dispersas em uma série de lugares, mas ficou claro desde o começo que os velhos costumes estavam sucumbindo em toda parte. Raras eram as vezes em que mais de três ou quatro vampiros levavam avante os antigos rituais e, quando percebiam que nada queríamos deles, nos deixavam em paz.

Infinitamente mais interessantes eram os desgarrados ocasionais que vislumbrávamos no meio da sociedade, vampiros solitários e dissimulados que se fingiam de mortais com tanta habilidade quanto nós. Mas nunca nos aproximamos dessas criaturas. Elas fugiam de nós tal como deviam ter fugido das velhas congregações. E não vendo outra coisa em seus olhos que não fosse o medo, eu não me sentia tentado a procurá-las.

No entanto, foi estranhamente tranquilizador saber que eu não fora o primeiro demônio aristocrático a frequentar os salões de baile do mundo em busca de vítimas – os temíveis cavalheiros que em breve emergiriam em histórias, poemas e novelas baratas de terror como epítomes de nossa tribo. Havia outros surgindo o tempo todo.

Mas iríamos encontrar estranhas criaturas das trevas enquanto seguíamos nossa viagem. Na Grécia, encontramos demônios que não sabiam como foram feitos e, às vezes, até criaturas loucas, desprovidas de razão ou linguagem, que nos atacavam como se fôssemos mortais e depois corriam gritando das orações que dizíamos para afugentá-las.

Os vampiros de Istambul habitavam, na verdade, em casas, em segurança atrás de muros e portões altos, com seus túmulos nos jardins, e se vestiam como todos os humanos naquela parte do mundo, com mantos graciosos para caçar no escuro da noite.

No entanto, até mesmo eles ficavam horrorizados ao me ver vivendo entre franceses e venezianos, andando em carruagem, frequentando as reuniões nas embaixadas e casas europeias. Eles nos ameaçavam, gritando encantações, depois corriam em pânico quando os atacávamos, apenas para voltar e nos atormentar de novo.

Os espectros que assombravam as tumbas mamelucas no Cairo eram almas penadas bestiais, mantidas fiéis às velhas leis por mestres de olhos encovados que viviam nas ruínas de um mosteiro copta, cujos rituais eram repletos de mágica oriental e de evocações a muitos demônios e espíritos do mal, a quem chamavam por nomes estranhos. Eles mantinham-se longe de nós, apesar de todas as suas ameaças. No entanto, eles conheciam nossos nomes.

À medida que os anos se passavam, nós não aprendíamos coisa alguma de todas essas criaturas, o que, é claro, não foi uma grande surpresa para mim.

E embora vampiros de muitos lugares tivessem ouvido as lendas de Marius e de outros antigos, eles jamais haviam visto esses seres com os próprios olhos. Até mesmo Armand se tornara uma lenda para eles, e era provável que perguntassem: "Você viu realmente o vampiro Armand?" Em nenhum lugar encontrei um verdadeiro vampiro antigo. Em nenhum lugar encontrei um vampiro que fosse, de alguma maneira, uma criatura magnética, um ser de grande sabedoria ou talento especial, um ser fora do comum em quem o Dom das Trevas houvesse operado alguma alquimia perceptível que fosse de meu interesse.

Armand era um deus das trevas comparado com esses seres. Assim como Gabrielle e eu.

Mas estou me adiantando em minha história.

No começo, quando chegamos à Itália pela primeira vez, adquirimos um conhecimento mais amplo e abrangente dos antigos rituais. A congregação romana saiu para nos acolher de braços abertos. "Venham para o Sabá", eles disseram. "Venham para as catacumbas e juntem-se a nós."

Sim, eles sabiam que nós destruíramos a congregação de Paris e derrotáramos o grande mestre dos segredos das trevas, Armand. Mas não nos desprezaram por isso. Pelo contrário, eles não puderam compreender a causa da renúncia de Armand a seu poder. Por que a congregação não mudara com o tempo?

Pois mesmo ali onde as cerimônias eram tão elaboradas e sensuais, a ponto de me deixarem sem fôlego, os vampiros, longe de se absterem dos costumes dos homens, não viam nada de mau em se passar por humanos, sempre que isto fosse conveniente a seus propósitos. Era a mesma coisa com os dois vampiros que tínhamos visto em Veneza, e também com o grupo que iríamos encontrar mais tarde em Florença.

Usando capas pretas, eles se infiltravam nas multidões na ópera, nos corredores sombrios das grandes casas durante bailes e banquetes, e às vezes até se sentavam no meio da turba em tabernas humildes e casas de vinho, examinando os humanos disponíveis. Era hábito deles ali, mais do que em qualquer outro lugar, usar os trajes da época de seu nascimento e, com frequência, estavam vestidos de maneira esplêndia e régia, possuíam joias e adornos e muitas vezes os exibiam com grande proveito, sempre que achavam conveniente.

No entanto, voltavam furtivamente para dormir em suas fétidas sepulturas, fugiam gritando a qualquer sinal do poder celestial e se lançavam com selvagem abandono a seus horripilantes e belos Sabás.

Em comparação, os vampiros de Paris tinham sido primitivos, rudes e infantis; mas eu podia entender que era a própria sofisticação e o mundanismo de Paris que fizeram com que Armand e seu rebanho se afastassem tanto dos costumes mortais.

À medida que a capital francesa se tornava secular, os vampiros se aferravam à velha mágica, enquanto os demônios italianos viviam entre humanos profundamente religiosos cujas vidas eram dominadas por cerimônias católicas, homens e mulheres que respeitavam o mal assim como respeitavam a Igreja Romana. Em suma, os velhos costumes dos demônios não eram diferentes dos velhos costumes do povo da Itália, de modo que os vampiros italianos se moviam facilmente pelos dois mundos. Acreditavam eles nos velhos costumes? Eles encolhiam os ombros. O Sabá era um grande prazer para eles. Gabrielle e eu não havíamos gostado? Não entráramos na dança no final?

– Venham nos ver sempre que quiserem – os vampiros romanos nos disseram.

Quanto ao Teatro dos Vampiros de Paris, aquele grande escândalo que estava chocando nossa espécie no mundo inteiro, bem, eles acreditariam *nisso* quando vissem com os próprios olhos. Vampiros se apresentando num palco, vampiros deslumbrando plateias mortais com truques e mímicas – eles achavam que isso era terrivelmente parisiense! E riam.

⁂

Claro que eu estava recebendo notícias em primeira mão do teatro o tempo todo. Antes mesmo de eu ter chegado a São Petersburgo, Roget enviou-me um longo depoimento sobre a "esperteza" da nova trupe:

"Eles se apresentam como gigantescas marionetes de madeira (escreveu ele). Fios dourados descem das vigas do teto até seus tornozelos, punhos e parte de cima das cabeças, e através deles parecem ser manipulados nas danças mais graciosas. Usam círculos perfeitos de ruge nas faces brancas, e os olhos são como enormes botões de vidro. Você não pode acreditar na perfeição com que se fazem parecer inanimados.

E a orquestra é outra maravilha. Os rostos inexpressivos e pintados com o mesmo estilo, os atores imitam músicos mecânicos – podem ser confundidos com bonecos articulados que, dando-se corda, se movem para a frente e para trás tocando seus pequenos instrumentos, de sopro e de corda para fazer música de verdade!

É um espetáculo tão cativante que as damas e cavalheiros da plateia discutem entre si se aqueles atores são ou não bonecos ou pessoas reais. Alguns afirmam que todos eles são feitos de madeira e que as vozes que saem das bocas dos atores são obra de ventríloquos.

Quanto às peças em si, elas seriam extremamente perturbadoras, se não fossem tão belas e feitas com tanta habilidade.

Uma das mais populares retrata o drama de um vampiro, que se ergue do túmulo através de uma plataforma no palco. A criatura é aterrorizante, com cabelos desgrenhados e colmilhos. Mas, veja, ele se apaixona então por uma enorme boneca de madeira, sem jamais imaginar que ela não está viva. Entretanto, incapaz de beber sangue na garganta da mulher, o pobre vampiro logo morre, momento em que a marionete revela que está viva, embora seja feita de madeira, e com um sorriso malvado, ela executa uma dança triunfante sobre o corpo do demônio derrotado.

Digo-lhe que, só de assistir, faz gelar o sangue. No entanto, a plateia grita e aplaude.

Em outro pequeno quadro, as marionetes dançarinas fazem um círculo em torno de uma moça humana e a induzem a se deixar amarrar com os fios dourados, como se também fosse uma marionete. O triste resultado é que as cordas fazem com que ela dance até a vida sair de seu corpo. Ela pede com gestos eloquentes para ser solta, mas as verdadeiras marionetes apenas riem e dão saltos enquanto ela expira.

A música é fantástica. Ela evoca os ciganos das feiras do interior. Monsieur De Lenfent é o diretor. E é o som de seu violino que em geral faz a abertura da apresentação da noite.

Na condição de seu advogado, eu o aconselho a reivindicar parte dos lucros que estão sendo obtidos por essa notável companhia. As filas para cada apresentação se estendem numa distância considerável por todo o bulevar."

As cartas de Roget sempre me perturbavam. Deixavam-me com o coração disparado e eu não conseguia evitar perguntar a mim mesmo: o que eu esperava que a trupe fizesse? Por que sua ousadia e inventividade me surpreendem? Todos nós temos o poder de fazer essas coisas.

Na época em que me estabeleci em Veneza, onde passei um longo tempo procurando em vão pelas pinturas de Marius, recebi notícias de Eleni, sendo suas cartas escritas com delicada habilidade vampiresca.

Eles eram o entretenimento mais popular das noites de Paris, ela me escreveu. "Atores" chegavam de toda a Europa para se juntar a eles. De modo que o número de membros da trupe aumentara para vinte, que até mesmo aquela metrópole dificilmente poderia "sustentar".

"Só são admitidos os artistas mais inteligentes, aqueles que de fato possuem um talento extraordinário, mas nós apreciamos a discrição acima de tudo. Não gostamos de escândalo, como você bem pode imaginar."

Quanto ao "querido violinista", ela escreveu sobre ele de modo afetuoso, dizendo que ele era a maior fonte de inspiração deles, que ele escrevia as peças mais engenhosas, adaptadas de histórias que lia.

"Mas quando não está trabalhando ele fica impossível. Precisa ser constantemente vigiado, a fim de não ampliar nossas fileiras. Seus hábitos alimentares são descuidados ao extremo. E às vezes diz as coisas mais chocantes para estranhos que, por sorte, são sensatos demais para acreditar."

Em outras palavras, ele tentava fazer outros vampiros. E não caçava de maneira furtiva.

> "Em geral, contamos com Nosso Amigo Mais Velho (Armand, é óbvio) para refreá-lo. E ele faz isto com as ameaças mais cáusticas. Mas devo dizer que elas não têm um efeito duradouro sobre nosso violinista. Ele fala sempre de antigos costumes religiosos, de fogos rituais, da passagem para novos reinos do ser.
>
> Não posso dizer que não o amamos. Em consideração a você, tomaríamos conta dele mesmo se não gostássemos. Mas nós o amamos. E Nosso Amigo Mais Velho, em particular, nutre um grande afeto por ele. No entanto, devo observar que, nos velhos tempos, pessoas assim não teriam durado muito entre nós.
>
> Quanto ao Nosso Amigo Mais Velho, eu me pergunto se você iria reconhecê-lo agora. Ele construiu um grande presbitério aos pés de sua torre, e vive ali entre livros e quadros, como um cavalheiro erudito, sem ligar muito para o mundo real.
>
> Toda noite, entretanto, ele chega na porta do teatro em sua carruagem negra. E fica observando de seu camarote particular com cortina.
>
> E depois ele vem para resolver todas as disputas entre nós, para dirigir como sempre fez, para ameaçar nosso Divino Violinista, mas nunca, jamais consentirá em se apresentar no palco. É ele quem aceita os novos membros entre nós. Como eu lhe disse, eles chegam de todas as partes. Nós não precisamos convidá-los. Eles batem a nossa porta...
>
> Volte para nós (ela escreveu no final). Vai achar-nos mais interessantes do que antes. Há mil maravilhas que não posso registrar no papel. Somos uma explosão de estrelas na história de nossa espécie. E não poderíamos ter escolhido um momento mais perfeito na história desta grande cidade para nossa pequena artimanha. E é obra sua essa esplêndida existência que levamos. Por que você nos abandonou? Volte para casa."

Eu guardei as cartas. Conservei-as com tanto cuidado como conservei as cartas de meus irmãos em Auvergne. Em minha imaginação, eu via as marionetes perfeitamente. Ouvia o som do violino de Nicki; também via Armand, chegando em sua carruagem negra, tomando assento em seu camarote. E até descrevi tudo isto em termos velados e excêntricos em minhas longas mensagens a Marius, trabalhando freneticamente de vez em quando com meu cinzel numa rua escura enquanto os mortais dormiam.

Mas, para mim, não havia volta para Paris, por mais solitário que eu pudesse tornar-me. O mundo à minha volta tornara-se meu amante e meu professor. Eu estava extasiado com as catedrais e castelos, com os museus e palácios que via. Em cada lugar que visitava, eu ia para o coração da sociedade: absorvia suas diversões e seus mexericos, sua literatura e sua música, sua arquitetura e sua arte.

Eu poderia encher volumes com as coisas que estudei, com as coisas que me esforcei para compreender. Estava fascinado por violinistas ciganos e artistas de rua, assim como pelos grandes sopranos *castrati* das douradas casas de ópera ou dos coros de igrejas. Fazia a ronda nos bordéis, pelos antros de jogatina e pelos lugares em que os marinheiros bebiam e brigavam. Lia os jornais em todas as partes aonde ia, vadiava em tabernas, muitas vezes pedindo comidas em que nunca tocava, só para tê-las à minha frente, e conversava sem cessar com mortais em locais públicos, pagando incontáveis copos de vinho para outros, sentindo o cheiro de seus cachimbos e charutos enquanto fumavam e deixando que todos esses cheiros mortais impregnassem meus cabelos e minhas roupas.

E quando eu não estava pelas ruas, viajava no reino dos livros que pertenceram tão exclusivamente a Gabrielle durante todos aqueles tristes anos mortais que passamos em casa.

Antes de irmos para a Itália, eu sabia latim suficiente para estudar os clássicos, e formei uma biblioteca no antigo *palazzo* veneziano que eu assombrava, com frequência lendo durante toda a noite.

E, é claro, foi a história de Osíris a que mais me encantou, fazendo-me recordar da história de Armand e das enigmáticas palavras de Marius. Enquanto eu examinava todas as velhas versões, ia ficando assombrado com o que lia.

Osíris foi um antigo rei, um homem de bondade desinteressada, que afastou os egípcios do canibalismo e lhes ensinou a arte de plantar e de fazer vinho. E como ele foi assassinado por seu irmão Tífon? Osíris é convencido, através de astúcia, a se deitar em uma caixa do tamanho exato de seu corpo e depois seu irmão Tífon fecha a tampa com pregos. Em seguida, é atirado no rio, e quando a fiel Ísis encontra seu corpo, ele é atacado de novo por Tífon, que o esquarteja. Todas as partes de seu corpo são encontradas, menos uma.

Pois bem, por que Marius faria referência a um mito como este? E por que eu não pude pensar no fato de que todos os vampiros dormem em ataúdes que são caixas feitas do tamanho de seus corpos – até mesmo a ralé miserável do Les Innocents dormia em seus caixões. Magnus me dissera: "Naquele ataúde ou em outro parecido você deve sempre repousar." Quanto à parte desaparecida do corpo, a parte que nunca foi encontrada, bem, há uma parte de nós que não é fortalecida pelo Dom das Trevas, não há? Nós podemos falar, ver, provar, respirar e nos mover como os humanos, mas *não podemos procriar.* E tampouco Osíris podia, de modo que ele se tornou o Senhor dos Mortos.

Seria ele um deus vampiro?

Tudo isso me intrigava e atormentava. Esse deus Osíris era o deus do vinho dos egípcios, o mesmo que mais tarde foi chamado de Dionísio pelos gregos.

E Dionísio era o "deus infernal" do teatro, o deus diabólico que Nicki descreveu para mim quando éramos garotos na terra natal. E agora tínhamos o teatro cheio de vampiros em Paris. Oh, era fantástico.

Eu não podia esperar para contar tudo isso a Gabrielle.

Mas ela menosprezou com indiferença, dizendo que havia centenas dessas histórias antigas.

– Osíris era o deus das colheitas – ela disse. – Foi um bom deus para os egípcios. O que isto pode ter a ver conosco?

Ela olhou de soslaio para os livros que eu estava estudando.

– Você tem muita coisa para aprender, meu filho. Muitos deuses antigos foram desmembrados e pranteados por suas deusas. Leia sobre Acteon e Adonis. Os antigos adoravam essas histórias.

E foi embora. Eu fiquei sozinho na biblioteca iluminada por velas, com os cotovelos apoiados no meio de todos aqueles livros.

Eu me perdi em pensamentos sobre o sonho de Armand com o santuário Daqueles Que Devem Ser Conservados nas montanhas. Seria isso uma mágica que remontava ao tempo dos egípcios? Como os Filhos das Trevas se esqueceram dessas coisas? Talvez tudo isso tenha sido apenas poesia para o mestre veneziano, a menção de Tífon, o assassinato de seu irmão, nada mais que isso.

Eu saía na noite com meu cinzel. Gravava minhas perguntas a Marius em pedras que eram mais velhas do que nós dois. Marius se tornara tão real para mim que estávamos conversando, da mesma maneira que Nicki e eu fazíamos antes. Ele era o confidente que recebia minha excitação, meu entusiasmo, meu sublime desnorteamento e todos os prodígios e enigmas do mundo.

❋

Mas à medida que meus estudos se aprofundavam, em que minha educação se ampliava, passei a ter aquela primeira e terrível noção do que podia ser a eternidade. Eu estava sozinho entre humanos, e meus escritos para Marius não podiam evitar que eu conhecesse minha própria monstruosidade, como naquelas primeiras noites em Paris muito tempo antes. Afinal de contas, Marius não estava realmente ali.

E tampouco Gabrielle.

Quase que desde o começo, as predições de Armand se revelavam verdadeiras.

2

Antes mesmo de sairmos da França, Gabrielle começou a interromper a viagem, desaparecendo várias noites de uma vez. Em Viena, com frequência ficava fora por mais de uma quinzena e, na época em que me estabeleci no *palazzo* em Veneza, ficava fora durante meses. Durante minha primeira visita a Roma, ela desaparecera por seis meses. E depois que me deixou em Nápoles, eu retornei a Veneza sem ela e, furioso, deixei que ela descobrisse por conta própria o caminho de volta ao Veneto, coisa que ela fez.

Claro que era a natureza que a atraía, a floresta e as montanhas, ou as ilhas onde nenhum ser humano vivia. E ela retornava em um estado tão miserável – os sapatos gastos, as roupas rasgadas, os cabelos emaranhados feito louca – que era assustador olhar para ela, da mesma forma que fora olhar para os membros esfarrapados da velha congregação de Paris. Então, ela ficava andando pelos cômodos em seus trajes imundos e desleixados, olhando para as rachaduras no reboco ou para a luz captada nas distorções das vidraças das janelas.

Por que os imortais precisavam ler jornais, ela perguntaria, ou morar em palácios? Ou carregar ouro nos bolsos? Ou escrever cartas para uma família mortal deixada para trás?

Num murmúrio rápido e sinistro, ela falaria de penhascos escarpados que havia escalado, de turbilhões de neve em que tropeçara, das cavernas cheias de misteriosas marcas e fósseis antigos que encontrara.

Em seguida, iria embora tão silenciosamente quanto chegara, e me deixava esperando por ela – amargurado e zangado, ressentido com ela até que retornasse.

Uma noite, durante nossa primeira visita a Verona, ela me surpreendeu numa rua escura.

– Seu pai ainda está vivo? – perguntou.

Dessa vez, havia dois meses que desaparecera. Eu sentira saudades amargas dela, e lá estava ela perguntando sobre eles como se tivessem importância. No entanto, quando respondi "sim, e muito doente", ela pareceu não ter ouvido. Eu tentei contar para ela que as coisas na França estavam mesmo desanimadoras. Com certeza haveria uma revolução. Ela sacudiu a cabeça e rejeitou o assunto com um aceno.

– Não pense mais neles – ela disse. – Esqueça-os.

E mais uma vez ela se foi.

A verdade era que eu não desejava esquecê-los. Eu nunca parei de escrever a Roget pedindo notícias de minha família. Eu escrevia para eles com mais frequência do que para Eleni no teatro. Mandava pedir retratos de meus sobrinhos e sobrinhas. Mandava presentes para a França de todos os lugares que visitava. E me preocupava com a revolução, como qualquer francês mortal se preocuparia.

E, no final, quando as ausências de Gabrielle ficaram mais longas e o tempo que passávamos juntos mais tenso e incerto, comecei a discutir com ela sobre essas coisas.

– O tempo vai levar nossa família – eu disse. – O tempo levará a França que conhecemos. Por que eu deveria desistir deles agora enquanto ainda posso tê-los? Eu preciso dessas coisas. É isto que significa a vida para mim!

Mas isso era apenas uma parte do problema. Eu não a tinha mais do que tinha os outros. Ela devia saber o que eu estava realmente querendo dizer. Devia ter percebido as recriminações que havia por trás de tudo isso.

Pequenos discursos como este a entristeciam. Eles revelavam a ternura que havia nela. Então, deixava que eu conseguisse roupas limpas para ela, penteasse seus cabelos. Depois disso, nós caçávamos juntos e conversávamos. Talvez ela até fosse para cassinos comigo, ou à ópera. Durante pouco tempo, ela seria uma ilustre e bela dama.

E esses momentos ainda nos mantinham juntos. Perpetuavam nossa crença de que ainda éramos uma pequena congregação, um casal de amantes, triunfando contra o mundo mortal.

Reunidos junto à lareira de alguma casa de campo, viajando juntos no assento do cocheiro de uma carruagem enquanto eu segurava as rédeas, caminhando juntos pela floresta à meia-noite, nós ainda trocávamos nossas várias observações de vez em quando.

Nós até saíamos juntos em busca de casas assombradas – um passatempo recém-descoberto que excitava a nós dois. Na verdade, Gabrielle às vezes retornava de uma de suas viagens exatamente porque ouvira falar de uma aparição fantasmagórica e queria que eu fosse com ela para averiguarmos o que pudéssemos.

Claro que, na maioria das vezes, não encontrávamos coisa alguma nas casas abandonadas onde os espíritos supostamente apareciam. E aquelas infelizes pessoas que estariam possuídas pelo demônio muitas vezes nada mais eram que criaturas ensandecidas comuns.

Contudo, havia ocasiões em que víamos aparições fugazes ou manifestações violentas que não conseguíamos explicar – objetos arremessados para o alto, vozes rugindo nas bocas de crianças possuídas, correntes de ar geladas que apagavam as velas dentro de um quarto trancado.

Mas nada disso significava algum conhecimento novo para nós. Não vimos nada que uma centena de estudiosos mortais já não houvesse descrito.

No final, era apenas uma brincadeira para nós. E agora, quando penso nisso, sei que fazíamos aquilo apenas porque nos mantinha juntos – nos dava momentos de convívio que, do contrário, não teríamos tido.

Mas as ausências de Gabrielle não eram a única coisa que estava destruindo o afeto que tínhamos um pelo outro enquanto os anos se passavam. Era sua conduta quando estava comigo – as ideias que manifestava.

Ela ainda conservava o hábito de falar exatamente o que lhe passava pela cabeça e mais um pouco.

Uma noite, em nossa pequena casa na Via Ghibellina, em Florença, ela apareceu após um mês de ausência e se pôs a falar sem parar.

– Sabe, as criaturas da noite estão prontas para ter um grande líder – ela disse. – Não um resmungão supersticioso que fique falando de velhos ritos, mas sim um grande monarca das trevas que nos mobilize em tomo de novos princípios.

– Que princípios? – perguntei.

Ignorando a pergunta, ela prosseguiu.

– Imagine – ela disse – não apenas esse modo clandestino e repugnante de nos alimentarmos de mortais, mas algo tão grandioso quanto a Torre de Babel antes de ser destruída pela ira de Deus. Falo de um líder instalado em um palácio satânico que enviaria seus seguidores para virar irmão contra irmão, para fazer com que mães matem seus filhos, para jogar no fogo todas as grandes realizações da humanidade, para devastar a própria terra de modo que todos morram de fome, inocentes e culpados! Causar sofrimento e caos em toda parte, e abater as forças do bem para que os homens se desesperem. Pois bem, isto é algo que merece ser chamado de mal. Esta é de fato a tarefa de um demônio. Nós não somos nada, você e eu, a não ser plantas exóticas no Jardim Selvagem, como você me disse. E o mundo dos homens não é mais nem menos do que vi em meus livros em Auvergne, anos atrás.

Eu odiava aquela conversa. E, no entanto, estava contente por ela estar comigo no quarto, por eu estar falando com alguém que não fosse um pobre mortal iludido. Por eu não estar sozinho com as cartas que recebi de casa.

– Mas e quanto às suas questões estéticas? – perguntei. – Aquilo que você explicou para Armand antes, que você queria saber por que a beleza existe e por que continua a nos emocionar?

Ela encolheu os ombros.

– Quando o mundo dos homens sucumbir em ruínas, a beleza tomará conta de tudo. As árvores crescerão de novo onde havia ruas; as flores irão cobrir de novo os campos que agora não passam de um pantanal de choupanas. Este será o propósito do mestre satânico, ver a grama selvagem e a densa floresta cobrirem todos os vestígios das grandes cidades do passado até nada mais restar.

– E por que chamar tudo isso de satânico? – perguntei. – Por que não chamar de caos? Pois é tudo que seria.

– Porque – ela disse – é assim que os homens chamariam. Eles inventaram Satã, não foi? Satânico é apenas o nome que eles dão para o comportamento daqueles que tentam perturbar a maneira sistemática com a qual desejam viver.

– Não entendo.

– Bem, use seu cérebro sobrenatural, meu querido filho de olhos azuis e cabelos dourados, meu belo matador de lobos. É bem possível que Deus tenha criado o mundo tal como Armand disse.

– Foi isso que você descobriu na floresta? Foram as folhas que lhe disseram isto?

Ela riu de mim.

– Claro, Deus não é necessariamente antropomórfico – ela disse. – Ou o que chamaríamos, em nossa vaidade e sentimentalismo colossais, de "uma pessoa decente". Mas é provável que exista Deus. Satã, entretanto, foi uma invenção do homem, um nome para a força que procura derrubar a ordem civilizada das coisas. O primeiro homem que fez leis, seja ele Moisés ou algum antigo rei egípcio como Osíris, esse legislador criou o diabo. O diabo significa aquele que tenta fazer com que você viole as leis. E nós somos verdadeiramente satânicos no sentido de que não cumprimos nenhuma lei que proteja o homem. Então, por que não romper de fato? Por que não fazer uma fogueira do mal para consumir todas as civilizações da terra?

Eu estava estarrecido demais para responder.

– Não se preocupe – ela deu uma risada. – Não farei isso. Mas me pergunto o que acontecerá nas décadas que virão. Será que alguém fará isso?

– Espero que não! – eu disse. – Ou deixe-me expressar desse modo, se um de nós tentar, então haverá guerra.

– Por quê? Todos irão segui-lo.

– Eu não. Eu farei a guerra.

– Oh, você é divertido demais, Lestat – ela disse.

– É banal – eu disse.

– Banal! – ela desviou o olhar, olhou para o pátio lá fora, mas voltou a olhar para mim e a cor de seu rosto se acentuou. – Derrubar todas as cidades da terra? Eu entendi quando você chamou o Teatro dos Vampiros de banal, mas agora está se contradizendo.

– É banal destruir alguma coisa apenas por destruir, você não acha?

– Você é impossível – ela disse. – Em algum momento do futuro distante pode haver um líder assim. Ele reduzirá o homem à nudez e ao medo de onde veio. E vamos nos alimentar dele, sem nenhum esforço, como sempre fizemos, e o Jardim Selvagem, como você chama, irá cobrir o mundo.

– Eu quase desejo que alguém tente isso – eu disse. – Porque eu me rebelaria contra ele e faria tudo para derrotá-lo. E é possível que eu fosse salvo, poderia ser bom de novo aos meus próprios olhos, enquanto eu partisse para salvar o homem disso.

Eu estava muito irritado. Levantei-me da cadeira e fui para o pátio.

Ela veio logo atrás de mim.

– Você apenas está repetindo o mais velho dos argumentos da cristandade para a existência do mal – ela disse. – Ele existe para que possamos combatê-lo e praticar o bem.

– Que coisa triste e estúpida – eu disse.

– O que não entendo em você é isso – ela disse. – Você se aferra à sua velha crença na bondade com uma tenacidade que é virtualmente inabalável. No entanto, você é tão bom em ser o que é! Você caça suas vítimas como um anjo das trevas. Você mata sem piedade. Você se banqueteia a noite inteira com suas vítimas quando quer.

– E daí? – Olhei para ela com frieza. – Eu só consigo ser bom fazendo o mal.

Ela riu.

– Eu era um bom atirador quando jovem – eu disse –, um bom ator no palco. E agora sou um bom vampiro. Isso basta para nossa compreensão da palavra "bom".

❋

Depois que ela foi embora, deitei-me no chão de laje do pátio e olhei para as estrelas no alto, pensando em todas as pinturas e esculturas que tinha visto apenas na cidade de Florença. Eu sabia que odiava lugares onde havia apenas árvores muito altas, e, para mim, a música mais suave e mais doce era o som de vozes humanas. Mas que importância tinha de fato o que eu pensava ou sentia?

Mas nem sempre ela me importunava com suas estranhas filosofias. Vez por outra quando aparecia, ela falava de coisas práticas que havia aprendido. Na verdade, era mais corajosa e mais aventureira do que eu. Ela me ensinava coisas.

Nós podíamos dormir na terra, ela se certificaria disso antes de partirmos da França. Caixões e sepulturas não tinham importância. E ela se descobriu emergindo naturalmente da terra ao amanhecer, antes mesmo de despertar.

E aqueles mortais que nos encontrassem durante as horas do dia, a menos que nos expusessem ao sol de imediato, estavam condenados. Por exemplo, ela havia dormido no porão embaixo de uma casa abandonada nos arredores de Palermo, e quando acordou, seus olhos e rosto estavam queimando como se estivessem escaldados, e ela viu que sua mão direita segurava o cadáver de um mortal que, ao que parecia, tentara perturbar seu repouso.

– Ele foi estrangulado – ela disse – e minha mão ainda estava segurando sua garganta. E meu rosto fora queimado pela pouca luz que penetrava através da porta aberta.

– E se houvesse vários mortais? – perguntei um tanto quanto fascinado por ela.

Ela balançou a cabeça e encolheu os ombros. Agora sempre dormia na terra, não em porões ou caixões. Ninguém jamais iria perturbar seu descanso de novo. Isso não tinha importância para ela.

❋

Eu não disse isso a ela, mas acreditava que havia um certo encanto em dormir na cripta. Um certo fascínio em se levantar do túmulo. Na verdade, eu estava indo para o extremo oposto, no sentido de que mandava fazer ataúdes sob encomenda para mim nos lugares onde permanecíamos e eu não dormia em cemitérios ou igrejas, como era nosso costume mais comum, mas em esconderijos dentro da casa.

Não posso dizer que ela não prestava atenção quando eu lhe contava essas coisas. Às vezes me ouvia com paciência. Ela ouviu quando descrevi as grandes obras de arte que havia visto no museu do Vaticano, ou os corais que ouvira na catedral, ou os sonhos que tive na última hora antes de acordar, sonhos que pareciam ser provocados pelos pensamentos dos mortais que passavam por meu refúgio. Mas talvez ela só estivesse observando meus lábios se mexerem. Quem poderia dizer? E depois ela se ia de novo sem qualquer explicação, e eu caminhava sozinho nas ruas, murmurando em voz alta para Marius e escrevendo para ele as longas e longas mensagens que às vezes levava a noite inteira para completar.

O que eu queria dela? Que fosse mais humana, que fosse igual a mim? As previsões de Armand me obcecavam. E como podia ela não pensar nelas? Ela devia saber o que estava acontecendo, que estávamos ficando ainda mais distantes, que meu coração estava sofrendo e que eu era orgulhoso demais para dizer isso a ela.

– Por favor, Gabrielle, não consigo suportar a solidão! Fique comigo.

Quando deixamos a Itália, eu estava fazendo pequenos jogos perigosos com os mortais. Eu via um homem, ou uma mulher – um ser humano que me parecesse perfeito em termos espirituais –, e começava a segui-lo por toda parte. Eu fazia isto talvez durante uma semana, depois por um mês, às vezes ainda mais tempo que isso. Eu me apaixonava pelo ser. Imaginava amizade, conversas, uma intimidade que jamais poderíamos ter. Em algum momento mágico e imaginário, eu diria: "Mas você sabe o que sou", e aquele ser humano com suprema compreensão espiritual diria: "Sim, sei. E compreendo."

Absurdo, de fato. Muito parecido com o conto de fadas em que a princesa dá seu amor desinteressado ao príncipe enfeitiçado, que volta a ser ele mesmo e não mais o monstro. Só que nesse conto de fadas vampiresco, eu me converteria em meu amante mortal. Nós nos tornaríamos um único ser, e eu seria carne e sangue de novo.

Ideia adorável esta. Só que comecei a pensar cada vez mais nas advertências de Armand, que eu utilizaria outra vez os Poderes das Trevas pelas mesmas razões que tinha feito antes. E parei de vez com esse joguinho. Voltei a caçar com toda a antiga vingança e crueldade, e não eram apenas os malfeitores que eu abatia.

*

Na cidade de Atenas escrevi a seguinte mensagem para Marius:

Não sei por que continuo. Não busco a verdade. Não acredito nela. Não espero que você me revele nenhum antigo segredo, o que quer que ele possa ser. Mas acredito em algo. Talvez simplesmente na beleza do mundo no qual perambulo ou na própria vontade de viver. Esse dom me foi dado cedo demais. Foi dado sem nenhuma boa razão. E já na idade de trinta anos mortais, começo a compreender por que tantos de nossa espécie disperdiçaram-no, desistiram dele. No entanto, eu continuo. E procuro por você.

*

Não sei por quanto tempo eu poderia ter vagado pela Europa e pela Ásia desse modo. Com todas as minhas queixas sobre a solidão, eu estava acostumado com tudo aquilo. E havia novas cidades, assim como havia novas vítimas, novas línguas e nova música para ouvir. Qualquer que fosse a minha dor, eu concentrava minha mente em um novo destino. Queria conhecer enfim todas as cidades da terra, até mesmo as remotas capitais da Índia e da China, onde os objetos mais simples pareceriam estranhos e as mentes que eu penetrasse seriam tão estranhas quanto as de criaturas de um outro mundo.

Mas à medida que íamos para o sul, de Istambul para a Ásia Menor, Gabrielle sentia ainda mais fortemente o fascínio daquela terra nova e estranha, de modo que poucas vezes estava a meu lado.

E as coisas estavam chegando num clímax horrível na França, não apenas no mundo mortal com o qual eu ainda me afligia, mas também para os vampiros do teatro.

3

Antes de deixar a Grécia, já estava ouvindo, de conversas com viajantes ingleses e franceses, notícias perturbadoras sobre os problemas na terra natal. E quando cheguei ao hotel dos europeus, em Ancara, havia um enorme maço de cartas esperando por mim.

Roget havia transferido todo meu dinheiro para fora da França, depositando-o em bancos estrangeiros. "Você não deve pensar em voltar a Paris", ele escreveu. "Aconselhei a seu pai e seus irmãos que se mantenham fora de toda controvérsia. O clima aqui não está para monarquistas."

As cartas de Eleni falavam, a seu próprio modo, das mesmas coisas:

> "As plateias querem ver a aristocracia representando papel de boba. Nossa pequena peça mostrando uma desajeitada rainha marionete que é pisoteada sem misericórdia pela tropa indiferente de soldados marionetes que ela procura comandar arrancou risadas e gritos altos.
>
> O clero também é objeto de escárnio. Em outra peça, temos um padre arrogante que chega para castigar um grupo de marionetes dançarinas, por causa de sua conduta indecente. Mas, coitado, o mestre das dançarinas, que na verdade é um diabo de chifres vermelhos, transforma o desditado clérigo num lobisomem, que termina seus dias preso numa jaula dourada pelas moças sorridentes.
>
> Tudo isso é obra do gênio de Nosso Divino Violinista, mas agora precisamos ficar com ele durante todo o tempo em que está desperto. Para forçá-lo a escrever, nós o amarramos na cadeira. Colocamos tinta e papel à sua frente. E, se isto não tem êxito, nós o fazemos ditar enquanto escrevemos as peças.
>
> Ele se dirige aos transeuntes nas ruas e lhes fala apaixonadamente que existem horrores neste mundo com os quais eles nem sonham. E, eu lhe asseguro, se Paris não estivesse tão ocu-

pada lendo os panfletos que denunciam a rainha Maria Antonieta, a essa altura já nos teria destruído a todos. Nosso Amigo Mais Velho se torna mais irritado a cada noite que passa."

Claro que escrevi para ela no mesmo instante, pedindo que fosse paciente com Nicki, que tentasse ajudá-lo naqueles primeiros anos. "Com certeza, ele pode ser influenciado", eu disse. E pela primeira vez perguntei: "Teria eu o poder de alterar as coisas se retornasse?" Fitei aquelas palavras durante um longo tempo antes de assinar meu nome. Minhas mãos estavam tremendo. Em seguida, lacrei a carta e postei-a de imediato.

Como podia eu retornar? Solitário como estava, não conseguia suportar a ideia de regressar a Paris, de ver aquele pequeno teatro outra vez. E o que faria por Nicolas quando chegasse lá? A advertência que Armand fizera tempos atrás ainda ressoava em meus ouvidos.

Na verdade, parecia que, onde quer que eu estivesse, Armand e Nicki estavam sempre comigo; Armand cheio de advertências e previsões sombrias, e Nicolas escarnecendo de mim com o pequeno milagre do amor transformado em ódio.

Nunca precisara de Gabrielle tanto como agora. Mas já há bastante tempo ela se distancia de mim em nossa viagem. De vez em quando, eu me lembrava de como eram as coisas antes de partirmos de Paris. Mas já não esperava mais coisa alguma dela.

A resposta de Eleni me aguardava em Damasco.

"Ele o despreza tanto como antes. Quando sugerimos que talvez ele devesse ir procurá-lo, ele caiu na risada. Conto-lhe essas coisas não para atormentá-lo, mas para que saiba que fizemos o máximo para proteger essa criança, que jamais deveria ter se tornado Filho das Trevas. Ele está dominado por seus poderes, deslumbrado e enlouquecido por sua visão. Já vimos tudo isso antes, bem como seu triste fim.

No entanto, ele escreveu sua melhor peça no mês passado. As marionetes dançarinas, *sem* fios dessa vez, são atacadas, na flor da juventude, por uma pestilência e colocadas para repousar sob lápides e coroas de flores. O padre chora diante de seus túmulos antes de ir embora. Mas um jovem violinista mágico chega no cemitério. E com sua música faz com que se levantem.

> Elas saem de suas sepulturas como vampiros vestidos com mantos de seda preta e fitas de cetim preto, dançando alegremente enquanto seguem o violinista em direção a Paris, um cenário lindamente pintado. A multidão chega a urrar. Digo-lhe que poderíamos nos banquetear com as vítimas mortais no palco, e os parisienses, pensando que tudo fosse a mais inusitada ilusão, apenas aplaudiriam."

Havia também uma carta assustadora de Roget.

Paris estava sob o domínio da loucura revolucionária. O rei Luís havia sido forçado a reconhecer a Assembleia Nacional. Pessoas de todas as classes se uniam contra ele como nunca antes. Roget enviara um mensageiro ao sul para ver minha família e tentar avaliar por si mesmo o estado de espírito revolucionário no campo.

Respondi ambas as cartas com a previsível preocupação e toda a previsível sensação de importância.

Mas enquanto despachava meus pertences para o Cairo, senti um pânico de que todas aquelas coisas das quais eu dependia corriam perigo. Por fora eu não mudara e continuava com meu disfarce de cavalheiro viajante; por dentro, o demônio caçador das ruelas estreitas estava calado e secretamente perdido.

Claro que eu disse para mim mesmo que era importante ir para o sul, para o Egito, que era um país de antiga grandeza e maravilhas eternas, que o Egito me encantaria e me faria esquecer de tudo que estava acontecendo em Paris, coisas nas quais não poderia intervir.

Mas havia uma ideia em minha mente. O Egito, mais do que qualquer outro país no mundo inteiro, era um lugar apaixonado pela morte.

Finalmente, Gabrielle emergiu do deserto da Arábia como um espírito e juntos içamos as velas.

Levamos quase um mês para chegar ao Cairo, e quando encontrei meus pertences esperando por mim no hotel dos europeus, havia um estranho pacote entre eles.

Reconheci de imediato a caligrafia de Eleni, mas não consegui imaginar por que ela haveria de me enviar um pacote e fiquei olhando para ele durante quinze minutos, a mente tão vazia como nunca.

Não havia nenhuma palavra de Roget.

Por que Roget não havia escrito para mim, eu pensei. O que era aquele pacote? Por que estava ali?

Por fim me dei conta de que ficara uma hora sentado naquele quarto cheio de baús e caixotes embalados, olhando para um pacote, e que Gabrielle, que ainda não achara conveniente desaparecer, ficara ali me observando.

– Você vai sair? – eu sussurrei.

– Se você quiser – ela disse.

Era importante abrir aquilo, sim, abrir e descobrir o que era. No entanto, pareceu-me tão importante quanto olhar para aquele quartinho simples e sem graça e imaginar que era um quarto na estalagem de Auvergne.

– Tive um sonho com você – eu disse em voz alta, olhando de soslaio para o pacote. – Sonhei que estávamos andando juntos pelo mundo, você e eu, e que ambos estávamos serenos e fortes. Sonhei que nos alimentávamos dos malfeitores, como Marius se alimentava, e que quando olhávamos em volta de nós mesmos sentíamos temor e pesar pelos mistérios que contemplávamos. Mas éramos fortes. Nós continuaríamos para sempre. E conversávamos. "Nossa conversa" não tinha fim.

Abri o pacote e vi que continha o estojo do violino Stradivarius.

Quis dizer alguma coisa outra vez, apenas para mim mesmo, mas minha garganta se fechou. E minha mente não poderia completar as palavras por si mesma. Estendi a mão para pegar a carta que deslizou por cima da madeira polida.

> "Aconteceu o pior, como eu temia. Nosso Amigo Mais Velho, enlouquecido pelos excessos de Nosso Violinista, finalmente aprisionou-o na sua antiga torre. E embora tenha recebido o violino em sua cela, suas mãos foram cortadas.
>
> Mas entenda que, em nosso caso, tais apêndices sempre podem ser restaurados. E os apêndices em questão foram guardados por Nosso Amigo Mais Velho, que não permitiu nenhum alimento para nosso ferido durante cinco noites.
>
> Por fim, toda a trupe persuadiu Nosso Amigo Mais Velho a soltar N. e devolver-lhe tudo que era seu, o que foi feito.
>
> Mas N., enlouquecido pela dor e fome – pois isto pode alterar o temperamento por completo –, entrou num silêncio irrompível e permaneceu assim por um considerável espaço de tempo.

Depois ele nos procurou apenas para nos dizer que, à maneira de um mortal, ele havia colocado em ordem seus negócios. Nós tínhamos uma pilha de peças recém-escritas. E nós devíamos convocar para ele, em algum lugar no campo, o antigo Sabá com sua habitual fogueira. Se não fizéssemos isto, então ele transformaria o teatro em sua pira funerária.

Nosso Amigo Mais Velho jurou solenemente que sua vontade seria cumprida e jamais se viu um Sabá como aquele, pois creio que todos parecíamos muito mais diabólicos com nossas perucas e trajes finos, nossas roupas de dança de vampiro com mantos negros, formando o velho círculo, cantando os velhos cânticos com bravata de ator.

'Nós devíamos ter feito no bulevar', ele disse. 'Mas aqui está, envie isto para meu criador', e colocou o violino em minhas mãos. Começamos a dançar, todos nós, para produzir o costumeiro frenesi, e creio que nunca ficamos tão comovidos, tão aterrorizados e tão tristes. Ele se atirou nas chamas.

Sei que esta notícia vai afetá-lo. Mas entenda que fizemos tudo que podíamos para evitar o que aconteceu. Nosso Amigo Mais Velho estava amargurado e magoado. E creio que você deveria saber que, quando retornamos de Paris, descobrimos que N. ordenara que o teatro fosse chamado oficialmente de Teatro dos Vampiros, e estas palavras já haviam sido pintadas na fachada. Como suas melhores peças sempre incluíram vampiros, lobisomens e outras criaturas sobrenaturais, o público acha o novo título muito divertido, e ninguém se mexeu para mudá-lo. É simplesmente inteligente na Paris de hoje."

❋

Horas mais tarde, quando enfim desci as escadas que davam para a rua, vi um adorável e pálido fantasma nas sombras – a imagem do jovem explorador francês com enlameada roupa de linho branco e botas de couro marrom, chapéu de palha caído sobre os olhos.

Eu sabia quem ela era, claro, e que um dia fomos apaixonados um pelo outro, mas naquele momento isso pareceu algo difícil de ser lembrado, ou mesmo acreditado.

Creio que eu quis dizer alguma coisa cruel para ela, para feri-la e afastá-la. Mas quando ela apareceu ao meu lado e caminhou comigo eu não disse nada. Apenas dei a carta a ela de modo que não tivéssemos que falar. Ela leu-a, guardou-a, em seguida pôs o braço em volta de mim da maneira como costumava fazer muito tempo atrás e nós caminhamos juntos pelas ruas escuras.

Cheiro de morte e de comida no fogo, de areia e de esterco de camelo. Cheiro do Egito. Cheiro de um lugar que permanece o mesmo por seis **mil** anos.

– O que posso fazer por você, meu querido? – ela sussurrou.

– Nada – eu disse.

Fora eu quem o criara, quem o seduzira, quem o transformara no que ele era e o deixara lá. Fora eu quem subvertera o caminho que sua vida poderia ter tomado. E assim, em sombria obscuridade, removida de seu curso humano, ela chegara ao fim.

✵

Mais tarde, ela permaneceu em silêncio enquanto eu escrevia minha mensagem a Marius na parede de um antigo templo. Contei sobre o fim de Nicolas, o violinista do Teatro dos Vampiros, e esculpi minhas palavras tão profundamente quanto qualquer artesão egípcio poderia ter feito. Um epitáfio para Nicki, um marco no esquecimento, que ninguém jamais poderia ler ou compreender.

✵

Era estranho tê-la ali. Estranho tê-la ao meu lado hora após hora.

– Você não vai voltar para a França, vai? – ela perguntou no final. – Não vai voltar por causa do que ele fez?

– As mãos? – eu perguntei. – A amputação das mãos?

Ela olhou para mim e seu rosto tornou-se liso, como se algum choque houvesse tirado toda sua expressão. Mas ela sabia. Havia lido a carta. O que a chocava? A maneira como eu disse, talvez.

– Você achava que eu voltaria para me vingar?

Ela assentiu insegura. Não queria pôr a ideia em minha cabeça.

– Como eu poderia fazer? – eu disse. – Seria hipocrisia, não seria, quando deixei Nicolas lá contando com todos para fazer o que tivesse que ser feito?

As mudanças em seu rosto eram sutis demais para serem descritas. Eu não gostava de vê-la tão perturbadora. Não era do seu feitio.

– O fato é que o pequeno monstro estava tentando ajudar quando fez isso, você não acha, quando amputou as mãos. Deve ter sido muito problemático para ele, de fato, quando podia ter destruído Nicki com toda a facilidade, sem hesitar.

Ela concordou com um aceno de cabeça, mas parecia desconsolada e, por sorte ou má sorte, linda, também.

– Também achei isso – ela disse. – Mas pensei que você não concordaria.

– Oh, sou monstro o bastante para compreender – eu disse. – Você se lembra do que me disse anos atrás, antes de sairmos de casa? Você disse no mesmo dia em que ele subiu a montanha com os mercadores para me entregar a capa vermelha. Disse que o pai dele estava tão furioso por causa do violino que ameaçava quebrar suas mãos. Você acha que nós encontramos nosso destino, seja lá como for, não importa o que aconteça? Quero dizer, você acha que mesmo como imortais seguimos um caminho que já estava determinado para nós quando estávamos vivos? Imagine, o mestre da congregação cortar as mãos dele.

❋

Nas noites seguintes, ficou claro que ela não queria deixar-me sozinho. E eu sentia que ela teria ficado por causa da morte de Nicki, não importava o lugar onde estivéssemos. Mas teve importância o fato de estarmos no Egito. Ajudou o fato de ela amar aquelas ruínas e aqueles monumentos como jamais amara outros.

Talvez as pessoas tivessem de estar mortas há seis mil anos para que ela as amasse. Pensei em dizer isso, para provocá-la um pouco, mas o pensamento apenas veio e se foi. Aqueles monumentos eram tão velhos quanto as montanhas que ela amava. O Nilo havia corrido na imaginação do homem desde a aurora dos tempos históricos.

Escalamos juntos as pirâmides, subimos nos braços da gigantesca Esfinge. Corremos sobre inscrições em antigos fragmentos de pedra. Estudamos as múmias que podiam ser compradas de ladrões por uma ninharia, peças de antiga joalheria, cerâmicas, vidros. Deixamos a água do rio escorrer por nossos dedos e caçamos juntos nas minúsculas ruas do Cairo, fomos a bordéis onde sentamos em almofadas e assistimos rapazes dançarem, ouvindo músicos tocarem uma acalorada música erótica que abafava por pouco tempo o som de um violino que estava sempre em minha cabeça.

Eu me vi dançando selvagemente no ritmo daqueles sons exóticos, imitando as ondulações daqueles que me incitavam, enquanto eu perdia toda a noção do tempo ou a razão com o lamento de trombetas e o dedilhar de alaúdes.

Gabrielle ficou sentada quieta, sorrindo, com a aba de seu sujo chapéu de palha branco caída sobre os olhos. Não conversávamos mais. Ela era apenas uma beldade pálida e felina, com as faces sujas de terra, que se deixava levar a meu lado através da noite interminável. Com o casaco apertado por um grosso cinto de couro, os cabelos formando uma trança que descia pelas costas, ela caminhava com postura de rainha e languidez de vampira, com a curva de seu rosto luminosa na escuridão, a pequena boca como um botão de rosa vermelha. Encantadora e, sem dúvida, em pouco tempo iria embora de novo.

No entanto, ela ficou comigo mesmo quando aluguei uma pequena e suntuosa casa que pertencera a um nobre mameluco, com esplêndido assoalho de azulejos e primorosos toldos pendurados pelo teto. Ela até me ajudou a encher o pátio com buganvílias, palmeiras e todo tipo de plantas tropicais até se tornar uma pequena selva verdejante. Trouxe gaiolas com papagaios, tentilhões e magníficos canários.

Ela até mostrava-se solidária quando eu me queixava de que não havia cartas de Paris e que estava louco por notícias.

Por que Roget não me escrevia? Teria Paris sucumbido ao clima de revolta e ações violentas? Bem, isso jamais alcançaria minha distante família provinciana, alcançaria? Mas teria acontecido alguma coisa com Roget? Por que ele não escrevia?

Ela me pediu para subir o rio com ela. Eu queria esperar por cartas, indagar a viajantes ingleses. Mas concordei. Afinal de contas, era realmente notável que ela desejasse que eu fosse junto. À sua maneira, estava preocupada comigo.

Percebi que ela passara a se vestir com novas túnicas de linho branco e culotes apenas para me agradar. Por minha causa, ela escovava seus cabelos longos.

Mas não importava, afinal de contas. Eu estava mergulhando em profundo desânimo e sabia disso. Eu estava à deriva no mundo, como se estivesse num sonho.

Parecia muito natural e sensato que eu visse à minha volta uma paisagem que era a mesma havia milhares de anos, quando os artistas a pintaram nas paredes de túmulos reais. Natural que as palmeiras ao luar parecessem exatamente como naquela época. Natural que o camponês retirasse a água do rio da mesma maneira que fazia então. E que as vacas que ele levava para beber água também fossem as mesmas.

Visões do mundo em seu começo.

Teria Marius deixado suas marcas naquelas areias?

Perambulamos pelo gigantesco templo de Ramsés, encantados com os milhões e milhões de minúsculas pinturas entalhadas nas paredes. Fiquei pensando em Osíris, mas as pequenas figuras eram estranhas. Vagamos pelas ruínas de Luxor. Descemos juntos do rio sob a luz das estrelas.

No caminho de volta ao Cairo, quando chegamos nos grandes Colossos de Memnon, ela contou num sussurro apaixonado que os imperadores romanos tinham viajado para se maravilharem com aquelas estátuas, da mesma maneira que nós.

– Já eram antigas na época dos Césares – ela disse, enquanto andávamos em nossos camelos pela areia fria.

O vento não estava tão forte quanto podia estar naquela noite. Podíamos ver claramente as figuras de pedra contra o pano de fundo formado pelo profundo azul do céu. Com os rostos destruídos, elas pareciam mesmo assim estar olhando para a frente, testemunhas mudas da passagem do tempo, cuja imobilidade me deixava triste e temeroso.

Eu sentia a mesma admiração que sentira diante das pirâmides. Antigos deuses, antigos mistérios. Fazia aumentar os calafrios. E, no entanto, o que eram aquelas figuras agora a não ser sentinelas sem rosto, governantes de um deserto interminável?

– Marius – sussurrei para mim mesmo. – Você viu estas? Algum de nós vai durar tanto tempo assim?

Mas meu devaneio foi interrompido por Gabrielle. Ela queria desmontar e caminhar o resto do trajeto até as estátuas. Concordei, embora realmente não soubesse o que fazer com aqueles enormes camelos malcheirosos e cabeçudos, como fazer para que se ajoelhassem e tudo mais.

Ela conseguiu. E os deixou esperando por nós, e nós fomos andando pela areia.

– Venha comigo para a África, para as selvas – ela disse.

Seu rosto estava sério, a voz suave como nunca.

Não respondi por um momento. Alguma coisa em seu jeito me deixou alarmado. Ou pelo menos pareceu que eu deveria ter ficado alarmado.

Eu devia ter ouvido um som tão agudo quanto o repicar matinal dos Sinos do Inferno.

Eu não queria ir para as selvas da África. E ela sabia disto. Estava ansioso à espera de notícias de minha família por parte de Roget, e pretendia conhecer as cidades do Oriente, seguir pela Índia até a China e depois ao Japão.

– Compreendo o modo de vida que você escolheu – ela disse. – E passei a admirar a perseverança com que você o persegue, você sabe disso.

– Posso dizer o mesmo de você – eu disse um tanto quanto amargurado.

Ela parou.

Estávamos tão próximos das estátuas colossais quanto se podia chegar, imagino. E a única coisa que impedia de eu me sentir esmagado por elas era o fato de não haver nada por perto que servisse como referência para avaliar suas proporções. O céu acima era tão imenso quanto elas, as areias intermináveis, as estrelas incontáveis e brilhantes erguendo-se para sempre no alto.

– Lestat – ela disse devagar, medindo as palavras –, estou pedindo que você tente, apenas uma vez, andar pelo mundo como eu.

A luz da lua refletia nela, mas o chapéu sombreava seu pequeno rosto branco e anguloso.

– Esqueça a casa no Cairo – ela disse de repente, diminuindo o tom de sua voz, como se por respeito pela importância do que disse. – Abandone todos os seus objetos de valor, suas roupas, as coisas que o vinculam à civilização. Venha comigo para o sul, rio acima para a África. Viaje comigo do modo como viajo.

Ainda não respondi. Meu coração estava acelerado.

Ela murmurou suavemente à meia-voz que iríamos ver as tribos secretas da África, desconhecidas para o mundo. Enfrentaríamos crocodilos e leões com nossas mãos nuas. Podíamos descobrir a própria nascente do Nilo.

Comecei a tremer no corpo inteiro. Era como se a noite estivesse cheia de ventos uivantes. E não houvesse nenhum lugar para ir.

Você está dizendo que vai me abandonar para sempre se eu não for junto. É isso?

Ergui os olhos para aquelas estátuas aterradoras. Creio que disse:

– Quer dizer que chegamos neste ponto.

E foi por esse motivo que ela ficou junto de mim, foi por isso que fez tantas pequenas coisas para me agradar, foi por isso que estávamos juntos agora. Não tinha nada a ver com a partida de Nicki para a eternidade. Era uma outra partida que a preocupava agora.

Ela sacudiu a cabeça como se estivesse ponderando, refletindo no que iria dizer. Ela descreveu com voz calada para mim o calor das noites tropicais, mais úmido e mais doce do que aquele calor.

– Venha comigo, Lestat – ela disse. – De dia durmo nas areias. De noite me movimento como se pudesse voar de verdade. Não preciso de nome. Não deixo pegadas. Quero descer até o sul da África. Serei uma deusa para minhas vítimas.

Ela aproximou-se, deslizou o braço em torno de meu ombro e pressionou os lábios em meu rosto, e eu vi o brilho profundo de seus olhos por baixo da aba de seu chapéu. E o luar congelava sua boca.

Eu me ouvi suspirar. Sacudi a cabeça.

– Não posso e você sabe disso – eu disse. – Não posso fazê-lo assim como você não pode ficar comigo.

✵

Durante todo o caminho de volta ao Cairo, fiquei pensando nisso, no que me aconteceu naqueles momentos dolorosos. No que eu sabia, mas não disse enquanto ficamos na areia diante dos Colossos de Memnon.

Ela já estava perdida para mim! Há anos. Tive consciência disso quando desci as escadas do quarto onde chorara a morte de Nicki e a vi esperando por mim.

Tudo havia sido dito, de uma forma ou de outra, na cripta debaixo da torre anos atrás. Ela não podia me dar aquilo que eu queria dela. Não havia nada que eu pudesse fazer para torná-la aquilo que ela não seria. E o mais verdadeiramente terrível: ela não queria de fato nada de mim!

Estava pedindo para eu acompanhá-la porque se sentia obrigada a fazê-lo. Piedade, tristeza – talvez também por isso. Mas o que ela queria mesmo era ficar livre.

Ela ficou comigo enquanto retornávamos para a cidade. Não fez nem disse nada.

E eu estava afundando ainda mais, em silêncio, aturdido, sabendo que em pouco tempo receberia outro golpe terrível. Havia a consciência e o horror. Ela dirá seu adeus e eu não posso impedir. Quando começo a perder meus sentidos? Quando começo a chorar de maneira incontrolável?

Não agora.

Quando acendemos os lampiões da pequena casa, as cores me agrediram – tapetes persas cobertos de flores delicadas, os toldos tecidos com um milhão de minúsculos espelhos, a plumagem brilhante dos pássaros agitados.

Procurei por alguma correspondência de Roget, mas não havia nada e, de repente, fiquei furioso. Com certeza, ele teria escrito a esta altura. Eu tinha de saber o que estava acontecendo em Paris! Depois fiquei com medo.

– Que diabos está acontecendo na França? – eu murmurei. – Terei de ir encontrar outros europeus. Os ingleses, eles sempre têm informações. Eles arrastam o maldito chá indiano e o *Times* de Londres para todos os lugares aonde vão.

Eu estava enfurecido por vê-la parada ali tão quieta. Era como se alguma coisa estivesse acontecendo no quarto – aquela horrível sensação de tensão e expectativa que eu conhecera na cripta antes que Armand nos contasse sua longa história.

Mas nada estava acontecendo, só que ela estava prestes a me abandonar para sempre. Prestes a entrar no tempo para sempre. E como iríamos nos encontrar de novo?

– Que droga – eu disse. – Esperava uma carta.

Nenhum criado. Eles não sabiam quando voltaríamos. Eu queria mandar alguém contratar músicos. Acabara de me alimentar, estava quente e disse para mim mesmo que queria dançar.

De repente, ela rompeu seu silêncio. Começou a se mover de um modo bastante determinado. Foi para o pátio caminhando numa linha reta incomum.

Eu observei-a ajoelhar-se ao lado do pequeno lago. Levantou ali dois blocos do piso, retirou um pacote, limpou a terra arenosa dele e levou-o para mim.

Antes mesmo que ela o colocasse à luz, eu vi que era de Roget. Chegara antes de termos subido o Nilo, e ela escondera!

– Mas por que você fez isso?! – eu disse.

Estava furioso. Arranquei o pacote de suas mãos e coloquei-o sobre a escrivaninha.

Fiquei encarando-a, odiando-a, odiando-a como nunca antes. Nem mesmo no egoísmo da infância eu a tinha odiado tanto como agora.

– Por que você escondeu isto de mim? – eu disse.

– Porque queria ter uma chance! – ela sussurrou.

Seu queixo estava tremendo. O lábio inferior tremia e eu vi as lágrimas de sangue.

– Mas mesmo sem isto – ela disse – você fez sua escolha.

Peguei o pacote e rasguei-o. A carta deslizou para fora, junto com recortes dobrados de um jornal inglês. Desdobrei a carta, as mãos tremendo, e comecei a ler:

> "Monsieur, como já deve saber a esta altura, no dia 14 de julho o povo enfurecido atacou a Bastilha. A cidade está um caos. Há tumultos por toda a França. Durante meses procurei em vão entrar em contato com sua gente, para tirá-los do país em segurança, se pudesse.
>
> Mas na última segunda-feira recebi a informação de que os camponeses e arrendatários se rebelaram contra a casa de seu pai. Seus irmãos, suas esposas e filhos, e todos os que tentaram defender o castelo foram assassinados antes que ele fosse saqueado. Só seu pai escapou.
>
> Servos leais conseguiram escondê-lo durante o sítio e mais tarde o levaram para a Costa. Ele está, neste exato momento, na cidade de Nova Orleans, na antiga colônia francesa da Louisiana. E pede que você vá socorrê-lo. Está desgostoso e entre estranhos. Ele suplica que você vá."

Havia mais. Desculpas, promessas, detalhes... tudo parecia sem sentido.

Depositei a carta em cima da escrivaninha. Fiquei olhando para a madeira e o círculo de luz formado pelo lampião.

– Não vá até ele – ela disse.

Sua voz soou pequena e insignificante diante do silêncio. O silêncio era como um imenso grito.

– Não o procure – ela disse de novo.

As lágrimas formaram listras em seu rosto como pintura de palhaço, duas longas correntes vermelhas que desciam de seus olhos.

– Vá embora – eu sussurrei.

As palavras dissiparam-se e de repente minha voz cresceu de novo.

– Vá embora – eu disse.

E mais uma vez minha voz não se deteve. Ela simplesmente continuou ali até eu dizer de novo as palavras com uma violência cortante:

– VÁ EMBORA!

4

Tive um sonho com minha família. Estávamos todos nos abraçando. Até mesmo Gabrielle estava lá, num vestido de veludo. O castelo estava enegrecido, todo queimado. Os tesouros que eu depositara estavam derretidos ou transformados em cinzas. Sempre se volta às cinzas. Mas o velho ditado fala mesmo de cinzas às cinzas, ou do pó ao pó?

Não tinha importância. Eu havia retornado e transformado todos em vampiros, e lá estávamos nós, a Casa de Lioncourt, beldades de rostos pálidos, inclusive o bebê vampiro que estava deitado no berço, a mãe inclinando-se para dar-lhe o rato cinzento de rabo comprido com o qual ele iria alimentar-se.

Ríamos e nos beijávamos enquanto andávamos pelas cinzas, meus pálidos irmãos, suas mulheres pálidas, as crianças fantasmagóricas conversando sobre vítimas, meu pai cego que se ergueu como uma figura bíblica e gritou:

– EU POSSO VER!

Meu irmão mais velho pôs o braço em volta de mim. Parecia maravilhoso vestido com roupas decentes. Nunca o vira parecer tão bem, e o sangue de vampiro deixou sua expressão tão delgada e espiritual.

– Você sabe que foi ótimo você ter vindo para nos dar o Dom das Trevas – disse ele dando uma risada alegre.

– O Poder das Trevas, querido, o Poder das Trevas – disse sua mulher.

– Porque se não fizesse isso – ele prosseguiu –, ora, todos estaríamos mortos.

5

A casa estava vazia. Os baús haviam sido despachados. O navio deixaria Alexandria em duas noites. Apenas uma valise pequena ficou comigo. A bordo do navio, o filho do marquês deveria trocar de roupa de vez em quando. E, é claro, o violino.

Gabrielle estava parada junto à entrada do jardim, esbelta, as pernas compridas, formando belos ângulos com suas roupas de algodão branco, o chapéu na cabeça, como sempre, os cabelos soltos.

Seriam para mim os longos cabelos soltos?

Minha aflição estava aumentando, uma maré que incluía todas as perdas, os mortos e os imortais.

Mas ela desapareceu e retornou a sensação de estar afundando, a sensação do sonho no qual navegamos com ou sem vontade.

Ocorreu-me que seus cabelos podiam ser descritos como uma chuva de ouro, que toda a antiga poesia faz sentido quando se olha para alguém a quem se amou. Adoráveis os ângulos de seu rosto, aquela boca pequena e implacável.

– Diga-me o que você precisa de mim, mãe – eu disse, tranquilo.

Civilizado aquele aposento. Escrivaninha. Lampião. Cadeira. Todos os meus pássaros de cores brilhantes se foram, provavelmente colocados à venda no bazar. Papagaios africanos de cor cinza que vivem tanto quanto o homem. Nicki vivera até a idade de trinta anos.

– Precisa de dinheiro de mim?

Um intenso e lindo rubor em seu rosto, nos olhos um brilho de luz em movimento – azul e violeta. Por um momento, ela pareceu humana. Nós bem podíamos estar em seu quarto em casa. Livros, as paredes úmidas, o fogo. Seria ela humana então?

Por um instante, a aba do chapéu cobriu seu rosto por completo quando ela inclinou a cabeça. Inexplicavelmente, ela perguntou:

– Mas aonde você vai?

– Para uma pequena casa na rua Dumaine, na antiga cidade francesa de Nova Orleans – respondi com frieza, de maneira precisa. – E depois que ele morrer e estiver em paz, não tenho a menor ideia.

– Você não pode estar falando sério – ela disse.

– Tenho passagem reservada no próximo navio que sai de Alexandria – eu disse. – Irei para Nápoles, depois seguirei para Barcelona. Partirei de Lisboa para o Novo Mundo.

Seu rosto pareceu estreitar-se, suas feições se aguçaram. Seus lábios moveram-se apenas um pouco, mas ela não disse coisa alguma. Depois vi as lágrimas brotando em seus olhos e senti sua emoção, como se tivesse saído dela para me tocar. Desviei o olhar, ocupei-me com alguma coisa na escrivaninha, depois simplesmente mantive as mãos paradas para que não tremessem. Pensei: estou contente porque Nicki levou suas mãos para o fogo com ele, porque se não o tivesse feito, eu teria que voltar a Paris para pegá-las antes de poder continuar.

– Mas você não pode estar indo para ele! – ela sussurrou.

Ele? Oh. Meu pai.

– O que importa? Estou indo! – eu disse.

Ela fez um leve gesto de negação com a cabeça. Depois chegou perto da escrivaninha. Seu andar era mais leve do que o de Armand.

– Alguém de nossa espécie já fez essa travessia? – ela perguntou à meia-voz.

– Não que eu saiba. Em Roma dizem que não.

– Talvez não possa ser feita esta travessia.

– Ela pode ser feita. Você sabe que pode.

Nós havíamos singrado os mares antes em nossos caixões forrados de cortiça. Pobre do coitado que viesse me incomodar.

Ela aproximou-se ainda mais e baixou os olhos para mim. E a dor que havia em seu rosto já não podia mais ser dissimulada. Ela estava encantadora. Por que nunca a vesti com vestidos de baile, chapéus emplumados e pérolas?

– Você sabe onde me encontrar – eu disse, mas a amargura de meu tom de voz parecia duvidar disso. – Os endereços de meus bancos em Londres e Roma. Esses bancos já tiveram uma vida tão longa quanto a dos vampiros. Eles sempre estarão lá. Você sabe tudo isso, sempre soube...

– Pare – ela disse à meia-voz. – Não diga essas coisas para mim.

Que mentira era tudo aquilo, que ridículo. Era o tipo de diálogo que ela sempre detestou, o tipo de conversa que sempre evitou. Nem mesmo em minhas fantasias mais loucas eu cheguei a acreditar que seria daquele jeito – que eu pudesse dizer coisas com frieza, que ela fosse chorar. Eu achava que iria gritar quando ela dissesse que estava indo embora. Achava que iria atirar-me a seus pés.

Ficamos olhando um para o outro durante um longo momento, seus olhos manchados de vermelho, a boca quase tremendo.

E então perdi o controle.

Levantei-me e fui até ela, abracei seu pequeno e delicado corpo. Decidi que não a soltaria, por mais que ela resistisse. Mas ela não resistiu, e ambos choramos quase em silêncio, como se não pudéssemos parar. Mas ela não se entregou a mim. Não se perdeu em meu abraço.

E então ela recuou. Afagou meus cabelos com ambas as mãos, inclinou-se para a frente e beijou-me nos lábios. Em seguida, afastou-se ligeira e silenciosamente.

– Tudo bem, então, meu querido – ela disse.

Eu balancei a cabeça. Palavras, palavras e palavras não pronunciadas. Não tinham utilidade para ela, nunca tiveram.

Com seu modo lento e lânguido, os quadris movendo-se com graça, ela foi até a porta que dava para o jardim e olhou para o céu noturno antes de olhar de novo para mim.

– Você tem de me prometer uma coisa – ela disse por fim.

Um jovem e audacioso francês que perambulava por centenas de cidades, movendo-se com a graça de um árabe pelos lugares onde apenas um gato de rua poderia passar em segurança.

– Claro – eu respondi.

Mas nesse momento estava com o espírito tão abatido que não queria mais conversar. As cores esmaeciam-se. A noite não estava quente nem fria. Desejei que ela apenas se fosse, mas estava aterrorizado com o momento em que isto aconteceria, quando não poderia mais tê-la de volta.

– Prometa-me que você jamais procurará acabar com tudo – ela disse – sem antes estar comigo, sem que antes estejamos juntos de novo.

Por um momento, fiquei surpreso demais para responder. Depois eu disse:

– Eu *jamais* vou procurar acabar com tudo. – Eu estava quase desdenhoso. – Portanto, tem a minha promessa. Ela é bem simples de se fazer. Mas que tal me fazer uma promessa? Que vai me informar dos seus passos quando sair daqui, onde posso encontrá-la... que não vai desaparecer como se fosse fruto da minha imaginação...

Eu parei. Havia um tom de urgência em minha voz, de crescente histeria. Eu não podia imaginá-la escrevendo uma carta, postando-a ou fazendo alguma das coisas que os mortais costumam fazer. Era como se nenhuma natureza comum nos unisse, nem jamais tivesse unido.

– Espero que você esteja certo em sua decisão – ela disse.

– Não acredito em nada, mãe – eu disse. – Você disse a Armand, há muito tempo, que acreditava que encontraria respostas nas grandes selvas e florestas; que as estrelas acabariam revelando uma grande verdade. Mas não acredito em nada. E isto me torna mais forte do que você pensa.

– Então, por que é que estou tão temerosa por você? – ela perguntou.

Sua voz era pouco mais que um suspiro. Creio que tive que olhar para ela para poder ouvi-la.

– Você sente minha solidão – eu respondi –, minha amargura por estar sendo excluído da vida. Minha amargura por ser algo maligno, porque não mereço ser amado e, no entanto, preciso de amor com toda ânsia. Meu horror porque jamais poderei revelar-me para os mortais. Mas essas coisas não me detêm, mãe. Sou forte demais para que elas possam me deter. Como você mesma disse um dia. Sou muito bom em ser o que sou. Essas coisas apenas me fazem sofrer de vez em quando, só isso.

– Eu amo você, meu filho – ela disse.

Eu queria dizer alguma coisa sobre sua promessa, sobre os agentes em Roma, que ela me escrevesse. Eu queria dizer...

– Cumpra sua promessa – ela disse.

E, de súbito, fiquei sabendo que aquele era nosso último momento. Eu sabia disso e não podia fazer nada para evitá-lo.

– Gabrielle! – eu sussurrei.

Mas ela já havia ido embora.

A sala, o jardim lá fora, a própria noite estavam silenciosos e tranquilos.

*

Abri os olhos pouco antes do amanhecer. Estava deitado no chão da casa, estivera chorando e depois dormira.

Eu sabia que devia partir para Alexandria, que deveria ir o mais longe que pudesse para depois afundar na areia quando o sol se levantasse. Seria tão bom dormir na terra arenosa. Eu também sabia que o portão do jardim estava aberto. Que as portas estavam destrancadas.

Mas não conseguia mover-me. De um modo frio e silencioso, eu me imaginava procurando por ela em todo o Cairo. Chamando-a, dizendo-lhe para voltar. Por um momento, quase pareceu que eu havia feito isso, que, completamente humilhado, eu correra atrás dela e tentara falar de novo sobre o destino: que eu estava destinado a perdê-la, assim como Nicki fora destinado a perder suas mãos. Tínhamos de subverter o destino, de alguma forma. Tínhamos de triunfar, apesar de tudo.

Um disparate isto. E eu não havia corrido atrás dela. Havia caçado e voltara. Nesse momento, ela estava a quilômetros do Cairo. E estava tão perdida para mim quanto um minúsculo grão de areia no ar.

No final, após um longo tempo, virei minha cabeça. Um céu carmim sobre o jardim, luz carmim deslizando pelo telhado distante. O sol chegava – e a chegada do calor e o despertar de milhares de minúsculas vozes por todo o emaranhado de becos do Cairo, e um som que parecia sair da areia, das árvores e dos canteiros de grama.

E muito lentamente, enquanto eu ouvia essas coisas, enquanto via o movimento da luz no telhado, percebi que havia um mortal por perto.

Ele estava no portão aberto do jardim, espiando minha imagem imóvel dentro da casa vazia. Era um jovem europeu de cabelos louros, usando túnica árabe. Bastante bonito. E nas primeiras luzes da manhã, ele me viu, um europeu como ele, deitado no chão de ladrilhos da casa abandonada.

Fiquei olhando para ele enquanto entrava no jardim deserto, a iluminação do céu esquentando meus olhos, começando a queimar a pele delicada em volta deles. Ele parecia um fantasma envolto em um lençol branco com seu turbante e túnica limpos.

Eu sabia que tinha de correr. Tinha de ir para bem longe naquele instante para me esconder do sol que chegava. Agora não havia nenhuma chance de ir para a cripta sob o chão. Aquele mortal estava em meu refúgio. Não havia tempo suficiente nem para matá-lo e me livrar dele, pobre e desventurado mortal.

No entanto, não me mexi. E ele se aproximou mais, enquanto todo o céu vibrava atrás dele, de modo que sua figura estreitou-se e tornou-se escura.

– Monsieur!

O sussurro solícito, como a mulher anos e anos atrás em Notre-Dame quando tentou ajudar-me antes que eu a transformasse e a seu filho inocente em minhas vítimas.

– Monsieur, o que aconteceu? Posso ajudar?

Rosto queimado pelo sol por baixo das dobras do turbante branco, sobrancelhas douradas brilhando, olhos cinzentos como os meus.

Eu sabia que estava me pondo de pé, mas não me obrigava a fazê-lo. Sabia que meus lábios se enroscavam para trás de meus dentes. E então ouvi um rosnado sair de minha boca e vi o choque estampado em seu rosto.

– Olhe! – eu disse sibilando, os dentes caninos descendo sobre meu lábio inferior. – Está vendo!

E correndo até ele, agarrei seu pulso e forcei sua mão aberta contra meu rosto.

– Você pensava que eu fosse humano? – gritei.

Então levantei-o do chão, mantendo-o com os pés no ar diante de mim enquanto ele esperneava e lutava inutilmente.

– Você pensava que eu fosse seu irmão? – berrei.

Sua boca abriu-se com um ruído seco e irritante, e depois ele berrou.

Arremessei-o no ar, para fora do jardim, seu corpo girando com braços e pernas esparramados antes que ele desaparecesse sobre o telhado bruxuleante.

O céu era um fogo ofuscante.

Saí correndo pelo portão do jardim para o beco. Corri sob minúsculas arcadas e através de ruas estranhas. Derrubei portões e portas e lancei mortais para fora de meu caminho. Até atravessei paredes à minha frente, enquanto o pó do reboco subia para me sufocar, e me precipitava de novo nas apinhadas vielas de barro e no fétido ar. E a luz vinha atrás de mim como algo que me perseguisse nos calcanhares.

E quando encontrei uma casa queimada com suas gelosias em ruínas, forcei a entrada e fui para o solo do jardim, cavando cada vez mais fundo e mais fundo até não poder mais mexer meus braços e mãos.

Eu estava no frescor e na escuridão.

Estava salvo.

6

Eu estava morrendo. Ou assim eu pensava. Eu não podia calcular quantas noites se passaram. Precisava me levantar e ir para Alexandria. Tinha de atravessar o mar. Mas isto significava movimento, virar na terra, ceder a sede.

Eu não cederia.

A sede chegou. A sede se foi. Era o suplício e o fogo, meu cérebro sentia sede, e meu coração sentia sede, ficando cada vez maior e maior, batendo cada vez mais alto, mas mesmo assim eu não cederia.

Talvez os mortais acima pudessem ouvir meu coração. Eu os via de vez em quando, jorros de chamas contra a escuridão, ouvia suas vozes, balbucios em língua estrangeira. Mas, em geral, eu via apenas a escuridão. Ouvia apenas a escuridão.

No final, eu era apenas a sede deitada na terra, com sono vermelho e sonhos vermelhos, e com a lenta percepção de que agora estava fraco demais para avançar para cima através dos macios torrões de terra arenosa, fraco demais, era compreensível, para girar a roda de novo.

É certo. Eu não conseguiria levantar-me se quisesse. Não podia mexer-me em absoluto. Eu respirava. Eu continuava. Mas não da maneira como os mortais respiram. Meu coração soava em meus ouvidos.

Contudo, não estava morrendo. Apenas me consumia. Como aqueles seres torturados nas paredes sob o Les Innocents, metáforas abandonadas da desgraça que não se vê, não se registra, não se reconhece em lugar algum.

Minhas mãos eram garras, minha carne reduzira-se a ossos e meus olhos estavam para fora das órbitas. Interessante que possamos continuar assim para sempre, que mesmo quando não bebemos, não nos rendemos ao delicioso e fatal prazer, nós continuamos. Interessante, isto é, se cada batida do coração não fosse tamanha agonia.

E se eu pudesse parar de pensar: Nicolas de Lenfent se foi. Meus irmãos se foram. Pálido gosto de vinho, som de aplausos. *Mas você não acha que é bom o que fazemos quando estamos lá, quando tornamos as pessoas felizes?*

Bom? Do que você está falando? Bom?

Que é bom, que isso faz algum bem, que há bondade nisso! Meu Deus, mesmo que o mundo não tenha nenhum sentido, com certeza ainda pode haver bondade. É bom comer, beber, rir... estar junto...

Risadas. Aquela música insana. Aquela algazarra, aquela dissonância, aquela estridente articulação da falta de sentido que nunca acaba...

Estou acordado? Estou dormindo? Tenho certeza de uma coisa. Sou um monstro. E como estou deitado sob a terra, atormentado, alguns seres humanos se movem através da estreita passagem da vida sem serem molestados.

Talvez Gabrielle esteja nas selvas da África nesse momento.

⁂

Algumas vezes mortais entravam na casa queimada acima, ladrões se escondendo. Balbucios demais em língua estrangeira. Mas tudo que eu tinha a fazer era afundar mais ainda dentro de mim mesmo, retirar-me até mesmo da areia fresca ao meu redor para não ouvi-los.

Estou de fato preso numa armadilha?

Cheiro de sangue lá em cima.

Talvez eles sejam a última esperança, aqueles dois acampados no jardim descuidado, de que o sangue me arraste para cima, me faça virar e estender essas hediondas – devem ser – garras.

Vou matá-los de medo antes mesmo de beber. Vergonhoso. Eu sempre fui um diabinho tão belo, se é que cabe esta expressão. Mas não agora.

De vez em quando, parece, Nicki e eu estávamos envolvidos em uma de nossas melhores conversas. "Estou além de todo sofrimento e pecado", ele diz para mim. "Mas você sente alguma coisa?", eu pergunto. "É isto que significa estar livre disso, o fato de não sentir mais?" Nenhum tormento, nem sede, nem êxtase? Para mim é interessante que nesses momentos nosso conceito de paraíso seja como o conceito de êxtase. As alegrias do paraíso. Que o nosso conceito de inferno seja como o de dor. O fogo do inferno. Portanto, não achamos que seja muito bom não *sentir* coisa alguma, achamos?

Você pode desistir, Lestat? Ou não é verdade que prefere combater a sede com esse tormento infernal do que morrer e não sentir nada? Pelo menos você tem o desejo por sangue, quente, delicioso, enchendo cada partícula sua... sangue.

Quanto tempo esses mortais vão ficar ali, no meu jardim arruinado? Uma noite, duas noites? Deixei o violino na casa em que vivia. Tenho de pegá-lo, dá-lo para algum jovem músico mortal, para alguém que irá...

Abençoado silêncio. Exceto pelo som do violino. E os dedos brancos de Nicki deslizando pelas cordas, o arco riscando a luz e os rostos das marionetes imortais, meio extasiados, meio divertidos. Cem anos atrás, o povo de Paris o teria pegado. Ele não precisaria se atirar na fogueira. Talvez me pegasse também. Mas eu duvido.

Não, jamais haveria um lugar das bruxas para mim.

Ele vive em minha mente agora. Piedosa frase mortal. E que tipo de vida é esse? Eu mesmo não gosto de viver aqui! O que significa viver na mente de um outro? Nada, eu acho. Não se está realmente presente, se está?

Gatos no jardim. Cheiro de sangue de gato.

Obrigado, mas eu prefiro sofrer, prefiro secar como uma casca de milho.

7

Havia um som na noite. Como era mesmo?

O lento bater do gigantesco bumbo nas ruas da aldeia de minha infância enquanto os atores italianos anunciavam o pequeno drama a ser apresentado na traseira de sua carroça pintada. O enorme bumbo que eu mesmo tocara pelas ruas da cidade durante aqueles preciosos dias em que eu, o garoto fugitivo, fui um deles.

Mas este era mais forte. O retumbar de um canhão ecoando pelos vales e desfiladeiros de montanha? Eu o sentia em meus ossos. Abri meus olhos na escuridão e fiquei sabendo que se aproximava cada vez mais.

O ritmo dos passos ele tinha, ou seria o ritmo de um coração batendo? O mundo estava tomado por aquele som.

Era uma grande e sinistra algazarra que se aproximava cada vez mais. E, no entanto, alguma parte de mim sabia que não existia nenhum som de verdade, nada que um ouvido mortal pudesse ouvir, nada que fizesse vibrar a porcelana em sua prateleira ou as janelas de vidro. Ou fizesse os gatos correrem para cima dos muros.

O Egito jaz em silêncio. O silêncio cobre o deserto em ambas as margens do poderoso rio. Não havia sequer o balido de ovelhas ou o mugido de vacas. Ou uma mulher chorando em algum lugar.

No entanto, era ensurdecedor aquele som.

Por um segundo, tive medo. Estiquei-me na terra. Forcei meus dedos para cima em direção à superfície. Eu flutuava no solo, às cegas, livre da ação da gravidade, e de repente não podia respirar, não podia gritar, e parecia que, se eu pudesse gritar, gritaria tão alto que estilhaçaria todos os vidros a quilômetros ao meu redor. Taças de cristal seriam reduzidas a pedaços, vidraças explodiriam.

O som estava mais alto, mais próximo. Tentei me virar e ganhar ar, mas não consegui.

E então me pareceu que eu vi a coisa, a figura que se aproximava. Um vislumbre de vermelho na escuridão.

Era alguém que chegava, aquele som, alguma criatura tão poderosa que, mesmo no silêncio, as árvores, as flores e o próprio ar a sentiam. As mudas criaturas da terra sabiam. Os vermes fugiam dela, os felinos saíam em disparada de seu caminho.

Talvez seja a morte, pensei.

Talvez por algum sublime milagre ela fosse viva, a Morte, e viesse nos tomar em seus braços, e não fosse nenhum vampiro, mas sim a própria personificação do paraíso.

E subiríamos para as estrelas junto com ela. Passaríamos por anjos e pelos santos, passaríamos pela própria luz em direção às trevas divinas, o vazio, enquanto deixávamos nossa existência. No esquecimento, somos perdoados de todas as coisas.

A destruição de Nicki se torna então um minúsculo ponto de luz que some ao longe. A morte de meus irmãos se desintegra na grande paz do inevitável.

Empurrei a terra. Chutei-a, mas minhas mãos e pernas estavam fracas demais. Senti o gosto de barro arenoso na boca. Sabia que tinha de me levantar, e o som estava me dizendo para me levantar.

Senti de novo como o estrondo de uma artilharia: a explosão do canhão.

E compreendi, de maneira completa, que ele estava procurando por mim, aquele som, estava atrás de mim. Estava procurando como um feixe de luz. Eu não poderia mais continuar deitado ali. Tinha de responder.

Enviei-lhe o fluxo mais selvagem de boas-vindas. Disse que estava ali, e ouvi minha própria respiração angustiada enquanto lutava para mexer os lábios. E o som ficou tão alto que pulsava através de cada fibra de meu corpo. A terra movia-se com ele em torno de mim.

O que quer que fosse havia entrado na casa arruinada e queimada.

A porta fora arrebentada, como se as dobradiças estivessem ancoradas não em ferro, mas no reboco. Vi tudo isso na tela de fundo que eram meus olhos fechados. Vi a coisa movendo-se sob as oliveiras. Estava no jardim.

Outra vez num frenesi, ergui minhas garras no ar. Mas o barulho baixo e comum que eu ouvia agora era a escavação da areia acima de mim.

Senti algo macio como veludo roçar de leve em meu rosto. E vi acima de mim o brilho do céu escuro e a corrente de nuvens formando um véu sobre as estrelas, e nunca a visão do céu em toda sua simplicidade pareceu tão abençoada.

Meus pulmões se encheram de ar.

Soltei um enorme gemido de prazer. Mas todas essas sensações estavam além do prazer. Respirar, ver luz eram milagres. E o som de tambor, o grande estrondo ensurdecedor, parecia o acompanhamento perfeito.

E ele, aquele que estivera procurando por mim, aquele de onde o som vinha, estava parado em pé perto de mim.

O som dissolveu-se; desintegrou-se até não ser mais que a reverberação de uma corda de violino. E eu me erguia, como se estivesse sendo levantado, subindo para fora da terra, embora aquela figura estivesse parada com as mãos ao lado do corpo.

No final, ele levantou os braços para me envolver, e o rosto que vi estava além do reino de toda possibilidade. Qual de nós poderia ter um rosto como aquele? O que nós sabíamos de paciência, de bondade aparente, de compaixão? Não, não era um de nós. Não podia ser. E, no entanto, era. Carne e sangue sobrenaturais como os meus. Olhos iridescentes, captando a luz de todas as direções, minúsculos cílios como traços de ouro da mais fina pluma.

E aquela criatura, aquele poderoso vampiro mantinha-me em posição vertical e olhava dentro de meus olhos, e creio que eu disse alguma coisa sem sentido, expressei algum pensamento desvairado, como o de que agora eu conhecia o segredo da eternidade.

– Então, conte-o para mim – ele sussurrou e sorriu.

A mais pura imagem do amor humano.

– Oh, Deus, ajude-me. Condene-me ao fundo do inferno.

Era minha voz falando. Eu não conseguia olhar para aquela beleza.

Vi meus braços como se fossem ossos, as mãos como presas de uma ave. Nada pode viver e ser o que sou agora, essa alma penada. Olhei para baixo, para minhas pernas. Eram gravetos. A roupa estava caindo de meu corpo. Eu não conseguia ficar em pé nem me mexer e, de repente, fui dominado pela lembrança da sensação de sangue fluindo em minha boca.

Vi suas roupas de veludo vermelho como uma chama fosca diante de mim, a capa que o cobria até os pés, as mãos com luvas vermelho-escuras que me seguravam. Seus cabelos eram grossos, fios brancos e dourados entrelaçavam-se em ondas que caíam soltas em volta de seu rosto e por cima da testa larga. Os olhos azuis podiam estar perdidos em pensamentos sob as densas sobrancelhas douradas se não fossem tão grandes, tão suavizados pelo sentimento expressado em sua voz.

Um homem no auge da vida no momento do dom imortal. E o rosto quadrado, com as faces um tanto quanto encovadas, a boca comprida e cheia estampava uma tremenda delicadeza e paz.

– Beba – ele disse, levantando um pouco as sobrancelhas, os lábios formando a palavra com todo o cuidado, lentamente, como se fosse um beijo.

Tal como Magnus fizera naquela noite letal tantos milênios atrás, ele erguia a mão agora e afastava a roupa de sua garganta. A veia, púrpura-escura por baixo da pele translúcida e sobrenatural, ofereceu-se. E o som começou de novo, aquele som irresistível, e ele me ergueu da terra e me atraiu para ele.

Sangue como a própria luz, fogo líquido. Nosso sangue.

E meus braços reuniram força incalculável, envolvendo seus ombros, meu rosto grudou-se em sua carne fresca e branca, o sangue jorrando para minhas entranhas, inflamando cada artéria de meu corpo. Quantos séculos teriam purificado aquele sangue, destilado seu poder?

Pareceu que sua voz vinha junto com a torrente. Ele disse de novo:

– Beba, meu jovem, meu ferido.

Senti seu coração dilatar-se, seu corpo ondular e que nós estávamos atados um ao outro.

Creio que me ouvi dizer:

– Marius.

E ele respondeu:

– Sim.

SÉTIMA PARTE
ANTIGA MAGIA, ANTIGOS MISTÉRIOS

1

Quando acordei, estava a bordo de um navio. Podia ouvir o ranger das tábuas, sentir o cheiro do mar. Podia sentir o cheiro dos tripulantes do navio. E sabia que se tratava de uma galé porque podia ouvir o ritmo dos remos sob o baixo estrondo das gigantescas velas de lona.

Não conseguia abrir os olhos, nem mover o corpo. No entanto, estava calmo. Não sentia sede. Na verdade, experimentava uma extraordinária sensação de paz. Meu corpo estava quente, como se tivesse acabado de me alimentar, e era agradável ficar deitado ali, sonhando acordado no suave balanço do mar.

Então, minha mente começou a clarear.

Eu sabia que estávamos deslizando rápido por águas bastante tranquilas. E que o sol acabara de se pôr. O céu do começo da noite estava escurecendo, o vento se acalmava. E o som dos remos entrando e saindo da água era relaxante e nítido.

Meus olhos estavam abertos agora.

Eu não estava mais dentro do caixão. Acabara de sair pela cabine de popa da comprida embarcação e estava parado no convés.

Respirava o ar fresco e salgado, via o adorável e incandescente azul do céu crepuscular e a profusão de estrelas brilhantes no alto. Vistas da terra, as estrelas nunca pareciam assim. Nunca estavam tão próximas.

Havia ilhas escuras e montanhosas no horizonte, penhascos escarpados salpicados de minúsculas luzes bruxuleantes. O ar estava repleto do cheiro de mato, de flores, da própria terra.

E a pequena embarcação macia movia-se com rapidez para uma passagem estreita entre os rochedos à frente.

Eu me sentia extraordinariamente lúcido e forte. Houve um momento de tentação de imaginar como eu chegara ali, se aquele seria o Egeu ou o próprio Mediterrâneo, de saber quando deixáramos o Cairo e se as coisas de que me lembrava haviam ocorrido de fato.

Mas isso sumiu de minha mente numa calma aceitação do que estava acontecendo.

Marius estava lá em cima na ponte, diante do mastro principal.

Caminhei em direção à ponte de comando e fiquei ali, olhando para cima.

Ele estava usando a longa capa de veludo vermelho que usara no Cairo, e seus densos cabelos louros e brancos eram soprados para trás pelo vento. Seus olhos estavam fixos na passagem à nossa frente, nas perigosas rochas que se projetavam para fora daquelas águas rasas, a mão esquerda agarrada na amurada do pequeno tombadilho.

Senti uma irresistível atração por ele, e expandiu-se dentro de mim a sensação de paz.

Não havia nenhuma imponência ameaçadora em seu rosto ou em sua atitude, nenhuma altivez que pudesse humilhar-me e deixar-me receoso. Havia nele apenas uma nobre e serena dignidade, os olhos bem abertos enquanto olhava para a frente, a boca sugerindo um temperamento de excepcional delicadeza, como antes.

O rosto liso demais, sim. Tinha o brilho de tecido cicatrizado, era tão liso que poderia assustar, até mesmo aterrorizar, numa rua escura. Emitia uma pálida luz. Mas a expressão era terna demais, demasiado humana em sua bondade para fazer outra coisa senão seduzir.

Armand parecia um deus saído de uma tela de Caravaggio, Gabrielle, um arcanjo de mármore do pórtico de uma igreja.

Mas aquela figura acima de mim era a de um homem imortal.

E o homem imortal, com a mão direita estendida para a frente, estava pilotando o navio, de maneira silenciosa, porém inequívoca, através das rochas diante da passagem.

As águas em volta de nós brilhavam como metal derretido, reluzindo em azul-celeste, depois em prata, depois em preto. Jogavam para o alto uma grande espuma branca quando as ondas baixas chocavam-se contra o rochedo.

Eu me aproximei e, do modo mais calmo que pude, subi os pequenos degraus até a ponte de comando.

Marius não tirou os olhos das águas nem por um instante, mas estendeu a mão esquerda e pegou a minha que estava ao lado de meu corpo.

Calor. Uma discreta pressão. Mas aquele não era o momento para falar e eu estava surpreso porque ele me reconhecera.

Suas sobrancelhas se juntaram, seus olhos se estreitaram de leve, e, como que impelidos por seu silencioso comando, os remadores diminuíram seu ritmo.

Eu estava fascinado com o que estava assistindo e, quando intensifiquei minha concentração, percebi que podia sentir o poder que emanava dele, uma fraca pulsação que ocorria ao ritmo de seu coração.

Também conseguia ouvir mortais nos rochedos em volta, nas estreitas praias da ilha que se estendiam à nossa direita e à nossa esquerda. Eu os via reunidos nos promontórios, ou correndo em direção à beira do mar com tochas nas mãos. Podia ouvir pensamentos saindo deles como vozes enquanto permaneciam na tênue escuridão da noite, olhando para as luzes de nosso navio. A língua era o grego que eu não conhecia, mas a mensagem era clara:

O senhor está passando. Vejam: o senhor está passando. E a palavra "senhor" incorporava, de algum modo vago, o sobrenatural em seu significado. E uma reverência, mesclada com excitação, emanava das praias como um coro de sussurros sobrepostos.

Perdi a respiração ao ouvir isto! Pensei no mortal que aterrorizara no Cairo, no velho fiasco no palco do teatro de Renaud. Mas por causa desses dois incidentes humilhantes passei invisível pelo mundo durante dez anos, e aquelas pessoas, aqueles camponeses com roupas escuras reunidos para observar a passagem do navio, sabiam o que Marius era. Ou pelo menos sabiam algo do que ele era. Não estavam dizendo a palavra grega para vampiro, que eu teria compreendido.

Mas estávamos deixando as praias para trás. Os rochedos se aproximavam de ambos os lados. O navio deslizava com os remos acima da água. Os altos paredões diminuíam a luz do céu.

Alguns momentos depois, vi uma enorme baía prateada abrindo-se diante de nós e uma parede de rocha escarpada elevando-se bem na frente, enquanto encostas mais suaves cercavam a água em ambos os lados. A face da rocha era tão alta e tão íngreme que eu não podia divisar coisa alguma em seu topo.

Os remadores diminuíram a velocidade quando nos aproximamos mais. O barco estava virando lentamente para o lado. E enquanto íamos à deriva em direção ao rochedo, vi a indistinta forma de um velho ancoradouro de pedra coberto com limo brilhante. Os remadores ergueram seus remos direto para o céu.

Marius estava tão imóvel quanto antes, sua mão exercia uma suave pressão sobre a minha, enquanto apontava com a outra para o ancoradouro e para o rochedo que se elevava como a própria noite, e as nossas luzes refletiam-se na rocha molhada.

Quando estávamos a menos de dois metros do ancoradouro – perigosamente perto para um navio daquele tamanho e peso –, senti que o navio parou.

Então Marius pegou minha mão, atravessamos juntos o convés e subimos no costado do navio. Um servo de cabelos escuros aproximou-se e colocou uma saca na mão de Marius. E juntos, Marius e eu, pulamos sobre a água para o ancoradouro de pedra, cobrindo a distância com facilidade sem fazer nenhum barulho.

Olhei para trás para ver o navio meneando de leve. Os remos estavam sendo abaixados de novo. Em poucos segundos, o navio estava dirigindo-se para as luzes distantes de uma minúscula cidade ao lado da baía.

Marius e eu ficamos sozinhos na escuridão, e quando o navio tornou-se apenas uma pequena mancha escura nas águas bruxuleantes, ele apontou para uma escadaria estreita entalhada na rocha.

– Vá na minha frente, Lestat – ele disse.

A subida me fez bem. Era bom estar movendo-me para cima com rapidez, seguindo os degraus irregulares e as voltas em zigue-zague, sentindo o vento ficar mais forte, vendo as águas ficarem ainda mais distantes e paralisadas, como se houvesse parado o movimento das ondas.

Marius estava apenas poucos passos atrás de mim. E, mais uma vez, pude sentir e ouvir aquela pulsação de poder. Era como uma vibração em meus ossos.

Os degraus irregulares desapareceram antes da metade da subida no rochedo, e pouco tempo depois eu estava seguindo por um caminho que não tinha largura suficiente para um cabrito-montês. De vez em quando, penedos ou afloramentos de pedras formavam uma margem entre nós e uma possível queda na água lá embaixo. Mas, na maior parte do tempo, o próprio caminho era o único afloramento na face do rochedo, e à medida que subíamos cada vez mais alto, até mesmo eu fiquei com medo de olhar para baixo.

A certa altura, com a mão segurando um galho de árvore, olhei para trás e vi Marius movendo-se com segurança em minha direção, a saca pendurada no ombro, a mão direita livre. A baía, a distante cidadezinha e o porto, tudo isso parecia de brinquedo, um mapa feito por uma criança sobre um tampo de mesa com um espelho, areia e minúsculos pedaços de madeira. Eu até podia ver além, a passagem para o mar aberto e as formas com sombras profundas das outras ilhas que se erguiam no mar imóvel. Marius sorria e esperava. Depois sussurrou com muita educação:

– Continue.

Eu devia estar enfeitiçado. Comecei a subir de novo e só parei quando alcancei o cume. Atravessei um último trecho cheio de pedras e de mato e me pus de pé na grama macia.

Rochas e penhascos mais altos estavam à frente, e, parecendo brotar deles, havia uma imensa casa que era como uma fortaleza. Havia luzes nas janelas, luzes em suas torres.

Marius pôs o braço em meu ombro e fomos em direção à entrada.

Senti sua mão soltar-se de mim quando ele parou diante da porta maciça. Então ouvi o som de um ferrolho deslizando para trás na parte de dentro. A porta abriu-se e sua mão apertou-me de novo com firmeza. Ele me conduziu para o vestíbulo onde um par de tochas proporcionava ampla iluminação.

Vi, com um pequeno choque, que não havia ninguém ali que pudesse ter movido o ferrolho ou aberto a porta para nós. Ele virou-se, olhou para a porta e esta se fechou.

– Tranque com o ferrolho – ele disse.

Fiquei imaginando o motivo pelo qual ele não fazia isso da mesma maneira como tinha feito tudo o mais. Mas coloquei-o imediatamente no lugar, tal como ele pediu.

– É mais fácil assim, sem dúvida – ele disse e sua expressão mostrou um pequeno ar de malícia. – Vou mostrar-lhe o quarto onde você pode dormir em segurança, e você pode me procurar quando desejar.

Eu não conseguia ouvir mais ninguém na casa. Mas mortais estiveram ali, isso eu podia dizer. Haviam deixado seu cheiro aqui e ali. E as tochas haviam sido acesas apenas pouco tempo atrás.

Subimos por uma pequena escadaria à direita, e quando chegamos ao quarto que seria o meu, fiquei aturdido.

Era uma enorme câmara, com uma parede inteira aberta para um terraço com um pequeno muro de pedra pairando sobre o mar.

Quando me virei, Marius havia desaparecido. A saca também. Mas o violino de Nicki e a valise com meus pertences estavam sobre uma mesa de pedra no centro do quarto.

Uma corrente de tristeza e alívio passou por mim com a visão do violino. Eu estava com medo de tê-lo perdido.

Havia bancos de pedra no quarto, um lampião a óleo aceso num suporte. E num nicho distante havia um par de pesadas portas de madeira.

Fui até elas, abri as portas e encontrei uma pequena passagem em forma de L. Além da curva havia um sarcófago com uma tampa simples. Era todo feito de diorito que, pelo que sei, é uma das pedras mais duras da Terra. A tampa era imensamente pesada e, quando examinei o interior, vi que era revestido de ferro e possuía um ferrolho que podia ser trancado por dentro.

Vários objetos brilhantes jaziam no fundo do caixão. Quando tirei-os, eles cintilaram de modo quase mágico à luz que vinha do quarto.

Havia uma máscara dourada, seus traços moldados com esmero, os lábios fechados, os buracos dos olhos estreitos porém abertos, presa num capuz feito de camadas de placas de ouro trabalhado. A máscara em si era pesada, mas o capuz era muito leve e flexível, com cada pequena placa ligada às outras por fios dourados. E também havia um par de luvas de couro cobertas com placas de ouro mais finas e delicadas, como se fossem escamas. E por fim uma grande manta dobrada, feita da mais suave lã vermelha e tendo um lado costurado com placas de ouro maiores.

Percebi que, se colocasse aquela máscara e aquelas luvas e me cobrisse com a manta, então estaria protegido contra a luz se alguém abrisse a tampa do sarcófago enquanto eu estivesse dormindo.

Mas não era provável que alguém pudesse chegar até o sarcófago. E as portas dessa câmara em forma de L também eram cobertas de ferro e possuíam ferrolho de ferro.

No entanto, havia um certo encanto naqueles objetos misteriosos. Gostei de tocá-los e me imaginei usando-os enquanto dormia. A máscara me lembrava as máscaras gregas da comédia e da tragédia.

Todas aquelas coisas sugeriam o sepultamento de um antigo rei.

Deixei-as de lado com alguma relutância.

Voltei para o quarto, tirei as roupas que usara durante minhas noites na terra do Cairo e vesti outras limpas. Eu me sentia bastante ridículo naquele lugar intemporal, usando um casaco azul-violeta com botões de pérolas, a costumeira camisa de renda e sapatos de cetim com fivelas de diamantes, mas eram as únicas roupas que eu possuía. Prendi meus cabelos na nuca com uma fita negra, como qualquer cavalheiro respeitável do século XVIII, e saí em busca do dono da casa.

2

Tochas haviam sido acesas por toda a casa. Portas estavam abertas. Janelas estavam escancaradas dando vista para o firmamento e o mar.

E, enquanto eu descia as escadas que davam para o meu quarto, percebi que pela primeira vez em minha perambulação estava realmente no refúgio seguro de um ser imortal, mobiliado e abastecido com todas as coisas que um imortal desejaria.

Havia magníficas urnas gregas em pedestais nos corredores, grandes estátuas de bronze do Oriente em seus vários nichos, delicadas plantas floresciam em cada janela e terraço aberto para o céu. Esplêndidos tapetes da Índia, Pérsia e China cobriam os pisos de mármore por onde quer que eu passasse.

Deparei-me com gigantescos animais empalhados e montados em atitudes naturais – o urso-pardo, o leão, o tigre e até mesmo um elefante em sua imensa câmara, lagartos tão grandes quanto dragões, aves de rapina pousadas em galhos secos que pareciam os ramos de uma árvore de verdade.

Mas os murais de cores brilhantes que cobriam toda a superfície do chão ao teto dominavam tudo.

Em uma câmara havia uma sombria e vibrante pintura de um deserto árabe escaldante, com uma primorosamente detalhada caravana de camelos e mercadores com turbantes movendo-se pela areia. Numa outra sala, uma selva adquiriu vida em volta de mim, repleta de flores tropicais delicadamente reproduzidas, de videiras, de folhas desenhadas com esmero.

A perfeição dessa ilusão me surpreendeu, me seduziu, mas quanto mais eu olhava para as pinturas, mais coisas eu via.

Havia criaturas por toda parte na composição da selva – insetos, aves, vermes no solo –, um milhão de aspectos na cena que me davam a sensação de que, enfim, eu deslizara para fora do tempo e do espaço, entrando em algo que era mais do que uma pintura. No entanto, tudo estava bem plano sobre a parede.

Eu estava ficando tonto. Para onde quer que me virasse, as paredes soltavam novas paisagens. Eu não poderia dizer os nomes de algumas cores e matizes que via.

Quanto ao estilo de toda aquela pintura, ele me desconcertou tanto quanto encantou. A técnica parecia extremamente realista, usando as proporções e recursos clássicos que podem ser vistos em todos os pintores do período final do Renascimento: Da Vinci, Rafael, Michelangelo, assim como em pintores de épocas mais recentes, como Watteau, Fragonard. O uso da luz era espetacular. Criaturas vivas pareciam respirar quando eu olhava para elas.

Mas os detalhes. Os detalhes não podiam ser realistas ou adquirir aquelas proporções. Havia simplesmente macacos demais na selva, insetos demais arrastando-se nas folhas. Havia milhares de minúsculos insetos numa pintura de um céu de verão.

Cheguei numa ampla galeria cujas paredes em ambos os lados eram homens e mulheres pintados que me encaravam, e quase soltei um grito. Figuras de todas as épocas eram elas – beduínos, egípcios, depois gregos e romanos, cavaleiros em armadura, camponeses, reis e rainhas. Havia pessoas da Renascença usando gibões e perneiras, o Rei Sol com sua maciça cabeleira de cachos e, por fim, gente de nossa própria era.

Mas, de novo, os detalhes me fizeram sentir como se os estivesse imaginando – as gotinhas d'água penduradas numa capa, o corte no lado de um rosto, a aranha meio esmagada debaixo de uma polida bota de couro.

Comecei a rir. Não era engraçado. Era delicioso. Comecei a rir e a rir.

Tive que me forçar a sair daquela galeria, e a única coisa que me deu força de vontade foi a visão de uma biblioteca, resplandecente de luz.

Paredes e paredes de livros e rolos de manuscritos, gigantescos e lustrosos globos terrestres em seus pedestais de madeira, bustos de antigos deuses e deusas gregos, grandes mapas espalhados.

Jornais em todos os idiomas estavam empilhados nas mesas. E em toda parte estavam espalhados objetos estranhos. Fósseis, mãos mumificadas, conchas exóticas. Havia buquês de flores secas, estatuetas e fragmentos de velhas esculturas, jarros de alabastro cobertos de hieróglifos egípcios.

E por toda parte no centro da sala, espalhadas por entre as mesas e estantes de vidro, havia confortáveis poltronas e candelabros ou lampiões a óleo.

De fato, a impressão era de confortável bagunça, de grandes e longas horas de puro deleite, de um lugar que era humano ao extremo. Conhecimento humano, artefatos humanos, cadeiras nas quais humanos podiam sentar-se.

Permaneci ali por um longo tempo, examinando os títulos em latim e grego. Sentia-me um pouco embriagado, como aconteceria com um mortal que tivesse muito vinho no sangue.

Mas tinha de encontrar Marius. Saí daquela sala, desci uma pequena escada e atravessei outro corredor pintado até uma sala maior, que também estava cheia de luz.

Ouvi o canto dos pássaros e senti o perfume das flores antes mesmo de chegar naquele lugar. E então me vi perdido numa floresta de viveiros. Não havia apenas pássaros de todos os tamanhos e cores, havia macacos e babuínos, todos eles enfurecidos em suas pequenas jaulas, enquanto eu dava a volta pela sala.

Plantas em vasos subiam pelos viveiros – samambaias e bananeiras, rosas-de-cem-folhas, margaridas-do-campo, jasmins e outras plantas trepadeiras que exalam um aroma adocicado durante a noite. Havia orquídeas púrpuras e brancas, flores lustrosas que prendiam insetos em sua boca, pequenas árvores carregadas de pêssegos, limões e peras.

Quando enfim emergi daquele pequeno paraíso, deparei-me com um salão de esculturas igual a qualquer galeria do museu do Vaticano. E vislumbrei câmaras contíguas cheias de pinturas, móveis orientais e brinquedos mecânicos.

Claro que eu não estava mais perdendo tempo com cada objeto ou nova descoberta. Levaria uma vida inteira para conhecer o conteúdo daquela casa. E eu me apressei.

Eu não sabia para onde estava indo. Mas sabia que tinha permissão para ver todas aquelas coisas.

No final, ouvi o som inconfundível de Marius, aquele baixo e ritmado batimento do coração que tinha ouvido no Cairo. E fui em sua direção.

3

Entrei em um salão do século XVIII todo iluminado. As paredes de pedra haviam sido revestidas com finos painéis de pau-rosa com espelhos emoldurados que se elevavam até o teto. Havia as costumeiras arcas pintadas, as cadeiras estofadas, paisagens sombrias e exuberantes, os relógios de porcelana. Uma pequena coleção de livros nas estantes com portas de vidro, um jornal de data recente sobre uma pequena mesa ao lado de uma poltrona forrada de brocado.

Altas e estreitas portas duplas abriam-se para o terraço de pedra, onde canteiros de lírios-brancos e rosas-vermelhas exalavam seu poderoso perfume.

E ali, de costas para mim, junto ao muro de pedra, estava um homem do século XVIII.

Era Marius, que se virou e fez um gesto para eu me aproximar.

Estava vestido da mesma maneira que eu. O casaco vermelho, e não violeta, a renda valenciana, e não de Bruxelas. Mas usava quase o mesmo tipo de roupa, seus cabelos brilhantes estavam frouxamente atados na nuca por uma fita escura como a minha, e ele não parecia tão etéreo quanto Armand podia parecer, mas era mais como uma superpresença, uma criatura de brancura e perfeição impossíveis que, não obstante, estava ligada a tudo à sua volta – às roupas que vestia, ao muro de pedra no qual apoiava a mão, até mesmo ao próprio momento em que uma pequena nuvem passou ocultando o brilho da lua.

Eu desfrutei aquele momento: que eu e ele estávamos prestes a falar, que eu realmente estava ali. Eu ainda estava tão lúcido quanto estivera no navio. Não conseguia sentir sede. E eu sentia que era o sangue dele dentro de mim que me sustentava. Todos os antigos mistérios reunidos em mim, estimulando-me e aguçando-me. Estariam Aqueles Que Devem Ser Conservados em algum lugar daquela ilha? Todas aquelas coisas seriam conhecidas?

Fui até o muro e parei ao lado dele, olhando para o mar. Nesse momento, seus olhos estavam fixos numa ilha distante setecentos metros da praia lá embaixo. Ele estava ouvindo alguma coisa que eu não conseguia ouvir. E o lado de seu rosto, iluminado pela luz que vinha das portas abertas atrás de nós, parecia tão assustador como pedra.

Mas, no mesmo momento, ele virou-se para mim com uma expressão alegre, o rosto liso impossivelmente vitalizado por um instante, e colocou o braço em volta de mim, me conduzindo de volta para a sala.

Ele caminhava no mesmo ritmo de um mortal, com passo leve, porém firme, o corpo movendo-se pelo espaço da maneira previsível.

Ele me levou até um par de poltronas que estavam uma de frente para a outra e ali nos sentamos, centro da sala. O terraço estava à minha direita e nós tínhamos uma iluminação clara que vinha do lustre do teto e de cerca de uma dúzia de candelabros e candeeiros nas paredes de painéis.

Tudo aquilo era natural, civilizado. E Marius instalou-se confortavelmente nas almofadas de brocado e deixou que seus dedos se enroscassem nos braços da poltrona.

Quando sorria, parecia inteiramente humano. Todas as rugas, o entusiasmo estavam presentes até o sorriso dissolver-se de novo.

Tentei não encará-lo, mas não pude evitar.

E algo de malicioso insinuou-se em seu rosto.

Meu coração estava dando saltos.

– O que seria mais fácil para você? – ele perguntou em francês. – Que eu lhe diga por que o trouxe aqui, ou que você me diga por que me pediu para me ver?

– Oh, o primeiro seria mais fácil – eu disse. – Você fala.

Ele deu uma risada de uma maneira um tanto quanto insinuante.

– Você é uma criatura notável – ele disse. – Eu não esperava que você fosse para debaixo da terra tão cedo assim. A maioria de nós experimenta a primeira morte muito mais tarde... após um século, talvez até dois.

– A primeira morte? Você quer dizer que é comum... entrar na terra da maneira como fiz?

– Entre aqueles que sobrevivem, é comum. Nós morremos. Depois ressuscitamos. Aqueles que não vão para debaixo da terra por algum tempo em geral não duram.

Eu estava assombrado, mas aquilo fazia um perfeito sentido. E ocorreu-me o terrível pensamento de que se ao menos Nicki tivesse ido para debaixo da terra em vez de entrar no fogo... Mas eu não podia pensar em Nicki agora. Se pensasse, começaria a fazer perguntas fúteis. Nicki está em algum lugar? Nicki acabou? Meus irmãos estão em algum lugar? Eles simplesmente acabaram?

– Mas eu não deveria ter ficado tão surpreso assim porque isso aconteceu em seu caso – ele recomeçou como se não houvesse escutado esses pensamentos, ou não quisesse tratar deles naquele exato momento. – Você perdeu muitas coisas que eram preciosas para você. Viu e aprendeu muitas coisas, de modo bem rápido.

– Como você sabe o que andou acontecendo comigo? – perguntei.

Ele sorriu, outra vez. Quase deu uma risada. Era assombroso o calor que emanava dele, a proximidade. A maneira como falava era animada e absolutamente corrente. Ou seja, ele falava como um francês bem-educado.

– Eu não o amedronto? – ele perguntou.

– Não creio que você esteja tentando me amedrontar – eu disse.

– Não estou. – Ele fez um gesto brusco. – Mas mesmo assim seu autocontrole é um tanto surpreendente. Respondendo sua pergunta, eu sei de coisas que acontecem à nossa espécie em todo o mundo. E, para ser franco, nem sempre compreendo como ou por que eu sei. O poder aumenta com a idade, assim como todos os outros poderes, mas permanece inconsistente, não é fácil de ser controlado. Há momentos em que posso ouvir o que está acontecendo com nossa espécie em Roma ou mesmo em Paris. E quando um outro me chama, como você fez, consigo ouvir o chamado a distâncias espantosas. Posso ouvir de onde vem, como você mesmo pôde comprovar. Mas as informações me chegam de outras maneiras também. Sei de mensagens que você deixou para mim em paredes de toda a Europa, porque as li. Eu tive notícias de você através de outros. E às vezes você e eu estivemos perto um do outro... mais perto do que você imaginou... e ouvi seus pensamentos. Posso ler seus pensamentos agora, é claro, como tenho certeza de que você compreende. Mas prefiro comunicar-me com palavras.

– Por quê? – perguntei. – Pensei que os mais antigos não precisassem absolutamente das palavras.

– Os pensamentos são imprecisos – ele disse. – Se eu abro minha mente para você, não posso de fato controlar aquilo que você lê nela. E quando leio sua mente, é possível que eu compreenda mal o que ouço ou vejo. Prefiro usar a fala e deixar que minhas faculdades mentais trabalhem com ela. Gosto do poder do som para anunciar minhas comunicações importantes. Para que minha voz seja recebida. Não gosto de penetrar nos pensamentos de um outro sem avisar. E, para ser bem franco, creio que a fala é o maior dom que mortais e imortais compartilham.

Eu não sabia o que responder a isto. Mais uma vez, fazia um perfeito sentido. No entanto, me flagrei sacudindo a cabeça.

– E seus modos – eu disse. – Você não se move da maneira como Armand ou Magnus se moviam, do modo como eu pensava que os antigos...

– Você quer dizer como um fantasma? Por que eu deveria?

Ele deu uma risada de novo, suave, seduzindo-me. Afundou-se um pouco mais para trás na poltrona e ergueu o joelho, apoiando o pé na almofada do assento, tal como um homem poderia fazer em seu gabinete particular.

– Houve uma época, é claro – ele disse –, em que tudo isso era muito interessante. Deslizar sem parecer que se estava dando passos, assumir posições físicas que são desconfortáveis ou impossíveis para os mortais. Voar em curtas distâncias e aterrissar sem fazer barulho. Mover objetos pelo mero desejo de fazê-lo. Mas com o tempo isso torna-se infantil. Os gestos humanos são *elegantes*. Há sabedoria na carne, na maneira como o corpo humano faz coisas. Eu gosto do som de meu pé tocando o chão, de sentir os objetos em meus dedos. Além disso, é fatigante voar curtas distâncias e mover coisas só pela pura vontade. Posso fazer isso quando preciso, como você já viu, mas é muito mais fácil usar minhas mãos para fazer as coisas.

Eu estava encantado com aquilo e não tentei dissimular.

– Um cantor pode espatifar um copo com a nota alta apropriada – ele disse –, mas a maneira mais simples de alguém quebrar um copo é simplesmente jogando-o no chão.

Dei uma risada sincera dessa vez.

Eu já estava ficando acostumado com aquelas alterações em seu rosto, que iam da perfeição de uma máscara à total expressividade, e a constante vitalidade de seu olhar que unia ambas. Permanecia a impressão de serenidade e franqueza – de um homem perceptivo e de extraordinária beleza.

Mas não conseguia acostumar-me com a sensação de presença, de que algo com um imenso poder, um perigoso poder, estivesse tão contido e presente ali.

De repente, fiquei um pouco agitado, um tanto quanto acabrunhado. Senti o desejo inexplicável de chorar.

Ele inclinou-se para a frente e tocou nas costas de minha mão com seus dedos, e um choque me atravessou. Nós estávamos ligados naquele toque. E embora sua pele fosse sedosa, como a de todos os vampiros, era menos flexível. Era como ser tocado por uma mão de pedra que usasse uma luva de seda.

– Eu lhe trouxe aqui porque quero contar o que sei para você – ele disse. – Quero compartilhar com você todos os segredos que possuo. Por várias razões, você me atraiu.

Eu estava fascinado. E sentia a possibilidade de um amor irresistível.

– Mas aviso – ele disse – que há um perigo nisto. Eu não possuo as derradeiras respostas. Não posso dizer-lhe quem criou o mundo ou por que o homem existe. Não posso dizer-lhe por que existimos. Só posso dizer-lhe mais coisas sobre nós do que alguém já contou até aqui. Posso mostrar-lhe Aqueles Que Devem Ser Conservados e contar o que sei sobre eles. Posso contar por que *acho* que consegui sobreviver durante tanto tempo.

Esse conhecimento pode modificar você um pouco. Imagino que isto é tudo que o conhecimento sempre faz de fato...

– Sim...

– Mas, depois de ter-lhe transmitido tudo que tenho, você estará exatamente onde estava antes: um ser imortal que precisa encontrar suas próprias razões para existir.

– Sim – eu disse –, razões para existir.

Minha voz estava um pouco amargurada. Mas foi bom ouvi-la soar daquela maneira.

Mas tive uma sombria sensação de mim mesmo como uma criatura faminta, corrompida, que se saía muito bem existindo sem razões, um vampiro poderoso que sempre pegava aquilo que desejava, não importava quem dissesse o quê. Perguntei-me se ele sabia o quão medonho eu era.

A razão para matar era o sangue.

Reconheço. O sangue e o puro êxtase do sangue. E sem ele nós seríamos mera casca de milho, como fui debaixo da terra no Egito.

– Apenas lembre-se de meu aviso – ele disse – de que as circunstâncias serão as mesmas depois. Só você poderá ter mudado. Pode ficar mais desolado do que antes de vir aqui.

– Mas por que você optou por revelar coisas para mim? – perguntei. – Com certeza outros foram em sua procura. Você deve saber onde Armand está.

– Há várias razões, como eu já disse – ele disse. – É provável que a mais forte seja a maneira com que você me procurou. Muito poucos seres procuram realmente o conhecimento neste mundo. Mortais ou imortais, poucos *perguntam* de fato. Pelo contrário, eles tentam arrancar à força do desconhecido as respostas que já formaram em suas mentes... justificativas, confirmações, fórmulas de consolo sem as quais não podem continuar. Perguntar de fato é abrir a porta para um furacão. A resposta pode aniquilar a pergunta e quem a fez. Mas você tem andado perguntando de fato desde que deixou Paris há dez anos.

Eu compreendi isso, mas apenas de uma forma inarticulada.

– Você tem poucas ideias preconcebidas – ele disse. – Na verdade, o que me surpreendeu em você foi sua extraordinária simplicidade. Você quer um objetivo. Quer amor.

– É verdade – eu disse com um leve encolher de ombros. – Bastante primário, não?

Ele deu outra risada suave.

– Não. Não é mesmo. É como se mil e oitocentos anos de civilização ocidental tivessem produzido um inocente.

– Um inocente? Você não pode estar falando de mim.

– Fala-se tanto neste século sobre a nobreza do selvagem – ele explicou. – Sobre a força corruptora da civilização, do modo como temos de encontrar nosso caminho de volta à inocência que foi perdida. Bem, tudo isso é absurdo. Os povos primitivos de verdade são capazes de ser monstruosos em suas suposições e expectativas. Eles não conseguem fazer ideia da inocência. Assim como as crianças. Mas a civilização criou enfim homens que se comportam de modo inocente. Pela primeira vez, eles olham em volta de si mesmos e dizem: "Que diabos é tudo isto!"

– É verdade. Mas eu não sou inocente – eu disse. – Ateu, sim. Venho de uma família de ateus e estou contente por isso. Mas sei o que é o bem e o mal no sentido muito prático, e sou Tífon, o assassino de seu irmão, não o matador de Tífon, como você deve saber.

Ele assentiu com um leve erguer de sobrancelhas. Não precisava mais sorrir para parecer humano. Agora, eu estava vendo uma expressão de emoção, mesmo quando não havia nenhuma ruga estampada em seu rosto.

– Mas você tampouco procura um sistema para se justificar – ele disse. – É isto que quero dizer com inocência. Você é culpado de matar mortais porque foi transformado em algo que se alimenta de sangue e de morte, mas não é culpado de mentir, de criar grandes sistemas de pensamentos malignos e sombrios dentro de você.

– É verdade.

– Ser ateu é provavelmente o primeiro passo para a inocência – ele disse –, libertar-se da sensação de pecado e de subordinação, o falso pesar por coisas destinadas a se perder.

– Quer dizer que com inocência você se refere não à ausência de experiência, mas sim a uma ausência de ilusões.

– Uma ausência da necessidade de ilusões – ele disse. – Um amor e respeito por aquilo que é certo aos seus olhos.

Eu suspirei. Recostei-me na cadeira pela primeira vez, pensando naquilo, no que isso tinha a ver com Nicki e no que Nicki dissera sobre a luz, sempre a luz. Teria ele se referido a isto?

Nesse momento, Marius parecia estar ponderando. Também estava recostado em sua poltrona, como estivera o tempo todo, e olhava para o céu noturno do outro lado das portas abertas, os olhos apertados, a boca um pouco tensa.

– Mas não foi apenas seu espírito que me atraiu – ele disse –, sua honestidade, se assim prefere. Foi o modo como você passou a ser um de nós.

– Então, você também sabe tudo sobre isto.

– Sei, tudo – ele disse menosprezando. – Você se tornou um de nós no fim de uma era, numa época em que o mundo se depara com mudanças jamais sequer sonhadas. E comigo foi o mesmo. Eu nasci e tornei-me adulto na época em que o mundo antigo, como nós o chamamos agora, estava chegando ao fim. Velhas crenças se destruíam. Um novo deus estava prestes a surgir.

– Que época foi essa? – perguntei excitado.

– Nos anos de César Augusto, quando Roma transformou-se num império, quando a fé nos deuses, apesar de seus elevados propósitos, estava morta.

Deixei que ele visse o choque e o prazer que se espalharam em meu rosto. Nunca duvidei dele por nenhum momento. Pus minha mão na cabeça, como se tivesse que me equilibrar um pouco.

Mas ele prosseguiu:

– As pessoas comuns daqueles tempos – ele disse – ainda acreditavam na religião assim como hoje. E para elas era costume, superstição, pura magia o uso de cerimônias cujas origens estavam perdidas na antiguidade, assim como hoje. Mas o mundo daqueles que *criavam* ideias... daqueles que governavam e adiantavam o curso da história... era um mundo sofisticado, ateu e sem esperança, como o da Europa nos dias de hoje.

– Também me pareceu assim quando li Cícero, Ovídio e Lucrécio – eu disse.

Ele concordou com a cabeça e encolheu os ombros de leve.

– Foram necessários mil e oitocentos anos – ele disse – para se voltar ao ceticismo, ao nível de espírito prático que era nossa mentalidade de então. Mas a história não está se repetindo, de maneira nenhuma. Isso é surpreendente.

– O que você quer dizer?

– Olhe ao seu redor! Coisas completamente novas estão acontecendo na Europa. O valor atribuído à vida humana é mais alto que antes. A sabedoria e a filosofia estão ligadas a novas descobertas na ciência, a novas invenções que irão alterar por completo o modo como os humanos vivem. Mas esta é uma outra história. É o futuro. A questão é que você nasceu no ponto de reversão do velho modo de ver as coisas. Assim como eu. Você atingiu a maioridade sem fé e, no entanto, não é cético. Assim também ocorreu comigo. Nós surgimos de um abismo entre a fé e o desespero, por assim dizer.

E Nicki caiu nesse abismo e morreu, pensei.

– É por isso que suas perguntas são diferentes – ele disse – daqueles que nasceram para a imortalidade sob o deus cristão.

Pensei em minha conversa com Gabrielle no Cairo – minha última conversa. Eu mesmo disse a ela que aquela era minha força.

– Exato – ele disse. – Assim, você e eu temos isto em comum. Nós nos tornamos homens sem esperar muito dos outros. E o peso da consciência era intransferível, por mais terrível que possa ser.

– Mas foi sob o deus cristão... nos primeiros dias do deus cristão que você... nasceu para a imortalidade... como você disse?

– Não – ele disse com um sinal de desagrado. – *Nós* jamais servimos ao deus cristão. Você pode tirar isto de sua cabeça agora mesmo.

– Mas e as forças do bem e do mal que estão por trás dos nomes de Cristo e Satã?

– De novo, eles têm muito pouco a ver *conosco,* se é que têm alguma coisa.

– Mas, com certeza, o conceito de mal, de alguma forma...

– Não. Nós somos mais antigos do que isso, Lestat. Os homens que me criaram cultuavam deuses, de verdade. E acreditavam em coisas em que eu não acreditava. Mas sua fé remontava a uma época muito anterior aos templos do Império Romano, quando o derramamento de sangue humano inocente podia ser feito em grande escala, em nome do bem. E o mal era a seca, a praga dos gafanhotos e a morte das colheitas. Fui criado como sou por esses homens, em nome do bem.

Aquilo era fascinante demais.

Todos os velhos mitos vieram à minha mente, num coro de poesia deslumbrante. *Osíris era um bom deus para os egípcios, o deus das colheitas. O que isso tem a ver conosco?* Minha cabeça girava. Numa torrente de imagens mudas, lembrei-me da noite em que deixara a casa de meu pai em Auvergne, quando os aldeões dançavam em volta da fogueira e entoavam seus cantos para melhorar as colheitas. Paganismo, minha mãe dissera. Paganismo, declara o padre furioso, de quem eles se livravam depois.

E tudo isto parecia mais do que nunca a história do Jardim Selvagem, dançarinos no Jardim Selvagem, onde nenhuma lei dominava a não ser a lei do jardim, que era a lei da estética. Que as plantações ficassem altas, que o trigo ficasse verde e depois amarelo, que o sol brilhasse. Olhe a maçã de forma perfeita que a árvore gerou, imagine só! Os aldeões corriam pelos pomares com suas tochas acesas na fogueira para fazer as maçãs crescerem.

– Sim, o Jardim Selvagem – Marius disse com uma centelha de luz nos olhos. – E eu tive que sair das cidades civilizadas do império para encontrá-lo. Tive de adentrar as florestas das províncias do norte, onde o jardim ainda crescia em toda sua exuberância, as terras da Gália do Sul onde você nasceu. Tive de cair nas mãos dos bárbaros dos quais herdamos ambos nossa estatura, nossos olhos azuis, nosso cabelo louro. Eu recebi isso através do sangue de minha mãe que é descendente desses povos, a filha de um chefe de clã celta que se uniu a um senador romano. E você recebeu através do sangue de seus pais, diretamente daquela época. E por uma estranha coincidência, nós dois fomos escolhidos para a imortalidade pela mesma razão, você por Magnus e eu por meus raptores, por sermos pessoas de excelência inigualável do sangue de nossa raça de olhos azuis, porque somos mais altos e de constituição mais fina do que outros homens.

– Oooooh, você tem de me contar tudo! Tem de explicar tudo! – eu disse.

– Eu *estou* explicando tudo – ele disse. – Mas primeiro creio que é hora de você ver algo que será muito importante quando continuarmos.

Ele esperou alguns momentos para as palavras penetrarem em mim.

Em seguida, levantou-se devagar à maneira humana, apoiando-se nos braços da poltrona. Ficou parado olhando para mim e esperando.

– Aqueles Que Devem Ser Conservados? – perguntei.

Minha voz soou baixa, terrivelmente insegura de si mesma.

E pude ver de novo a pequena malícia em seu rosto, ou melhor, um ar ligeiramente divertido, pois as duas coisas nele se confundiam.

– Não tenha medo – ele disse em tom sóbrio, tentando disfarçar o ar divertido. – Não é o seu estilo, você sabe.

Eu ansiava por vê-los, de saber o que eram, e, no entanto, não me mexi. Jamais havia pensado de fato que fosse vê-los. Jamais pensara no que aquilo significaria...

– É... é algo terrível de se ver? – perguntei.

Ele sorriu um sorriso lento e afetuoso, e colocou a mão em meu ombro.

– Se eu dissesse que sim, isto deteria você?

– Não – eu disse.

Mas eu estava com medo.

– Só é terrível com o passar do tempo – ele disse. – No começo é lindo.

Ele esperou, observando-me, tentando ser paciente. Depois disse com voz suave:

– Venha, vamos.

4

Uma escadaria entrando na terra.

Era muito mais velha do que a casa aquela escadaria, embora eu não pudesse dizer como o sabia. Degraus côncavos no centro, gastos pelos pés que neles pisaram. Descendo em espirais cada vez mais fundo na rocha.

De vez em quando, um portal irregular que dava para o mar, uma abertura pequena demais para um homem atravessar, e uma saliência na rocha onde as aves faziam ninhos, ou onde a grama rebelde brotava nas fendas.

E então o calafrio, o inexplicável calafrio que se encontra às vezes em antigos mosteiros, em ruínas de igreja, em quartos assombrados.

Parei e esfreguei a parte posterior de meus braços com as mãos. O calafrio estava subindo pelos degraus.

– Não são eles que causam isso – ele disse em tom suave.

Estava esperando por mim nos degraus abaixo.

A semiescuridão dividiu seu rosto em padrões de luzes e sombras, dando a ilusão de uma idade mortal que não existia.

– Isto já estava aqui muito tempo antes que eu os trouxesse – ele disse. – Muitos vieram para venerar nesta ilha. Talvez já estivesse aqui antes de eles chegarem.

Ele me acenou com sua paciência característica. Seus olhos estavam compadecidos.

– Não tenha medo – ele disse de novo enquanto começava a descer.

Eu estava envergonhado por recear ir em frente. Os degraus eram intermináveis.

Passamos por portais maiores e pelo barulho do mar. Eu podia sentir o borrifo frio nas mãos e no rosto, podia ver o brilho da umidade nas pedras.

Mas continuamos descendo cada vez mais, o eco de nossos sapatos aumentava no teto arredondado, nas paredes com acabamento tosco. Aquilo era mais fundo do que qualquer masmorra, era o abismo que a criança cava na infância vangloriando-se diante dos pais de que vai fazer um túnel até o centro da terra.

Por fim, vi uma explosão de luz quando fizemos uma outra curva. E, em seguida, dois lampiões ardendo diante de uma porta dupla.

Profundos recipientes de óleo alimentavam as mechas dos lampiões. E as portas estavam fechadas com uma enorme viga de carvalho. Seriam necessários vários homens para levantá-la, talvez com alavancas e cordas.

Marius ergueu a viga e colocou-a de lado com toda a facilidade, em seguida recuou e ficou olhando para as portas. Eu ouvi o som de uma outra viga sendo movida no lado de dentro. Então, as portas se abriram devagar e senti minha respiração parar.

Não foi apenas porque ele fizera aquilo sem tocar em nada. Eu já havia visto esse pequeno truque antes. Foi porque o aposento do outro lado estava repleto das mesmas flores adoráveis e de lampiões acesos que eu tinha visto na casa lá em cima. Ali, bem no fundo da terra, havia lírios, brancos e lustrosos, brilhando com pequenas gotas de umidade, rosas em ricos matizes de vermelho e cor-de-rosa, prontas para caírem de suas hastes. Era uma capela, aquela câmara com o suave bruxulear de velas votivas e o perfume de mil buquês.

As paredes estavam pintadas com afrescos como as paredes das antigas igrejas italianas, com folhas de ouro incrustadas no desenho. Mas não eram quadros dos santos cristãos.

Palmeiras egípcias, o deserto amarelo, as três pirâmides, as águas azuis do Nilo. E homens e mulheres egípcios navegando no rio em seus barcos de formas graciosas, peixes multicoloridos nas profundezas abaixo, aves com asas purpúreas no ar acima.

E o ouro incrustado em tudo. No sol que brilhava no céu, nas pirâmides que cintilavam ao longe, nas escamas dos peixes e nas plumas das aves, nos ornamentos das graciosas e delicadas figuras egípcias que estavam paralisadas, olhando para a frente em seus barcos verdes, longos e estreitos.

Fechei meus olhos por um momento. Em seguida, os abri devagar e vi aquilo tudo como um enorme santuário.

Fileiras de lírios sobre um altar de pedra baixo, que continha um imenso tabernáculo dourado todo trabalhado com delicados entalhes dos mesmos motivos egípcios. Uma corrente de ar descia por colunas escavadas na rocha acima, avivando as chamas dos lampiões sempre acesos, agitando as folhas verdes e compridas dos lírios, que pareciam lâminas em seus vasos de água, exalando seu perfume embriagador.

Eu quase podia ouvir hinos naquele lugar. Podia ouvir cânticos e antigas invocações. E já não estava mais com medo. A beleza era por demais tranquilizadora, por demais grandiosa.

Mas olhei fixo para as portas de ouro do tabernáculo sobre o altar. O tabernáculo era mais alto que eu. Era três vezes mais largo do que eu.

E Marius também estava olhando para ele. E eu senti o poder que emanava dele, o leve calor de sua força invisível, e ouvi o ferrolho deslizando para trás no interior das portas do tabernáculo.

Eu teria me aproximado um pouco mais dele, se tivesse coragem. Parei de respirar quando as portas de ouro se abriram por completo, dobrando-se para trás para revelar duas esplêndidas figuras egípcias – um homem e uma mulher – sentadas lado a lado.

A luz movia-se sobre seus rostos esbeltos e brancos, delicadamente esculpidos, em seus corpos brancos retratados com dignidade; brilhava em seus olhos escuros.

Possuíam o mesmo ar severo de todas as estátuas egípcias que eu já havia visto; eram econômicas em detalhes, de contornos belíssimos, magníficas em sua simplicidade; apenas a expressão franca e infantil dos rostos abrandava a sensação de dureza e frieza. Mas, ao contrário de todas as outras, estavam usando roupas com tecido e seus cabelos eram de verdade.

Eu havia visto santos em igrejas na Itália vestidos dessa maneira, veludo jogado sobre mármore, e nem sempre era agradável.

Mas ali fora feito com muito cuidado.

As perucas eram feitas de cachos de cabelo, longos e espessos, cortadas em linha reta na testa e coroadas com diademas de ouro. Braceletes que pareciam cobras enroscavam-se em seus braços desnudos, e havia anéis em seus dedos.

As roupas eram do mais fino linho branco, o homem nu da cintura para cima, usando apenas um simples saiote, e a mulher com um longo e justo vestido lindamente pregueado. Ambas possuíam muitos colares de ouro, alguns incrustados de pedras preciosas.

Eram quase do mesmo tamanho e estavam sentadas da mesma maneira, as mãos abertas e pousadas nas coxas. Essa uniformidade me espantou de alguma forma, tanto quanto sua intensa beleza e a qualidade de seus olhos que pareciam joias.

Nunca em nenhuma escultura, em parte alguma, eu havia visto uma atitude tão viva, mas na verdade não havia nada de vivo nelas. Talvez fosse um engano causado pelos trajes, pelo brilho das luzes em seus colares e anéis, pela luz refletida em seus olhos cintilantes.

Seriam eles Osíris e Ísis? Seria uma minúscula escrita aquilo que eu via em seus colares e diademas?

Marius não disse nada. Ele apenas olhava fixo para elas, assim como eu, com a expressão indecifrável, talvez triste.

– Posso me aproximar delas? – eu sussurrei.

– Claro – ele disse.

Eu me movi em direção ao altar como uma criança numa igreja, ficando mais inseguro a cada passo. Parei a poucos passos diante delas e olhei dentro de seus olhos. Oh, esplêndidos demais em profundidade e matização. Reais demais.

Com infinito cuidado, cada cílio negro fora fixado no lugar, cada fio negro de suas sobrancelhas tinha curvas suaves.

Com infinito cuidado, suas bocas foram feitas parcialmente abertas, de modo que se pudesse ver o brilho dos dentes. E os rostos e braços foram tão polidos para que a menor imperfeição não perturbasse seu lustre. E à maneira de todas as estátuas ou figuras pintadas que olham direto para a frente, pareciam estar olhando para mim.

Fiquei confuso. Se não eram Osíris e Ísis, quem deviam ser? De qual antiga verdade eram símbolos, e por que o imperativo naquela velha frase: Aqueles Que *Devem* Ser Conservados?

Fiquei contemplando-os, com minha cabeça um pouco para o lado.

Os olhos eram de fato castanhos, com um profundo negro no centro, o branco dos olhos úmido e parecendo cobertos pelo mais claro verniz, os lábios eram da mais suave tonalidade de rosa-cinza.

– É permitido...? – sussurrei, virando-me para Marius, mas parei por carecer de confiança.

– Você pode tocá-los – ele disse.

No entanto, parecia um sacrilégio fazê-lo. Fitei-os por mais alguns momentos, olhando para o modo como suas mãos se abriam apoiadas nas coxas, para as unhas que tinham notável semelhança com nossas unhas – como se fossem feitas de vidro incrustado.

Pensei que poderia tocar as costas da mão do homem, sem que parecesse tão sacrílego, mas o que eu desejava mesmo fazer era tocar o rosto da mulher. No final, ergui meus dedos para o rosto da mulher, hesitando. E apenas deixei que as pontas de meus dedos roçassem a brancura. Depois olhei dentro de seus olhos.

Não podia ser de pedra o que eu estava sentindo. Não podia... Ora, era como se fosse igual a... E os olhos da mulher, alguma coisa...

Dei um salto para trás antes que pudesse deter-me.

Na verdade, disparei para trás, derrubando os vasos de lírios e bati na parede ao lado da porta.

Eu estava tremendo com tanta violência que minhas pernas mal conseguiam sustentar-me.

– Eles estão vivos! – eu disse. – Não são estátuas! São vampiros assim como nós!

– São – Marius disse. – A palavra, entretanto, eles não conhecem.

Ele estava bem diante de mim e ainda olhava para eles, as mãos caídas ao lado do corpo, do mesmo modo como estivera o tempo todo.

Com um movimento lento, ele girou, foi até onde eu estava e pegou minha mão direita.

O sangue subira em meu rosto. Eu queria dizer alguma coisa, mas não conseguia. Fiquei encarando-os. E agora estava olhando para ele e para a mão branca que segurava a minha.

– Está tudo bem – Marius disse quase com tristeza. – Não creio que não gostem que você os toque.

Por um momento, não consegui entendê-lo. Depois sim.

– Você quer dizer que... Você não sabe se... Eles apenas ficam sentados aí e... Oh, Deus!

E suas palavras de centenas de anos atrás, embutidas na história de Armand, vieram à minha mente: *Aqueles Que Devem Ser Conservados estão em paz, ou em silêncio. Mais do que isso talvez nunca saibamos.*

Todo meu corpo tremia. Eu não conseguia parar os tremores em meus braços e pernas.

– Eles estão respirando, pensando, vivendo, assim como nós – eu disse gaguejando. – Há quanto tempo estão assim, quanto tempo?

– Acalme-se – ele disse, dando um tapinha em minha mão.

– Oh, Deus – eu disse de novo de modo estúpido.

E não parava de repeti-lo. Nenhuma outra palavra era adequada.

– Mas quem são eles? – perguntei enfim, enquanto minha voz se elevava histericamente. – São Osíris e Ísis? São eles?

– Não sei.

– Quero ir para longe deles. Quero sair daqui.

– Por quê? – ele perguntou com calma.

– Porque eles... eles estão vivos dentro de seus corpos e... não podem falar nem se mexer!

– Como você sabe que não podem? – ele disse.

Sua voz era baixa e tranquilizadora como antes.

– Mas eles não podem. Essa é a questão. Eles não...

– Venha – ele disse. – Quero que você olhe um pouco mais para eles. Depois levarei você de volta para cima e vou contar tudo, como já disse que contaria.

– Não quero mais olhar para eles, Marius, honestamente não quero – eu disse, tentando soltar minha mão e sacudindo a cabeça.

Mas parecia que ele me segurava com a mesma firmeza com que uma estátua podia segurar, e eu não conseguia parar de pensar no quanto sua pele era igual à deles, que ele estava assumindo aquele mesmo lustre impossível, que quando seu rosto estava em repouso era tão liso como o deles.

Ele estava se tornando igual a eles. E em algum momento da eternidade, eu me tornaria como eles! Se sobrevivesse tanto tempo.

– Por favor, Marius... – eu disse.

Eu estava acima da vergonha e da vaidade. Queria sair daquele aposento.

– Espere por mim então – ele disse em tom paciente. – Fique aqui.

E soltou minha mão. Virou-se e olhou para as flores que eu esmagara, para a água derramada.

E, diante de meus olhos, aquelas coisas foram restauradas, as flores colocadas de volta no vaso, a água desapareceu do chão.

Ele continuou olhando para os dois à sua frente, e então eu ouvi seus pensamentos. Ele os saudava de uma maneira pessoal que não precisava de forma de tratamento ou título. Estava explicando o motivo pelo qual se ausentava nas últimas noites. Tinha ido ao Egito. E voltara com presentes para eles que logo iria trazer. Muito em breve os levaria para fora para ver o mar.

Comecei a me acalmar um pouco. Mas, agora, minha mente estava dissecando tudo que ficara claro para mim no momento do choque. Ele tomava conta deles. Sempre cuidara deles. Embelezava aquela câmara porque eles olhavam para ela, e podiam interessar-se pela beleza das pinturas e das flores que trazia.

Mas ele não sabia. E tudo que eu tinha a fazer era olhar de novo para eles para sentir o horror – eles estavam vivos e trancados dentro de si mesmos!

– Não posso suportar isso – eu murmurei.

Eu sabia, sem que ele jamais me tivesse dito, a razão pela qual ele os conservava. Não podia enterrá-los bem fundo em algum lugar porque eles estavam conscientes. Não iria queimá-los porque eram indefesos e não podiam dar seu consentimento. Oh, Deus, aquilo estava ficando cada vez pior.

Mas ele os conservava tal como os antigos pagãos conservavam seus deuses em templos que eram suas casas. Ele levava flores para eles.

Agora, enquanto eu observava, ele estava acendendo incenso para eles. Disse a eles que comprara no Egito. Colocou-o para queimar num pequeno prato de bronze.

Meus olhos começaram a lacrimejar. Na verdade, comecei a chorar.

Quando levantei os olhos, ele estava parado de costas para eles, e eu podia vê-los por sobre seu ombro. Era chocante como ele se parecia com eles, uma estátua com roupas de tecido. E achei que talvez ele estivesse fazendo isso de propósito, deixando seu rosto ficar inexpressivo.

– Eu o desapontei, não? – eu sussurrei.

– Não, de maneira nenhuma – ele disse amável. – Não me desapontou.

– Sinto muito porque...

– Não, você não me desapontou.

Aproximei-me um pouco mais. Senti que havia sido rude com Aqueles Que Devem Ser Conservados. Havia sido rude com ele. Ele me revelara aquele segredo e eu demonstrara horror e aversão. Eu desapontara a mim mesmo.

Aproximei-me ainda mais. Queria reparar o que tinha feito. Ele virou-se de novo para eles e colocou o braço em volta de mim. O incenso era inebriante. Seus olhos escuros estavam cheios do movimento sinistro das chamas dos lampiões.

Nenhum sulco de veia em suas peles brancas, nenhum vinco ou ruga. Nem mesmo as linhas finas nos lábios que até Marius ainda tinha. Eles não se mexiam com o subir e descer da respiração.

E, prestando atenção naquele silêncio, eu não ouvia nenhum pensamento vindo deles, nenhum batimento cardíaco, nenhum movimento de sangue.

– Mas está lá, não está? – eu sussurrei.

– Sim, está.

– E você...? – Traz as vítimas para eles?, eu queria perguntar.

– Já não bebem mais.

Até isto era horripilante! Eles nem sequer tinham esse prazer. E, no entanto, imaginar isso – como teria sido –, eles disparando em movimento o tempo suficiente para pegar a vítima e degenerando em imobilidade, ah! Não, eu devia ficar aliviado. Mas não fiquei.

– Há muito, muito tempo, eles ainda bebiam, mas só uma vez por ano. Eu deixava as vítimas no santuário para eles... malfeitores que estavam fracos e à beira da morte. Depois eu voltava, descobria que haviam sido atacadas e que Aqueles Que Devem Ser Conservados permaneciam tal como antes. Só a cor da carne estava um pouco diferente. Nenhuma gota de sangue fora derramada. Isto acontecia nos períodos de lua cheia, e em geral na primavera. Outras vítimas deixadas nunca eram atacadas. Depois cessou até esse banquete anual. Continuei trazendo vítimas de vez em quando. E um dia, depois que uma década se passou, eles atacaram outra. De novo, era época de lua cheia. Era primavera. E depois não atacaram mais durante pelo menos meio século. Perdi a conta. Pensei que talvez eles precisassem ver a lua, que eles tinham de saber da mudança das estações. Mas verificou-se que isso não tinha importância.

Eles não beberam nada desde a época em que os levei para a Itália. Isto foi há trezentos anos. Eles não bebem nem mesmo no calor do Egito.

– Mas, mesmo quando isso acontecia, você nunca viu com seus próprios olhos?

– Não – ele disse.

– Você nunca os viu se mexer?

– Não desde... o começo.

Eu estava tremendo de novo. Enquanto olhava para eles, imaginava que os via respirar, fantasiava que via seus lábios se mexerem. Eu sabia que isso era ilusão. Mas estava me deixando louco. Eu tinha que sair dali. Começaria a chorar de novo.

– Às vezes, quando venho até eles – Marius disse –, descubro que algumas coisas foram alteradas.

– Como? O quê?

– Pequenas coisas – ele disse.

Olhou pensativo para eles. Estendeu a mão e tocou o colar da mulher.

– Ela gosta deste aqui. Ao que parece, é do tipo adequado. Havia um outro que eu costumava encontrar partido no chão.

– Então eles *podem* mexer-se.

– A princípio, eu pensava que o colar tivesse caído. Mas depois de consertar três vezes, percebi que era bobagem. Ela o arrancava do pescoço, ou fazia o colar cair com sua mente.

Soltei um pequeno sussurro de horror. Depois me senti absolutamente mortificado por ter feito isso na presença dela. Eu queria sair dali naquele mesmo instante. O rosto dela era como um espelho para todas as minhas fantasias. Seus lábios curvaram-se num sorriso, mas não se mexeram.

– O mesmo aconteceu com outros adornos, adornos que ostentavam os nomes de deuses dos quais eles não gostam, acho. Certa vez, um vaso que eu trouxe de uma igreja foi quebrado, transformado em minúsculos fragmentos como que por obra do olhar deles. E depois também aconteceram mais mudanças assombrosas.

– Conte-me.

– Eu entrava no santuário e encontrava um ou outro de pé.

Isto era terrível demais. Eu queria puxá-lo pela mão e arrastá-lo para fora dali.

– Uma vez encontrei-o a vários passos da cadeira. E a mulher, noutra ocasião, junto à porta.

– Tentando sair? – sussurrei.

– Talvez – ele disse pensativo. – Mas eles poderiam ter saído com toda facilidade se quisessem. Você poderá julgar depois de ouvir toda a história. Toda vez que os encontrava em outro lugar, levava-os de volta ao lugar certo. Arrumava-os como estavam antes. É preciso uma enorme força para fazer isto. Eles são como pedra flexível, se é que você pode imaginar isso. E se eu tenho essa força, você pode imaginar como deve ser a deles.

– Você disse querer... se quisessem. E se eles quiserem fazer de tudo e não puderem mais? E se o limite do maior esforço dela fosse alcançar a porta?

– Creio que ela poderia ter arrebentado as portas, se desejasse fazê-lo. Se eu consigo abrir ferrolhos com minha mente, o que ela não poderia fazer?

Olhei para o frio e distante rosto deles, para suas faces estreitas e encovadas, para suas bocas grandes e serenas.

– Mas e se você estiver errado? E se eles puderem ouvir cada palavra que estamos dizendo um para o outro, e isto deixá-los irritados, ultrajados...

– Creio que eles ouvem, sim – ele disse, tentando acalmar-me de novo, com a mão em cima da minha, o tom de voz abrandado. – Mas não creio que se importem. Se se importassem, eles se mexeriam.

– Mas como você pode saber disso?

– Eles fazem outras coisas que exigem uma força descomunal. Por exemplo, houve vezes em que tranquei o tabernáculo e eles destrancaram no mesmo instante e abriram as portas de novo. Sei que são eles que fazem isso porque são os únicos que poderiam fazer. As portas recuam e lá estão eles. Eu os levo para fora para ver o mar. E antes do amanhecer, quando chego para buscá-los, estão mais pesados, menos flexíveis, é quase impossível movê-los. Há vezes em que penso que eles fazem essas coisas para me atormentar, por assim dizer, para brincar comigo.

– Não. Eles estão tentando e não conseguem.

– Não seja tão rápido em seu julgamento – ele disse. – Já entrei na câmara deles e encontrei indícios de coisas muito estranhas mesmo. E, é claro, tem as coisas que aconteceram no começo...

Mas ele se deteve. Alguma coisa distraiu-o.

– Você ouve os pensamentos deles? – perguntei.

Ele parecia estar prestando atenção.

Não respondeu. Estava examinando-os. Ocorreu-me que alguma coisa havia mudado! Usei toda minha vontade para não dar meia-volta e correr. Olhei para eles com atenção. Não podia ver coisa alguma, ouvir nada, sentir nada. Eu ia começar a gritar e berrar se Marius não explicasse o que estava acontecendo.

– Não seja tão impetuoso, Lestat – ele disse no final, sorrindo um pouco, os olhos ainda fixos no homem. – De vez em quando eu os ouço, mas é ininteligível, é apenas a presença deles... você conhece o som.

– E você só os ouve então.

– Siiiimmm... talvez.

– Marius, por favor, vamos embora daqui, eu lhe peço. Perdoe-me, não posso suportar! Por favor, Marius, vamos embora.

– Está bem – ele disse, amável, apertando meu ombro. – Mas primeiro faça uma coisa por mim.

– O que você pedir.

– Fale com eles. Não precisa ser em voz alta. Mas fale. Diga-lhes que você os achou lindos.

– Eles sabem – eu disse. – Eles sabem que eu os acho de uma beleza indescritível.

Eu estava seguro de que eles sabiam. Mas ele queria que eu dissesse de um modo formal, de modo que limpei minha mente de todo medo e todas as suposições malucas e lhes disse isto.

– Apenas fale com eles – Marius disse, insistindo.

Eu falei. Olhei nos olhos do homem e nos olhos da mulher. E fui dominado pela mais estranha sensação. Fiquei repetindo as frases *Eu acho vocês belos, acho vocês incomparavelmente belos,* com a forma simples de quem fala palavras verdadeiras. Eu estava rezando como fazia quando era pequeno e me deitava na campina na encosta da montanha, e pedia a Deus por favor, por favor, me ajude a fugir da casa de meu pai.

Eu falava com ela desse jeito nesse momento, disse que estava agradecido por ser permitido chegar perto dela e de seus antigos segredos, e aquela sensação tornou-se física. Estava em toda a superfície de minha pele e nas raízes de meus cabelos. Eu podia sentir a tensão escoando por meu rosto. Podia senti-la saindo de meu corpo. Eu estava todo leve e, quando olhei nos centros negros de seus olhos castanho-escuros, o incenso e as flores envolveram meu espírito.

– Akasha – eu disse em voz alta.

Eu ouvi o nome no mesmo instante em que o pronunciei. E me pareceu adorável. O tabernáculo tornou-se uma auréola flamejante em torno dela, e só havia algo indistinto no lugar em que a figura do homem estava sentada. Aproximei-me dela sem querer, me inclinei para a frente e quase beijei seus lábios. Eu queria isso. Inclinei-me mais. Então senti seus lábios.

Eu queria fazer o sangue surgir em minha boca para passar para ela, tal como havia feito com Gabrielle na ocasião em que estava deitada no caixão.

O encanto se aprofundava, e eu olhei dentro de seus olhos insondáveis.

Estou beijando a deusa na boca, o *que há comigo! Devo estar louco para pensar isso!*

Recuei. Vi-me encostado novamente na parede, tremendo, as mãos apertando a cabeça. Pelo menos dessa vez eu não derrubara os lírios, mas estava chorando de novo.

Marius fechou as portas do tabernáculo. Fez com que o ferrolho do interior deslizasse para seu lugar.

Entramos na passagem e ele fez a tranca interna erguer-se e entrar em seus suportes. Depois colocou a tranca externa com ambas as mãos.

– Vamos, meu jovem – ele disse. – Vamos subir.

Porém mal tínhamos caminhado apenas alguns metros quando ouvimos um nítido som de clique, e depois outro. Ele virou-se e olhou para trás.

– Fizeram de novo – ele disse.

E uma expressão de angústia cobriu seu rosto como uma sombra.

– O quê? – Eu me encostei na parede.

– O tabernáculo, eles o abriram. Venha. Voltarei mais tarde para trancar antes que o sol nasça. Agora vamos voltar para minha sala de visita. Vou contar minha história.

Quando chegamos ao aposento iluminado, eu desabei na cadeira com a cabeça em minhas mãos. Ele estava parado em pé, apenas olhando para mim, e quando me dei conta disso, ergui o olhar para ele.

– Ela lhe disse seu nome – ele disse.

– Akasha! – eu disse.

Era como arrebatar uma palavra da voragem de um sonho que se dissolve.

– Ela me disse! Eu disse Akasha em voz alta.

Olhei para ele, implorando por respostas. Por alguma explicação da maneira como me encarava.

Pensei que perderia a razão se seu rosto não se tornasse expressivo outra vez.

– Você está zangado comigo?

– Shhh. Fique quieto – ele disse.

Eu não conseguia ouvir nada naquele silêncio. Exceto talvez o mar. Talvez o som dos pavios das velas no quarto. Talvez o vento. Nem mesmo os olhos deles pareciam mais mortos do que os dele.

– Você fez com que algo se agitasse neles – ele sussurrou.

Eu me levantei.

– O que significa isto?

– Não sei – ele disse. – Talvez nada. O tabernáculo ainda está aberto e eles apenas estão sentados lá, como sempre. Quem sabe?

E, de repente, me dei conta de todos os longos anos em que ele quis saber. Eu diria séculos, mas na verdade não consigo imaginar séculos. Nem mesmo agora. Percebi os anos e anos em que ele tentou extrair deles mesmo o menor sinal e não obteve nada, e eu sabia que ele estava perguntando-se como eu arrancara dela o segredo de seu nome. Akasha. Aconteceram coisas, mas isso foi na época de Roma. Coisas sombrias. Coisas terríveis. Sofrimento, sofrimento indescritível.

As imagens se desvaneceram. Silêncio. Ele parecia indefeso ali no quarto, como um santo retirado de um altar e deixado na nave lateral de uma igreja.

– Marius! – sussurrei.

Ele despertou, seu rosto foi-se animando aos poucos e ele me olhou com afeto, de modo assombrado.

– Sim, Lestat – ele disse e deu um aperto tranquilizador em minha mão.

Depois foi sentar-se, indicou com um gesto para que eu fizesse o mesmo e, mais uma vez, ficamos confortavelmente instalados, um de frente para o outro. E a luz uniforme do quarto era tranquilizadora. Era tranquilizador ver, do outro lado das janelas, o céu noturno.

Sua antiga vivacidade estava retornando, o brilho de bom humor em seus olhos.

– Ainda não é meia-noite – ele disse. – E tudo está bem nas ilhas. Se eu não for perturbado, creio que é hora de lhe contar toda a história.

A HISTÓRIA DE MARIUS

5

Aconteceu quando eu tinha quarenta anos, numa noite quente de primavera na cidade de Massilia, na Gália Romana, quando eu estava escrevendo às pressas minha história do mundo, sentado numa imunda taberna à beira-mar.

A taberna estava deliciosamente suja e cheia de gente, era um ponto de reunião de marinheiros e andarilhos, viajantes como eu, eu imaginava, adorando a todos de uma maneira geral, embora a maioria fosse pobre e eu não era pobre, e não pudessem ler o que eu escrevia quando olhavam de soslaio por cima de meu ombro.

Eu havia chegado a Massilia após uma longa viagem de estudos, que me levara a todas as grandes cidades do Império. Havia viajado para Alexandria, Pérgamo, Atenas, observando e escrevendo sobre os povos, e agora estava me dirigindo às cidades da Gália Romana.

Não poderia estar mais satisfeito naquela noite, mesmo se estivesse em minha biblioteca em Roma. Na verdade, estava gostando mais da taberna.

Em todos os lugares aonde ia, eu procurava lugares assim para escrever, instalando minha vela, tinta e pergaminho numa mesa próxima à parede, e fazia meu melhor trabalho no início da noite quando os lugares eram mais barulhentos.

Em retrospecto, é fácil ver que eu vivia toda a minha vida no meio de uma atividade frenética. Eu estava acostumado com a ideia de que nada poderia afetar-me de maneira adversa.

Cresci como filho ilegítimo numa rica família romana... fui amado, mimado e tinha permissão para fazer o que desejasse. Meus irmãos legítimos tinham de se preocupar com casamento, política e guerra. Com vinte anos de idade, tornei-me um estudioso e cronista, aquele que levantava a voz em banquetes de bêbados para resolver discussões históricas e militares.

Quando viajava levava muito dinheiro e documentos que abriam as portas em todas as partes. Dizer que a vida tinha sido boa para comigo seria uma constatação incompleta. Eu era um indivíduo de extraordinária felicidade. Mas a questão realmente importante aqui é que a vida jamais me entediou ou derrotou.

Eu era dotado de um senso de invencibilidade, de assombro perante o mundo. E, mais tarde, isto foi tão importante para mim quanto foram para você a raiva e a força, tão importante quanto o desespero e a crueldade podem ser no espírito de outros.

Mas continuando... se houve alguma coisa que perdi em minha vida bastante agitada... e eu não pensava muito nisso... foi o amor e o conhecimento de minha mãe celta. Ela morreu quando eu nasci, e tudo que eu sabia dela era que fora uma escrava, filha de guerreiros gauleses que combateram Júlio César. Eu era louro e de olhos azuis, como ela. E parece que seu povo era de gigantes. Ainda muito jovem, eu era muito mais alto que meu pai e meus irmãos.

Mas eu tinha pouca ou nenhuma curiosidade sobre meus ancestrais gauleses. Havia chegado na Gália na condição de romano instruído, dos pés à cabeça, mas não tinha nenhuma consciência de meu sangue bárbaro, mas sim as crenças comuns de meu tempo... que César Augusto era um grande governante e que, naquela abençoada era da *Pax Romana,* as velhas superstições estavam sendo substituídas pela lei e pela razão em todo o Império. Não havia lugar, por mais miserável que fosse, que não merecesse a presença das estradas romanas e dos soldados, estudiosos e comerciantes que passariam por elas.

Naquela noite, eu estava escrevendo como um louco, descrevendo os homens que entravam e saíam da taberna, filhos de todas as raças, parecia, que falavam mais de dez línguas diferentes.

E, sem nenhuma razão aparente, estava possuído por uma estranha ideia sobre a vida, uma estranha preocupação que quase chegava a ser uma doce obsessão. Lembro-me de que isto ocorreu naquela noite porque pareceu relacionado de alguma forma com o que aconteceu depois. Mas não estava relacionado. Eu havia tido a ideia antes. O fato de ela ter me ocorrido naquelas últimas horas livres como cidadão romano nada mais foi do que uma coincidência.

A ideia era simplesmente de que havia alguém que sabia de tudo, alguém que tinha visto tudo. Não queria dizer com isso que existisse um Ser Supremo, mas sim que havia na Terra uma inteligência contínua, uma consciência contínua. E eu pensava nisso em termos práticos que me agitavam e acalmavam ao mesmo tempo. Em algum lugar havia uma consciência de todas as coisas que eu tinha visto em minhas viagens, uma consciência do que Massilia havia sido seis séculos atrás quando chegaram os primeiros comerciantes gregos, uma consciência de como era o Egito quando Quéops construiu as pirâmides. Alguém sabia como havia sido a luz no fim da tarde do dia em que Troia caiu diante dos gregos; e alguém ou alguma coisa sabia o que os camponeses disseram um para o outro em suas pequenas casas nos arredores de Atenas pouco tempo antes de os espartanos derrubarem os muros da cidade.

Minha ideia sobre quem ou o que isto seria era vaga. Mas eu me sentia reconfortado pela noção de que nada espiritual... e o saber era espiritual... estava perdido para nós. De que havia esse saber contínuo...

E enquanto eu bebia um pouco mais de vinho, pensando e escrevendo sobre isto, percebi que aquilo não era uma crença minha, tampouco uma premoção. Eu apenas sentia que havia uma consciência contínua.

E a história que estava escrevendo refletia isso. Eu tentava colocar em minha história todas as coisas que tinha visto, relacionando minhas observações de terras e povos com todas as observações escritas pelos gregos que haviam chegado até mim, de Xenofonte a Heródoto e Possidônio para formar uma consciência contínua do mundo em minha época. Era uma obra pálida, limitada, se comparada com a verdadeira consciência, mas eu me sentia bem enquanto continuava escrevendo.

Mas, por volta da meia-noite, eu estava ficando um pouco cansado e, quando levantei o olhar por acaso após um período especialmente longo de concentração ininterrupta, percebi que alguma coisa havia mudado na taberna.

Ela estava inexplicavelmente mais calma. Na verdade, estava quase vazia. E diante de mim, iluminado pela luz crepitante de minha vela, estava sentado um homem alto, de cabelos louros, de costas para o salão e observando-me em silêncio. Fiquei assustado, não tanto por sua aparência, embora ela fosse assustadora em si, mas sim porque percebi que ele estivera ali durante um bom tempo, observando-me, e eu não o notara.

Era um gigante gaulês, como todos os demais, mais alto ainda do que eu, e tinha o rosto comprido e estreito, mandíbula muitíssimo forte, um nariz aquilino e olhos que brilhavam com inteligência infantil por baixo das espessas sobrancelhas louras. O que quero dizer é que ele parecia muito, muito inteligente, mas também muito jovem e inocente. E ele não era jovem. O efeito era desconcertante.

E isto era mais acentuado ainda pelo fato de que seus cabelos louros, cheios e desgrenhados, não estavam cortados curtos no estilo popular romano, mas caíam sobre os ombros. E em vez da costumeira túnica e capa que se viam por toda parte naqueles tempos, ele usava o velho gibão de couro com cinto que era a roupa dos bárbaros antes de César.

Aquele personagem parecia ter saído direto das florestas, com seus olhos cinzentos me queimando, e eu fiquei um tanto quanto encantado com ele. Anotei às pressas os detalhes de sua roupa, confiante de que ele não sabia ler em latim.

Porém o seu comportamento imóvel me enervava um pouco. Seus olhos eram grandes, de um tamanho incomum, e os lábios tremiam de leve, como se ele ficasse nervoso só de me ver. Sua mão branca, limpa e delicada estava pousada, de maneira casual, na mesa diante dele, parecendo em desarmonia com o resto de seu corpo.

Uma rápida olhadela em volta me disse que meus escravos não estavam na taberna. Bem, é provável que estejam na porta vizinha jogando cartas, eu pensei, ou no andar de cima com um par de mulheres. Vão chegar a qualquer momento.

Forcei um sorrisinho para meu estranho e silencioso amigo, e voltei para meus escritos. Mas no mesmo instante ele começou a falar.

– Você é um homem instruído, não é? – ele perguntou.

Falou no latim universal do Império, mas com um forte sotaque, pronunciando cada palavra com um cuidado que era quase musical.

Eu disse que sim, que era afortunado o bastante para ser instruído, e comecei a escrever de novo, pensando que isto com certeza iria desencorajá-lo. Afinal de contas, ele era uma pessoa boa de se olhar, mas eu realmente não queria conversar com ele.

– E você escreve tanto em grego quanto em latim, não? – ele perguntou, olhando para o trabalho concluído que estava à minha frente.

Expliquei, de modo educado, que o grego que eu escrevera no pergaminho era uma citação de um outro texto. Que meu texto era em latim. E mais uma vez comecei a escrever às pressas.

– Mas você é um *keltoi,* não é? – ele perguntou dessa vez; era a antiga palavra grega para gaulês.

– Não, não sou. Sou romano – respondi.

– Você parece um de nós, os *keltoi* – ele disse. – É alto como nós e tem o mesmo jeito de andar.

Foi uma estranha afirmação. Eu estivera sentado ali durante horas, apenas bebericando meu vinho. Não tinha andado a parte alguma. Mas expliquei que minha mãe era celta, embora eu não a tivesse conhecido. E que meu pai era um senador romano.

– E o que é isso que você escreve em grego e latim? – ele perguntou. – O que é que desperta sua paixão?

Não respondi de imediato. Ele estava começando a me intrigar. Mas, aos quarenta anos, já vivera o bastante para saber que a maioria das pessoas que você encontra nas tabernas parece interessante durante os primeiros minutos e depois começa a aborrecer de maneira insuportável.

– Seus escravos dizem – ele disse com ar sério – que você está escrevendo uma grande história.

– Eles dizem? – respondi um pouco rudemente. – E onde estão os escravos, eu me pergunto. – Olhei em torno novamente.

Não estavam à vista em parte alguma. Então admiti para ele que era uma história que eu estava escrevendo.

– E você esteve no Egito – ele disse e sua mão abriu-se sobre a mesa.

Fiz uma pausa e dei uma outra boa olhada nele. Havia algo de sobrenatural nele, na maneira como se sentava, na maneira como usava apenas uma das mãos para gesticular. Era o decoro que os povos primitivos costumam demonstrar e que faz com que pareçam depositários de imensa sabedoria, quando na verdade tudo o que possuem é uma enorme convicção.

– Sim – eu disse um pouco desconfiado. – Já estive no Egito.

É óbvio que isso deixou-o animado. Seus olhos arregalaram-se um pouco, depois estreitaram-se, e ele fez um pequeno movimento com os lábios como se estivesse falando consigo mesmo.

– E você conhece a língua e a escrita do Egito? – ele perguntou com ar sério, franzindo as sobrancelhas. – Conhece as cidades do Egito?

– A língua tal como é falada, sim, eu conheço. Mas se por escrita você se refere aos antigos hieróglifos, não, não sei ler. Não conheço ninguém que o saiba. Ouvi dizer que nem os velhos sacerdotes egípcios sabem. Eles não conseguem decifrar a metade dos textos que copiam.

Ele riu da maneira mais estranha. Eu não poderia dizer se aquilo o estava estimulando ou se ele sabia de alguma coisa que eu não sabia. Ele pareceu respirar fundo, suas narinas dilataram-se um pouco. E então seu rosto acalmou-se. Era na verdade um homem de esplêndida aparência.

– Os deuses sabem ler – ele sussurrou.

– Bem, eu gostaria que me ensinassem – eu disse alegremente.

– Gostaria mesmo?! – ele disse espantado, com a voz entrecortada.

E inclinou-se à frente sobre a mesa.

– Diga isto de novo!

– Eu estava brincando – eu disse. – Só quis dizer que gostaria de poder ler a antiga escrita egípcia. Se pudesse ler, então poderia conhecer a verdade sobre o povo do Egito, em vez de todas essas bobagens escritas pelos historiadores gregos. O Egito é uma terra mal compreendida...

Eu parei. Por que estava conversando com aquele homem sobre o Egito?

– No Egito ainda existem deuses de verdade – ele disse com um ar grave. – Deuses que sempre estiveram lá. Você foi até o fundo do Egito?

Foi uma maneira estranha de se expressar. Eu disse a ele que havia subido o Nilo até bem longe e que havia visto muitas maravilhas.

– Mas quanto a haver deuses verdadeiros por lá – eu disse –, não dá para eu aceitar a existência de deuses com cabeças de animais...

Ele sacudiu a cabeça quase um pouco tristonho.

– Os verdadeiros deuses não precisam que sejam construídas estátuas em sua homenagem – ele disse. – Eles têm cabeças humanas e se revelam em ocasiões que eles mesmos escolhem, e estão tão vivos quanto as colheitas que brotam da terra, como estão vivas todas as coisas sob o céu, até mesmo as pedras e a própria lua, que divide o tempo no grande silêncio de seus ciclos que nunca mudam.

– É bem provável – eu disse à meia-voz, não querendo perturbá-lo.

Com que então era o fervor, aquela mistura de sagacidade e juventude que eu havia percebido nele. Eu devia saber. E lembrei-me de algo que Júlio César escrevera sobre a Gália, que os *keltoi* eram descendentes de Dis Pater, o deus da noite. Será que aquela estranha criatura acreditava nessas coisas?

– Existem deuses antigos no Egito – ele disse com voz suave – e existem deuses antigos nesta terra para aqueles que sabem como venerá-los. Não me refiro aos seus templos, em torno dos quais os mercadores vendem os animais para profanar os altares, e os carniceiros vendem depois a carne que sobrou. Falo da veneração adequada, do sacrifício adequado para o deus, o único sacrifício a que eles atenderão.

– Você quer dizer sacrifício humano, não é? – perguntei discretamente.

César descreveu muito bem essa prática entre os *keltoi*, e só de pensar nisso meu sangue congelou. Claro que eu havia visto mortes horripilantes na arena em Roma, mortes horripilantes nos locais de execução, mas sacrifício humano para os deuses, isto não fazíamos havia vários séculos. Se é que um dia fizemos.

E então percebi o que aquele homem notável podia ser na verdade. Um druida, um membro do antigo clero dos *keltoi*, que César também descreveu, um clero tão poderoso que, pelo que sei, não existia nada parecido em parte alguma do Império. Mas tampouco devia existir mais na Gália Romana.

Claro que os druidas sempre foram descritos usando mantos longos e brancos. Eles entravam nas florestas para recolher visgo de carvalho com foices cerimoniais. E aquele homem parecia mais um agricultor ou um soldado. Mas também que druida iria usar seu manto branco numa taberna à beira-mar? E a lei não permitia mais que os druidas se apresentassem como tais.

– Você acredita mesmo nesse velho culto? – perguntei, inclinando-me para a frente. – E quanto a você, já esteve no Egito?

Se ele for um druida de verdade, fiz uma descoberta maravilhosa, eu pensei. Eu poderia fazer com que aquele homem me contasse coisas sobre os *keltoi* que ninguém conhecia. E que diabos tinha o Egito a ver com aquilo, eu me perguntava.

– Não – ele disse. – Não estive no Egito, embora nossos deuses tenham vindo de lá. Não é meu destino ir lá. Não é meu destino aprender a ler a antiga língua. A língua que falo basta para os deuses. Eles me dão ouvidos.

– E que língua é essa?

– A língua dos *keltoi,* é claro – ele disse. – Você sabia antes de perguntar.

– E quando você fala com seus deuses, como sabe que eles o ouvem?

Seus olhos arregalaram-se de novo e a boca alongou-se numa inconfundível expressão de triunfo.

– Meus deuses me respondem – ele disse tranquilo.

Com certeza, era um druida. E, de repente, pareceu assumir uma luz. Imaginei-o em seus mantos brancos. Naquele momento, poderia ter havido um terremoto em Massilia e duvido que eu notaria.

– Então você mesmo já os ouviu? – eu disse.

– Eu já vi os meus deuses – ele disse. – E eles falaram comigo, tanto com palavras como em silêncio.

– E o que foi que disseram? O que eles fazem que os torna tão diferentes de nossos deuses, quero dizer, além da natureza do sacrifício?

Sua voz adquiriu o ritmo de uma oração quando ele falou:

– Eles fazem o que os deuses sempre fizeram. Eles separam o bem do mal. Concedem a bênção para todos aqueles que os veneram. Colocam o fiel em harmonia com todos os ciclos do universo, com os ciclos da lua, como eu já lhe disse. Fazem a terra frutificar, isso os deuses fazem. Todas as coisas boas procedem deles.

Sim, pensei, a antiga religião em sua forma mais simples, e as formas que ainda exerciam um fascínio nas pessoas comuns do Império.

– Meus deuses me enviaram aqui – ele disse. – Para procurar você.

– Procurar a mim? – perguntei.

Fiquei assustado.

– Você vai compreender todas essas coisas – ele disse. – Assim como vai conhecer a verdadeira veneração do antigo Egito. Os deuses irão ensiná-lo.

– E por que iriam fazer isso? – perguntei.

– A resposta é simples – ele disse. – Porque você vai tornar-se um deles.

Eu estava prestes a responder quando senti uma forte pancada por trás de minha cabeça, e a dor espalhou-se em todas as direções de meu crânio, como se fosse água. Eu sabia que estava apagando. Vi a mesa subir, vi o teto lá em cima sobre mim. Creio que eu quis dizer: se é o dinheiro de resgate que você quer, então me leve para casa, para meu administrador.

Mas, mesmo naquele momento, eu sabia que as regras de meu mundo não tinham coisa alguma a ver com aquilo.

✵

Quando acordei já era dia e eu estava numa enorme carroça que era puxada por uma estrada não pavimentada, através de uma imensa floresta. Meus pés e mãos estavam amarrados e uma capa fora jogada sobre mim. Podia olhar à direita e à esquerda, através das laterais de vime da carroça, e vi o homem que conversara comigo cavalgando ao meu lado. Outros cavalgavam com ele, todos estavam usando calças e gibões de couro com cinto, e levavam espadas de ferro e braceletes do mesmo metal. Seus cabelos eram quase brancos ao sol, e eles não conversavam enquanto cavalgavam juntos ao lado da carroça.

A própria floresta parecia ter sido feita na escala de um Titã. Os carvalhos eram antigos e enormes, o entrelaçamento de seus galhos bloqueava a maior parte da luz, e nós avançamos durante horas através de um mundo de umidade, folhas verde-escuras e profundas sombras.

Não me lembro de cidades. Não me lembro de aldeias. Lembro-me apenas de uma fortaleza rude. Uma vez dentro dos portões, vi duas fileiras de casas com telhado de palha e por toda parte os bárbaros com roupa de couro. E quando fui levado para dentro de uma das casas, um lugar baixo e escuro, e fui deixado sozinho ali, mal conseguia suportar as cãibras nas pernas, estava tão desconfiado quanto furioso.

Eu sabia agora que me encontrava num enclave imperturbado dos antigos *keltoi,* os mesmos combatentes que saquearam o grande santuário de Delfos poucos séculos antes, e a própria Roma não muito tempo depois, as mesmas criaturas guerreiras que foram para a batalha contra César, nus dos pés à cabeça, tocando suas trombetas enquanto seus gritos assustavam os disciplinados soldados romanos.

Em outras palavras, eu estava além do alcance de tudo com que contava. E se toda aquela conversa sobre minha transformação em um dos deuses significava que eu seria assassinado em algum altar manchado de sangue num arvoredo de carvalhos, então era melhor eu tentar dar o fora dali.

6

Quando meu raptor apareceu de novo, ele usava o legendário manto branco, seus cabelos louros haviam sido penteados e ele parecia imaculado, impressionante e solene. Havia outros homens altos com mantos brancos, alguns velhos, outros jovens, todos com a mesma cabeleira loura e brilhante, que entraram no pequeno quarto sombrio atrás dele.

Eles me rodearam num círculo silencioso. E, após um demorado silêncio, começaram a murmurar entre si.

– Você é perfeito para o deus – disse o mais velho, e eu vi o prazer silencioso estampado no rosto daquele que me levara para lá. – Você é o que o deus pediu. Ficará conosco até a grande festa de *Samhain,* depois será levado ao bosque sagrado onde beberá o Sangue Divino, tornando-se um pai dos deuses, um restaurador de toda a mágica que foi inexplicavelmente retirada de nós.

– E meu corpo morrerá quando isto acontecer? – perguntei.

Eu estava olhando para eles, para seus rostos estreitos e bem definidos, para os olhos perscrutadores, a elegância lúgubre com que me cercavam. Que terror aquela raça deve ter sido quando seus guerreiros se atiravam sobre os povos do Mediterrâneo. Não era de admirar que tanto se houvesse escrito sobre seu destemor. Mas aqueles não eram guerreiros. Eram sacerdotes, juízes e mestres. Eram os instrutores dos jovens, os zeladores da poesia e das leis que jamais eram escritas em língua nenhuma.

– Só a parte mortal de você morrerá – disse aquele que falara comigo o tempo todo.

– Má sorte a minha – eu disse. – Já que é a única que tenho.

– Não – ele disse. – Seu corpo vai permanecer e será glorificado. Você verá. Não tenha medo. Além disso, não há nada que você possa fazer para alterar essas coisas. Até a festa de *Samhain,* você deixará seu cabelo crescer e aprenderá nossa língua, nossos hinos e nossas leis. Nós cuidaremos de você. Meu nome é Mael e eu mesmo lhe ensinarei.

– Mas não estou disposto a me tornar um deus – eu disse. – Certamente os deuses não querem alguém que não esteja disposto.

– O antigo deus irá decidir – disse Mael. – Mas eu sei que, quando você beber o Sangue Divino, você se tornará o deus, e todas as coisas ficarão claras para você.

❋

Fugir era impossível.

Eu era vigiado dia e noite. Não me foi concedida nenhuma faca com a qual pudesse cortar meus cabelos ou me ferir de alguma forma. E uma boa parte do tempo eu ficava deitado no quarto escuro e vazio, bêbado com a cerveja de trigo e saciado com os saborosos assados de carne que me davam. Não tinha nada com que escrever e isto me torturava.

Por tédio, eu escutava Mael quando ele ia instruir-me. Deixava que ele cantasse cânticos litúrgicos para mim, recitasse antigos poemas e falasse sobre as leis, apenas escarnecendo dele de vez em quando com o fato óbvio de que um deus não precisava ser instruído assim.

Ele concordava com isso, mas que outra coisa podia fazer a não ser tentar fazer com que eu compreendesse o que aconteceria comigo.

– Você pode ajudar-me a fugir daqui, pode ir comigo para Roma – eu disse. – Tenho uma casa nos rochedos acima da baía de Nápoles. Você jamais viu um lugar tão lindo, eu o deixaria viver lá para sempre se me ajudasse, e apenas pediria que você repetisse todos esse cânticos, orações e leis para que eu pudesse registrá-los.

– Por que você tenta corromper-me? – ele perguntava, mas eu podia ver que ele estava atormentado com o mundo de onde eu vinha. Confessou que havia investigado a cidade grega de Massilia durante semanas antes de minha cidade e que adorou o vinho romano, os grandes navios que tinha visto no porto e as comidas exóticas que provara.

– Não tento corrompê-lo – eu dizia. – Não acredito no que você acredita e você me fez seu prisioneiro.

Mas continuei a ouvir suas orações, de puro tédio, por curiosidade e pelo vago medo do que o futuro me reservava.

Comecei a esperar que ele chegasse, que sua figura pálida e espectral fosse iluminar o pobre quarto como se fosse uma luz branca, que de sua voz calma e pausada brotasse toda aquela velha tolice melodiosa.

Em pouco tempo ficou claro que seus versos não desenvolviam histórias lineares de deuses, tal como conhecíamos em grego e latim. Mas a identidade e características dos deuses começaram a emergir nas várias estrofes. Divindades de todos os tipos previsíveis pertenciam à tribo dos céus.

Mas o deus no qual eu deveria transformar-me exercia a maior influência sobre Mael e sobre aqueles a quem ele instruía. Não tinha nenhum nome, esse deus, embora tivesse inúmeros títulos, sendo o de Bebedor de Sangue aquele que era mais repetido. Ele também era a Divindade Branca, o Deus da Noite, o Deus do Carvalho e o Amante da Mãe.

Esse deus recebia sacrifício de sangue a cada lua cheia. Mas no *Samhain* (o primeiro de novembro em nosso atual calendário cristão, o dia que se tornou a Festa de Todos os Santos) esse deus aceitava o maior número de sacrifícios humanos diante de toda a tribo para o aumento das colheitas, além de formular todos os tipos de predições e julgamentos.

Ele servia à Grande Mãe, ela que não tem forma visível, mas que mesmo assim está em todas as coisas e é a Mãe de todas as coisas, da terra, das árvores, do céu lá no alto, de todos os homens, do próprio Bebedor de Sangue que anda em seu jardim.

Meu interesse aumentou, mas também minha apreensão. Com certeza, eu não conhecia o culto da Grande Mãe. A Mãe Terra e a Mãe de Todas as Coisas era venerada sob uma dúzia de nomes, de um extremo ao outro do Império, assim como seu amante e filho, o Deus Agonizante, aquele que crescia para a maioridade como as colheitas crescem, só para ser abatido como as colheitas são abatidas, enquanto a mãe continuava eterna. Era o antigo e pacífico mito das estações do ano. Mas sua celebração, em qualquer lugar e em todas as épocas, nunca foi lá muito pacífica.

Pois a Mãe Divina também era a Morte, a terra que devora os restos daquele jovem amante, a terra que nos devora a todos. E em consonância com essa antiga verdade – tão velha quanto a própria agricultura – ocorriam mil rituais sangrentos.

A deusa era cultuada com o nome de Cibele em Roma, e eu já tinha visto seus ensandecidos sacerdotes se castrarem durante suas frenéticas devoções. E os deuses do mito encontravam seu fim de uma forma ainda mais violenta – Átis é castrado, Dionísio tem o corpo despedaçado, o antigo Osíris egípcio é mutilado antes que a Grande Mãe Ísis venha reconstituí-lo.

E eu agora iria ser o Deus das Coisas Que Crescem – o deus das vinhas, das colheitas, das árvores, e eu sabia que seja lá o que acontecesse seria algo aterrador.

E o que podia fazer a não ser me embriagar e murmurar aqueles cânticos litúrgicos com Mael, cujos olhos se toldavam de lágrimas de tempos em tempos, quando me olhava.

– Tire-me daqui, seu desgraçado – eu disse um dia de pura exasperação. – Por que diabos você não se torna o Deus das Árvores? Por que tenho que ser eu que recebo essa honra?

– Eu já lhe disse, o deus confidenciou-me seus desejos. Eu não fui escolhido.

– E você faria isso se fosse escolhido? – indaguei.

Eu estava farto de ouvir falar daqueles velhos ritos pelos quais qualquer homem ameaçado pela doença ou o infortúnio devia oferecer um sacrifício humano ao deus, se quisesse ser poupado, e todas as outras crenças sacrossantas que possuíam o mesmo barbarismo infantil.

– Eu ficaria com medo, mas aceitaria – ele sussurrou. – Mas você sabe o que é mais terrível em seu destino? É que sua alma estará trancada em seu corpo para sempre. Ela não terá nenhuma chance de, na morte natural, passar para um outro corpo ou um outro tempo de vida. Não, sua alma será a alma do deus por todos os tempos. O ciclo da morte e do renascimento estará fechado em você.

Apesar de meu desprezo geral por sua crença na reencarnação, isto me deixou em silêncio. Eu senti o misterioso peso de sua convicção, senti sua tristeza.

Meu cabelo ficou mais longo e mais cheio. E o quente verão dissolveu-se no frescor dos dias de outono, enquanto nos aproximávamos da grande festa anual do *Samhain.*

Mas não parei de fazer perguntas.

– Quantos você trouxe para serem deuses dessa maneira? O que em mim me tornou o escolhido?

– Eu nunca trouxe um homem para ser deus – ele disse. – Mas o deus é velho; está despojado de sua magia. Uma terrível calamidade se abateu sobre ele, mas não posso falar dessas coisas. Foi ele que escolheu seu sucessor.

Ele parecia apavorado. Estava falando demais. Alguma coisa estava despertando os medos mais profundos nele.

– E como você sabe que ele vai me querer? Você tem outros sessenta candidatos escondidos nesta fortaleza?

Ele sacudiu a cabeça e, num momento de rudeza incomum, disse:

– Marius, se você não conseguir Beber o Sangue, se não se tornar o pai de uma nova raça de deuses, o que será de nós?

– Eu gostaria de poder cuidar disso, meu amigo... – eu disse.

– Ah, calamidade – ele sussurrou.

E seguiu-se uma longa e moderada observação sobre a ascensão de Roma, as terríveis invasões de César, o declínio de um povo que tinha vivido naquelas montanhas e florestas desde o começo dos tempos, desprezando as cidades dos gregos, etruscos e romanos pelos ilustres baluartes de poderosos líderes tribais.

– As civilizações ascendem e caem, meu amigo – eu disse. – Velhos deuses dão lugar a novos.

– Você não compreende, Marius – ele disse. – Nosso deus não foi derrotado por seus ídolos nem por aqueles que contam suas histórias frívolas e lascivas. Nosso deus era tão belo como se a lua o tivesse feito com sua própria luz, e ele falava com uma voz que era tão pura quanto a luz, nos conduzia para aquela grande unidade em todas as coisas, que é o único caminho para o fim do desespero e da solidão. Mas ele foi atingido por uma terrível calamidade, e em toda região norte outros deuses sucumbiram por completo. Foi a vingança do Deus Sol sobre ele, mas não sabemos, nem ele sabe, como o sol se abateu sobre ele nas horas de escuridão e sono. Você é nossa salvação, Marius. Você é o mortal Que Sabe, que é Instruído e Pode Aprender e Que Pode Ir ao Egito.

Pensei sobre isto. Pensei no antigo culto de Ísis e Osíris, e naqueles que diziam que ela era a Mãe Terra e ele o deus das colheitas, e Tífon, o assassino de Osíris, era o fogo da luz do sol.

E agora aquele zeloso sacerdote estava me dizendo que o sol atingira seu deus da noite e provocara uma grande calamidade.

No final, minha razão se esgotou.

Muitos dias se passaram na embriaguez e solidão.

Eu ficava deitado na escuridão, cantando para mim mesmo os hinos da Grande Mãe. Entretanto, ela não era nenhuma deusa para mim. Nem Diana de Éfeso com seus seios repletos de leite, ou a terrível Cibele, ou mesmo a suave Deméter, cuja lamentação por Perséfone na terra dos mortos inspirou os mistérios sagrados de Elêusis. Ela era a terra boa e forte cujo cheiro penetrava pelas pequenas janelas gradeadas daquele lugar, o vento que carregava a umidade e suavidade da sombria floresta verde. Era as flores do campo e a relva, a água que eu ouvia jorrar de vez em quando como se nascida de alguma fonte da montanha. Ela era todas as coisas que eu ainda possuía naquele pequeno e tosco quarto de madeira onde tudo mais me fora retirado. E eu só sabia o que todos os homens sabem, que o ciclo do inverno e da primavera, de todas as coisas que crescem, contém dentro de si alguma verdade sublime que restaura sem precisar de mito ou linguagem.

Eu olhava através das grades para as estrelas no céu e me parecia que eu estava morrendo da maneira mais absurda e estúpida, entre pessoas a quem não admirava e costumes que abominava. E, no entanto, a aparente santidade de tudo aquilo me contagiava. Fazia com que eu dramatizasse, sonhasse e cedesse, me visse no centro de algo que possuía sua própria beleza sublime.

Certa manhã, sentei-me, toquei meus cabelos e percebi que estavam grossos e caíam em cachos sobre meus ombros.

Nos dias que se seguiram, houve uma ruidosa movimentação na fortaleza. Carroças entravam pelos portões vindo de todas as direções. Milhares de pessoas entravam a pé. A toda hora havia o som de pessoas em movimento, de pessoas chegando.

Por fim, Mael e oito dos druidas vieram até mim. Seus mantos estavam brancos e limpos, com cheiro de água e luz do sol da primavera nos quais foram lavados e secados, os cabelos estavam escovados e brilhantes.

Com todo o cuidado, rasparam todos os pelos de meu queixo e do lábio superior. Apararam minhas unhas. Escovaram meus cabelos e me vestiram com o mesmo manto branco. Em seguida, protegendo-me com véus brancos por todos os lados, me levaram para fora da casa e me fizeram entrar numa carroça com capota branca.

Vislumbrei outros homens com mantos refreando uma enorme multidão e, pela primeira vez, percebi que apenas um pequeno grupo seleto de druidas teve permissão para me ver.

Depois que Mael e eu estávamos sob a capota da carroça, as laterais foram fechadas e ficamos completamente ocultos. Sentamo-nos em bancos toscos enquanto a carroça começava a se movimentar. E rodamos durante horas sem falar.

Ocasionais raios de sol penetravam o tecido branco do cercado em forma de tenda. E quando eu aproximava meu rosto do pano, podia ver a floresta – mais densa e emaranhada do que eu me lembrava. E atrás de nós vinha o interminável cortejo com grandes carroças cheias de homens agarrados nas grades de madeira, gritando para serem libertados, as vozes misturadas num coro medonho.

– Quem são eles? Por que estão gritando desse jeito? – eu perguntei no final.

Não estava mais suportando a tensão.

Mael despertou como se estivesse saindo de um sonho.

– São malfeitores; ladrões, assassinos, todos condenados de maneira justa a perecer no sacrifício sagrado.

– Abominável – eu murmurei.

Mas era mesmo? Nós condenávamos nossos criminosos a morrer na cruz em Roma, a serem queimados em estacas, a sofrerem todos os tipos de crueldade. Será que o fato de não chamarmos isso de sacrifício religioso nos tornava mais civilizados? Talvez os *keltoi* fossem mais sábios do que nós por não desperdiçarem suas mortes.

Mas isto era um absurdo. Minha cabeça estava tonta. A carroça continuava avançando. Eu podia ouvir aqueles que passavam por nós a pé, bem como no lombo de cavalo. Todos estavam indo para a festa de *Samhain*. Eu estava prestes a morrer. Não queria que fosse na fogueira. Mael estava pálido e assustado. E a lamentação dos homens nas carroças-prisões estava me levando à beira da loucura.

O que eu pensaria quando a fogueira fosse acesa? O que pensaria quando sentisse meu corpo começar a queimar? Eu não poderia suportar.

– O que vai acontecer comigo?! – perguntei de repente.

Tive ânsias de estrangular Mael, que ergueu os olhos enquanto suas sobrancelhas se moveram de leve.

– E se o deus já estiver morto... – ele sussurrou.

– Então vamos para Roma, você e eu, e vamos nos embriagar com o bom vinho italiano! – eu sussurrei.

Era fim da tarde quando a carroça parou. O barulho parecia crescer como uma névoa em volta de nós.

Quando fui olhar para fora, Mael não me deteve. Vi que tínhamos chegado numa imensa clareira rodeada de gigantescos carvalhos por todos os lados. Todas as carroças, inclusive a nossa, foram recuadas para as árvores e, no centro da clareira, centenas de pessoas trabalhavam em algum empreendimento que envolvia infinitos feixes de gravetos, quilômetros de cordas e centenas de enormes troncos de árvore toscamente cortados.

As maiores e mais compridas toras que eu já havia visto estavam sendo erguidas para formar dois gigantescos X.

A floresta estava animada por aqueles que assistiam. A clareira não podia conter as multidões. No entanto, cada vez mais carroças e carroças davam voltas através da aglomeração para encontrar um lugar para parar.

Eu me recostei fingindo para mim mesmo que não sabia o que eles estavam fazendo lá fora, mas eu sabia. E antes do pôr do sol eu ouvi gritos mais altos e mais desesperados daqueles que estavam nas carroças-prisões.

Era quase noite. E quando Mael levantou a lateral para eu ver, encarei horrorizado duas figuras gigantescas – um homem e uma mulher, parecia, a julgar peja massa de trepadeiras sugerindo roupas e cabelos – construídas de toras, vime e cordas, cheias de cima abaixo com os corpos dos condenados, que se contorciam amarrados e gritavam súplicas.

Fiquei olhando, mudo, para aqueles dois gigantes monstruosos. Não consegui contar o número de corpos humanos que se contorciam dentro deles, vítimas enfiadas na estrutura oca de suas pernas enormes, de seus troncos, seus braços e até de suas mãos e de suas imensas cabeças sem rosto que pareciam jaulas, coroadas com flores e heras. Fileiras de flores formavam o vestido da mulher e talos de trigo foram enfiados no grande cinto de hera do homem. As figuras tremiam como se fossem tombar a qualquer momento, mas eu sabia que o poderoso suporte de madeira cruzada as sustentava, enquanto elas pareciam pairar sobre a floresta distante. E em volta dos pés dessas figuras estavam empilhados os montes de graveto e lenha encharcada de breu que em breve iriam incendiá-las.

– E todos esses que devem morrer são culpados de alguma má ação, é nisto que você quer que eu acredite? – perguntei a Mael.

Ele assentiu com um aceno de cabeça, com sua solenidade habitual. Aquilo não o preocupava.

– Eles esperaram meses, alguns até anos, para serem sacrificados – ele disse de modo quase indiferente. – Vieram de todas as partes do país. E não podem mudar seu destino, assim como não podemos mudar o nosso. Devem morrer dentro das formas da Grande Mãe e de seu Amante.

Eu estava ficando ainda mais desesperado. Devia ter feito de tudo para fugir. Mas mesmo agora cerca de vinte druidas cercavam a carroça e, além deles, havia uma legião de guerreiros. A própria multidão era tanta que eu não conseguia ver onde terminava.

A escuridão caía rapidamente e em todas as partes tochas eram acesas.

Eu podia sentir o rugido de vozes excitadas. Os gritos dos condenados ficaram ainda mais fortes e suplicantes.

Fiquei sentado imóvel e tentei livrar minha mente do pânico. Se eu não pudesse fugir, então enfrentaria aquelas estranhas cerimônias com algum grau de calma e, quando ficasse clara sua impostura, pronunciaria, com dignidade e justeza, meus julgamentos numa voz alta o suficiente para ser ouvido por todos. Este seria meu último ato – o ato de um deus – e devia ser feito com autoridade, caso contrário não afetaria em nada o esquema das coisas.

A carroça começou a se mover. Havia muito barulho, muitos gritos, e Mael levantou-se, pegou meu braço e me equilibrou. Quando a lateral foi aberta, vi que havíamos parado em um local fundo da floresta, a muitos metros da clareira. Olhei de soslaio para trás, para a sinistra visão daquelas imensas figuras, com a luz das tochas iluminando os movimentos patéticos dos corpos dentro delas. Pareciam ter vida, aqueles horrores, como coisas que de repente começariam a andar e nos esmagariam a todos. O jogo de luz e sombra sobre aqueles que haviam sido colocados dentro das gigantescas cabeças dava uma falsa impressão de rostos medonhos.

Eu não conseguia desviar meus olhos daquilo, nem da visão da multidão reunida em volta, mas Mael apertou meu braço e disse que eu devia ir agora para o santuário do deus com os eleitos para o sacerdócio.

Os outros me cercaram, obviamente tentando esconder-me. Percebi que a multidão não sabia o que estava acontecendo naquele momento. Com toda probabilidade, eles só sabiam que os sacrifícios começariam em breve e que os druidas solicitariam alguma manifestação do deus.

Apenas uma pessoa do grupo carregava uma tocha e seguia à frente, penetrando mais fundo na escuridão da noite. Mael ao meu lado e outras figuras com manto branco na minha frente, do lado e atrás de mim.

Tudo era silêncio e umidade. E as árvores erguiam-se a alturas tão vertiginosas contra o brilho esvaecente do céu distante que pareciam estar crescendo mesmo enquanto eu olhava para elas.

Eu poderia correr agora, pensei, mas até onde iria antes que toda aquela raça de gente viesse vociferando atrás de mim?

Chegamos em um bosque e eu pude ver, na tênue luz das chamas, rostos pavorosos esculpidos nas cascas das árvores e crânios humanos em estacas, arreganhando os dentes nas sombras. Nos troncos de árvore esculpidos havia fileiras de crânios, uma empilhada sobre a outra. De fato, o lugar era um completo ossuário, e o silêncio que nos envolvia parecia dar vida àquelas coisas horríveis, parecia deixar que elas falassem.

Tentei livrar-me da ilusão, a sensação de que aqueles crânios de olhos arregalados nos observavam.

Não há ninguém observando, pensei, não há nenhuma consciência contínua de coisa alguma.

Mas havíamos parado diante de um nodoso carvalho com uma circunferência tão enorme que duvidei de meus sentidos. Que idade devia ter, aquela árvore, para chegar a tal largura, eu não podia imaginar. Mas quando levantei os olhos vi que seus altos galhos ainda estavam vivos, ainda tinham folhas verdes e o visgo vivo os decorava em todas as partes.

Os druidas afastaram-se à direita e à esquerda. Apenas Mael permaneceu perto de mim. E eu fiquei parado de frente para o carvalho, com Mael à minha direita, e vi que centenas de buquês de flores tinham sido depositados na base da árvore, com suas pequenas flores quase desbotadas nas sombras.

Mael baixou a cabeça. Seus olhos estavam fechados. E me pareceu que os outros fizeram o mesmo, com seus corpos tremendo. Senti a brisa fria agitar a relva verde. Ouvi as folhas em volta de nós transformarem a brisa em um suspiro alto e longo que se dissipou na floresta como havia surgido.

Então, eu ouvi, de maneira bem distinta, palavras ditas na escuridão mas que não tinham nenhum som.

Era incontestável que elas vinham de dentro da própria árvore, e perguntavam se haviam sido satisfeitas ou não todas as condições por aquele que beberia o Sangue Divino naquela noite.

Por um momento, pensei que estava enlouquecendo. Que me haviam drogado. Mas eu não tinha bebido coisa alguma desde a manhã! Minha cabeça estava lúcida, dolorosamente lúcida, e eu ouvia de novo a silenciosa pulsação daquele personagem que estava fazendo perguntas:

Ele é um homem instruído?

O corpo delgado de Mael pareceu tremeluzir enquanto ele certamente dava a resposta. E os rostos dos outros ficaram extasiados, seus olhos fixos no grande carvalho, sendo o único movimento a vibração das tochas.

Ele pode descer no Egito?

Vi Mael concordar com um aceno de cabeça. Seus olhos se encheram de lágrimas e sua pálida garganta se moveu quando ele engoliu em seco.

Sim, estou vivo, meus fiéis, e posso falar, vocês trabalharam bem, eu farei o novo deus. Façam com que venha até a mim.

Eu estava assombrado demais para falar, e tampouco tinha algo a falar. *Tudo mudara.* Todas as minhas crenças e certezas foram colocadas em dúvida. Eu não sentia o menor medo, apenas uma estupefação paralisante. Mael me pegou pelo braço. Os outros druidas foram ajudá-lo e eu fui conduzido ao redor do carvalho, longe das flores empilhadas em suas raízes, até chegarmos atrás dele diante de uma imensa pilha de pedras amontoadas.

O carvalho também tinha suas imagens esculpidas nesse lado, seus tesouros de crânios e as pálidas figuras dos druidas que eu não tinha visto antes. E foram estes homens, alguns com longas barbas brancas, que se arrastaram à frente para colocar as mãos sobre as pedras e começar a removê-las.

Mael e os outros trabalharam com eles, erguendo em silêncio aquelas enormes pedras e pondo-as de lado, sendo que algumas eram tão pesadas que eram necessários três homens para levantá-las.

E no final revelou-se na base do carvalho uma pesada porta de ferro com imensos cadeados. Mael tirou uma chave de ferro e disse algumas palavras compridas na língua dos *keltoi*, às quais os outros responderam. A mão de Mael estava tremendo. Mas em pouco tempo ele abriu todos os cadeados, depois foram necessários quatro druidas para empurrar a porta para trás. Então, aquele que segurava a tocha acendeu outro galho para mim, colocou-o em minhas mãos e Mael disse:

– Entre, Marius.

Nós nos olhamos sob a luz inconstante. Ele parecia uma criatura indefesa, incapaz de mexer os lábios, embora estivesse com o coração transbordante enquanto me olhava. Eu agora conhecia o vislumbre do milagre que o deixara naquele estado de exaltação e estava extremamente intimidado e desconcertado com sua origem.

Mas, de dentro da árvore, da escuridão do outro lado daquela entrada de corte grosseiro, surgiu de novo o silencioso:

Não tenha medo, Marius. Estou esperando por você. Pegue a luz e venha até mim.

7

Quando atravessei a passagem, os druidas a fecharam. E me dei conta de que estava no topo de uma longa escadaria de pedra. Era uma configuração que eu iria ver e rever de novo nos séculos seguintes, que você já viu duas vezes e verá de novo – com os degraus conduzindo para o interior da Mãe Terra onde sempre se ocultam Aqueles Que Bebem o Sangue.

O próprio carvalho continha uma câmara, baixa e inacabada, a luz de minha tocha refletia-se nas toscas marcas deixadas pelos cinzéis em todas as partes da madeira, mas a coisa que me chamava estava no fundo da escadaria. E, mais uma vez, ela me disse que eu não devia ter medo.

Eu não estava com medo. Estava animado, mais do que em meus sonhos mais desvairados. Não iria morrer tão simplesmente como imaginara. Eu descia ao encontro de um mistério que era muito mais interessante do que jamais pensei que seria.

Mas quando cheguei no fundo dos degraus estreitos e parei naquela pequena câmara de pedra fiquei aterrorizado com o que vi – aterrorizado e repugnado, com aversão e medo tão imediatos que senti um bolo subir dentro de mim para me sufocar e me deixar com ânsias de vômito incontroláveis.

Uma criatura estava sentada num banco de pedra defronte aos pés da escadaria e, à plena luz da tocha, vi que possuía a aparência de um homem. Mas estava toda queimada, horrivelmente queimada, e enegrecida, e tinha a pele murcha até os ossos. Na verdade, parecia um esqueleto de olhos amarelos, revestida de breu, permanecendo intocada apenas a cascata de seus cabelos brancos. Abriu a boca para falar e eu vi seus dentes brancos, seus dentes caninos, e segurei a tocha com firmeza, tentando não gritar como um idiota.

– Não chegue muito perto de mim – disse a criatura. – Fique onde eu realmente possa vê-lo, não como eles o veem, mas como meus olhos ainda podem ver.

Eu engoli em seco, tentando respirar normalmente. Nenhum ser humano podia ter-se queimado daquele modo e sobrevivido. No entanto, a criatura estava viva nua, murcha e enegrecida. E sua voz era suave e bela. Ela levantou-se e em seguida moveu-se devagar de um lado ao outro da câmara.

Apontou o dedo para mim e os olhos amarelos se arregalaram um pouco, revelando traços de vermelho-sangue à luz.

– O que deseja de mim? – eu sussurrei antes que pudesse deter-me. – Por que fui trazido para cá?

– Calamidade – disse o que parecia um homem com a mesma voz cheia de emoção genuína, não o som áspero que esperara de uma coisa como aquela. – Vou lhe transmitir o meu poder, Marius, vou torná-lo um deus e você será imortal. Mas você terá que sair daqui quando terminar. Você deve fugir de alguma forma de nossos fiéis devotos, e deve ir ao Egito para descobrir por que isto... isto... me aconteceu.

Ele parecia estar flutuando na escuridão, os cabelos parecendo palha branca, suas mandíbulas esticando a pele coriácea e enegrecida que se grudava em seu crânio quando ele falava.

– Sabe, somos inimigos da luz, nós, os deuses das trevas, servimos à Santa Mãe e vivemos e governamos apenas à luz da lua. Mas nosso inimigo, o sol, escapou de seu caminho natural e nos procura na escuridão. Em toda a região do norte onde somos adorados, nos bosques sagrados das terras da neve e do gelo, descendo até esta terra fértil e indo para o leste, o sol encontrou seu caminho para o santuário durante o dia ou no mundo da noite e queimou os deuses em vida. Os mais jovens desapareceram por completo, alguns explodindo como cometas diante de seus veneradores! Outros morreram num calor tão grande que a própria árvore sagrada transformou-se em pira funerária. Só os velhos, aqueles que serviram à Grande Mãe durante um longo tempo, continuaram a andar e falar como eu, mas em agonia, aterrorizando os fiéis adoradores quando apareciam.

– Tem de haver um novo deus, Marius, forte e belo como eu era, o amante da Grande Mãe, mas na verdade deve haver um deus forte o bastante para fugir dos devotos, para sair do carvalho de algum modo, descer até o Egito, procurar os antigos deuses e descobrir por que ocorreu esta calamidade. Você tem de ir ao Egito, Marius, precisa ir à Alexandria e às cidades mais antigas, deve chamar os deuses com a voz silenciosa que terá depois que eu criá-lo, deve encontrar aqueles que ainda vivem e ainda caminham e descobrir por que esta calamidade ocorreu.

Nesse momento, fechou os olhos. Ficou parado, o frágil corpo tremendo de modo incontrolável, como se fosse feito de papel preto, e, de repente, vi de maneira inexplicável um transbordamento de imagens violentas – aqueles deuses do bosque queimando-se em chamas. Eu ouvia seus gritos. Minha mente, como era racional, era romana, rechaçava aquelas imagens. Tentei memorizá-las e reprimi-las, em vez de me entregar a elas, mas o criador das imagens – aquela criatura – era paciente e as imagens continuaram. Vi um país que só poderia ser o Egito, o aspecto amarelo crestado em todas as coisas, a areia que recobria tudo, o solo e a poeira da mesma cor; e vi mais escadarias entrando na terra e vi santuários...

– Encontre-os – ele disse. – Descubra por que e como isto veio a acontecer. Faça com que nunca mais aconteça de novo. Use seus poderes nas ruas de Alexandria até encontrar os antigos. Reze para que os antigos estejam por lá assim como estou aqui.

Eu estava abalado demais para responder, intimidado demais diante do mistério. E talvez tenha havido até um momento em que aceitei aquele destino, em que o aceitei por completo, mas não estou seguro.

– Eu sei – ele disse. – De mim você não pode esconder nenhum segredo. Você não deseja ser o Deus do Bosque e vai procurar fugir. Mas entenda, essa desventura pode encontrá-lo onde quer que você esteja, a menos que você descubra a causa e sua prevenção. De modo que sei que você irá ao

Egito, pois do contrário também poderá ser queimado por este sol não natural no ventre da noite ou no ventre da terra negra.

Ele avançou um pouco em minha direção, arrastando os pés ressecados no chão de pedra.

– Agora, preste atenção em minhas palavras, você deve fugir hoje à noite mesmo – disse ele. – Direi aos adoradores que você precisa ir ao Egito, para a salvação de todos nós; mas tendo um deus novo e capaz eles ficarão pouco inclinados a se separar de você. Mas você precisa partir. Não deve deixar que o aprisionem no carvalho depois da festa. Você deve viajar rápido. E antes do amanhecer, entre na Mãe Terra para fugir da luz. Ela o protegerá. Agora, venha a mim. Vou dar-lhe o Sangue. E reze para que eu ainda tenha o poder de lhe transmitir minha antiga força. Isto vai demorar. Eu tomarei e devolverei, tomarei e devolverei, mas preciso fazê-lo e você deve tornar-se o deus, deve fazer como eu disse.

Sem esperar minha aquiescência, a criatura caiu sobre mim de repente, seus dedos enegrecidos agarrando-me, a tocha caindo de minhas mãos. Eu caí de costas na escada, mas seus dentes já estavam em minha garganta.

Você sabe o que aconteceu, sabe o que é sentir o sangue sendo sugado, sentir o desfalecimento. Vi naqueles momentos as tumbas e templos do Egito. Vi duas figuras, resplandecentes, sentadas lado a lado como se estivessem num trono. Vi e ouvi outras vozes falando comigo em outras línguas. E por baixo de tudo aquilo veio a mesma ordem: sirva à Mãe, tome o sangue do sacrifício, presida a veneração que é a única veneração, a eterna veneração do bosque.

Eu estava lutando como se luta nos sonhos, incapaz de gritar, incapaz de fugir. E quando percebi que estava livre e não mais imprensado no chão, vi de novo o deus, enegrecido como era antes, mas dessa vez estava robusto, como se a chama apenas o tivesse crestado e ele conservasse toda sua força. Seu rosto tinha definição, até beleza, as feições estavam bem formadas por baixo da carcaça de couro enegrecido e rachado que era sua pele. Os olhos amarelos estavam agora circundados por rugas naturais de carne, que os tornam os portais da alma. Mas ele ainda estava estropiado, ainda sofria, quase incapaz de se mover.

– Levante-se, Marius – ele disse. – Você tem sede e lhe darei de beber. Levante-se e venha a mim.

E você conhece o êxtase que senti então quando seu sangue entrou em mim, quando abriu caminho em cada artéria, em cada membro. Mas o horrível pêndulo só havia começado a se balançar.

Passaram-se horas no carvalho, enquanto ele tirava o sangue de mim e o devolvia, várias e várias vezes. Eu ficava deitado no chão soluçando quando estava exaurido. Podia ver minhas mãos que pareciam ossos diante de mim. Estava tão murcho quanto ele. E mais uma vez ele me daria o sangue para beber, e eu me erguia num frenesi de deliciosa emoção, só para que ele me tirasse o sangue de novo.

As lições vinham a cada troca: que eu era imortal, que só o sol e o fogo poderiam me destruir, que eu iria dormir na terra durante o dia, que eu jamais iria conhecer a doença ou a morte natural. Que minha alma jamais deveria migrar de meu corpo para um outro, que eu era servo da Mãe e que a lua me daria forças.

Que eu prosperaria com o sangue dos malfeitores, ou mesmo dos inocentes que fossem sacrificados para a Mãe, que eu deveria permanecer em jejum entre os sacrifícios, de modo que meu corpo se tornasse seco e vazio como o trigo morto nos campos durante o inverno, que eu só deveria alimentá-lo com o sangue do sacrifício que o tornaria pleno e belo como as novas plantas da primavera.

Em meu sofrimento e êxtase haveria o ciclo das estações. E os poderes de minha mente, ler os pensamentos e intenções dos outros, dentro de sua justiça e suas leis. Eu jamais deveria beber outro sangue que não fosse o sangue do sacrifício. Jamais deveria procurar usar meus poderes para mim mesmo.

Essas coisas eu aprendi, essas coisas eu compreendi. Mas o que realmente me foi ensinado durante aquelas horas foi o que todos nós aprendemos no momento de Beber o Sangue, que eu não era mais um homem mortal – que eu me distanciara de tudo que conhecia e me transformara em algo tão poderoso que aqueles velhos ensinamentos mal poderiam servir ou explicar, que meu destino, usando as palavras de Mael, estava além de todo conhecimento que qualquer pessoa – mortal ou imortal – poderia ter.

No final, o deus me preparou para sair da árvore. Ele retirara tanto sangue do meu corpo que eu mal conseguia ficar de pé. Eu era um espectro. Chorava de sede, estava vendo sangue e sentindo o cheiro de sangue e, se tivesse força, teria corrido até ele, o agarrado e sugado. Mas a força, é claro, era dele.

– Você está vazio, como sempre estará no começo de cada cerimônia – ele disse – para que possa beber o sangue do sacrifício até se fartar. Mas lembre-se do que eu lhe disse. Depois que a cerimônia acabar, deve encontrar uma maneira de fugir. Quanto a mim, tente salvar-me. Diga-lhes que devo ficar a seu lado. Mas com toda probabilidade meu tempo deve ter chegado ao fim.

– Ora, o que você quer dizer? – perguntei.

– Você verá. Deve haver apenas um deus aqui, um bom deus – ele disse. – Se ao menos eu pudesse ir com você para o Egito, poderia beber o sangue dos antigos e talvez me curasse. Do jeito que estou, levarei centenas de anos para me curar. E esse tempo não me será concedido. Mas, lembre-se, vá para o Egito. Faça tudo que eu lhe disse.

Nesse momento, ele virou-me e me empurrou em direção à escada. A tocha ainda ardia caída no canto, e enquanto eu subia para a porta no alto, senti o cheiro dos druidas que esperavam, e quase chorei.

– Eles lhe darão todo o sangue que você puder beber – ele disse por trás de mim. – Coloque-se nas mãos deles.

8

Você pode muito bem imaginar como era minha aparência quando eu saí do carvalho. Os druidas esperavam que eu batesse à porta, mas eu disse com minha voz silenciosa:

Abram. É o deus.

Minha morte humana terminara muito tempo antes. Eu estava voraz e com certeza meu rosto era apenas uma caveira viva. Não havia dúvida de que meus olhos estavam saindo das órbitas e meus dentes estavam à mostra. O manto branco estava pendurado em mim como se cobrisse um esqueleto. E nenhum indício mais claro de minha divindade poderia ter sido dado aos druidas, que me olharam aterrorizados enquanto eu saía da árvore.

Mas eu via não apenas seus rostos, via dentro de seus corações. Vi o alívio em Mael quando ele percebeu que o deus na árvore não estava fraco demais para me criar. Vi nele a confirmação de tudo aquilo em que acreditava.

E vi a outra grande visão que só os da nossa espécie podem ver – a profundidade espiritual de cada homem enterrada no fundo de um cadinho de carne e sangue quentes.

Minha sede era pura agonia. E juntando toda minha força, eu disse:

– Levem-me para os altares. Vai começar a festa de *Samhain.*

Os druidas soltaram gritos arrepiantes. Eles uivavam na floresta. E muito além do bosque sagrado veio um rugido ensurdecedor das multidões que esperavam por aqueles gritos.

Nós caminhamos rápido, em procissão em direção à clareira, e cada vez mais e mais sacerdotes com mantos brancos saíam para nos cumprimentar, e eu me vi crivado por todos os lados de flores frescas e perfumadas, flores que eu esmagava debaixo dos pés enquanto era saudado com hinos.

Não preciso contar-lhe como o mundo me parecia com minha nova visão, como eu via cada tonalidade e superfície por baixo do fino véu da escuridão, como aqueles hinos e cânticos litúrgicos assaltavam meus ouvidos.

Marius, o homem, se desintegrara no interior daquele novo ser.

Trombetas soaram na clareira enquanto eu subia os degraus do altar de pedra e olhava para os milhares de pessoas ali reunidas – o mar de rostos expectantes, as gigantescas figuras de vime com suas vítimas condenadas que ainda lutavam e gritavam no interior.

Um grande caldeirão prateado de água estava diante do altar, e enquanto os sacerdotes cantavam, uma série de prisioneiros era levada até esse caldeirão, os braços amarrados nas costas.

As vozes cantavam em harmonia em volta de mim, enquanto os sacerdotes colocavam flores em meu cabelo, em meus ombros, aos meus pés.

– Belo e poderoso deus do bosque e dos campos, beba agora os sacrifícios que lhe oferecemos, e quando seus debilitados membros se encherem de vida, a própria terra se renovará. Portanto, perdoe-nos por cortarmos o grão que é a colheita, abençoe as sementes que semeamos.

E vi diante de mim os escolhidos para serem minhas vítimas, três homens robustos, amarrados como os outros, mas limpos e usando também os mantos brancos, com flores nos ombros e no cabelo. Eram jovens, belos, inocentes e dominados por um temor respeitoso enquanto aguardavam a vontade do deus.

As trombetas eram ensurdecedoras. Os rugidos não paravam. Eu disse:

– Que comecem os sacrifícios.

E quando o primeiro jovem me foi entregue, enquanto eu me preparava para beber pela primeira vez naquela taça verdadeiramente divina que é a vida humana, enquanto eu segurava nas mãos a carne fresca da vítima, o sangue pronto para minha boca aberta, vi os fogos sendo acesos por baixo das gigantescas figuras de vime, vi os primeiros dois prisioneiros sendo forçados a enfiar suas cabeças na água do caldeirão de prata.

Morte pelo fogo, morte pela água, morte pelos dentes perfurantes do deus faminto.

Os hinos continuavam no meio daquele êxtase antiquíssimo:

– Deus da lua minguante e da lua cheia, deus dos bosques e dos campos, vós que sois a própria imagem da morte em vossa fome, ficai forte com o sangue das vítimas, tornai-vos belo para que a Grande Mãe vos tome.

Quanto tempo isso durou? Não sei. Foi para sempre – as chamas dos gigantes de vime, os gritos das vítimas, a longa procissão daqueles que deviam ser afogados. Eu bebia e bebia, não apenas dos três selecionados para mim, mas também de uma dúzia de outros antes que fossem mergulhados no caldeirão, ou forçados a entrar nas gigantescas fogueiras. Os sacerdotes cortavam as cabeças dos mortos com enormes espadas sangrentas, empilhando-as em pirâmides em ambos os lados do altar, e os corpos eram levados embora.

Para qualquer lado que me virava, eu via o êxtase em rostos suados; para onde quer que me voltasse, eu ouvia os cânticos litúrgicos e gritos. Mas, por fim, o frenesi foi desaparecendo aos poucos. Os gigantes tombaram transformando-se num monte de brasas sobre o qual homens atiravam mais breu, mais gravetos.

E chegara então a hora dos julgamentos, de os homens ficarem diante de mim e apresentarem suas alegações para a vingança contra outros, a hora para que eu esquadrinhasse suas almas com meus novos olhos. Eu sentia vertigens. Havia bebido sangue demais, mas sentia tanto poder dentro de mim que poderia ter dado um salto para cima e por sobre a clareira, mergulhando na floresta. Eu poderia ter aberto asas invisíveis, ou assim me pareceu.

Mas levei a cabo meu "destino", como Mael teria chamado. Achei esse aqui justo, aquele em pecado, esse aqui inocente, aquele outro merecendo a morte.

Não sei por quanto tempo isso continuou, porque meu corpo não media mais o tempo em termos de cansaço. Mas finalmente acabou, e eu percebi que o momento da ação havia chegado.

Eu tinha de fazer, de alguma forma, aquilo que o velho deus me ordenara, que era fugir do aprisionamento no carvalho. E dispunha de pouco tempo para isso, não mais que uma hora antes do amanhecer.

Quanto ao que havia pela frente no Egito, eu ainda não havia decidido. Mas sabia que, se deixasse os druidas me encerrarem de novo na árvore sagrada, eu passaria fome ali até a pequena oferenda na próxima lua cheia. E todas as minhas noites até aquele momento seriam de sede, tortura e daquilo que o velho deus chamara de "sonhos dos deuses", nos quais aprenderia os segredos da árvore, da relva que crescia e da Mãe silenciosa.

Mas esses segredos não eram para mim.

Os druidas me cercaram nesse momento e nós avançamos para a árvore sagrada de novo, enquanto os hinos morriam numa ladainha que me ordenava permanecer dentro do carvalho para santificar a floresta, ser seu guardião e falar gentilmente através do carvalho para aqueles sacerdotes que, de tempos em tempos, viriam pedir minha orientação.

Parei antes de chegarmos na árvore. Uma imensa pira estava ardendo no meio do bosque, lançando uma luz horripilante sobre os rostos esculpidos e as pilhas de crânios humanos. O restante dos sacerdotes aguardava em torno dela. Uma onda de terror correu dentro de mim com todo o novo poder que esses sentimentos têm sobre nós.

Comecei a falar apressadamente. Disse com voz autoritária que desejava que todos deixassem o bosque. Que eu deveria trancar-me no carvalho ao amanhecer com o velho deus. Mas vi que o artifício não estava dando certo. Eles me encaravam com frieza e olhavam de soslaio um para o outro, com os olhos vazios como pedaços de vidro.

– Mael! – eu disse. – Faça o que estou ordenando. Diga a esses sacerdotes para deixarem o bosque.

De repente, sem o menor aviso, metade da congregação de sacerdotes correu em direção à árvore. A outra metade segurou meus braços.

Gritei para que Mael, que liderava o cerco na árvore, parasse. Tentei soltar-me, mas cerca de doze dos sacerdotes agarraram meus braços e minhas pernas.

Se ao menos eu tivesse compreendido a extensão de minha força, poderia ter-me libertado com toda a facilidade. Mas eu não sabia disso. Ainda estava tonto por causa da festa, horrorizado demais pelo que sabia que iria acontecer agora. Enquanto eu lutava, tentando libertar meus braços, até chutando aqueles que me seguravam, o velho deus, aquela coisa nua e negra, foi arrancado da árvore e lançado no fogo.

Eu só o vi durante uma fração de segundo, e tudo que observei foi resignação. Em nenhum momento ele levantou os braços para lutar. Seus olhos estavam fechados, e ele não olhou para mim, nem para ninguém ou alguma coisa, e nesse momento me lembrei do que ele me havia dito, de sua agonia, e comecei a chorar.

Eu tremia violentamente enquanto eles o queimavam. Mas ouvi sua voz saindo do meio das chamas.

– Faça como lhe ordenei, Marius. Você é nossa esperança.

Isto significava Fuja Daqui Agora.

Fiquei imóvel e fragilizado nas mãos daqueles que me agarravam. Chorei e chorei e agi como se fosse apenas a triste vítima de toda aquela magia, apenas um pobre deus que sentia a morte do pai que entrara nas chamas. E quando senti as mãos deles relaxarem, quando vi que todos olhavam fixamente para a pira, girei com todas as minhas forças, soltando-me de suas mãos, e corri o mais rápido que pude para o bosque.

Naquela corrida de velocidade inicial, aprendi pela primeira vez o que eram meus poderes. Venci centenas de metros num instante, meus pés mal tocando o chão.

Mas o grito soou de imediato:

– O DEUS FUGIU!

E, em questão de segundos, a multidão na clareira berrou isto várias e várias vezes, enquanto milhares de mortais mergulhavam nas árvores.

Como diabos isto aconteceu, eu pensei de repente, que eu agora seja um deus, repleto de sangue humano, e esteja correndo de milhares de bárbaros celtas através desta maldita floresta!

Não parei sequer para arrancar o manto branco de meu corpo, mas rasguei-o enquanto corria, depois saltei para os galhos no alto e me movimentei ainda mais rápido através das copas dos carvalhos.

Em poucos minutos, eu estava tão distante de meus perseguidores que já não conseguia mais ouvi-los. Mas continuei correndo e correndo, pulando de galho em galho, até não haver coisa alguma a temer, a não ser o sol da manhã.

Aprendi então aquilo que Gabrielle aprendeu tão cedo em suas perambulações, que podia facilmente abrir um buraco na terra para me salvar da luz.

Quando acordei, o calor de minha sede me deixou atônito. Não podia imaginar como o velho deus havia suportado o jejum ritual. Só conseguia pensar em sangue humano.

Mas os druidas tiveram o dia inteiro para me perseguir. Eu tinha de avançar com todo o cuidado.

E passei fome durante toda aquela noite enquanto corria pela floresta, só vindo a beber na madrugada quando me deparei com um bando de ladrões no meio das árvores, que me forneceram o sangue de um malfeitor e algumas roupas.

Fiz uma avaliação das coisas que aconteceram naquelas horas pouco antes do amanhecer. Eu havia aprendido bastante sobre meus poderes, e aprenderia mais ainda. Iria até o Egito, não por causa dos deuses ou de seus adoradores, mas para descobrir o que era tudo aquilo.

E assim, como você pode ver, há mais de mil e setecentos anos que estamos fazendo perguntas, rejeitando as explicações que nos são dadas, cultuando a magia e o poder por si mesmos.

Na terceira noite de minha nova vida, entrei em minha velha casa em Massilia e descobri que minha biblioteca, minha mesa de escrever, meus livros ainda estavam ali. E meus fiéis escravos ficaram cheios de alegria por me ver. O que aquelas coisas significavam para mim? O que significava eu ter escrito aquela história, eu ter me deitado naquela cama?

Eu sabia que não poderia mais ser Marius, o romano. Mas iria tirar dele tudo que pudesse. Mandei meus amados escravos de volta para casa. Escrevi para meu pai dizendo que uma grave doença me forçava a viver o resto de meus dias no calor e na secura do Egito. Despachei o resto de minha história para aqueles em Roma que a leriam e a publicariam. Em seguida parti para Alexandria levando ouro nos bolsos, com meus antigos documentos de viagem e com dois escravos estúpidos que jamais questionavam por que viajava à noite.

E um mês depois da grande Festa de *Samhain* na Gália, eu estava perambulando pelas escuras e tortuosas ruas de Alexandria, procurando pelos velhos deuses com minha voz silenciosa.

Eu estava louco, mas sabia que a loucura passaria. Eu tinha de encontrar os velhos deuses. E você sabe por que eu tinha de encontrá-los. Não era apenas a ameaça da calamidade de novo, o Deus Sol me procurando no abrigo de meu repouso diurno, ou me visitando com seus raios destruidores na plena escuridão da noite.

Eu tinha de encontrar os velhos deuses porque não conseguia suportar ficar sozinho entre os homens. Todo o horror disso pesava em mim, e embora eu matasse apenas os assassinos, os malfeitores, minha consciência estava bem sintonizada para a autoilusão. Eu não podia suportar compreender que eu, Marius, que conhecera e desfrutara de tanto amor na vida, fosse o implacável portador da morte.

9

Alexandria não era uma cidade antiga. Existia apenas havia pouco mais de trezentos anos. Mas era um grande porto e sede das maiores bibliotecas do mundo romano. Sábios de todo o Império iam estudar ali, e eu tinha sido um deles em outra época; agora me encontrava ali de novo.

Se o velho deus não me tivesse dito para ir, eu teria ido mais para o interior do Egito, "para o fundo", usando a expressão de Mael, por suspeitar que as respostas de todos os enigmas jaziam nos santuários mais antigos.

Mas sobreveio-me uma sensação estranha em Alexandria. Eu *sabia* que os deuses estavam ali. Sabia que eles estavam guiando meus passos quando eu procurava, nas ruas dos prostíbulos e dos covis de ladrões, os lugares onde os homens iam perder suas almas.

À noite, eu me deitava na cama em minha pequena casa romana e invocava os deuses, me debatia com minha loucura. Estava tão intrigado quanto você com o poder, a força e as emoções distorcidas que eu possuía agora. Uma noite, pouco antes de amanhecer, quando a luz do único lampião brilhava através dos finos véus da cama onde eu estava deitado, virei meus olhos em direção à distante porta do jardim e vi uma figura negra e imóvel, parada lá.

Por um momento, aquilo pareceu um sonho, aquela figura, pois não tinha cheiro algum, não parecia respirar, não fazia nenhum barulho. Então eu soube que era um dos deuses, mas ele desapareceu e eu fiquei sentado, tentando me lembrar do que tinha visto: uma criatura negra e nua com cabeça calva e olhos vermelhos e penetrantes, uma criatura que parecia perdida em sua própria imobilidade, estranhamente hesitante, reunindo suas forças apenas para se mover no último momento, antes da descoberta completa.

Na noite seguinte, em uma ruela, ouvi uma voz me chamando. Mas era uma voz menos articulada do que aquela que havia saído da árvore. Apenas me fez saber que a porta estava próxima. E depois veio aquele silencioso e tranquilo momento em que me vi diante da porta.

Foi um deus quem a abriu para mim. Foi um deus quem disse "venha".

Eu estava aterrorizado enquanto descia pela escadaria inevitável, enquanto seguia por um túnel com uma rampa íngreme. Acendi a vela que levara comigo e vi que estava entrando num templo subterrâneo, um lugar mais antigo que a cidade de Alexandria, um santuário construído talvez no tempo dos antigos faraós, com suas paredes cobertas com pequenos desenhos coloridos, retratando a vida do antigo Egito.

E depois havia a escrita, a esplêndida pictografia com suas minúsculas múmias, pássaros, braços sem corpos se abraçando e serpentes enroscando-se.

Eu continuei em frente até chegar em um vasto local com pilares quadrados e teto elevado. As mesmas pinturas decoravam cada centímetro de suas pedras.

E então vi, pelo canto do olho, o que a princípio pareceu ser uma estátua, uma figura negra de pé ao lado de uma coluna, com uma das mãos erguida para apoiar-se na pedra. Mas eu sabia que não se tratava de uma estátua. Nenhum deus egípcio feito de diorito jamais foi esculpido naquela posição, nem costumavam colocar um saiote de linho sobre os quadris.

Virei-me bem devagar, preparando-me para vê-lo por inteiro, e vi a mesma carne queimada, o mesmo cabelo escorrido, embora fosse preto, os mesmos olhos amarelos. Os lábios estavam enrugados em tomo dos dentes e da gengiva, e o ato de respirar parecia causar-lhe grande dor.

– Como e por que motivo você veio? – ele perguntou em grego.

Eu me via tal como ele estava me vendo, luminoso e forte, até meus olhos azuis eram como um mistério, e eu via meus trajes romanos, minha túnica de linho presa com fivelas de ouro sobre meus ombros, minha capa vermelha. Com meus longos cabelos louros, eu devia parecer um viajante das florestas do norte, "civilizado" apenas na superfície, e talvez isto fosse verdade agora.

Mas era nele que eu estava interessado. E pude vê-lo com mais nitidez, a carne queimada e vincada de suas costelas, modelada em sua clavícula, e os ossos salientes de seus quadris. Não estava passando fome, aquela criatura. Havia bebido sangue humano recentemente. Mas sua agonia era como um calor que emanava de seu corpo, como se o fogo ainda o estivesse cozinhando por dentro, como se ele fosse um inferno contido em si mesmo.

– E como você escapou de ser queimado? – ele perguntou. – O que o salvou? Responda!

– Nada me salvou – respondi também em grego.

Aproximei-me dele, recuando a vela para o lado quando vi que ela o perturbava. Tinha sido magro em vida, de ombros largos como os antigos faraós, e seus cabelos longos e negros foram cortados rentes na testa, naquele velho estilo.

– Eu ainda não havia sido transformado quando aconteceu – expliquei –, mas sim depois, pelo deus do bosque sagrado na Gália.

– Ah, então ele estava bem, aquele que o criou.

– Não, queimado como você, mas ainda com bastante força para fazê-lo. Ele deu e tomou o sangue várias e várias vezes. Disse "vá para o Egito e descubra por que isto aconteceu". Ele disse que os deuses da floresta foram queimados. Disse que isto aconteceu em todo o norte.

– Sim. – Ele concordou com um aceno de cabeça e deu uma risada seca e áspera que sacudiu todo seu corpo. – E só os antigos tiveram forças para sobreviver, para herdar a agonia que só a imortalidade pode trazer. E assim padecemos. Mas você foi criado. Você veio. Você criará outros. Mas é justo criar outros? Será que o Pai e a Mãe teriam permitido que isto acontecesse conosco se não tivesse chegado nossa hora?

– Mas quem são o Pai e a Mãe? – perguntei.

Eu sabia que ele não se referia à Terra quando disse Mãe.

– Os primeiros de nossa espécie – ele respondeu. – Aqueles de quem todos nós descendemos.

Tentei penetrar em seus pensamentos, sentir se havia verdade neles, mas ele percebeu e sua mente se fechou como uma flor ao anoitecer.

– Venha comigo – ele disse.

E começou a andar com passos lentos e pesados para fora da enorme sala, entrando em um longo corredor com a mesma decoração da câmara.

Senti que estávamos num lugar ainda mais antigo, algo construído antes do templo de onde acabávamos de sair. Não sei como eu sabia disso. Lá não havia a friagem que você sentiu nos degraus aqui da ilha. Não se sente esse tipo de coisa no Egito. Você sente uma outra coisa. Sente a presença de alguma coisa viva no próprio ar.

Mas, à medida que continuávamos caminhando, havia mais indícios palpáveis de antiguidade. As pinturas naquelas paredes eram mais antigas, as cores mais pálidas e o reboco colorido já havia rachado e caído. O estilo era outro. Os cabelos negros das pequenas figuras eram mais longos e mais cheios, e parecia que o conjunto era mais encantador, mais cheio de luz e de desenhos mais bem elaborados.

Em algum lugar distante, a água pingava na pedra. O som fazia um eco de música através da passagem. Parecia que as paredes haviam capturado a vida naquelas delicadas e ternas figuras pintadas; parecia que a magia que os antigos artistas religiosos haviam tentado várias e várias vezes tinha ali seu minúsculo e brilhante âmago de poder. Eu podia ouvir sussurros de vida onde não havia nenhum sussurro. Podia sentir a grande continuidade da história, mesmo não havendo ninguém que tivesse consciência disso.

A figura escura ao meu lado se deteve enquanto eu olhava para as paredes. Fez um gesto afetado para eu segui-lo através de uma entrada; e adentramos uma longa câmara retangular toda coberta de engenhosos hieróglifos. Estar ali dentro era como ser encerrado num manuscrito. E vi dois antigos sarcófagos egípcios colocados lado a lado contra a parede.

Eram esquifes entalhados para se amoldar ao corpo das múmias para as quais foram feitos, modelados e pintados por completo para representar os mortos, com rostos de ouro forjado e olhos incrustados de lápis-lazúli.

Ergui a vela no alto. Com um grande esforço, meu guia abriu as tampas daqueles ataúdes e deixou-as cair para trás, de modo que eu pudesse ver o interior.

Vi o que a princípio me pareceu serem corpos, mas quando me aproximei percebi que eram pilhas de cinzas em forma de homem. Nada do tecido restava neles, a não ser um colmilho branco aqui, uma lasca de osso ali.

– Nenhuma quantidade de sangue pode trazê-los de volta agora – disse meu guia. – Eles não podem ressuscitar. Os vasos sanguíneos desapareceram. Aqueles que puderam se levantar, levantaram, e séculos se passarão antes que nos curemos, antes que conheçamos o fim de nosso sofrimento.

Antes que ele fechasse os sarcófagos das múmias, vi que as tampas estavam enegrecidas pelo fogo que imolara aqueles dois. Não fiquei desolado ao ver os ataúdes sendo fechados de novo.

Ele girou e moveu-se de novo em direção à entrada e eu o segui com a vela, mas ele se deteve e olhou de soslaio para trás, para os esquifes pintados.

– Quando as cinzas estiverem espalhadas – ele disse –, suas almas estarão livres.

– Então por que você não espalha as cinzas! – eu disse, tentando não parecer tão desesperado.

– Eu deveria? – ele me perguntou, e a carne tostada em volta de seus olhos se esticou. – Você acha que eu deveria?

– É a mim que você pergunta! – eu disse.

Ele deu outra vez uma daquelas risadas secas, que parecia carregada de agonia, e foi à frente descendo a passagem para uma sala iluminada.

Foi numa biblioteca que entramos, onde algumas velas espalhadas revelavam estantes de madeira em forma de losango, com pergaminhos e rolos de papiro.

Aquilo me encantou, é claro, pois uma biblioteca era algo que eu conseguia compreender. Era o único lugar humano em que eu ainda sentia alguma medida de minha velha sanidade.

Mas fiquei assustado ao ver um outro – um outro dos nossos – sentado de lado por trás da mesa de escrever, com os olhos voltados para o chão.

Este não tinha nenhum cabelo, em absoluto, e embora fosse todo negro como breu, sua pele era lisa, bem modelada e brilhava como se tivesse sido polida. O formato de seu rosto era belo, a mão que repousava sobre o colo de seu saiote plissado de linho branco estava graciosamente crispada, todos os músculos de seu peito desnudo eram bem definidos.

Ele virou-se e olhou para mim. E, no mesmo instante, alguma coisa se passou entre nós, alguma coisa mais silenciosa do que o silêncio, como costuma acontecer conosco.

– Este é o Mais Velho – disse aquele enfraquecido que me levara ali. – Você pode ver por si mesmo como ele suportou o fogo. Mas ele não vai falar. Não fala uma palavra desde o acontecido. No entanto, com certeza ele sabe onde estão o Pai e a Mãe, e por que foi permitido que isto acontecesse.

O Mais Velho apenas olhava para a frente de novo. Mas havia uma estranha expressão em seu rosto, alguma coisa sarcástica e um tanto quanto divertida, além de um pouco desdenhosa.

– Mesmo antes dessa desgraça – o outro disse –, o Mais Velho não falava muito conosco. O fogo não o modificou, não o tornou mais receptivo. Ele fica sentado em silêncio, cada vez mais e mais parecido com o Pai e a Mãe. De vez em quando, ele lê. De vez em quando, caminha no mundo lá em cima. Ele Bebe o Sangue, escuta os cantores. De vez em quando, ele dança. Fala com mortais nas ruas de Alexandria, mas não fala conosco. Não tem nada a nos dizer. Mas ele sabe... sabe por que isto aconteceu conosco.

– Deixe-me a sós com ele – eu disse.

Tive a mesma sensação que todos os seres costumam ter nessas situações. Faria o homem falar. Arrancaria alguma coisa dele, algo que ninguém mais fora capaz de fazer. Mas não era apenas a vaidade que me impelia a tal. Fora ele quem estivera em meu quarto naquela noite. Fora ele quem ficara observando-me na porta.

E eu havia sentido algo em seu olhar. Pode chamar de inteligência, de interesse, de reconhecimento de algum conhecimento comum – havia alguma coisa ali.

E eu sabia que carregava comigo as possibilidades de um mundo diferente, desconhecido do Deus do Bosque e até mesmo daquele ser frágil e ferido ao meu lado, que olhava para o Mais Velho em desespero.

O ser frágil se retirou como eu pedira. Fui até a mesa e olhei para o Mais Velho.

– O que devo fazer? – perguntei em grego.

Ele me encarou abruptamente e pude ver em seu rosto aquela centelha que chamo de inteligência.

– Faz sentido – perguntei – eu continuar a inquiri-lo?

Eu havia escolhido meu tom de voz com todo o cuidado. Não havia nada de formal nele, nada de reverente. Era o mais íntimo possível.

– E o que é mesmo que você procura? – ele perguntou de repente em latim, com frieza, a boca virando para baixo nas extremidades, sua postura rude e desafiadora.

Fiquei aliviado com a mudança para o latim.

– Você ouviu o que eu disse ao outro – eu disse da mesma maneira informal. – Como fui criado pelo Deus do Bosque na terra dos *keltoi,* e que me disseram para descobrir por que os deuses morreram nas chamas.

– Você não veio em nome dos Deuses do Bosque! – ele disse, sardônico como antes.

Não levantou a cabeça, apenas olhava para cima, o que fazia seus olhos parecerem ainda mais desafiadores e insolentes.

– Vim e não vim – eu disse. – Se podemos morrer desse modo, eu gostaria de saber o motivo. O que aconteceu uma vez pode acontecer uma segunda vez. E eu gostaria de saber se somos deuses de verdade, e se somos, quais são nossas obrigações para com o homem. O Pai e a Mãe são verdadeiros seres, ou são lenda? Como tudo isto começou? Eu gostaria de saber isto, claro.

– Por acaso – ele disse.

– Por acaso? – eu me inclinei para a frente.

Pensei ter ouvido errado.

– Começou por acaso – ele disse em tom frio, assustador, com a clara insinuação de que a pergunta era absurda. – Há quatro mil anos, por acaso, e desde então tudo tem sido envolto em magia e religião.

– Você está contando a verdade, não está?

– E por que não deveria? Por que deveria protegê-lo da verdade? Por que iria me preocupar em mentir para você? Eu nem sei quem é você. Não me importo.

– Então, vai me explicar o que quer dizer quando afirma que aconteceu por acaso – eu insisti.

– Não sei. Talvez sim. Talvez não. Já falei mais agora do que em anos. A história do acaso pode não ser mais verdadeira do que os mitos que encantam os outros. Os outros sempre preferiram os mitos. É o que você realmente quer, não?

Ele levantou o tom de voz e se ergueu um pouco para fora da cadeira, como se sua voz irada o estivesse impelindo a se pôr de pé.

– Uma história de nossa criação, análoga ao Gênesis dos hebreus, às histórias de Homero, às tagarelices de seus poetas romanos Ovídio e Virgílio; um grande e reluzente pântano de símbolos do qual se supõe que a vida brotou.

Ele estava de pé e quase gritando, sua fronte negra exibindo um emaranhado de veias, a mão fechada em punho sobre a mesa.

– É esse tipo de história que enche os documentos destes cômodos, que surge nos fragmentos dos cânticos litúrgicos e fórmulas cabalísticas. Quer ouvir? É tão verdadeira como tudo mais.

– Conte-me o que quiser – eu disse.

Eu estava tentando manter a calma. O volume de sua voz estava ferindo meus ouvidos. E eu ouvia coisas movimentando-se nos cômodos contíguos. Outras criaturas, semelhantes àquele monte de pele ressecada que me levara até ali, vagavam por perto.

– E você podia começar – eu disse, mordaz – confessando por que foi aos meus aposentos em Alexandria. Foi você quem me conduziu até aqui. Por que fez isto? Para brigar comigo? Para me amaldiçoar por lhe perguntar como tudo começou?

– Acalme-se.

– Eu poderia dizer o mesmo para você.

Ele me olhou de cima a baixo com calma, depois sorriu. Abriu as mãos, como se estivesse fazendo um gesto de saudação ou de oferendas, e em seguida encolheu os ombros.

– Quero que você me conte sobre o acaso – eu disse. – Eu suplicaria para você me contar, se pensasse que isso adiantaria. O que posso fazer para que você conte?

Seu rosto passou por várias transformações notáveis. Eu podia sentir seus pensamentos, mas não os ouvir, podia sentir um humor exaltado. E quando ele falou de novo, sua voz estava mais grossa e rouca, como se estivesse lutando contra o pesar que parecia sufocá-lo.

– Ouça nossa velha história – ele disse. – O bom deus, Osíris, o primeiro faraó do Egito, milênios antes da invenção da escrita, foi assassinado por malfeitores. E quando sua esposa, Ísis, reconstituiu as partes de seu corpo, ele tornou-se imortal e, por conseguinte, passou a governar o reino dos mortos. Este é o reino da lua e da noite, no qual ele reinava, e para ele eram levados os sacrifícios de sangue à grande deusa, que ele bebia. Mas os sacerdotes tentaram roubar-lhe o segredo da imortalidade. Assim seu culto tornou-se secreto e seus templos só eram conhecidos pelos fiéis que o protegiam do Deus Sol, que a qualquer momento poderia procurar destruir Osíris com o fogo dos seus raios. Mas você pode perceber a verdade que há na lenda. O antigo rei descobriu alguma coisa, ou melhor, foi vítima de um horrendo acontecimento e adquiriu poderes sobrenaturais que podiam ser usados, por aqueles a sua volta, para fazer um mal incalculável. Então ele transformou aquilo num culto, procurando encerrá-lo em obrigações e cerimônias, procurando limitar O Poderoso Sangue àqueles que o usariam na magia branca e nada mais. E assim aqui estamos nós.

– E a Mãe e o Pai são Ísis e Osíris?

– Sim e não. Eles são os dois primeiros. Ísis e Osíris são os nomes que eram usados nos mitos que eles contavam, ou no velho culto do qual se originaram.

– Então, qual foi o acaso? Como essa coisa foi descoberta?

Ele olhou-me durante um longo período de silêncio, depois sentou-se de novo, virando-se para o lado e olhando o vazio, como fizera antes.

– Mas por que eu deveria lhe contar? – ele perguntou.

No entanto, dessa vez fez a pergunta com um novo sentimento, como se estivesse sendo sincero e tivesse de respondê-la por si mesmo.

– Por que eu deveria fazer alguma coisa? Se a Mãe e o Pai não se levantarão das areias para se salvar quando o sol aparecer no horizonte, por que eu deveria fazer alguma coisa? Ou falar? Ou continuar?

Mais uma vez, ele levantou a vista para mim.

– Foi isso que aconteceu, a Mãe e o Pai se expuseram ao sol?

– Foram deixados ao sol, meu caro Marius – ele disse, surpreendendo-me com o conhecimento de meu nome. – Deixados ao sol. A Mãe e o Pai não se movem por sua própria vontade, a não ser de vez em quando para sussurrar entre si, para derrubar aqueles de nós que vão até eles à procura de seu sangue restaurador. Eles poderiam revigorar todos de nós que foram queimados, se nos deixassem beber o sangue restaurador. O Pai e a Mãe existem há quatro mil anos, e nosso sangue fica mais forte a cada estação do ano, a cada vítima. Fica mais forte até mesmo durante o jejum, pois, quando o jejum termina, desfrutamos de uma nova força. Mas o Pai e a Mãe não cuidam de seus filhos. E parece que agora não cuidam de si mesmos. Talvez após quatro mil noites eles apenas desejassem ver o sol!

– Desde a chegada dos gregos no Egito, desde que a antiga arte foi corrompida, eles não falaram conosco. Eles não deixaram que víssemos o piscar de seus olhos. E o que é o Egito agora a não ser o celeiro de Roma? Quando a Mãe e o Pai nos castigam para que nos afastemos das veias de seus pescoços, são como o ferro e podem esmagar nossos ossos. E se eles não se importam mais, então por que eu deveria?

Examinei-o durante um longo momento.

– E você está me dizendo – perguntei – que foi isso que fez com que os outros fossem queimados? Porque o Pai e a Mãe foram deixados expostos ao sol?

Ele concordou com um aceno de cabeça.

– Nosso sangue provém deles! – ele disse. – É o sangue deles. A descendência é direta, o que acontece com eles acontece conosco. Se são queimados, nós somos queimados.

– Nós estamos ligados a eles! – eu sussurrei, estarrecido.

– Exato, meu caro Marius – ele disse, observando-me, parecendo desfrutar de meu medo. – É por isso que eles têm sido conservados há mil anos, a Mãe e o Pai, é por isso que as vítimas são levadas a eles em sacrifício, é por isso que são cultuados. O que acontece com eles acontece conosco.

– Quem fez isso? Quem os expôs ao sol?

Ele deu uma risada muda.

– Aquele que zelava por eles – ele disse. – Aquele que não mais podia suportar isso, aquele que teve essa incumbência solene por um tempo longo demais, aquele que não conseguia persuadir a mais ninguém para aceitar o fardo e que, no final, chorando e tremendo, levou-os para as areias do deserto e deixou-os por lá, como se fossem duas estátuas.

– E meu destino está ligado a isto – eu murmurei.

– Sim. Mas entenda, não creio que ele ainda acreditasse nisso, aquele que os guardava. Era apenas uma velha história. Afinal de contas, eles eram cultuados, como eu lhe disse, cultuados por nós, assim como somos cultuados pelos mortais, e ninguém ousava fazer-lhes mal. Ninguém tocaria neles com uma tocha para ver se isto fazia com que o resto de nós sentiria alguma dor. Não. Ele não acreditava. Ele abandonou-os no deserto e naquela noite em que abriu os olhos em seu ataúde e se descobriu transformado numa criatura horrenda, queimada e irreconhecível, ele gritou e gritou.

– Você levou-os de volta para as entranhas da terra.

– Sim.

– E eles estão tão queimados quanto você...

– Não – ele sacudiu a cabeça. – Queimados de um bronze dourado, como a carne que gira no espeto. Não mais que isso. E belos como antes, como se a beleza se tivesse tornado parte de sua herança, uma bela parte essencial daquilo que eles estão destinados a ser. Eles olham fixo para a frente como sempre, mas não mais inclinam as cabeças um para o outro, não mais cantarolam no ritmo de suas trocas secretas, não nos deixam mais beber seu sangue. E as vítimas levadas para eles, eles não as tomam mais, a não ser de vez em quando e apenas quando estão a sós. Ninguém sabe quando irão beber, quando não irão.

Sacudi minha cabeça. Eu me movia para a frente e para trás, de cabeça baixa, a vela bruxuleando em minha mão, sem saber o que dizer daquilo tudo, precisando de mais tempo para pensar.

Ele acenou para eu pegar a cadeira do outro lado da mesa de escrever, e, sem pensar, eu o fiz.

– Mas será que isto não estava destinado a acontecer, romano? – ele perguntou. – Não estavam eles destinados a encontrar a morte nas areias, silenciosos, imóveis, como estátuas jogadas ali depois que uma cidade foi saqueada pelo exército conquistador; e será que também não estamos destinados a morrer? Veja o Egito. O que é o Egito, eu lhe pergunto de novo, a não ser o celeiro de Roma? Será que eles não estavam destinados a queimar ali dia após dia, enquanto todos nós queimávamos como estrelas pelo mundo inteiro?

– Onde eles estão? – perguntei.

– Por que você quer saber? – ele disse com um sorriso zombeteiro. – Por que eu deveria dar-lhe o segredo? Eles não podem ser cortados em pedaços, são resistentes demais para isso, uma faca mal penetraria em sua pele. No entanto, corte-os e estará nos cortando. Queime-os e nos queimará. E de tudo que eles nos fazem sentir, eles sentem apenas uma pequena parte, porque sua idade os protege. Mas para destruir a todos nós basta causar-lhes algum aborrecimento! Eles nem parecem precisar de sangue! Talvez suas mentes também estejam ligadas às nossas. Talvez o pesar que sentimos, a desgraça, o horror diante do destino do próprio mundo venham de suas mentes enquanto eles sonham trancafiados em suas câmaras! Não. Não posso dizer-lhe onde eles estão, posso? Até eu decidir com certeza que sou indiferente, que é chegada a hora de nossa morte.

– Onde eles estão? – eu disse de novo.

– Talvez eu devesse atirá-los nas profundezas do mar! – ele exclamou. – Até o dia em que a própria Terra os vomitasse para a luz do sol na crista de uma grande onda!

Fiquei em silêncio. Eu o observava, espantado com sua exaltação, compreendendo-a mas ao mesmo tempo receando.

– Por que eu não os enterro nas profundezas da terra, quero dizer, nas profundezas mais escuras, muito além do mais leve som de vida, e os deixo ficar em silêncio por lá, pouco me importando com o que pensem ou sintam?

Que resposta eu poderia dar? Eu observei-o. Esperei até ele parecer mais calmo. Ele olhou para mim e seu rosto ficou sereno, quase confiante.

– Diga-me como eles se tornaram a Mãe e o Pai – eu disse.

– Por quê?

– Droga, você sabe muito bem por quê. Eu quero saber! Por que você foi ao meu quarto se não tinha a intenção de me contar? – eu perguntei outra vez.

– E daí que eu tenha ido? – ele disse, amargurado. – E daí se eu quis ver o romano com meus próprios olhos. Nós vamos morrer e você morrerá conosco. Portanto, eu queria ver nossa mágica sob uma nova forma. Afinal de contas, quem nos cultua hoje? Guerreiros de cabelos louros nas florestas do norte? Antiquíssimos egípcios em criptas secretas debaixo das areias? Nós não vivemos nos templos da Grécia e de Roma. Nós nunca vivemos. E, no entanto, eles celebram nosso mito... o único mito; eles invocam os nomes da Mãe e do Pai...

– Eu estou pouco ligando – eu disse. – Você sabe que não estou ligando. Nós somos parecidos, você e eu. Não vou voltar para as florestas do norte para criar uma raça de deuses para aqueles povos! Mas vim aqui para saber e você precisa contar.

– Está bem. Para que você possa compreender a inutilidade de tudo, para que possa compreender o silêncio da Mãe e do Pai, eu contarei. Mas preste atenção em minhas palavras, ainda posso destruir a todos nós. Ainda posso queimar a Mãe e o Pai no calor de um forno! Mas dispensemos as longas introduções e a linguagem empolada. Vamos abolir os mitos que morreram na areia no dia em que o sol brilhou na Mãe e no Pai. Vou contar-lhe o que revelam todos esses pergaminhos deixados pelo Pai e pela Mãe. Coloque sua vela sobre a mesa e ouça-me.

10

O que os pergaminhos lhe contarão, ele disse, se você puder decifrá-los, é que nós tínhamos dois seres humanos, Akasha e Enkil, que vieram para o Egito de uma outra terra, mais antiga. Isto foi numa época muito anterior à da primeira escrita, antes das primeiras pirâmides, quando os egípcios ainda eram canibais e caçavam os corpos de seus inimigos para comer.

Akasha e Enkil afastaram o povo dessas práticas. Eles eram adoradores da Boa Mãe Terra e ensinaram aos egípcios como semear na Boa Terra e como criar rebanhos de animais para obter carne, leite e peles.

Com toda a probabilidade, eles não estavam sozinhos enquanto ensinavam essas coisas, eram os líderes de um povo que tinha vindo com eles de cidades mais antigas, cujos nomes estão perdidos agora sob as areias do Líbano, com seus monumentos em ruínas.

Seja como for, eles eram governantes benevolentes, esses dois, para quem o bem-estar dos outros era o valor supremo e a Boa Mãe era a Mãe que Nutria. Por desejarem que todos os homens vivessem em paz, eles decidiam todas as questões de justiça na nova terra.

Talvez eles tivessem se transformado em mito de alguma forma benigna, se não fosse por uma perturbação na casa do camareiro real que começou com as brincadeiras de um demônio que arremessava os objetos pelo ar.

Pois bem, ele nada mais era que um demônio comum, do tipo que se ouve falar em todas as terras e todos os tempos. Ele atormenta aqueles que vivem num certo lugar durante algum tempo. Talvez entre no corpo de algum inocente e berre através de sua boca com voz alta. Pode fazer com que o inocente vomite obscenidades e convites carnais para os que estiverem em volta. Você sabia dessas coisas?

Eu concordei com um aceno de cabeça. Disse que sempre ouvira falar dessas histórias. Que um demônio desses certa vez supostamente entrou no corpo de uma virgem de um templo em Roma. Que ela, possuída, fazia propostas lascivas para todos aqueles a sua volta, enquanto seu rosto ficava roxo de tanto esforço e depois perdia a cor. Mas, de alguma maneira, o demônio acabou sendo expulso.

– Pensei que a garota simplesmente estivesse louca – eu disse. – Que ela, digamos, não era adequada para ser uma vestal...

– Claro! – ele disse em um tom de voz cheio de ironia. – E eu presumiria a mesma coisa, assim como também presumiria qualquer homem inteligente de Alexandria. No entanto, essas histórias vão e vêm. E se são notáveis por alguma coisa é pelo fato de não afetarem o curso dos acontecimentos humanos. Esses demônios perturbam uma casa, alguma pessoa, depois caem no esquecimento e nós ficamos no mesmo ponto em que começamos.

– Exatamente – eu disse.

– Mas você deve entender que estou falando de um Egito muito antigo. Era um tempo em que o homem fugia do trovão, ou se alimentava dos corpos dos mortos para absorver suas almas.

– Entendo – eu disse.

– E esse bom rei Enkil decidiu que iria conversar em pessoa com o demônio que entrara na casa de seu camareiro. Essa criatura está sem harmonia, ele disse. Claro que os magos da corte pediram permissão para ver aquilo, para expulsar o demônio. Mas ele era um rei que fazia o bem para todo mundo. Tinha uma certa visão de todas as coisas estando unidas no bem, de todas as coisas sendo criadas para continuar no mesmo curso divino. Ele falaria com aquele demônio, tentaria canalizar seu poder, por assim dizer, para o bem comum. E só se isto não pudesse ser feito é que consentiria com a expulsão do demônio.

E assim ele entrou na casa de seu camareiro, onde os móveis estavam sendo arremessados contra as paredes, as jarras se quebravam e as portas eram batidas. E começou a conversar com aquele demônio, convidando-o para uma conversa. Todos os outros fugiram correndo.

Passou-se toda uma noite antes que ele saísse da casa assombrada, tendo coisas surpreendentes para dizer.

– Esses demônios são estúpidos e infantis – ele disse para seus magos –, mas estudei sua conduta e descobri por que estão furiosos. Estão enlouquecidos porque não possuem corpos, porque não podem sentir tal como sentimos. Eles fazem os inocentes gritarem obscenidades porque não podem conhecer os ritos do amor e da paixão. Eles podem interferir no funcionamento do corpo, mas não habitá-lo de verdade, de modo que estão obcecados com a carne que não podem invadir. Com seus fracos poderes, eles atiram objetos longe, fazem suas vítimas se contorcer e pular. Esse desejo de ser carnal é a origem de sua raiva, a indicação do sofrimento que é sua sina.

Com essas piedosas palavras, ele preparou-se para se trancar nas câmaras assombradas a fim de aprender mais.

Mas dessa vez, sua esposa colocou-se entre ele e seu propósito. Ela não o deixaria ficar com os demônios. Ele devia olhar-se no espelho, ela disse. Tinha envelhecido consideravelmente nas poucas horas em que ficara sozinho naquela casa.

Como ela não conseguiu dissuadi-lo, resolveu trancar-se com ele lá dentro, e todos os que ficaram do lado de fora da casa ouviram os objetos sendo quebrados e atirados, e temeram o momento em que ouviriam o próprio rei e a rainha gritarem e se enfurecerem com as próprias vozes dos espíritos. O barulho que vinha das câmaras interiores era alarmante. Estavam aparecendo rachaduras nas paredes.

Todos fugiram como antes, exceto um pequeno grupo de homens interessados. Pois bem, esses homens eram inimigos do rei desde o começo do reinado. Eram antigos guerreiros que comandaram as campanhas do Egito em busca de carne humana, estavam fartos da bondade do rei, fartos da Boa Mãe, da agricultura e de coisas semelhantes, e viam nessa aventura com espíritos não outra vã tolice do rei, mas também uma situação que, não obstante, oferecia uma oportunidade notável para eles.

Quando a noite caiu, eles entraram furtivamente na casa assombrada. Não temiam os espíritos, como os ladrões de túmulos que saqueiam as tumbas dos faraós. Eles acreditam, mas não o suficiente para controlar sua cobiça.

E quando viram Akasha e Enkil juntos no centro daquele aposento cheio de objetos voando, caíram sobre eles e apunhalaram o rei várias e várias vezes, da mesma forma como seus senadores romanos fizeram com César, e esfaquearam a única testemunha, sua esposa.

E o rei gritou: "Não, vocês não entendem o que fizeram? Vocês deram aos espíritos uma maneira de entrar! Abriram meu corpo para eles! Vocês não percebem?!" Mas os homens fugiram seguros da morte do rei e da rainha, que, de joelhos, segurava a cabeça do marido nas mãos, ambos sangrando com mais ferimentos do que se poderia contar.

Depois os conspiradores foram incitar o povo. Sabiam todos que o rei havia sido morto pelos espíritos? Ele devia ter deixado os demônios para seus magos, tal como qualquer outro mortal teria feito. E, portando tochas, todos foram em bando à casa assombrada que de repente ficara totalmente silenciosa.

Os conspiradores exortaram os magos a entrar, mas estes ficaram com medo. "Então, vamos entrar e ver o que aconteceu", disseram os malfeitores, e abriram as portas.

Lá estavam o rei e a rainha, encarando com toda a calma os conspiradores, e todas as feridas haviam sido curadas. Seus olhos assumiram uma luz misteriosa, sua pele um bruxuleio branco, os cabelos um brilho magnífico. Eles saíram da casa enquanto os conspiradores fugiam aterrorizados, dispersaram a multidão e os sacerdotes e voltaram sozinhos ao palácio.

E embora não tivessem revelado nada a ninguém, sabiam o que havia acontecido com eles.

O demônio entrara em seus corpos através de seus ferimentos no instante em que a própria vida mortal estava prestes a escapar. Mas foi no sangue que o demônio penetrou naquele momento crepuscular, quando o coração quase parou. Talvez fosse essa a substância que ele sempre procurara em seus acessos de fúria, a substância que ele tentara extrair de suas vítimas com suas travessuras, mas jamais havia sido capaz de infligir ferimentos suficientemente profundos sem que suas vítimas morressem. Mas agora ele estava no sangue, e o sangue não era apenas o demônio, ou o sangue do rei e da rainha, mas sim uma combinação do humano com o demônio, que era uma coisa totalmente diferente.

E tudo que restou do rei e da rainha foi o que aquele sangue poderia animar, o que ele poderia inspirar e pretender por sua própria vontade. Seus corpos estavam mortos para todos os outros propósitos. Mas o sangue circulava através do cérebro, do coração e da pele, de modo que a inteligência do rei e da rainha sobreviveu. Suas almas, se assim o preferir, sobreviveram, posto que elas residem nesses órgãos, embora não saibamos por quê. E embora o sangue do demônio não possuísse mente própria, nem caráter próprio que o rei e a rainha pudessem descobrir, ainda assim fortaleceu suas mentes e sua personalidade, pois circulava nos órgãos que criam o pensamento. E acrescentou a suas características naturais seus poderes totalmente espirituais, de modo que o rei e a rainha podiam ouvir os pensamentos dos mortais, sentir e compreender coisas que os mortais não podiam.

Em suma, o demônio dera e o demônio tomara, e o rei e a rainha eram Novas Coisas. Não podiam mais comer comida, crescer, morrer ou ter filhos; no entanto, podiam sentir com uma intensidade que os aterrorizava. E o demônio tinha aquilo que desejava: um corpo no qual viver, uma maneira de estar no mundo enfim, um modo de *sentir.*

Mas depois veio a descoberta mais pavorosa ainda, a de que para manter seus cadáveres com vida o sangue precisava ser alimentado. E a única coisa que podia ser utilizada para tal finalidade era a mesma substância da qual era feito: sangue. Dar sangue ao sangue, dar mais sangue para fluir por todos os membros do corpo produzindo sublimes sensações, sangue que nunca parecia o bastante.

E, oh, a mais grandiosa de todas as sensações era o ato de beber no qual ele se renovava, se alimentava, se expandia. E durante este ato, ele podia sentir a morte da vítima, o momento em que arrancava o sangue da vítima com tanta força que o coração dela parava.

O demônio os tinha, ao rei e à rainha. Eles eram Bebedores de Sangue; e jamais seremos capazes de dizer se o demônio tinha conhecimento deles. Mas o rei e a rainha sabiam que tinham o demônio e não poderiam livrar-se dele, que se o fizessem morreriam porque seus corpos já estavam mortos. E aprenderam de imediato que esses corpos mortos, inteiramente animados por aquele fluido demoníaco, não podiam resistir ao fogo ou à luz do sol. Por um lado, eles pareciam ser frágeis flores brancas que podiam murchar e se queimar no calor do deserto durante o dia. Por outro, o sangue dentro deles parecia ser tão volátil que ferveria se fosse aquecido, destruindo assim as fibras através das quais se movia.

Já foi dito que, nesses tempos muito antigos, eles não podiam suportar nenhuma iluminação brilhante, que até um fogo próximo faria com que sua pele fumegasse.

Seja como for, eles eram de uma nova espécie de ser, seus pensamentos eram de uma nova espécie, e, nesse novo estado, tentavam compreender as coisas que viam, as disposições que os afligiam.

Todas as descobertas não estão registradas. Não há nada na tradição escrita ou oral que registre a primeira vez em que decidiram transmitir o sangue, ou como verificaram o método pelo qual isto devia ser feito – que a vítima devia ser drenada até o momento crepuscular da morte próxima, pois do contrário o sangue demoníaco a ela transmitido não poderia se instalar.

Porém sabemos através da tradição oral que o rei e a rainha tentaram manter segredo do que lhes aconteceu, mas seu desaparecimento durante o dia despertou suspeitas. Eles não podiam frequentar os serviços religiosos do lugar.

Então sucedeu que antes mesmo de conseguirem formular suas decisões mais claras, tiveram de encorajar o povo a cultuar a Boa Mãe à luz da lua.

Mas não poderiam proteger-se dos conspiradores, que ainda não compreendiam sua recuperação e procuravam eliminá-los de novo. O ataque chegou apesar de todas as precauções, e a força do rei e da rainha revelou-se irresistível para os conspiradores, que ficaram ainda mais aterrorizados pelo fato de que os ferimentos que conseguiam causar no rei e na rainha eram curados milagrosa e instantaneamente. O rei teve um braço cortado, que ele colocou de volta no ombro, dando-lhe vida de novo, e os conspiradores fugiram.

E através desses ataques, dessas batalhas, o segredo passou a ser conhecido não apenas pelos inimigos do rei, mas também pelos sacerdotes.

E agora ninguém queria destruir o rei e a rainha; ao contrário, queriam aprisioná-los para obter deles o segredo da imortalidade; e tentaram tirar o sangue deles, mas as primeiras tentativas fracassaram.

As pessoas que beberam não estavam próximas à morte, de modo que se tornaram criaturas híbridas – metade deus e metade humano – e pereceram de maneiras horríveis. No entanto, alguns foram bem-sucedidos. Talvez tenham esvaziado suas veias primeiro. Não está registrado. Mas, em épocas posteriores, isto sempre se comprovou como um método de se roubar sangue.

E talvez a Mãe e o Pai tenham decidido criar seus rebentos. Talvez por solidão e medo, decidiram transmitir o segredo para aqueles de boa índole em quem podiam confiar. Mais uma vez, não sabemos. Seja como for, outros Bebedores de Sangue passaram a existir e o método de criá-los tornou-se conhecido.

Os pergaminhos nos dizem que a Mãe e o Pai procuraram triunfar na adversidade. Procuraram encontrar alguma razão no que tinha acontecido, e acreditavam que seus sentidos intensificados deviam com certeza servir a algum bem. A Boa Mãe havia consentido que aquilo acontecesse, não havia?

Eles deviam santificar e dominar o que havia sido criado pelo mistério, do contrário o Egito poderia tornar-se uma raça de demônios bebedores de sangue, que dividiria o mundo entre Aqueles Que Bebem o Sangue e aqueles que são procriados apenas para dá-lo, uma tirania que uma vez alcançada jamais poderia ser derrubada só pelos homens mortais.

Assim, o bom rei e a rainha escolheram o caminho do ritual, do mito. Eles viam a si mesmos como as imagens da lua cheia e da lua minguante; e no ato de beber o sangue, o deus encarnado que toma seu sacrifício; e usavam seus poderes superiores para adivinhar, prever e julgar. Viam a si mesmos como aceitando, de verdade, o sangue para o deus que do contrário se derramaria no altar. Eles revestiam com o simbólico e o misterioso aquilo que não podia tornar-se comum; saíram do alcance dos mortais e se refugiaram nos templos para serem cultuados por aqueles que lhes traziam o sangue. Tomaram para si os sacrifícios mais apropriados, aqueles que sempre foram feitos para o bem da terra. Inocentes, forasteiros, malfeitores, eles bebiam o sangue para a Mãe e para o Bem.

Eles reviveram a história de Osíris, composta em parte por seu próprio e terrível sofrimento – o ataque dos conspiradores, a recuperação, a necessidade de viver no mundo das trevas, o mundo além da vida, sua incapacidade de andar sob o sol. E inseriram sua história nas histórias mais antigas dos deuses que surgiram e sucumbiram em seu amor pela Boa Mãe, histórias que já existiam lá na terra de onde vieram.

E assim essas histórias foram transmitidas geração após geração até chegar a nós; espalharam-se além dos lugares secretos nos quais a Mãe e o Pai eram cultuados, nos quais estavam instalados aqueles que eles criaram com o sangue.

E já eram velhas quando o primeiro faraó construiu sua primeira pirâmide. E os textos mais antigos registram-nas de maneira estranha e fragmentada.

Uma centena de outros deuses governavam o Egito, assim como em todas as terras. Mas o culto da Mãe, do Pai e Daqueles Que Bebem o Sangue permaneceu secreto e poderoso, um culto no qual os devotos iam ouvir as vozes silenciosas dos deuses, iam sonhar seus sonhos.

Não nos disseram quem foram os primeiros rebentos da Mãe e do Pai. Só sabemos que difundiram a religião nas ilhas do grande mar, nas terras dos dois rios e nas florestas do norte. Sabemos que em santuários de todas as partes o deus da lua governava, bebia seus sacrifícios de sangue e usava seus poderes para olhar dentro dos corações dos homens. Durante os períodos entre os sacrifícios, em estado de inanição, a mente do deus podia deixar seu corpo; podia viajar pelos céus; podia aprender mil coisas. E aqueles mortais com maior pureza de coração podiam ir ao santuário e ouvir a voz do deus, e este podia ouvi-los.

Mas antes mesmo de minha época, há mil anos, toda essa história era antiga e incoerente. Os deuses da lua tinham governado o Egito por três mil anos talvez. E a religião havia sido atacada repetidas vezes.

Quando os sacerdotes egípcios se voltaram para o Deus Sol Amon-Rá, abriram as criptas do deus da lua e deixaram que o solo queimasse até virar cinzas. E muitos de nossa espécie foram destruídos. O mesmo aconteceu quando os primeiros guerreiros bárbaros entraram na Grécia, arrombaram os santuários e destruíram aquilo que não compreendiam.

Agora esse oráculo de Delfos tagarela governa onde antes nós governávamos, e há estátuas onde antes estávamos nós. Nosso momento derradeiro é desfrutado nas florestas do norte de onde você veio, entre aqueles que encharcam nossos altares com o sangue dos malfeitores, e nas pequenas aldeias do Egito, onde um ou dois sacerdotes cuidam do deus na cripta e permitem que os fiéis levem os malfeitores a ele, pois eles não podem pegar os inocentes sem despertar suspeitas, e sempre há malfeitores e forasteiros a serem tomados. E lá nas selvas das África, próximo às ruínas de antigas cidades das quais ninguém se recorda, ali também ainda somos obedecidos.

Mas nossa história está pontuada por histórias de desgarrados – os Bebedores de Sangue que não atendem à orientação de nenhuma deusa e sempre usaram seus poderes como bem entenderam.

Vivem em Roma, em Atenas, em todas as cidades do Império, esses que não dão ouvidos a nenhuma lei sobre o certo e o errado, e usam seus poderes para seus próprios fins.

E tiveram uma morte horrível no calor e nas chamas, assim como os deuses nos bosques e nos santuários, e se algum deles sobreviveu é provável que nem imaginem o motivo pelo qual foram submetidos às chamas mortais, ou como a Mãe e o Pai foram colocados ao sol.

❋

Ele parou de falar.

Ficou examinando minha reação. A biblioteca estava em silêncio, e se os outros estavam à espreita atrás das paredes, eu não podia ouvi-los mais.

– Não acredito em uma palavra do que disse – falei.

Ele me encarou em silêncio estupefato por um momento, depois riu sem parar.

Com raiva, deixei a biblioteca, atravessei os aposentos do templo, subi pelo túnel e saí para a rua.

11

Isto não era típico de mim, ter uma crise de raiva, interromper uma conversa e sair abruptamente. Mas, como disse, eu estava à beira da loucura, a primeira loucura que muitos de nós sofrem, em especial aqueles de nós que foram levados a isto pela força.

Retornei à minha pequena casa perto da grande biblioteca de Alexandria e me deitei na cama como se de fato pudesse adormecer ali e fugir daquela coisa.

– Quanta bobagem – murmurei para mim mesmo.

Mas quanto mais pensava na história, mais ela fazia sentido. Fazia sentido que alguma coisa em meu sangue me impelisse a beber mais sangue. Fazia sentido que isso intensificasse todas as sensações, que mantivesse meu corpo – que agora era uma mera imitação de um corpo humano – funcionando quando deveria ter parado. E fazia sentido que essa coisa não tivesse mente própria, mas que mesmo assim fosse um poder, uma força organizada com um desejo de viver próprio.

E então até fazia sentido que todos nós pudéssemos estar ligados à Mãe e ao Pai, porque essa coisa era espiritual e não tinha limites corporais a não ser os limites dos corpos individuais dos quais ganhara controle. Era a planta videira, essa coisa, e nós éramos as flores espalhadas por grandes distâncias, mas unidas pelas gavinhas entrelaçadas que podiam estender-se por todo o mundo.

E era por isto que nós, os deuses, conseguíamos ouvir-nos uns aos outros tão bem, o motivo pelo qual pude saber que os outros estavam em Alexandria, antes mesmo de me chamarem. Era por isto que eles puderam vir e me achar em casa, por isto puderam conduzir-me à porta secreta.

Está bem. Talvez fosse verdade. E *foi* um acaso essa mistura de uma força anônima com uma mente e um corpo humano para criar a Nova Coisa, como disse o Mais Velho.

Mas mesmo assim... eu não gostava dela.

Eu me revoltava contra tudo isso porque no fundo eu me sentia como um ser individual, um ser único, com um apurado senso de meus próprios direitos e prerrogativas. Não podia aceitar que era um hospedeiro de uma entidade alienígena. Eu ainda era Marius, não importava o que tivesse sido feito comigo.

Por fim, concluí: se eu estava ligado a essa Mãe e a esse Pai, então precisava vê-los, precisava saber se estavam seguros. Não podia conviver com a ideia de que poderia morrer a qualquer momento por causa de alguma alquimia que eu não poderia controlar, sequer compreender.

Mas não retornei ao templo subterrâneo. Passei as poucas noites seguintes banqueteando-me de sangue até que meus pensamentos desagradáveis se afogassem nele; depois, comecei a vagar pela grande biblioteca de Alexandria, lendo como sempre fizera.

✵

Consegui em parte voltar à razão. Parei de ter saudades de minha família mortal. Parei de sentir raiva daquela maldita criatura do templo subterrâneo; e passei a pensar mais nessa nova força que possuía. Eu iria viver por séculos: iria conhecer as respostas para todos os tipos de questões. Eu iria ser a consciência contínua das coisas enquanto o tempo passava! E, desde que matasse apenas os malfeitores, poderia suportar minha sede de sangue, divertir-me com ela, de fato. E, quando chegasse o momento adequado, criaria meus próprios companheiros, e os criaria bem.

O que restava agora? Voltar ao Mais Velho e descobrir onde ele colocara a Mãe e o Pai. E ver essas criaturas com meus próprios olhos. E fazer o mesmo que o Mais Velho ameaçara, enterrá-los tão fundo dentro da terra que nenhum mortal pudesse encontrá-los e expô-los à luz.

Fácil pensar nisso, fácil imaginar que eles pudessem ser despachados assim tão simplesmente.

Cinco noites após ter deixado o Mais Velho, quando todos esses pensamentos tiveram tempo de se desenvolver dentro de mim, eu estava descansando em meu quarto, com os lampiões brilhando através das transparentes cortinas da cama, como antes. Sob a luz dourada, eu prestava atenção nos sons da adormecida Alexandria e mergulhei acordado em sonhos resplandecentes e fluidos. Perguntava-me se o Mais Velho viria a mim de novo, desapontado porque eu não retornara – e à medida que esse pensamento foi ficando claro para mim, percebi que havia alguém parado no vão da porta de novo.

Alguém estava me observando. Eu podia sentir. Para ver essa pessoa, eu só precisaria virar a cabeça. E então eu dominaria o Mais Velho. Eu diria: "Quer dizer que você saiu da solidão e da desilusão e agora quer me contar mais, não é? Por que não volta e senta lá em silêncio, fazendo sofrer seus companheiros fantasmagóricos, a irmandade das cinzas?" Claro que eu não diria tal coisa para ele. Eu não seria capaz de pensar nisso e deixar que ele ouvisse esses pensamentos – se é que era ele mesmo que estava ali no vão da porta.

Quem estava lá não foi embora.

E devagar voltei meus olhos na direção da porta, e foi uma mulher que vi parada ali. Não apenas uma mulher, mas sim uma magnífica egípcia de pele bronzeada coberta de joias e vestida como as velhas rainhas, com delicado linho pregueado, os cabelos negros caindo nos ombros e amarrados com fios de ouro. Uma força imensa emanava dela, uma invisível e poderosa sensação de sua presença dominava aquele pequeno e insignificante quarto.

Levantei-me, puxei as cortinas para trás e os lampiões do aposento se apagaram. Vi a fumaça erguendo-se deles na escuridão, filetes cinzentos como cobras espiralando para o teto e depois desaparecendo. Ela ainda estava lá, a luz remanescente definindo seu rosto inexpressivo, cintilando nas joias em volta de seu pescoço e nos grandes olhos amendoados. Ela disse em silêncio:

Marius, tire-nos do Egito.

E depois desapareceu.

Meu coração batia de modo incontrolável. Fui ao jardim à sua procura. Pulei o muro e me vi sozinho na rua vazia e sem calçamento, olhando para todos os lados.

Comecei a correr em direção ao antigo setor onde havia descoberto a porta. Eu tencionava entrar no templo subterrâneo, encontrar o Mais Velho e dizer-lhe que devia levar-me até ela, que eu a tinha visto, que ela se mexera, que ela falara, que ela havia ido a mim! Eu estava ensandecido, mas quando cheguei à porta soube que não precisava descer. Soube que, se saísse da cidade e fosse para o deserto, poderia encontrá-la. Ela já me conduzia para onde estava.

Durante a hora seguinte, eu haveria de recordar a força e a velocidade que conhecera nas florestas da Gália e que não usara desde então. Saí da cidade e corri por regiões iluminadas apenas pela luz das estrelas, caminhei até chegar em um templo em ruínas e ali comecei a cavar na areia. Um grupo de mortais teria precisado de várias horas para descobrir o alçapão, mas eu encontrei-o rapidamente e consegui levantá-lo, coisa que os mortais não poderiam fazer.

Segui por escadarias e corredores em curva que não eram iluminados. Amaldiçoei a mim mesmo por não ter levado uma vela, por ter ficado tão perturbado com a visão dela que saí correndo atrás do seu rastro como se estivesse apaixonado.

– Ajude-me, Akasha – sussurrei.

Estendi as mãos diante de mim e tentei não sentir um medo mortal da escuridão, na qual eu era tão cego quanto um homem comum.

Minhas mãos tocaram em algo duro à minha frente. E fiz uma pausa, tomando fôlego, tentando controlar-me. Então, minhas mãos moveram-se sobre a coisa e eu senti o que parecia ser o peito de uma estátua humana, seus ombros, seus braços. Mas não era uma estátua aquela coisa, parecia feita de algo mais elástico do que pedra. E quando minha mão encontrou o rosto, os lábios eram mais macios do que todo o resto, e eu recuei.

Eu podia ouvir meu coração bater. Podia sentir a pura humilhação da covardia. Não ousei dizer o nome Akasha. Eu sabia que aquela coisa que eu tocara tinha um corpo de homem. Era Enkil.

Fechei meus olhos, tentando recuperar a presença de espírito, elaborar algum plano de ação que não incluísse o ato de me virar e sair correndo como um louco, e então ouvi o som seco de um estalo e vi um clarão de fogo atravessar minhas pálpebras fechadas.

Quando abri meus olhos, vi uma tocha ardendo na parede atrás dele, seu perfil escuro assomando diante de mim, seus olhos vivos olhando para mim sem perguntas, as pupilas negras nadando numa opaca luz cinzenta. Ele também dava a impressão de não ter vida, com as mãos pendendo ao lado do corpo. Estava ornamentado tal como ela, usava os esplêndidos trajes de faraó e seus cabelos também estavam trançados com ouro. Toda sua pele era da cor do bronze, assim como a dela, como o Mais Velho dissera. E ele era a encarnação da ameaça em sua imobilidade, enquanto ficava ali me encarando.

Na árida câmara atrás dele, ela estava sentada num banco de pedra, com a cabeça inclinada em ângulo, os braços bamboleando, como se ela fosse um corpo sem vida jogado ali. Sua roupa de linho estava suja de areia, assim como suas sandálias, os olhos estavam vazios e fixos. Perfeita postura da morte.

E ele bloqueava meu caminho como uma sentinela de pedra numa tumba real.

Eu não conseguia ouvir deles mais do que você ouviu quando o levei para a câmara aqui embaixo na ilha. E pensei que poderia morrer de medo no ato.

No entanto, havia a areia em seus pés e em sua roupa de linho. Ela havia vindo a mim! Havia!

Mas alguém entrara no corredor atrás de mim. Alguém caminhava arrastando os pés pela passagem, e quando me virei, vi um daqueles seres queimados – um mero esqueleto, com as gengivas pretas aparecendo e os dentes caninos enfiados na lustrosa pele preta cor de passa de seu lábio inferior.

Engoli em seco um grito sufocado ao vê-lo, seus membros esqueléticos, os pés largos e virados para fora, os braços bamboleando a cada passo. Ele avançava com esforço em nossa direção, mas não parecia me ver. Ergueu as mãos e empurrou Enkil.

– Não, não, volte para a câmara! – ele sussurrou com voz baixa e crepitante. – Não, não! – Cada sílaba parecia roubar toda sua força; seus braços murchos empurravam a figura, mas ele não conseguia movê-la.

"Ajude-me!", ele disse para mim. "Eles se mexeram. Por que se mexeram? Faça com que voltem. Quanto mais se movem, mais difícil fica para trazê-los de volta."

Encarei Enkil e senti o horror que você sentiu ao ver aquela estátua com vida, aparentemente incapaz ou sem vontade de se mover. E à medida que eu observava, o espetáculo ficou ainda mais horrível, porque aquele espectro enegrecido estava agora gritando e empurrando Enkil, incapaz de fazer alguma coisa com ele. E a visão daquela criatura que deveria estar morta se esgotando daquela maneira, enquanto a outra criatura que parecia perfeitamente um deus majestoso apenas ficava parada ali, era mais do que eu poderia suportar.

– Ajude-me – disse a criatura queimada. – Leve-o de volta para a câmara. Leve-os de volta para onde devem permanecer.

Como eu poderia fazer isso? Como poderia pôr as mãos naquele ser? Como poderia aventurar-me a empurrá-lo para onde ele não desejava ir?

– Eles ficarão bem se você me ajudar – insistiu. – Estarão juntos e em paz. Empurre-o. Faça isso. Empurre! Oh, olhe para ela, o que aconteceu com ela. Olhe.

– Está bem, maldição! – eu sussurrei e, dominado pela vergonha, tentei.

Pus minhas mãos de novo em Enkil e empurrei-o, mas era impossível. Minha força não significava nada ali, e a criatura queimada ficou ainda mais irritada com suas inúteis palavras e esforço para empurrar.

Mas de repente ele soltou um grito sufocado, jogou seus braços esqueléticos para o ar e recuou.

– O que há com você! – eu disse, tentando não gritar e correr.

Mas logo entendi.

Akasha havia aparecido atrás de Enkil. Estava parada bem atrás dele, olhando para mim por cima de seu ombro, e vi as pontas de seus dedos aparecerem em seus braços musculosos. Os olhos de Akasha estavam tão vazios em sua beleza vitrificada quanto antes. Mas ela o estava fazendo mexer-se e agora havia o espetáculo daquelas duas coisas caminhando por vontade própria, ele movendo-se para trás devagar, com os pés mal tocando o chão, e ela protegida por ele, de modo que eu via apenas suas mãos, a parte de cima da cabeça e os olhos.

Pisquei os olhos, tentando clarear minha mente.

Estavam sentados no banco de novo, juntos, e haviam se colocado na mesma posição na qual você os viu no andar de baixo desta ilha hoje à noite.

A criatura queimada estava prestes a desabar. Havia caído de joelhos e não precisava explicar-me o motivo. Ele os encontrara muitas vezes em diferentes posições, mas jamais testemunhara seus movimentos.

Eu tinha plena consciência do motivo pelo qual ela se mexera. Ela fora me procurar. Fiquei enlevado. Mas houve um momento em que meu orgulho e satisfação deram lugar ao que deveria ter sido: um medo irresistível e por fim o pesar.

Comecei a chorar. Comecei a chorar incontrolavelmente, de um modo como não chorava desde que estivera com o antigo deus no bosque e ocorreu minha morte e esta maldição, esta grande, luminosa e poderosa maldição caiu sobre mim. Chorei como você chorou quando os viu pela primeira vez. Chorei por sua imobilidade e isolamento, por aquele lugar horrível e pequeno, no qual eles ficavam olhando para a frente, para coisa nenhuma, ou se sentavam na escuridão enquanto o Egito morria lá em cima.

A deusa, a mãe, a coisa, o que quer que fosse, o progenitor estúpido e silencioso ou desamparado estavam olhando para mim. Com certeza, não era uma ilusão. Os olhos de Akasha, grandes e brilhantes, com sua franja negra de cílios, estavam fixos em mim. E sua voz surgiu de novo, mas não tinha nada de seu antigo poder, era apenas o pensamento, muito além da linguagem, dentro de minha cabeça.

Tire-nos do Egito, Marius. O Mais Velho tenciona destruir-nos. Proteja--nos. Marius. Senão vamos morrer aqui.

– Eles desejam sangue? – gritou a criatura queimada. – Eles se moveram porque queriam um sacrifício? – suplicou aquele ser ressecado.

– Vá conseguir um sacrifício para eles – eu disse.

– Não posso agora. Não tenho forças. E eles não vão me dar o sangue regenerador. Mas se me concedessem algumas gotas, minha carne queimada se restauraria, o sangue que tenho em mim se reabasteceria e eu traria gloriosos sacrifícios para eles...

Mas havia um tom de desonestidade nesse pequeno discurso, porque *eles* não desejavam mais sacrifícios gloriosos.

– Tente beber o sangue deles de novo – eu disse, o que foi de um terrível egoísmo de minha parte.

Eu só queria ver o que aconteceria.

No entanto, para minha surpresa, ele se aproximou deles, inclinou-se e, chorando, implorou que lhe dessem seu poderoso sangue, seu antigo sangue, de modo que suas queimaduras pudessem curar-se mais depressa, dizendo que era inocente, que não os colocara na areia – tinha sido o Mais Velho –, por favor, por favor, que eles deixassem que ele bebesse da fonte original.

E então uma fome voraz o consumiu. Em convulsão, ele expandiu os colmilhos assim como uma cobra poderia fazer e arremessou-se à frente, com as garras negras para fora, em direção ao pescoço de Enkil.

O braço de Enkil levantou-se, como o Mais Velho disse, e atirou longe a criatura queimada que caiu de costas no outro lado da câmara e depois retornou à sua posição adequada.

A criatura soluçava e eu estava mais envergonhado ainda. Ele estava enfraquecido demais para caçar vítimas ou trazê-las. Eu o exortara a fazer aquilo apenas para ver. E o desalento daquele lugar, a areia saibrosa no chão, a aridez, o cheiro horrível da tocha e a feia visão do ser queimado se contorcendo e chorando, tudo isso era desanimador demais para ser descrito.

– Então beba de mim – eu disse, estremecendo diante de sua visão, os colmilhos distendendo-se de novo, as mãos à frente para me pegar.

Mas era o mínimo que eu podia fazer.

12

Assim que acabei com aquela criatura, ordenei-lhe que não deixasse ninguém entrar na cripta. Eu não podia imaginar como ele conseguiria manter as pessoas lá fora, mas lhe disse isso com um tom bastante autoritário e saí depressa.

Voltei para Alexandria, invadi uma loja de antiguidades, roubei dois sarcófagos finamente pintados e revestidos de ouro, peguei uma grande quantidade de linho para enrolar e voltei à cripta do deserto.

Minha coragem e meu medo estavam no ponto máximo.

Como costuma acontecer quando damos sangue ou o tomamos de outro de nossa espécie, eu tinha visto coisas, sonhara coisas, por assim dizer, quando a criatura queimada estava com os dentes em minha garganta. E o que eu vira e sonhara tinha a ver com o Egito, com a sua história, com o fato de que durante quatro mil anos esta terra conhecera pouca mudança na língua, religião e arte. E pela primeira vez isso era compreensível para mim e me deixava com profunda simpatia para com a Mãe e o Pai, como relíquias deste país, tão certamente como as pirâmides eram relíquias. Isto intensificou minha curiosidade e chegou a aproximá-la da devoção.

Embora, para ser honesto, eu teria roubado a Mãe e o Pai apenas para assegurar a minha própria sobrevivência.

Esse novo conhecimento, essa nova paixão louca, inspirava-me enquanto eu me aproximava de Akasha e Enkil para colocá-los nos sarcófagos, sabendo muito bem que Akasha consentiria e que um soco de Enkil provavelmente poderia esmagar meu crânio.

Mas Enkil entregou-se assim como Akasha. Permitiram-me envolvê-los em linho, que os tornasse múmias e que os colocasse nos bem torneados sarcófagos, que ostentavam os rostos pintados de outros e as intermináveis instruções em hieróglifos para os mortos, e que os levasse comigo para Alexandria, coisa que fiz.

Deixei o ser fantasmagórico num terrível estado de agitação e fui embora, arrastando um sarcófago debaixo de cada braço.

Quando cheguei na cidade, por uma questão de conveniência, contratei homens para carregarem aqueles sarcófagos de modo adequado até a minha casa, depois enterrei-os bem fundo no jardim, explicando em voz alta o tempo todo para Akasha e Enkil que sua estada na terra não seria longa.

Fiquei aterrorizado por deixá-los na noite seguinte. Cacei e matei a poucos metros do portão de meu jardim. Depois mandei meus escravos adquirirem cavalos e uma carroça e fazer os preparativos para uma viagem pela costa de Antioquia, no rio Orontes, uma cidade que eu conhecia e amava e na qual sentia que estaria em segurança.

Como eu temia, o Mais Velho logo apareceu. Na verdade, eu estava esperando por ele no sombrio quarto de dormir, sentado como um romano no divã, com um lampião ao meu lado, uma velha cópia de algum poema romano na mão. Eu me perguntava se ele sentiria a localização de Akasha e Enkil, e deliberadamente passei a transmitir pistas falsas através do pensamento – que eu os trancara na própria grande pirâmide.

Eu ainda sonhava o sonho do Egito que a criatura queimada me transmitira: uma terra na qual as leis e as crenças haviam permanecido as mesmas por mais tempo do que podíamos imaginar; uma terra que conhecia a escrita pictográfica, as pirâmides e os mitos de Osíris e Ísis quando a Grécia estava em trevas e quando não havia ainda Roma. Eu via o rio Nilo inundando suas margens. Via as montanhas em cada lado que formaram o vale. Via o tempo com uma visão totalmente diferente. E não era apenas o sonho da criatura queimada – era tudo que eu já havia visto e conhecido do Egito, uma sensação de que as coisas começaram ali, que eu havia aprendido em livros muito tempo antes de me tornar o filho de Akasha e Enkil, a quem eu tencionava levar agora comigo.

– O que o faz pensar que nós iríamos entregá-los aos seus cuidados! – o Mais Velho disse assim que apareceu no vão da porta.

Parecia gigantesco vestido apenas com o saiote curto de linho, enquanto andava de um lado para o outro em meu quarto. A luz do lampião brilhava em sua cabeça calva, no rosto redondo, nos olhos esbugalhados.

– Como ousa pegar a Mãe e o Pai? O que você fez com eles? – ele disse.

– Foi você quem os expôs ao sol – eu respondi. – Foi você quem procurou destruí-los. Era você que não acreditava na antiga história. Você era o guardião da Mãe e do Pai, e mentiu para mim. Você ocasionou a morte de nossa espécie de uma extremidade do mundo à outra. Você e só você mentiu para mim.

Ele ficou estarrecido, me achou orgulhoso e insuportável. Eu também. Mas e daí? Ele tinha o poder de me reduzir a cinzas se e quando queimasse a Mãe e o Pai? E ela havia vindo a mim! A mim!

– Eu não sabia o que aconteceria! – ele disse agora, as veias latejando em sua testa, os punhos fechados.

Parecia um grande núbio calvo enquanto tentava intimidar-me.

– Juro por tudo que é sagrado, eu não sabia, e você não pode saber o que significa zelar por eles, olhá-los ano após ano, década após década, século após século, sabendo que podem falar, podem mover-se, mas não o fazem!

Eu não tinha nenhuma simpatia por ele nem pelo que dizia. Ele era apenas uma figura enigmática postada no centro daquele pequeno quarto em Alexandria, queixando-se comigo de sofrimentos além da imaginação. Como eu poderia simpatizar com ele?

– Eu os herdei – ele disse. – Eles me foram dados! O que eu devia fazer? E tenho de lutar com seu silêncio punidor, sua recusa em comandar a tribo que largaram pelo mundo. E por que este silêncio? Vingança, é o que lhe digo. Para se vingarem de nós. Mas por quê? Quem existe que pode lembrar-se de mil anos atrás? Ninguém. Quem compreende todas essas coisas? Os antigos deuses deixaram-se queimar pelo sol, se atiraram nas fogueiras, foram destruídos pela violência, ou enterraram-se nas profundezas da terra e nunca mais saíram de lá. Mas a Mãe e o Pai continuam para sempre, e não falam. Por que não se enterram onde nenhum dano poderá ser feito a eles? Porque simplesmente observam, ouvem e se recusam a falar? Enkil só se mexe quando tentam tirar Akasha dele, ele ataca e depois derruba seus adversários como se fosse um colosso de pedra que tomou vida. Eu lhe digo, quando coloquei-os na areia, eles não tentaram salvar-se! Ficaram olhando para o rio enquanto eu corria!

– Você fez isto para ver o que aconteceria, se isto os faria mexer-se!

– Para me libertar! Para dizer: "Não zelarei mais por vocês. Mexam-se. Falem." Para ver se era verdade a antiga história, e, se fosse verdade, então que todos nós morrêssemos nas chamas.

Ele se esgotara. No final, disse com voz fraca:

– Você não pode levar a Mãe e o Pai. Como pôde pensar que eu lhe permitiria fazer isso! Você, que talvez não dure mais que o século; você, que fugiu das obrigações no bosque. Você realmente não sabe o que a Mãe e o Pai são. Você ouviu muito mais que uma mentira minha.

– Tenho algo a lhe dizer – eu disse. – Você *está* livre agora. Você sabe que não somos deuses. E que tampouco somos humanos. Nós não servimos à Mãe Terra porque não comemos seus frutos e não descemos naturalmente para seu abraço. E não pertencemos a ela. Eu deixarei o Egito sem outras obrigações para com você, e vou levá-los comigo porque foi o que me pediram para fazer e não permitirei que eles ou eu sejamos destruídos.

Ele ficou estarrecido de novo. Como me haviam pedido? Mas não pôde encontrar as palavras, de tão furioso que estava, tão cheio de ódio de repente, tão cheio de sombrios segredos coléricos, que eu sequer podia vislumbrar. Sua mente era tão educada quanto a minha, aquele ser, mas ele conhecia coisas sobre nossos poderes que eu nem adivinhava. Eu jamais matara um homem quando era mortal. Eu não sabia como matar uma coisa viva, a não ser na terna e impiedosa necessidade de sangue.

Ele sabia usar sua força sobrenatural. Ele fechou os olhos e seu corpo endureceu-se. Ele irradiava perigo.

Aproximou-se de mim e suas intenções ficaram evidentes. Num instante, levantei-me do divã e tentei evitar seus golpes. Ele me segurou pela garganta e me atirou contra a parede de pedra, esmagando os ossos de meu ombro e braço direito. Num momento de dor intensa, eu sabia que ele iria espatifar minha cabeça contra a pedra e quebrar todos os meus membros, depois derramaria o óleo do lampião em cima de mim e me queimaria. Eu sairia de sua eternidade particular como se jamais houvesse conhecido aqueles segredos, ou ousado intrometer-me.

Lutei como nunca havia lutado antes. Mas meu braço machucado doía intensamente e a força dele era para mim o que a minha seria para você. Mas em vez de agarrar as mãos dele que estavam fechadas em volta de minha garganta, em vez de tentar instintivamente libertar meu pescoço, enterrei meus polegares em seus olhos. Embora meu braço explodisse de dor, usei toda minha força para empurrar seus olhos para trás, para dentro de sua cabeça.

Ele me soltou e gritou de dor. O sangue escorria por seu rosto. Corri para longe dele em direção à porta do jardim. Ainda não podia respirar por causa dos danos que causara em minha garganta e, enquanto tentava agarrar meu braço pendente, vi coisas pelo canto do olho que me deixaram confuso, um grande jorro de terra voando para o alto no jardim, o ar denso como se fosse fumaça. Choquei-me contra a porta, perdendo o equilíbrio, como se um vento me impelisse, e olhando para trás vi que ele vinha vindo, os olhos ainda brilhando, embora no fundo de sua cabeça. Estava amaldiçoando-me em egípcio. Dizia que eu iria para o reino dos mortos com os demônios, sem que me pranteassem.

E então seu rosto se congelou numa máscara de medo. Ele parou de estalo e pareceu quase cômico em seu estado de alarme.

Então eu vi o que ele estava vendo – a figura de Akasha que passava à minha direita. O linho que a envolvia havia sido rasgado de sua cabeça, os braços estavam livres, e ela estava coberta de terra arenosa. Seus olhos estavam fixos e inexpressivos como sempre, e ela se aproximava dele devagar, chegando cada vez mais perto porque ele não conseguia mexer-se para se salvar.

Ele caiu de joelhos, balbuciando em egípcio, primeiro em um tom de espanto, depois com pavor incoerente. No entanto, ela avançava, deixando um rastro de areia atrás de si, o linho desprendendo-se dela enquanto cada passo lento e deslizante o rompia com mais violência. Ele afastou-se, caiu com as mãos para a frente e começou a rastejar como se alguma força invisível o impedisse de pôr-se de pé. Com certeza, era ela quem estava fazendo isso, porque no final ele ficou deitado de bruços, os cotovelos projetados para o alto, incapaz de se mexer.

Tranquila e lentamente, ela pisou na parte posterior de seu joelho direito, esmagando-o com o pé, o sangue esguichando por baixo de seu calcanhar. Com o passo seguinte, ela esmagou sua bacia enquanto ele urrava como um animal emudecido, com o sangue jorrando nas partes destroçadas. Em seguida veio seu passo seguinte sobre o ombro dele, e o seguinte sobre a cabeça, que se desmanchou sob seu peso como uma bola de areia. Os urros cessaram. O sangue esguichava de seus restos que se contorciam.

Ao se virar, ela não me revelou nenhuma mudança na expressão, como se nada significasse o que havia acontecido com ele, indiferente inclusive à testemunha solitária e horrorizada que se encolhia contra a parede. Ela andou novamente sobre seus restos com o mesmo andar lento e sem esforço, esmagando ao máximo o que sobrava dele.

O que sobrou não chegava a ser o perfil de um homem, mas apenas uma massa encharcada de sangue no chão, e mesmo assim ela brilhava, borbulhava, parecia inchar e contrair-se como se ainda houvesse vida nela.

Eu estava petrificado, sabendo que havia vida em Akasha, que aquilo era o que a imortalidade podia significar.

Mas ela se detivera, e virou-se para a esquerda com tanta lentidão que mais parecia uma estátua sendo girada. Sua mão ergueu-se e o lampião ao lado do divã foi levantado no ar e caiu sobre a massa ensanguentada, a chama incendiando rapidamente o óleo derramado.

Ele foi consumido como gordura, as chamas dançando de uma extremidade à outra da massa escura, o sangue parecendo alimentar o fogo, a fumaça com um cheiro acre, mas exalando apenas o fedor do óleo.

Eu estava de joelhos, com a cabeça apoiada na lateral do vão da porta. Estava prestes a perder a consciência de tamanho choque, como nunca antes estive. Observei-o se extinguindo até o final. Observei-a parada ali, no outro lado das chamas, enquanto o rosto de bronze não emitia o menor sinal de inteligência, triunfo ou vontade.

Prendi a respiração, esperando que seus olhos se movessem em minha direção. Mas não se moveram. E enquanto aquele momento se prolongava, enquanto o fogo se apagava, percebi que ela deixara de se mexer. Ela havia retornado ao estado de silêncio absoluto e calma que todos os outros passaram a esperar dela.

O quarto estava escuro agora. O fogo se apagara. O cheiro de óleo queimado me dava náuseas. Ela parecia um espectro egípcio com seus panos rasgados, parada ali diante das brasas cintilantes, os móveis dourados reluzindo sob a luz que vinha do céu, mantendo, apesar de todas as características do artesanato romano, alguma semelhança com a elaborada e delicada mobília de uma câmara funerária real.

Eu me pus de pé e meu ombro e meu braço latejaram de dor. Podia sentir o sangue correndo para curá-los, mas o estrago era considerável. Eu não sabia por quanto tempo teria de suportar aquilo.

Sabia, é claro, que se fosse beber o sangue dela, a cura seria muito mais rápida, talvez instantânea, e poderíamos começar nossa viagem para longe de Alexandria nessa mesma noite. Eu poderia levá-la para bem longe do Egito.

Então, me dei conta de que era *ela* que estava me dizendo isto. As palavras, para bem longe, eram sopradas dentro de mim de modo sensual.

E eu respondi a ela: *Já viajei pelo mundo todo e levarei vocês para lugares seguros.* Mas, mais uma vez, talvez todo este diálogo fosse coisa da minha cabeça. E também a suave e submissa sensação de amor por ela. Eu estava ficando completamente louco, pois sabia que aquele pesadelo nunca, jamais teria fim, a não ser pelo fogo, como acontecera com aquela criatura, que nem a velhice natural nem a morte iriam aquietar meus medos e aplacar minhas dores, como um dia esperei que acontecesse.

Deixou de ter importância. O que importava era que eu estava sozinho com ela, e naquela escuridão ela podia ser uma mulher humana parada ali, uma jovem deusa cheia de vitalidade, cheia de palavras, ideias e sonhos adoráveis.

Eu me aproximei dela e então pareceu-me que ela era aquela criatura dócil e submissa, que algum conhecimento dela estava dentro de mim, esperando para ser recordado, esperando para ser desfrutado. No entanto, eu estava com medo. Ela poderia fazer comigo o que fizera com o Mais Velho. Mas isto era absurdo. Ela não o faria. Eu era seu guardião agora. Ela jamais deixaria que alguém me machucasse. Não. Eu tinha de entender isto. Aproximei-me cada vez mais dela, até que meus lábios estivessem quase em sua garganta de bronze, e isto foi decidido quando senti a firme e fria pressão de sua mão atrás de minha cabeça.

13

Não tentarei descrever o êxtase. Você o conhece. Você o conheceu quando tomou o sangue de Magnus. Conheceu-o quando dei-lhe meu sangue no Cairo. Você o experimenta quando mata. E você sabe o que significa quando digo que foi mil vezes melhor do que isto.

Eu não via, não ouvia nem sentia coisa alguma a não ser a felicidade absoluta, a satisfação absoluta.

No entanto, eu estava em outros lugares, em outros aposentos de muito tempo atrás, vozes estavam falando e batalhas estavam sendo perdidas. Alguém estava gritando em agonia. Alguém gritava palavras que eu conhecia e não conhecia: *Eu não entendo. Eu não entendo.* Abriu-se um grande poço de trevas e veio o convite para cair, cair e cair, ela suspirou e disse: *Não posso mais lutar.*

Então acordei e descobri que estava deitado em meu divã. Ela estava no centro do quarto, imóvel como antes, era tarde da noite e a cidade de Alexandria dormia seu sono em torno de nós.

Eu conheci uma infinidade de outras coisas.

Conheci tantas coisas que levaria horas, se não noites, para aprendê-las se me tivessem sido contadas nas palavras dos mortais. E eu não tinha a menor suspeita de quanto tempo se passara.

Fiquei sabendo que milhares de anos atrás houve grandes batalhas entre os Bebedores de Sangue e que muitos deles, após a criação inicial, se haviam tornado implacáveis e profanos portadores da morte. Ao contrário dos amantes benignos da Boa Mãe que jejuavam e depois bebiam nos sacrifícios, aqueles eram anjos da morte que se lançavam contra qualquer vítima a qualquer momento, vangloriando-se de que faziam parte do ritmo de todas as coisas, para o qual nenhuma vida humana individual tinha importância, para o qual morte e vida eram a mesma coisa – e a eles cabia o sofrimento e a matança quando decidissem ministrá-los.

E esses deuses terríveis tinham seus devotados cultuadores entre os homens, escravos humanos que traziam vítimas para eles e que tremiam de medo do momento em que eles próprios pudessem cair ao capricho do deus.

Deuses dessa espécie haviam governado na antiga Babilônia, na Assíria e em cidades há muito esquecidas, na longínqua Índia e em regiões mais distantes cujos nomes não compreendi.

E mesmo agora, quando estou em silêncio e atordoado com essas imagens, compreendi que esses deuses se tornaram parte do mundo oriental, que era estranho ao mundo romano no qual nasci. Eles eram parte do mundo dos persas, cujos homens eram escravos abjetos de seu rei, ao passo que os gregos que os combateram eram homens livres.

Não importavam nossas crueldades e nossos excessos, para nós até o mais humilde camponês tinha valor. A vida tinha valor. E a morte era apenas o fim da vida, algo a ser enfrentado com bravura quando a honra não deixasse outra escolha. Para nós a morte não era algo de grandioso. Na verdade, não creio que a morte fosse realmente grande coisa para nós. Com certeza, não era um estado preferível à vida.

E embora esses deuses tenham sido revelados a mim por Akasha, com toda sua grandeza e mistério, achei-os apavorantes. Eu não poderia segui-los, agora ou nunca, e sabia que as filosofias que procediam deles ou os justificavam jamais justificariam minha matança, nem me dariam o consolo enquanto Bebedor de Sangue. Mortal ou imortal, eu era do Ocidente. E amava as ideias do Ocidente. Eu sempre me sentiria *culpado* pelo que fazia.

Não obstante, vi o poder desses deuses, seu encanto incomparável. Eles desfrutavam de uma liberdade que eu jamais conheceria. E vi seu desprezo por todos aqueles que os desafiavam. E eu os vi usando suas coroas brilhantes no panteão de outras nações.

E os vi chegando no Egito para roubar o sangue original e todo-poderoso do Pai e da Mãe, e para garantir que o Pai e a Mãe não se queimassem para pôr um fim no reinado desses deuses sombrios e terríveis, para quem todos os deuses bons tinham de ser abatidos.

E vi a Mãe e o Pai aprisionados. Eu os vi enterrados numa cripta subterrânea com blocos de diorito e granito pressionados contra seus corpos, com apenas as cabeças e pescoços livres. Dessa maneira, os deuses sombrios poderiam alimentar a Mãe e o Pai com o sangue humano, ao qual eles não podiam resistir, e tomar de seus pescoços o sangue poderoso contra sua vontade. E todos os deuses sombrios do mundo vinham beber na mais antiga das fontes.

O Pai e a Mãe gritavam de tormento. Suplicavam para serem soltos. Mas isto não significava coisa alguma para os deuses sombrios que sentiam prazer com essa agonia, que a bebiam assim como bebiam sangue humano. Os deuses sombrios usavam crânios humanos dependurados em seus cinturões; seus trajes estavam manchados de sangue humano. A Mãe e o Pai recusavam os sacrifícios, mas isto só aumentava seu desamparo. Eles não tomavam a única coisa que podia ter lhes dado forças para mover as pedras e para afetar objetos com o simples pensamento.

Não obstante, sua força aumentava.

Anos e anos desse tormento, de guerras entre os deuses, de guerras entre as seitas que se agarravam à vida e aquelas que se apegavam à morte.

Anos sem conta até que finalmente a Mãe e o Pai se tornaram silenciosos, e não existia ninguém que sequer pudesse se lembrar de um tempo em que eles imploraram, lutaram ou falaram. Chegou um tempo em que ninguém conseguia se lembrar de quem aprisionara a Mãe e o Pai, ou o motivo pelo qual nunca deviam ser soltos. Alguns nem acreditavam que a Mãe e o Pai fossem sequer os originais, ou que sua imolação fosse trazer danos para alguém mais. Era apenas uma velha história.

E, durante todo esse tempo, o Egito continuou sendo o Egito e sua religião, não corrompida por forasteiros, movendo enfim na direção da crença na consciência, do julgamento de todos os seres após a morte, fossem ricos ou pobres, na crença da bondade sobre a terra e na vida após a morte.

E então chegou a noite em que se descobriu que a Mãe e o Pai estavam livres de sua prisão, e aqueles que cuidavam deles perceberam que só eles poderiam ter movido as pedras. Em silêncio, suas forças haviam aumentado além de qualquer estimativa. No entanto, permaneciam como estátuas, abraçados um no outro no centro da câmara suja e escura onde haviam sido mantidos durante séculos. Estavam nus e tremeluzentes, todas as roupas já haviam apodrecido muito tempo antes.

Se e quando bebiam o sangue ofertado das vítimas oferecidas, moviam-se com a indolência de répteis no inverno, como se o tempo tivesse assumido um significado totalmente diferente para eles, e os anos fossem como noites e os séculos como anos.

A antiga religião estava forte como sempre, não era do Oriente e tampouco do Ocidente. Os Bebedores de Sangue continuavam como símbolos do bem, a imagem luminosa da vida no outro mundo, que até mesmo a mais humilde alma egípcia poderia vir a desfrutar.

Nessa época, só os malfeitores podiam ser sacrificados. Pois, dessa forma, os deuses afastavam o mal do povo, protegiam o povo, e a voz silenciosa do deus consolava os fracos, dizendo as verdades aprendidas pelo deus durante o jejum: que o mundo estava repleto de beleza imorredoura, que nenhuma alma aqui está de fato sozinha.

A Mãe e o Pai eram mantidos no mais encantador de todos os santuários e todos os deuses vinham até eles para, com seu consentimento, tomar pequenas gotas de seu sangue precioso.

Mas então o impossível estava acontecendo. O Egito estava chegando ao fim. Coisas que eram consideradas imutáveis estavam a ponto de sofrer uma reviravolta. Alexandre chegara, os Ptolomeus eram os governantes, César e Antônio – todos protagonistas rudes e estranhos do drama que era simplesmente O Fim de Tudo Aquilo.

E por fim o sombrio e cínico Mais Velho, o iníquo, o desiludido, que colocou a Mãe e o Pai sob o sol.

⁂

Levantei-me do divã e fiquei em pé naquele quarto em Alexandria, olhando para a figura imóvel de Akasha com seu olhar fixo e para o linho manchado dependurado em seu corpo parecendo um insulto. Minha cabeça girava com poesias antigas. Eu estava dominado pelo amor.

Não havia mais nenhuma dor em meu corpo pela batalha com o Mais Velho. Os ossos estavam restaurados. Caí de joelhos e beijei os dedos da mão direita que pendia ao lado de Akasha. Ergui os olhos e a vi olhando para mim, a cabeça inclinada, e a expressão mais estranha passou por seu rosto; em seu sofrimento parecia tão pura quanto a felicidade que eu acabara de conhecer. Então, muito devagar, com uma lentidão inumana, sua cabeça retornou à posição de olhar para a frente, e, nesse instante, eu percebi que tinha visto e conhecido coisas que o Mais Velho jamais conhecera.

Enquanto envolvia seu corpo de novo em linho, eu estava em transe. Mais do que nunca, eu me sentia no dever de tomar conta dela e de Enkil, o horror da morte do Mais Velho surgia à minha frente a cada segundo, e o sangue que ela me dera aumentou minha alegria, bem como minha força física.

Enquanto eu me preparava para deixar Alexandria, imagino que sonhei em despertar Enkil e Akasha, que nos anos vindouros eles recuperariam toda a vitalidade que lhes fora roubada, e que nós nos conheceríamos de modos tão íntimos e espantosos que esses sonhos de conhecimento e experiência dados a mim no sangue se tornariam pálidos.

Meus escravos já haviam retornado com os cavalos e as carroças para nossa viagem, com os sarcófagos de pedra, as correntes e cadeados que mandei que conseguissem. Eles esperavam do lado de fora dos muros.

Coloquei os ataúdes de madeira com a Mãe e o Pai dentro dos sarcófagos lado a lado na carroça, depois os cobri com cadeados, correntes e cobertas pesadas e partimos, dirigindo-nos para a porta do templo subterrâneo dos deuses, em nosso trajeto para os portões da cidade.

Quando chegamos no templo, ordenei que meus escravos gritassem caso alguém se aproximasse; em seguida, peguei uma sacola de couro e desci para o templo, entrando na biblioteca do Mais Velho. Coloquei na sacola todos os pergaminhos que pude encontrar. Roubei cada pedaço de papel escrito que havia no local. Desejei ter podido levar também os escritos das paredes.

Havia outros nas câmaras, mas estavam aterrorizados demais para saírem. Claro que sabiam que eu havia roubado a Mãe e o Pai. E era provável que soubessem da morte do Mais Velho.

Não importava para mim. Eu estava saindo do velho Egito e tinha comigo a fonte de todo nosso poder. Eu era jovem, tolo e cheio de entusiasmo.

*

Quando enfim cheguei a Antioquia, nas margens do rio Orontes – uma cidade grande e maravilhosa que rivalizava com Roma em população e riqueza –, li aqueles velhos papiros, que me contaram todas as coisas que Akasha me havia revelado.

Ela e Enkil tiveram a primeira das muitas capelas que eu construiria para eles por toda a Ásia e Europa; eles sabiam que eu sempre iria cuidar deles e eu sabia que eles não deixariam que nenhum mal me acontecesse.

Muitos séculos depois, quando fui queimado em Veneza pelo bando dos Filhos das Trevas, eu estava longe demais de Akasha para ser salvo, senão ela teria vindo de novo. E quando cheguei no santuário, conhecendo muito bem a agonia que os deuses queimados haviam conhecido, bebi de seu sangue até ficar curado.

Mas por volta do primeiro século que passei cuidando deles em Antioquia, eu já me desesperava com o fato de que eles jamais "voltariam à vida", por assim dizer. Seu silêncio e imobilidade eram quase contínuos, como agora. Só a pele é que mudava de maneira dramática com o passar dos anos, perdendo o bronzeado causado pelo sol até adquirir de novo o tom de alabastro.

Na época em que me dei conta de tudo isto, eu estava muito envolvido na observação das atividades da cidade e das mudanças dos tempos. Estava loucamente apaixonado por uma linda cortesã grega de cabelos castanhos chamada Pandora, com os braços mais adoráveis que eu já havia contemplado num ser humano, que sabia o que eu era desde o primeiro momento em que pôs os olhos em mim, e esperou o momento propício, encantando-me e fascinando-me, até eu estar preparado para introduzi-la na magia, quando teve então permissão para receber o sangue de Akasha e ela se tornou uma das criaturas sobrenaturais mais poderosas que já conheci. Durante duzentos anos, eu vivi, amei e lutei com Pandora. Mas esta é uma outra história.

Existem um milhão de histórias que eu poderia contar sobre os séculos que vivi desde então, sobre minhas viagens de Antioquia para Constantinopla, de volta à Alexandria, depois para a Índia e em seguida para a Itália de novo, e de Veneza para as regiões montanhosas muito frias da Escócia, depois para esta ilha no mar Egeu, onde estamos agora.

Eu poderia lhe falar das sutis mudanças por que passaram Akasha e Enkil no decorrer dos anos, das coisas intrigantes que fizeram e dos mistérios que deixaram sem solução.

Talvez em alguma noite no futuro distante, quando você tiver retornado a mim, eu fale dos outros imortais que conheci, aqueles que foram feitos assim como fui feito pelo último dos deuses que sobreviveram em várias terras – alguns deles servos da Mãe e outros dos terríveis deuses do Oriente.

Eu poderia lhe falar de como Mael, meu pobre sacerdote druida, acabou bebendo o sangue de um deus ferido e em pouco tempo perdeu toda sua fé na velha religião, vindo a se tornar um imortal trapaceiro que era eterno e perigoso como qualquer um de nós. Eu poderia contar-lhe de como as lendas sobre Aqueles Que Devem Ser Conservados se espalharam pelo mundo. E das vezes que outros imortais tentaram tirá-los de mim, por orgulho ou puro espírito destrutivo, desejando pôr um fim em todos nós.

Eu lhe falarei de minha solidão, dos outros que criei e como encontraram seu fim. Ou como fui para as profundezas da terra com Aqueles Que Devem Ser Conservados, e depois saí de novo, graças a seu sangue, para viver muitos e muitos anos de vida mortal antes de me enterrar de novo. Eu lhe falarei dos outros verdadeiramente eternos, que eu encontrava apenas de vez em quando. Da última ocasião em que vi Pandora na cidade de Dresden, na companhia de um poderoso e maligno vampiro da Índia, de como brigamos e nos separamos, de como descobri tarde demais sua carta, suplicando-me para ir a seu encontro em Moscou, um frágil pedaço de papel que havia caído no fundo de uma desarrumada mala de viagem. Coisas demais, histórias demais, histórias que serviram de lição e histórias que não serviram para nada...

Mas já lhe contei as coisas mais importantes – como Aqueles Que Devem Ser Conservados vieram ficar comigo e quem realmente somos.

Agora é crucial que você compreenda o seguinte:

À medida que o Império Romano chegava a seu fim, todos os antigos deuses do mundo pagão passavam a ser vistos como demônios pelos cristãos em ascensão. Era inútil dizer a eles, enquanto os séculos passavam, que seu Cristo nada mais era que um outro Deus da Floresta, que morria e ressuscitava, tal como Dionísio e Osíris tinham feito antes dele, e que a Virgem Maria era de fato a Boa Mãe cultuada de novo. A era cristã era uma nova era de crença e convicções e nela nós nos tornamos demônios, separados do que eles acreditavam, enquanto o velho conhecimento era esquecido ou interpretado de maneira errônea.

Mas isto tinha de acontecer. O sacrifício humano era um horror para os gregos e os romanos. Eu achava horripilante que os *keltoi* queimassem seus malfeitores para o deus, dentro dos colossos de vime, como descrevi. Também o era para os cristãos. Portanto, como poderíamos nós, deuses que se alimentavam de sangue humano, sermos vistos como "bons"?

Mas a nossa verdadeira perversão foi consumada quando os Filhos das Trevas passaram a acreditar que serviam ao diabo cristão e, como os terríveis deuses do Oriente, tentaram dar importância ao mal, acreditar em seu poder no esquema das coisas, dar-lhe um lugar justo no mundo.

Preste atenção quando lhe digo: *Jamais houve um justo lugar para o mal no mundo ocidental.* Jamais houve uma fácil aceitação da morte.

Não importa o quão violentos tenham sido os séculos desde a queda de Roma, não importa o quão terríveis as guerras, as perseguições, as injustiças, o valor atribuído à vida humana só aumentou.

Mesmo enquanto a Igreja erigia estátuas e pinturas de seu Cristo sangrento e de seus mártires sangrentos, ela manteve a crença de que essas mortes, tão bem aproveitadas pelos fiéis, só podiam ter vindo das mãos dos inimigos, não dos próprios sacerdotes de Deus.

É esta crença no valor da vida humana que fez com que as câmaras de tortura, a empalação e os meios de execução mais horríveis fossem abandonados em toda a Europa nos dias de hoje. E é esta crença no valor da vida humana que arrasta o homem para fora da monarquia em direção às repúblicas na América e na França.

E agora estamos de novo no ápice de uma era ateísta – uma época em que a fé cristã está perdendo sua influência, assim como o paganismo perdeu no passado, e o novo humanismo, a crença no homem, em suas realizações e em seus direitos, está mais poderoso do que nunca.

Claro que não podemos saber o que irá acontecer quando a velha religião desaparecer por completo. A cristandade surgiu das cinzas do paganismo, apenas para levar adiante o antigo culto em nova forma. Talvez uma nova religião surja agora. Talvez, sem ela, o homem sucumba ao ceticismo e ao egoísmo, porque realmente precisa de seus deuses.

Mas talvez alguma coisa mais maravilhosa ocorra: o mundo avançará de verdade, deixando para trás todos os deuses e deusas, todos os diabos e anjos. Num mundo como esse haverá menos lugar para nós do que já houve um dia.

No final, todas as histórias que lhe contei são tão inúteis quanto todo o conhecimento antigo o é para o homem e para nós. Suas imagens e sua poesia podem ser belas; podem fazer-nos estremecer diante da identificação de coisas que sempre suspeitamos ou sentimos. Podem fazer-nos retroceder a tempos em que a Terra era algo novo e assombroso para o homem. Mas nós sempre retornamos ao caminho em que a Terra está neste momento.

E, neste mundo, o vampiro é apenas um Deus Maligno. Ele é um Filho das Trevas. Não pode ser nada mais. E se exerce algum poder de atração na mente dos homens é apenas porque a imaginação humana é um lugar secreto de lembranças primitivas e desejos inconfessáveis. A mente de cada homem é um Jardim Selvagem, para usar sua expressão, no qual todos os tipos de criaturas surgem e sucumbem, cânticos são entoados e coisas são imaginadas, sendo no final condenadas e repudiadas.

No entanto, os homens nos amam quando passam a nos conhecer. Eles nos amam mesmo agora. As multidões de Paris adoram o que assistem no palco do Teatro dos Vampiros. E aqueles que viram você caminhando pelos salões de baile do mundo, o senhor de ar pálido e fatal, com sua capa de veludo, o veneraram à sua maneira, atirando-se aos seus pés.

Eles se animam com a possibilidade da imortalidade, com a possibilidade de que um ser grandioso e belo possa ser de extrema maldade, que ele possa sentir e conhecer todas as coisas e, no entanto, opte de propósito por alimentar seu apetite sombrio. Talvez queiram ser essa criatura deliciosamente má. Como tudo isso parece simples. E é a simplicidade disso que eles querem.

Mas dê-lhes o Dom das Trevas e apenas um entre milhares não será tão infeliz quanto você está.

Enfim, o que posso dizer que não confirme seus piores temores? Já vivi mais de mil e oitocentos anos e lhe digo que a vida não precisa de nós. Eu jamais tive um verdadeiro propósito. Nós não temos lugar.

14

Marius fez uma pausa.

Desviou o olhar de mim pela primeira vez, olhando em direção ao céu do outro lado da janela, como se estivesse escutando vozes da ilha que eu não conseguia ouvir.

– Tenho mais algumas coisas a lhe dizer – ele disse. – Coisas que são importantes, embora sejam apenas de caráter prático...

Mas ele estava distraído.

– E existem promessas que devo exigir...

E mergulhou no silêncio, parecendo prestar atenção em algo, o rosto lembrando o de Akasha e Enkil.

Havia mil perguntas que eu queria fazer. Porém mais importante talvez é que havia mil afirmações que ele fizera e eu queria reiterar, como se eu precisasse dizê-las em voz alta para compreendê-las. Se eu falasse, não faria sentido.

Recostei-me no frio brocado da poltrona, com as mãos juntas em forma de campanário, e apenas fiquei olhando para a frente, como se sua história estivesse aberta ali para que eu a lesse. Pensei na veracidade de suas afirmações sobre o bem e o mal e como poderia ter-me horrorizado e desapontado se ele tivesse tentado convencer-me da justeza da filosofia dos terríveis deuses do Oriente, de que de alguma forma poderíamos ufanar-nos do que fazíamos.

Eu também era um filho do Ocidente e durante toda minha vida breve lutei contra a incapacidade ocidental para aceitar o mal ou a morte.

Mas por baixo de todas essas considerações jaz o fato aterrador de que Marius poderia aniquilar a todos nós através da destruição de Akasha e

Enkil. Marius poderia matar cada um de nós, se queimasse Akasha e Enkil e assim se livrasse de uma forma antiga, decrépita e inútil de mal no mundo. Ou assim parecia.

E o horror dos próprios Akasha e Enkil... O que eu poderia dizer sobre isto, a não ser que eu também vislumbrava a mesma coisa que ele, que poderia despertá-los, poderia fazê-los falar de novo, poderia fazê-los se mover. Ou mais exatamente, quando os vi, senti que alguém deveria e poderia fazê-lo. Alguém poderia pôr um fim em seu sono de olhos abertos.

E o que eles seriam se andassem e falassem de novo? Antigos monstros egípcios. O que eles fariam?

De repente, vi as duas possibilidades como sedutoras – despertá-los ou destruí-los. Ambas eram tentadoras. Eu queria penetrá-los e comungar com eles, e, no entanto, compreendia a loucura irresistível de tentar destruí-los. De arder com eles na chama de uma fogueira que levaria junto toda a nossa espécie condenada.

Ambas as atitudes significavam poder. E algum triunfo sobre a passagem do tempo.

– Algum dia você já ficou tentado a fazer isto? – perguntei com voz aflita.

Eu imaginava se eles estariam ouvindo lá embaixo na capela.

Ele despertou de sua concentração, virou-se para mim e balançou a cabeça. Não.

– Mesmo sabendo melhor do que ninguém que nós não temos nenhum lugar?

Mais uma vez ele balançou a cabeça. Não.

– Sou imortal – ele disse –, verdadeiramente imortal. Para ser honesto, não sei o que pode me destruir agora, se é que algo pode. Mas não é essa a questão. Eu quero continuar. Eu nem ao menos penso nisso. Sou uma consciência contínua de mim mesmo, a inteligência que ansiei há muitos e muitos anos quando estava vivo, e estou apaixonado, como sempre estive, pelo grande progresso da humanidade. Quero ver o que vai acontecer agora que o mundo voltou a questionar seus deuses. Ora, eu não poderia ser persuadido agora a fechar meus olhos por qualquer razão.

Balancei a cabeça concordando.

– Mas não sofro do mal que o aflige – ele disse. – Quando fui transformado nas florestas ao norte da França, eu não era jovem. Desde então tenho sido solitário, quase enlouqueci, conheci uma angústia indescritível, mas nunca fui imortal e jovem. Já fiz várias e várias vezes o que você ainda tem de fazer... aquilo que vai afastá-lo de mim muito em breve.

– Afastar-me? Mas eu não quero...

– Você tem de ir, Lestat – ele disse. – E muito em breve, como eu disse. Você não está pronto para ficar aqui comigo. Esta é uma das coisas mais importantes que ainda devo lhe contar e você deve escutar com a mesma atenção com que ouviu todo o resto.

– Marius, não consigo me imaginar partindo agora. Não consigo nem mesmo...

De repente, fiquei com raiva. Por que me levara até ali se pretendia me expulsar? E me lembrei de todas as advertências que Armand me fizera. Somente com os antigos é que encontramos a comunhão, não com aqueles a quem criamos. E eu encontrara Marius. Mas eram apenas palavras. Não tocavam na essência do que eu sentia, o súbito infortúnio e o medo provocados pela separação.

– Ouça-me – ele disse com tom suave. – Antes de ser raptado pelos gauleses, eu já havia tido uma vida boa, tão longa quanto a de qualquer homem daquela época. E depois que levei Aqueles Que Devem Ser Conservados para fora do Egito, vivi de novo em Antioquia como um rico erudito romano. Tinha uma casa, escravos e o amor de Pandora. Vivíamos em Antioquia, éramos observadores de tudo o que se passava. E tendo tido esse tempo de vida, tive forças para outras vidas mais tarde. Tive forças para me tornar parte do mundo em Veneza, como você sabe. Tive forças para governar esta ilha. Você, como muitos que vão cedo para o fogo ou para o sol, não teve de fato uma vida de verdade. Como um jovem mortal, você experimentou a vida real por menos de seis meses em Paris. Como vampiro, você tem sido um nômade, um forasteiro, assombrando casas e outras vidas enquanto perambula de um lugar para outro. Se pretende sobreviver, você tem de viver uma vida completa o mais cedo que puder. Evitar isso pode significar a perda de tudo, o desespero, ir de novo para o fundo da terra, jamais se levantar. Ou pior...

– Eu quero isso. Eu compreendo – eu disse. – No entanto, quando me ofereceram isso em Paris, ficar com o Teatro, não consegui fazê-lo.

– Aquele não era o lugar certo para você. Além disso, o Teatro dos Vampiros é uma congregação. Não é o mundo, assim como esta ilha que é meu refúgio não o é. E horrores demais lhe aconteceram por lá. Mas na vastidão desse Novo Mundo para o qual você se dirige, na pequena e bárbara cidade chamada Nova Orleans, você poderá ingressar no mundo como nunca fez antes. Pode fixar residência por lá como um mortal, como tentou fazer tantas vezes em suas perambulações com Gabrielle. Não haverá nenhuma antiga congregação para incomodá-lo, nenhum patife para atacá-lo motivado pelo medo. Quando você criar outros... e você criará outros porque se sentirá só... crie e mantenha-os tão humanos quanto puder. Mantenha-os perto de você como membros de uma família, não como membros de uma congregação, e procure compreender a época em que está vivendo, as décadas que atravessa. Compreenda o estilo das roupas que adornam seu corpo, os estilos das habitações nas quais passa suas horas de lazer, os lugares nos quais você caça. Compreenda o que significa sentir a passagem do tempo!

– Sim, e sentir toda a dor de ver as coisas morrendo... – Todas as coisas contra as quais Armand advertira.

– Claro. Você foi feito para triunfar sobre o tempo, não para correr contra ele. E você sofrerá por ter de guardar o segredo de sua monstruosidade e por ter de matar. Talvez você tente banquetear-se apenas com os malfeitores para aplacar sua consciência, e pode ser bem-sucedido ou fracassar. Mas pode chegar bem perto da vida se souber trancar o segredo dentro de si mesmo. Você foi feito para estar próximo dela, como disse um dia aos membros da congregação de Paris. Você é a imitação de um homem.

– Eu quero isso, quero mesmo...

– Então siga meu conselho. E compreenda também outra coisa. De um modo bastante real, a eternidade não é nada mais do que uma vida após a outra. Claro que pode haver longos períodos de recolhimento; tempos de inatividade ou de mera observação. Mas sempre voltamos a mergulhar na corrente e a nadar pelo tempo que pudermos, até que o próprio tempo ou a tragédia nos derrube como faz com os mortais.

– Você vai fazer de novo? Deixar esse recolhimento e mergulhar na corrente?

– Sim, definitivamente. Quando chegar o momento certo. Quando o mundo se tornar novamente tão interessante que eu não possa resistir. Então vou caminhar pelas ruas das cidades. Assumirei um nome. Farei coisas.

– Então venha agora comigo!

Ah, doloroso eco de Armand. E do inútil pedido de Gabrielle dez anos depois.

– É um convite mais tentador do que imagina – ele respondeu. – Mas eu estaria lhe prestando um grande desserviço se o acompanhasse. Eu ficaria entre você e o mundo. Não poderia evitar.

Balancei a cabeça e desviei o olhar, cheio de amargura.

– Quer continuar? – ele perguntou. – Ou quer que as previsões de Gabrielle se tornem verdade?

– Quero continuar – eu disse.

– Então você precisa ir embora – ele disse. – Vamos encontrar-nos de novo daqui a um século, talvez menos. Não estarei nesta ilha. Terei levado Aqueles Que Devem Ser Conservados para um outro lugar. Mas onde quer que eu esteja e onde quer que você esteja eu o encontrarei. Então serei eu quem não vai querer que você me deixe. Serei eu quem vai implorar para que você fique. Eu me apaixonarei por sua companhia, sua conversa, a simples visão de você, sua energia, sua imprudência e sua falta de fé... todas as coisas que são você e que me fizeram amá-lo com tanta intensidade.

Mal pude ouvir isso sem sucumbir. Queria implorar para que ele me deixasse ficar.

– É absolutamente impossível agora? – perguntei. – Marius, não pode poupar-me desse tempo de vida?

– Impossível – ele disse. – Posso contar-lhe histórias para sempre, mas elas não são um substituto para a vida. Creia-me, tentei poupar outros antes. Nunca fui bem-sucedido. Não posso ensinar o que uma vida ensina. Eu nunca deveria ter pegado Armand, ele era muito jovem na época e seus séculos de loucura e sofrimento ainda são uma penitência para mim. Você fez bem em levá-lo para a Paris deste século, mas receio que seja tarde demais para ele. Acredite-me, Lestat, quando digo que isso tem de acontecer. Você precisa ter esse tempo de vida, pois aqueles que são privados disso ficam dando voltas, perdidos na insatisfação até finalmente se estabelecerem em algum lugar ou serem destruídos.

– E quanto a Gabrielle?

– Gabrielle teve sua vida; quase teve sua morte. Ela tem forças para entrar de novo no mundo quando achar conveniente, ou para viver em suas margens por um tempo indefinido.

– E você acha que algum dia ela vai entrar de novo?

– Não sei – ele disse. – Gabrielle desafia a minha compreensão. Não minha experiência... ela parece demais com Pandora. Mas eu nunca entendi Pandora. A verdade é que a maioria das mulheres é fraca, sejam mortais ou imortais. Mas quando são fortes são absolutamente imprevisíveis.

Sacudi a cabeça. Fechei os olhos por um momento. Não queria pensar em Gabrielle. Gabrielle se fora, não importava o que disséssemos ali.

Eu ainda não conseguia aceitar que tinha de partir. Ali me parecia o Éden. Mas não discutiria. Sabia que ele estava decidido, e também sabia que não me forçaria. Deixaria que eu começasse a me preocupar com meu pai mortal, que o procurasse depois e dissesse que tinha de ir embora. Restavam-me algumas noites.

– Sim – ele respondeu com voz suave. – E há outras coisas que posso dizer-lhe.

Abri meus olhos de novo. Ele olhava para mim de um modo paciente, afetuoso. Senti a dor do amor com tanta intensidade como nunca havia sentido por Gabrielle. Senti as lágrimas inevitáveis e fiz o que pude para reprimi-las.

– Você aprendeu um bocado com Armand – ele disse com voz firme, como que para me ajudar naquela pequena luta silenciosa. – E aprendeu muito mais por sua própria conta. Mas ainda existem coisas que eu poderia ensinar-lhe.

– Sim, por favor – eu disse.

– Bem, em primeiro lugar, seus poderes são extraordinários, mas não pode esperar que aqueles a quem você for criar nos próximos cinquenta anos sejam iguais a você ou a Gabrielle. Seu segundo filho não teve a metade da força de Gabrielle e os filhos posteriores terão menos ainda. O sangue que lhe dei terá alguma importância. Se você beber... se beber de Akasha e Enkil, coisa que poderá optar por não fazer... isso também terá alguma importância. Mas não importa, apenas poucos filhos podem ser feitos num século. Os novos descendentes serão fracos. Entretanto, isso não é necessariamente uma coisa ruim. A regra das antigas congregações dizia com grande sabedoria que a força deveria vir com o tempo. E há outra verdade muito antiga: você poderá criar titãs ou imbecis, ninguém sabe por que ou como. O que tiver de acontecer acontecerá, mas escolha seus companheiros com cuidado. Escolha-os porque gosta de olhar para eles, gosta do som de suas vozes e eles têm profundos segredos que você gostaria de conhecer. Em outras palavras, escolha-os porque os ama. Caso contrário, você não será capaz de suportar a companhia deles por muito tempo.

– Entendo – eu disse. – Fazê-los com amor.

– Exato, fazê-los com amor. E assegure-se de que tiveram algum tempo de vida antes de você criá-los; e nunca, jamais crie alguém tão jovem quanto Armand. Este foi o pior crime que cometi contra minha própria espécie, pegar aquele jovem garoto chamado Armand.

– Mas você não sabia que os Filhos das Trevas viriam, que separariam Armand de você.

– Não. Mas, mesmo assim, eu deveria ter esperado. Foi a solidão que me impeliu a isso. E o desamparo de Armand, o fato de sua vida mortal estar por completo em minhas mãos. Lembre-se, tenha cuidado com esse poder, e com o poder que tem sobre aqueles que estão morrendo. A solidão que sentimos, aliada a esta sensação de poder, pode ser tão forte quanto a sede de sangue. Se não existisse um Enkil, não haveria uma Akasha, e, se não existisse uma Akasha, então não haveria um Enkil.

– Sim. E por tudo que você disse parece que é Enkil quem deseja Akasha. Que é Akasha quem, de vez em quando...

– Sim, é verdade.

De repente, seu rosto tornou-se muito sombrio e seus olhos ostentaram uma expressão de segredo como se estivéssemos sussurrando um com o outro, com medo de que outra pessoa pudesse ouvir. Ele esperou um momento como se estivesse pensando no que dizer.

– Quem sabe o que Akasha poderia fazer se não houvesse Enkil para contê-la? – ele sussurrou. – E por que me atrevo a pensar que ele não pode me ouvir enquanto penso isso? Por que falo aos sussurros? Ele pode destruir-me no momento que quiser. Talvez Akasha seja a única coisa que o impeça de fazê-lo, pois o que seria deles se me liquidassem?

– Por que eles se deixaram queimar pelo sol? – perguntei.

– Como podemos saber? Talvez não soubessem que o sol iria feri-los. Apenas queimaria e puniria aqueles que fizeram isso com eles. Talvez no estado em que vivem sejam lentos para perceber o que está acontecendo em torno deles. E não tiveram tempo para juntar forças, para acordar de seus sonhos e se salvarem. Talvez seus movimentos depois que a coisa aconteceu... os movimentos de Akasha que testemunhei... só fossem possíveis porque eles foram despertados pelo sol. E agora estão dormindo de novo com os olhos abertos. E sonham de novo. E nem ao menos precisam beber.

– O que você quis dizer... se eu *optar* por beber o sangue deles? – perguntei. – Como eu poderia não optar?

– Isso é algo em que temos de pensar, nós dois – ele disse. – E sempre há a possibilidade de que eles não lhe permitam beber.

Estremeci ao pensar num daqueles braços me golpeando, atirando-me a seis metros no outro lado da capela, ou talvez jogando-me contra o chão de pedra.

– Ela lhe disse seu nome, Lestat – ele disse. – Creio que deixará você beber. E se você tomar seu sangue, então será ainda mais resistente do que é agora. Algumas gotinhas irão fortalecê-lo, mas se ela lhe der mais do que isso, uma boa quantidade, dificilmente alguma força sobre a Terra poderá destruí-lo depois. Você precisa ter certeza de que deseja isso.

– Por que eu não iria desejar? – eu disse.

– Você gostaria de ser queimado até virar cinzas e continuar vivendo em agonia? Gostaria de ver seu corpo retalhado por mais de mil facadas, ou de ser alvejado por revólveres e mesmo assim continuar vivendo, uma palha seca e esfarrapada que não pode defender-se sozinho? Creia-me, Lestat, isso pode ser terrível. Você até poderia suportar a exposição ao sol e sobreviver, queimado a ponto de se tornar irreconhecível, mas desejaria ter morrido, como desejaram os antigos deuses no Egito.

– Mas não ficarei curado mais rapidamente?

– Não necessariamente. Não sem outra infusão do sangue dela quando estivesse ferido. O tempo com sua quantidade constante de vítimas humanas ou o sangue dos antigos... estes são os tônicos restauradores. Mas você pode desejar ter morrido. Pense nisso. Não se apresse.

– O que você faria se estivesse no meu lugar?

– Eu beberia Daqueles Que Devem Ser Conservados, é claro. Beberia para ficar mais forte, mais próximo da imortalidade. Suplicaria a Akasha de joelhos para me permitir, depois me jogaria em seus braços. Mas essas coisas são fáceis de dizer. Ela jamais me atacou. Nunca me proibiu, e eu sei que quero viver para sempre. Eu suportaria o fogo de novo. Suportaria o sol. E todas as espécies de sofrimento a fim de continuar. Talvez você não esteja seguro de que é a eternidade o que deseja.

– Eu a desejo – eu disse. – Eu poderia fingir que vou pensar no assunto, fingir ser inteligente e sábio enquanto pondero. Mas que diabo? Não vou enganar você, não? Você sabe o que eu diria.

Ele sorriu.

– Então, antes de você partir, vamos entrar na capela e perguntar a ela, com humildade, e veremos o que ela diz.

– E, por enquanto, posso obter mais respostas? – perguntei.

Ele concordou com um gesto.

– Eu vi fantasmas – eu disse. – Vi as pestes daqueles demônios que você descreveu. Eu os vi possuindo mortais e assombrando casas.

– Não sei mais do que você. A maioria dos fantasmas parecem ser meras aparições sem o conhecimento de que estão sendo observadas. Nunca falei com um fantasma e eles nunca me dirigiram a palavra. Quanto às pestes dos demônios, o que posso acrescentar à antiga explicação de Enkil é a de que se enfurecem porque não possuem corpos. Mas existem outros imortais que são mais interessantes.

– Quem são eles?

– Existem pelo menos dois na Europa que não bebem nem nunca beberam sangue. Podem andar à luz do dia tão bem quanto na escuridão, possuem corpos e são muito fortes. Têm a mesma aparência dos seres humanos. Houve um no antigo Egito, conhecido na corte egípcia como Ramsés o Maldito, embora pelo que posso dizer dificilmente fosse maldito. Depois que desapareceu, seu nome foi retirado de todos os monumentos reais. Você sabe que os egípcios costumavam fazer isso, apagar o nome enquanto procuravam matar o ser. E não sei o que aconteceu com ele. Os velhos pergaminhos não dizem.

– Armand falou dele – eu disse. – Armand contou sobre lendas, que Ramsés era um antigo vampiro.

– Ele não é. Mas não acreditei no que li sobre ele até ver os outros com meus próprios olhos. E, de novo, não me comuniquei com eles. Eu apenas os vi, e eles ficaram aterrorizados comigo e fugiram. Tenho medo deles porque podem andar sob a luz do sol. São poderosos, não têm sangue e quem sabe o que poderiam fazer? Mas você pode viver séculos e jamais os ver.

– Mas que idade eles têm? Há quanto tempo existem?

– São muito velhos, provavelmente tão velhos quanto eu. Não sei dizer. Eles vivem como homens ricos, poderosos. É possível que haja mais deles, devem ter algum modo de se propagar, não tenho certeza. Pandora disse um dia que também havia uma mulher. Mas eu e Pandora não conseguíamos concordar em coisa alguma em relação a eles. Pandora disse que eles eram como nós, eram antigos e pararam de beber quando a Mãe e o Pai pararam. Não acredito que eles tenham sido o que somos. Eles são alguma outra coisa sem sangue. A luz não se reflete neles como em nós. Eles a absorvem. São apenas um pouco mais escuros que os mortais. São impenetráveis e fortes. Pode ser que você nunca os veja, mas digo-lhe apenas para preveni-lo. Nunca deve deixar que saibam onde você está. Eles podem ser mais perigosos do que os humanos.

– Mas os humanos são realmente perigosos? Eu os achava tão fáceis de enganar.

– Claro que são perigosos. Os humanos poderiam exterminar-nos se um dia tivessem de fato conhecimento sobre nós. Poderiam caçar-nos durante o dia. Jamais subestime essa única vantagem. Mais uma vez, as regras das antigas congregações têm sua sabedoria. Nunca, jamais conte aos mortais sobre nós. Nunca conte a um mortal onde você está ou onde está qualquer vampiro. É uma completa loucura pensar que você pode controlar os mortais.

Concordei acenando com a cabeça, embora fosse muito difícil para mim ter medo de mortais. Eu nunca tive.

– Nem mesmo o Teatro dos Vampiros em Paris – ele advertiu – revela a mais simples verdade sobre nós. Ele brinca com folclore e ilusões. Seu público é totalmente enganado.

Percebi que isso era verdade. E que mesmo em suas cartas para mim, Eleni sempre disfarçava suas intenções e nunca empregava nossos nomes completos.

E, como sempre, alguma coisa nesse segredo me oprimia.

Mas eu estava tentando me lembrar se já havia visto algum desses seres sem sangue... A verdade era que eu podia tê-los confundido com vampiros vagabundos.

– Há uma outra coisa que eu devia contar-lhe sobre seres sobrenaturais – Marius disse.

– O que é?

– Não estou seguro, mas lhe direi o que penso. Suspeito que quando somos queimados... quando somos destruídos por completo... podemos voltar de novo com uma outra forma. Não estou falando do homem agora, da reencarnação humana. Não sei nada sobre o destino das almas humanas. Mas nós sim vivemos para sempre, e creio que retornamos.

– O que o leva a dizer isso?

Eu não podia deixar de pensar em Nicolas.

– A mesma coisa que faz os mortais falarem de reencarnação. Há aqueles que afirmam que se lembram de outras vidas. Eles nos procuram na condição de mortais, afirmando saber tudo sobre isso, que foram um de nós, e pedindo para receber o Dom das Trevas de novo. Pandora foi um desses. Ela sabia de muitas coisas, e não havia nenhuma explicação para seu conhecimento, a não ser talvez que fosse sua imaginação, ou que tivesse extraído de minha mente, sem perceber. Essa é uma possibilidade real, ou seja, de que eles são simples mortais com uma capacidade sensitiva que lhes permite receber nossos pensamentos não dirigidos. Seja como for, não existem muitos deles. Se foram vampiros, então com certeza são apenas uns poucos daqueles que foram destruídos. Então talvez os outros não tenham força para voltar. Ou não optaram por fazê-lo. Quem pode saber? Pandora estava convencida de que havia morrido quando a Mãe e o Pai foram expostos ao sol.

– Meu Deus, eles nascem de novo como mortais e *desejam* ser vampiros de novo?

Marius sorriu.

– Você é jovem, Lestat, e como se contradiz. O que você está pensando *realmente* não seria em como poderia ser um mortal novamente? Pense nisso quando puser os olhos em seu pai mortal.

Admiti em silêncio. De fato eu não queria perder a ilusão da mortalidade em minha imaginação. Eu queria continuar me atormentando por minha mortalidade perdida. E sabia que meu amor pelos mortais estava ligado ao fato de eu não ter medo deles.

Marius desviou os olhos, distraído outra vez. A mesma atitude perfeita de quem prestava atenção em alguma outra coisa. Depois seu rosto voltou-se para mim de novo.

– Lestat, não devemos ter mais do que duas ou três noites – ele disse com tristeza.

– Marius! – sussurrei.

Engoli as palavras que queria deixar escapar.

Meu único consolo era a expressão de seu rosto, e agora parecia que ele jamais parecera inumano.

– Você não sabe como eu quero que você fique aqui – ele disse. – Mas a vida está lá fora, não aqui. Quando nos encontrarmos de novo, lhe contarei mais coisas, mas por enquanto você tem tudo de que precisa. Você precisa ir a Louisiana para ver seu pai terminar os seus dias e aprender o que puder com isso. Eu já vi legiões de mortais envelhecerem e morrerem. Você não viu nenhum. Mas acredite-me, meu jovem amigo, desejo de todo coração que você fique comigo. Você não sabe o quanto. Prometo-lhe que o encontrarei quando o momento chegar.

– Mas por que não posso voltar para você? Por que você tem de sair daqui?

– Já é tempo – ele disse. – Já vivi demais entre o povo dessas ilhas. Eu desperto suspeitas, e, além disso, os europeus estão chegando por essas águas. Antes de eu vir para cá, estava escondido na cidade de Pompeia, soterrada debaixo do Vesúvio; mas fui expulso por mortais que se intrometeram e escavaram aquelas ruínas. Agora está acontecendo de novo. Preciso procurar algum outro refúgio, alguma coisa mais remota e com mais probabilidade de assim permanecer. E, para ser franco, eu jamais o traria para cá se planejasse ficar.

– Por que não?

– Você sabe por quê. Não posso deixar que você ou alguma outra pessoa conheça a localização Daqueles Que Devem Ser Conservados. E isso nos leva agora a algo muito importante: as promessas que preciso que você faça.

– O que quiser – eu disse. – Mas o que você poderia querer que eu pudesse dar?

– Simplesmente isso: *você jamais deve contar para outros as coisas que eu lhe contei.* Jamais fale Daqueles Que Devem Ser Conservados. Nunca fale das lendas dos antigos deuses. Nunca fale para outros que você me viu.

Concordei com um aceno de cabeça circunspecto. Eu esperava por isso, mas mesmo sem pensar sabia que aquilo poderia vir a ser muito difícil.

– Se você contar mesmo que uma parte – ele disse –, uma outra virá em seguida e, a cada relato sobre o segredo Daqueles Que Devem Ser Conservados, aumentará o perigo de sua descoberta.

– Sim – eu disse. – Mas as lendas, nossas origens... E quanto aos filhos que eu criar? Não posso contar para eles...

– Não. Como eu lhe disse, se contar uma parte, vai acabar contando tudo. Além disso, se esses rebentos forem filhos do deus cristão, se estiverem envenenados, como Nicolas estava, pela ideia cristã do Pecado Original e da culpa, só ficarão irritados e desapontados com essas velhas histórias. Tudo isso será um horror que eles não poderão aceitar. Desgraças, deuses pagãos nos quais não acreditam, costumes que não conseguem compreender. É preciso estar preparado para esse conhecimento, por mais insuficiente que ele seja. Em vez disso, preste muita atenção em suas perguntas e diga-lhes o que tiver de dizer para deixá-los satisfeitos. Se você descobrir que não pode mentir para eles, não diga coisa alguma. Tente torná-los tão fortes quanto os homens ateus nos dias de hoje. Mas guarde bem minhas palavras, as antigas lendas nunca. Elas são minhas e só minhas para contar.

– O que você fará comigo se eu contar? – perguntei.

Isso assustou-o. Ele perdeu a compostura durante quase um segundo inteiro, depois deu uma risada.

– Você é a criatura mais impossível que já conheci, Lestat – ele murmurou. – A questão é que, se você contar, posso fazer qualquer coisa com você.

Com certeza você sabe disso. Eu poderia esmagá-lo debaixo do pé, do modo como Akasha esmagou o Mais Velho. Poderia queimá-lo com o poder de minha mente. Mas não quero externar essas ameaças. Quero que você volte para mim. Não quero que esses segredos sejam conhecidos. Não quero que um bando de imortais caia sobre mim de novo como fizeram em Veneza. Não serei conhecido de nossa espécie. Você não deve enviar jamais, deliberada ou acidentalmente, alguém à procura Daqueles Que Devem Ser Conservados ou de Marius. Jamais revelará meu nome para outros.

– Compreendo – eu disse.

– Compreende mesmo? – ele perguntou. – Ou será que apesar de tudo devo ameaçá-lo? Devo avisá-lo de que minha vingança pode ser terrível? Que minha punição incluiria você e aqueles a quem contou os segredos? Lestat, já destruí outros de nossa espécie que vieram à minha procura. Eu os destruí apenas porque conheciam as antigas lendas e o nome de Marius, e porque jamais desistiriam da busca.

– Não posso suportar isso – murmurei. – Jamais contarei a ninguém, eu juro. Mas tenho medo de que os outros possam ler meus pensamentos, é claro. Receio que possam extrair as imagens de minha cabeça. Armand poderia. E se...

– Você pode dissimular as imagens. Você sabe como fazer. Pode lançar outras imagens para confundi-los. Pode trancar sua mente. É uma habilidade que você já conhece. Mas chega de ameaças e advertências. Eu sinto amor por você.

Não respondi por enquanto. Minha mente saltava à frente para todos os tipos de possibilidades proibidas. No final, expressei em palavras:

– Marius, você nunca sente vontade de contar tudo isso para todos eles?! Quero dizer, tornar isso conhecido para todo o mundo de nossa espécie e unir a todos?

– Por Deus, não, Lestat. Por que eu faria isso?

Ele parecia genuinamente intrigado.

– Para que possamos ter nossas próprias lendas, para pelo menos pensarmos sobre os mistérios de nossa história, como os homens fazem. Para podermos trocar nossas histórias e compartilhar nosso poder...

– E continuarmos a usá-lo, como os Filhos das Trevas fizeram, contra os homens?

– Não... Não desse jeito.

– Lestat, na eternidade, as congregações são de fato raras. A maioria dos vampiros é composta de seres desconfiados e solitários, que não amam os outros. Não têm mais do que um ou dois companheiros bem escolhidos de vez em quando, e protegem suas zonas de caça e sua privacidade, assim como preservo a minha. Não gostariam de se unir, e, se algum dia superassem a malignidade e suspeitas que os dividem, sua convocação acabaria em terríveis batalhas e lutas pela supremacia, como aquelas que Akasha me revelou e que aconteceram há milhares de anos. Nós somos o mal, afinal de contas. Nós matamos. É melhor que sejam os mortais a se unir nesta terra e que se unam para o bem.

Aceitei isso, envergonhado por ter ficado exaltado, envergonhado por minha fraqueza e impulsividade. No entanto, uma outra esfera de possibilidades já estava me obcecando.

– E quanto aos mortais, Marius? Você nunca quis revelar-se para eles, lhes contar toda a história?

Mais uma vez, ele pareceu positivamente desconcertado com a ideia.

– Você nunca quis que o mundo soubesse sobre nós, para melhor ou para pior? Isso nunca lhe pareceu preferível a viver em segredo?

Ele baixou os olhos por um momento e apoiou o queixo na mão fechada. Pela primeira vez, percebi uma comunicação de imagens vindo dele, e senti que ele me permitia vê-las porque estava inseguro de sua resposta. Estava recordando-se com uma lembrança tão poderosa que fazia meus poderes parecerem frágeis. E o que recordava eram os tempos mais antigos, quando Roma ainda governava o mundo e ele ainda estava dentro dos limites de um tempo de vida humana normal.

– Você se lembra de ter desejado contar tudo a eles – eu disse. – Tornar conhecido o monstruoso segredo.

– Talvez – ele disse – no começo houvesse uma vontade desesperada de comunicar.

– Sim, comunicar – eu disse, acalentando a palavra.

E me lembrei daquela noite, muito tempo atrás, no palco quando aterrorizei tanto o público de Paris.

– Mas isso foi no começo – ele disse devagar, falando de si mesmo.

Seus olhos estavam estreitos e distantes, como se ele estivesse mirando o passado, todos aqueles séculos.

– Seria insensatez, seria loucura. Se a humanidade estivesse realmente convencida, ela nos destruiria. E não quero ser destruído. Tais perigos e calamidades não me interessam.

Permaneci em silêncio.

– Você também não se sente impelido a revelar essas coisas – ele me disse em tom quase apaziguador.

Mas eu me sinto, pensei. Senti seus dedos tocando minha mão. Eu estava olhando para além dele, de volta ao meu breve passado – o teatro, minhas fantasias de contos de fadas. Eu me senti paralisado pela tristeza.

– O que você sente é solidão e monstruosidade – ele disse. – E você é impulsivo e desafiador.

– É verdade.

– Mas que diferença faria revelar alguma coisa para alguém? Ninguém pode perdoar. Ninguém pode redimir. É uma ilusão infantil pensar assim. Revele-se e seja destruído, e o que você fez? O Jardim Selvagem consumirá seus restos com pura vitalidade e silêncio. Onde existe justiça ou compreensão?

Concordei balançando a cabeça.

Senti sua mão perto da minha. Ele pôs-se de pé bem devagar e eu me levantei, relutante, porém submisso.

– É tarde – ele disse em tom gentil com os olhos suaves de compaixão. – Já conversamos bastante por enquanto. E eu preciso descer até meu povo. Há um problema na aldeia vizinha, como eu temia que houvesse. E isso tomará o tempo que tenho até o amanhecer, e depois mais amanhã à noite. Pode ser que só possamos conversar depois da meia-noite de amanhã...

Ele estava distraído de novo. Baixou a cabeça e ficou prestando atenção.

– Sim, tenho de ir – ele disse.

Trocamos um abraço leve e muito reconfortante.

E embora eu quisesse ir com ele para ver o que estava acontecendo na aldeia – como ele administrava seus negócios ali –, também queria muito voltar a meus aposentos, ficar olhando para o mar e finalmente dormir.

– Você estará com fome quando levantar – ele disse. – Terei uma vítima para você. Seja paciente até eu chegar.

– Sim, claro...

– E enquanto espera por mim amanhã – ele disse –, faça o que quiser na casa. Os velhos pergaminhos estão nas pastas na biblioteca. Você pode dar uma olhada neles. Perambule por todos os quartos. Só não pode aproximar-se do santuário Daqueles Que Devem Ser Conservados. Você não deve descer as escadas sozinho.

Concordei sacudindo a cabeça.

Queria perguntar-lhe mais uma coisa. Quando ele caçava? Quando ele bebia? Seu sangue me sustentara durante duas noites, talvez mais. Mas que sangue o sustentava? Ele havia pegado uma vítima antes? Iria caçar agora? Eu tinha a suspeita crescente de que ele não precisava mais de sangue tanto quanto eu. De que, assim como Aqueles Que Devem Ser Conservados, ele começara a beber cada vez menos. E eu queria desesperadamente saber se isso era verdade.

Mas ele estava indo embora. A aldeia o chamava, sem dúvida. Ele saiu no terraço e depois desapareceu. Por um momento, pensei que havia ido para a direita ou esquerda atrás das portas. Então me aproximei das portas e vi que o terraço estava vazio. Fui até o parapeito, olhei para baixo e vi o pontinho colorido que era sua sobrecasaca sobre o pano de fundo das rochas lá embaixo.

Com que então é tudo isso que devemos esperar, pensei: que talvez não precisemos de sangue, que pouco a pouco nossos rostos perderão toda a expressão humana, que podemos mover objetos com a força de nossas mentes, que só não podemos voar. Que uma noite daqui a milhares de anos poderemos ficar em silêncio total, como estão Aqueles Que Devem Ser Conservados? Quantas vezes nessa noite Marius se pareceu com eles? Por quanto tempo ficou sentado sem se mexer, quando não havia ninguém presente?

E o que meio século significaria para ele, o tempo em que eu deveria viver a minha vida no outro lado do oceano?

Afastei-me, entrei na casa e fui para o quarto de dormir que me fora reservado. Fiquei sentado olhando para o mar e o céu até a luz começar a chegar. Quando abri a pequena câmara onde estava o sarcófago, havia flores frescas por lá. Coloquei a máscara dourada e as luvas e me deitei no caixão de pedra. Quando fechei os olhos, ainda podia sentir o cheiro das flores.

Estava chegando o terrível momento. A perda de consciência. E à beira do sonho, ouvi uma mulher dar uma risada. Ela deu uma risada suave e comprida, como se estivesse muito feliz e no meio de uma conversa. Pouco antes de eu entrar na escuridão, vi seu pescoço branco quando ela jogou a cabeça para trás.

15

Quando abri os olhos, tive uma ideia. Ela me chegou completa e no mesmo instante me deixou tão obcecado que mal tive consciência da sede que sentia, da pontada em minhas veias.

– Vaidade – eu sussurrei.

Mas ela possuía uma beleza tentadora, a ideia.

Não, esqueça. Marius disse para ficar longe do santuário, e, além disso, ele estará de volta à meia-noite e então você poderá apresentar a ideia a ele. E ele pode... o quê? Eu sacudi a cabeça com tristeza.

Saí pela casa e tudo estava como estivera na noite anterior, as velas queimando, as janelas abertas para o suave espetáculo da noite que morria. E não parecia possível que eu partiria dali em breve. E que eu jamais voltaria ali, que ele mesmo desocuparia aquele lugar extraordinário.

Eu me sentia pesaroso e infeliz. E depois havia a ideia.

Não fazê-lo em sua presença, mas em silêncio e às escondidas, de modo que eu não me sentisse tolo, ir sozinho.

Não. Não o faça. Afinal de contas, não faria nenhum bem. Nada acontecerá quando você fizer.

Mas se esse for o caso, por que não fazer? Por que não fazer agora?

Voltei a dar minhas voltas, pela biblioteca, pelas galerias e pelo salão cheio de pássaros e macacos, e continuei em outras câmaras onde ainda não havia estado.

Mas aquela ideia ficou em minha cabeça. E a sede me corroía, tornando-me um pouco mais impulsivo, um pouco mais inquieto, um pouco menos capaz de refletir sobre todas as coisas que Marius me contara e sobre o que podiam significar com o passar do tempo.

Ele não estava na casa. Isso era certo. No final, eu havia passado por todos os aposentos. O lugar onde dormia era segredo seu, e eu sabia que havia outros modos de entrar e sair da casa que também eram secretos.

Mas a porta que dava para a escada que descia até Aqueles Que Devem Ser Conservados, que eu descobri com bastante facilidade, não estava trancada.

Fiquei parado olhando para o relógio no salão com paredes revestidas de papel e móveis polidos. Apenas sete da noite, cinco horas até ele voltar. Cinco horas de sede me queimando por dentro. E a ideia... A ideia.

Não decidi realmente fazer. Apenas virei-me de costas para o relógio e comecei a andar de volta para meu quarto. Sabia que centenas de outros antes de mim deviam ter tido ideias semelhantes. Lembrei-me de como ele havia descrito bem o orgulho que sentia quando pensou que poderia despertá-los. Que podia fazê-los mexer-se.

Não, eu só quero fazê-lo, mesmo que nada aconteça, que é exatamente o que vai acontecer. Só quero descer lá sozinho e fazê-lo. Talvez tenha algo a ver com Nicki. Não sei. Não sei.

Entrei em minha câmara e, à luz incandescente que subia do mar, abri o estojo do violino e olhei para o Stradivarius.

Claro que eu não sabia tocar, mas nós somos mímicos poderosos. Como Marius disse, temos uma concentração superior e habilidades superiores. E tinha visto Nicki fazê-lo com tanta frequência.

Retesei o arco e passei um pouco de resina nas suas crinas, como o vira fazer.

Apenas duas noites atrás, eu não teria suportado a ideia de tocar naquele instrumento. Ouvi-lo teria sido puro sofrimento.

Agora, tirei-o de seu estojo e carreguei-o pela casa, da maneira como carregava para Nicki através dos bastidores do Teatro dos Vampiros, e sem nem pensar na vaidade corri cada vez mais rápido em direção à porta das escadas secretas.

Era como se eles estivessem me atraindo ao seu encontro, como se eu não tivesse nenhuma vontade. Marius não importava agora. Nada mais importava, a não ser descer cada vez mais rápido os estreitos e úmidos degraus de pedra, passando pelas janelas cheias de respingos do mar e da luz do começo da noite.

Na verdade, minha paixão estava ficando tão forte, tão total, que me detive de repente, perguntando-me se ela se originava em mim. Mas isso era uma insensatez. Quem poderia ter posto isso em minha cabeça? Aqueles Que Devem Ser Conservados? Isso seria uma verdadeira vaidade, e, além disso, será que aquelas criaturas sabiam o que era esse estranho, delicado e pequeno instrumento de madeira?

Ele produzia um som, não produzia?, que ninguém jamais escutara no mundo antigo, um som tão humano e tão poderosamente patético que os homens pensavam ser o violino uma obra do diabo e acusavam seus melhores instrumentistas de estarem possuídos.

Eu estava um tanto quanto tonto, confuso.

Como pude descer tantos degraus e não me lembrar de que a porta estava trancada por dentro? Com mais quinhentos anos eu seria capaz de abrir aquele ferrolho, mas não agora.

No entanto, continuei descendo, com esses pensamentos se fragmentando e desintegrando com a mesma rapidez com que chegavam. Meu corpo ardia por dentro e a sede agravava a sensação, embora nada tivesse a ver com isso.

Quando fiz a última volta na escada, vi que as portas da capela estavam escancaradas. A luz dos lampiões refletia-se nos degraus. E de repente o cheiro de flores e de incenso ficou irresistível e deu um nó em minha garganta.

Aproximei-me, segurando o violino com as mãos, embora não soubesse o porquê. E vi que as portas do tabernáculo estavam abertas e que eles estavam lá sentados.

Alguém havia levado mais flores para eles. Alguém havia colocado mais incenso nos pratos dourados.

Eu me detive assim que entrei na capela, olhei para seus rostos que, como antes, pareciam estar olhando diretamente para mim.

Brancos, tão brancos que eu não conseguia imaginá-los bronzeados, e tão rígidos, me pareceu, quanto as joias que estavam usando. Ela com um bracelete em forma de cobra no antebraço. Um colar em camadas sobre o peito. Uma minúscula dobra de carne do peito dele cobria a parte superior do saiote de linho que usava.

Ela possuía um rosto mais estreito do que o dele e o nariz apenas um pouco mais comprido. Os olhos dele eram um pouco maiores, as rugas ao seu redor os realçando. Ambos possuíam o mesmo tipo de cabelo, longo e escuro.

Eu respirava com dificuldade. De repente, me senti fraco e deixei que o cheiro de flores e de incenso enchesse meus pulmões.

A luz dos lampiões dançava em mil pontinhos minúsculos de ouro nos murais.

Baixei os olhos para o violino e tentei me lembrar de minha ideia; corri os dedos ao longo da madeira e me perguntei o que aquela coisa pareceria para eles.

Com voz calma, expliquei o que era, que eu desejava que eles ouvissem, que na verdade eu não sabia tocar, mas que iria tentar. Eu não estava falando alto o bastante para eu mesmo ouvir, mas com certeza eles podiam ouvir se assim decidissem.

Ergui o violino até meu ombro, firmei-o contra o queixo e levantei o arco. Fechei os olhos e me lembrei da música, a música de Nicki, do modo como seu corpo se movia junto com ela, do jeito como dedilhava, como se seus dedos fossem mensagens de sua alma.

Comecei a tocar, a música subiu como um lamento e desceu de novo ondulando, enquanto meus dedos dançavam. Era uma canção, tudo bem, eu podia fazer uma canção. As notas eram puras e vivas, e ecoavam nas paredes próximas com um volume retumbante, criando a voz suplicante e lamentadora que só o violino consegue produzir. Continuei a tocar febrilmente, movimentando meu corpo no ritmo da música esquecendo Nicki, esquecendo de tudo, sentindo apenas os meus dedos deslizarem pelo instrumento, percebendo que eu é que estava fazendo aquilo, de que a música saía de mim, e que ela mergulhava, subia e transbordava, cada vez mais alto e mais alto, enquanto eu me entregava a ela movendo o arco apaixonadamente.

Comecei a cantar junto com ela, primeiro murmurando e depois cantando em voz alta, e todo o ouro que havia no pequeno aposento se confundiu com a música. De repente pareceu que minha voz ficou mais alta, inexplicavelmente mais alta, sustentando uma nota tão alta que eu sabia ser quase impossível alcançar. No entanto, ela estava lá, aquela linda nota, firme, inalterável e ficando cada vez mais alta até ferir meus ouvidos. Eu tocava com mais força, de modo mais frenético, e ouvia meus próprios arquejos, sabendo de repente que não era eu que estava produzindo aquela estranha nota alta!

O sangue iria irromper por meus ouvidos se a nota não parasse. E não era eu quem a emitia! Sem interromper a música, sem ceder à dor que trespassava minha cabeça, olhei para a frente, vi que Akasha se levantara, que seus olhos estavam muito abertos e que sua boca formava um O perfeito. O som estava vindo dela, era ela quem o estava produzindo, e ela descia os degraus do tabernáculo caminhando na minha direção com os braços estendidos, a nota rasgando meus tímpanos como se fosse uma lâmina de aço.

Meus olhos se turvaram e eu não conseguia mais ver. Ouvi o violino bater contra o chão de pedra. Senti minhas mãos grudadas na cabeça. Eu gritava e gritava, mas a nota absorvia meus gritos.

– Pare! Pare! – gritei aos berros.

Mas toda a luz apareceu de novo e ela estava bem diante de mim, estendendo os braços.

– Oh Deus, Marius! – disse eu.

Virei-me e corri em direção às portas. Mas elas se fecharam contra mim, batendo em meu rosto com tanta força que caí de joelhos. Eu soluçava de desespero, com aquela ininterrupta nota estridente.

– Marius, Marius, Marius!

Ao me virar para ver o que ia me acontecer, vi o pé dela descer sobre o violino. O instrumento estalou e rachou sob seu calcanhar. Mas a nota que ela cantava diminuiu. O seu canto desaparecia pouco a pouco.

E eu fui deixado no silêncio, na surdez, incapaz de ouvir meus próprios gritos para Marius, que continuei a emitir enquanto me esforçava para ficar de pé.

Silêncio vibrante, silêncio bruxuleante. Ela estava bem diante de mim, e suas sobrancelhas negras juntaram-se delicadamente, quase sem enrugar sua pele branca, os olhos cheios de tormenta e indagação, os pálidos lábios cor-de-rosa abertos, revelando seus dentes caninos.

Ajude-me, ajude-me, Marius, eu gaguejava sem conseguir ouvir-me, exceto na pura abstração da intenção em minha mente. Em seguida, seus braços me envolveram, ela me puxou para mais perto e eu senti a mão tal como Marius me descreveu, fechando-se em concha sobre minha cabeça suavemente, muito suavemente, e senti meus dentes em seu pescoço.

Não hesitei. Não pensei nos braços que me envolviam e que poderiam triturar-me até a morte num segundo. Senti meus colmilhos abrirem caminho através da carne como se atravessassem uma crosta glacial, e o sangue entrou fumegante em minha boca.

Oh, sim, sim... oh, sim. Eu colocara meu braço sobre seu ombro esquerdo, estava grudado nela, em minha estátua viva, e não me importava que ela fosse mais dura do que mármore, que era como devia ser, era perfeita, minha Mãe, minha amante, minha poderosa, e o sangue penetrava em cada ínfima parte pulsante do meu corpo como os fios de uma teia mortal. Seus lábios tocaram meu pescoço. Ela me beijava, beijava a artéria através da qual seu próprio sangue fluía com tanta violência. Seus lábios se abriram e, enquanto eu chupava seu sangue com toda minha força, sentindo cada golfada em minha boca antes que se espalhasse dentro de mim, tive a sensação inconfundível de suas presas penetrando em meu pescoço.

De repente, senti que meu sangue fluía para dentro dela, saindo de cada artéria e correndo com força para alimentá-la, ao mesmo tempo que o sangue dela corria para dentro do meu corpo.

Eu o vi, o vislumbrante circuito, e o senti de um modo ainda mais divino porque nada mais existia a não ser nossas bocas engatadas na garganta um do outro e a inexorável pulsação que marcava a trajetória do sangue. Não havia sonhos, não havia visões, havia apenas isso, *isso* – magnífico, o tordoante e abrasador – e nada mais importava, absolutamente nada, a não ser que aquele momento nunca tivesse fim. O mundo de todas as coisas que tinham peso, que ocupavam espaço e interrompiam o fluxo de luz havia desaparecido.

Mas mesmo assim um barulho horrível introduziu-se à força, algo ameaçador, como o som de pedra estalando, como o som de pedra sendo arrastada pelo chão. Marius chegando. Não, Marius, não venha. Volte, não toque em nós. Não nos separe.

Mas não era Marius aquele som medonho, aquela invasão, aquele súbito rompimento de tudo, aquela coisa agarrando meus cabelos e me puxando para longe dela, fazendo com que o sangue esguichasse de minha boca. Era Enkil. E suas mãos poderosas estavam apertando minha cabeça.

O sangue escorreu pelo meu queixo. Vi a expressão de fúria no rosto dela! Vi quando ela estendeu os braços na direção dele. Seus olhos resplandeciam de pura raiva, seus braços brancos e cintilantes agarraram as mãos que prendiam minha cabeça. Ouvi sua voz erguer-se num grito estridente, mais alto do que a nota que cantara, o sangue escorrendo de sua boca.

O som era ensurdecedor. A escuridão me envolveu como um redemoinho, fragmentando-se em milhões de partículas. Meu crânio estava a ponto de rachar.

Ele me forçava a me ajoelhar. Estava inclinado sobre mim e, de repente, vi que todo seu rosto estava impassível como sempre, que apenas a tensão dos músculos de seus braços manifestava vida de verdade.

E mesmo com o som destruidor do grito de Akasha, eu sabia que a porta atrás de mim estremecia com as pancadas de Marius, cujos gritos eram quase tão altos quanto os dela.

O sangue jorrava de meus ouvidos por causa de seus gritos. Eu mexia meus lábios.

O torno de pedra que apertava minha cabeça soltou-se de repente. Caí no chão. Fiquei estatelado e senti a fria pressão de seu pé sobre meu peito. Ele esmagaria meu coração num segundo, enquanto ela, cujos gritos ficavam ainda mais altos, mais agudos, estava por trás dele com o braço em volta de seu pescoço. Vi suas sobrancelhas emaranhadas, seus esvoaçantes cabelos negros.

Mas foi Marius quem eu ouvi falando com ele através da porta, cortando o som dos gritos de Akasha.

Mate-o, Enkil, e eu a afastarei de você para sempre, e ela me ajudará a fazer isso! Eu juro!

Silêncio súbito. O calor do sangue escorrendo pelo meu pescoço.

Ela deu um passo para o lado, olhou direto para a frente e as portas se abriram, batendo com violência na lateral da estreita passagem de pedra, e de repente Marius estava perto de mim com as mãos nos ombros de Enkil, que parecia incapaz de se mexer.

O pé deslizou para baixo, machucando meu estômago, depois desapareceu. E Marius estava falando palavras que eu só conseguia ouvir como pensamentos: *Saia, Lestat. Corra.*

Esforcei-me para me levantar, vi que ele conduzia ambos lentamente de volta para o tabernáculo, vi que ambos não olhavam para a frente, mas sim para ele, com Akasha segurando o braço de Enkil, vi que seus rostos estavam impassíveis de novo, mas pela primeira vez a inexpressividade parecia apatia e não a máscara da curiosidade, mas sim a da morte.

– Lestat, corra! – ele disse de novo sem se virar.

E eu obedeci.

16

Eu estava no canto mais distante do terraço quando Marius enfim entrou no salão iluminado. Ainda havia um calor em todas as minhas veias, que respiravam como se tivessem vida própria. Eu podia ver muito além dos volumosos contornos indistintos das ilhas. Podia ouvir os sons de um navio passando ao longo da costa distante. Mas tudo que conseguia pensar era que, se Enkil me atacasse de novo, eu poderia pular aquela amurada, cair no mar e nadar. Ainda sentia suas mãos na minha cabeça, seu pé sobre meu peito.

Encostei-me na amurada de pedra, tremendo, e havia sangue em minhas mãos ainda dos machucados em meu rosto, que já estavam completamente curados.

– Sinto muito, sinto muito por tê-lo feito – eu disse assim que Marius alcançou o terraço. – Não sei por que fiz isso. Não devia ter feito. Sinto muito. Sinto muito, eu juro, sinto muito, Marius. Nunca, nunca mais farei qualquer coisa que você me diga para não fazer.

Ele ficou parado, olhando para mim de braços cruzados. Estava com um ar furioso.

– Lestat, o que eu disse ontem à noite? – ele perguntou. – Você é a *criatura mais impossível* que já conheci.

– Marius, perdoe-me. Por favor, perdoe-me. Não achei que fosse acontecer alguma coisa. Estava seguro de que nada aconteceria...

Ele acenou para eu ficar quieto, para descermos os rochedos juntos, subiu na amurada e foi na frente. Fui atrás dele, um tanto quanto deliciado com a facilidade daquilo, mas ainda entorpecido demais para me preocupar com coisas como aquela. A presença dela ainda me dominava como uma fragrância, só que ela não possuía fragrância nenhuma a não ser aquela do incenso e das flores que de alguma maneira deve ter conseguido impregnar sua pele dura e branca. Quão estranhamente frágil ela parecia apesar daquela dureza.

Descemos pelo penhasco escorregadio até darmos na praia e caminhamos juntos em silêncio, olhando para a espuma branca como a neve que saltava sobre as rochas ou corria em nossa direção na areia branca lisa e compacta. O vento rugia em meus ouvidos e eu senti a solidão que isso sempre criava em mim, o vento uivante que contundia todas as outras sensações e sons.

E eu estava ficando cada vez mais calmo e, ao mesmo tempo, cada vez mais agitado e infeliz.

Marius colocara o braço em volta de mim, à maneira como Gabrielle costumava fazer, e eu não prestava atenção no caminho que estávamos seguindo. Fiquei bastante surpreso quando vi que havíamos chegado numa pequena enseada onde estava ancorado um bote com um único par de remos.

Quando paramos, eu disse de novo:

– Sinto muito por tê-lo feito! Juro que estou sentido. Eu não acreditei...

– Não me diga que está arrependido – Marius disse com toda a calma. – Você não lamenta tanto assim pelo que ocorreu e por ter sido a causa, agora que está a salvo e não esmagado como uma casca de ovo no chão da capela.

– Oh, mas não é essa a questão – eu disse.

Comecei a chorar. Peguei meu lenço de bolso, grande acessório de um cavaleiro do século XVIII, e enxuguei o sangue de meu rosto. Eu podia sentir Akasha me abraçando, sentir seu sangue, sentir suas mãos. Todo aquele momento voltando à minha memória. Se Marius não tivesse chegado a tempo...

– Mas o que aconteceu, Marius? O que você viu?

– Gostaria que pudéssemos ir além do alcance de sua audição – Marius disse cansado. – É loucura falar ou pensar algo que pudesse perturbá-lo ainda mais. Preciso deixar que ele mergulhe no esquecimento.

Nesse momento, ele parecia verdadeiramente furioso e virou-se de costas para mim.

Mas como eu podia deixar de pensar no que aconteceu? Eu gostaria de poder abrir a cabeça e arrancar os pensamentos. Eles me atravessavam como foguetes, assim como o sangue de Akasha. Em seu corpo ainda estava aprisionada uma mente, um apetite, um ardente núcleo espiritual cujo calor movera-se através de mim como um relâmpago líquido, e sem dúvida Enkil tinha uma influência mortal sobre ela! Eu o detestava. Queria destruí-lo. E meu cérebro agarrou-se a todos os tipos de ideias malucas, que ele poderia ser destruído de algum modo sem nos colocar em perigo, desde que ela sobrevivesse!

Mas isso fazia pouco sentido. Os demônios não haviam entrado primeiro nele? Mas e se não fosse assim...

– Pare, meu jovem! – Marius disse de repente.

Eu ia chorar de novo. Senti meu pescoço onde ela havia tocado, passei a língua em meus lábios e senti de novo o gosto de seu sangue. Olhei para as estrelas dispersas acima e até mesmo aquelas coisas eternas e benignas pareciam ameaçadoras e sem sentido; senti um grito crescer perigosamente em minha garganta.

Os efeitos de seu sangue já estavam diminuindo. A visão clara do início estava obscurecida, meus membros eram de novo meus membros. Podiam ser fortes, sim, mas a magia estava morrendo. A magia deixara apenas alguma coisa mais forte do que a lembrança do circuito de sangue através de nós dois.

– Marius, o que aconteceu? – eu disse, gritando mais alto que o vento. – Não fique zangado comigo, não me dê as costas. Eu não posso...

– Shh, Lestat – ele disse.

Ele voltou e me pegou pelo braço.

– Não se preocupe com minha raiva – ele disse. – Não tem importância, e não está dirigida para você. Dê-me um pouco mais de tempo para eu me recompor.

– Mas você viu o que aconteceu entre mim e ela?

Ele estava olhando para o mar. As águas pareciam perfeitamente negras e a espuma perfeitamente branca.

– Sim, eu vi – ele disse.

– Eu peguei o violino e queria tocar para eles, estava pensando em...

– Sim, eu sei, claro...

– ... que a música produzira algum efeito neles, sobretudo aquela música, aquela música estranha com som sobrenatural, você sabe como um violino...

– Sei...

– Marius, ela me deu... ela... e tomou...

– Eu sei.

– E ele a mantém ali! Ele a mantém prisioneira!

– Lestat, eu lhe imploro...

Ele estava sorrindo cansado, triste.

Aprisione-o, Marius, do modo como fizeram, e solte-a!

– Você está sonhando, minha criança – ele disse. – Está sonhando.

Virou-se e me deixou, fazendo um gesto para que eu o deixasse em paz. Desceu até a praia e deixou que a água batesse nele enquanto andava de um lado para o outro.

Tentei ficar calmo de novo. Parecia-me irreal que eu já tivesse estado em qualquer lugar menos naquela ilha, que o mundo dos mortais estivesse lá fora, que a estranha tragédia e ameaça Daqueles Que Devem Ser Conservados fossem desconhecidas do outro lado daqueles penhascos úmidos e brilhantes.

No final, Marius fez o caminho de volta.

– Ouça-me – ele disse. – Bem a oeste há uma ilha que não está sob minha proteção e existe uma antiga cidade grega na extremidade norte, onde as tabernas de marinheiros ficam abertas a noite inteira. Vá para lá agora nesse barco. Cace e esqueça o que aconteceu aqui. Avalie os novos poderes que pode ter recebido dela. Mas tente não pensar nela ou nele. Tente, acima de tudo, não conspirar contra ele. Volte para casa antes do amanhecer. Não vai ser difícil. Você encontrará uma dúzia de portas e janelas abertas. Faça o que estou dizendo, agora, por mim.

Inclinei a cabeça. Era a única coisa sob o céu que poderia distrair-me, que poderia varrer de minha mente qualquer pensamento nobre ou deprimente. Sangue humano, luta humana e morte humana.

E, sem protestar, caminhei pelas águas rasas até o barco.

No início da madrugada olhei para meu reflexo no fragmento de um espelho metálico pregado na parede de um sujo quarto de dormir de marinheiro, numa pequena estalagem. Eu me vi em meu casaco de brocado com renda branca, meu rosto aquecido pela matança e o corpo do homem morto esparramado atrás de mim no outro lado da mesa. Ainda segurava a faca com a qual tentara cortar minha garganta. E havia a garrafa de vinho misturado com a droga que eu recusei, com alegres protestos, até ele perder a paciência e tentar o último recurso. Seu companheiro jazia morto na cama.

Eu olhava para o jovem devasso de cabelos louros no espelho.

– Ora, se não é o vampiro Lestat – eu disse.

Mas todo o sangue do mundo não poderia impedir que os horrores tomassem conta de mim quando fui descansar.

Eu não conseguia parar de pensar nela, perguntando-me se fora a risada dela que ouvi durante o sono na noite anterior. Eu imaginava que ela não me havia dito nada através do sangue, até que fechei os olhos e de repente as coisas voltaram a mim, claro, coisas maravilhosas, incoerentes já que eram mágicas. Ela e eu estávamos descendo juntos por um corredor – não ali, mas num lugar que eu conhecia. Creio que era um palácio na Alemanha onde Haydn compôs sua música – e ela falava despreocupadamente comigo, como já havia feito mil vezes. *Mas conte-me tudo sobre isso, o que faz as pessoas acreditarem, o que as move, o que são essas invenções maravilhosas...* Ela usava um elegante chapéu preto com uma enorme pluma branca na aba larga, um véu branco amarrado na parte de cima dele e por baixo do queixo, e seu rosto era jovem, parecia estar ainda se formando.

Quando abri os olhos, soube que Marius estava esperando por mim. Saí da câmara e o vi parado ao lado do estojo vazio do violino, com as costas para a janela aberta que dava para o mar.

– Você tem de ir agora, meu jovem – ele disse, triste. – Eu esperava ter mais tempo, mas é impossível. O barco está esperando para levá-lo embora.

– Por causa do que fiz... – eu disse com tristeza.

Então eu estava sendo expulso.

– Ele está destruindo as coisas na capela – Marius disse, mas sua voz pedia calma.

Colocou o braço em torno de meu ombro e pegou minha maleta com a outra mão. Fomos em direção à porta.

– Quero que você vá embora agora porque isso é a única coisa que vai acalmá-lo, e quero que você se lembre não de sua raiva, mas de tudo que lhe falei, e tenha confiança de que vamos encontrar-nos de novo, como dissemos.

– Mas você tem medo dele, Marius?

– Oh, não, Lestat. Não leve essa preocupação com você. Ele já fez pequenas coisas como essa antes, de vez em quando. Ele não sabe o que faz, realmente. Estou convencido disso. Ele só sabe que alguém se meteu entre ele e Akasha. Com o tempo, ele vai esquecer.

Lá estava ele de novo falando em esquecer.

– E ela está sentada como se nunca tivesse se mexido, não está? – perguntei.

– Quero que você vá embora agora para não provocá-lo – Marius disse, conduzindo-me para fora da casa, na direção das escadas do penhasco.

E continuou falando:

– Por maior que seja a nossa capacidade de mover objetos, de fazer com que peguem fogo, de causar algum dano verdadeiro com o poder da mente, ela não vai muito além do lugar físico onde nos encontramos. Portanto, quero que você parta hoje à noite e faça sua viagem para a América. Quanto mais cedo ele se acalmar e se esquecer de tudo, melhor. Eu não terei esquecido nada e estarei esperando por você.

Vi a galera no porto lá embaixo quando chegamos na beira do penhasco. As escadarias pareciam impossíveis, mas não o eram. O que era impossível era o fato de eu estar deixando Marius e aquela ilha naquele exato momento.

– Não precisa descer comigo – eu disse, pegando a valise de sua mão.

Eu estava tentando não parecer amargo nem abatido. Afinal de contas, eu havia causado aquilo.

– Prefiro não chorar na frente dos outros. Deixe-me aqui.

– Gostaria que tivéssemos tido mais algumas noites juntos – ele disse – para pensarmos com calma no que aconteceu. Mas meu amor vai com você. E tente lembrar das coisas que eu lhe disse. Quando nos encontrarmos de novo, teremos muito o que dizer um ao outro.

Ele fez uma pausa.

– O que é, Marius?

– Fale-me honestamente – ele disse. – Você lamenta que eu tenha ido procurá-lo no Cairo? Lamenta que o tenha trazido para cá?

– Como poderia? – perguntei. – Só lamento por estar indo embora. E se eu não puder encontrá-lo de novo ou você não me encontrar?

– Quando chegar o momento, eu o encontrarei – ele disse. – E lembre-se sempre: você tem o poder de me chamar, como fez antes. Quando eu ouvir esse chamado, posso transpor distâncias que jamais conseguiria transpor sozinho. Se for o momento certo, eu responderei. Pode estar certo disso.

Concordei com um aceno de cabeça. Havia tanta coisa para dizer e eu não falei nenhuma palavra.

Nós nos abraçamos durante um longo momento, em seguida me virei e comecei a descer devagar, sabendo que ele compreenderia o motivo pelo qual não olhei para trás.

17

Eu não sabia o quanto desejava "o mundo" até o momento em que meu navio finalmente subiu o tenebroso canal de St. Jean, em direção à cidade de Nova Orleans, e eu vislumbrei a escura linha do pântano recortada contra o céu luminoso.

O fato de ninguém de nossa espécie jamais haver penetrado aqueles ermos me entusiasmava e humilhava ao mesmo tempo.

Antes que o sol nascesse naquela primeira manhã, eu já estava apaixonado por aquela região baixa e úmida, tal como me apaixonara pelo calor seco do Egito, e com o passar do tempo cheguei a amar aquele lugar mais do que qualquer outro do planeta.

Ali os aromas eram tão fortes que se sentia o cheiro do verde das folhas e do amarelo das flores. E o imenso rio castanho que passava agitado pela pequena e triste Place d'Armes e sua minúscula catedral eclipsava todos os outros rios lendários que eu já havia visto.

Sem ser notado ou desafiado, explorei a pequena colônia em ruínas, com suas ruas lamacentas, calçadas muradas e imundos soldados espanhóis que vadiavam nas proximidades dos calabouços. Eu me perdia pelas perigosas choupanas à beira do rio, cheias de barqueiros que jogavam e brigavam e lindas mulheres caribenhas de pele morena. Passeava durante a noite para vislumbrar o silencioso clarão do relâmpago, ouvir o rugir do trovão, sentir o sedoso calor da chuva de verão.

Os telhados baixos das pequenas cabanas brilhavam com a lua. A luz deslizava pelos portões de ferro das lindas residências espanholas. Bruxuleava por trás de cortinas de renda autêntica, penduradas no interior de portas de vidro recém-lavadas. Eu caminhava por entre os pequenos bangalôs toscos que se prolongavam até as trincheiras, espiando pelas janelas a mobília dourada e as peças laqueadas de riqueza e civilização que naquele lugar bárbaro pareciam de valor inestimável, de gosto delicado e até triste.

De vez em quando surgia uma visão no lamaçal: um autêntico cavalheiro francês usando uma peruca branca como a neve e uma elegante sobrecasaca, a mulher de anquinhas, um escravo negro carregando sapatos limpos para os dois bem acima da lama escorregadia.

Eu sabia que havia chegado ao posto avançado mais abandonado do Jardim Selvagem, que aquele era meu país e que eu ficaria em Nova Orleans, se ao menos Nova Orleans conseguisse subsistir. Tudo o que eu sofrera poderia ser aplacado naquele lugar sem lei, tudo o que ansiasse me daria muito mais prazer a partir do momento em que ele estivesse sob meu domínio.

E houve momentos, na minha primeira noite naquele pequeno paraíso fétido, em que cheguei a crer que, apesar de todo meu poder secreto, eu estava, de alguma forma, ligado a cada homem mortal. Talvez eu não fosse o proscrito exótico que imaginava, mas apenas a obscura ampliação de cada alma humana.

Velhas verdades e antigas magias, revolução e invenção, tudo conspira para nos distrair da paixão que, de uma maneira ou de outra, nos derrota a todos.

E, cansados enfim dessa complexidade, nós sonhamos com aquela época longínqua em que sentávamos no colo de nossa mãe e cada beijo era a perfeita consumação do desejo. O que mais podemos fazer a não ser procurar o abraço que agora deve conter tanto o céu como o inferno: nossa condenação de novo, de novo e para sempre.

EPÍLOGO
ENTREVISTA COM O VAMPIRO

1

E assim chegamos ao final da Educação Inicial e das Aventuras do Vampiro Lestat, a história que me propus a contar. Vocês tiveram um relato da magia e do mistério do Velho Mundo que, apesar de todas as proibições e recomendações, decidi passar adiante.

Mas minha história ainda não terminou, não importa o quão relutante eu possa estar em continuar. E devo considerar, pelo menos brevemente, os dolorosos acontecimentos que levaram à minha decisão de ter uma vida subterrânea no ano de 1929.

Isso se deu cento e quarenta anos depois que deixei a ilha de Marius. E nunca mais o vi novamente. Gabrielle também continuou completamente perdida para mim. Ela desapareceu naquela noite no Cairo e nunca mais foi vista por nenhum mortal ou imortal que eu conhecesse.

E quando fiz minha sepultura no século XX, eu estava sozinho, cansado e muito ferido no corpo e na alma.

Havia vivido "minha vida", como Marius me aconselhou. Mas não poderia responsabilizar Marius pelo modo como vivi e pelos horríveis erros que cometi.

A pura vontade serviu para moldar minha experiência, mais do que qualquer outra característica humana. Apesar dos conselhos e predições, cortejei a tragédia e a desgraça, como sempre fizera. No entanto, tive minhas recompensas, não posso negar. Durante quase setenta anos tive meus filhos vampiros, Louis e Cláudia, dois dos imortais mais esplêndidos que já caminharam sobre a Terra; e eu os tive ao meu modo.

Pouco depois de chegar na colônia, me apaixonei perdidamente por Louis, um jovem fazendeiro burguês de cabelos escuros, um modo de falar encantador e maneiras delicadas que, com seu cinismo e autodestrutividade, parecia o próprio gêmeo de Nicolas.

Tinha a intensidade sombria de Nicki, sua rebeldia, sua capacidade atormentada de acreditar e não acreditar e de se entregar ao desespero.

No entanto, Louis exercia um fascínio sobre mim muito mais poderoso do que aquele que sentira por Nicolas. Mesmo em seus momentos mais cruéis, Louis despertara ternura em mim, seduzindo-me com sua assombrosa dependência, sua fascinação por cada gesto meu e cada palavra que eu dizia.

E sua ingenuidade sempre me conquistava, sua estranha crença burguesa de que Deus ainda era Deus mesmo se desse as costas para nós, de que a condenação e a salvação estabeleciam os limites de um mundo pequeno e sem esperança.

Louis era um sofredor, uma criatura que amava os mortais ainda mais do que eu. Às vezes me pergunto se não me envolvi com Louis para me punir pelo que aconteceu com Nicki, se não criei Louis para ser minha consciência e para me impor a penitência que eu achava que merecia.

Mas eu o amava, pura e simplesmente. E foi pelo desespero de mantê-lo junto a mim, de torná-lo ainda mais dependente de mim, que cometi o ato mais egoísta e impulsivo de toda minha vida entre os mortos-vivos. Foi o crime que haveria de ser minha desgraça: a criação, com Louis e para Louis, de Cláudia, uma criança-vampiro de beleza estonteante.

Seu corpo ainda não completara seis anos de idade quando a transformei, e, embora tivesse morrido se eu não o fizesse (assim como Louis teria morrido se eu também não o transformasse), minha atitude foi um desafio aos deuses pelo qual Cláudia e eu pagaríamos.

Mas esta é a história que foi contada por Louis em *Entrevista com o vampiro* que, apesar de todas as suas contradições e terríveis mal-entendidos, consegue capturar bem a atmosfera na qual Cláudia, Louis e eu nos reunimos e ficamos juntos durante sessenta e cinco anos.

Durante esse tempo fomos seres inigualáveis em nossa espécie, um trio de caçadores mortais, vestido de seda e veludo, glorificado com nosso segredo e com a cidade de Nova Orleans que crescia, nos abrigava em luxo e nos fornecia um número infinito de vítimas frescas.

Embora Louis não soubesse disso quando escreveu sua crônica, sessenta e cinco anos é um tempo fenomenal para qualquer compromisso em nosso mundo.

Quanto às mentiras que ele contou, os enganos que cometeu, bem, eu lhe perdoo por seu excesso de imaginação, sua amargura, e por sua vaidade, que, afinal de contas, nunca foi tão grande assim. Jamais revelei a ele a metade de meus poderes, com razão, porque ele vivia cheio de culpa e de autodesprezo por usar mesmo que apenas a metade dos seus.

Até mesmo sua beleza incomum e seu charme irresistível eram como um segredo para ele. Quando ele afirma no livro que o transformei em vampiro porque cobiçava a casa de sua fazenda, podem atribuir isso mais à modéstia do que à estupidez, eu suponho.

Quanto ao fato de ele acreditar que eu era um camponês, bem, isto é compreensível. Afinal de contas, ele era um filho da classe média preconceituoso e reprimido que, como todos os fazendeiros coloniais, aspirava a ser um autêntico aristocrata, embora jamais tivesse conhecido um, enquanto eu era oriundo de uma longa linhagem de senhores feudais, acostumados a lamber os dedos e jogar os ossos para os cães enquanto comiam.

Ele afirma que eu brincava com estranhos inocentes, me fazendo primeiro de amigo para depois matá-los, mas como ele haveria de saber que eu caçava quase que exclusivamente os jogadores, os ladrões e os assassinos, mantendo-me fiel, mais do que eu esperava, a meu juramento tácito de matar apenas os malfeitores? (O jovem Freniere, por exemplo, um fazendeiro a quem Louis romantiza inutilmente em seu texto, era na verdade um assassino devasso e um trapaceiro no jogo de cartas, que estava prestes a vender a plantação de sua família para pagar dívidas, quando eu o abati. As prostitutas com as quais me banqueteei na frente de Louis um dia, para irritá-lo, tinham drogado e roubado muitos marujos, que jamais foram vistos com vida depois.)

Mas pequenas coisas como essas não importam de fato. Ele contou a história tal como acreditava.

E, de um modo real, Louis sempre foi a soma de seus defeitos, o demônio mais enganadoramente humano que já conheci. Nem mesmo Marius poderia imaginar uma criatura tão compassiva e contemplativa, sempre um cavalheiro, sempre ensinando à Cláudia o uso adequado dos talheres de prata quando ela, abençoado seja seu pequeno coração, jamais teve a menor necessidade de tocar numa faca ou num garfo.

Sua cegueira em relação aos motivos ou sofrimento dos outros fazia parte de seu charme assim como seus cabelos negros um pouco despenteados, ou a expressão de eterna preocupação em seus olhos verdes.

E por que eu deveria me dar ao trabalho de falar das vezes que ele me procurou dilacerado pela ansiedade, implorando-me para jamais abandoná-lo, das vezes em que caminhamos e conversamos juntos, representamos Shakespeare juntos para agradar à Cláudia, ou fomos caçar de braços dados nas tabernas na beira do rio, ou para dançar valsa com as beldades de pele morena nos famosos bailes da cidade?

Leiam nas entrelinhas.

Eu o traí quando o criei, isto é o que importa. Assim como traí Cláudia. E perdoo os absurdos que ele escreveu porque ele contou a verdade sobre a extraordinária felicidade que ele, Cláudia e eu compartilhamos e não tínhamos direito de ter naquelas longas décadas do século XIX, quando as cores de pavão do antigo regime desvaneciam e a adorável música de Mozart e Haydn cedia lugar à linguagem bombástica de Beethoven que, às vezes, poderia soar de modo notável demais como o som metálico de meus imaginários Sinos do Inferno.

Eu tive o que queria, o que sempre quis. Eu tinha *a eles*. Podia de vez em quando esquecer Gabrielle e esquecer Nicki, até mesmo esquecer Marius e o rosto inexpressivo de Akasha, ou o toque gelado de sua mão e o calor de seu sangue.

Mas eu sempre quis muitas coisas. Como explicar a duração da vida que ele descreveu em *Entrevista com o vampiro*? Por que duramos tanto tempo?

Durante todo o século XIX, os vampiros começaram a ser "descobertos" pelos escritores europeus. Lord Ruthven, a criação do Dr. Polidori, deu lugar a Sir Francis Varney nos livros baratos de história de terror, mais tarde apareceu a magnífica e sensual Condessa Carmilla Karnstein de Sheridan Le Fanu e, por fim, o grande macaco de imitação dos vampiros, o hirsuto Conde Drácula eslavo, que pensava poder transformar-se num morcego ou se desmaterializar à vontade, embora rastejasse pelo muro de seu castelo à maneira de um lagarto, aparentemente por diversão – todas essas criações e muitas outras parecidas alimentavam o apetite insaciável pelos "contos góticos e fantásticos".

Nós éramos a essência dessa concepção do século XIX, aristocraticamente arredios, infalivelmente elegantes e invariavelmente impiedosos, apegados uns aos outros numa terra propícia, mas não perturbada, para outros de nossa espécie.

Talvez tivéssemos encontrado o momento perfeito na história, o equilíbrio perfeito entre o monstruoso e o humano, o tempo em que esse "romance vampiresco", nascido em minha imaginação em meio aos coloridos brocados do antigo regime, deveria encontrar seu maior realce na esvoaçante capa preta, na cartola preta e nos luminosos cachos da garotinha que caíam de sua fita violeta até as mangas fofas do seu diáfano vestido de seda.

Mas o que foi que fiz com Cláudia? E quando eu iria pagar por isso? Por quanto tempo ela se contentaria em ser o mistério que ligava Louis a mim de uma forma tão estreita, a musa de nossas horas de luar, o único objeto de devoção comum a ambos?

Seria inevitável que ela, que nunca teria um corpo de mulher, atacasse o demônio pai que a condenara a viver para sempre no corpo de uma pequena boneca de porcelana?

Eu devia ter escutado a advertência de Marius. Devia ter parado um momento para refletir quando estava prestes a fazer a grande experiência inebriante: transformar uma criança em vampiro. Eu devia ter respirado fundo.

Mas, vocês sabem, foi como tocar violino para Akasha. Eu *queria* fazê-lo. Queria ver o que aconteceria, quero dizer, com uma linda menininha como aquela!

Oh, Lestat, você merece tudo que já lhe aconteceu. Seria melhor não morrer. Na verdade, você poderia ir para o inferno.

Mas por que por razões puramente egoístas não dei ouvidos a alguns dos conselhos que me deram? Por que não aprendi com nenhum deles – Gabrielle, Armand, Marius? Mas eu nunca dei ouvidos a ninguém, de fato. De uma maneira ou de outra, nunca pude.

E não posso dizer mesmo agora que lamento por Cláudia, que gostaria de nunca tê-la visto, nem de tê-la agarrado, nem sussurrado segredos para ela, nem de ter ouvido sua risada ecoando pelos sombrios quartos iluminados a gás daquela residência de cidade humana demais, na qual nos movíamos em meio à mobília laqueada, às escuras pinturas a óleo e vasos de flores de latão, como se moveriam seres vivos. Cláudia foi minha criança das trevas, meu amor, o mal de meu mal. Cláudia partiu meu coração.

E numa noite quente e abafada da primavera de 1860, ela se rebelou e resolveu acertar as contas. Ela me seduziu, me prendeu numa armadilha e mergulhou uma faca várias e várias vezes em meu corpo drogado e envenenado, até que quase todas as gotas de meu sangue vampiresco jorrassem de mim antes que meus ferimentos tivessem os preciosos poucos segundos para cicatrizar.

Não a culpo. Foi o tipo de coisa que eu mesmo teria feito.

Aqueles momentos delirantes jamais serão esquecidos por mim, jamais serão confinados em algum compartimento desconhecido da mente. Foram sua astúcia e sua vontade que me derrubaram de modo tão seguro quanto a lâmina que cortou minha garganta e partiu meu coração. Enquanto eu continuar existindo, pensarei todas as noites naqueles momentos e no abismo que se abriu sob mim, no mergulho na morte que quase foi minha. Cláudia me deu isso.

Mas enquanto o sangue corria, levando junto todo o poder de ver, de ouvir e de me mover enfim, meus pensamentos deslocavam-se cada vez mais para trás, indo além da criação da condenada família de vampiros em seu paraíso de papel de parede e cortinas de renda, até os turvos bosques das terras míticas onde o velho deus dionísico da floresta havia sentido, várias e várias vezes, a carne dilacerada, seu sangue derramado.

Se não havia significado, pelo menos havia o brilho da congruência, a assombrosa repetição do *mesmo velho tema.*

E o deus morre. O deus ressuscita. Mas dessa vez ninguém foi redimido.

Com o sangue de Akasha, Marius me havia dito, você sobreviverá a desastres que destruiriam outros de nossa espécie.

Mais tarde, abandonado no fedor e na escuridão do pântano, senti a sede definir minhas proporções, senti a sede me impelir, senti minhas mandíbulas se abrirem na água podre e meus colmilhos procurarem coisas de sangue quente, que poderiam pôr meus pés na longa estrada de volta.

Três noites depois, quando fui abatido de novo e minhas crianças me deixaram de uma vez para sempre no inferno ardente de nossa casa da cidade, foi o sangue dos antigos, Magnus, Marius e Akasha, que me sustentou enquanto eu rastejava para longe das chamas.

Mas sem um pouco mais daquele sangue benéfico, sem uma nova infusão, fui deixado à mercê do tempo para curar meus ferimentos.

E o que Louis não pôde descrever em sua história foi o que me aconteceu depois, como cacei durante anos nas margens do rebanho humano um monstro hediondo e aleijado que só conseguia abater os muito jovens ou doentes. Correndo constante perigo com minhas vítimas, me tornei a própria antítese do demônio romântico, levando mais terror do que êxtase, parecendo ser um dos antigos espectros do Les Innocents, com sua sujeira e farrapos.

Os ferimentos que sofri afetaram meu próprio espírito, minha capacidade de raciocinar. E o que eu via no espelho, toda vez que ousava olhar para um, fazia minha alma encolher-se mais ainda.

No entanto, durante todo esse tempo, não chamei Marius uma única vez, nem tentei alcançá-lo através das distâncias. Não poderia implorar seu sangue regenerador. Melhor sofrer o purgatório durante um século do que a condenação de Marius. Melhor sofrer a pior solidão, a pior angústia, do que descobrir que ele sabia de tudo que eu fizera e havia muito já dera as costas para mim.

Quanto a Gabrielle, que teria me perdoado qualquer coisa, cujo sangue era poderoso o bastante pelo menos para apressar minha recuperação, eu nem sequer sabia onde procurar.

Quando me recuperei o suficiente para fazer a longa viagem à Europa, recorri ao único a quem poderia apelar: Armand. Ele que ainda vivia nas terras que eu lhe dera, na própria torre onde fui criado por Magnus, ele que ainda comandava a próspera congregação do Teatro dos Vampiros no bulevar du Temple, que ainda pertencia a mim. Afinal de contas, eu não devia nenhuma explicação a Armand. E ele me devia alguma coisa, não é mesmo?

*

Foi um choque vê-lo quando ele foi atender à porta.

Ele parecia um jovem saído dos romances de Dickens, com sua sobrecasaca preta sóbria e de bom corte, tendo sido cortados todos os cachos renascentistas de seu cabelo. Seu rosto eternamente jovem estampava a inocência de um David Copperfield e o orgulho de um Steerforth – qualquer coisa menos a verdadeira natureza de seu espírito.

Por um instante, uma brilhante luz ardeu nos seus olhos quando ele me fitou. Em seguida, percebeu as cicatrizes que cobriam meu rosto e mãos e disse de um modo suave e quase compadecido:

– Entre, Lestat.

Pegou minha mão. E caminhamos juntos através da casa que ele havia construído aos pés da torre de Magnus, um lugar sombrio e melancólico, adequado a todos os horrores byronianos daquela era estranha.

– Sabe, o boato que corre é que você encontrou seu fim em algum lugar no Egito, ou no Extremo Oriente – ele disse depressa em seu francês habitual, com uma animação que eu nunca vira nele antes.

Ele era perito agora em fingir que era um ser vivo.

– Você se foi com o século passado e desde então ninguém teve notícias suas.

– E Gabrielle? – indaguei de imediato, imaginando por que não perguntara logo de início.

– Ninguém nunca mais viu ou teve notícias dela desde que você deixou Paris – ele disse.

Mais uma vez, seus olhos correram sobre mim como uma carícia. E havia nele uma excitação mal disfarçada, uma febre que eu podia sentir como o calor do fogo da lareira próxima. Eu sabia que ele estava tentando ler meus pensamentos.

– O que aconteceu com você? – ele perguntou.

Minhas cicatrizes o intrigavam. Eram numerosas e profundas, marcas de um ataque que deveria ter significado a morte. Senti o súbito pânico de que, na minha confusão, pudesse revelar tudo a ele, as coisas que Marius me proibira de contar muito tempo atrás.

Mas foi a história de Louis e de Cláudia que saiu aos jorros, em meias-verdades gaguejadas, sem um fato relevante: o de que Cláudia era apenas... uma criança.

Contei em breves palavras sobre os anos que passei na Louisiana, sobre como no final eles se rebelaram contra mim tal como ele havia previsto que meus filhos poderiam rebelar-se. Reconheci tudo a ele, sem malícia ou orgulho, explicando que era de seu sangue que eu precisava agora. Dor, dor e dor expor isso para ele, senti-lo pensando nisso. Dizer, sim, você estava certo. Não é a história toda. Mas no principal você estava certo.

Foi tristeza que vi em seu rosto então? Com certeza não foi triunfo. Discretamente, ele observava minhas mãos tremerem enquanto eu gesticulava. Esperava, paciente, quando eu gaguejava, quando não conseguia encontrar as palavras certas.

Uma pequena infusão de seu sangue apressaria minha cura, eu sussurrei. Uma pequena infusão desanuviaria minha mente. Tentei não parecer arrogante nem cheio de razão quando lembrei a ele que eu lhe dera aquela torre, assim como o ouro que ele usara para construir sua casa, que eu ainda era o proprietário do Teatro dos Vampiros, que com certeza ele poderia fazer agora para mim essa pequena coisa, essa coisa íntima. Havia uma horrível ingenuidade nas palavras que eu falava para ele, aturdido como eu estava, e fraco, com sede e medo. O brilho do fogo me deixava ansioso. O reflexo da luz na superfície escura dos painéis de madeira daqueles aposentos abafados fazia-me imaginar rostos aparecendo e desaparecendo.

– Não quero ficar em Paris – eu disse. – Não quero causar problemas a você nem à congregação do teatro. Só estou pedindo essa pequena coisa. Estou pedindo...

Parecia que minha coragem e minhas palavras se haviam esgotado.

Passou-se um longo momento:

– Fale-me de novo sobre esse Louis – ele disse.

As lágrimas encheram vergonhosamente meus olhos. Eu repeti algumas frases tolas sobre a indestrutível humanidade de Louis, sobre sua compreensão de coisas que outros imortais não podiam entender. De modo descuidado, sussurrei coisas que vinham de meu coração. Não foi Louis quem me atacou. Foi a mulher, Cláudia.

Vi algo despertar nele. Um leve rubor apareceu em suas faces.

– Eles foram vistos aqui em Paris – ele disse em tom suave. – E ela não é uma mulher, essa criatura. É uma criança-vampiro.

Não consigo recordar o que se seguiu. Talvez eu tenha tentado explicar o erro vergonhoso que cometi. Talvez tenha admitido que não havia como explicar o que eu havia feito. Talvez eu tenha mudado de assunto de novo para o propósito de minha visita, para o que eu precisava, o que eu tinha de receber. Lembro-me da extrema humilhação enquanto ele me levava para fora da casa, para a carruagem que esperava, enquanto me dizia que eu devia ir com ele ao Teatro dos Vampiros.

– Você não compreende – eu disse. – Não posso ir lá. Não serei visto pelos outros desse jeito. Você tem de parar a carruagem. Você tem de fazer o que lhe peço.

– Não, você já está atrasado – ele disse com a voz mais terna.

Já estávamos nas ruas de Paris, abarrotadas de gente. Eu não conseguia ver a cidade de que me lembrava. Aquilo era um pesadelo, aquela metrópole com barulhentos trens a vapor e gigantescos bulevares de concreto. Nunca antes a fumaça e a sujeira da era industrial pareceram tão hediondas quanto ali, na Cidade Luz.

Lembro-me vagamente de ter sido forçado por ele a sair da carruagem, de ter andado aos tropeções ao longo das calçadas largas enquanto ele me empurrava em direção às portas do teatro. O que era aquele lugar, aquele prédio enorme? Era o bulevar du Temple? E depois a descida para o abominável porão cheio de cópias horríveis das pinturas mais sangrentas de Goya, Brueghel e Bosch.

E por fim a fome enquanto eu jazia no chão de uma cela com paredes de tijolos, incapaz até de gritar imprecações contra ele, a escuridão repleta de vibrações dos ônibus e bondes que passavam, invadida pelo guincho distante de rodas de ferro.

Em um dado momento, descobri uma vítima mortal ali. Mas a vítima estava morta. Sangue frio, sangue nauseabundo. O pior tipo de alimento, deitar sobre aquele cadáver pegajoso, sugar o que restava.

E depois Armand estava lá, parado imóvel nas sombras, imaculado em seu linho branco e lã preta. Ele falou à meia-voz sobre Louis e Cláudia, disse que haveria algum tipo de julgamento. Foi sentar-se de joelhos ao meu lado, esquecendo-se por um momento de ser humano, o garoto cavalheiro sentado naquele lugar sujo e úmido.

– Você vai declarar diante dos outros que foi ela quem fez – ele disse.

E os outros, os novos, chegavam na porta um por um para me olhar.

– Tragam roupas para ele – Armand disse.

Sua mão estava apoiada em meu ombro.

– Ele deve parecer apresentável, nosso senhor perdido – ele disse aos outros. – Sempre foi seu estilo.

Eles deram uma risada quando pedi para falar com Eleni, com Félix ou Laurent. Não conheciam esses nomes. Gabrielle... não significava nada.

E onde estava Marius? Quantos países, rios e montanhas estavam entre nós? Ele podia ouvir e ver essas coisas?

Lá em cima, no teatro, um público de mortais, arrebanhado como ovelhas num curral, retumbava nas escadarias e pisos de madeira.

Eu sonhava em fugir dali, voltar para Louisiana, deixar que o tempo fizesse seu trabalho inevitável. Sonhava de novo com a terra, com o frescor de suas profundezas que eu conhecera por um tempo tão breve no Cairo. Sonhava com Louis e Cláudia, e que estávamos juntos. Cláudia crescera milagrosamente, transformando-se numa linda mulher, e dizia rindo: "Está vendo, eu vim à Europa para descobrir isso, como fazer isso!"

E temia que nunca mais me permitissem sair dali, que eu seria enterrado como aqueles famintos sob o Les Innocents, que eu havia cometido um erro fatal. Eu estava gaguejando, chorando e tentando falar com Armand. E então percebi que Armand não estava ali. Caso tivesse vindo, ele se fora com a mesma rapidez. Eu estava delirando.

E a vítima, a vítima quente – "Dê-me, eu imploro!" –, e Armand dizendo:

– Você dirá o que eu lhe disse para falar.

Era um tribunal de monstros criminosos, demônios de rosto branco que gritavam acusações, enquanto Louis se defendia desesperadamente, Cláudia me fitava muda, e eu dizia, sim, foi ela a única culpada, sim, e depois amaldiçoava Armand que me empurrava de volta para as sombras, com o rosto inocente mais radiante do que nunca.

– Mas você fez bem, Lestat. Você fez bem.

O que eu fiz? Dei o testemunho de que eles haviam violado as antigas regras? De que se revoltaram contra o mestre da congregação? O que eles sabiam das antigas regras? Eu estava gritando por Louis. E depois eu estava bebendo sangue na escuridão, sangue quente de outra vítima, mas não era o sangue regenerador, era apenas sangue.

✵

Nós estávamos na carruagem de novo e chovia. Estávamos rodando pelo campo. Depois subimos pela velha torre até o telhado. Eu levava nas mãos o vestido amarelo ensanguentado de Cláudia. Eu a vira no lugar estreito e úmido onde ela fora queimada pelo sol.

– Espalhem as cinzas! – eu disse.

No entanto, ninguém se mexeu para fazer isso. O vestido amarelo, rasgado e ensanguentado, jazia no chão do porão. Agora, eu o segurava nas mãos.

– Vão espalhar as cinzas, não vão? – eu disse.

– Você não queria justiça? – Armand perguntou, com a capa de lã preta envolvendo-o ao vento, o rosto sombrio com o poder da matança recente.

O que isso teve a ver com justiça? Por que eu segurava aquela coisa, aquele pequeno vestido?

Olhei pelas ameias da torre e vi que a cidade viera ao meu encontro. Ela estendia seus longos braços para abraçar a torre, e o ar fedia a fumaça de fábrica.

Armand estava parado quieto junto ao parapeito de pedra, observando-me, e de repente pareceu tão jovem quanto Cláudia. *E assegure-se de que tiveram algum tempo de vida antes de você criá-los; e nunca, jamais crie alguém muito jovem, como era Armand.* Ela não disse coisa alguma diante da morte. Ficou olhando para aqueles que estavam em torno dela como se fossem gigantes tagarelando numa língua estranha.

Os olhos de Armand estavam vermelhos.

– Louis... onde está ele? – perguntei. – Eles não o mataram. Eu o vi. Ele saiu na chuva...

– Eles foram atrás dele – ele respondeu. – Já está destruído.

Mentiroso, com rosto de um menino de coro de igreja.

– Detenha-os, você tem de detê-los! Se ainda houver tempo...

Ele sacudiu a cabeça.

– Por que você não pode detê-los? Por que você fez isso, o julgamento, tudo isso, por que se importa com o que fizeram comigo?

– Acabou.

Sob o rugido dos ventos chegou o grito de um apito a vapor. Perder o fio do pensamento. Perder... Não desejar voltar. Louis, volte.

– E você não tenciona ajudar-me, não?

Desespero.

Ele inclinou-se para a frente, e seu rosto se transformou como havia feito muitos e muitos anos atrás, como se sua raiva estivesse se dissolvendo por dentro.

– Você, você destruiu todos nós, você tirou tudo. O que o fez pensar que eu o ajudaria?!

Ele se aproximou, o rosto sucumbido em si mesmo.

– Você nos colocou naqueles cartazes horripilantes no bulevar du Temple, você nos transformou em assunto de histórias baratas e conversas de sala de estar!

– Mas não fui eu. Você sabe que eu... eu juro... não fui eu!

– Você que levou nossos segredos para a luz dos refletores... o elegante, o marquês de luvas brancas, o demônio de capa de veludo!

– Você está louco por me culpar disso tudo. Você não tem direito – eu insisti, mas minha voz vacilava tanto que eu quase não conseguia entender minhas próprias palavras.

E a voz dele saiu de sua boca como a língua de uma cobra.

– Nós tínhamos nosso Éden sob aquele antigo cemitério – ele sibilou. – Tínhamos nossa fé e nosso propósito. Foi você quem nos expulsou de lá com uma espada em chamas! O que temos agora! Responda-me! Nada a não ser o amor um do outro, e o que isso pode significar para criaturas como nós!

– Não, não é verdade, tudo já estava acontecendo. Você não entende nada. Nunca entendeu.

Mas ele não estava me escutando. E não importava se estava ou não escutando. Ele se aproximava mais e sua mão ergueu-se como um raio escuro, minha cabeça girou para trás e eu vi o céu e a cidade de Paris de cabeça para baixo.

Eu estava caindo no ar.

E eu caía e caía, passando pelas janelas da torre, até bater contra a calçada de pedra e eu sentir cada osso de meu corpo se quebrar dentro de seu fino invólucro de pele sobrenatural.

2

Dois anos se passaram antes que eu me sentisse forte o bastante para embarcar num navio para a Louisiana. E eu ainda estava todo quebrado, com cicatrizes. Mas tinha de ir embora da Europa, onde não me chegara nenhuma notícia de minha perdida Gabrielle, ou do grande e poderoso Marius, que certamente concluíra seu julgamento sobre mim.

Eu tinha de voltar para casa. E casa significava Nova Orleans, onde estava o calor, onde as flores nunca paravam de florescer, onde eu ainda possuía, graças a meu suprimento de "moedas do reino" que nunca acabava, uma dúzia de velhas mansões vazias com colunas brancas apodrecendo e varandas vergadas em volta das quais eu poderia perambular.

E passei os últimos anos do século XIX em completo retiro no velho Garden District a um quarteirão do cemitério Lafayette, na mais imponente de minhas casas, dormindo calmamente sob enormes carvalhos.

Eu lia, à luz de vela ou de lampião a óleo, todos os livros que podia conseguir. Eu bem podia ser confundido com Gabrielle presa em seu quarto de dormir do castelo, só que ali não havia nenhuma mobília. E as pilhas de livros chegavam ao teto enquanto eu ia de um para o outro. De vez em quando, eu reunia energia suficiente para invadir uma biblioteca ou velha livraria à procura de novos volumes, mas eu saía cada vez menos. Fazia assinaturas de jornais. Armazenava velas, garrafas e latas de óleo.

Não me lembro da virada para o século XX, só que tudo ficou mais feio e mais escuro, que a beleza que conheci nos velhos tempos do século XVIII parecia mais do que nunca uma espécie de ideia extravagante. Os burgueses governavam o mundo agora através de lúgubres princípios, com desconfiança da sensualidade e dos excessos que o antigo regime tanto prezara.

Mas minha visão e pensamentos estavam ficando ainda mais obscurecidos. Eu não caçava mais humanos. E um vampiro não pode prosperar sem sangue humano, sem morte humana. Eu sobrevivia atraindo os animais de jardim da velha vizinhança, os cães e gatos mimados. E quando não podia pegá-los com facilidade, bem, então sempre havia os parasitas que eu podia chamar como se fosse o Flautista Mágico, ratos gordos e cinzentos de rabo comprido.

Uma noite, obriguei-me a fazer a longa jornada através das ruas tranquilas até um pequeno teatro caindo aos pedaços, chamado Happy Hour, próximo às casas pobres que beiravam o rio. Eu queria assistir aos novos filmes mudos. Estava envolto num sobretudo pesado com um cachecol ocultando meu rosto macilento. Usava luvas para esconder minhas mãos esqueléticas. A visão do céu durante o dia, mesmo naquele filme imperfeito, me aterrorizou. Mas os tons melancólicos de preto e branco pareciam perfeitos para uma era sem cor.

Eu não pensava em outros imortais. No entanto, de vez em quando aparecia um vampiro – algum rebento órfão em busca de proteção, ou um andarilho procurando pelo lendário Lestat, implorando por segredos, poder. Horríveis essas invasões.

Até mesmo o timbre da voz sobrenatural arrebentava com meus nervos, me impelia para o canto mais distante. Contudo, por maior que fosse a dor, eu esquadrinhava cada nova mente à procura de informações sobre minha Gabrielle. Nunca descobri nenhuma. Nada a fazer depois disso, a não ser ignorar as pobres vítimas humanas que o demônio trazia na vã esperança de me restabelecer.

Mas esses encontros acabavam logo. Amedrontado, magoado, gritando imprecações, o invasor partia, deixando-me no abençoado silêncio.

Aos poucos, eu me afastava de tudo, apenas ficava deitado lá na escuridão. Já nem estava lendo muito. Quando lia, era a revista *Black Mask*. Lia as histórias dos horríveis homens niilistas do século XX – os vigaristas vestidos de cinza, os ladrões de banco e os detetives – e tentava me lembrar das coisas. Mas estava tão fraco. Estava tão cansado.

E então, uma noite, Armand apareceu.

A princípio pensei que fosse um delírio. Ele estava parado tão quieto na sala de visitas em ruínas, parecendo mais jovem do que nunca com seus cabelos castanho-avermelhados bem curtos, à maneira do século XX, e um terno apertado de tecido escuro.

Tinha de ser uma ilusão aquela figura entrando pela sala e olhando para mim, deitado de costas no chão ao lado da janela de batente quebrada, lendo Sam Spade à luz da lua. Exceto por uma coisa. Se eu fosse evocar um visitante imaginário, com certeza não seria Armand.

Olhei de soslaio para ele e senti uma leve vergonha, por estar tão feio que não passava de um esqueleto com olhos esbugalhados. Em seguida, voltei à leitura de *O falcão maltês*, movendo meus lábios para dizer as falas de Sam Spade.

Quando ergui os olhos de novo, Armand ainda estava lá. Pode ter sido na mesma noite, ou na noite seguinte, não sei.

Ele falava de Louis e isso já fazia algum tempo.

E percebi que fora uma mentira o que ele me contara em Paris sobre Louis. E Louis estivera com Armand durante todos aqueles anos. Ele fora à minha procura depois. Fora até a parte antiga da cidade, perto da casa onde vivêramos durante tanto tempo. Até que finalmente passou por ali e me viu através das janelas.

Tentei imaginar isso. Louis vivo. Louis aqui, tão perto, e eu nem cheguei a saber disso.

Creio que ri um pouco. Não conseguia registrar em minha mente que Louis não houvesse sido queimado. Mas realmente era maravilhoso que Louis ainda estivesse vivo. Era maravilhoso que ainda existisse aquele rosto bonito, aquela expressão comovente, aquela voz terna e um tanto quanto suplicante. Meu belo Louis sobreviveu, não estava morto com Cláudia e Nicki.

Mas então talvez ele *estivesse* morto. Por que eu deveria acreditar em Armand? Voltei à leitura ao luar, desejando que o jardim lá fora não tivesse ficado tão cheio de mato. Uma boa coisa para Armand fazer, eu lhe disse, seria ir lá fora para arrancar algumas daquelas trepadeiras, já que ele era tão forte. As ramas de glória-da-manhã e de glicínia já estavam caindo das varandas do segundo andar e bloqueavam a passagem do luar. Depois havia os velhos carvalhos negros que já existiam por lá quando ali não passava de um pântano.

Não creio que, na verdade, eu tenha sugerido isso para Armand.

E apenas tenho a vaga lembrança de Armand me avisar que Louis o estava deixando e que ele, Armand, não queria mais continuar. Pareceu cínico. Seco. No entanto, ele captava o luar enquanto ficava parado ali. E sua voz ainda possuía a velha ressonância, sua sugestão de sofrimento.

Pobre Armand. E você me disse que Louis estava morto. Vá cavar sua sepultura debaixo do cemitério Lafayette. É logo ali no alto da rua.

Nenhuma palavra foi dita. Nenhuma risada audível, apenas o secreto prazer da risada dentro de mim. Lembro-me de uma imagem nítida dele, desamparado no meio do quarto sujo e vazio, olhando para as paredes de livros em todos os lados. A chuva havia escorrido pelos vazamentos no telhado e fundira os livros uns nos outros como tijolos de papel machê. E notei isso de modo bem distinto quando o vi parado ali contra a tela de fundo. E eu sabia que todos os aposentos da casa estavam emparedados de livros, como aquele. Eu não havia pensado nisso até aquele momento, quando ele começou a olhar para eles. Havia anos que eu não entrava nos outros quartos.

Parece que ele retornou várias vezes depois disso.

Eu não o via, mas o ouvia movendo-se pelo jardim lá fora, procurando-me com sua mente, como um feixe de luz.

Louis tinha ido embora para o Oeste.

Certa vez, quando eu estava deitado entre os cascalhos sob os alicerces da casa, Armand chegou até a grade e me espiou, eu o vi, ele vociferou contra mim e me chamou de apanhador de ratos.

Você enlouqueceu... você, aquele que sabia tudo, aquele que escarnecia de nós! Você está louco e se alimenta de ratos. Sabe como chamavam sua espécie na França dos velhos tempos, vocês, os senhores do campo, chamavam vocês de pega-lebres, porque caçavam lebres para não morrer de fome. E agora o que você é nesta casa, uma assombração esfarrapada, um caçador de ratos. Você está tão louco quanto gente velha que fica falando sozinha! No entanto, você caça ratos como se tivesse nascido para fazer isso.

Dei uma risada de novo. Fiquei rindo e rindo. Lembrei-me dos lobos e dei uma risada.

– Você sempre me fez rir – eu disse. – Eu teria rido de você no cemitério em Paris, só que não me pareceu muito adequado fazê-lo. E mesmo quando você me amaldiçoou e me culpou por todas aquelas histórias sobre nós, isso também foi engraçado. E se você não estivesse prestes a me atirar da torre, eu teria rido. Você sempre me fez rir.

Era delicioso o ódio entre nós, ou era o que eu pensava. Uma excitação tão estranha tê-lo ali para ridicularizar e desprezar.

No entanto, de repente o cenário em torno de mim começou a mudar. Eu não estava deitado no cascalho. Estava andando dentro de minha casa. E não usava os trapos imundos que me cobriram durante anos, mas sim um elegante fraque preto e uma capa forrada de cetim. E a casa, ora, a casa era linda, e todos os livros estavam em seu lugar adequado nas prateleiras.

O piso de parquete brilhava à luz do candelabro e havia música vindo de toda parte, o som de uma valsa vienense, a melodiosa harmonia dos violinos. A cada passo, eu me sentia poderoso de novo e leve, maravilhosamente leve. Eu poderia ter galgado os degraus de dois em dois, com facilidade. Poderia sair voando e subir através da escuridão, a capa parecendo asas negras.

E então eu estava me movendo pela escuridão, Armand e eu estávamos juntos no alto do telhado. Ele estava radiante, com o mesmo antiquado traje de noite, e estávamos olhando para as escuras copas das árvores que balançavam na distante curva prateada do rio, e o céu baixo onde as estrelas brilhavam entre nuvens cinzas como pérolas.

Eu chorava só de ver aquilo, de sentir o vento úmido em meu rosto. Armand estava ao meu lado, com os braços em torno de mim. Falava de perdão e tristeza, de sabedoria e de coisas aprendidas através do sofrimento.

– Eu amo você, meu irmão das trevas – ele sussurrou.

E as palavras circularam em mim como se fossem o próprio sangue.

– Não é que eu quisesse vingança – ele sussurrou.

Seu rosto estava ferido, o coração partido. Ele disse:

– Mas você veio para ser curado, e não me queria! Um século eu esperei, e você não me queria!

E eu sabia, como realmente soubera o tempo todo, que minha cura era uma ilusão, que eu era o mesmo esqueleto em farrapos, claro. E a casa ainda era uma ruína. E no ser sobrenatural que me segurava estava o poder que poderia devolver-me o céu e o vento.

– Ame-me e o sangue será seu – ele disse. – Este sangue que nunca dei para outro.

Senti seus lábios encostarem em meu rosto.

– Não posso enganá-lo – respondi. – Não posso amá-lo. O que você é para mim que eu deveria amar? Uma criatura morta que ansia pelo poder e pela paixão de outros? A própria encarnação da sede?

E, num momento de poder incalculável, fui eu quem o atingiu, arremessei-o para trás com uma pancada, para fora do telhado. Ele estava absolutamente sem peso, sua figura dissolvia-se na noite cinzenta.

Mas quem foi o derrotado? Quem foi que caiu novamente através dos galhos moles das árvores até a terra, que era seu lugar? De volta aos farrapos e à sujeira debaixo da velha casa. Quem foi que no final se deitou no cascalho, com as mãos e o rosto voltados para o solo frio?

No entanto, a memória prega suas peças. Talvez eu tenha imaginado isso, seu último convite e a angústia depois. O choro. O que sei é que, à medida que os meses passavam, ele estava lá fora de novo. Eu o ouvia de vez em quando, caminhando pelas ruas do velho Garden District. E queria chamá-lo, dizer-lhe que era uma mentira o que eu lhe dissera, que eu o amava. E amava.

Mas era minha vez de ficar em paz com todas as coisas. Era minha vez de passar fome e entrar na terra enfim, e talvez sonhar o sonho dos deuses. E como poderia contar para Armand sobre o sonho dos deuses?

✵

Não havia mais nenhuma vela, nenhum óleo mais para os lampiões. Em algum lugar havia uma caixa-forte cheia de moedas, joias e cartas a meus advogados e banqueiros que continuariam a administrar para sempre essas propriedades que eu possuía, por conta das quantias que eu deixara para eles.

E assim por que não ir agora para debaixo da terra, sabendo que jamais seria perturbado, não nessa velha cidade com suas réplicas de outros séculos caindo aos pedaços. Tudo iria apenas continuar e continuar.

À luz do firmamento, li mais um pouco da história de Sam Spade e de *O falcão maltês*. Vi a data da revista e fiquei sabendo que estávamos no ano de 1929 e pensei, oh, não é possível, é? E bebi o suficiente dos ratos para ter forças para cavar realmente fundo.

✵

A terra grudava em mim. Coisas vivas deslizavam por entre suas espessas e úmidas camadas, roçando minha carne ressecada. Pensei que se me levantasse de novo, se algum dia visse ainda que um pequeno pedaço do céu noturno cheio de estrelas, jamais, jamais faria coisas terríveis. Jamais mataria inocentes. Mesmo quando caçasse os fracos, pegaria os desenganados e moribundos, eu juro. Nunca mais transmitiria de novo o Dom das Trevas. Eu iria apenas... vocês sabem, ser a "consciência contínua" das coisas, mas sem nenhum propósito, sem objetivo algum.

✵

SEDE. Dor tão clara quanto a luz.

✵

Eu vi Marius. Eu o vi de modo tão vívido que pensei: isso não pode ser um sonho! E meu coração expandiu-se dolorosamente. Marius parecia esplêndido. Usava um terno moderno, simples e apertado, mas feito de veludo vermelho, e o cabelo branco estava cortado curto e penteado para trás. Ele tinha um encanto, aquele Marius moderno, e uma jovialidade que seu traje dos velhos tempos aparentemente ocultava.

Ele estava fazendo as coisas mais notáveis. Tinha à sua frente uma câmera montada sobre um tripé, cuja manivela ele operava com a mão direita enquanto fazia filmes de mortais num estúdio cheio de luz incandescente. Como meu coração disparou ao ver isso, a maneira como ele falava com aqueles seres mortais, dizendo-lhes como deviam abraçar-se, dançar, mover-se de um lado para o outro. Cenário pintado atrás deles, sim. E do lado de fora das janelas de seu estúdio havia prédios altos de tijolos e o barulho de ônibus nas ruas.

Não, isso não é um sonho, eu dizia para mim mesmo. Está acontecendo. Ele está ali. E se ao menos eu puder ver a cidade do outro lado das janelas, fico sabendo onde ele está. Se ao menos eu tentar ouvir a língua em que ele fala com os jovens atores.

– Marius! – eu disse, mas a terra em volta de mim devorou o som.

O cenário mudou.

Marius descia em uma enorme cabine de elevador para um porão. Portas metálicas guincharam e retiniram. Ele entrou no vasto santuário Daqueles Que Devem Ser Conservados, e como tudo estava diferente. Não havia mais pinturas egípcias, nem perfume de flores ou o brilho de ouro.

As altas paredes estavam cobertas com as cores salpicadas dos impressionistas, formando, com uma miríade de fragmentos, um vibrante mundo do século XX. Aeroplanos voavam sobre cidades iluminadas pelo sol, torres elevavam-se além do arco de pontes de aço, navios de aço navegavam por mares prateados. Era todo um universo se dissolvendo nas paredes nas quais estava representado, envolvendo as figuras imóveis e imutáveis de Akasha e Enkil.

Marius andava de um lado para o outro na capela. Passou por um sombrio emaranhado de esculturas, aparelhos telefônicos, máquinas de escrever sobre estantes de madeira. Colocou diante Daqueles Que Devem Ser Conservados um enorme e imponente gramofone. Pôs delicadamente a minúscula agulha sobre o disco que girava. Uma fina e estridente valsa vienense brotou na trompa metálica.

Eu ri ao ver isso, essa graciosa invenção, colocada diante deles como uma oferenda. Seria a valsa como o incenso que se ergue no ar?

Mas Marius não havia completado suas tarefas. Desenrolou uma tela branca parede abaixo. E agora, de uma plataforma alta atrás do deus e da deusa sentados, projetou filmes de mortais na tela branca. Aqueles Que Devem Ser Conservados encararam mudos as imagens oscilantes. Estátuas num museu, a luz elétrica brilhando em sua pele branca.

E então aconteceu a coisa mais maravilhosa. As pequenas figuras nervosas do filme começaram a falar. Elas falavam de verdade mais alto que o rangido da valsa no gramofone.

E enquanto eu observava, paralisado de excitação, paralisado de alegria de ver aquilo tudo, de repente me vi invadido por uma profunda melancolia, uma enorme compreensão esmagadora. Tudo não passava de um sonho. Porque a verdade era que aquelas pequenas figuras do filme não podiam falar.

A câmara e todas as suas pequenas maravilhas perderam substância, ficaram pálidas.

Ah, horrenda imperfeição, pequena e terrível revelação involuntária de que eu inventara tudo aquilo. Imaginação criada de fragmentos da realidade – os filmes mudos a que eu havia assistido no pequeno teatro chamado Happy Hour, os gramofones que eu ouvira em volta de mim, vindos de centenas de casas na escuridão.

E a valsa vienense, ah, era parte da magia que Armand lançara contra mim, doloroso demais de pensar.

Eu devia ter sido um pouco mais inteligente para me deixar enganar, permitindo que o filme fosse mudo como devia ser, assim eu poderia continuar acreditando que, apesar de tudo, a visão era verdadeira.

Mas ali estava a prova final de minha invenção, aquela fantasia audaciosa que servia a meus próprios interesses: Akasha, minha amada, estava falando comigo!

Akasha estava em pé na porta da câmara, olhando fixamente para toda a extensão do corredor subterrâneo que levava ao elevador com que Marius retornara ao mundo acima. Seus cabelos negros caíam grossos e pesados nos ombros brancos. Ela ergueu a mão branca e fria para acenar. A boca estava vermelha.

– Lestat! – ela sussurrou. – Venha.

Os pensamentos brotavam dela em silêncio, nas palavras da velha rainha vampira que falara comigo no cemitério do Les Innocents, anos e anos atrás:

Em meu travesseiro de pedra sonhei inúmeras vezes com o mundo mortal lá em cima. Ouvi suas vozes e sua nova música, como se fossem canções de ninar, enquanto jazia em meu túmulo. Imaginei suas fantásticas descobertas, conheci sua coragem no santuário intemporal de meus pensamentos. E embora esse mundo me exclua com suas formas deslumbrantes, eu ansio por alguém que tenha força para percorrer livremente a trilha do Diabo até o fim.

– Lestat! – ela sussurrou de novo, o rosto marmóreo animado com expressão trágica. – Venha!

– Oh, minha querida – eu disse, sentindo o gosto amargo de terra entre meus lábios –, se ao menos eu pudesse.

Lestat de Lioncourt
No ano de sua Ressurreição, 1984

DIONÍSIO EM SAN FRANCISCO

1985

1

Uma semana antes de nosso álbum ser lançado, *eles* começaram a nos fazer ameaças pelos fios telefônicos.

O segredo que cercava a banda de rock chamada O Vampiro Lestat tinha saído caro, mas era quase impenetrável. Até mesmo os editores de minha autobiografia haviam cooperado em tudo. E durante os longos meses de gravação e filmagens, eu não vi nenhum *deles* em Nova Orleans, nem os ouvi vagando de um lado para o outro.

No entanto, de algum modo, *eles* haviam conseguido o número que não constava no catálogo e gravaram na secretária eletrônica suas advertências e insultos.

– Proscrito. Nós sabemos o que você está fazendo. Ordenamos-lhe que pare. Saia para onde possamos vê-lo. Nós o desafiamos a sair.

Eu havia isolado a banda numa velha e encantadora casa de fazenda ao norte de Nova Orleans, servindo-lhes Dom Pérignon enquanto eles fumavam cigarros de haxixe, todos nós cheios de expectativa e preparativos, ansiosos pela primeira apresentação ao vivo em San Francisco, pelo primeiro gosto certo do sucesso.

Então, minha advogada, Christine, enviou as primeiras mensagens gravadas – estranho como o equipamento captou o timbre das vozes sobrenaturais –, e no meio da noite levei meus músicos de carro para o aeroporto e voamos para a Costa Oeste.

Depois disso, nem mesmo Christine sabia onde estávamos escondidos. Os próprios músicos não sabiam com certeza. Em um luxuoso rancho no Vale Carmel, ouvimos nossa música pela primeira vez no rádio. Dançamos quando nosso primeiro videoclipe foi exibido em todo o país por uma rede de TV a cabo.

Todas as noites, eu ia sozinho até a cidade costeira de Monterey para pegar os comunicados de Christine. Depois ia caçar no norte.

Eu dirigia meu macio e potente Porsche preto todo o trajeto até San Francisco, fazendo as curvas fechadas da estrada da costa com uma velocidade inebriante. Sob a imaculada luz difusa da zona de marginais da grande cidade, eu abatia meus assassinos com um pouco mais de crueldade e lentidão do que antes.

A tensão estava ficando insuportável.

Eu ainda não conseguia ver e ouvia a presença dos outros. Tudo que eu tinha eram aquelas mensagens telefônicas de imortais que eu nunca conhecera:

– Nós o avisamos. Não continue com essa loucura. Você está fazendo um jogo mais perigoso do que imagina.

E depois o sussurro gravado que nenhum ouvido mortal poderia ouvir.

– Traidor! Proscrito! Apareça, Lestat!

Se estavam caçando em San Francisco, eu não os vi. Mas San Francisco é uma cidade densamente povoada. E eu era astucioso e silencioso como sempre fui.

No final, os telegramas choviam na caixa de correio de Monterey. Nós conseguimos. As vendas de nosso álbum estavam batendo recordes aqui e na Europa. Depois de San Francisco, poderíamos apresentar-nos em qualquer cidade que quiséssemos. Minha autobiografia estava em todas as livrarias, de costa a costa. O Vampiro Lestat estava no topo das listas dos mais vendidos.

Depois da caçada noturna em San Francisco, comecei a rodar ao longo da rua Divisadero. Eu deslizava lentamente meu Porsche negro pelas arruinadas casas vitorianas, perguntando-me em qual delas – se é que em alguma – Louis havia contado a história de *Entrevista com o vampiro* para o jovem mortal. Eu vivia pensando em Louis e Gabrielle. Pensava em Armand. Pensava em Marius. Marius, a quem eu havia traído ao contar toda a história.

Estaria O Vampiro Lestat estendendo seus tentáculos eletrônicos longe o bastante para poder alcançá-los? Teriam eles assistido aos videoclipes: *O legado de Magnus, Os filhos das trevas, Aqueles que devem ser conservados?* Eu pensava nos outros antigos cujos nomes revelara: Mael, Pandora, Ramsés o Maldito.

O fato era que Marius poderia ter-me encontrado apesar do segredo e das precauções. Seus poderes poderiam ter transposto até as vastas distâncias da América. Se ele estivesse vendo, se ouvisse...

O velho sonho voltou a mim, de Marius girando a manivela da câmera de filmar, dos desenhos oscilantes na parede do santuário Daqueles Que

Devem Ser Conservados. Até mesmo na lembrança, ele parecia insuportavelmente lúcido, fazia meu coração disparar.

Pouco a pouco, percebi que possuía um novo conceito de solidão, um novo método de medir um silêncio que se estendia até o fim do mundo. E tudo que eu tinha para interrompê-lo eram aquelas ameaçadoras vozes sobrenaturais gravadas, que não traziam imagens enquanto sua virulência aumentava:

– Não se atreva a aparecer no palco em San Francisco. Nós o avisamos. Seu desafio é vulgar demais, insolente demais. Nós arriscaremos qualquer coisa, até mesmo um escândalo público, para puni-lo.

Eu ria da combinação incongruente de linguagem arcaica com o inconfundível discurso americano. Como seriam eles, esses vampiros modernos? Será que eram dados à civilidade e à educação uma vez que andavam com os mortos-vivos? Adotariam um certo estilo? Viviam em congregações ou circulavam sobre enormes motocicletas negras, como eu gostava de fazer?

A excitação aumentava incontrolavelmente dentro de mim. E enquanto eu rodava sozinho pela noite, com o rádio tocando nossa música, eu sentia um autêntico entusiasmo humano tomando conta de mim.

Eu queria apresentar-me do modo como queriam meus mortais, Biscoito Doce, Alex e Larry. Depois do estafante trabalho na produção dos discos e filmes, eu desejava que nossas vozes se elevassem juntas diante da multidão histérica. Em momentos esporádicos, eu me lembrava com muita clareza daquelas noites, havia muito tempo, no pequeno teatro de Renaud. Os detalhes mais estranhos voltavam à mente – a sensação da tinta branca que eu espalhava em meu rosto, o cheiro de pó de arroz, o momento de pisar o palco.

Sim, tudo estava vindo junto, e se a ira de Marius viesse junto, bem, eu merecia, não?

*

San Francisco me encantava. Eu me sentia preso ao seu fascínio. Não era difícil imaginar meu Louis naquele lugar. Parecia quase veneziana, as mansões e prédios de apartamentos multicoloridos elevando-se, parede com parede, sobre as estreitas ruas escuras. Irresistíveis, as luzes se espalhando pelo alto das colinas e pelo vale; e a selva compacta e brilhante dos arranha-céus do centro da cidade projetando-se como uma floresta de conto de fadas que saía de um oceano de névoa.

Todas as noites, em meu retorno ao Vale Carmel, eu levava comigo sacolas cheias de correspondência de fãs, despachadas de Nova Orleans para Monterey, e procurava a escrita de vampiro entre as cartas: letras escritas de um modo um pouco rígido demais, um estilo um tanto quanto antiquado – talvez uma demonstração mais abusiva do talento sobrenatural numa letra escrita para parecer como se tivesse sido impressa em estilo gótico. Mas não havia nada a não ser a fervorosa devoção dos mortais.

> *Caro Lestat, eu e minha amiga Sheryl amamos você, mas não conseguimos ingressos para o concerto de San Francisco, apesar de termos ficado seis horas na fila. Por favor, envie dois ingressos para nós. Nós seremos suas vítimas. Você pode beber nosso sangue.*

Três horas da manhã na véspera de nosso concerto em San Francisco.

O verde e ameno paraíso do Vale Carmel jazia adormecido. Eu estava cochilando em meu gigantesco "covil" que dava para as montanhas. Sonhava com Marius de vez em quando. Marius dizia em meu sonho:

– Por que se arrisca a ter minha vingança?

E eu dizia:

– Você virou as costas para mim.

– Esta não é a razão – ele dizia. – Você age por impulso, quer jogar tudo pelos ares.

– Eu quero influenciar nas coisas, fazer algo acontecer! – eu dizia.

No sonho, eu gritava e, de repente, senti a presença da casa do Vale Carmel em volta de mim. Apenas um sonho, um sonho mortal pouco consistente.

No entanto, alguma coisa, alguma outra coisa... uma súbita "transmissão" como uma onda de rádio errante invadindo a frequência errada, uma voz dizendo: *Perigo, perigo para todos nós.*

Por uma fração de segundo, a visão da neve, do gelo. O vento uivando. Algo estilhaçou-se num chão de pedra, vidro quebrado. *Lestat! Perigo!*

Eu acordei.

Já não estava mais deitado no sofá. Estava em pé, olhando para as portas de vidro. Não podia ouvir nem ver coisa alguma, a não ser a vaga silhueta dos morros, a forma escura do helicóptero pairando sobre o quadrado de concreto, como uma mosca gigantesca.

Eu prestava atenção com minha alma. Prestava atenção com tanta intensidade que suava. Mas a "transmissão" cessara. Nenhuma imagem.

E, então, a consciência gradual de que havia uma criatura lá fora, na escuridão, de que eu estava ouvindo minúsculos sons físicos.

Alguém lá fora, andando no silêncio. Nenhum cheiro humano.

Um *deles* estava lá fora. Um *deles* havia penetrado no segredo e se aproximava do outro lado da distante silhueta esquelética do helicóptero, através do campo aberto de grama alta.

Prestei atenção mais uma vez. Não, nem um vislumbre para reforçar a mensagem de Perigo. Na verdade, a mente daquele ser estava trancada para mim. Eu só recebia os sinais inevitáveis de uma criatura atravessando o espaço.

A casa, uma irregular construção de teto rebaixado, cochilava em volta de mim, parecendo um gigantesco aquário, com suas áridas paredes brancas e a bruxuleante luz azul do silencioso aparelho de tevê. Biscoito Doce e Alex abraçados sobre o tapete diante da lareira vazia. Larry dormia no quarto, que mais parecia uma cela, com uma tiete chamada Salamander, uma mulher sexualmente incansável que eles haviam "arrastado" de Nova Orleans antes de virmos para a Costa Oeste. Seguranças dormiam nos outros aposentos modernos de teto abaixado e na cabana no outro lado da grande piscina azul em forma de concha.

E lá fora, sob o claro céu noturno, aquela criatura vindo, movendo-se em nossa direção, da autoestrada, a pé. Aquela coisa que agora eu sentia que estava completamente sozinha. Batimento de um coração sobrenatural na fraca escuridão. Sim, posso ouvi-lo de modo bem distinto. As montanhas pareciam fantasmas ao longe, as flores amarelas das acácias brilhavam sob as estrelas.

Sem medo de coisa alguma, parecia. Apenas vindo. E os pensamentos absolutamente impenetráveis. Isso podia significar um dos antigos, aqueles muito habilidosos, só que os habilidosos jamais esmagariam a grama debaixo dos pés. Aquela coisa movia-se quase como um humano. Aquele vampiro tinha sido "feito" por mim.

Meu coração dava saltos. Olhei de relance para as minúsculas luzes da caixa de alarme semioculta pelas cortinas reunidas no canto da sala. Promessa de sirenes se alguma coisa, mortal ou imortal, tentasse invadir aquela casa.

Ele surgiu na extremidade do concreto branco. Figura alta, delgada. Cabelos escuros e curtos. E então fez uma pausa como se pudesse me ver na elétrica névoa azulada por trás do véu de vidro.

Sim, ele me viu. E moveu-se em minha direção, na direção da luz.

Ágil, deslocando-se com uma leveza um pouco maior do que a de um mortal. Cabelos negros, olhos verdes e os membros deslocando-se suavemente sob as roupas desleixadas: um suéter preto e puído, pendurado sem forma nos ombros, pernas que pareciam raios de roda compridos e negros.

Senti um bolo subir em minha garganta. Eu tremia. Tentei lembrar-me do que era importante, mesmo naquele momento, que eu devia sondar a noite à procura de outros, devia ser cuidadoso. *Perigo*. Mas nada disso importava agora. Eu sabia. Fechei os olhos por um segundo. Não adiantou nada, não tornou nada mais fácil.

Então, minha mão ergueu-se até os botões do alarme e desligou-os. Abri as gigantescas portas de vidro e o ar frio passou por mim e entrou pela sala.

Ele havia passado pelo helicóptero e, com os passos de um dançarino, girava o corpo para trás para olhar para ele, os polegares enganchados de modo bem casual nos bolsos de seu jeans preto. Quando olhou para mim de novo, vi seu rosto com clareza. E ele sorriu.

Até mesmo nossas lembranças podem nos trair. Ele era a prova disso, delicado e ofuscante como um *laser* enquanto se aproximava, todas as antigas imagens sopradas como pó.

Liguei de novo o sistema de alarme, fechei as portas de meus mortais e girei a chave na fechadura. Por um segundo, pensei: não posso suportar isso. E isso é apenas o começo. Se ele está aqui, a poucos passos de mim agora, então com certeza os outros também virão. Todos virão.

Girei, fui em sua direção e durante um silencioso momento apenas examinei-o na luz azul que penetrava o vidro. Minha voz saiu tensa quando falei:

– Onde estão a capa preta, o casaco preto de "corte primoroso", a gravata de seda e todas aquelas bobagens? – perguntei.

Olhos grudados um no outro.

Em seguida, ele rompeu o silêncio e deu uma risada sem fazer nenhum som. Mas continuou examinando-me com uma expressão arrebatada que me deu uma alegria secreta. E com o atrevimento de uma criança, ele estendeu a mão e seus dedos correram a lapela de meu casaco de veludo cinza.

– Nem sempre se pode ser uma lenda viva – ele disse.

A voz parecia um sussurro que não era sussurro. E pude ouvir seu sotaque francês com bastante clareza, embora jamais tenha sido capaz de distinguir o meu.

Mal pude suportar o som das sílabas, sua completa familiaridade.

Esqueci de todas as coisas duras e grosseiras que tencionara dizer e apenas tomei-o em meus braços.

Abraçamo-nos de um modo como jamais fizemos no passado. Abraçamo-nos da maneira como Gabrielle e eu costumávamos fazer. Em seguida, passei a mão em seus cabelos e rosto, apenas me permitindo vê-lo de fato, como se ele me pertencesse. E ele fez o mesmo. Parecia que estávamos e não estávamos conversando. Verdadeiras vozes silenciosas que não precisavam de palavras. Balançando um pouco a cabeça. E eu podia senti-lo transbordando de afeto e de uma satisfação febril que parecia quase tão forte quanto a minha.

Mas, de repente, ele ficou quieto e seu rosto contraído.

– Sabe, pensei que você estivesse morto – ele disse.

Quase não dava para ouvi-lo.

– Como me encontrou aqui? – perguntei.

– Você quis assim – ele respondeu.

Instante de confusão inocente. Ele deu de ombros com um movimento lento.

Tudo que ele fazia me deixava magnetizado, do mesmo modo como ocorria há mais de um século. Dedos tão longos e delicados, e mãos tão fortes.

– Você me deixou vê-lo e segui-lo – ele disse. – Você rodou para cima e para baixo na rua Divisadero, procurando por mim.

– E você ainda estava lá?

– É o lugar mais seguro do mundo para mim – ele disse. – Nunca saí de lá. Eles foram me procurar e não me encontraram, depois foram embora. E agora fico entre eles sempre que quero e eles não me reconhecem. Na verdade, nunca souberam como eu era.

– E se soubessem, tentariam destruí-lo – eu disse.

– Sim – ele respondeu. – Mas eles têm tentado fazer isso desde o Teatro dos Vampiros e das coisas que aconteceram por lá. Claro que a *Entrevista com o vampiro* lhes deu mais algumas novas razões. E eles precisam de razões para fazer seus joguinhos. Precisam do estímulo, da excitação. Eles se alimentam disso como de sangue.

Por um segundo, sua voz pareceu sofrida.

Ele respirou fundo. Difícil falar sobre tudo isso. Eu queria abraçá-lo de novo, mas não o fiz.

– Mas no momento – ele disse – creio que é você que eles querem destruir. E eles sabem como você é.

Um sorrisinho.

– Todo mundo sabe agora como você é, *monsieur Le Rock Star.*

Deixou o sorriso alargar-se. Mas sua voz continuava baixa e educada, como sempre foi. E o rosto revelava suas emoções. Não havia mudado em nada, por enquanto. Talvez jamais houvesse.

Deslizei meu braço em torno de seu ombro e andamos juntos, afastando-nos das luzes da casa. Passamos pela enorme carcaça cinzenta do helicóptero, fomos para o campo seco e crestado pelo sol, na direção das colinas.

Creio que ser tão feliz assim é como ser infeliz, sentir tanta satisfação é o mesmo que arder nas chamas.

– Você pretende levar isso adiante? – ele perguntou. – O concerto de amanhã à noite?

Perigo para todos nós. Tinha sido um aviso ou uma ameaça?

– Sim, claro – eu disse. – Que diabos poderia impedir-me?

– Eu gostaria de impedi-lo – ele respondeu. – Eu teria vindo mais cedo se pudesse. Localizei-o há uma semana, depois o perdi.

– E por que deseja impedir-me?

– Você sabe o motivo – ele disse. – Quero falar com você.

Tão simples as palavras, e no entanto tão cheias de significado.

– Haverá tempo depois – respondi. – Amanhã, amanhã e amanhã. Não vai acontecer nada. Você verá.

Fiquei olhando de soslaio para ele, encará-lo fazia com que seus olhos verdes me ferissem. No jargão moderno, ele *era* um raio laser. Mortal e delicado, ele parecia. Suas vítimas sempre o amaram.

E eu sempre o amei, não amei?, sem me importar com o que aconteceria, e como o amor pode ficar intenso se você tem a eternidade para nutri-lo, e são necessários apenas esses poucos momentos para renovar seu impulso, seu calor?

– Como pode ter certeza disso, Lestat? – ele perguntou.

Toda a sua intimidade comigo se revelava ao pronunciar meu nome. E eu não me forcei a dizer Louis da mesma maneira natural.

Estávamos andando devagar agora, sem direção, nossos braços levemente envolvendo um o corpo do outro.

– Tenho um batalhão de mortais para nos proteger – eu disse. – Haverá seguranças no helicóptero e na limusine com meus mortais. Viajarei sozinho em meu Porsche a partir do aeroporto, de modo que poderei defender-me com mais facilidade, mas teremos um verdadeiro desfile de carros. E, em todo caso, o que um bando de abomináveis rebentos do século XX pode fazer? Essas criaturas idiotas usam o telefone para fazer suas ameaças.

– Eles são mais do que um bando – ele disse. – Mas e quanto a Marius? Seus inimigos lá fora estão discutindo isso, se a história de Marius é verdadeira, se Aqueles Que Devem Ser Conservados existem ou não...

– Naturalmente, e você acreditou nisso?

– Acreditei, assim que li – ele disse.

E passou-se entre nós um momento de silêncio, no qual talvez ambos estivéssemos nos lembrando do curioso imortal de muito tempo atrás, que vivia perguntando: onde foi que isso começou?

Era sofrimento demais para ser lembrado. Era como tirar fotografias do sótão, limpar a poeira e descobrir as cores ainda vibrantes. E as fotos deviam ser retratos de ancestrais mortos, mas eram de nós.

Fiz algum pequeno gesto mortal de nervosismo, puxei os cabelos para trás, tentei sentir o frescor da brisa.

– O que o deixa tão confiante – ele perguntou – de que Marius não vai acabar com essa experiência assim que você pisar no palco amanhã à noite?

– Você acha que algum dos antigos faria isso? – respondi.

Ele refletiu por um longo momento, mergulhando fundo em seus pensamentos, do modo como costumava fazer, tão fundo que foi como se esquecesse de que eu estava ali. E parecia que os antigos quartos assumiam forma em volta dele, que a luz a gás emitia sua iluminação inconstante, que os sons e cheiros de um tempo antigo vinham das ruas lá fora. Nós dois naquela sala de visitas em Nova Orleans, o carvão aceso na lareira sob o consolo de mármore, tudo o mais envelhecendo, menos nós.

E ali estava ele agora, um jovem moderno com suéter largo e brim surrado, olhando fixamente para as colinas desertas. Desgrenhado, os olhos animados com um fogo interior, os cabelos emaranhados. Ele despertou lentamente, como se estivesse voltando à vida.

– Não. Acho que se os antigos se incomodassem com tudo isso, ficariam bastante interessados em fazê-lo.

– Você está interessado?

– Estou, você sabe que estou – ele disse.

Seu rosto ruborizou-se de leve. Ficou ainda mais humano. Na verdade, ele se parecia mais com um mortal do que qualquer outro de nossa espécie que eu já conheci.

– Eu estou aqui, não estou? – ele disse.

E eu senti uma dor dentro dele, correndo em todo seu ser como um veio de minério, um veio que podia carregar sentimentos para as profundezas mais frias.

Eu concordei com um aceno de cabeça. Respirei fundo e desviei o olhar, desejando poder dizer o que de fato queria dizer. Que eu o amava. Mas não pude fazer isso. O sentimento era forte demais.

– O que quer que aconteça, valerá a pena – eu disse. – Isto é, se você, eu, Gabrielle e Armand... e Marius estivermos juntos mesmo que por um curto período de tempo, valerá a pena. Imagine se Pandora decidir aparecer. E Mael. E só Deus sabe quantos outros mais. E se todos os antigos aparecerem. Valerá a pena, Louis. Quanto ao resto, não me importo.

– Não, você se importa – ele disse, sorrindo.

Estava profundamente fascinado.

– Você só está confiante de que será algo muito excitante e de que, qualquer que seja a batalha, você vencerá.

Baixei a cabeça. Dei uma risada. Deslizei as mãos para dentro dos bolsos das calças, do modo como os homens mortais faziam naqueles tempos, e continuei andando sobre a relva. O campo ainda cheirava a sol mesmo na fria noite da Califórnia. Não lhe contei sobre a parte mortal, a vaidade de querer apresentar-me, a estranha loucura que tomava conta de mim quando me via na tela da televisão, quando via meu rosto nas capas do álbum afixadas nas vitrines das lojas de discos de North Beach.

Ele seguia a meu lado.

– Se os antigos quisessem realmente destruir-me – eu disse –, você não acha que já o teriam feito?

– Não – ele disse. – Eu vi você e o segui. Mas antes disso, não pude encontrá-lo. Assim que ouvi dizer que você havia reaparecido tentei.

– Como foi que soube? – perguntei.

– Existem lugares em todas as grandes cidades onde os vampiros se encontram – ele disse. – Com certeza você já deve estar sabendo disso.

– Não, não estou. Conte-me – eu disse.

– São os bares que fazem parte do que chamamos de Conexão Vampiro – ele disse, sorrindo um tanto quanto ironicamente. – São frequentados por mortais, é claro, e conhecidos entre nós por seus nomes. Tem o Dr. Polidori em Londres, o Larnia em Paris. Tem o Bela Lugosi na cidade de Los Angeles, o Carmilla e o Lord Ruthven em Nova York. Aqui em San Francisco temos o mais fantástico de todos, talvez, um cabaré chamado Dracula's Daughter, na rua Castro.

Comecei a rir. Não pude evitar e pude ver que ele estava a ponto de rir, também.

– E onde estão os nomes citados em *Entrevista com o vampiro*? – perguntei fingindo indignação.

– *Verboten* – ele disse com um leve arquear de sobrancelhas. – Não são fictícios. São verdadeiros. Mas digo-lhe que estão exibindo seus videoclipes na rua Castro neste exato momento. Os fregueses mortais pedem isso. Eles brindam a sua saúde com seus copos cheios de *bloody mary*. *A dança dos inocentes* reverbera pelas paredes.

Eu estava a ponto de ter um ataque de riso. Tentei me conter. Sacudi a cabeça.

– Mas você também provocou uma espécie de revolução na linguagem e na moda – ele continuou da mesma maneira zombeteira e sóbria, sem conseguir manter o rosto sério.

– O que você quer dizer?

– O Poder das Trevas, O Dom das Trevas, a Trilha do Diabo... todos estão usando este novo jargão, sobretudo os vampiros menos refinados que nunca se assumiram vampiros. Eles estão imitando o que leram no livro, embora o condenem ao máximo. Estão se enfeitando com joias de estilo egípcio. O veludo preto voltou à moda.

– Maravilha – eu disse. – Mas, esses lugares, como é que eles são?

– Toda a decoração se baseia em temas vampirescos – ele disse. – Cartazes de filmes de vampiro enfeitam as paredes, e os próprios filmes são projetados continuamente em telas colocadas no alto. Os mortais que os frequentam são o costumeiro espetáculo grotesco de tipos teatrais... jovens punks, artistas, muitos usando capas pretas e dentes caninos de plástico. Mal se dão conta de que *nós* também estamos ali. Em comparação com eles, nós às vezes parecemos sem graça. E sob a luz fraca quase somos invisíveis, apesar do veludo, das joias egípcias e todo o resto. Claro que ninguém ataca esses fregueses mortais. Nós vamos aos bares de vampiro em busca de informação. Um bar de vampiros é o lugar mais seguro para um mortal em toda a cristandade. Não se pode matar no bar de vampiros.

– É espantoso que ninguém tenha pensado nisso antes – eu disse.

– Mas pensaram – ele disse. – Em Paris, e foi o Teatro dos Vampiros.

– É claro – eu admiti.

Ele prosseguiu:

– Há um mês circulou o boato na Conexão Vampiro de que você havia retomado. E a notícia já era velha então. Diziam que você estava caçando em Nova Orleans, depois ficou-se sabendo o que você tencionava fazer. Conseguiram cópias de sua autobiografia antes que fosse publicada. Houve discussões sem fim sobre os filmes para a televisão.

– E por que eu não os vi em Nova Orleans? – perguntei.

– Porque Nova Orleans tem sido há meio século o território de Armand. Ninguém ousa caçar em Nova Orleans. Eles souberam de tudo através de fontes de informações de mortais, em Los Angeles e Nova York.

– Eu não vi Armand em Nova Orleans – eu disse.

– Eu sei – ele respondeu.

Pareceu perturbado, confuso por um momento.

Eu senti um leve aperto na região do coração.

– Ninguém sabe onde Armand está – ele disse um tanto quanto desanimado. – Mas, quando estava lá, ele matava os mais jovens. Eles deixaram Nova Orleans para ele. Dizem que muitos dos antigos fazem isso, matam os mais jovens. Dizem isso de mim, mas não é assim. Eu caço em San Francisco como um fantasma. Não perturbo ninguém fora minhas infelizes vítimas mortais.

Tudo isso não me surpreendeu muito.

– Existem muitos de nós – ele disse –, como sempre existiram. E há muitas hostilidades. Uma congregação, em qualquer cidade, é apenas um meio pelo qual três dos mais poderosos concordam em não se destruírem mutuamente, dividindo o território de acordo com as regras.

– As regras, sempre as regras – eu disse.

– Elas são diferentes agora e mais significativas. Não se pode deixar, em absoluto, nenhum indício da matança. Nenhum cadáver deve ser deixado para os mortais investigarem.

– É claro.

– E, sob hipótese alguma, devemos permitir ser fotografados ou filmados, principalmente de perto. Não podemos correr qualquer risco que possa levar à captura, à prisão e à investigação científica feita pelo mundo mortal.

Balancei a cabeça concordando. Mas meu coração batia acelerado. Eu adorava ser o proscrito, aquele que já havia violado todas as leis. Então estavam imitando meu livro, não é? Oh, já havia começado. Rodas postas em movimento.

– Lestat, você acha que compreende – ele disse, paciente –, mas compreende mesmo? Deixe que o mundo obtenha só um minúsculo fragmento de nosso tecido para seus microscópios e não haverá mais discussões sobre lenda ou superstição. A prova estará lá.

– Não concordo com você, Louis – eu disse. – Não é tão simples assim.

– Eles dispõem dos meios para nos identificar e classificar, para mobilizar a raça humana contra nós.

– Não, Louis. Os cientistas dos dias de hoje são feiticeiros em guerra perpétua. Eles brigam por causa das questões mais rudimentares. Você teria que espalhar esse tecido sobrenatural por todos os microscópios do mundo e mesmo assim talvez o público não acreditasse numa só palavra.

Ele refletiu por um momento.

– Uma captura então – ele disse. – Um espécime vivo em suas mãos.

– Mesmo assim não daria – eu disse. – E como eles poderiam agarrar-me um dia?

Mas era adorável demais – a perseguição, a intriga, a possível captura e fuga. Eu adorei.

Agora, ele estava sorrindo de uma maneira estranha. Cheio de desaprovação e prazer.

– Você está mais louco que nunca – ele disse à meia-voz. – Mais louco do que quando costumava andar em Nova Orleans, assustando deliberadamente as pessoas nos velhos tempos.

Eu ria e ria. Mas depois fiquei quieto. Não tínhamos tanto tempo assim antes do amanhecer. E, amanhã à noite, poderia rir durante toda a viagem para San Francisco.

– Louis, já pensei sobre isso de todos os ângulos possíveis – eu disse. – Será mais difícil do que você pensa começar uma guerra de verdade com os mortais...

– E você está determinado a começá-la, não? Você quer que todos, mortais ou imortais, venham atrás de você.

– Por que não? – perguntei. – Que ela comece. E que eles tentem destruir-nos do modo como destruíram os outros diabos. Que eles tentem nos eliminar.

Ele estava observando-me com aquela velha expressão de espanto e incredulidade que eu tinha visto mil vezes em seu rosto. Eu ficava todo bobo com ela, como se costuma dizer.

Mas o céu estava empalidecendo, as estrelas indo embora. Tínhamos apenas alguns preciosos momentos juntos antes da manhã de começo de primavera.

– Quer dizer que você tenciona que isso aconteça? – ele disse com um ar sério, o tom de voz mais suave que antes.

– Louis, tenciono que algo e tudo aconteça – eu disse. – Tenciono sobretudo mudar aquilo que fomos! O que somos hoje? Meros sanguessugas... repugnantes, dissimulados, sem justificativa. O velho romantismo desapareceu. Portanto, vamos dar um novo sentido. Eu preciso das luzes do palco como preciso de sangue. Anseio pela divina visibilidade. Anseio pela guerra.

– O novo mal, para usar suas velhas palavras – ele disse. – E dessa vez é o mal do século XX.

– Exato – eu disse.

Mas, de novo, pensei no impulso puramente mortal, no vão impulso, para a fama terrena, para o reconhecimento. Um leve rubor de vergonha. Tudo iria ser um enorme prazer.

– Mas por quê, Lestat? – ele perguntou um tanto quanto desconfiado. – Por que o perigo, o risco? Afinal de contas, você conseguiu. Você voltou. Está *mais* forte do que nunca. Você conserva o velho fogo como se jamais o tivesse perdido, e você sabe o quanto ele é precioso, essa vontade de simplesmente continuar. Por que arriscar de imediato? Já esqueceu como era quando tínhamos o mundo a nossa volta e ninguém poderia machucar-nos a não ser nós mesmos?

– Isso é uma proposta, Louis? Você voltou para mim, como dizem os amantes?

Seus olhos turvaram-se e ele desviou o olhar.

– Não estou zombando de você, Louis – eu disse.

– Foi você quem voltou para *mim,* Lestat – ele disse, tranquilo, olhando para mim de novo. – Quando ouvi os primeiros boatos sobre você em um dos bares da Conexão Vampiro, senti algo que julgava desaparecido para sempre...

Ele fez uma pausa.

Mas eu sabia do que ele estava falando. Ele já o dissera. Eu já havia compreendido isso séculos atrás quando senti o desespero de Armand após o desaparecimento da velha congregação. Excitação, o desejo de continuar, essas coisas eram inestimáveis para nós. Mais uma razão para o concerto de rock, a continuação, a própria guerra.

– Lestat, não suba naquele palco amanhã à noite – ele disse. – Deixe que os filmes e o livro façam o que você deseja. Mas proteja-se. Vamos reunir-nos e vamos conversar. Vamos ficar juntos neste século de um modo como nunca estivemos no passado. E estou me referindo a todos nós.

– Muito tentador, meu belo rapaz – eu disse. – Houve momentos no século passado em que eu teria dado quase tudo para ouvir essas palavras. E nós vamos nos reunir, vamos conversar, todos nós, e vamos ficar juntos. Será esplêndido, melhor do que já foi antes. Mas vou subir naquele palco. Vou ser Lelio de novo, de um modo como nunca fui em Paris. Serei o vampiro Lestat para todos verem. Um símbolo, um proscrito, um capricho da natureza... algo amado, algo desprezado, todas essas coisas. Digo-lhe que não posso desistir. Não posso perder isso. E, para ser franco, não sinto o menor receio.

Preparei-me para a frieza ou a tristeza que se apossariam de mim. E odiei o sol que se aproximava tanto quanto odiara no passado. Ele virou-se de costas para o sol. A iluminação o feria um pouco. Mas seu rosto estava cheio da expressão afetuosa de antes.

– Muito bem, então – ele disse. – Eu gostaria de ir para San Francisco com você. Gostaria muito. Você me levaria junto?

Não consegui responder de imediato. Mais uma vez, a pura excitação era torturante, e o amor que eu sentia por ele de fato me deixava arrasado.

– É claro que o levarei comigo – eu disse.

Olhamos um para o outro durante um tenso momento. Ele tinha de partir agora. A manhã chegara para ele.

– Uma coisa, Louis – eu disse.

– Sim?

– Essas roupas. Impossível. Quero dizer, amanhã à noite, como dizem no século XX, você irá "aposentar" esse suéter e essas calças.

*

Depois que ele foi embora, a manhã ficou vazia demais. Fiquei parado durante algum tempo, pensando naquela mensagem, *Perigo*. Esquadrinhei as montanhas distantes, os campos sem fim. Ameaça, aviso – que importava? Os mais jovens discavam o telefone. Os antigos erguiam suas vozes sobrenaturais. Era tão estranho assim?

Agora, eu só conseguia pensar em Louis, que ele estava comigo. E em como seria quando os outros chegassem.

2

Os vastos estacionamentos do Cow Palace em San Francisco estavam transbordando de frenéticos mortais, enquanto nosso desfile de carros atravessava os portões, com meus músicos na limusine à frente. Louis no Porsche forrado de couro ao meu lado. Animado e brilhando em sua capa preta, indumentária de nossa banda, ele parecia ter saído das páginas do próprio livro, seus olhos verdes passando um pouco temerosos pelos jovens ululantes e os guardas de motocicleta, que os mantinham longe de nós.

Os ingressos estavam esgotados havia um mês; os fãs desapontados queriam que o concerto fosse transmitido do lado de fora, para que pudessem ouvi-lo. Latas de cerveja estavam espalhadas pelo chão. Adolescentes sentavam-se nos tetos, nos porta-malas e capôs de carros, os rádios tocavam O Vampiro Lestat num volume estarrecedor.

Nosso empresário corria a pé ao lado de minha janela, explicando que teríamos as telas de vídeo e alto-falantes do lado de fora. A polícia de San Francisco dera permissão para impedir a ocorrência de tumultos.

Eu podia sentir a ansiedade crescente de Louis. Um bando de jovens rompeu o cerco da polícia e começou a pressionar o vidro das janelas de nosso carro, enquanto os outros carros avançavam com dificuldade em direção à comprida e feia entrada em forma de tubo.

Eu estava positivamente encantado com o que acontecia. E minha irresponsabilidade estava chegando ao auge. Várias e várias vezes, os fãs cercavam o carro antes de serem afastados, e eu começava a compreender quão lamentavelmente havia subestimado toda aquela experiência.

Os filmes dos concertos de rock que havia assistido não me prepararam para a crua eletricidade, que já percorria meu corpo, o modo como a música subia em minha cabeça, o modo como se evaporava a vergonha pela minha vaidade mortal.

Foi uma luta para entrar no prédio. Espremidos entre os guardas, corremos para os bastidores, onde a segurança fora reforçada, Biscoito Doce agarrada em mim, Alex empurrando Larry a sua frente.

Os fãs puxavam nossos cabelos, nossas capas. Estendi a mão para trás, agarrei Louis para protegê-lo e carreguei-o comigo através das portas.

E então, nos camarins acortinados, ouvi pela primeira vez o som animalesco da multidão – quinze mil almas cantando e gritando sob o mesmo teto.

Não, eu não tinha aquilo sob controle, aquela alegria feroz que fazia todo meu corpo estremecer. Quando isso havia acontecido comigo antes, aquele estado de quase histeria?

Subi atrás do palco e olhei a plateia através de uma pequena vigia. Mortais se acotovelando por todos os lados do enorme auditório oval, pendurados até nas vigas do teto. E no imenso vão central, uma multidão dançava, se acariciava, sacudia os punhos na névoa enfumaçada, competindo para se aproximar da plataforma onde se erguia o palco. Os cheiros de haxixe, cerveja e sangue humano rodopiavam nas correntes de ventilação.

Os engenheiros gritavam para que nos aprontássemos. A maquiagem fora retocada, as capas de veludo preto escovadas, as gravatas pretas arrumadas. Não era aconselhável deixar aquela multidão esperando.

Foi dada a ordem para que as luzes fossem apagadas. E um enorme grito inumano cresceu na escuridão, subindo pelas paredes. Eu podia senti-lo no chão debaixo de mim. Ficou mais forte quando um estridente zumbido eletrônico anunciou a ligação do “equipamento”.

A vibração atravessou minhas têmporas. Uma camada de pele estava sendo arrancada. Agarrei o braço de Louis, dei-lhe um beijo demorado e depois senti que ele se soltava de mim.

Por toda parte do outro lado da cortina, as pessoas acendiam e apagavam seus isqueiros, até que milhares de minúsculas chamas tremessem nas sombras. Palmas ritmadas surgiam e desapareciam, o rugido geral subia e descia, atravessado por gritos estridentes ao acaso. Minha cabeça estava formigando.

Mesmo assim, pensei no teatro de Renaud de tanto tempo atrás. Eu o via de fato. Mas aquele lugar era como o Coliseu Romano! Fazer as fitas, os filmes... fora tudo tão controlado, tão frio. Nem um pouco parecido com o que acontecia agora.

O engenheiro deu o sinal e nós disparamos através das cortinas, os mortais desajeitados porque não conseguiam enxergar, enquanto eu manobrava sem nenhum esforço por sobre os cabos e fios.

Fui para a frente do palco, bem acima do mar de cabeças formado pela multidão que pulava e gritava. Alex se postou na bateria. Biscoito Doce tinha nas mãos sua reluzente guitarra elétrica, Larry ficou diante do enorme teclado circular do sintetizador.

Virei-me e olhei para os telões de vídeo que iriam exibir nossas imagens ampliadas para o exame minucioso do público presente. Depois, voltei-me para a multidão de jovens que gritava.

Ondas e ondas de ruídos nos engolfavam, vindas da escuridão. Eu podia sentir o cheiro de calor e de sangue.

Então, a imensa barreira de luzes de teto foi ligada. Violentos feixes de prata, azul, vermelho ziguezagueavam quando nos atingiam, enquanto os gritos atingiam uma altura inacreditável. Toda a sala estava em pé.

Eu podia sentir a luz rastreando minha pele branca, explodindo em meus cabelos louros. Olhei em volta e vi meus mortais já exaltados e frenéticos, empoleirados no andaime, no meio de toda a parafernália de fios e metais.

O suor brotou em minha testa quando vi os punhos erguidos em saudação em todas as partes. Espalhados em toda a sala, havia jovens com suas roupas de vampiro do Dia das Bruxas, os rostos brilhando com o sangue artificial, alguns usando perucas louras e desengonçadas, outros com círculos pretos em volta dos olhos para torná-los ainda mais inocentes e medonhos. Apupos, vaias e gritos roufenhos elevavam-se sobre a algazarra geral.

Não, aquilo não era o mesmo que fazer pequenos filmes. Aquilo não era como cantar nas câmaras de estúdio com ar-condicionado e paredes de cortiça. Era uma experiência humana tornada vampiresca, assim como a própria música era vampiresca, como as imagens do vídeo eram as imagens da vertigem do sangue.

Eu estava tremendo de puro contentamento e o suor manchado de vermelho escorria por meu rosto.

Os canhões de luz varriam a plateia, deixando-nos banhados numa penumbra mercurial; e em toda parte que as luzes atingiam, a multidão entrava em convulsão, redobrando seus gritos.

E o que era aquele som? Ele sinalizava a transformação do homem em turba – as multidões que cercavam a guilhotina, os antigos romanos gritando pelo sangue dos cristãos. E os *keltoi* reunidos no bosque à espera de Marius, o deus. Eu podia ver o bosque como vi quando Marius contou a história; teriam sido as tochas mais horripilantes do que aqueles feixes coloridos? Teriam os horrorosos gigantes de vime sido maiores do que aquelas escadas de aço que sustentavam as barreiras de alto-falantes e os spots incandescentes em ambos os nossos lados?

Mas não havia nenhuma violência ali; não havia morte – apenas a exuberância infantil brotando em jovens mortais e jovens corpos, uma energia concentrada e contida com a mesma naturalidade com que se soltava.

Outra onda de haxixe vinda das filas da frente. Motoqueiros de cabelos longos e roupas de couro, com braceletes de couro com pontas de ferro, batiam palmas com as mãos acima da cabeça – fantasmas dos *keltoi,* pareciam, com as madeixas bárbaras caindo em ondas. E vindo de todos os cantos daquele lugar comprido, oco e enfumaçado, o marulho desinibido de algo que parecia ser amor.

As luzes piscavam de modo que o movimento da multidão parecia fragmentado, parecia estar acontecendo em acessos e convulsões.

Estavam cantando em uníssono, agora o volume aumentava, e era isso: LESTAT, LESTAT, LESTAT.

Oh, isso é divino demais. Que mortal poderia resistir a essa indulgência, a essa adoração? Segurei as extremidades de minha capa preta, que era o sinal. Sacudi os cabelos, deixando-os bem cheios. E esses gestos provocaram uma nova onda de gritos que alcançou os fundos do auditório.

As luzes convergiram para o palco. Levantei minha capa em ambos os lados, como se fossem asas de morcego.

Os gritos fundiram-se num grande rugido monolítico.

– EU SOU O VAMPIRO LESTAT! – gritei a plenos pulmões enquanto me afastava do microfone, e o som chegou a ser visível enquanto percorria a arcada ovalada do teatro; a voz da multidão elevou-se mais alto ainda, como se fosse devorar aquele som retumbante.

“VAMOS, DEIXEM-ME OUVI-LOS! VOCÊS ME AMAM!”, – gritei de repente, sem ter decidido fazê-lo.

As pessoas estavam batendo com os pés em toda parte. Estavam batendo com os pés não apenas no chão de concreto, mas também nos assentos de madeira.

– QUANTOS DE VOCÊS SERIAM VAMPIROS?

O rugido tornou-se um trovão. Várias pessoas estavam tentando trepar na frente do palco, os seguranças as puxavam. Um dos motoqueiros com cabelos escuros e desgrenhados estava pulando com uma lata de cerveja em cada mão.

As luzes ficaram mais fortes como o brilho de uma explosão. E, nos alto-falantes e equipamento atrás de mim, elevou-se o barulho do motor de uma locomotiva num volume tão estarrecedor, como se o trem estivesse correndo no palco.

Todos os outros sons do auditório foram engolidos por ele. Em silêncio retumbante, a multidão dançava e pulava diante de mim. Em seguida surgiu a fúria penetrante e metálica da guitarra elétrica. Os tambores ribombavam numa cadência de marcha e o som estridente de locomotiva do sintetizador chegou ao auge, depois dissolveu-se num caldeirão borbulhante de ruídos, no compasso da marcha. Era hora de começar o canto em tom menor, com os versos pueris saltando acima do acompanhamento:

EU SOU O VAMPIRO LESTAT
E HOJE É O DIA DO GRANDE SABÁ
MAS TENHO PENA DE SUA SINA

Tirei o microfone do suporte, corri para um lado do palco e depois para o outro, a capa voando atrás de mim:

VOCÊ NÃO VAI RESISTIR AOS SENHORES DA NOITE
ELES NÃO SABEM O QUE É PIEDADE
ELES TÊM PRAZER COM A SUA DOR

Eles estavam estendendo a mão para pegar meus tornozelos, jogando beijos, as garotas levantadas por seus companheiros para tocar minha capa que rodopiava sobre suas cabeças.

MESMO APAIXONADOS, VAMOS TE CAÇAR
E COM ÊXTASE TE ESMAGAR
SÓ A MORTE VAI TE LIBERTAR
NÃO VÁ DIZER
QUE EU NÃO VIM AVISAR.

Biscoito Doce, dedilhando furiosamente, dançava a meu lado, girando de modo selvagem, a música subindo num agudo *glissando,* tambores e pratos batendo, o caldeirão borbulhante do sintetizador elevando-se de novo.

Eu sentia a música entrar em meus ossos. Nem mesmo no antigo sabá romano ela me possuíra daquele jeito.

Comecei a dançar, girando os quadris com movimentos elásticos, remexendo-os enquanto nós dois nos movíamos para a beira do palco. Estávamos executando as mesmas contorções livres e eróticas de Polichinelo e Arlequim, feitas pelos antigos atores da *commedia dell' arte* – improvisando assim como eles, os instrumentos interrompendo e depois retornando o curso da melodia, enquanto incitávamos um ao outro com nossa dança, nada ensaiado, tudo de acordo, tudo inteiramente novo.

Os seguranças empurravam as pessoas para trás com rispidez, quando elas tentavam juntar-se a nós. Mas nós dançávamos na beira do palco como se estivéssemos escarnecendo deles, sacudindo nossos cabelos em volta de nossos rostos, girando para ver nossas alucinadas imagens nas telas gigantescas. O som subiu por meu corpo quando me virei de volta para a multidão. Deslocava-se como uma bola de aço, atravessando meus quadris, meus ombros, até que percebi que eu estava dando um enorme salto lento, para depois cair silenciosamente de novo, a capa preta brilhando, a boca aberta revelando minhas presas.

Euforia. Aplausos ensurdecedores.

E vi em toda parte pálidas gargantas mortais à mostra, rapazes e moças puxando o colarinho para baixo, esticando os pescoços, alguns haviam feito marcas de batom vermelho imitando feridas em seus pescoços. E gesticulavam para que eu fosse lá e os tomasse, convidando-me e implorando, enquanto algumas garotas choravam.

O cheiro de sangue estava tão denso quanto a fumaça no ar. Carne, carne e carne. E, no entanto, por toda parte, a dócil inocência, a fé insondável de que aquilo era arte, nada mais do que arte! Ninguém seria ferido. Era segura, aquela esplêndida histeria.

Quando eu gritava, pensavam que era o sistema de som. Quando eu pulava, pensavam que era um truque. E por que não, uma vez que a magia caía sobre eles de todos os lados e eles podiam trocar a nossa carne e nosso sangue pelos enormes gigantes brilhantes nas telas acima de nós?

Marius, eu gostaria que você estivesse aqui para ver isso! Gabrielle, onde está você?

Os versos saíam em profusão, cantados agora em uníssono por toda a banda. O adorável soprano de Biscoito Doce elevando-se acima dos outros, antes que ela girasse a cabeça em círculos, os cabelos caindo pesadamente até tocar as tábuas diante de seus pés, sua guitarra tendo contrações espasmódicas e lascivas como um falo gigante, enquanto milhares e milhares batiam pés e aplaudiam em uníssono.

– ESTOU LHES DIZENDO QUE SOU UM VAMPIRO! – gritei de repente.

Êxtase, delírio.

– EU SOU O MAL! O MAL!

"Sim, sim, sim, sim, SIM, SIM, SIM."

Estiquei os braços, as mãos curvadas para cima:

– QUERO BEBER SUAS ALMAS!

O motoqueiro cabeludo e de jaqueta de couro preto recuou, chocando--se com aqueles que estavam atrás dele, e pulou no palco ao meu lado, com os punhos acima da cabeça. Os seguranças estavam prestes a se engalfinhar com ele, mas eu peguei-o, apertando-o contra meu peito, erguendo-o do chão com um braço e aproximando minha boca de seu pescoço, os dentes apenas tocando-o, apenas tocando aquele gêiser de sangue pronto para vomitar para o alto.

Mas eles o soltaram e jogaram para trás como se jogassem um peixe no mar. Biscoito Doce estava ao meu lado, a luz roçava suas calças de cetim preto, a capa em redemoinho, o braço esticado para me amparar, mesmo quando eu tentava escapulir.

Agora eu sabia tudo aquilo que não encontrara nas páginas dos livros que li sobre os cantores de rock – este louco casamento entre o primitivo e o científico, este frenesi religioso. Nós estávamos no antigo bosque, sem dúvida. Todos nós estávamos com os deuses.

Estávamos estourando as caixas na primeira música. E passamos para a segunda, quando a multidão pegou o ritmo, gritando os versos que conhecia dos álbuns e dos videoclipes. Biscoito Doce e eu cantávamos, batendo os pés no ritmo da música:

FILHOS DAS TREVAS
CONHEÇAM OS FILHOS DA LUZ
FILHOS DO HOMEM,
COMBATAM OS FILHOS DA NOITE

E, mais uma vez, eles aplaudiram, berraram e uivaram, sem se dar conta da letra da música. Poderiam os antigos *keltoi* ter interrompido o massacre iminente com seus gritos mais fortes?

Mas, outra vez, não houve massacre nenhum, não houve nenhum holocausto.

A paixão deslocava-se para as imagens do mal, não para o mal. A paixão abraçava a imagem da morte, não a morte. Eu podia senti-la como uma luz escaldante nos poros de minha pele, na raiz de meus cabelos. O grito amplificado de Biscoito Doce carregava a próxima estrofe, meus olhos esquadrinhavam os escaninhos e frestas mais distantes, o anfiteatro tornou-se uma grande alma em lamentação.

❋

Livre-me disso, livre-me desse amor. Não permita que eu me esqueça de todo o resto, que sacrifique todos os propósitos para me entregar a esta paixão. Eu quero vocês, minhas crianças. Quero seu sangue, sangue inocente. Quero sua adoração no momento em que eu cravar meus dentes. Sim, isso está além de toda tentação.

❋

E foi nesse momento de preciosa calma e vergonha que eu os vi pela primeira vez, os verdadeiros vampiros. Minúsculos rostos brancos atirados para trás como máscaras nas ondas de rostos mortais sem forma, tão distintos quanto o rosto de Magnus naquele pequeno teatro do bulevar, muito tempo atrás. E eu sabia que, atrás das cortinas, Louis também os via. Mas tudo que vi neles e senti emanando deles foi assombro e medo.

– TODOS VOCÊS, OS VERDADEIROS VAMPIROS AQUI PRESENTES – eu gritei –, REVELEM-SE!

Eles permaneceram inalteráveis, enquanto os mortais pintados e fantasiados em volta deles quase deliraram.

❋

Nós dançamos durante três horas seguidas, tocamos nossos instrumentos metálicos, o uísque rolando entre Alex, Larry e Biscoito Doce, a multidão engrossando e agitando-se cada vez mais a nossa frente, até que o policiamento foi redobrado e algumas luzes foram acesas. Assentos de madeira eram quebrados nos cantos altos da plateia, latas rolavam no piso de concreto. Os verdadeiros vampiros não se aventuraram a se aproximar do palco. Alguns desapareceram.

E assim foi.

Uma gritaria ininterrupta, como se houvesse quinze mil bêbados ali, do começo ao fim, até o momento em que tocamos o último número da noite, *Era da Inocência*.

A música suavizou-se. O som da bateria e da guitarra diminuiu e o sintetizador emitiu a adorável e translúcida sonoridade de um cravo, notas tão leves mas tão profusas que era como se houvesse uma chuva de ouro no ar.

Um suave projetor de luz iluminou o lugar onde eu estava, minhas roupas listradas com suor de sangue, meus cabelos molhados com esse suor e emaranhados, a capa pendurada no ombro.

Dominado por profunda emoção, ergui minha voz lentamente, deixando cada frase soar bem clara:

Esta é a Era da Inocência
Verdadeira Inocência
Todos os seus demônios são visíveis
Todos os seus demônios são materiais

Chame-os de Dor
Chame-os de Fome
Chame-os de Guerra

O mal é um mito
E não precisamos mais dele

Expulse os vampiros e os demônios
E os deuses em que não acreditamos mais

E não se esqueça:
O Homem com presas usa uma capa.
O que passa por encanto
É um encanto

Saiba o que eu sou
Quando olhar para mim!

Venham nos matar, irmãos e irmãs
A guerra começou

Saiba o que eu sou
Quando olhar para mim.

Fechei os olhos para os aplausos que cresciam. O que eles estariam realmente aplaudindo? O que estariam celebrando?

Luz elétrica clara como a do dia naquele auditório gigantesco. Os verdadeiros vampiros estavam desaparecendo na multidão que se deslocava. Os policiais uniformizados haviam subido no palco, formando uma sólida barreira diante de nós. Alex me puxou quando atravessamos as cortinas.

– Cara, vamos ter que correr. Eles cercaram a maldita limusine. E você jamais vai conseguir chegar no seu carro.

Eu disse não, eles tinham que continuar, pegar a limusine, ir andando agora mesmo.

Vi à minha esquerda o rígido rosto branco de um dos verdadeiros, enquanto ele abria caminho aos empurrões através da aglomeração. Usava a roupa de couro preto dos motoqueiros e seus sedosos cabelos negros brilhavam de um modo sobrenatural.

As cortinas foram arrancadas dos seus trilhos e o público invadiu a área dos bastidores. Louis estava ao meu lado. Eu vi um outro à minha direita, um macho magro com um sorriso arreganhado e pequeninos olhos escuros.

Uma rajada de ar fresco quando avançamos para o estacionamento, e um pandemônio de mortais se contorcendo e lutando, a polícia gritando e pedindo ordem, a limusine balançando como um bote quando Biscoito Doce, Alex e Larry foram empurrados para dentro dela. Um dos seguranças havia ligado o motor do Porsche para mim, mas os jovens estavam batendo no capô e no teto como se fosse um tambor.

Por trás do vampiro macho de cabelos negros apareceu um outro demônio, uma mulher, e a dupla se aproximava de modo inexorável. Que diabos pensavam que iriam fazer?

O gigantesco motor da limusine rosnava como um leão para os jovens que não abriam caminho, e os guardas de moto aceleraram seus pequenos motores, vomitando fumaça e barulho para a multidão.

De repente, o trio de vampiros estava cercando o Porsche, o rosto do macho alto cheio de fúria. Seu poderoso braço ergueu o carro pequeno e baixo apesar dos jovens que o seguravam. Parecia que ia virar. De repente, senti um braço em volta de minha garganta. Vi o corpo de Louis girar, ouvi o som de seu punho atingindo a pele e osso sobrenaturais atrás de mim, e logo depois uma imprecação em voz baixa.

De repente, os mortais estavam gritando por toda parte. Um policial, com megafone na mão, aconselhava a multidão a abandonar o local.

Eu corri para a frente, derrubando vários jovens, e segurei o Porsche pouco antes de ele virar-se de costas como um escaravelho. Enquanto eu lutava para abrir a porta senti a multidão me esmagando. A qualquer momento aquilo se tornaria um tumulto. Haveria um estouro da boiada.

Assobios, gritos, sirenes. Corpos empurravam a mim e Louis juntos, e então o vampiro com roupa de couro surgiu no outro lado do Porsche, com uma enorme foice prateada brilhando nos faróis enquanto ele a girava sobre a cabeça. Captei o grito de aviso de Louis. E vi, com o canto do olho, outra foice brilhando.

Mas um grito sobrenatural atravessou aquela cacofonia quando o vampiro macho explodiu em chamas com um brilho ofuscante. Outra chama explodiu ao meu lado. A foice chocou-se com o concreto. E, de repente, a metros de distância, outra figura vampiresca subiu numa rajada crepitante.

A multidão estava em pânico máximo, correndo de volta para o auditório, escoando pelo estacionamento, correndo para qualquer lugar onde pudesse fugir das figuras que rodopiavam enquanto eram queimadas em seus próprios infernos particulares, com seus membros dissolvendo-se até os ossos com o calor. E eu vi outros imortais fugindo como raio numa velocidade que os tornava invisíveis, através da lenta aglomeração de humanos.

Louis estava atônito quando virou-se para mim, e, com certeza, o ar de assombro em meu rosto só deixou-o ainda mais atônito. Nenhum de nós tinha feito aquilo! Nenhum de nós tinha esse poder! Eu só conhecia um imortal que poderia tê-lo feito.

Mas de repente fui jogado para trás pela porta do carro que se abriu e uma pequena e delicada mão branca estendeu-se para me puxar para dentro.

– Depressa, vocês dois! – disse de súbito uma voz feminina em francês. – O que estão esperando, que a Igreja declare que foi um milagre?

E fui puxado bruscamente para o assento de couro, antes de compreender o que estava acontecendo, arrastando Louis comigo, e ele teve que passar por cima de mim para alcançar o banco traseiro.

O Porsche deu uma guinada para a frente, dispersando os mortais em fuga diante de seus faróis. Olhei fixo para a figura delgada da motorista ao meu lado, cujos cabelos louros caíam sobre os ombros, o sujo chapéu de feltro jogado sobre os olhos.

Eu queria jogar meus braços em volta dela, esmagá-la de beijos, apertar meu coração contra o dela e esquecer todo o resto. Para o inferno com aqueles rebentos idiotas. Mas o Porsche quase tombou de novo quando ela saiu pelo portão e pegou a rua movimentada.

– Gabrielle, pare! – eu gritei, minha mão fechando-se em seu braço. – Você não fez aquilo, não queimou-os como...!

– Claro que não – ela disse, ainda num francês carregado, mal olhando para mim.

Parecia irresistível quando girou de novo o volante com dois dedos, fazendo outra curva de noventa graus. Nós nos dirigimos para a autoestrada.

– Então você está nos levando para longe de Marius! – eu disse. – Pare.

– Então vamos deixar que ele destrua a caminhonete que está nos seguindo! – ela gritou. – Depois eu paro.

Ela estava pisando fundo no pedal do acelerador, os olhos grudados na estrada à frente, as mãos fechadas no volante revestido de couro.

Virei-me para ver por sobre o ombro de Louis, um monstro de veículo aproximando-se com velocidade surpreendente – parecia um carro fúnebre de tamanho exagerado, pesado e preto, com uma boca cheia de dentes cromados de um lado ao outro da frente com nariz arrebitado e quatro mortos-vivos nos encarando por trás do para-brisa sombreado.

– Não podemos escapar do tráfego, eles vão acabar em cima de nós! – eu disse. – Faça a volta. Volte para o auditório. Gabrielle, faça a volta!

Mas ela continuou avançando, costurando selvagemente entre os outros carros, jogando alguns deles para o lado, em puro pânico.

A caminhonete estava ganhando.

– É uma máquina de guerra, é isso que é! – Louis disse. – Equipada com para-choque de ferro. Eles vão tentar bater em nós, os monstrinhos!

Oh, eu havia calculado mal. Avaliara apenas meus próprios recursos nessa era moderna, mas subestimara os deles.

E estávamos afastando-nos cada vez mais do único imortal que poderia despachá-los para o outro mundo. Bem, eu trataria deles com prazer. Para começar, espatifaria o para-brisa deles, depois arrancaria suas cabeças uma por uma. Abri a janela, pus metade do corpo para fora, com o vento açoitando meus cabelos enquanto eu os encarava, seus medonhos rostos brancos por detrás do vidro.

Quando nos precipitamos pela rampa do elevado, eles estavam quase em cima de nós. Ótimo. Um pouco mais perto e eu pularia. Mas nosso carro estava parando. Gabrielle não conseguia livrar-se do trânsito à frente.

– Segurem-se, eles estão vindo! – ela gritou.

– Uma droga que vão conseguir! – eu berrei.

Num instante eu teria pulado do teto, indo em cima deles como um aríete. Mas não tive esse instante. Eles nos atingiram com toda a força e meu corpo voou para o alto, mergulhando sobre a lateral da autoestrada, enquanto o Porsche se projetava em minha frente, voando no espaço.

Vi Gabrielle sair pela porta antes do carro bater no chão. E ambos rolamos pela encosta gramada enquanto o carro capotava e explodia com um estrondo ensurdecedor.

– Louis! – eu gritei.

Arrastei-me com dificuldade em direção às chamas. Teria entrado nelas atrás dele. Mas o vidro da porta traseira estilhaçou-se e ele passou pela abertura. Eu o alcancei no momento em que seu corpo rolou para o chão. Tirei minha capa para bater com ela em suas roupas fumegantes, e Gabrielle tirou a jaqueta para fazer o mesmo.

A caminhonete havia parado na autoestrada, pairando lá no alto. As criaturas pulavam pela amurada, como enormes insetos brancos, e caíam de pé na encosta.

Eu estava preparado para elas.

Mas, mais uma vez, enquanto o primeiro descia deslizando em nossa direção, a foice erguida, surgiu de novo aquele horripilante grito sobrenatural e a combustão ofuscante, o rosto da criatura tornou-se uma máscara preta numa profusão de chamas cor de laranja. O corpo convulsionava-se numa dança horrível.

Os outros fugiram.

Comecei a persegui-los, mas Gabrielle pôs os braços em volta de mim e não me soltou. Sua força me irritou e me surpreendeu.

– Pare, maldição! – ela disse. – Louis, ajude-me!

– Solte-me! – eu disse, furioso. – Quero um deles, apenas um. Posso pegar o último do bando!

Mas ela não me soltou e certamente eu não iria lutar com ela. Louis juntou-se a ela em suas súplicas iradas e desesperadas.

– Lestat, não vá atrás deles! – ele disse, acentuando ao máximo suas maneiras educadas. – Já tivemos o bastante. Precisamos sair daqui agora.

– Está bem! – eu disse, desistindo com ressentimento.

Além disso, já era tarde demais. A criatura queimada havia morrido em fumaça e chamas crepitantes, e as outras entraram no silêncio e na escuridão, sem deixar um vestígio.

De repente, a noite em volta de nós ficou vazia, exceto pelo ruído do tráfego da autoestrada lá em cima. E lá estávamos nós três, parados juntos no brilho sinistro do carro em chamas.

Louis limpava a fuligem de seu rosto com movimentos cansados, o peito branco de sua camisa engomada manchado, sua capa comprida de veludo queimada e rasgada.

E lá estava Gabrielle, a mesma criança abandonada de tanto tempo atrás, o garoto maltrapilho com jaqueta e calças cáqui puídas, o chapéu de feltro marrom amassado em sua encantadora cabeça.

Ouvimos na cacofonia dos ruídos da cidade o leve lamento de sirenes que se aproximavam.

No entanto, ficamos imóveis, nós três, esperando, olhando de soslaio um para o outro. E eu sabia que todos procurávamos Marius. Com certeza era Marius. Tinha de ser. E ele estava conosco, não contra nós. E iria nos responder agora.

Eu disse seu nome em voz alta, suavemente. Perscrutei a escuridão abaixo da autoestrada e por sobre o infinito exército de casinhas que se aglomeravam nas encostas vizinhas.

Mas tudo que pude ouvir eram as sirenes que ficavam cada vez mais altas e o murmúrio de vozes humanas, enquanto mortais começavam a longa escalada vindos da rua lá embaixo.

Vi medo no rosto de Gabrielle. Estendi os braços para ela, fui em sua direção, apesar de toda a medonha confusão, os mortais se aproximando cada vez mais, os carros parados na autoestrada acima.

O abraço dela foi súbito, afetuoso. Mas ela gesticulou para eu me apressar.

– Nós estamos em perigo! Todos nós – ela sussurrou. – Um perigo terrível. Vamos.

3

Eram cinco horas da manhã e eu estava sozinho diante das portas envidraçadas do rancho no Vale Carmel. Gabrielle e Louis tinham ido juntos para as colinas para ter seu descanso.

Um telefonema me comunicara que meus músicos mortais estavam a salvo no novo esconderijo em Sonoma, festejando loucamente por trás de cercas e portões eletrificados. Quanto à polícia, à imprensa, e suas inevitáveis perguntas, bem, isto teria que esperar.

E agora eu esperava sozinho pela luz da manhã, como sempre fazia, perguntando-me por que Marius não aparecera, por que nos salvara apenas para desaparecer sem dizer uma palavra.

❋

– Suponha que não tenha sido Marius – Gabrielle dissera ansiosa enquanto andava de um lado para o outro, depois de tudo. – Digo-lhe que tive uma esmagadora sensação de ameaça. Senti que nós também corríamos perigo, tanto quanto eles. Senti isso do lado de fora do auditório quando íamos embora. Senti isso quando estávamos ao lado do carro em chamas. Algo parecido com isso. Não era Marius, estou convencida...

– Algo quase de bárbaro nisso – Louis dissera. – Quase, mas não de todo...

– Sim, quase selvagem – ela respondeu, olhando para ele em reconhecimento. – E mesmo que fosse Marius, o que o leva a pensar que ele não o salvou para ter sua vingança particular, a seu modo?

– Não – eu disse, rindo suavemente. – Marius não quer vingança, pois, do contrário, pelo que conheço, já teria feito isso.

Mas eu estava emocionado demais só de observá-la, o velho modo de andar, os velhos gestos. E, ah, a roupa safári puída. Após duzentos anos, ela ainda era a exploradora intrépida. Escarrapachava-se na cadeira como um vaqueiro quando sentava, apoiando o queixo nas mãos sobre o espaldar alto.

Tínhamos tanta coisa para conversar, para contar um ao outro, e eu estava simplesmente feliz demais para sentir medo.

Além disso, ter medo era horrível demais, porque agora eu sabia que cometera um grave erro de cálculo. Percebi isso pela primeira vez quando o Porsche explodiu com Louis ainda dentro. Aquela minha pequena guerra colocaria em perigo todos aqueles a quem eu amava. Que tolo eu havia sido ao pensar que poderia atrair a maldade só para mim.

Nós tínhamos que conversar. Tínhamos que ser astutos. Tínhamos que tomar um grande cuidado.

Mas por enquanto estávamos a salvo. Eu disse isso a ela com calma. Ela e Louis não sentiam a ameaça ali; ela não nos seguira até o vale. E eu não a senti em momento algum. Nossos jovens e tolos inimigos imortais haviam debandado, acreditando que tínhamos o poder de incinerá-los à vontade.

– Sabe, imaginei nossa reunião milhares de vezes – Gabrielle disse. – E nunca imaginei nada parecido com isso.

– Prefiro pensar que ela foi esplêndida! – eu disse. – E não imaginem, nem por um momento, que eu não conseguiria tirar-nos daquilo! Eu estava prestes a estrangular aquele com a foice, de atirá-lo sobre o público. E vi o outro vindo. Eu poderia parti-lo ao meio. Digo-lhes que uma das coisas frustrantes em tudo isso foi que não tive a chance de...

– Você, monsieur, é um perfeito diabinho! – ela disse. – Você é impossível! Você é... como o próprio Marius o chamou... a criatura mais impossível! Estou de pleno acordo.

Eu ri encantado. Uma lisonja tão doce. E como era encantador aquele francês antiquado.

E Louis estava tão caído de amores por ela, sentados nas sombras enquanto a observava, reticente, meditativo como sempre havia sido. Estava imaculado de novo, como se suas roupas estivessem por completo sob seu comando e nós tivéssemos acabado de sair do último ato de *La Traviata,* para ir observar os mortais beberem champanhe nas mesas com tampo de mármore das cafeterias, enquanto as elegantes carruagens passavam com estrépito.

Sensação de uma nova congregação formada, de uma energia magnífica, de negação da realidade humana, nós três juntos contra todas as tribos, todos os mundos. E uma profunda sensação de segurança, de um momento que não podia ser detido... como explicar isso para eles.

– Mãe, pare de se preocupar – eu disse no final, esperando ajeitar tudo, criar um momento de pura serenidade. – Não tem sentido. Uma criatura poderosa o bastante para queimar seus inimigos pode nos encontrar no momento que bem entender, pode fazer o que quiser.

– E isso deve fazer com que eu pare de me preocupar? – ela disse.

Vi Louis sacudir a cabeça.

– Não tenho seus poderes – ele disse, discreto –, mas mesmo assim senti essa coisa. E lhe digo que era alienígena, extremamente incivilizado, por falta de uma palavra melhor.

– Ah, você tocou de novo no ponto – Gabrielle aparteou. – Era completamente estranho, como se viesse de um ser tão distante...

– E seu Marius é civilizado demais – Louis insistiu. – Preocupado demais com questões filosóficas. É por isso que você sabe que ele não deseja nenhuma vingança.

– Alienígena? Incivilizado? – Olhei de soslaio para os dois. – Por que eu não senti essa ameaça? – perguntei.

– Mon Dieu, pode ter sido qualquer coisa – Gabrielle disse enfim. – Aquela sua música pode ter despertado os mortos.

⁂

Lembrei-me da enigmática mensagem da noite anterior – Lestat! Perigo –, mas estávamos perto demais do amanhecer para eu preocupá-los com isso. Além disso, ela nada explicava. Era apenas outro fragmento do quebra-cabeça, talvez um que nada tivesse a ver com o resto.

⁂

E agora eles tinham ido embora juntos e eu estava parado sozinho diante das portas de vidro, observando o clarão da luz ficar cada vez mais intenso sobre as montanhas de Santa Lucia, pensando:

"Onde você está, Marius? Por que diabos não se revelou?"

Tudo que Gabrielle dissera podia muito bem ser verdade.

"É um jogo para você?"

E seria um jogo para mim o fato de eu não tê-lo invocado? Quero dizer, levantado minha voz secreta com toda sua força, como ele me disse que eu podia fazer, havia dois séculos?

Durante todas as minhas batalhas, havia se tornado uma questão de orgulho não chamá-lo, mas que importância tinha o orgulho agora?

Talvez fosse o chamado o que ele exigia de mim. Talvez estivesse pedindo esse chamado. Agora, toda a velha amargura e teimosia haviam desaparecido de mim. Por que não fazer esse esforço, enfim?

Fechando os olhos, fiz o que não havia feito desde aquelas noites no velho século XVIII, quando conversei com ele em voz alta nas ruas de Cairo e de Roma. Chamei, em silêncio. E senti o grito mudo sair de mim e viajar para o esquecimento. Quase pude senti-lo atravessar o mundo das proporções visíveis, senti-lo ficar cada vez mais fraco, senti-lo extinguir-se.

E lá estava de novo, numa fração de segundo, o lugar distante e irreconhecível que eu havia vislumbrado na noite anterior. Neve, neve infinita, uma espécie de habitação de pedra, janelas incrustadas de gelo. E, sobre um promontório elevado, um estranho aparelho moderno, um enorme prato de metal cinzento girando em um eixo para captar as ondas invisíveis que entrecruzavam os céus da Terra.

Antena de televisão! Com alcance que ia daquele deserto nevado até o satélite... era isso! E o vidro quebrado no chão era da tela de uma televisão. Eu vi. Banco de pedra... uma tela quebrada de televisão. Barulho.

Desaparecendo.

MARIUS!

Perigo. Lestat. Todos nós em perigo. Ela está... não consigo... Gelo. Enterrada no gelo. Vislumbre de vidro estilhaçado no chão de pedra, o banco vazio, o som metálico e a vibração de O Vampiro Lestat palpitando nos alto-falantes. *Ela está... Lestat, ajude-me! Todos nós... perigo. Ela está...*

Silêncio. A conexão interrompida.

MARIUS!

Alguma coisa, mas fraca demais. Apesar de toda sua intensidade, simplesmente fraca demais!

MARIUS!

Eu estava recostado na janela, olhando direto para a luz da manhã que ficava cada vez mais brilhante, meus olhos se enchiam de lágrimas, as pontas de meus dedos quase queimavam no vidro quente.

Responda-me, é Akasha? Você está dizendo que é Akasha, que é ela, que era ela?

Mas o sol estava elevando-se sobre as montanhas. Os raios letais derramavam-se sobre a Terra, espalhando-se sobre o vale.

Saí correndo da casa, atravessei o campo e fui em direção às colinas, com meu braço para cima a fim de proteger meus olhos.

E em questão de momentos alcancei minha oculta cripta subterrânea, puxei a pedra para trás e desci os pequenos degraus grosseiramente escavados. Mais uma volta, depois outra e eu estava numa escuridão fria e segura, cheiro de terra, e me deitei no solo lamacento daquela minúscula câmara, meu coração batendo, meus membros tremendo. Akasha! *Aquela sua música poderia despertar os mortos.*

Aparelho de televisão na câmara; claro, Marius lhes dera, e as transmissões eram via satélite. Eles tinham assistido aos meus videoclipes! Eu sabia, eu sabia com tanta certeza como se ele tivesse contado nos mínimos detalhes. Ele colocara a televisão no seu santuário, assim como havia levado os filmes para eles anos e anos atrás.

E ela despertara, se levantara. *Aquela sua música poderia despertar os mortos*. Eu conseguira novamente.

Oh, se ao menos eu pudesse manter os olhos abertos, se ao menos pudesse pensar, se o sol não estivesse nascendo.

Ela estivera ali em San Francisco, estivera bem próxima de nós, queimando nossos inimigos. *Alienígena, extremamente estranha,* sim.

Mas não incivilizada, não, nem selvagem. Ela não era isso. Ela apenas acabara de despertar de novo, minha deusa, como uma magnífica borboleta sai de seu casulo. E o que era o mundo para ela? Como tinha vindo a nós? Qual era seu estado de espírito? *Perigo para todos nós*. Não. Não acredito nisso! Ela matara nossos inimigos. Tinha vindo a nós.

Mas eu não podia mais lutar contra a sonolência e a indolência. Uma sensação pura expulsava toda a maravilha e excitação. Meu corpo tombou flácido e desamparado sobre o solo.

E então senti, de repente, uma mão agarrar a minha. Era fria como mármore e quase tão sólida.

Meus olhos abriram-se de repente na escuridão. A mão apertou mais. Uma grande massa de cabelos sedosos roçou meu rosto. Um braço frio moveu-se sobre meu peito.

Oh, por favor, minha querida, minha linda, por favor!, eu queria dizer. Mas meus olhos estavam se fechando! Meus lábios não se mexiam. Eu estava perdendo a consciência. O sol se erguera no horizonte.

Impressão e Acabamento:
GEOGRÁFICA EDITORA LTDA.